本成果受到中国人民大学2017年度"中央高校建设世界一流大学(学科)和特色发展引导专项资金"支持

LUXUN
Zai Chuantong yu Shijie Zhijian

鲁迅
在传统与世界之间

"2016年鲁迅文化论坛"暨
国际学术研讨会论文集

孙 郁 —— 主编

人民日报出版社

图书在版编目（CIP）数据

鲁迅：在传统与世界之间 / 孙郁主编 .-- 北京：人民日报出版社，2019.5
ISBN 978-7-5115-6010-0

Ⅰ.①鲁… Ⅱ.①孙… Ⅲ.①鲁迅研究 Ⅳ.① I210

中国版本图书馆 CIP 数据核字（2019）第 081923 号

书　　名：	鲁迅：在传统与世界之间
主　　编：	孙　郁
出 版 人：	董　伟
责任编辑：	宋　娜
封面设计：	春天书装工作室
出版发行：	人民日报出版社
社　　址：	北京金台西路2号
邮政编码：	100733
发行热线：	（010）65369527　65369509　65369512　65369846
邮购热线：	（010）65369530　65363527
编辑热线：	（010）65369521
网　　址：	www.peopledailypress.com
经　　销：	新华书店
印　　刷：	北京虎彩文化传播有限公司
开　　本：	710mm×1000mm　1/16
字　　数：	387 千字
印　　张：	26
版　　次：	2019 年 5 月第 1 版　2019 年 5 月第 1 次印刷
书　　号：	ISBN 978-7-5115-6010-0
定　　价：	78.00 元

编 委 会

主 编：孙 郁

编委会成员（以姓氏笔画为序）：

白 玉 李 屹 吴壹香

吴海洋 张 亮 赵 丹

荆 伟 黄云欢 康 馨

序　言

孙　郁

摆在读者面前的这本书,是在中国人民大学召开的"2016鲁迅文化论坛"暨国际学术研讨会的论文集。在五四运动一百周年的时候出版,有着特殊的意义。

鲁迅研究牵涉到古今问题与中外问题,在根本层面来说,折射着人们对于人类命运的思考。这本论文集涉及的内容,其实纠缠着五四以来诸多精神难题。讨论这些远去的人与事,未尝与我们自己的存在现状没有关系。

当这一研究成为显学的时候,过于专业的话语会把思想囚禁在狭窄的思路里。显学易变为俗学,这是我们的前辈不断提醒过我们的。相当长的时间里,我们把鲁迅的存在抽象在几个干瘪的教条里,而议论的内容也仅仅集中在几个领域。打破这种状况的往往是青年人,或者圈外的思想者。如今活跃在鲁迅研究界的人们,多是对于僵硬思想的挑战者。他们分布在世界各地,常常在学科的边缘思考着另类的问题。阅读这本书,都多少可以感受到此点。

我一直觉得鲁迅文本一直存在着一个被隐藏的叙述。这些被他的忧愤的词语和过于现实的笔触遮掩的部分,是需要我们认真思考的内容之一。在其思想世界里,我们注意到的存在多属于认识论中的东西,而对于其内在宇宙里的部分解释不够。比如讨论五四时期的鲁迅的时候，我们常常放在陈独秀、胡适的大背景下思考问题，但没有看到，他在加入《新青年》队伍时，内心有另一个期盼。所发表的文字属于呼应同人的部分很多，但内心的真意却表述得隐晦，而那些作品所以至今仍有价值，恰是其思想里有别人没有的精神内观，这些不是在《随想录》里，而是在小说中完成的。这小说里的一切，把五四时期单一化的语境复杂化了。比如今人批评五四的激进主义，其实我们看鲁迅、胡适、蔡元培的文章，内在的理性是何等严明。激进话语只针对遗老遗少而发，在同人的交流和与青年的交流里，爱意的成分是一眼就看到的。鲁迅反对以"气"使文，强调的是严明的理性。这是他的思想特点之一。就科学性和理性而言，他可能是最突出的一位。

今人批评鲁迅与五四新文化另一个理由是，对于传统的粗暴态度。《狂人日记》的关于礼教吃人的言论，就被人们所诟病，其实我们看作品的叙述，便可感到，作者借着非正常人的口吻，对于礼教做了本质性的还原。这是一种叙述策略，也是现代主义的一种感觉的幻化。当存在的幻境不能使人正常呼吸的时候，呐喊几句也是一种反抗。而那反抗的背后，我们也听到了救救孩子的暖意的流动。

五四时期的鲁迅在写作之余，有两种活动都是有意义的，他自己叙述的不多。一是对于乡邦文献和野史札记的研究，在抨击礼教最厉害的时候，他却在古文物里打捞旧时光里的亮点，对于出土文献里非礼教的存在颇多爱意。二是对于域外艺术的引介，看得出其输进新鲜血液的辛苦。那时候对于白桦派作家的作品的引进，就很带有平和、中正的意味。比如对于有岛五郎、武者小路实笃作品的翻译，看重的是以人为本、互为主体的元素。这些属于托尔斯泰主义的传统，和儒家的温和精神有重叠的部分。所以我们便看到了这样一个鲁迅，一方面在杂文里诅咒礼教的黑暗，一方面呼唤最为温情的精神。而后者，才是其最为动人的部分。为了一个平和、美丽、温情的世界的到来,不得不以激愤的言辞创作,这恰是五四先驱者们的叙述策略。

如果不注意到语境的复杂性和叙述的策略性,我们对于五四一代人将是十分隔膜的。只要想想那时候袁世凯皇帝之梦的可笑,看看张勋复辟的丑陋,看到愚民教育的后果,就能够明白《新青年》诸君的深意。新文化就是在这样的环境里被引发出来的。而鲁迅在那时候显示的丰富性与词语的多致性,可能是最有代表意义的。在深解其思的时候,我们方能感到新文学诞生的不凡意义。

无论从哪个角度看,鲁迅都是五四前后中国知识人中最为特殊的存在。他为了破除环境的险恶所做的努力是巨大的。而在创作中显示的智性至今让我们感念。世间很难以一种理论概述他的思想,其辞章的方式也溢出一般的法度,精神之流奔涌在世俗信仰之外。在其看似无规则的突奔里,我们感受到佛一般的慈悲之情。不了解这种慈悲,我们对于他以及五四先驱者的遗产将是隔膜的。

本书从"鲁迅思想传统""鲁迅文学世界""鲁迅的世界传播""鲁迅周边"四个方面讨论了鲁迅的价值。来自多个国家的学者从不同的角度对鲁迅的描述,让我们看到话题的丰富性。许多观点对于传统的研究有挑战性,思路也有耳目一新的地方。想起那年在中国人民大学聚会的情形,一些有趣的发言与表达,激活了诸多的思想,那些沉眠的元素被唤回到我们的眼前,成了我们对话的一部分。如今将这些趣文呈现给读者,当也能展示出众人的精神向度。在盲从和逃逸成为人们生活惰性的时候,重审鲁迅遗产,未尝没有清醒剂的作用。象牙塔里的灵思一旦在社会言论中弥散开来,且撞击着世俗的围墙,便也会引起思考者的回应吧。我们期待着这样的回应。

有趣的是,许多外国学者的加入,给研讨会增加了别样的声音。他们在材料的运用和视角的投入等方面,都给我们带来不小的启示。

而在与中国学者对话过程，彼此都分享了各自的心得。这也从另一角度告诉我们，五四以来的文学具有世界性的价值。鲁迅与陀思妥耶夫斯基、夏目漱石、卡夫卡一样，在克服人性弱点与苦难时传输的能量，至今都在感动着人们。

许多人与事在时光里都会被渐渐磨掉，留下来的却是精神的晶石。我们拥有了这样的晶石，便可划破虚幻的精神围墙，进入到开阔光明之所。每每想起还有鲁迅在，我们便感到充实和安慰。传递他的精神，并将此变成前行的热力，也是我们的责任。

阅读本书的人，如果感受到了思考的冲动或者对话的冲动，我们或许会成为心灵的朋友。

2019 年 3 月 7 日

目 录
CONTENTS

一 鲁迅的思想传统

世界视野中的鲁迅与鲁迅视域里的世界　　　　　　　　张梦阳　003
关于"超越性"的东西
　　——自现代小说看鲁迅　　　　　　　　　　〔日〕代田智明　019
"未完成"的鲁迅与当代世界　　　　　　　　　　〔澳〕张钊贻　032
鲁迅"相互主体性"意识的当代意义　　　　　　　　　　高远东　043
鲁迅：中国现代知识分子的社会批判　　　　　　　　　　林曼叔　049
鲁迅思想的民族主义迷雾　　　　　　　　　　　　　　　张福贵　062
鲁迅与儒学传统的深层精神联系　　　　　　　　　　　　高旭东　068
鲁迅对于古典文学的观点浅论
　　——以《魏晋风度及文章与药及酒之关系》为中心　〔韩〕金河林　090
国学、科学与精神现状：
　　鲁迅遗产与当代中国的三个视点　　　　　　　　　　汪卫东　101

二 鲁迅的文学世界

本色的鲁迅，真实的传记
　　——我如何写《搏击暗夜——鲁迅传》　　　　　　　陈漱渝　123

| 鲁迅诗歌的现代艺术和古典神韵 | 郭　枫 | 148 |
| 鲁迅怎样描写暴力 | 郜元宝 | 165 |

三　鲁迅的世界传播

解开鲁迅小说遗传基因跨族群与语言"生命之谜"
　　——从绍兴到东南亚　　　　　　黄郁兰　〔新加坡〕王润华　175
佐藤春夫与鲁迅
　　——两位作家的相互翻译和交往　　　　　　〔日〕藤井省三　195
李泳禧的鲁迅研究：叙述的扩展及其对东亚的启示　〔韩〕朴宰雨　202
鲁迅在冷战前期的马来亚与新加坡　　　〔马来西亚〕庄华兴　218
近代韩国对鲁迅的文学批评和思想谱系的建设
　　——丁来东和金台俊　　　　　　　　　　　〔韩〕洪昔杓　228
越南中学语文课本里的鲁迅作品　　　　　　　　〔越〕杜文晓　264
如何重建自我："伤逝"里的记忆与忘却　　　　〔韩〕李旭渊　276
今日中国社会与鲁迅先生：我来说两句话　　　〔印度〕海孟德　290
日本报纸媒体对鲁迅的相关报道
　　——以《读卖新闻》（1986—）为例　　　　　　林敏洁　295

四　鲁迅周边

草根语境里的鲁迅　　　　　　　　　　　　　　　　孙　郁　311
成仿吾与鲁迅《野草》　　　　　　　　　　　　〔日〕秋吉收　324
国学复兴时代的"鲁迅语文"　　　　　　　　　　　　李　怡　338
周氏兄弟与安德烈耶夫　　　　　　　　　　　〔日〕小川利康　346
摩罗气与东北风
　　——萧军、萧红与鲁迅精神的相遇　　　　　　　王学谦　361
新发现的鲁迅的三则集外文字考释　　　　　　　　　葛　涛　370
鲁迅与1930年的国民党浙江省党部　　　　　　　　王彬彬　385

LUXUN
Zai Chuantong yu Shijie Zhijian

一

鲁迅的思想传统

世界视野中的鲁迅与鲁迅视域里的世界

张梦阳　中国社会科学院文学研究所

摘　要： 鲁迅是世界中的鲁迅。鲁迅眼中也自有他的世界。只有从世界视域中审视鲁迅，又透视鲁迅眼里的世界究竟是怎么样的，才能从双向对流中更为全面、准确、深刻地认识鲁迅的真正价值及其局限。鲁迅是对中国人的精神进行深刻反思的伟大思想家，但由于时代与个人的限制，在历史与未来之间，鲁迅对历史，特别是中国的历史具有深透的理解，但对人类如何走向未来的问题并没有想清楚。

关键词： 鲁迅；世界；历史；未来

鲁迅是世界中的鲁迅。鲁迅眼中也自有他的世界。只有从世界视域中审视鲁迅，又透视鲁迅眼里的世界究竟是怎么样的，才能从双向对流中更为全面、准确、深刻地认识鲁迅的真正价值及其局限。

一　世界视野中的鲁迅

鲁迅是谁？他是怎样出现的？有怎样的特征和价值以及局限？

要回答这一系列问题，仅仅蜷缩在中国的圈内是不行的，需要跳出小圈子，扩大到整个世界视野，即人类历史发展的大观视角去看中国，看中国近现代出现的鲁迅现象。

鲁迅出生的1881年，正是1884年中法战争前的三年，大清王朝处于崩溃的前夜，世界上由于工业革命，资本主义日趋发展，进入帝国主义阶段时，争相侵略和瓜分中国。中国先觉的知识分子痛感国家的衰落、专制的黑暗、列强的凶恶、变革的急迫，十数年后出现了康有为、梁启超的维新变法及其失败，排斥西方的义和团运动兴起和八国联军对中国的入侵。原本自以为居于世界中心、四围不过是"小蛮夷耳"的大清帝国竟被"洋鬼子"恣意宰割，于是变革之声愈加强烈，延续千余年的科举制度逐渐废除，知识分子开始赴日本或英美留学，出现了留日派与英美派的分流。但不管哪一流派，宗旨都是"救中国！""忍将冷眼，睹亡国于生前，剩有雄魂，发大声于海上"，这几乎成为所有爱国志士共同的心声。

正是在这种历史环境和社会心态促使下，中国出现了1911年的辛亥革命和清王朝的灭亡，又出现了1917年的文学革命和1919年的五四运动。

鲁迅就是在这种世界和中国历史的大背景下出现的。

如果鲁迅不生在清末科举制度废除、新学兴起、开始到外国留学的时期，他可能仍然照走科举的道路，可能成为士大夫层中的革新者，却不可能成为现在的鲁迅；如果不在1919年前后爆发五四文学革命，他也不可能写出《狂人日记》而一发而不可收，成为现代中国的伟大文学家、思想家和革命家。

概而言之，是当时的世界造就了鲁迅。

当然，除了世界的时代环境外，鲁迅的个人的遭遇和性格、天赋也是成就鲁迅的重要因素。

若没有鲁迅那样超凡的思想天才和文学天才，以及祖父下狱、父亲病死、在从小康人家而坠入困顿的路途中看见世人的真面目，还有与琴表妹的初恋受挫、被迫喝下朱安这杯婚姻苦酒的话，即便有再好的历史条件也成不了鲁迅。当然，如果没有个人的刻苦努力，具有再高的天赋，也难有大成。例如鲁迅的堂兄周寿恒阿泰比少年鲁迅樟寿还聪明，同样的书，樟寿读几遍能背出四十行，他却能背出八十行。但他没把聪明用在正处，结果一事无成，变成了痴迷耍牌"游大湖"的嬉客大少爷。

所以，历史与人之间是互动互促的。鲁迅之所以为鲁迅，是由于历史与个人的两面因素互动互促所造就的。他人亦然。

应该承认天才的存在，特别是文学艺术和原创性科学技术领域，那些创造了突破性成果的大家，必定具有超于常人的天才条件。不承认天才的存在，强说人人都是一样的，把高出的人一律削平，让所有的人都归于平庸，变成没有思想、没有才能的奴性十足的"普通劳动者"和"驯服工具"，正是封建专制者的惯用伎俩。如鲁迅青年时代就指出的："性解（天才）一出，必全力死之。"只能使整个社会趋于平庸，停滞不前，这样下去，只能造成人类文化的停滞和倒退。

我们不仅要承认天才的存在，而且须看到这种天才人物是极其珍贵的，要很多年才能出现一个。而其出现，既有必然性，更有偶然性。

回观中国文学史，窃以为出现过七大文学天才：屈原、庄子、司马迁、李白、苏东坡、曹雪芹、鲁迅。

当然，这七大文学天才之外，还出现过很多具有文学才能的人。例如唐代就有与李白齐名的杜甫。他的史诗，是李白写不出的，中国文学没有了杜诗，不知会减少多少分量。但杜甫还不是李白那样的从天而降的大天才，他以卓越的写实才能磨出了惊天地、泣鬼神之作，却是在天赋基础上经过后天刻苦努力铸成，不像李白那样几乎是人工所不可能达到的，完全是从天而来的黄河之水，天工妙成的诗的瀑布。写出《金瓶梅》的兰陵笑笑生，开创了中国描写家庭生活的第一部长篇小说，可以说没有《金瓶梅》就不会有《红楼梦》。然而，曹雪芹称得上是七大文学天才之一，兰陵笑笑生却算不上，原因之一是他不但缺乏曹雪芹那种大荒山无稽崖青埂峰下"顽石""仙草"的奇思妙想，而且沉溺于性的露骨描写，与《红楼梦》那种"神瑛侍者"与"绛珠仙草"的宝黛爱情无法相比。中国现代文学史上的郭沫若也是天分甚高的才子、诗人，他的《女神》称得上是鬼斧神工，但他终归只有这开篇之作，就没有继续下去。《屈原》等历史剧，不愧为杰作，但可惜渗入了较多的外来成分，难为天然神品了。曹禺是一位天降的鬼才，但气象不够浩大，后来又被扭曲，才尽了。张爱玲、萧红是天生灵异，但其影响与气概距七大文学天才尚有较大距离。周氏兄弟之一的周作人，其散文的老熟、数量的巨大，不可小觑，但缺少的是大哥鲁迅那样的冲天之气，骨子过软了。这也是他后来堕落的一个原因。

中国近代文学，自曹雪芹之后二百余年来，出现的文学天才只有鲁迅一人！

鲁迅的《狂人日记》，是中国现代文学的第一篇白话小说。积二十余年的"焖焐"与思考，发出控诉"吃人"的呐喊，像佛教里的"狮子吼"一般，震撼整个旧中国，非发自天籁不可得也！一篇《孔乙己》，从容三千字写尽人间的冷酷，有如神品。信笔挥成《阿Q正传》，以一个阿Q，凝聚几千年中国人的品性，折射出人类的普遍弱点，不是大天才何能为之？散文诗集《野草》，是鲁迅苦闷时的泄愤，然而一出手就前无古人，后无来者。再也没有人能够超越。就是小小杂文《论雷峰塔的倒掉》，悠然为之，也是独出心裁，独往独来，无有来者。三一八惨案后，当时文人几乎都写了悼念文章，而唯有《记念刘和珍君》直冲云霄，在群山中独树高峰。后期的《"题未定"草（六至九）》显现思维的天才；《隔膜》《买〈小学大全〉记》直捣士人的奴性，《病后杂谈》《病后杂谈之余》点中封建统治者的穴位，以"大明一朝，以剥皮始，以剥皮终，可谓始终不变"一语概括历史恶性循环的毒恶，透发超人的悟性；《我的第一个师父》，幽深峭拔，思绪缭绕；《半夏小集》，嘲讽尖刻而笔致轻妙；《答徐懋庸并关于抗日统一战线问题》对新奴隶主的预感，何其精准？后来此物不就是"拉大旗作为虎皮，包着自己，去吓唬别人"吗？最后未完的绝笔《因太炎先生而想起的二三事》，末尾写黄兴"日本学监，诫学生不可赤膊，他偏光着上身，手挟洋磁脸盆，从浴室经过大院子，摇摇摆摆的走入自修室去而已"，何其传神！黄兴性格跃然纸上，鲁迅给人间留下最后的天才一笔。

鲁迅不仅是历史上稀见的文学天才，而且是少有的思想天才。他是深刻反思中国人精神的伟大思想家，他反思的结晶《阿Q正传》等不朽作品，至今依然是我们反思自身弱点的镜子。

作为一个稀有天才，又作为一个真实的人存在的鲁迅，和中国历史上的屈原、庄子、司马迁、李白、苏东坡、曹雪芹一样，是几百年才出一个的思想天才与文学天才。而且历史上只可能有一次，不可复制，也不可超越。他们就是黑格尔所说的"这一个"，不可能是"那一个"。以后多少年后，可能出现别一个新时代的思想天才与文学天才，但绝对不会是和鲁迅和屈原等一个样的。他可能汲取了从屈原到鲁迅等前人的资源，但绝不会重复前人，也并不是什么超越，而是新时代熔炉重新铸造出来的新型人物。这一代代的思想天才与文学天才也都是独立的存在，不可能也不必要互比高低。

这些思想天才与文学天才，往往都有一颗无比痛苦的灵魂，是他们所处时代的"苦魂"。

从存在论哲学观点看：无论是一个人，还是一个政党，一个民族，都存在一个根本问题——认识自己，认识世界，认识自己在世界中的位置，以作出生存与发展的正确方略。

这个根本问题，当代文学思想家刘再复先生归结为"自己如何可能"六个字，也就是"自我确立、自我实现如何可能"，即康德所说的"认识如何可能"、"人类如何可能"的根柢性问题。

其实，人类从诞生，即有了精神之日起，就已经开始了这种追问和反思。先祖们曾在古希腊神庙上镌刻着一句对后人的提醒，"认识你自己！"法国大思想家蒙田也说过，"世界上最重要的事情就是认识自我。"德国哲学家恩斯特·卡西尔名著《人论》的第一段话就是："认识自我乃是哲学探究的最高目标——这看来是众所公认的。在各种不同哲学流派之间的一切争论中，这个目标始终未被改变和动摇过：它已被证明是阿基米德点，是一切思潮的牢固而不可动摇的中心。"一个民族的思想家最主要的使命就是促使本民族正确地认识自己。中国近代以降，从梁启超、严复到鲁迅、胡适、周作人，历代思想家都在敦促中国人研究自己，反思国民性的弱点。梁漱溟甚至认为："孔子毕生所研究的，的确不是旁的而明明就是他自己；不得已而为之名，或可叫做'自己学'。"而就整个人类来说，认识自己，认识自己在宇宙中的位置，正是始终不变的科学探求的终极目标。从托勒密的地球中心说，到哥白尼的太阳中心说，一直到爱因斯坦、霍金等物理学家的现代宇宙观，实质上都是在探索着人类究竟是怎么回事，宇宙究竟是怎么回事，以及人类在宇宙中究竟处于怎样的位置，德国哲学家舍勒一篇名著的题目就是《人在宇宙中的位置》。对这一终极问题的回答，关系到人类的世界观、人生观等等许多根本性的哲学理论体系的建构。

像鲁迅这样伟大的思想天才与文学天才，终生思考、日夜揪心的不是他们自己的生活问题，而是整个人类向何处去、应该有怎样的灵魂这些根柢性的大问题。我在《中国鲁迅学通史》中作了这样的定位："鲁迅是对中国人的精神做了空前深刻的反思的伟大思想家。"正是在这个意义上,他无愧于中华民族的"民族魂"。

鲁迅自小充满仁爱之心。八岁时,刚刚十个月的妹妹端姑生天花去世了。他在屋隅暗泣,母亲问他为什么哭,他答:"为妹妹啦!"后来在小说《兔和猫》中对两只小白兔性命的丧失,"觉得凄凉"。于是记起住在绍兴会馆时,鸽子"膏于鹰吻"了,"大槐树下一片散乱的鸽子毛";西四牌楼一只小狗被马车轧得快死,使他为生命的断送感到悲恸。他的挚友许寿裳在《我所认识的鲁迅》中引用了这些描述,认为鲁迅的创作是"以其仁爱为核心的人格的表现"。孔乙己、祥林嫂、阿Q等,不就是鲁迅付以大爱的被侮辱被损害的弱势群众吗?因为仁爱,所以"重正义",主张"除恶务尽",以使此后的青年少花费"气力和生命"。鲁迅之所以一步步倾向"左翼",也正是因为当权者"对于别个的不能再造的生命和青春,更无顾惜。"(《答有恒先生》)从三一八惨案刘和珍等学生的惨死,到"四一二"大屠杀中毕磊等青年的遇难,再到柔石等"左联"五烈士的牺牲、杨杏佛的被暗杀,直到知己瞿秋白的就义,怎能不使他感到被"层层淤积起来"的"青年的血""埋得不能呼吸",对杀人者充满憎恨,对被杀者满怀同情?又岂能不为这种杀与被杀的残酷现象深感痛苦?

他企盼既没有奴隶也没有奴隶主的"第三样时代"到来,后期"确切相信无阶级社会一定要出现"。但是他在实现目标的道路上也遇到了悖论:当他朝着终极目标真诚地奋斗着的时候,不仅遭遇敌方的残酷镇压和现实的重重阻力,显现出自己的追求有着不切实际的乌托邦性质,还受到自己营垒内部"借革命以营私"的人从阴沟里射来的"冷枪"与"暗箭"。这该是何种的"苦境"?!鲁迅1935年4月23日在致萧军、萧红信中说:"敌人不足惧,最令人寒心而且灰心的,是友军中的从背后来的暗箭;受伤之后,同一营垒中的快意的笑脸。"把这种"苦境"入木三分地刻画出来了。

如果缩在低处,拿着放大镜去找鲁迅的所谓"毛病",尽可以找出许多。但鹰有时飞得比鸡还低,鸡却永远飞不了鹰那么高,扩大到世界视野去观察,就会发现代中国能够像鲁迅那样,无愧进入世界一流作家行列者,真无第二人。没有一位作家创造的典型人物能像阿Q那样成为世界性的文学典型,也没有一位作家能够写那么多而好、影响深广的散文、杂文，在世界散文家、杂文家中"独压群芳"！

总而言之，从世界视野看鲁迅，就自然得出这样的结论：鲁迅是20世纪上半叶在特殊的世界环境中出现的一位具有浓厚中国色彩的旧时代崩溃、新时代将至的转型期的伟大文学家、思想家和革命家，是一位反抗"质化"倾向的"精神界之战士"。他的历史使命是对中国人的精神进行深刻的反思，力促中国人反省自我、克服缺点，从"本能的人"升华为"自觉的人"，实现中华民族的伟大复兴。然而，由于时代与个人的限制，他并没有能够站在世界文明的高境瞻望人类的未来。

二 鲁迅视域里的世界

我们从世界视野考察了鲁迅，下面再看看鲁迅视域里究竟有着怎样的世界。

鲁迅视域里的世界可谓广博。古今中外，文学、历史、哲学，从经典古籍到野史笔记，从古代名画到汉碑石刻，上下五千年，纵横几万里，几乎无所不及，无所不谈，而且经常发出人未想到、史籍未见的惊世骇俗之语，发人深省之言。尤其难得的是透视进人类精神深处的种种矛盾、彷徨和苦闷，发现了人在思维方式上种种弱点和心灵上种种隐秘，可谓是世上稀有。

但大千世界无限广阔，任何人都不可能穷尽所有角落。鲁迅眼里的世界，有别人看不到的地方，也有别人看到而他没有看到的处所。概括来说，主要有以下几点。

一是在中国思想史领域，如林非先生90年代出版又两次再版、收入《中国文库》的《鲁迅和中国文化》，破天荒地首次指出的：鲁迅对于明中叶以后精神解放的巨大思潮未予应有的注意，出发点还是没有离开小农经济的基地。

二是从世界精神文化的视野来看，鲁迅等留日派在日本留学期间通过日文接受了苏俄的东方思想以至德国的哲学和文学，对英美民主制度缺乏了解，与现代政体和现代管理存在着隔膜。他关注被压迫民族和弱小国家的命运，也对祥林嫂、孔乙己、阿Q这些受损害的弱势群众表示了极大的同情，但是却不能提出使弱势者得到保护的较为合理的社会管理方案。翻译也多注目于被压迫反抗侵略的论著和作品，对处于世界文学高峰的经典之作注意不够。

三是主要致力于精神文化领域的创造，对政治经济并不熟悉，如他自己1933年11月15日在致姚克信中所说："即如我自己，何尝懂得什么经济学或看了什么宣传文字，《资本论》不但未尝寓目，连手碰也没有过。然而启示我的是事实，而且并非外国的事实，倒是中国的事实，中国的非'匪区'的事实，这有什么法子呢？"也如他第二次回北京的时候，1932年11月27日，应北师大文艺研究社邀请，到师大讲演时，自己也所声明的："我说要改革经济制度，并不是赞成共产。我不是个共产主义者，但亦许在我底主义里有些地方和共产主义相同的。比如对于吃饭，亦许共产主义里头主张是要吃的，而在我的主张里也主张要吃。我对经济没有过细的研究，有好多地方全不知道。"

这样，鲁迅虽然提出了"立人"思想，主张"人立而后凡事举"，但是并没有想透人往何处去、应该怎样建立相对合理的社会的问题。早期他在《文化偏至论》中只说"国人之自觉至，个性张，沙聚之邦，由是转为人国。人国既建，乃始雄厉无前，屹然独见于天下，更何有于肤浅凡庸之事物哉？"但究竟怎样才能建立"人国"呢？并没有具体的回答，甚至存在错误的想法，以至发展为"绝义务"的无政府主义观点。

到了中期，鲁迅对人往何处去的问题有了较为具体的答案：1919年11月，在《我们现在怎样做父亲》中提出的"幸福的度日，合理的做人"。鲁迅把生存作为"合理的做人"的基本标准。他的生存、温饱、发展观，也就是幸福、合理观。要想获得真正的幸福，"单有'我'，单想'取彼'"地只是"纯粹兽性方面的欲望的满足"（《热风·五十九"圣武"》）是不行的，必须"合理的做人"。做到物质与精神的统一，正确处理自我与他人的关系，于自他两利。这应该视为鲁迅的本原思想，是他对人往何处去的问题所做出的最朴实也最精准的回答。

而1925年在《灯下漫笔》中，则大呼"中国人向来就没有争到过'人'的价格，至多不过是奴隶，到现在还如此，然而下于奴隶的时候，却是数见不鲜的。"他呼吁青年为了创造没有奴隶、也没有奴隶主的"第三样时代"而奋斗！

具有这种理想是很对的。呼唤实现"人"的价值也是极为重要的。但是怎样实现"第三样时代"的理想和"人"的价值呢？

《灯下漫笔》结尾说道："扫荡这些食人者，掀掉这筵席，毁坏这厨房，则是现在的青年的使命！"

这就未免情绪化了。进步、合理、文明的社会，是不可能通过"扫荡"、"掀掉"、"毁坏"得来的。

后期鲁迅尽管从观念上接受了阶级论，但又对以经济地位衡量人的品质表示了怀疑。1931年7月，他在《上海文艺之一瞥》的讲演中也说："上海的工人赚了几文钱，开起小小的工厂来，对付工人反而凶到绝顶"。他指出："至今为止的统治阶级的革命，不过是争夺一把旧椅子。去推的时候，好像这椅子很可恨，一夺到手，就又觉得是宝贝了，而同时也自觉了自己正和这'旧的'一气。二十多年前，都说朱元璋（明太祖）是民族的革命者，其实是并不然的，他做了皇帝以后，称蒙古朝为'大元'，杀汉人比蒙古人还利害。奴才做了主人，是决不肯废去'老爷'的称呼的，他的摆架子，恐怕比他的主人还十足，还可笑。"一直在探寻打破历史恶性循环路径。

但到1932年则陷入了误区，5月在《我们不再受骗了》一文中说"无产阶级专政，不是为了将来的无阶级社会么？"1934年6月又在《答国际文学社问》中说："先前，旧社会的腐败，我是觉到了的，我希望着新的社会的起来，但不知道这'新的'该是什么，而且也不知道'新的'起来以后，是否一定就好。待到十月革命后，我才知道这'新的'社会的创造者是无产阶级，但因为资本主义各国的反宣传，对于十月革命还有些冷淡，并且怀疑。现在苏联的存在和成功，使我确切的相信无阶级社会一定要出现，不但完全扫除了怀疑，而且增加许多勇气了。"这里鲁迅存在理论上的失误。历史业已证明，无阶级社会固然很好，但是恐怕是很难实现的乌托邦。而且通过无产阶级专政的道路，不仅很难实现，反而会适得其反。我以为，任何阶级的专政，都不能建立幸福、合理的社会。幸福、合理的社会，只能是现代法治和科学管理的，不能有阶级的专政。鲁迅像很多的共产主义者那样，有很美好的理想，却对实现这一理想的途径缺乏科学的认识。他根据事实作出的判断和引发的创作是与无产阶级专政理论相违的。例如《阿Q正传》中既写了阿Q在封建阶级压迫剥削下一定要革命的必然性，又写了阿Q式革命的悖谬与不合理性：革命成功后只是拿些东西与欺压小D。阿Q专政与赵太爷专政并无本质区别，甚至有过之无不及。这都说明鲁迅的本原思想是与无产阶级专政理论不相通的。只是1932年以后在谈到苏联问题时，表示了赞同。这除了当时的历史局限性之外，与他所接受的欧陆性的东方文明背景有关，与中国传统文化的两极思维以及传入中国的黑格尔哲学也有关。例如在《我们不再受骗了》中还说："我们的痛疽，是它们的宝贝，那么，它们的敌人，当然是我们的朋友了。"这未免绝对化，和"文革"中的"对着干"是同一思维模式，因为敌人反对的不一定就是我们应该拥护的；敌人拥护的也不一定就是我们应该反对的。情况很复杂，不能绝对化。与此相关产生的另一偏执是不容许"第三种人"的存在，似乎只能有对立的两极，不能有广大的中间地带。这些观点和做法是不符合"幸福的度日，合理的做人"这一本原思想的。其实，世界上的事物不是一分为二，而是一分为三。一个社会要想长治久安、和谐幸福，就必须扩大中间人群，使中产阶级成为整个社会的主导和基础。鲁迅在《"题未定"草（六至九）》这篇以"摘句""选本"为例全面阐发科学思维方法的长篇杂文中，提出了一个科学的命题："虚悬了一个'极境'，是要陷入'绝境'的。"然而一到实际问题上，有时就走极端了。

因而在历史与未来之间，鲁迅对历史，特别是中国的历史具有深透的理解，但对人类如何走向未来的问题并没有想清楚。

而鲁迅的思想又是复杂的。在肯定苏联的无产阶级专政同时，他仍旧在探寻打破历史恶性循环的途径。鲁迅后期最珍贵的思想就是对中国封建专制进行了更加深入的剖析。在《隔膜》和《买〈小学大全〉记》中以冯起炎和尹嘉铨为例，入木三分地分析了中国知识分子被封建教育所"质化"，与统治者皇帝之间存在"隔膜"，懵懂、颠顶地向皇帝求助、"请谥"的历史悲剧。《病后杂谈》和《病后杂谈之余》，揭示了封建皇帝与农民起义领袖的另一种"质化"——酷刑的极致"剥皮"，得出"大明一朝，以剥皮始，以剥皮终，可谓始终不变"的结论，令人联想到鲁迅中期在《阿Q正传》中对"阿Q式革命"的预感，对如何结束封建专制制度的历史恶性循环生发思索：如果人的精神得不到改变和升华，只是争夺"一把旧椅子"式的以暴易暴，从"剥皮"始到"剥皮"终，不过是一种改朝换代的演变，"正如上海的工人赚了几文钱，开起小小的工厂来，对付工人反而凶到绝顶一样"，人类社会是不会有实质性的进步的。

鲁迅是一个活生生的人，不可能脱离当时的时代环境，不可能不受到当时一些错误思潮的影响。这绝不仅仅是他个人的悲剧，而具有深刻的历史与时代的原因。如鲁迅那样始终沿着自己注视的"人"的精神契机的轨迹往前走去，锲而不舍地深入进某个侧面的深层，就已极为了不起了！世上从来没有天生完美、百分之百正确的神灵，也没有全知全能、一切擅长的所谓全才，鲁迅既不可能先知先觉，不出现矛盾和失误，也不可能如专业学术家那样对所有的问题"作出条分缕析的学术上的阐释。他的杰出之处是在于宏观性地揭示中国传统文化中极端不合理性的一面，启迪和鼓舞人们对它进行澄清"。作为一个感悟性的思想家，他"只能从自己对于它进行犀利观察和深邃感受的角度，作出了不少富有宏观性和启迪性的见解"（林非语）。何况，尼采说过："任何深刻的心灵都需要一副面具"。鲁迅作为中国现代文坛最深刻的文人，也会有他的面具。这种面具不是为了欺骗别人，而是处事自保的需要。正如他在《写在〈坟〉后面》中所说的："偏爱我的作品的读者，有时批评说，我的文字是说真话的。这其实是过誉，那原因就因为他偏爱。我自然不想太欺骗人，但也未尝将心里的话照样说尽，大约只要看得可以交卷就算完。我的确时时解剖别人，然而更多的是更无情面地解剖我自己，发表一点，酷爱温暖的人物已经觉得冷酷了，如果全露出我的血肉来，末路正不知要到怎样。"后来的研究者恰恰须揭开鲁迅不得不戴的面具，露出他真的血肉，并分析出他掩饰的缘由，才能达到研究的深度，淘到鲁迅的真金。

不仅对鲁迅，对古今中外所有的历史人物都应该采取这种科学的态度。

三　鲁迅与世界的双向比较

从世界视域中审视鲁迅，又透视鲁迅眼里的世界究竟是怎么样的，这样从双向对流中就会更为全面、准确、深刻地认识鲁迅。

鲁迅确实有他的局限——深深扎根在中国这块土地上，未能离开小农经济的基地，更广大地放开眼界看世界。例如他在《文化偏至论》中，指出西方的议会民主是"借众以陵寡，托言众治，压制乃尤烈于暴君"，被后来许多研究者看成是反对民主制。但宇宙间的事物无不具有两重性，鲁迅这一所谓"反对民主"的话，却一针见血地点透了西方民主的弊端和局限性。民主虽然有反对专制的一面，但并不是全好的，"人手一票""全民公投"的结果也并不是全对的。很可能是管理者一种省事和推卸责任的手段，所谓公众的意志往往是一种违背客观规律的错误的决定，尤其在中国这样人口众多、意见纷纭的大国，往往并不适合这种所谓的民主。倘若硬性实行，结局完全可能是："借众以陵寡，托言众治，压制乃尤烈于暴君。"看来是鲁迅反对民主的观点，固然有他对西方政治制度缺乏足够了解的一面，但也来自他的优势——懂得中国也看透了中国大多数人没有离开小农经济的基地、庸众占据上风的弊端，产生了只有鲁迅才有的一套对付的法子。

回顾20世纪上半叶的中国鲁迅学史，有三个人对此看得最准——

一个是聂绀弩。他1940年就在《鲁迅——思想革命与民族革命的倡导者》（1940年10月25日重庆《中苏文化》半月刊7卷5期）一文中，对鲁迅精神做了极为深刻的阐释："鲁迅先生根本思想就是人的觉醒"，"民权的觉醒"。因为无论是否打倒了皇帝，经济有了多大发展，有了多强的军事实力和多高的科学教育，"如果人民的脑子不从封建文化的束缚之下解放出来，人民不获得人的知识，人的思想，无论什么改革，无论那改革得到怎样的胜利，也将是表面的，形式的，换汤不换药的。"鲁迅高于近代所有改革者的地方，就在于他比任何人都自觉、彻底、一贯地为"人"而呐喊、战斗。聂绀弩这篇文章是对鲁迅精神本质作出深透理解与充分阐发的力作，多少年后少有人超越。只有紧紧抓住鲁迅的这个精神本质，才可能真正理解鲁迅，理解鲁迅为什么在青年时代就提出了"立人"的主张？为什么在五四时期的第一声呐喊——《狂人日记》中把五千年的历史概括为"吃人"二字？为什么在《阿Q正传》中鞭辟入里地批判阿Q精神胜利法这种奴才主义哲学？为什么在前期杂文中一再重复这样的思想:"中国人向来就没有争到过'人'的价格,至多不过是奴隶"?为什么后期在《隔膜》《买〈小学大全〉记》《病后杂谈》《病后杂谈之余》等最精辟的杂文中一再剖析中国人、特别是中国知识分子"不悟自己之为奴"的社会心理,并穷究"遗留至今的奴性的由来"?为什么说"大明一朝,以剥皮始,以剥皮终,可谓始终不变",为摒弃暴力、打破历史的恶性循环而进行着不懈的探索?从而也就理解鲁迅究竟是在什么环境中与层面上、出于什么样的动因接受马克思主义的?他毕生为之奋斗不息的宗旨究竟是什么?他对于中国的、独特的、别人不可替代的精神价值究竟在哪里?

另一个是邵荃麟。坚实的马克思主义文艺理论家邵荃麟早在1945年9月10日《国文杂志》3卷4期发表的《鲁迅的〈野草〉》中,就明确指出:

> 鲁迅先生不是什么主义者,他的思想是从血淋淋的历史现实中间搏斗出来,锻炼出来的。他并无别的特点,只是永远和历史的发展紧紧结合着,永远和人民的心紧紧拥抱着,因而他才能最真切的听到历史的声音,最真切的感到历史和人民的痛苦。

后来的许多论者给鲁迅加上了一些"主义者"的帽子,赞誉者称他为"共产主义者""反自由主义者""民主主义者"等等,诋毁者又称他为"激进主义者""复仇主义者""虚无主义者"等等。其实,这都是并不符合鲁迅实际,也不会被他本人认可的。最恰当的提法,还是如邵荃麟所说,"是从血淋淋的历史现实中间搏斗出来,锻炼出来的。他并无别的特点,只是永远和历史的发展紧紧结合着,永远和人民的心紧紧拥抱着,因而他才能最真切的听到历史的声音,最真切的感到历史和人民的痛苦。"鲁迅的思想和作品,是从中国近代被压迫被侵略的屈辱的历史与现实中产生的,没有必要加上任何外在标签。

邵荃麟还在《关于〈阿Q正传〉》(1942年《青年文艺》第1卷第1期)一文中提出"鲁迅先生并不是政治家"。这一句往往会被读者忽略的话,意义却很大。由于后来把鲁迅推向"神坛",人们在潜意识中把鲁迅当作了"全知全能的'神'",似乎他说的话应该句句正确,每句话都是真理,"一句顶一万句"；在政治上，也应该事事正确，富有预见，能够提出正确的解决方案。这样产生的后果，一是把鲁迅的话当作政治家的指示，一律照办，结果可能并不如意；二是用政治家的标准要求鲁迅，一旦发现鲁迅的某些话在现实政治中并不全对，就从一个极端跳到另一个极端，以此全盘否定鲁迅。应该像邵荃麟那样，认识到"鲁迅先生并不是政治家"，而是一位在中国社会从传统到现代的转型时期，对中国社会和中国历史有着深刻认识的天才文学家与本土思想家。更准确一些，是用鲁迅自己的话说，就是一位"精神界之战士"，一位从20世纪初叶就反对世界的"质化"趋势、主张"尊个性而张精神"、主持正义、反对不平等现象的精神斗士。他是一个生活在人间的活活生生的人，但绝对不是一般的俗人，而是一位几百年才出现的极为特殊的文学天才和思想天才。因之，也可能既有一般人不具备的天赋，又有一般人都有的各种各样的缺点、弱点，甚至超过一般人的怪脾气和激越的狂气。我们不能因为这些所谓"毛病"，否定他的全人；更不必要为贤者讳，把本是他缺点以至失误的地方，美化成优点或"伟业"。以鲁迅的是非为是非，以鲁迅的好恶为好恶。而应该照他自己所曾经说过的批评原则去做："好处说好，坏处说坏"。但无论如何，他的文字与人格是绝对伟大的，是多少位其他贤人或巨人无法比拟的。在启发中国人"悟自己之为奴"，从而克服奴性、提高悟性、实现人的自觉方面，起到了无可替代的作用。但他并不是一个对社会革命实践进行具体指导和管理的政治家，他虽然提出了对"无阶级社会"的向往，呼吁既没有奴隶也没有奴隶主的"第三样时代"的到来，但他不可能像政治家那样为这种社会的到来设计比较合理的政治方案，摸索出比较科学的政治途径。不但不能，有的时候，还可能有所失误，例如对前苏联的情况就有误读之处等等。文学家需要激情，甚至"偏至"，以至于须保留"童真"；政治家则不然，最当紧的是冷静、客观、务实。不要以政治家的标准苛求鲁迅吧！一个人，即使是非常伟大的人物，也不可能全知全能、十全十美。如鲁迅那样，在中华民族认识自己、"反省"自己的过程中起到如此超凡的文学和思想的效应，就已经极其难得，肯定长存于精神文化史上了！对历史上伟大人物的认知，决非评价得越高越好，而是需要恰如其分，需要中肯、准确，需要有理性的眼光。

第三个是舒芜。1946年10月18日上海《希望》2卷4期，发表了舒芜的《鲁迅的中国与鲁迅的道路》，认为鲁迅是生活在一个充满了"做戏的虚无党"的有着特殊国情的国家里。而鲁迅是从不相信"做戏的虚无党"所宣扬的什么"光明"的。因而，"可以这么简单的说：不断铲除着这样的'光明'，显现出'黑暗与虚无'之为'实有'的道路，就是鲁迅的道路"。"正如景宋所说，是'以悲观作不悲观，以无可为作可为，向前的走去'（《两地书·四》）的"。"鲁迅的中国需要鲁迅的道路，鲁迅的中国不能不需要鲁迅的道路"。"在鲁迅的中国，坚持鲁迅的道路"，坚持韧性的战斗。

看了舒芜半个多世纪以前的这篇论文，不禁令人联想到20世纪90年代出现的汪晖所提出的鲁迅"反抗绝望"论。80年代新发现的1925年4月11日鲁迅致赵其文的信中有言：

《过客》的意思不过如来信所说那样，即是虽然明知前路是坟而偏要走，就是反抗绝望，因为我以为绝望而反抗者难，比因希望而战斗者更勇猛，更悲壮。

由此而引发出了汪晖的《反抗绝望——鲁迅的精神结构与〈呐喊〉〈彷徨〉研究》一书，成为20世纪末鲁迅研究一大新论。然而，舒芜在并未见到这封致赵其文信的时候，就把握住了鲁迅反抗绝望的精神特征，尽管他尚不可能如汪晖那样拈出"历史的中间物"这一概念，予以更高理论层面的阐发，也不能不说是显现出了很高的悟性。其实，从舒芜到汪晖贯串着的一条精神线索，这就是强调鲁迅主观内在的复杂的精神结构，从个性入手研究鲁迅独特的精神特征，这应该说是鲁迅研究的一个新的视域，是解读鲁迅研究中一些矛盾和困惑的新的切入口。舒芜之所以能够在20世纪40年代就能有此悟性，是与他在《论主观》一文中所阐发的"个性解放""发扬主观"的哲学思想密切相连的。然而，也正因为如此，在他的《论主观》遭到批判的时候，他的这篇《鲁迅的中国与鲁迅的道路》也同样受到了批评。

胡绳的《鲁迅思想发展的道路》（见1948年9月香港文艺出版社出版的《鲁

迅的道路》一书）正是对舒芜此文的一种反驳，重申瞿秋白关于鲁迅思想发展道路论述的同时，又对鲁迅后期思想的转变、特别是"上升到无产阶级的集体主义思想"这一方面作了较前更为充分的阐发，但也进一步加固了从"个性主义"到"集体主义"的鲁迅思想发展道路框架。其实，这也是鲁迅研究中的一种"质化"和"固化"，使研究失去了精神活力，只能在预设的框架内死板地进行诠释。胡绳无愧为一位难得的富有天赋、造诣深厚的学者，但由于种种缘由自觉或不自觉地"在预设的框架内"进行研究，妨碍了他一生的学术成就。

而到1956年10月19日纪念鲁迅逝世20周年大会上，茅盾的《鲁迅——从革命民主主义到共产主义》的主题报告，把鲁迅思想发展道路完全纳入了政治公式，离真正的鲁迅越来越远了。

概而论之，聂绀弩所说的："鲁迅先生根本思想就是人的觉醒"，"民权的觉醒"。鲁迅高于近代所有改革者的地方，就在于他比任何人都自觉、彻底、一贯地为"人"而呐喊、战斗。邵荃麟所讲的："鲁迅先生不是什么主义者"，也不是什么"政治家"，"他的思想是从血淋淋的历史现实中间搏斗出来，锻炼出来的。""永远和人民的心紧紧拥抱着，因而他才能最真切的听到历史的声音，最真切的感到历史和人民的痛苦。"舒芜所论的"鲁迅是生活在一个充满了'做戏的虚无党'的有着特殊国情的国家里。而鲁迅是从不相信'做戏的虚无党'所宣扬的什么'光明'的。"因而，可以这么简单说："不断铲除着这样的'光明'，显现出'黑暗与虚无'之为'实有'的道路，就是鲁迅的道路"。

这也可以说是鲁迅的不完美之处，即没有离开小农经济基地，然而正是这样不完美的鲁迅才看透了大多数人没有离开小农经济基地的中国。这才是真正的鲁迅，至今以至很长一个历史时期内对我们都有着深刻启示的鲁迅。

关于"超越性"的东西

——自现代小说看鲁迅

〔日〕代田智明　日本东京大学教养学部

一

今年（按：2016年）夏学期（4月到7月），遇到了令我略感兴趣的两件事。第一件事发生在我所担任的以东京大学二年级以上学生为对象的中级汉语读解课上。我作为教材采用了老舍的《微神》①。在座的各位也许都看过，我不讲其详细内容了。这篇作品的主题是主人公"我"的初恋。"我"对"她"有着复杂的感情，让沦为暗娼的"她"因打胎而自杀。在梦境里虽与"她"重逢，但因侵犯"她"的性特征，以致让渴望在"我"心中留下美好记忆的"她"退了出去。在老舍的作品里文体相当摩登，充满幻想的气氛，但无疑是一篇悲剧。

作为教师我选择它作教材的理由是，它具有摩登而幻想的气氛，且文章长短适中。但开始时很担心学生们的反应。最近的学生不太喜欢或不想看悲剧故事和悲惨结尾——这是我原来的先入之见。上完最后一课时，偶尔有了15分钟左右的空儿，我想知道学生的反应，便要学生写简单的感想。

他们的感想里当然有预想的回答，比如"我"过于软弱、"她"太可怜，

---

① 教材为相原茂主编：《老舍·微神》，朝日出版社1986年版。这是简略老舍原本的开头部分而编的。原作收在老舍《赶集》，《老舍文集》第8卷，人民文学出版社1985年版。

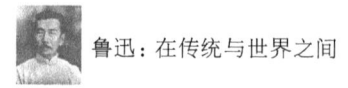

等等。但是也有我出乎意料的回答。下面我介绍一下：

① 看了严肃而沉重气氛（同时有一点怀旧、幻想的氛围）的小说，感到耳目一新。……预习时我高声朗读，我觉得文章调子和人的心情如此吻合，简直沁人肺腑。我相当喜欢这篇文章，以后想继续阅读中国小说，聊以自娱。（三年级男生）

② 因为我很喜欢不幸的结局，觉得耐人寻味。……"小绿拖鞋"是这篇作品的关键词。在梦想的最后片段里，作为美好回忆的零星片段，"她"提及"小绿拖鞋"，说：只在记忆里，能够永远持续当时的美好的思念。但是，"我"不能忍耐只在记忆里的"她"，要记住"她"现实的那双脚，扯下了"她"的袜，露出来了没有肉的一支白脚骨，导致决定性的悲惨结局。——我特别喜欢这一段。（二年级男生）

③ 内容很容易懂。……《微神》触动人普遍感情的地方很多，很容易理解，我对中国增加了亲切感。最后"我"和"她"无缘再见了。把女主人公的人生设定得彻底无情，最后都没合缘——故事情节十分有现代性，这也许是使我觉得容易看懂的缘故。（三年级女生）

使我觉得意外的是：②断言"喜欢不幸的结局"，对作品中最有趣但却不想正视的场面说"特别喜欢"。还有③说"把女主人公的人生设定得彻底无情，最后都没合缘"——但对这种故事觉得"十分有现代性"。可以说，对悲剧结局有着肯定性的兴趣，一般地对意识到包括天灾人祸在内的不确定的未来，活在不稳定的现在中的年轻人来说，是十分自然的反应。但也有可能是现代的青年内在意识萌生着一种变化的预兆。假定悲剧故事为"现代性"的话，那是什么样的故事呢？我想把同学们的这种反应作一个引子提示这一议论的线索。

说一说我遇到的第二件事。那是在第一件事大约一个月前的事。日本的中国社会文化学会就"文革"发动50周年，召开了一个圆桌讨论——题为"文化大革命和其记忆"①。会上有位当时受过"文革"影响的教授发言说:"文革"缺少"宗教性"(这句话在日本一般来说是人们忌讳说的),也就是说要有"超越性"。

他说的意思可以理解如下。没有"超越性",便不能形成保卫道德的主体或个人,会有再产生"文革"般非人道的混乱。因为超越性在形成个人主体时,将起两个有着表里关系的作用:一个是让"我"将自己承认为特定社会的成员,另一个同时"我"将该社会的禁止事项内面化,正是这样才能对伦理的形成有所帮助②。简单地补充说,在现代化社会里,人们从封建的共同体解放,成为独立个人的抽象性存在。为了集合这样的个体,保障市民社会,需要有超越性的东西。这超越性和个人的关系好像现代的货币和商品的关系一样。这超越性肯定承认个人的存在,同时命令个人禁止一些事情。这样个人内面里会检查自己,产生后悔、歉疚的感觉,形成个人性伦理。我那时当场问上面的那位教授:如今有什么能担负起超越性的东西?我记得他的回答是:"超越性因人而异。"

但我想:如果没有统一的"超越性"、每个人都有着不一样的超越性的话,那不就太为难了吗?当然在一个社会里,全体成员不能将完全一样的超越性内面化。他们之间只要有共同的基础、只要在社会道德(禁止事项)上没有很大的差距,每个人就不仅可以在某种共同的地方议论、合作,还能够形成像尤尔根·哈贝马斯所说的"公共圈"。

可是"超越性"——以后我会具体补充——在后现代的现在正渐渐衰弱、颓落。在这种情形之下,个体有时会故意遮断和"他者"的联系而显示为特殊的个别存在——这当然不是物质的而是抽象的——占"超越性"的地位。举一个最近的例子,可以提在日本相模原杀伤残疾人的嫌疑犯。据说他供述"希特

---

① 今年(按:2016年)7月10日在东大本乡法文2号馆召开了该研讨会。在第2部举办了该圆桌会。马场公彦(岩波书店)提问,尾崎文昭(东洋文库)和坂元广子(一桥大学)发言,由村田雄二郎(东京大学)主持。

② 这个"超越性"初步可以理解为和《第三者的审级》(大泽真幸)、《他人的他人》《大〈他人〉》(拉康)等类似的概念,但是在以后的议论里也有一些差距。

勒的思想落在我身上了"。对他来说,那种优生学思想就是他的"超越性",因此完全没有对牺牲者的罪恶或后悔意识。他的行为是听从超越者的命令而来的,他只不过是忠实实行"他"的命令。这个例子也可以说是一个"超越性"退化的结果。我们还很容易联想到不加选择地实行暴力恐怖、滥施轰炸的原理主义者,他们的精神结构是完全一样的。我刚才说到的"公共圈"代表"我们沟通就能互相了解"的精神,而与不容分辩地开枪杀人的人之间创造不出互相协商的"公共圈"。

在此我想说的是:如有超越性,人一定会基于人性伦理而行动——这种想法已经成了一个幻想。现在"超越性"的状况,与刚才介绍的学生们肯定地接受(再说"肯定地参与")故事悲剧结局的心理之间,是不是有某种相符之处? 假如《微神》的悲剧是"现代性"的故事,那么让我在现代的文学和鲁迅的文学中探索一下其"现代性"。我认为通过这样的探索,能找到重新研究鲁迅主体的意义,同时也会产生在现况下参照鲁迅的意义——这就是我的框架。

二

为进一步进行议论,现在我想介绍一下日本和中国的所谓"80后"作家,尤其提三篇女作家的作品讲讲。日语的作品也许没有汉语翻译,仅供参考而已。首先介绍一下绵矢莉莎①的《打开吧!》。这篇小说首先描写了主人公女高中生的初恋,然后展开典型的三角恋关系。作为主人公的女生不允许恋爱对象"TATOE 君"和他的恋人"美雪"一起去东京升学,为了复仇,她竟然跟"美雪"结下了性关系。故事的重点从她要做"TATOE 君"的恋人,逐渐变到她渴望让他人坚定地承认自己的心理。她独白说:"救救我。她小声自语。/救救我,看看我,对我伸手,捡起我!"②她渴望、彻底相信会有某一个存在好好地对她

---

① 绵矢莉莎 1984 年出生于日本。2004 年以《欠踹的背影》荣获第 130 届芥川奖。〔日〕绵矢莉莎:《打开吧!》,〔日本〕新潮社 2015 年版。
② 同上,第 128 页。

说:"你不用担心。你只要活着就十分美丽"①。

最后原来作为情敌的"美雪"容忍主人公的各种恶意行为,甚至还感谢她接近自己。"TATOE 君"也在众目面前说:"无论如何带你去(东京)。"表达了容纳主人公的愿望。她一个人坐着不知去处的电车,这么想:"我绝对不(跟两个人一起)去(东京)。他们用最好的方法教给了我,我不用去。"②她最后理解了自己最关心的是有"什么"可以确认她、支撑她。这个故事的焦点不在于恋爱的成功或从失恋中恢复过来,而在于她的内面危机本身。总而言之,本来的超越性衰弱未能许诺主人公的内面安定或形成伦理。这也在"TATOE 君"的父亲使用家庭暴力(DV)的情节中表露出来。在这篇故事里,"父性"差不多没有起什么作用。正如"TATOE 君"(日语的意思是"比喻君")是在这篇故事里起父亲性的"代替"隐喻似的。"美雪"反而表现了某种"母性"。

第二篇作品是村田沙耶香③的《消灭城市》。故事的时间定于近未来,描写主人公雨音从少女时代到(大约)30岁以上的时期,写每个时期的男女关系、性意识、结婚、养孩子习惯的变化。习惯可以分为"过去""现在"和"未来"这三个阶段。雨音经历了从开始时对自己所在的环境觉得违和,到最后能够被每个阶段的环境同化的过程。在"未来"的社会,大人都担着"妈妈"的任务。因为人工授精隐蔽了亲子关系,出生的孩子们都将作为"小孩子"被养育。可以说是一篇反乌托邦的小说。

雨音最后发出悲痛的叫声说:"在每个世界里我都可怕的正常。我想那就是异常吧?"④"没有比正常更可怕的发狂。不是吗?虽说是发狂,却是如此的正确⑤。""妈妈我害怕。正常无论到什么地方都追赶我来,我在所有的地方都

---

① 〔日〕绵矢莉莎:《打开吧!》,〔日本〕新潮社 2015 年版,第 178 页。
② 同上,第 182 页。
③ 村田沙耶香 1979 年出生,准确地说不属于"80 后",但可以同时期而论。2016 年以《便利店人》荣获第 155 届芥川奖。〔日〕村田沙耶香:《消灭城市》,〔日本〕河出书房新社 2015 年版。
④ 〔日〕村田沙耶香:《消灭城市》,〔日本〕河出书房新社 2015 年版,第 207 页。
⑤ 同上,第 228 页。

是正常的。"①"正常"原本应该构成她内面和伦理的"超越性",但是它继续变化不止。不用说,继续变化的"超越性"本身就是自我矛盾,不能说成什么"超越性"。可以说作品以反乌托邦的形式,描写了后现代的个人内面和伦理危机。

最后我讲一篇中国"80后"作家的小品,是张悦然的成名作品《黑猫不睡》。她擅长寓言,这篇也可以看做寓言。跟《打开吧!》一样,它以揭发父亲在家里的暴躁作为故事的开端。假如把家庭内暴力看做"父性"的隐喻,其"超越性"很明显地颓落了。如果把主人公"我"所宠爱的黑猫墨墨对置在"父性"关系中,它肯定会成主人公内面本身的隐喻。父亲说黑猫是不祥物,粗暴地踢打它,墨墨昼夜不睡。它被打得满身伤痕累累,最终残废了。那个父亲不是培育亲生女儿的内面,反而坏灭她的存在本身。

假定小说中的"我"是古典故事里的"小公主",邻居晨木应该就是挽救这位公主的"王子"。他答应替她好好照顾怀有身孕、被赶出去的墨墨,但他最后瞒着她把墨墨扔到了野外。雪化后,"我"在幼儿园的一个角落发现一具猫尸。过了一段时间父亲有了一些钱,搬家到别处。但她没向晨木告辞。有一天她被莫名其妙地感情驱使,回到以前住的地方。晨木也已经搬家不在了。但他留下一张留言说:他后悔把墨墨赶出去,现在找回墨墨生的小猫在喂养。她想见见他和墨墨的孩子,但晨木留下的地址被雨水打落,不知漂去何方了。"我们还会相逢吗?"作品以她这句问话为结尾。作为隐喻来看,她内面的后继应该在晨木那儿活下去,但她已不能找到它了。这样,和日本最近的小说一样,"超越性"是不是在中国也已经没有了?我通过这篇作品听到了这样的声音。

三

那么,这和鲁迅或鲁迅文本有什么样的关联呢?现在和鲁迅生活的时代已隔了一百来年的岁月了。"超越性"即使在现代已颓落,与鲁迅在世的时代相比,其地位与表现也都不一样了。但我想以《消灭世界》里的《途中》为线

---

① 〔日〕村田沙耶香:《消灭城市》,〔日本〕河出书房新社2015年版,第237页。

索再加以考察。文本《消灭世界》里，雨音的朋友树里这么说："人不断进化，灵魂的形象和本能也在变化。地上既然没有完整的动物，完整的本能也不会存在。人都是进化途中的动物，所以和世界符不符合不过是个偶然，谁也不能知道一刹那后的那个对不对。"

研究过鲁迅的人一定会从《途中》这句话想起"中间物"。《写在〈坟〉后面》里有一段很著名的话。虽然较长，引用一下。

"……自己却正苦于背了这些古老的鬼魂，摆脱不开，时常感到一种使人气闷的沉重。就是思想上，也何尝不中些庄周韩非的毒，时而很随便，时而很峻急。……大半也因为懒惰罢，往往自己宽解，以为一切事物，在转变中，是总有多少·中·间·物的。动植之间，无脊椎和脊椎动物之间，都有中间物；或者简直可以说，在进化的链子上，一切都是·中·间·物。当开首改革文章的时候，有几个不三不四的作者，是当然的，只能这样，也需要这样。他的任务，是在有些警觉之后，喊出一种新声；又因为从旧垒中来，情形看得较为分明，反戈一击，易制强敌的死命。但仍应该和光阴偕逝，逐渐消亡，至多不过是桥梁中的一木一石，并非什么前途的目标，范本。跟着起来便该不同了，倘非天纵之圣，积习当然也不能顿然荡除，但总得更有新气象。"① （着重号由笔者所加）

这样的鲁迅"中间物"意识自1980年代末汪晖强调以来②，比较广泛地被认同。我想把"中间物"更严密地规定为"该消灭的中间物"③。这种意识早在五四运动启蒙时期已有，从在《热风》里的随笔《随感录》中或在当年的讲演

---

① 鲁迅：《写在〈坟〉后面》，《鲁迅全集》第1卷，人民文学出版社1981年版，第186页。

② 汪晖：《反抗绝望——鲁迅及其〈呐喊〉〈彷徨〉》，〔日本〕久大文化股份公司1990年版。

③ 这句话极近似于弗雷德里克·詹姆逊论、由斯拉沃热·齐泽克提起的"在消灭的媒介者"的概念。按他们的说法，那表示在一样的形式里溜进不一样的内容去。在形式本身被解体时这也消灭。参照这个议论很有意思。但说起来长，脱离本题，现在只提出问题为止。

中，我们都可以明显地看到。以下鲜明显示了鲁迅的进化论观：①

"……生命何以必需继续呢？就是因为要发展，要进化。个体既然免不了死亡，进化又毫无止境，所以只能延续着，在这进化的路上走。……无脊椎动物有内的努力，积久才会发生脊椎。所以后起的生命，总比以前的更有意义，更近完全，因此也更有价值，更可宝贵；前者的生命，应该牺牲于他。"（《我们现在怎样做父亲》）

这个时期的鲁迅认为自己是先导、启蒙的导师。因此鼓励青年人，光虽然很是微薄，要向黑暗发出叫声。他这么说："此后如竟没有炬火：我便是唯一的光。倘若有了炬火，出了太阳，我们自然心悦诚服的消失，不但毫无不平，而且还要随喜赞美这炬火或太阳；因为他照了人类，连我都在内。"（《随感录》41）②

这里说的"我"应该是鲁迅也包括在内的。"我便是唯一的光"——这句话体现出当时的觉醒者的骄傲。所以在五四时期鲁迅的意识里，"消失"好像是"退去、撤退、交代"那样温和的形象。

但是到了五四退潮时期，一直看成伙伴的"进步派"内部发生了分裂。甚至他从故乡搬家努力结成的一家也由和盟友弟弟周作人决定性的不和导致解体了。兄弟俩一直没说详细，所以失和真正的理由到现在还不能搞清楚。这事件是1923年发生的。众所周知，大约从此时到1927年跟新的伙伴许广平在上海开始同住的时期，就是鲁迅思想的苦恼和摸索的时期。那时刻苦恼和纠结的心境，被他写在散文诗集《野草》和第二本小说集《彷徨》里。

简单点儿说：鲁迅认为自己的思想很旧，从上面的引用来说，自己就是"背了古老的鬼魂""中庄周韩非的毒"的旧人——这样的自觉折磨鲁迅的精神。契机无疑是和周作人的不和和绝交。我以前提出过假说：他怀疑本人才是陈旧

---

① 关于鲁迅的进化论，请参照拙稿《探索鲁迅进化论的渊源——赫胥黎·严复·尼采》，《飙风》2016年55号。

② 鲁迅：《随感录·四十一》，《鲁迅全集》第1卷，人民文学出版社1981年版，第140页。

的"家长似的存在"①，并且周围社会的低潮也动摇着他的理想。这段时期之后，提倡"革命文学"的"新的"青年文学家上台，把包括鲁迅在内的人们当成"落后"加以批判，展开了激烈的论争。

纵览上述脉络，总结下来，鲁迅也有"超越性"的危机。他的自我意识与要贡献于中国社会的改革（当时所说的"革命"）结合得很密切。但他在自己内面和外面也看到了陈旧、无法挽救的黑暗。自己不能启青年人之蒙、鼓励他们做"觉醒者"，却给青年人感染"黑暗"的黑漆——这是鲁迅心里的"恐怖"。

那时代的万象的确在各个侧面与现代不一样。但从"超越性"的危机和克服的角度来重新追问鲁迅那时期的思想——也有可行之处。围绕鲁迅克服危机的问题，我曾经谈及《彷徨》里的小说《孤独者》，就此有过题为《危机的葬送》的拙文。② 文中我写道："描写了挣扎脱离从来的自己的势态"和告别过去的"预告"，可以说鲁迅是在要从危机中摆脱出来的过程之中。

用一句话概括他的克服，可以说他占据了上述的"该消灭的中间物"的位置，从旧营垒来的人也有其价值。当然五四时期已有类似的意识，但那时候的重点在于"中间物"。对此克服后的重点则逐渐转移到"该消灭的"。因此消灭的形象也由"退去、撤退、交代"变为真正的"接近、破灭、灭亡"。为了把这个形象用鲁迅自己的话表示出来，无妨举鲁迅写完《孤独者》四天后写的《伤逝》为例。这文本很多研究家视为在鲁迅的小说里唯一一部反映青年男女爱情的小说。有人把它当成鲁迅本人传记人生而看，但现在不讲这些了。

主人公为涓生，女主人公为子君，在涓生的引导下子君受了启发，在新的思想下，他们经过恋爱开始同居生活。"我是我自己的，他们谁也没有干涉我的权利！"③——这就是她的决心。但在当时的社会里他们的同居是不纯的，风声传出，涓生被解雇失去工作，他们俩面前开始投下阴影。子君胆怯了，涓生产生了这样的一个想法：如果我一个人就有很多方法出世。"我也突然想到她

---

① 请参照拙作：《解读鲁迅》，〔日本〕东京大学出版社2006年版。及拙稿：《鲁迅的声音为什么沉默——对于周兄弟事件的妄想的推理》，《飙风》2014年52号。
② 见拙作：《解读鲁迅》，〔日本〕东京大学出版社2006年版，第159—194页。
③ 鲁迅：《伤逝》，《鲁迅全集》第2卷，人民文学出版社1981年版，第112页。

的死，然而立刻自责，忏悔了"①——这是涓生的最利己的一面②。他不禁想：如果消去她的存在——涓生想应该告诉她真实，最后告别。"她应该决然舍去"③，但她最初的决心是有他的支持才能坚持的。她没有办法回娘家，在周围的白眼里终于好像自杀而死了。知道这个事实后，涓生十分后悔，他这么说：

"我愿意真有所谓鬼魂，真有所谓地狱，那么，即使在孽风怒吼之中，我也将寻觅子君，当面说出我的悔恨和悲哀，祈求她的饶恕；否则，地狱的毒焰将围绕我，猛烈地烧尽我的悔恨和悲哀。我将在孽风和毒焰中拥抱子君，乞她宽容，或者使她快意。"④

但这是实际上不能实现的事。对不信鬼魂、也不信地狱的涓生来说，"这却更虚空于新的生路"。因此他只好让子君葬在忘却的彼岸，自己活下去。"我要向着新的生路跨进第一步去，我要将真实深深地藏在心的创伤中，默默地前行，用遗忘和说谎做我的前导……"⑤

再怎样悔恨、谢罪，子君也不回来了，这也可以说是不得已的告白，但在这儿也可以闻到一股利己的味儿。总之涓生想着未来尚未明确形成"超越性"，因此"新的活路"也不诚恳，变得含混不清了。对于这段时期的鲁迅的文章，丸山升这样指出过："重复出现模糊不清或荡漾的形象、想看清楚但不能看清楚的烦躁"。⑥我认为这不仅仅是由于不懂现实黑暗，更由于不能发现并注意到、谴责自己内面利己的"超越性"。

从危机中救赎鲁迅的，传记上看来，是恋人、伙伴许广平的出现。但在理论上重要的是，在即将脱稿《孤独者》《伤逝》之前买的托洛茨基《文学和

---

① 鲁迅：《伤逝》，《鲁迅全集》第2卷，人民文学出版社1981年版，第123页。
② 涓生的利己主义，写得很故意明显。很难解释为作者的分身，但是从当时鲁迅在内面纠结的"个人的自由（或无政府）主义"和"人道主义"的对立——这观点考虑，可以说涓生极端地例示前者。对鲁迅作为前者的参照有俄罗斯作家阿尔志跋绥夫的《萨宁》。
③ 鲁迅：《伤逝》，《鲁迅全集》第2卷，人民文学出版社1981年版，第123页。
④ 同上，第130页。
⑤ 同上。
⑥ 〔日〕丸山升：《〈伤逝〉札记》，《鲁迅·文学·历史》，〔日本〕汲古书院2004年版，第75页。

革命》。关于这个问题已有长堀祐造教授的研究①，详细让他讲，做起码的补充，鲁迅通过和在《文学和革命》里的同路人概念的同化，确立了自己对革命的立场。不是作为"觉醒者"而是作为从"旧营垒"来的人，懂得了自己能贡献于革命的斗争。在当时的共产党员中，"同路人"好像还不是真正的革命者。但其实这才给了鲁迅最大的"挽救"。为什么呢？

过了几年后他在革命文学论争中这么写道：

> 俄国十月革命时，确曾有许多文人愿为革命尽力。但事实的狂风，终于转得他们手足无措。显明的例是诗人叶遂宁的自杀，还有小说家梭波里，他最后的话是："活不下去了！"
>
> 在革命时代有大叫"活不下去了"的勇气，才可以做革命文学。
>
> 叶遂宁和梭波里终于不是革命文学家。为什么呢，因为俄国是实在在革命。革命文学家风起云涌的所在，其实是并没有革命。②

长堀教授也这样解释鲁迅的意思："鲁迅渴望着中国实现真正的革命。实现这个希望，他也许有觉悟自己接受'同路人'的悲剧命运。那不是像嘱咐自己这个觉悟似的，说到叶遂宁他们的死吗？"③于是我想说：这"同路人"的"悲剧命运"的比喻相当于《伤逝》的涓生的"地狱"。有了"地狱"，才能确定怎样对子君赎罪，"新的活路"也有了明确的形象。"真有所谓地狱"——这空虚的假定也逆转起来，有了意义了。对悲剧结局的自觉反而使他的生活信念复活起来。按照这样的脉络，可以说形成了"超越性"。还不妨换句话说：像竹内好说的"回心"或像伊藤虎丸说的"终末论"。但我本人斗胆拘泥于悲剧的结局，认为在"该消灭的中间物"的概念里，也有着一重"该消灭"的意义。我以为

---

① 〔日〕长堀祐造：《鲁迅和托洛茨基——在中国的〈文学和革命〉》，〔日本〕平凡社2011年版。

② 鲁迅：《革命文学》，《鲁迅全集》第3卷，人民文学出版社1981年版，第544页。

③ 〔日〕长堀祐造：《鲁迅和托洛茨基——在中国的〈文学和革命〉》，〔日本〕平凡社2011年版，第74页。

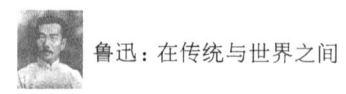

还应当说，20世纪30年代鲁迅的过激性、战斗性也是由于这"新的生路"之可能而产生的。

四

2015年正值鲁迅逝世80周年。回顾过去，要把这样的鲁迅故事适用于现代——是相当困难了。比如《消灭城市》的雨音的问题是：每次变为"正常"。但鲁迅的问题完全相反，不能变为"新的时代和人"。我们不能忽视双方的差距。对鲁迅来说，因为中国社会的变革和为之培育"新人"、所谓"立人"是绝对的前提，所以鲁迅自觉自己是"旧人"而苦恼。我们不能向雨音、爱和美雪要求同样的心志。

但在急速变化的现实里，我们也不得不对"新的时代和人"敏感起来。离"新的时代和人"保持一定的距离——借鲁迅的话说：作为"同路人"要保持自己（也许是很旧的自己）的价值意识而参与社会的变化，为此要确实地树立起与一般概念保持一定距离的"超越性"来。如果从前的、担保进步的现代超越性已在衰弱、颓落——参照像鲁迅那样接受悲剧结局而形成的"超越性"，如果也被现代青年所肯定和接受——那么可以说现代青年实现了与鲁迅精神之暗合。

但我为避免误解要补充一下：这绝不意味着要"悲观"。悲剧结局对鲁迅来说，是极具体的事件，但像鲁迅自己那样不一定是生平内部的事情。当然应该认为这结局无论何时必须会到来，问题在于怎样把悲剧结局具体地内面化。我推测这是无用功，因为不久的将来，会出现完全推测不到的新事态来，或会变为新人，那时我会完全被排除——这样的自觉是一个例子。到那时为建立更好更丰富的广义人际关系（社会）而努力，并且这样活下去——这只不过是更详细地展开鲁迅的自觉而已。

恐怕我的报告有点儿难懂。最后要说，刚才我讲的鲁迅印象是我一个人的。说"独特"固然好听，实际在中国和日本都没得到什么认证。从我的直觉来看，现在是激动的过渡期，此时我个人的愿望是将鲁迅不仅仅作为过去的文学遗产而阅读，而且也作为世界人类的智慧，向着未来而阅读。说起悲剧结局的自觉，大家觉得这好像带着悲惨的消极性，可是我绝不这样想。我却希望：鲁迅的自觉要开拓新的生路，在猛烈激变的全球化之中，对"落后"的、"被卷入"的人们来说，不是一种"疗愈"的文学吗？比如说，佐尔格事件后受日本社会白眼的尾崎秀树（秀实的弟弟），"文革"中被批评下放的钱理群教授等，他们后来都说以阅读鲁迅作品才能够支撑得住他们内心的苦闷。现在"疗愈文学"的鲁迅文学，我还未能全面展开分析。可是就我的鲁迅印象来讲，他的战斗性也是依靠其"悲剧结局"发展的。那么把鲁迅只看成战斗的、革命的文学家的定型看法，虽然不是完全错误，但不是已经有点儿表面性的"教条"了吗？

（校订于 2016 年 8 月 27 日）

"未完成"的鲁迅与当代世界

〔澳〕张钊贻　澳大利亚昆士兰大学历史与哲学探索学院

摘　要：如何复兴或改造中国文化，是近现代中国知识分子思考的一个重要问题，作为作家和文化人的鲁迅，自然思考得更多。鲁迅提出中国文化存在的问题，跟他改造"国民性"的理念有直接关系，但由于种种原因并没有受到重视，更谈不上处理，问题因此"未完成"。这"未完成"的鲁迅对当代中国仍有现实意义，而且不限于中国，实际上有世界意义。

关键词：鲁迅；中国文化传统；改造"国民性"

解　题

本文所谓"未完成"的鲁迅，主要是从毛泽东《新民主主义论》（1940）中关于鲁迅和中国文化发展问题的论述中引发出来。毛泽东在《新民主主义论》中指出"我们必须尊重自己的历史，决不能割断历史。"并提出"新民主主义的文化"要对中国"灿烂的古代文化"进行"清理"。[①] 鲁迅作为"中国中华民族新文化的方向"的代表，其思想自然应该是"清理"传统文化的主要参考之一。《新民主主义论》对西方和古代的文化的态度是，"凡属我们今天用得着的

---

① 毛泽东：《毛泽东选集》第2卷，人民出版社1966年版，第668页。毛泽东在《中国共产党在民族战争中的地位》（1938）亦已提出"不应该割断历史"，"从孔夫子到孙中山，我们应当给以总结，承继这一份珍贵的遗产。"选自毛泽东：《毛泽东选集》第2卷，人民出版社1966年版，第499页。

东西,都应该吸收",剔除糟粕,吸收精华,这也正是鲁迅《拿来主义》(1934)的意见。论者对鲁迅《拿来主义》一文的解读,大抵注重其中引进吸收对外来文化的主张,若细读原文,鲁迅其实也将中国文化传统作为"拿来"的对象。他以继承一所大宅为比喻,认为我们对文化传统应该:

> 占有,挑选。看见鱼翅,并不就抛在路上以显其"平民化",只要有养料,也和朋友们像萝卜白菜一样的吃掉,只不用它来宴大宾;看见鸦片,也不当众摔在茅厕里,以见其彻底革命,只送到药房里去,以供治病之用,却不弄"出售存膏,售完即止"的玄虚。①

这也应该是《新民主主义论》提出的"清理"传统文化的应有科学态度,也应该是进行"清理"的重要标准。

笔者一直认为,《新民主主义论》里面的思想,并非完全是毛泽东个人的创见,而是代表了当时共产党领导层的集体智慧;也不仅仅限于共产党领导层的集体智慧,实际上是共产党领导层综合了自鸦片战争以来中国先进知识分子的理想、意志和目标。可是,新中国成立后的连串政治运动,乃至"文革"横扫一切的"清理",几乎把古今中外的文化遗产全部反对掉,这与原来《新民主主义论》中的实事求是主张和科学态度有不少差距,这是有目共睹的事实。不过笔者并非是研究中国当代政治历史或党史的,无意进行考证。笔者主要想指出的是,《新民主主义论》以鲁迅为方向、亦即在某种意义上以鲁迅的意见对中国传统文化进行的"清理",即使曾一度开始,局部仍在开展、进行,但在一些主要问题上,尤其是鲁迅所看重的一些问题上,实际上踏步不前,或曰尚未完成。这就是本文题目中"未完成"的意思。

---

① 鲁迅:《鲁迅全集》第6卷,人民文学出版社2005年版,第40页。

鲁迅与继承中国传统文化

讨论到鲁迅与中国传统文化的问题，自然绕不开林毓生《中国意识的危机》(The Crisis of Chinese Consciousness)的观点。① 鲁迅作为"五四"新文化运动的主将，对中国传统文化进行了深刻的批判，尤其是他在《狂人日记》中将当时的传统文化概括为"礼教吃人"，影响很大。后来在"文革"期间的"批林批孔"等政治运动中，鲁迅被抬出来为现实服务，在彻底反封建的标签下，成了反孔批儒、彻底反传统的代表。上世纪80年代"文化热"期间，林毓生《中国意识的危机》介绍到中国，② 从文化的角度探讨鲁迅的思想，引起研究者的很大兴趣，但林毓生认为鲁迅"激烈的反传统"即主张"全盘西化"的结论，虽与"文革"的"彻底反封建"有异曲同工之妙，却未得到究者认同，因为这个结论不符合鲁迅著作全面的归纳和解读。后来，中国国内的鲁迅研究者也出版过一些探讨鲁迅与传统文化关系的专著，③ 详细阐述鲁迅对传统文化的正面态度，但这些努力似乎并未产生应有的影响和效果，里面的原因很多，但笔者认为，我们没有说清楚过去彻底批判传统的鲁迅，与现在我们强调承传传统的鲁迅之间的关系，或曰，鲁迅在"五四"时期"激烈反传统"的言论，与我们目前强调鲁迅对文化传统的正面态度，这两者之间的关系，没有进行辨析，是其中一个重要的因素。

首先应该指出，鲁迅"激烈反传统"的言论，有些是误读，如所谓反中医，其实是反庸医，不分中西。他就指出过，中国引进来的西医，还未萌芽就已腐

---

① Yu-sheng Lin, *The Crisis Chinese Consciousness*, Madison : University of Wisconsin Press , 1979。
② 林毓生著：《中国意识形态的危机》，穆善培译，贵州人民出版社1986年版。
③ 例如，较受注意的有林非：《鲁迅与中国文化》，学苑出版社1990年版；正面论述鲁迅与中西文化的有金宏达：《鲁迅文化思想探索》，北京师范大学出版社1986年版；高旭东：《文化为人与文化冲突——鲁迅在中西文化撞击的漩涡中》，河北人民出版社1994年版；不同意林毓生观点的有王友琴：《鲁迅与中国现代文化震动》，湖南教育出版社1989年版。

败。①他"激烈反传统"其实有多个层次的原因,其中有策略的考虑(针对中国人的妥协习惯,要开窗须说成拆屋顶),②有时势的考虑(先救国才谈得上保传统,而救国先得学西方),③等等。尽管鲁迅广为人知地对"礼教吃人"的批判,但他其实也有不少的正面论述,最明显的例子,也已经有不少论者引述的,莫如他的《看镜有感》(1925):

> 遥想汉人多少闳放,新来的动植物,即毫不拘忌,来充装饰的花纹。唐人也不算弱……宋的文艺,现在似的国粹气味就熏人。然而辽、金、元陆续进来了,这消息很耐人寻味。汉、唐虽然也有边患,但魄力究竟雄大,人民具有不至于为异族奴隶的自信心,或者竟毫未想到,凡取用外来事物的时候,就如将彼俘来一样,自由驱使,绝不介怀。一到衰弊陵夷之际,神经可就衰弱过敏了。每遇外国东西,便觉仿佛彼来俘我一样,推拒、惶恐、退缩、逃避,抖成一团,又必想一篇道理来掩饰,而国粹遂成为孱王及孱奴的宝贝。④

对于中国文化,鲁迅显然认为有汉、唐和两宋这两个非常不同的传统。因此鲁迅并不认为文化传统一成不变,而是对它做了历史分析。在鲁迅眼中,中国传统的历史演变过程,实际上是个逐步走向衰败的过程。对于衰败的原因,鲁迅有他的看法,此处姑且从略。⑤但是,即使鲁迅认为中国传统文化不断衰

---

① 鲁迅:《华盖集续编·马上日记》,《鲁迅全集》第3卷,人民文学出版社2005年版,第328页。
② 鲁迅:《三闲集·无声的中国》,《鲁迅全集》第4卷,人民文学出版社2005年版,第14页。
③ 鲁迅:《热风·随感录三十五》,《鲁迅全集》第1卷,人民文学出版社2005年版,第322页。
④ 鲁迅:《坟·看镜有感》,《鲁迅全集》第1卷,人民文学出版社2005年版,第208—209页。
⑤ 有兴趣的读者,可参考拙著:《鲁迅:中国"温和"的尼采》,北京大学出版社2011年版,第213—230页。

败，他仍然看到其中积极、有生命力而且仍然有现实意义的一面。不过，鲁迅的确没有将精力放在弘扬传统文化的积极面上。为什么他没有这样做呢？这里有一个根本的原因，也跟他历史地看问题有关。笔者在探讨鲁迅对孔子及儒家的复杂态度时，曾做过分析，此处引用一个比较少人注意的例子：《二十四孝图》（1926）。①

过去论者只注意《二十四孝图》批评儒家的孝道，往往忽略了其中重要的一点。鲁迅指出"哭竹生笋"和"卧冰求鲤"违反科学的例子，根本做不到，还要宣扬，只能虚伪；又比较了老莱子、邓伯道、郭巨等故事的前后版本，违反人性人情，不但不会引导人实践孝行，实际也只会教人诈伪。最后，鲁迅慨叹"后之君子"，"以不情为伦纪，诬蔑了古人，教坏了后人。"② 显然，鲁迅眼里的"古人"及其训诲，跟他当时保守主义者的所谓传统，其实已经并不是一回事；鲁迅当时面对的所谓传统，实际并非原本的传统，是给扭曲糟蹋过的传统。所以鲁迅首要的任务，是批判当时这个伪传统。

特别值得一提的是儒家及孔子，仔细重读鲁迅的反孔批儒"战斗檄文"《十四年的"读经"》（1925）和《在现代中国的孔夫子》（1935），鲁迅针对的其实是把孔子和儒家经典当成当官"敲门砖"的"聪明人"即"后之君子"。鲁迅对孔子本人并不完全排斥，认为孔子有值得欣赏和学习的品质，如"知其不可为而为之"的精神就很佩服，认为"一定要有这种人，世界才不寂寞"。③ 面对后世权势者捧起来的"大成至圣文宣王"，鲁迅不无慨叹地说："如果孔丘……还活着，那些教徒们难免要恐慌。对于他们的行为，真不知道教主先生要怎样慨叹。"④ 对历史上那些并不"聪明"的儒家之徒，鲁迅其实也有些好感，

---

① 张钊贻：《打倒"孔家店"的"摩登圣人"》，《汉语言文学研究》2013年第4卷第1期，第32—39页。
② 鲁迅：《朝花夕拾·二十四孝图》，《鲁迅全集》第2卷，人民文学出版社2005年版，第262页。
③ 鲁迅：《而已集·反"漫谈"》，《鲁迅全集》第3卷，人民文学出版社2005年版，第484页。这句评孔子的话见《论语·宪问》。
④ 鲁迅：《华盖集续编·无花的蔷薇》，《鲁迅全集》第3卷，人民文学出版社2005年版，第272页。

例如对子路的认真,①对满纸"方巾气"的顾献成（1550—1612）和"关心世道，佩服'方巾气'"的袁宏道（1608—1610），②充满"硬气"的方孝孺（1357—1402），③为民请命的东林党人，④甚至清末一些真诚的维新派，⑤对他们的社会责任感，对他们"择善固执，疾恶如仇"的态度，无疑是欣赏的。他们的"方巾气""道学气"也是鲁迅从当时的革命者身上看到的"认真"精神的同义语。鲁迅所欣赏的这些人的品质，若用儒家的术语，就是"诚"。鲁迅的确从包括孔子在内的古代儒家人物中，看到了传统文化的光辉，或更确切地说，看到了过去中国"国民性"的光辉。

传统的再生在于改造"国民性"

对于文化问题，鲁迅有他自己的看法。他在《文化偏至论》（1908）中认为：

> 欧美之强，莫不以是炫天下者，则根柢在人，而此特现象之末。末源深而难见，荣华昭而易识也。⑥

而所谓人的"根柢"，是人的精神，这就归结到"国民性"的问题。鲁迅

---

① 鲁迅：《两地书》，《鲁迅全集》第11卷，人民文学出版社2005年版，第21页。鲁迅：《且介亭杂文二集·在现代中国的孔夫子》，《鲁迅全集》第6卷，人民文学出版社2005年版，第327页。

② 鲁迅：《且介亭杂文二集·"招贴即扯"》，《鲁迅全集》第6卷，人民文学出版社2005年版，第235—236页。

③ 鲁迅：《南腔北调·为了忘却的纪念》，《鲁迅全集》第4卷，人民文学出版社2005年版，第496页。

④ 鲁迅：《且介亭杂文二集·题未定草（6—9）》，《鲁迅全集》第6卷，人民文学出版社2005年版，第448—449页。

⑤ 鲁迅：《准风月谈·重三感旧》，《鲁迅全集》第5卷，人民文学出版社2005年版，第342—343页。

⑥ 鲁迅：《坟·文化偏至论》，《鲁迅全集》第1卷，人民文学出版社2005年版，第58页。

改造"国民性"的思想，大概因为与阶级斗争理论衔接不上，一直受到冷落，要到1981年"粉碎'四人帮'以后的思想解放运动"，才能召开首次有关研讨会。① 此后更出了不少专著。② 鲁迅在日本时期开始思考"国民性"问题，并以改造"国民性"为其文艺运动的目标，这一事实，殆无疑议。③

对于鲁迅批判中国"国民性"，曾经流行过一种看法，认为鲁迅"国民性"问题是以美国传教士史密斯（Arthur Smith）的《中国人的特性》（*Chinese Characteristics*）为主。④ 再经引申，鲁迅对"国民性"的探索就变成是屈从殖民主义的话语霸权，⑤ 差不多是帝国主义文化走狗的意思。这种说法不符合鲁迅对"国民性"的论述，已有论者辨正。⑥ 但更重要的是，鲁迅改造"国民性"思想须从中国现代化历史的角度去看，才能明白它的历史意义和现实意义。

关于"国民性"概念的历史考察，李冬木对这个词在中国尤其是日本的产生和发展，做了详细的梳理。其中指出，"国民性"一词出现在1898年的两篇文章中，发表时间仅相差一个月零两天，其中一篇是高山林次郎即高山樗牛（Takayama Chogy [月零] 1871—1902）的《论沃尔特·惠特曼》。⑦ 我们知道，

---

① 包晶主编：《鲁迅"国民性"思想讨论集》，天津人民出版社1982年版。
② 手头所见，就有郑欣淼：《文化批判与国民性改造》，陕西人民出版社1988年版；张梦阳：《悟性与奴性——鲁迅与中国知识分子的"国民性"》，河南人民出版社1997年版；谭德晶：《鲁迅小说与国民性问题探索》，中国社会科学出版社2004年版；闫玉刚：《改造国民性——走近鲁迅》，中国社会出版社2005年版。
③ 许寿裳：《我所认识的鲁迅·回忆鲁迅》，人民文学出版社1978年版，第59—60页。鲁迅：《呐喊·自序》，《鲁迅全集》第1卷，人民文学出版社2005年版，第438—439页。
④ Lydia H. Liu, *Translingual Practice*: *Literature, National Culture, and Translated Modernity—China, 1900—1937*, Stanford: Stanford University Press, 1995, pp. 47-48, 51-6.
⑤ 冯骥才引申出来的议论，见其《鲁迅的功与"过"》，见陈漱渝主编：《谁挑战鲁迅——新时期关于鲁迅的论争》，四川文艺出版社2002年版，第403—408页。
⑥ 张全之：《鲁迅与东方主义》、余杰：《鲁迅中了传教士的计？》、杨曾宪：《沉浮在传统的阿Q主义泥沼》，见陈漱渝主编：《谁挑战鲁迅——新时期关于鲁迅的论争》，四川文艺出版社2002年版，第409—429页。
⑦ 李冬木：《"国民性"一词在日本》，《山东师范大学学报》2013年第4期，第28—29页。

鲁迅很可能读过高山樗牛的文章。①高山樗牛在东京帝国大学学习时，上过弗罗棱次（Karl A. Florenz, 1865—1939）讲授的德国文学课，课中包括两位德国浪漫主义诗人格哈德·哈普特曼（Gerhard Hauptmann, 1862—1946）和赫尔曼·苏德曼（Hermann Sudermann, 1857—1928）。通过这些浪漫主义诗人，高山樗牛也一定接触到了当时德国的思潮。高山樗牛论惠特曼（Walter Whitman, 1819—1892）时联系到"国民性"的观念，虽然跟那两位德国诗人有怎样的联系尚待考证，但他接触德国文化思潮这一点，应当是成立的。

"国民性"这个从日文借来的词语，源自德国浪漫主义和民族主义的崛起，其实带有鲜明的政治目标，就是要建立现代民族国家。②这跟鲁迅关注的问题是有密切联系的。我们如果从中国现代化的进程来看，鲁迅改造"国民性"的思想，其实是中国现代化进程必然的一步，如果不是最终的一步的话。中国被船坚炮利的西方打开国门，被迫对现代化做出反应。中国的反应大概可依次分成三个阶段：第一，武器和机器的生产；第二，政治制度的改革；第三，文化与精神的改造。这三个阶段也大体符合布来克（C. E. Black）从比较历史的角度对现代化五个方面的分析。③洋务运动是反应的第一阶段。洋务运动误以为西方国家之所以强大，只是因为武器精良，所以重点追求军事现代化，虽然后来也注意到发展实业，主要也只是工矿企业，还是为军事现代化服务，而且目

---

① 参考张钊贻：《鲁迅：中国"温和"的尼采》，北京大学出版社2011年版，第168—176页。

② 参考 Hamilton Fyfe, *The Illusion of National Character*, London: Watts & Co.（Revised and Abridged）, 1946. Don Martindale, "The Sociology of National Character", *The ANNALS of the American Academy of Political and Social Science*, 1967, pp. 30-34. Fyfe 把"国民性"概念的根源追溯到《圣经·旧约》"上帝的选民"，并指出希腊、罗马时代乃至中世纪欧洲其实都没有这种概念，只是到了近代民族国家的兴起才提出来，而以德国最为热衷，其中种族优越的理论成了发动侵略战争的理据。Martindale 则把根源定在民族国家兴起前夕的启蒙时代，指出孟德斯鸠的《法意》就讨论过"国民性"问题。

③ C. E. Black, *The Dynamics of Modernization: A Study in Comparative History*, New York: Harper & Row, New York, 1975, pp. 9-26. 三阶段参考 Ssu-yü Teng and John K. Fairbank, *China's Response to the West. A Documentary Survey 1839—1923*, Cambridge Mass.: Harvard University Press, 1954, p. 85.

的是维护当时社会政治制度，并不对政治制度提出挑战。而甲午战败宣告洋务运动的破产，单单是船坚炮利不能救中国，中国需要一个更好的社会政治制度。维新运动就是当时政治话语的"典范的转移"，但维新运动在1898年只推行了短短百日，便败于保守派手中。维新的失败使革命主张得到更广泛的支持。当时所谓革命，无论是追求自由平等的法国式，或争取独立民主的美国式，或推翻满洲异族统治这个意思上的民族解放式，都属于政治制度的改革，所以仍属于中国对现代化反应的第二阶段。但政制改革牵涉到移风易俗，移风易俗便促动人的精神、思想，而鲁迅对"国民性"问题的探索，提倡改造"国民性"，正是触到了问题的更深层次，如果还不是中国能否自立于世界民族之林的根本性问题的话。改造"国民性"实际属于将要来临的新阶段，第三阶段。①

人们对鲁迅抨击的"中国国民性"比较熟识，大概可以用"奴性"去概括。对于鲁迅追求"不失血脉"的理想人性，则比较少人注意，其实更值得大家重视。笔者认为，鲁迅理想中"中国国民性"就概括在这段话里：中国"从古以来，就有埋头苦干的人，有拼命硬干的人，有为民请命的人，有舍身求法的人……这是中国的脊梁。这一类人们，就是现在也何尝少呢，他们有确信，不自欺，他们在前仆后继的战斗……"②鲁迅这段名言，既是积极的历史回顾，也是激情的前进号召。这些"脊梁"并不限于当时"切切实实，足踏在地上，为着现在中国人的生存而流血奋斗"的中国共产党人，而是包括古今中外，不分党派阶级的一切"庄严的工作"者。其中"埋头苦干""拼命硬干""前仆后继"等等所体现的坚强意志和毅力，是过去长期遭到摧残的古代文化和古人精神的"血脉"的一种表现，也是当时中国人普遍都已丧失的原来"国民性"的特征。

"诚之者，择善而固执之。"中国人这种原有精神的缺失，也不必等到社会

---

① 鲁迅虽然并非第一个发现了中国"国民性"问题，梁启超早在1898年已经提出，而且两人的观点也有不少一致的地方，但梁把问题当成政制改革的从属部分，而鲁迅则针对人的精神、心态。

② 鲁迅：《且介亭杂文·中国人失掉自信力了吗》，《鲁迅全集》第6卷，人民文学出版社2005年版，第122页。

政治大事件才能表现出来，也可见于日常生活的各个方面。经过了六十多年，新中国的经济实力有了很大的增长，中国人的精神面貌也有很大的变化，大家有目共睹。就以产业的状况为例，现在中国提倡"工匠"精神，①那种精益求精的严肃认真态度，在美国、德国、日本等等国家都容易遇到，唯独在中国比较少见（不是没有，而是不普遍，否则便无须提倡），而人们普遍的态度则是热衷于"山寨"，出便宜货，赚点短期的蝇头小利。这其实是"诚"和"认真"的对立面，就是鲁迅深恶痛绝中国"国民性"中的马马虎虎、"不诚无物"。不肯精益求精追求品质的完美，一个社会的发展必然受到影响。而不肯精益求精，其实也是失去古人原有精神力量的表现之一。

鲁迅从古人品德中剔除糟粕，吸收精华，为我们"拿来"了"不失血脉"的"诚"，即"认真"。财富是重要的，但金钱不能解决一切。如果人们有了钱之后只会一窝蜂地出去抢购名牌或马桶盖；如果处事马马虎虎的现象依然普遍存在，而锲而不舍、拼命硬干的精神还没有成为人们理所当然的生活态度，则不管是为了大事还是小事，鲁迅的改造"国民性"似乎还需要大家继续进行下去，这也是本文"未完成"的鲁迅的意思。虽然，事实上也无所谓"完成"，也无可能一劳永逸地"完成"。

结束语：当代世界的意义

"剔除"过去内外压迫造成的奴性，"吸收"自古以来人们埋头苦干、拼命硬干的认真精神，经过上面的分析，应该是鲁迅"清理"中国传统的终极理想和根本目标。但本文的题目是《"未完成"的鲁迅与当代世界》，那么这些"奴性"与"认真"精神有什么当代世界意义？讨论中国尚可，若要延伸到世界，其实已经超出笔者学术研究的专业范围，本来应该就此搁笔，但从鲁迅价值标准的简单逻辑推演，笔者似乎还有点发言权。

---

① 新华社：《"工匠精神"写入政府工作报告引发代表委员热议》，2016年3月27日，http://news.xinhuanet.com/2016-03/07/c_128778317.htm。

鲁迅关注国民精神，认为这是一个民族文化的根本，是社会向前发展的根基，不仅有普遍意义，而且还有现实意义。

西方民选制度中选出来的政府也就代表了选民的"质量"。就以美国为例，小布什（George W. Bush, 1946— ）当选总统，外交内政一塌糊涂，而且还获连任；2016 年美国大选，共和党提名特朗普（Donald Trump），而且很可能当选，真令人有一代不如一代的感觉。背后的原因自然很复杂，但支持他们的"民意"反映出来的现实，似乎只能是这样：美国国民的水平出了问题，这并非纯属猜测。从西方大学过去几十年的变革中，我们大概可以看到导致这些结果的蛛丝马迹。

根据比尔·理定斯（Bill Readings）的研究，西方大学的理念，原本有维护民族国家（nation-state）的使命，所以一直重视民族文化的发展和培育，而文化的发展和培育离不开精神价值的形成和发展。但自从 20 世纪六七十年代的经济发展和改革以来，大学逐步企业化，慢慢变成提供服务、牟取利润的机构。[①] 这种状况，若换成中国知识界的话语，就是人文精神的丧失。这种趋势，随着苏联的解体（没有了意识形态斗争的需要）和全球化步伐的加快（进一步打破民族国家的藩篱），已经慢慢将市场经济的原则和价值观念扩展到社会的每个角落，失去了大学的文化价值观念的制衡，我们已经开始进入一个"市场社会"：什么都以利润来衡量，什么都可以用金钱来获取，用金钱来摆平。没有思想，没有个性。这已经不是文化的"偏至"的问题，而是没有文化的"偏至"的问题。当人们缺乏文化和精神的培育，失去人文价值观，失去思辨能力，自然只会欣赏政客的表演是否精彩，不会考虑所主张政策的利弊；只见个人眼前的物质所得，不顾长远的社会利害。巧言令色的政客信口开河的诺言，于是有了很大的"市场"。

所以说，鲁迅认为国民精神是文化的根本，是一个社会繁荣发达的根基和动力，不单在中国没有过时，对当代世界还有现实意义。

---

① Bill Readings, *The University in Ruins*, Cambridge, Mass.: Harvard University Press, 1996.

鲁迅"相互主体性"意识的当代意义

高远东　北京大学中文系

"相互主体性"意识是我在2002年写的论文《鲁迅的可能性——也从〈破恶声论〉寻找支援》①对鲁迅思想某一方面的概括。鲁迅思想中存在"相互主体性"意识,自20世纪90年代以来不少人(如汪晖)都有所感觉,但大都语焉不详,对其出处、作用和意义无所追究。我在1989年写的一篇短文也曾借以批评五四启蒙主义对异己思想缺乏一种"相互主观性"的体认。在1994年的《未完成的现代性》和1997年写的《立人于东亚》中,我也都把"相互主体性"思想作为鲁迅思想的核心价值来理解。但直到2002年通过解读1908年鲁迅留日期间写的未竟论文《破恶声论》,我才发现"相互主体性"意识在鲁迅思想之基础性、支柱性和结构性意义,也得到如代田智明②等学者的开发和呼应。

那么,鲁迅之"相互主体性"意识为什么如此重要呢?说到鲁迅的思想,学界有各种各样的概括命名:个人主义、超人思想、进化论、阶级论、爱国主义等等;复杂点的,则有这样的说法,诸如托尼文章、个人主义与人道主义之消长、"反抗绝望"的生命哲学……但不管如何表述,大家都认可鲁迅为"精神界之战士""个人主义之至雄桀者",具有张皇意力、英雄崇拜、蔑视庸众、接近尼采"超人"思想的一面,有人更因《文化偏至论》中的思想,认定鲁迅是"反民主"的。但在更多人笔下,鲁迅又是近代以来"第一次以感同身受的

---

① 高远东:《鲁迅的可能性——也从〈破恶声论〉寻找支援》,《鲁迅研究月刊》2003年第7期或日本《中国研究月报》2003年3月号日文版。
② 〔日〕代田智明:《全球化·鲁迅·相互主体性》,李明军译,《内蒙古民族大学学报》2008年第1期。

态度写农民、写普通人的苦难和痛苦"(严家炎语)、体现民主主义精神的作家。这些相互差异甚至相互矛盾的思想倾向都属于鲁迅吗？如果它们是真实的，又是如何悖论式地共存于鲁迅的思想结构之中呢？

我觉得对鲁迅思想最切实的表达，是 1981 年王得后概括提炼的"立人"思想：它是鲁迅思想的正面表述，可纠正长期以来单凭鲁迅的文学作品所形成的否定性思想者的印象。而"立人"思想和"相互主体性"意识正好构成鲁迅思想的两面："立人"思想是鲁迅思想的原点和正题，其"立人"问题实乃人如何确立或人的主体性如何确立问题的回答；而"相互主体性"意识则把"立人"命题扩展到相互关系领域，使单向度的"立人"问题社会化，使其从"立人"到"立国"的建构完成了最关键一环。

"相互主体性"（intersubjectivity）一词现通译为"主体间性"，错译得很明显：主体性（subjectivity）一词是不能分拆组词的。日语"间主体性"的译名都比"主体间性"好到不知哪里去了。因此，本文不采流行的译名，实际也关系到对鲁迅思想内涵的准确理解。

就鲁迅思想的特征而言，在"立人"思想之内，日本伊藤虎丸所强调的"个"之觉醒，最能代表鲁迅思想的精髓和他对中国及东亚思想之现代性的贡献。"个"的觉醒是现代思想的原点，鲁迅则是近代以来东亚洲和中国思想触及此点最深处的思想家——其对"人"的问题的理解，其对 20 世纪文明之"主观与自觉"新精神的追求，其对中国旧文明之"吃人"病理的揭示……都受这个思想基本点的制约。但植根于这个思想基本点的现代性逻辑是存在问题的，也就是说，单向度的"立人"或主体性确立课题，必须进入相互关系领域去展开，否则并不能导致所设想的"人"的局面的出现。以现代思想所致力的主奴关系克服而言，单向度的人之为人、主体之为主体并不能消灭主奴关系，因为在主奴关系中也存在一个主人，而另一个却是奴隶。只有把这一命题延伸到社会性的相互关系领域，主体才能成为"相互主体"，社会才能成为人人为人的社会，真正消灭了主奴关系的现代主体化的新文明才可能出现。

鲁迅的思想中出现"相互主体性"意识是中国和亚洲思想现代化进程中非常值得捕捉的一瞬：它不仅是鲁迅对中国旧文明整体批判的结果，也是鲁迅对西方现代文明进行批判的结果，更是鲁迅对中国近代以来追求现代新文明进行批判的结果。它使鲁迅能够立足在新的思想高度、广度和厚度上俯瞰古往今来东西方的一切思想、文化和社会体制，重估一切价值——鲁迅思想的深刻性、准确性、全面性、超越性和先进性，都植根于这种"相互主体性"意识与其"立人"思想熔于一炉、前后递进、各居一翼、相互作用的思想结构。纵观环顾一下会发现，实际上20世纪世界精神文明的制高点也是在这里：现代世界人类几乎所有的思想、文化和社会问题，其症结并不在不允许有人做主人，而在只允许一方做主人，这也是以欧洲思想牵头发展的现代文明能把"人"的内核与殖民主义扩张合为一体的原因。现代文明不是致力于独立、民主、自由和解放的进程吗，怎么结果反而是出现新的奴役呢？我以为根源就在这里，而且它是由鲁迅为我们所揭示的。

关注"立人"的相互性，注重在相互关系中确立"人"的主权及追求这种主权的实现，以及把这种"人"的主权延伸到民族国家的"人国"范畴之内追求国际之间的永续和平，这一关于人、社会、民族、国家以及国际的文明论仍旧占据着现代价值观的制高点。在鲁迅是通过由己及人的"反求诸己"，通过批判"中国志士""慕暴强，侮胜民"的奴隶性，通过批判如"一切斯拉夫主义"（即泛斯拉夫主义）之类帝国主义思维来实现的。对波兰印度朝鲜等弱小民族和社会弱势群体的苦难是否具有感同身受的能力，对压迫者"暴俄强德"是艳羡而谋求"取而代之"，还是致力于消灭这种不平等的主从压迫关系，这确实是衡量中国和亚洲现代性是陷于由列强所塑造的社会达尔文主义的丛林秩序还是得以超克欧洲现代文明病理的分水岭。鲁迅对中国旧文明的批判和对现代新文明的求索，无论对于国之内外，还是人之群己，其价值尺度始终是一致的和高道德水准的。

值得指出的是，鲁迅的"立人"思想和"相互主体性"意识虽然具有欧洲尤其是德语思想（如新浪漫主义即鲁迅所谓新神思宗、尼采）的渊源，但也是有中国思想做内应的，是外援和内应一起才合成其思想的主客关系。即以"相互主体性"意识而言，鲁迅的"立人"即关于主体性确立的思想来自西方，来自欧洲19世纪中叶浪漫主义思想对启蒙主义现代性的批判，但其"相互"意识却并非如一般人想象的是把启蒙主义哈贝马斯化，而是确实来自中国思想。《破恶声论》中鲁迅强调"反诸己"的自省，把激发"人不乐为皂隶"之心作为产生"相互主体性"意识的方法，呈现着类似儒家"己所不欲，勿施于人"之类将心比心的相互性思维。另外，大家都知道鲁迅喜爱墨子，在其进行"文明批判"的历史小说《故事新编》中不惜把感染墨家气质的人物如墨子、禹等正面表达成"中国的脊梁"，但墨子的"兼爱"不就是相互性的爱吗？从爱己到爱人，从爱人到兼爱，无论儒、墨，其问题意识都是广涉个体性和相互性的不同领域的。鲁迅的"立人"和"相互主体性"意识，从《文化偏至论》到《破恶声论》，分明也隐现从儒到墨、从个体性到相互性的一线伏脉（当然，中国最深耕个体性领域的思想家是庄子，并非儒家）。

那么，既然鲁迅的"相互主体性"意识如此重要，它对于我们认识鲁迅实践鲁迅，到底有什么价值和意义呢？

我想，首先在认识鲁迅方面，其"相互主体性"意识的存在可以有力反驳所谓鲁迅"反民主"①的疑问。鲁迅反对民主暴政——多数人凌虐少数人，反对以民主名义实施的反自由，反对以公众名义对个人权利的侵犯……这是毫无疑问的。他的《文化偏至论》高揭"剖物质而张灵明，任个人而排众数"的旗帜，对19世纪欧洲文明之"物质""众数"两面，对代表"众数"文明的"立宪国会"制度展开了批判。诸如"见异己者兴，必借众以陵寡，托言众治，压制尤烈于暴君""同是者是，独是者非，以多数陵天下"之类言论，表面上是在批评民主政治制度，但其实却是在强调民主建设的完整性：所谓民主，不仅要少数服从多数，还得多数保护少数，二者合起来才是真正完整的民主。鲁迅绝不会把个人权利的主张变为对他人权利的剥夺，其"相互主体性"意识既保证鲁迅自己的政治权利和思想言论权利，也保证社会上其他人的政治、思想言论权利——这才是所谓"反民主"的真相，也是启蒙者鲁迅对不觉悟者的批判能够"哀其不幸，怒其不争"的原因。实际上，鲁迅立足于"个人"觉醒的"立人"思想和"相互主体性"意识，是我所见到和所能理解的对个人民主和社会民主

---

① 参见汪晖：《鲁迅研究的历史批判》，《文学评论》1988年第6期。

之正当性的最坚实论证：人人为人的社会，消灭了主从关系的关系，还有什么比这更符合民主和自由定义的设想吗？

其次在实践鲁迅方面，"立人"思想和"相互主体性"意识占据着中国和东亚洲现代文明的价值制高点，具有深层开发的可能性。尤其是其"相互主体性"意识所体现的思想方法，有助于解决和消除长期以来由亚洲历史上的帝国统治、朝贡体系以及近代殖民主义和冷战格局所造成的各民族国家间政治、文化、经济、社会发展的不平等、不信任和不理解。进入现代世界百年来，东亚地区现在首次呈现出再造有别于欧美旧文明的现代新文明的可能性。我觉得在这世界未来的第三极上，无论孔子之儒教价值，还是西方之普世教条，还是一党一教之核心价值，都不足以作为东亚国家间思想、价值和文化联合的最大公约数。只有鲁迅的"立人"思想尤其是"相互主体性"意识，或许才足堪承担 21 世纪中国和东亚洲崛起的思想和价值出发点。今天世界各大小民族、工农士商各不同阶级、各不同信仰者一律平等的规定，中国外交领域长期实践的"和平共处"五原则，改革开放近 40 年以来经济开发中的"双赢"思路及相互性的取利原则……这些注重平等性的种种诉求，其实都植根于"相互主体性"式思维逻辑之上。不仅如此，鲁迅的"相互主体性"意识，对于克制当今中国式资本主义愈演愈烈的赢者通吃、一家独大的零和游戏式法则，克服社会利益配置中的普遍不公，对于寻求真正具有"人"之自觉的文明基础的"中国道路"，甚至也是极好的"批判的武器"。

第三，鲁迅的"相互主体性"意识还具有超越现代、致现代于更高级文明的可能性。具体而言，除了对主奴关系构成批判，它还对二元对立思维构成解构。事实上我们思考现代性，都是通过二元对立关系来建构和思考的，如文明/野蛮、进步/落后、东方/西方、资本主义/社会主义、主体/屈从、主人/奴隶、奴役/解放、个体/整体、人/非人、社会/自然……这种二元的异质性对立本是基于客观实际的认知，通过把握它尤其是通过把握这种对立的矛盾性来理解和把握事物的关系和事物的本质，确实是认识世界的捷径方法。但是，这一认识模式也可能是刻板的和简单化的，无法体现现代世界、现代社会和文化的多样性和复杂性，因而难以作为现代性的理想的认识基础。鲁迅"相互主

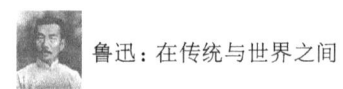

体性"意识之"相互性"思维,树立了多元而非二元和对立的维度,对于我们反思现代性问题有重要启示。坚持它,隐含在二元对立思维模式背后的主从性就能够得到揭示和修正。所以,今天我们有关现代性的各种思考,无论东洋西洋论,还是亚洲主义的视野,还是全盘西化论或现代超克论,都可借由"相互主体性"思维展开批判。鲁迅之"相互主体性"意识,可以成为建构现代世界更高级新文明的价值基点之一。

(2016年8月定稿)

鲁迅：中国现代知识分子的社会批判

林曼叔　香港《文学评论》杂志社

内容摘要： 所谓鲁迅精神基本上就是批判精神。他以知识分子的良知发出他真诚的声音，不为任何权威所囿，不向任何主义膜拜，他既"不识时务"，也不怕被人讨厌，不怕被人觉得可恶，始终坚持自己的理念，夺回中国知识分子的思想主权。他以敏锐的观察与怀疑揭穿社会上一切的瞒和骗，虚伪和粉饰，给予强烈的深刻的批判。他的经典作品，无论是小说，还是杂文，更体现着批判社会的现实主义精神。我们应以鲁迅面对现实的批判精神重建我们的思想主权，这是当代中国知识分子所最缺乏的。学习鲁迅，如何做一个中国现代知识分子。

关键词： 鲁迅；社会；批判

一

知识分子（Intellectual）是在现代中国才出现的群体。他们不是旧时的文人学士或士大夫，"学成文武艺，卖与帝王家"，求得一官半职，在统治阶级面前俯首帖耳，委曲求全，等待恩赐的人。现代知识分子除了要具有丰富的知识，还要有时代的使命感，有社会的责任感，具有批判的能力和创新的精神。所谓"自由的思想，独立的精神"，正是中国现代知识分子的情操。

中国历代学者的思想活动摆脱不了儒家学说的制约，只有服从盲从，却从不敢逾越或批判。学术研究也只限于注释儒家经典，即使被称为理学大师的朱熹、程颢、程颐等都是如此，什么学术思想的自由也就不复存在了，被阉割或自我阉割了。自 18 世纪以来，更由于清朝的文字狱无日无之，中国的读书人只知明哲保身，埋头八股诗词，以求加官进禄，做个安分守己的"奴才"。鲁迅慨叹在中国没有天才成长的土壤，也没有培育真正知识分子的土壤。在专制制度下，天才总是被埋没的，知识分子的才能总是被扼杀的。

在中国历史上，文人学士向来虽曰清高，实则潦倒。当权者只知使唤，何来尊重。鲁迅在《摩罗诗力说》就慨叹道："中国汉晋以来，凡负文名者，多受谤毁，刘彦和为之辩曰，人禀五才，修短殊用，自非上哲，难以求备，然将相以位隆特达，文士以职卑多诮，此江河所以腾涌，涓流所以寸析者。东方恶习，尽此数言。"① 中国历代的读书人有的成为统治阶级所豢养的帮闲或帮忙甚至帮凶，所以鲁迅又说："故性解（GENIUS）之出，必竭全力死之。"② 中国读书人的悲哀，莫过于此矣。

中国现代知识分子从西方历史的发展认识到也觉悟到：16 世纪以降，西方出现了豪杰之士，敢于对传统宗教，对政治制度，对各种迷信习惯，对那从来不可侵犯的权威，彻底怀疑，彻底批判，顽强抗争，迫害不惧，冒死不悔，然后才产生思想的革命、科学的创见、政治的民主、个人的解放，而奠立今日的西方文明。近代中国的知识分子在接触西方思潮的过程中，从传统的束缚中痛苦地解放出来，觉悟到作为一个知识分子职责之所在，而有所追求有所作为而成为社会的批判者。一个社会的进步无论在理论上，还是在实践上，并不是由于传统思想之演进，而是由于对传统思想之怀疑，不是由于对旧有制度之改良，而是由于对旧有制度之反抗。鲁迅自始至终相信只有彻底抛开传统的束缚，抛开对主义的盲从，抛开对宗教的迷信，思想才能得到真正的开放，才能为中国文化的发展寻求新的道路。鲁迅用他锋利之笔，毫不留情地揭露封建宗法制度的病毒，对民族所造成的巨大创伤，以期使我国人能痛切认识自己，从而有所觉悟，有所改变，有所进取。

---

① 鲁迅：《摩罗诗力说》，《鲁迅全集》第 1 卷，人民文学出版社 2005 年版，第 78 页。
② 同上，第 70 页。

二

作为一个知识分子，对历史必有充分的认识。所谓"观今宜鉴古"。五四时代的知识分子大都是饱学之士，从梁启超到严复，从陈独秀到李大钊，从胡适到鲁迅，都有极为丰富的历史知识。只有充分了解历史，才能有所启发有所批判。鲁迅在《摩罗诗力说》中说："夫国民发展，功虽有在于怀古，然其怀也，思理朗然，如鉴明镜"[①]。知识分子既有承前的职责，更有启后的任务，从历史的批判中为后来开辟新的发展道路。读史绝不能拘泥于史，成为历史的俘虏，而是要把前辈的痛苦经验，作为我们的宝鉴，作为社会发展的肥料，从而开出新的花朵，结出新的果实。

历史记载着文化形成和发展的过程，从原始社会不断演变而至现代社会，每一个时期都显示着人类的智能和光辉。一个民族的历史文化，应是一个生生不息的整体。社会的发展应该是新陈代谢的过程，否则，人类就不可能成长。一个民族的文化应有不断生发的能力，也应有不停消化的能力，否则社会的发展就会停滞不前，跟不上时代的步伐。鲁迅深刻认识到：一个缺乏吐故纳新的民族，要走进或融入现代社会是极为困难的。我们热爱它，更需要批判它。这就是鲁迅一生的事业。

中国现代知识分子崇尚科学精神。所谓科学精神，就是求真精神。作为一个现代知识分子，探求历史真实是一严肃的任务。鲁迅最痛恨统治者为其统治利益而篡改历史编造历史的做法。鲁迅就指出："雍正乾隆两朝的对于中国人著作的手段，就足够令人惊心动魄。全毁，抽毁，剜去之类也且不说，最阴险的是删改了古书的内容。乾隆朝的纂修的《四库全书》，是许多人颂为一代之盛业的，但他们却不但捣乱了古书的格式，还修改古人的文章；不但藏之内廷，还颁之文风较盛之处，使天下士子阅读，永不会觉得我们中国的作者里面，也

---

① 鲁迅：《摩罗诗力说》，《鲁迅全集》第1卷，人民文学出版社2005年版。

曾有过很有些骨气的人。"①在专制时代，道出历史真实是罪不可恕的。我们要以古为鉴，首先就必须把"古"这面镜子擦亮，才能照映出现实的美与丑。求真是历史批判首要的工作。

求真起于怀疑。子曰："听其言，观其行。"孔子是怀疑论者的祖宗。一个具有批判精神的知识分子，必须有他的怀疑能力。没有怀疑能力，就没有思考能力，也就没有批判能力。尼采就是一个善于怀疑的哲学家，他从怀疑上帝的存在而宣称上帝已死，从怀疑自己的存在而重新确认生存的意义。对现实社会敢于怀疑才能发现所存在的问题，从而作出切中时弊的批判。在中国传统社会里，从皇上的意旨到前辈的言行，都是不可怀疑的，不可过问的，要不就不忠不孝，是一种不可饶恕的罪过，小则挨骂，大则丧命。我们的民族从来就是在糊里糊涂得过且过中过日子。

怀疑需要勇气。鲁迅是敢于怀疑的社会批判者。从对历史的审视，对现实的审视而产生怀疑才能生发更为深刻的思考，要不然，只是一个有知识的呆子而已。曹聚仁在《论"多疑"》对鲁迅的"多疑"有这样的说法："鲁迅先生生前，已经有人说他'多疑'；这从他自己杂文中所散见的讽刺这'恶谥'的话可以知道。""天下惟有富于理智的人，能用犀利的眼光，对观众作透彻的解剖。他这种解剖，在天真的，老实的人，容易认为多疑，因为他们实在看不穿。而变把戏骗别人的人，也会说是'多疑'；因为他自己最明白葫芦里卖什么药，惟有抹杀透彻的解剖，说那是'多疑'，方能使天真的老实人上当而不疑。"②鲁迅并不讳言他的多疑，在《〈自选集〉自序》中说："我那时对于'文学革命'，其实并没有怎样的热情。见过辛亥革命，见过二次革命，见过袁世凯称帝，张勋复辟，看来看去，就看得怀疑起来，于是失望，颓唐得很了。民族主义的文学家在今年的一种小报上说，'鲁迅多疑'，是不错的。"③胡绳说："当满耳只听

---

① 鲁迅：《病后杂谈之余——关于"舒愤懑"》，《鲁迅全集》第6卷，人民文学出版社2005年版，第188页。
② 曹聚仁：《论"多疑"》，上海《立报》1936年10月29日。
③ 鲁迅：《〈自选集〉自序》，《鲁迅全集》第4卷，人民文学出版社2005年版，第468页。

到万岁万岁的声音而人民的苦难依然如故的时候，鲁迅以怀疑的眼睛望着这个民族，独自咀嚼着痛苦与悲愤，这难道不是时代的良心的表现么？"①鲁迅对社会现实问题有他深刻的观察和认识，也就有更为深刻的怀疑和批判。他毫不留情揭发那些层出不穷的欺骗手段，他指出：中国现实政治，就如一种"变戏法"②，一种"骗局"，受骗的总是善良的百姓。作为一个真正的知识分子应该有他的社会责任，揭露这种欺骗手段和语言的伪术，并作出严厉的批判。

出于他的怀疑，对问题的看法要比别人深刻得多，特别对中国民族劣根性也有更透彻的批判。在《致龙炳圻信》就有一种非一般的说法："先生的信上说：惰性表现的形式不一，而最普通的，第一就是听天任命，第二就是中庸。我以为这两种态度的根柢，怕不可仅以惰性了之，其实乃是卑怯。遇见强者，不敢反抗，便以'中庸'这些话来粉饰，聊以自慰。所以中国人倘有权力，看见别人奈何他不得，或者有'多数'作他护符的时候，多是凶残横恣，宛然一个暴君，做事并不中庸；待到满口'中庸'时，乃是势力已失，早非'中庸'不可的时候了．一到全败，则又有'命运'来做话柄，纵为奴隶，也处之泰然，但又无往而不合于圣道。这种现象，实在可使中国人败亡，无论有没有外敌。要救正这些，也只好先行发露各样的劣点，撕下那好看的假面具来。"③这就是鲁迅对中国民族性认识之深刻与批判之尖锐之处。

在一个大变革的时代，作为知识分子对于他所处的社会，应时时启动他感应的神经，启动他怀疑的触觉，发现问题之所在。鲁迅特别注重的是"现在的"中国人的"现在"生存处境。从他的文字里，无不针对现实社会所存在的问题。现实往往是荒谬的，我们生活在荒谬之中而不自觉，争权夺利成了生活的常态，醉生梦死成为生命的常态，得过且过无动于衷的处世哲学只能使荒谬更加荒谬。只有不安于荒谬才能有抗拒的意识而发出呐喊。一个自我陶醉的民族，要进步是困难的。所以他说："不满是向上的车轮，能够载着不自满的人类，向人道前

---

① 胡绳：《论鲁迅的"悲观"》，《大公报》副刊《文艺》第1207期，1941年10月19日。
② 鲁迅：《现代史》，《鲁迅全集》第5卷，人民文学出版社2005年版，第95页。
③ 鲁迅：《通讯》，《鲁迅全集》第3卷，人民文学出版社2005年版，第27页。

进。多有不自满的人的种族,永远前进,永远有希望。多有只知责人不知反省的人的种族,祸哉祸哉!"①对现实有他的不满,才有他的怀疑,才有他的批判。

鲁迅批判那些只知权衡利害,不辨是非,凡事和稀泥,对丑恶的社会现象熟视无睹的所谓知识分子:"中国的文人,对于人生,——至少是对于社会现象,向来就多没有正视的勇气。我们的圣贤,本来早已教人'非礼勿视'的了;而这'礼'又非常之严,不但'正视',连'平视''斜视'也不许……再回到'正视'问题去:先既不敢,后便不能,再后,就自然不视,不见了。一辆汽车坏了,停在马路上,一群人围着呆看,所得的结果是一团乌油油的东西。然而由本身的矛盾或社会的缺陷所产生的痛苦,虽不正视,却要身受的。文人究竟是敏感人物,从他们的作品上看来,有些人确也早已感到不满,可是一到快要显露缺陷的危机一发之际,他们总即刻连说'并无其事',同时便闭上了眼睛。这闭着的眼睛便看见一切圆满,当前的苦痛不过是'天之将降大任于是人也,必先苦其心志,劳其筋骨,饿其体肤,空乏其身,行拂乱其所为'。于是无问题,无缺陷,无不平,也就无解决,无改革,无反抗。"②一个学者如果把自己关进书斋,离现实,就难免"变成一个呆子,——胡涂的呆子,不是勇敢的呆子。"③

鲁迅认为作为一个知识分子应有他独特见地,不应人云亦云,屈从于世俗的说法。他对《书斋生活与其危险》一书的作者作了这样的批评:"作者要书斋生活者和社会接近,意在使知道'世评',改正自己一意孤行的偏宕的思想。但我以为这意思是不完全的。第一,要先看怎样的'世评'。假如是一个腐败的社会,则从他所发生的当然只有腐败的舆论,如果引以为鉴,来改正自己,则其结果,即非同流合污,也必变成圆滑。据我的意见,公正的世评使人谦逊,

---

① 鲁迅:《热风·随感录六十一·不满》,《鲁迅全集》第1卷,人民文学出版社2005年版,第376页。
② 鲁迅:《论睁了眼看》,《鲁迅全集》第1卷,人民文学出版社2005年版,第251页。
③ 鲁迅:《〈书斋生活与其危险〉译者附记》,《鲁迅全集》第10卷,人民文学出版社2005年版,第304页。

而不公正或流言式的世评,则使人傲慢或冷嘲,否则,他一定要愤死或被逼死的。"①一个学者应该有自己的坚持,而不是盲从。他认为:"现在已不是在书斋中,捧书本高谈宗教,法律,文艺,美术……等等的时候了,即使要谈论这些,也必须先知道习惯和风俗,而且有正视这些的黑暗面的勇猛和毅力。因为倘不看清,就无从改革。仅大叫未来的光明,其实是欺骗怠慢的自己和怠慢的听众的。"②鲁迅在《论睁了眼看》中强调:我们"必须敢于正视,这才可望敢想,敢说,敢作,敢当。倘使并正视而不敢,此外还能成什么气候。然而,不幸这一种勇气,是我们中国人最所缺乏的"③。而"中国的文人也一样,万事闭眼睛,聊以自欺,而且欺人,那方法是:瞒和骗。"④并且"用瞒和骗,造出奇妙的逃路来,而自以为正路"。⑤鲁迅的笔尖一直对准社会的"瞒和骗"。

但我们必须认识到,鲁迅对社会的批判是充满对民族的爱,他曾说:"我们生于大陆,早营农业,遂历受游牧民族之害,历史上满是血痕,却竟支撑以至今日,其实是伟大的。但我们还要揭发自己的缺点,这意在复兴,在改善。"⑥正如茅盾所说:在"他的著作里却充满了反抗的呼声和无情的剥露。反抗一切的压迫,剥露一切的虚伪!老中国的毒疮太多了,他忍不住拿着刀一遍一遍地不懂世故地尽自刺。"⑦而他始终对中华民族怀着一种恨铁不成钢的伟大的爱。

---

① 鲁迅:《〈书斋生活与其危险〉译者附记》,《鲁迅全集》第10卷,人民文学出版社2005年版,第304页。
② 鲁迅:《习惯与改革》,《鲁迅全集》第4卷,人民文学出版社2005年版,第229页。
③ 鲁迅:《论睁了眼看》,《鲁迅全集》第1卷,人民文学出版社2005年版,第251页。
④ 同上,第252页。
⑤ 同上,第255页。
⑥ 鲁迅:《致龙炳圻》,《鲁迅全集》第14卷,人民文学出版社2005年版,第410页。
⑦ 查国华、杨美兰主编:《茅盾论鲁迅》,山东人民出版社1982年版,第17页。

三

冯雪峰在《关于鲁迅在文学上的地位》中,认为鲁迅是一个"战斗的社会写实主义者"①。一个现实主义作家必然是一个社会的批判者,其作品所体现的思想意义也就是对现实社会的批判意义,作品的思想内容越深刻越见其批判的张力,也就更具有战斗性。鲁迅实质就是一个"批判现实主义"作家。

鲁迅在《摩罗诗力说》就指出:中国"诗人自倡,生民不耽。试稽自有文字以至今日,凡诗宗词客,能宣彼妙音,传其灵觉,以美善吾人之性情,崇大吾人之思理者,果几何人?上下求索,几无有矣。"②他尝推崇以拜伦为代表的摩罗诗派,认为是世界文学的新声,中国文学应该发出这样的新声:"不为顺世和乐之音,动吭一呼,闻者兴起,争天拒俗,而精神复深感后世人心,绵延至于无已。"③这是鲁迅所期望于中国文学的,而这也是鲁迅文学创作的基调。鲁迅一开始从事他的文学创作,就从他对历史的深刻认识,而产生怀疑、作出批判,进而写了《狂人日记》,所谓"狂人"正是作者的化身,以其离经叛道力抗世俗的姿态,指出"礼教吃人"的历史事实,产生强烈的震撼。鲁迅的小说充分表现其对传统对社会的批判,对中国民族劣根性的批判。从《狂人日记》看到对礼教吃人的现象,从《孔乙己》看到中国读书人的悲哀,从《阿Q正传》看到被封建传统所扭曲的国民性格,从《祝福》可看到中国妇女的悲剧命运,作者以深沉的爱写出他们不幸的命运,也体现出作者对民族劣根性最深刻的批判。

杂文是鲁迅所独创的文艺形式,乃最方便最犀利的批判武器,把诗和政论统一在他的"杂感"里,来得更为尖锐更为有力。他在《小品文的危机》说:"生存的小品文,必须是匕首,是投枪,能和读者一同杀出一条生存的血路的

---

① 冯雪峰:《关于鲁迅在文学上的地位》,《鲁迅的文学道路》,湖南人民出版社1980年版。
② 鲁迅:《摩罗诗力说》,《鲁迅全集》第1卷,人民文学出版社2005年版,第71页。
③ 同上。

东西。"①鲁迅的杂文是以尖刻著称的,这是因为他对社会的认识比谁都深,对问题的看法比谁都深。他知道:"我有时泛论一般现状,而无意中触着了别人的伤疤,实在是非常抱歉的事。但这也没法补救,除非我真去读书养气。"②"在中国,我的笔要算较为尖的,说话有时也不留情面。但我又知道人们怎样地用了公理正义的美名,正人君子的徽号,温良敦厚的假脸,流言公论的武器,吞吐曲折的文字,行私利己,使无刀无笔的弱者不得喘息。倘使我没有这笔,也就被欺侮到赴诉无门的一个;我觉悟了,所以我要常用,尤其是用于使麒麟皮下露出马脚。"③从鲁迅的杂文,我们看作者爱憎是强烈的,是非是分明的。正如他自己所说:"文学的修养,决不能使人变成木石,所以文人还是人,既然还是人,他心里就仍然有是非,有爱憎;但又因为是文人,他的是非就愈分明,爱憎也愈热烈。从圣贤一直敬到骗子屠夫,从美人香草一直爱到麻疯病菌的文人,在这世界上是找不到的,遇见所是和所爱的,他就拥抱,遇见所非和所憎的,他就反拨。"④他以他尖锐的笔尖,戳破一切的瞒和骗,一切的虚伪和掩饰,体现他强烈的爱与憎,正因为这样,才能引发社会的反响和读者的共鸣。

善于讽刺是鲁迅杂文的一个特色。古今中外文学史都有讽刺文学,而且都是文学的杰出作品。冯雪峰对鲁迅的讽刺文学曾作了这样的论述:"讽刺文学一般地是在某一社会制度烂熟到不合理的存在,而对抗这社会制度的新的社会的意识形态也开始生出了的时代,即新旧二种社会理想相冲突着的时代所产生。即在旧的社会制度成为对于新始产生的社会的障害了的时候,讽刺文学便产生了。例如在帝政俄罗斯的黑暗时代便产生了果戈里和薛特林的讽刺作家,又如在十七世纪的贵族和僧侣的法兰西是产生了莫里哀这喜剧作家。格罗斯这讽刺

---

① 鲁迅:《小品文的危机》,《鲁迅全集》第4卷,人民文学出版社2005年版,第592页。
② 鲁迅:《不是信》,《鲁迅全集》第3卷,人民文学出版社2005年版,第239页。
③ 鲁迅:《我还不能"带住"》,《鲁迅全集》第3卷,人民文学出版社2005年版,第260页。
④ 鲁迅:《再谈"文人相轻"》,《鲁迅全集》第6卷,人民文学出版社2005年版,第347页。

画家是产生于德国资产阶级愈趋丑恶而无产阶级则日益健全的现在。鲁迅先生是产生于封建势力（以及'资本家的走狗'们）积极地阻挡着新起的势力的现代中国社会。"① 鲁迅说："现在的所谓讽刺作品，大抵倒是写实。非写实决不能成为'讽刺'；非写实的讽刺，即使能有这样的东西，也不过是造谣和诬蔑而已。"② 虽然对人对事有所讽刺，但作者还是应该心怀善意和诚意的，否则就是无理的谩骂，失掉讽刺的意义，也失掉文学的意义。鲁迅杂文正是荒谬社会的产物。

关于"骂"的艺术，在鲁迅是发挥得淋漓尽致的笔法。"骂"是古今中外的一种艺术，特别是新旧正在恶斗的时候，更是一件有力的批判武器。关于"骂"，他有这样的看法："中国历来的文坛上，常见的是诬陷，造谣，恐吓，辱骂，翻一翻大部的历史，就往往可以遇见这样的文章，直到现在，还在应用，而且更加厉害。"③ 而"现在有些不满于文学批评的，总说近几年的所谓批评，不外乎捧与骂。其实所谓捧与骂者，不过是将称赞与攻击，换了两个不好看的字眼。指英雄为英雄，说娼妇是娼妇，表面上虽像捧与骂，实则说得刚刚合式，不能责备批评家的。批评家的错处，是在乱骂与乱捧，例如说英雄是娼妇，举娼妇为英雄。"④ 在给吕蕴儒的信中也说："我想，骂人是中国极普通的事，可惜大家只知道骂而没有知道何以该骂，谁该骂，所以不行。现在我们须得指出其可骂之道，而又继之以骂。那么，就很有意思了，于是就可以由骂而生出骂以上的事情来罢。"⑤ 所以林语堂当时就有这样说法："自有史以来，有重要影响于思想界的人都有骂人的本能及感觉其神圣，当耶稣大闹耶路撒冷圣殿怒鞭×××时，简直与鲁智深大闹瓦观寺一样，并没有什么学者态度可言。所以尼采不得不骂德人，萧伯纳不得不骂英人，鲁迅不得不骂东方文明，吴稚晖不

---

① 冯雪峰：《讽刺文学与社会改革》，《鲁迅的文学道路》，湖南人民出版社1980年版，第8页。
② 鲁迅：《论讽刺》，《鲁迅全集》第6卷，人民文学出版社2005年版，第287页。
③ 鲁迅：《辱骂和恐吓决不是战斗》，《鲁迅全集》第4卷，人民文学出版社2005年版，第466页。
④ 鲁迅：《骂杀与捧杀》，《鲁迅全集》第5卷，人民文学出版社2005年版，第615页。
⑤ 鲁迅：《集外集拾遗·通讯（复吕蕴儒）》，《鲁迅全集》第7卷，人民文学出版社2005年版，第282页。

得不骂野蛮文学,这都是因为其感觉之锐敏迥异常人所致,所以骂人之重要及难能可贵也就不用说了。"①鲁迅善骂,但他认为:"一切古今人,连一个人也没有骂倒过。凡是倒掉的,决不是因为骂,却只为揭穿了假面。揭穿假面,就是指出了实际来,这不能混谓之骂。"②"骂"就是一种批判的有力的武器。该骂的时候还是要骂的,但要骂得理直气壮,骂得光明磊落。

四

鲁迅三十年的笔墨生涯,几乎在论战(或曰骂战)中度过。他与陈西滢战,与梁实秋战,与胡适战,与林语堂战,以至于与创造社、左联中人战等,他说:"我的杂感集中,《华盖集》及《续编》中文,虽大抵和个人斗争,但实为公仇,决非私怨。""自问数十年来……也时时想到中国,想到将来,愿为大家出一点微力,却可以自白的。"③在致曹聚仁的信也说:"现在的许多论客,多说我会发脾气,其实我觉得自己倒是从来没有因为一点小事情,就成友或成仇的人。我还有不少几十年的老朋友,要点就在彼此略小节而取其大。"④在《且介亭杂文二集·序言》又说:"我有时决不想在言论界求得胜利,因为我的言论有时枭鸣,报告不吉利事,我的言中,是大家会有不幸的。"⑤尼采说:作为一个时代的知识分子,"他们要向时代道德开胸破膛动手术,为的是让人类获得新生。他们总是发现,在各种受人类尊重的当代道德的后面,有着太多的伪善,惰性,放

---

① 林语堂:《插论〈语丝〉的文体——稳健,骂人,及费厄泼赖》,上海《语丝》周刊第75期,1925年12月14日。
② 鲁迅:《"招贴即扯"》,《鲁迅全集》第6卷,人民文学出版社2005年版,第235页。
③ 鲁迅:《致杨霁云》,《鲁迅全集》第13卷,人民文学出版社2005年版,第113页。
④ 鲁迅:《致曹聚仁》,《鲁迅全集》第14卷,人民文学出版社2005年版,第35页。
⑤ 鲁迅:《且介亭杂文二集·序言》,《鲁迅全集》第6卷,人民文学出版社2005年版,第225页。

纵和轻忽的东西,有着太多过时的东西。"①鲁迅的杂文可谓处处直击要害。

在中国文坛,鲁迅往往是孤军作战的,面对来自各方面的围攻,无所畏惧,正如尼采这位雄辩家所说:"我在战斗中坚持四项原则:其一,我只攻击那些已经获得胜利的人,如果必要,我会等到他们成功时才去攻击;其二,我在攻击那些人时,不会去找盟友,也就是,我总是单兵作战,在作战时不会连累任何人。这是我认为的正当行为的标准;其三,我从不进行人身攻击,我只是将个人看成一个观察社会的工具,借此可以更清楚了解那些普遍而难以把握的丑恶现实。"②这正是鲁迅的战斗风格。鲁迅在《辱骂和恐吓决不是战斗》中说:"战斗的作者应该注重于'论争';倘在诗人,则因情不可遏而愤怒,而笑骂,自然也无不可。但必须止于嘲笑,止于热骂,而且要'喜笑怒骂,皆成文章',使敌人因此受伤或致死,而自己并无卑劣的行为,观者也不以为污秽,这才是战斗的作者的本领。"③又说:"文章战斗,大家用笔,始有胜负可分,倘一面另用阴谋,即不成为战斗,而况专恃粪帚乎?……"④姚克也曾说:"他是一个冷静,尖锐的观察者……他会和你因意见不合而闹翻,甚至于绝交,但我可以保证他绝不会出卖你。他可能和你在战场上杀个你死我活,但他绝不肯在暗地里向你放冷箭,或在背后刺你一刀。"⑤何等光明磊落,才是一个真正的战斗的作者所应具有的风度。

一个知识分子为了真理总有他的坚持而与整个社会议论背离也不算稀奇。旁人对他的恭维,他不当做一回事,旁人对他毁谤,也不足动摇他的见解。世间的荣华富贵,不足以夺去他对真理的追求。世间对他的侮辱迫害,他知道是无可避免的事。在鲁迅看来,作为一个社会的批判者最可怕的是没有对手,即使他们的诬蔑也证明着他的存在,同时也证明他们内心的不安和恐惧。鲁迅说:他的作品"因为还有人要看,但尤其是因为又有人憎恶着我的文章。说话说到

---

① 〔德〕尼采:《尼采自述》,黄忠品译,天津人民出版社2010年版,第252页。
② 同上,第9页。
③ 鲁迅:《辱骂和恐吓决不是战斗》,《鲁迅全集》第4卷,人民文学出版社2005年版,第466页。
④ 鲁迅:《致黎烈文》,《鲁迅全集》第12卷,人民文学出版社2005年版,第419页。
⑤ 姚克:《从憧憬到初见——为鲁迅先生逝世三十一周年作》,《纯文学》1976年第7期。

有人厌恶，比起毫无动静来，还是一种幸福。天下不舒服的人多着，而有些人们却一心一意在造专给自己舒服的世界。这是不能如此便宜的，也给他放一点可恶的东西在眼前，使他们有时不舒服，知道原来自己的世界也不容易十分美满。苍蝇的飞鸣，是不知道人们在憎恶他的；我却明知道，然而只要能飞鸣就飞鸣。我的可恶有时自己也觉得，即如我的戒酒，吃鱼肝油，以望延长我的生命，倒不尽是为了我的爱人，大大半乃是为了我的敌人，——给他说得体面一点，就是敌人罢——要在他的好世界上多留一些缺陷。"①他明知说的话会被某些人所讨厌的，而他始终坦然面对，正所谓"举世不知何足怪？力行无顾是豪雄"（曾巩诗）。鲁迅宁愿做一个"不识时务的"战斗者，才能写出心以为然的文字。当你面对邪恶而沉默，无意中就成为邪恶的帮凶。也许令人讨厌，令人可恶，但并不令人觉得可耻，而是正气凛然。车尔尼雪夫斯在论述果戈里时，说："凡是对随便什么人都要逢迎的人，他除了自己以外，就随便什么人都不会爱；凡是对一切都觉得满意的人，这个人就不会做出什么善事来，因为对邪恶不感到痛恨，就不可能有善。要是这个人没有人去憎恶他，也就不会有人去感激他。那些需要保护的人们，是有许多地方值得感谢果戈里的；他已经成为反对邪恶和平庸的人们底领袖了。因此他就得到了在许多人的心中激起对他仇恨的荣誉。只有到了他所反对过的一切平庸、卑劣消失无踪的时候，大家才会异口同声赞扬他。"②鲁迅就是这样。车氏还说：拜伦在人类历史中，是一个几乎比拿破仑还要重要的人物。鲁迅在中国的现代历史地位也是如此。

当一个社会处于是非颠倒，黑白不分的时候，多么需要有不怕被讨厌，不怕被可恶，不怕被围剿，不屈服于权力，不屈服于金钱，勇于怀疑，敢于批判的知识分子。这就是鲁迅精神。我们要学习鲁迅，做一个真正的中国现代知识分子。

（2016 年 6 月于香港）

---

① 鲁迅：《〈坟〉题记》，《鲁迅全集》第 1 卷，人民文学出版社 2005 年版，第 3 页。
② 〔俄〕车尔尼雪夫斯基：《俄国文学果戈里时期概观》，《车尔尼雪夫斯基论文学》（上卷），新文艺出版社 1957 年版，第 32 页。

鲁迅思想的民族主义迷雾

张福贵　吉林大学文学院

任何历史都可以做多角度的阐释，阐释的结果也往往大相径庭。而鲁迅作为一个历史人物或一种历史本身，在相当长的时间里，却一直处于单一阐释的状态。

从阶级和民族的立场去阐释鲁迅思想的价值与意义，这无疑是一种历史的真实，同时也是现实的需要。在一般情况下，思想总是来自于客观现实，鲁迅思想的阶级意识和民族意识是百年来中国历史的现实反映，也是弥漫于中国社会的一种普遍社会心理。我们可以断定，今后对于鲁迅思想的这一阐释还将成为其研究的主要价值取向。但是，思想又总是鲜活的，真正的思想是具有自我反思能力的。因此，对于鲁迅思想的阐释仍然要依据当下的现实需要而做出调整，这是政治的逻辑，也是思想和学术的逻辑。当我们使用这样一种思维方式回望鲁迅研究的历史时，就容易理解鲁迅形象与价值的转化和变化，也会为我们未来的鲁迅阐释留下思想的空间。

鲁迅研究的历史实质上是一个被不断选择的思想过程，这种选择包括对其思想的简化和神化。而在鲁迅丰富的思想中，"民族主义"的有无及其评价始终是一团迷雾，无论是对其言语的分析还是行为的判断，都存在着复杂纷争。在"民族魂"的定义下，鲁迅思想中的民族主义属性长期被强调和放大，而他对于民族主义的批判一面则往往被忽略和误解。

在说到鲁迅思想中的民族主义问题时，首先必须将民族主义与民族精神、民族意识或爱国主义等概念区别开来，厘清其本质差异。我们看到，迄今为止在评价鲁迅民族主义思想的论著中，大多对民族主义本身及其在鲁迅思想中的体现做了正面的理解。关于"民族主义"的概念已经有诸多界定,但定义之间不无差异甚至对立,而且在具体使用中更是与民族意识、民族精神混淆。民族主义说到底就是坚持本民族利益至上,以单一国家、民族本位观去理解和判断世界大势,是民族意识和民族精神的极端化表现。在中国一般民众意识和言说中,从来就把民族主义与爱国主义相提并论,使之获得先天正义的地位。民族意识是一种与生俱来的民族自我认同心理,民族精神是由民族传统文化孕育和滋养,进而成为推动民族生存与发展的思想力量。相对于民族意识来说,民族精神具有更明确的价值取向。而民族主义则是在这一思想基础上生成,但具有明显排他性与极端化的价值观念和思想体系。从这一意义上讲,没有所谓的"极端民族主义"之说,因为相对于民族意识和民族情感来说,民族主义思想本身就是极端的,就像科学主义和科学精神之间的差异一样。虽说对于民族主义有着不同背景的解说,但是从马克思到列宁、斯大林、毛泽东以及中共几代领导人那里,几乎都没有对民族主义做过正面的具体阐释。相反,马克思、斯大林等曾从国际主义的阶级立场出发,对民族主义以民族性代替阶级性的思想本质进行了程度不同的否定和批判。

在中国话语体系中,鼓吹世界主义和批判民族主义从来都是不招人待见,甚至是冒道德风险的。因为近代以来民族主义一直是中国社会中最具道德感、普泛性和历史合法性的思想,也是官方文化与民间文化之间认同度最高的时代强音。民族主义往往以国家、民族等现实需要为指涉,以崇高、正义等精神旗帜为标榜,成为一种自我认同度极高、实践结果极为有效的思想口号。而且这一口号也确实在国家危机、民族救亡之际,发挥了巨大作用。

然而,在国家发展和社会变革过程中,固执于这种先天正确和必定崇高的伦理逻辑,有时反而会增加民族历史的悲剧性,其本身有可能成为一种排斥外来文化、拒绝变革和保护落后的口号。鲁迅所处的时代有着生长和壮大民族主义思想最适宜的土壤,其思想中的民族意识与民族精神理所当然地成为人们研究鲁迅的最佳视角,而且这一视角不断被集中和放大。因此,在对于鲁迅思想中有无民族主义的探讨中,民族主义一词的属性和判断实质上已经发生了置换和神化,越来越成为民族意识、民族精神和爱国主义的同义语。

如前所述，关于鲁迅是否为民族主义者的问题，曾经在学界产生过不小的争论。其实无论是肯定还是否定，答案并不十分重要，重要的还是如何理解鲁迅思想中的民族主义属性问题。从争论双方的阐释来看，大多对于民族主义做了一种正面的积极理解。有学者指出，"鲁迅一生发生了两次而不是一次方向性转变，因此有三个鲁迅：即留学时期的民族主义、保守主义的鲁迅；五四时期的世界主义、启蒙主义的鲁迅；左联时期的革命民族主义、马克思主义的鲁迅。这三个鲁迅又不是完全分割的，而是有着内在的一致性的、完整的鲁迅的三个不同阶段。三个阶段的内在联系就是民族主义情结，这是鲁迅思想的深层结构，它使鲁迅在变中保持着同一性。"① 在这一叙述中，民族主义成为了贯穿鲁迅思想始终的主体思想。

"百度贴吧"上有帖子批判鲁迅的反民族主义的思想，称"鲁迅是逆向民族主义始作俑者，必须批倒批臭"。而关于鲁迅思想的民族主义属性，周作人的判断可能最有说服力，他认为鲁迅在那个时代的思想我想差不多可以民族主义来概括。如何看待鲁迅思想中的民族主义元素，是我们理解鲁迅思想属性的关键所在。我觉得，不能把民族主义和鲁迅思想中的民族意识混淆，后者自身也不能做更深的延伸解读。"留学时期的鲁迅选择了民族主义和保守主义，是出自民族主义情结，面对西方和西方文化的强力压迫，他全力维护中华民族和中华文化的尊严，对西方和西方文化有所抵牾。五四时期的鲁迅选择了世界主义和启蒙主义，是出自民族主义情结，为了中华民族的生存和发展，他'哀其不幸，怒其不争'，批判国民的劣根性，以决绝的态度批判传统文化、推崇西方文化。左联时期的鲁迅选择了革命民族主义（反帝）和马克思主义，也是出自民族主义情结，因为他认为西方文化救不了中国，只有苏联传来的马克思主义才能救中国。"② 在这里，鲁迅思想启蒙的目的和动力都来自于民族主义思想的延伸，而在鲁迅的思想和概念中，前者的目的恰恰是对于后者的否定。

---

① 杨春时：《鲁迅的民族主义情结及其思想历程——兼答朱献贞先生的批评》，《粤海风》2005年第1期。
② 《鲁迅是逆向民族主义始作俑者，必须批倒批臭》，http://tieba.baidu.com/p/2641777788。

鲁迅对于民族主义的批判是和对"庸众"的批判分不开的，而且这一批判也抓住了民族主义与话语权力结合所构成的互为表里的思想关系，并指出其强大的舆论杀伤力："'合群的自大'，'爱国的自大'，是党同伐异，是对少数的天才的宣战……他们自己毫无特别才能，可以夸示于人，所以把这国拿来做个影子；他们把国里的习惯制度抬得很高，赞美的了不得；他们的国粹，既然这样有荣光，他们自然也有荣光了！"①

鲁迅很清晰地勾勒出了民族主义通过"多数主义"走向"党同伐异"思想暴力的轨迹。党同伐异行为的深层社会心理是人对于群体本身力量和自我脱离群体后的恐惧，本质上是怯懦，也就是鲁迅所说的"卑怯"。在这样的环境和心理下，人们通过"党同伐异"很容易获得一种自身的安全和荣耀，这对于缺少自主意识的人来说又何乐而不为呢？由此可见，无论民族主义假以爱国主义之名获得多么崇高的赞许，也不可能成为走向个人自由和世界大同的桥梁。最终，民族主义只能成为"庸众"群体性的遮羞布和虚荣面具。

应该看到，鲁迅对于民族主义的批判不是政治性的，而是思想性的。他深挖民族主义的文化之根，把批判民族主义与倡导个性主义的思想联系起来，服从于"改造国民性"的立人之说。民族主义的伦理基础是大众化、群体性的，这对于思想启蒙的个性主义构成了自然的集体围剿。因此，有必要进一步厘清鲁迅思想中民族主义和个性主义之间的真实关系。

第一，民族主义是一种具有排他性的民族至上、群体本位的大众化的民族思想体系。鲁迅思想中从早期的"立人"思想到后来"改造国民性"的主张，都属于以个人为本位的自由主义思想谱系，这是其思想的主体。像孙中山等人一样，早期鲁迅存在着本真意义的民族主义思想元素。但也正是在表达民族主义这一时代思想的同时，鲁迅更倡导当时十分超前的个性主义思想。当鲁迅将"任个人而排众数"、"不若用庸众为牺牲，以冀一二天才之出世"、"个性

---

① 鲁迅：《热风·随感录三十六》，《鲁迅全集》第1卷，人民文学出版社1981年版，第313、307页。

张,沙聚之邦,由是转为人国"①的判断组合在一起,来探讨中华文明辉煌传统时,所谓的民族主义元素就已经变成了以个性意识为内核,重构民族精神的思想武器。鲁迅对于"庸众"的批判和对于"个人"的张扬,已经十分清楚地把鲁迅与一般的民族主义者区分开来了。如同鲁迅当时否定中国尚未建立的议会制宪——"众治"一样,都是为了实现"任个人而排众数"的个性主义理想。

第二,不能把鲁迅思想中一般意义的民族精神和民族意识解读为民族主义。千百年来,人类所共有的忧患意识、救亡图存等意志精神并不等于民族主义。正像不能把人类共有的美德归结于某个族群的专属一样,救亡图存的民族意识和民族精神也不只为民族主义所特有,而是人类普泛性的情感和义务。从对于"世界主义"的最终认同,也可以看出鲁迅对于民族主义的批判和否定。而"个人"概念又是与"世界人"概念相关联的。

长期以来,世界主义在鲁迅的思想中是被人们有意无意忽略的一种宝贵的精神资源。对于鲁迅所倡导的"世界人"概念必须放置于其思想的大框架之中去理解,不能单纯地从概念本身去理解。"世界人"是世界主义思想中民族和个人身份的概括,其中包含有对于自我价值的坚守,而不是民族性和个人性的泯灭:个人、民族和人类要"协同生长,挣一地位",表明了鲁迅"世界人"概念的思考过程和最终指向。鲁迅形象地指出,"中国人"要成为"世界人",不是以其特殊性进入世界,而是以人类的同一性进入世界。"有人说:'我们要特别生长;不然,何以为中国人!'于是乎要从'世界人'中挤出。于是乎中国人失了世界,却暂时仍要在这世界上住!——这便是我的大恐惧。"②这与他毕生致力于批判国粹主义和民族主义、坚持改造国民性的宗旨是相一致的。

而这并不只是鲁迅一个人的思考,而是他同时代人的思考。1902年,蔡元培提出要"破黄白之级,通欧亚之邮,以世界主义扩民族主义之狭见"③。毛

---

① 鲁迅:《坟·文化偏至论》,《鲁迅全集》第1卷,人民文学出版社1981年版,第56页。
② 鲁迅:《热风·随感录三十六》,《鲁迅全集》第1卷,人民文学出版社1981年版,第313、307页。
③ 蔡元培:《日英联盟》,《蔡元培全集》第1卷,中华书局1984年版,第160—161页。

泽东在 1920 年 12 月 1 日致蔡和森等人的信中说："以我的接洽和观察，我们多数的会友，都倾向于世界主义。凡是社会主义，都是国际的，都是不应该带有爱国的色彩的。……当然应在中国这一块地方做事；但是感情总要是普遍的，不要只爱这一块地方而不爱别的地方。这是一层。做事又并不限定在中国，我以为固应该有人在中国做事，更应该有人在世界做事。"他认为"世界主义"就是"愿自己好，也愿别人好"的主义，"这种世界主义，就是四海同胞主义"[①]。而习近平提出的"人类命运共同体"的概念，也是与马克思主义基本思想完全一致的。

在人类思想史上，"世界主义从来就是批判民族主义的有力武器。文化发生剧烈转型的时期也是世界主义和民族主义冲突剧烈的时期，而传统文化能否完成真正的转型，就是要看世界主义与民族主义博弈的最终结果。二者的冲突和博弈不单是一种主义之争，更是社会发展与民族文化建构的不同路向的矛盾"[②]。民族主义的社会功能是与一定的历史境遇分不开的，国家和民族危亡之际，民族主义思想可以凝聚人心，具有现实的合理性和必要性。然而，愈是在这样一种情境下，世界主义思想才愈是不可或缺的。这不仅体现出一个民族的胸怀和视野，而且也决定着民族性格的构成和文化发展的方向。相反，拒斥世界主义，偏执于民族主义，最后伤害的恰恰是民族本身。

鲁迅用世界主义和个性主义的思想平复了民族主义的激情，他的思想总是比时代快半拍。当历史走完了某个时段，人们再回头品味鲁迅的判断时，才发现他的思想早已在这个时段的终点处等待着我们，平静地接受我们的敬意。

（该文曾刊于《探索与争鸣》2016 年第 7 期）

[①] 毛泽东：《毛泽东书信选集》，人民出版社 1983 年版，第 2 页。
[②] 张福贵：《鲁迅"世界人"概念的构成及其当代思想价值》，《文学评论》2013 年第 2 期。

鲁迅与儒学传统的深层精神联系

高旭东　中国人民大学文学院

摘　要：鲁迅是对儒学文化传统批判反省最彻底的文豪，然而我们通过对鲁迅西化的儒学文化土壤、反传统的儒学内在动因、鲁迅在不朽观上对儒学的承继以及孔子对鲁迅的影响等四个方面的全面系统的反思，发现了鲁迅与儒学深层的精神联系。可以说，鲁迅既是儒学传统的批判者，又是这一传统真正现代性的承担者。鲁迅逝世后，身上覆盖着"民族魂"的旗帜，表明他作为儒学传统的现代转型者，虽然具有显著的现代性的文化特征，却又是中国民族文化的真正苗裔。从某种意义上说，孔子是传统中国的一张文化名片，鲁迅则是现代中国的一张文化名片。

关键词：鲁迅；儒学；深层联系

众所周知，鲁迅是现代中国最激进的西化论者与反传统主义者，他的反传统与西化的激进性以及对传统罪恶的深刻揭露，使张扬"全盘西化"的胡适都为之黯然失色。然而另一方面，鲁迅又是中国文化传统现代性的转型者。从这个意义上说，鲁迅真正是东西方文化合璧的结果。鲁迅说过自己所受庄子、韩非子的影响，而他所受屈原、魏晋文章尤其是嵇康的影响，早有论著详加探讨。不过，对于鲁迅从五四时期到晚年一直加以抨击与批判的孔孟正宗的中国文化传统，研究与其精神联系的还比较少。本文就从这个方面入手，探讨一下鲁迅与孔孟正宗的中国文化传统的深层精神联系。

一 鲁迅西化的儒学文化土壤

鲁迅留日时期在短短的几年内,在接受了西方的科学主义之后,又接受了西方的人本主义,并返身批判反省中国的文化传统,就表明中国文化内部有看取并接受西方文化的潜在土壤,而这一点,为鲁迅研究界普遍忽视了。一提到传统文化,人们就会想阿Q,想到自大、保守、封闭、排外……然而,传统文化也还有认识上的急于摸清对手的底细、正确了解别人、甚至以了解别人比了解自己还重要以及实践上的"拿来主义"的一面。且不说中国最杰出的兵书《孙子兵法十三篇》著名的格言就是"知己知彼,百战不殆",即使是儒学也不例外,《论语》第一篇《学而》中说:"不患人之不己知,患不知人也。"

从留日时期到五四时期,鲁迅的救国路线是由"立人"而使得民族得救。这就首先要求每个国民"修身",即像鲁迅所说的那样置重主观、意志,张大自己的个性,建构"刚毅不挠""勇猛无畏""宝守真理""独立自强"的人格。而"国人之自觉至,个性张,沙聚之邦,由是转为人国"。如果我们抛开具体的主张不论,而着眼于鲁迅救国路线的起点与过程,就可以看见它的根深深埋在传统的土壤之中。儒家所谓的"内圣"与"外王"之道,就是由"内圣"与"外王",因此,"修身"——"立人",是儒家首先要求的。孔子说:"古之学者为己,今之学者为人"①,首先强调的也是个体人格的自我修养。而建构个体的人格,就是让人"刚毅木讷""见利思义",以达"文行忠信"(孔子),要"尽心""知性"(孟子),要"正心""诚意""格物""致知"(《大学》)……于是,"自天子以至于庶人,壹是皆以修身为本。""修身而后家齐,家齐而后治国,国治而后天下平。"②从"修身"到"齐家治国平天下",从"内圣"到"外王",正是鲁迅以张大个性而中国就"雄厉无前"的传统土壤。

鲁迅在《文化偏至论》中看取西方文化的是人本主义,是哲学的人学,而儒学传统注重的正是主体内省与人格完美的哲学的人学。西方的宗教文化注

---

① 朱熹:《四书章句集注·论语章句》,中华书局1983年版。
② 同上。

重的不是人学，而是神学，正如使徒彼得所说的："顺从神，不顺从人，是应当的。"①而儒学道统则注重人而不注重神："天道远，人道迩"；"国将兴，听于民；将亡，听于神"（《左传》）。孔子就"不语怪力乱神"，让人"敬鬼神而远之"，并说"未能事人，焉能事鬼？"②而鲁迅看取的以叔本华（Arthur Schopenhauer）、尼采（Friedrich Wilhelm Nietzsche）等人为代表的现代人学思潮，正是以对黑格尔（Georg Wilhelm Friedrich Hegel）庞大的神学体系乃至对基督教彻底反叛的面目出现的。这一思想潮流的涌动，标志着西方文化由神学向人学的转折。因而鲁迅对西方现代人学思潮的看取，正是儒学道统的人学根底使然。尽管西方现代人学思潮注重的是个体的人，而儒学道统的人学置重的是群体的人，然而二者在离弃神学而置重人学一点上，却令人看到了"接点"。黑格尔之后，在人学思潮兴起的同时，西方的分析哲学也以对黑格尔的批判而大兴，以至于使 M. 怀特称现代文化潮流为"分析的时代"。然而，鲁迅对西方的分析哲学并无兴趣，而对繁琐的分析表示厌恶。③甚至一直到今天，存在主义很快能被一些人所接受，而分析哲学难以在中国生根者，就因为儒学具有悠久正宗的人学传统，却并无分析的传统，而具有与分析对立的综合的传统。当然，我们所说的儒学道统的人学是指以孔子为代表的上层文化的传统，而在中国下层则是"怪力乱神"满天飞。因此，鲁迅接受西方现代人学思想的传统土壤，正是儒学的人学传统。

人本哲学与分析哲学在思维方式上迥然相异。分析哲学重逻辑，重分析，往往使人感受到碎杂，枯燥无味，甚至与维特根斯坦（Ludwig Josef Johann Wittgenstein）一起搞逻辑研究的罗素（Bertrand Russell）也说"逻辑真是地狱"；而人本哲学则重综合，重整体，重直觉。儒学道统是注重主体内省的哲学的人学，所以就特别推崇整体的、综合的、直觉的思维方式。儒学道统整体性地把握问题的方法，使其形成了原始的系统论，这在汉儒那里尤其明显。如果以

---

① 《新约全书·使徒行传》，第5章第29节。
② 朱熹：《四书章句集注·论语章句》，中华书局1983年版。
③ 鲁迅对《苦闷的象征》的介绍，在《两地书》中对论文的看法以及对胡风论文之繁琐的批评，都表现出这一倾向。

语义分析的方法对中国传统的文言文进行分析，就会到感到很困难：文言文原来没有标点，没有时态、语态，而且所运用的概念灵活性与模糊性也太大，①因而就只能以直觉体悟的方式去把握。这种思维方式的人文性太强而具有反科学性——这也是中国科学不发达的一个原因。尽管鲁迅提倡科学，并且也注意到了西方语言的精密性，特别表现在鲁迅的翻译中，但是，儒道传统的整体的、综合的、直觉的思维方式不仅影响了鲁迅对西方文化的选择，而且直接作用于鲁迅的思维方法。因为传统的思维方式并不像传统的伦理道德、文学艺术，直接诉诸符号，从而为反传统者树起了靶子，而是无形地渗透在符号之中需经分析才会发现。鲁迅以直觉感悟式的杂文代替分析性论文，虽说有尼采等人的影响，但却是中国传统思维方式更为直接的结果。鲁迅后期还说，他能感悟到事情的特点和要害，却说不出一篇大道理。因此，鲁迅看取与科学分析对立的现代人学思潮，对以感悟式的格言、警句名世的西哲尼采②发生那么大的兴趣，是有着深远的传统文化的渊源的。不仅如此，鲁迅对海克尔（Ernst Heinrich Philipp August Haeckel）的"系统树"——种系发生学的极大兴趣，也不能说与儒学道统中原始的系统论无关。鲁迅在那么短的时间内，写作了《人之历史》《科学史教篇》《文化偏至论》等文，概述了进化论史、科学史、文化史，并富有创见，不正是儒道综合的、整体的思维方式对鲁迅所起的潜在作用吗？尽管鲁迅的结论可能是反传统的，但是，假如是没有自己文化的部落中的野蛮人，并教会了他认识科学与文化的语言，那么，他会在如此短的时间内做出如此富有创见的综合吗？当然，这个假设本身是荒诞的。

鲁迅留日时期在文学上对浪漫主义与现代主义的浓厚兴趣，也有深厚的传统土壤。西方文学从亚里士多德（Aristotle）到现实主义、自然主义，强调的是摹仿、再现，因而就形成了西方文学的史诗传统，这一文学传统的对立面是浪漫主义与现代人学思潮的兴起，可以说，从康德（Immanuel Kant）的主体

---

① 值得注意的是，伴随现代人学思潮而产生的现代派文学也出现了这些特点。
② 尼采的哲学表达方式在西哲中并不具有代表性，倒与中国哲学家的哲学表达方式相似。

性哲学之后，西方文学的史诗传统就开始走向衰落。于是，克罗齐（Bendetto Croce）、柯林伍德（Robin George Collingwood）等美学家的"表现"论，就取代了传统的"再现"论。而在现代派艺术中，拙于表现而长于再现的艺术门类与文体，如绘画、小说，都被改造成了表现艺术。而中国文学自古就不重再现而注重表现，儒学文学认为文学是心声的流露、情感的宣泄，因而中国自儒学的经典古老的《诗经》开始形成的就不是史诗传统，而是抒情诗传统。因此，鲁迅喜爱浪漫主义与现代主义，而对现实主义与自然主义不感兴趣，正是中国传统的抒情诗传统在起作用。普实克（Jaroslav Prusek）认为，鲁迅小说的根源不在于中国传统的叙事作品而在抒情诗歌，小说中"明显的怀旧和抒情特征使他不属于十九世纪现实主义传统"，"他用随笔、回忆录和抒情描写取代了中国和欧洲的传统纯文学形式。鲁迅和欧洲现代散文作家的作品都有这种倾向。我认为这种倾向可以看作是抒情作品对叙事作品的渗透，以及传统叙事形式的衰落。"①

历史实用意识的发达是儒学道统的又一特点。与印度人不重视历史而关心抽象的道理不同，儒学非常重视历史，五经中有两部经是历史；然而与西方人探究历史发展进程（如黑格尔）的历史哲学又不同，儒学看取历史主要是想从历史的兴衰中得到"修身齐家治国平天下"的经验教训。在这里，显示了中西文化对"善"与"真"的侧重点不同。鲁迅遵循儒学悠久的历史实用意识的传统，善于从历史中发现为现实服务的经验教训。而鲁迅看取西方文化的方式，也是从历史的角度去总结西方科学、文化所以发达的经验教训，以为中国的现实需要服务。这一点在《人之历史》《科学史教篇》《文化偏至论》等文中表现也特别明显。"五四"之后，鲁迅为了反传统和改造国民性，就特别强调读中国的历史。鲁迅笔下的狂人，是"翻开历史一查"，才从到处都写着的"仁义道德"的字缝里，看出满本都写着两个字是"吃人"。②鲁迅说"历史上都写着

---

① 〔捷克〕普实克：《鲁迅的〈怀旧〉——中国现代文学的先声》，李欧梵编：《抒情与史诗：中国现代文学论集》，上海三联书店 2010 年版。

② 鲁迅 1918 年 8 月 20 日致许寿裳的信中说："偶阅《通鉴》，乃悟中国人尚是食人民族，因成此篇。"

中国的灵魂，指示着将来的命运，只因为涂饰太厚，废话太多，所以很不容易察出底细来。……但如果野史和杂记，可更容易了然了，因为他们究竟不必太摆史官的架子。"① 因此，如果说历史对儒学来说是"资治通鉴"，那么对与鲁迅来说则是"资改造国民性通鉴"，而其历史实用意识则一。

必须指出的是，鲁迅看取的西方文化与看取西方文化的传统土壤之间，存在着巨大的差异。无视这种差异，将外来文化都说成是"古已有之"是很不明智的。然而，没有儒学的文化土壤，鲁迅要在几年之内有选择地接受那么广博的西方文化，也是不可思议的。

二 鲁迅反传统的儒学动因

鲁迅为中国传统知识分子与现代知识分子划分了一个界限，他认为传统知识分子没有自己的独立人格，不是给主子"帮忙"就是"帮闲"；而现代知识分子的特征是人格的独立，能够"任个人而排众数"。于是，鲁迅批判屈原、孔子，而推崇拜伦（George Gordon Byron）、尼采、易卜生（Henrik Johan Ibsen）等。然而，如果详加考究，就可以发现，鲁迅批判传统的冲动，却正来自于儒学道统的文人那种以天下为己任的使命感与忧患意识。五四时期那些专业知识分子往往能够对传统辩证地对待，而鲁迅等恨不得中国明天就变好的整体反传统者，往往是儒学道统的使命感最强烈的文人。

因为鲁迅批判传统的动因来自儒学传统，所以鲁迅的个性主义以及对人格独立的强调，就与尼采、易卜生等差异很大。尼采认为，为了一个超人的出现不惜牺牲千百万个粗制滥造者；易卜生则认为，在船快要沉了的时候，最重要的是救出自己。这并不奇怪，因为尼采、易卜生的文化背景都是重个人轻族类的基督教。然而，以天下为己任的鲁迅在伸张个性的时候，却牢记着家国族类，这就是鲁迅那种强烈的感时忧国精神以及对人民苦难的同情。鲁迅认为，随波逐流的"合群的自大"，就是要抹杀人的个性，"对少数的天才宣战"，其结果

---

① 鲁迅:《华盖集·忽然想到四》,《鲁迅全集》第3卷,人民文学出版社2005年版。

就是中国的堕落以及不求进步;[1]而只有伸张个性的"个人的自大"才能使国家进步。正是这种对家国族类的执着精神,使得鲁迅对苦难的合群者,同情多于谴责,并希望他们觉悟,从而使中国变成"人国"。鲁迅认为,只要"国人之自觉至,个性张,沙聚之邦,由是转为人国。"[2]于是,鲁迅对知识分子的苛求就来了:一方面,他批判"叭儿狗""媚态的猫",即没有独立人格的传统形态的知识分子;另一方面,他又批判那些只顾自己的个性自由而不顾家国族类的自由主义知识分子。因此,人格的独立和个性的自由,在鲁迅哪里并不是目的,而是救国救民的手段;拯救整个中华民族,才是鲁迅一生的目的。于是就出现了这样一种悖论:鲁迅对知识分子乃至国民的劣根性揭露得越深切(反传统);那种以天下为己任的使命感就表现得越强烈(对传统的承担),换句话说,鲁迅反孔反传统的动力来自于儒学传统本身。

鲁迅的激烈反传统,还有更深层的传统动因。鲁迅曾揭批中国传统文化缺乏执着的殉道精神,没有坚执的信仰,使得中国人的信与不信往往取决于信条本身对生命的利害——或者借信条以图功名富贵,或者借信条保身养生以求长生,所以中国向来没有宗教战争,而是推崇三教同源、三教并立。"耶稣教传入中国,教徒信自以为信教,而教外的小百姓却都叫他们是'吃教'的。这两个字,真是提取了教徒的'精神',也可以包括大多数的儒释道教之流的信者,也可以移用于许多'吃革命饭'的老英雄。"[3]鲁迅说:中国人"对神,宗教,传统的威权,是'信'和'从'呢,还是'怕'和'利用'?只要看他们的善于变化,毫无特操,是什么也不信从的,但总要摆出和内心两样的架子来。"[4]总之,中国人没有执着的信仰和殉道精神,而是以生命的安乐为本,信什么就需要从什么得到好处,而且最好是现世现报,不要发什么空头支票。

然而,鲁迅激烈反传统的传统动因,却正是儒学不以信仰为重而注重生命

---

[1] 鲁迅:《热风·随感录三十八》,《鲁迅全集》第1卷,人民文学出版社2005年版。
[2] 鲁迅:《坟·文化偏至论》,《鲁迅全集》第1卷,人民文学出版社2005年版。
[3] 鲁迅:《准风月谈·吃教》,《鲁迅全集》第5卷,人民文学出版社2005年版。
[4] 鲁迅:《华盖集续编·马上支日记》,《鲁迅全集》第3卷,人民文学出版社2005年版。

适应的使用文化传统。否则,对于像鲁迅那样出身于诗礼人家又受到良好的古典教育的人,那么轻而易举地就唾弃了几千年的文化传统,简直是不可思议的。我们且看两个相反的例子。公元前586年耶路撒冷被攻陷,圣殿被毁坏,大部分犹太人被掳到了巴比伦,但是,犹太人坚信他们的神,终于又回到了巴勒斯坦,重建了圣殿。公元前63年,罗马军队占领耶路撒冷,犹太遂成为罗马的一省,在这以后不到二百年的时间,犹太人因争取信仰的自由而被残杀的人数就超过二十万人。我们再看穆斯林。伊斯兰教和基督教的一神教教义都源自犹太教,所以基督徒相信,皈依一神教的伊斯兰教就可以保证再皈依基督教。但是,尽管十字军东征使得穆斯林流血牺牲,尽管勇于殉道的基督徒以理论上的说服和物质上的引诱去归化穆斯林;然而,基督教在伊斯兰教发源地阿拉伯半岛以及信仰伊斯兰教的主要国家叙利亚、埃及的传教工作,并没有多少成效,以至使西方人只好满足于这样的遁词:"穆斯林根本不可能改宗。"①然而,中国人对于思想主义很少如此执着,而更看重思想主义是否为兴国利民有用,这可以追溯到孔子。"子曰:'管仲之器小哉!'或曰:'管仲俭乎?'曰:'管氏有三归,官事不摄,焉得俭?''然则管仲知礼乎?'曰:'邦君树塞门,管氏亦树塞门。……管氏而知礼,孰不知礼?'"②然而,当子路非议管仲时,孔子却说:"桓公九合诸侯,不以兵车,管仲之力也。如其仁,如其仁!"孔子在子贡非议管仲时又为管仲辩解:"管仲相桓公,霸诸侯,一匡天下,民到于今受其赐。微管仲,吾其被发左衽矣。"③对于管仲这么一个小器、不知俭、不知礼、无特操、霸气十足的人,按照孔子的仁德理想,本应是大加讨伐的,而孔子之徒子路、子贡也确实按照孔子"攻乎异端,斯害也已"的指示,来非议管仲的;可是,孔子为什么反过来与其信徒大唱反调,而把儒门至高的"仁"送给管仲了呢?就是因为管仲给国家和人民带来了实际利益。而孔子不但在理论上把兴国利民看得高于道德信条,在行为上也是如此。有一次,公山弗扰盘踞在费邑图谋造

---

① 〔美〕戈特沙尔克:《震撼世界的伊斯兰教》,陕西人民出版社1987年版,第241—249页。

② 《论语·八佾》。

③ 《论语·宪问》。

反，叫孔子去，孔子准备去。子路很不高兴地说：没有地方去就罢了，何必到反贼那里去呢？孔子却辩解说：那个叫我去的人，难道是白白召我吗？"如有用我者，吾其为东周乎？"[1] 又有一次，佛肸召孔子，孔子又想去，子路不高兴地说，从前听老师说，君子不到亲自做坏事的人那里去，如今佛肸盘踞中牟谋反，您却要去，这怎么说得过去呢？孔子无奈又做了一番辩解。[2]孔子的意思是，如果让他执政，可以给家国社稷带来切实的利益，也就不怎么在乎手段了。

因此，"五四"新文化运动虽然是一场以西方文化冲击儒学道统的叛逆运动，然而，在不以信仰为重而以生命存活为第一要义上，恰恰又是儒学传统的延伸。五四时期流行的观念是：或者抱住国粹而死亡，或者抛弃国粹而存活。鲁迅说："要我们保存国粹，也须国粹能保存我们。""保存我们，的确是第一义。只要问他有无保存我们的力量，不管他是否国粹。"[3] 不过能够为了"天下兴亡"抛弃国粹，也就能够抛弃别的学说，抛弃尼采、易卜生的个性主义。五四时期，鲁迅对共产主义学说并不感兴趣，甚至对苏联"怀疑，冷淡"，然而，随着苏联建设的成功和资本主义世界1929年到1933年的经济大危机，让鲁迅看到了，只有社会主义才有利于中国的民族生命的存活和发展，所以鲁迅又毫不留情地扬弃了尼采、易卜生和个性主义，而成了共产主义学说的信奉者。

由此可见，尽管鲁迅以反传统的激烈而著称，然而，决定鲁迅一生不断选择的最终动因，却正是儒家传统士大夫那种以天下为己任的使命感，以及儒学道统不以信仰为重而以兴国利民为第一要务的实用传统。鲁迅之所以能够兼容或者说同时信奉"托尼学说"（托尔斯泰与尼采的学说），也是从民族生存的角度着眼的。在鲁迅看来，不肯定尼采就无以使国人图强，不肯定托尔斯泰（Лев Николаевич Толстой）就无以反对帝国主义侵略。以尼采与托尔斯泰学说之尖锐对立而鲁迅为了救国救民而同时信奉，就可以看出鲁迅亦不以思想主义为重，而看重思想主义能否兴国利民，这几乎是对孔子评议管仲的一种注释。鲁迅的

---

[1] 《论语·阳货》。
[2] 同上。
[3] 鲁迅:《热风·随感录三十五》,《鲁迅全集》第1卷，人民文学出版社2005年版。

留日时期、五四时期以及后期的思想都不完全一致，但在感时忧国一点上又统一起来了。换句话说，鲁迅正是为了民族复兴才甘愿使自己的学说随时而变。

三 鲁迅的不朽观与儒学道统

人是时间之中的人，但是人的文化本性总想超越时间。时间之中的人总是要死的，肉身终究是要腐烂消失的。死亡对于每一个人，都是绝大悲哀的事，无论你做一番什么轰轰烈烈的事业，还是驾驭群臣做一个"人上人"，无论你是"圣人""至人""神人"，还是诗人、作家、学者，你在人生舞台表演一番之后，终归要化为尘土。如果个体的一生就是这么一个变幻无常的很快就破灭的梦，那么，这个梦有什么值得做的？在超越死亡上，鲁迅与儒学是怎样的关系？

鲁迅作为一位敏感的艺术家，自然不可能不面对死亡而有自己的不朽观。鲁迅认为，中国人对于死亡也不如欧洲人来得认真：凯绥·珂勒惠支"用'死'来做画材的时候，是一九一零年顷；这时她不过四十三四岁。我今年的这'想了一想'，当然和年纪有关。但回忆十余年前，对于死却还没有感到这么深切。大约我们的生存久已被人们随意处置，认为无足轻重，所以自己也看得随随便便，不像欧洲人那样的认真了。有些外国人说，中国人最怕死。这其实是不确的，——但自然，每不免模模糊糊的死掉则有之。"① 鲁迅虽然说自己向来是"这随便党里的一个"，却是不确的。留日时期，鲁迅"曾经研究过灵魂的有无，结果是不知道，又研究过死亡是否痛苦，结果是不一律"②。鲁迅的弃医从文，其他原因除外，恐怕与鲁迅相信文艺能使人的心声得以永存有关，"兵刃炮火，无不腐蚀，而但丁之声依然。"③ 这也就是曹丕推崇的，文章为"不朽之盛事"。

"五四"之后，鲁迅赞同提倡科学的时代潮流，然而科学并不能回答人的终极关切的问题，鲁迅写作了《无常》等令当时的人看来并不科学的作品，直

---

① 鲁迅：《且介亭杂文末编·死》，《鲁迅全集》第6卷，人民文学出版社2005年版。
② 同上。
③ 鲁迅：《坟·摩罗诗力说》，《鲁迅全集》第1卷，人民文学出版社2005年版。

到晚年，还写出同类的作品《女吊》。夏济安讨论了这些作品与中国民间文化的关系，并指出："很少有作家能以这样大的热忱来讨论这些令人毛骨悚然的主题"，即"死的美和恐怖，透过浓厚的白粉和胭脂的假面，窥探着生命的奥秘"，"使他区别与他同时代人的，正是他承认这种神秘，而且从不否认他的威力"。在夏济安看来，"鲁迅是一个善于描写死的丑恶的能手。……丧仪、坟墓、死刑，特别是杀头，还有病痛，这些题目都吸引这他的创造性的想象，在他的作品中反复出现。各种形式的死亡的阴影爬满他的著作。"①

随着传统的解体，鲁迅的"向死而在"确实与西方的存在主义有相似之处。鲁迅说："过去的生命已经死亡。我对于这死亡有大欢喜，因为我借此知道它曾经存活。死亡的生命已经朽腐。我对于这朽腐有大欢喜，因为我借此知道它还非空虚。"②鲁迅又说："我只很确切地知道一个终点，就是：坟。然而这是大家都知道的，无须谁指引。问题是在从此到那的道路。"③只要一翻《野草》，就可以看到一颗孤独悲凉而又充满强力的心灵在死亡面前的探寻与挣扎。

然而，鲁迅对个体生命的超越，却与基督教背景下的存在主义有着根本的不同，而这种不同正是儒学道统的结果。按照基督教的观念，人是由上帝创造的，每个人生下来，上帝就赋予了一只与众不同的灵魂。而个体只要以属神的灵魂追寻与上帝的沟通，就可以获得超越于生死流变之外的一般本质。正如阿奎那（Thomas Aquinas）所说的："即使是单独一个灵魂，即使它没有一个亲邻，只要它自为地享受到上帝，那就还是福乐的。"④而绝对永恒之上帝的人格化身，就是耶稣基督，他是基督徒真正实在的上帝和救主。只要个体的人能够成为基督的肉中肉，即使抛开家国族也能得救。所以费尔巴哈（Ludwig Andreas Feuerbach）说：基督徒"抛开类不管，只着眼于个体"，"为了个体而牺牲类"。因为基督徒"作为个体而同时又不是个体，而是类，是一般的本质，因为他

---

① 夏济安：《鲁迅作品的黑暗面》，乐黛云主编：《国外鲁迅研究论文集》，北京大学出版社1981年版。
② 鲁迅：《野草·题辞》，《鲁迅全集》第2卷，人民文学出版社2005年版。
③ 鲁迅：《坟·写在〈坟〉后面》，《鲁迅全集》第1卷，人民文学出版社2005年版。
④ 〔意〕托马斯·阿奎那：《神学大全》第2部上册，商务印书馆2013年版，第4页。

'在上帝里面获得其充分的完善性'，就是说，他在自己里面获得其充分的完善性。"①因此，随着上帝之死，个体的人无所归属，生之孤独、荒诞、焦虑、烦恼在死亡前面便暴露无遗，而存在主义的产生也就成为了必然的了。然而，尽管鲁迅对传统的家族制度的反叛与对个性的执着，使他在死亡面前产生了类似存在主义的情绪（以《野草》为代表），但是，他执着个性的动机，却不是个体的无所归属，而是要复兴家国族类和救国救民。因此，一种执着与现世今生的整体意识必然会淡化鲁迅的孤独和悲凉，是他不至于滑向加缪西西弗斯式的人生荒诞感，而执着于国民性的改造，并以"热风"来驱赶中国的寒流。鲁迅说："现在的地上，应该是执着现在，执着地上的人们居住的"。②这与尼采的"忠实于大地"相类，但却与尼采以个人为本位以与大地的本体意志合一的审美人生观来超越个人的短暂不同，而是儒家执着于现世今生以族类超越个人的死亡的乐观态度。

儒家寻求使人值得活下去的永恒不朽，不是从个体的人而是从整体的人出发的。如果说基督教是为了个人而抹杀族类，那么，儒家则是为了族类而抹杀个人。个体的人虽然有生有灭，但是家国族类却可以生生不息。个体的人作为浩瀚的生命之潮中的一滴水，或者说繁茂的生命之树上的一片叶，又算得了什么呢？个体的人本来就是传宗接代的结果，而他又为族类生养了继起的生命："虽我之死，有子存焉。子又生孙，孙又生子，子又生子，子又生孙。子子孙孙，无穷匮也。"③而个体的生命就在这接班与交班之中不朽了。个体的人虽死，但生命之树不死，生命之潮奔流。儒家之所以强调祖宗崇拜和"不孝有三，无后为大"，就是要确保生命之潮的奔流不息。而士大夫除了孝敬父母生养后代的使命，还要"为往圣继绝学，为万世开太平。"也就是跳出小家而利大家，为文化的生命整体的绵绵不绝而努力。从这个角度看，鲁迅不但没有摆脱从族类的绵延乐观地看待死亡的儒家传统，而且借西方的进化论加以强化了。

---

① 〔德〕费尔巴哈：《基督教的本质》，商务印书馆1984年版，第207页。
② 鲁迅：《华盖集·杂感》，《鲁迅全集》第3卷，人民文学出版社2005年版。
③ 《列子·汤问》。

鲁迅说："祖父子孙，本来各各都只是生命的桥梁的一级"。①"种族的延长，——便是生命的连续，——的确是生物界事业里的一大部分。……所以新的应该欢天喜地向前走去，这便是壮，旧的也应该欢天喜地的向前走去，这便是死：各各如此走去，便是进化的路。"②因为"生命是进步的，是乐天的"，所以鲁迅认为，"人类的灭亡是一件大寂寞大悲哀的事；然而若干人们的灭亡，却并非寂寞悲哀的事。"③儒家虽然很注重整体生命的绵延，让人生儿育女传宗接代，以便使生命之流向前奔，然而又"信而好古"，让生命之流向后潮动，回到尧、舜、禹、汤、文、武、周公的时代。按理学家邵雍的《皇极经世》，这个世界的黄金时代是在尧时，之后便是走下坡路。如此看来，传宗接代不是在鼓励退化吗？于是，鲁迅便借助进化论在目的意向性上使传统的向后看转变成了向前看，理顺并发展了传统：应该乐观地充满信心地使生命之流向前潮动，奔流无阻！

四　孔子对鲁迅的影响

鲁迅推崇禹墨，私好老庄韩非，喜爱"魏晋文章"，那么对于孔子的态度怎样呢？探讨这个问题的重要性在于：尽管老子对中国国民性的塑造所起的作用巨大，以韩非为代表的法家是中国"霸道"政治的教师，然而，无论是禹墨、老庄、还是韩非，都无法取代孔子之于中国文化的正宗或正统地位。说中国的伦理与政治秩序是孔子建构的，或许不是妄言。因此，在鲁迅的作品——特别是前期杂文中，鲁迅对孔教及其伦理与政治建构，进行了猛烈的抨击，这种抨击以一种摧枯拉朽、彻底扫荡的反传统精神，表现了鲁迅与孔教的势不两立。

---

① 鲁迅：《坟·我们现在怎样做父亲》，《鲁迅全集》第1卷，人民文学出版社2005年版。
② 鲁迅：《热风·四十九》，《鲁迅全集》第1卷，人民文学出版社2005年版。
③ 鲁迅：《热风·六十六生命的路》，《鲁迅全集》第1卷，人民文学出版社2005年版。

不仅如此，鲁迅还经常从人格上去攻击孔子及其信徒，①他说孔子势利眼——"毋友不如己者"②，说孔子阴险——"怀了弟弟，做哥哥的就哭"，③说孔教徒使圣道"变得与自己的无所不为相宜"，"善于变化，毫无特操"，④而且，"敷衍，偷生，献媚，弄权，自私，然而能够假借大义，窃取美名。"⑤……

因此，在鲁迅研究史上，探讨更多的是鲁迅的反孔反传统，以至于在"批林批孔"运动中鲁迅的反孔被"活学活用"；几乎无人去认真地反省鲁迅对孔学的继承或者孔子对鲁迅的影响。这也可能与鲁迅自己不承认受孔孟的影响有关："孔孟的书我读得最早，最熟，然而倒似乎和我不相干。"⑥我们不否认鲁迅不承认受孔孟影响的合理与真诚的成分：从根本上说鲁迅不是一个常识性的思想家，而孔子是常识性的思想家，老庄则是非常识的思想家，所以鲁迅较之孔孟更喜爱老庄，自是情理之中的事。因此，孔子对鲁迅的影响是一个更为复杂的文化课题。如果说反基督教最猛烈、最彻底的伏尔泰和尼采却恰好是基督教所造就的（T.S.艾略特之论），而反孔最激进的鲁迅又是儒教中国的产儿，那么，就表明了文化背景为文化创新"划了一个范围，超出这个范围的创新是不可能的"。关于孔子及其教化对鲁迅的影响，我们在上面三节中已经有所论列，在此只能发点"余论"。

"大学"虽非"孔氏之遗书"，然而，《大学》的"修身、齐家、治国、平天下"是对孔学的一种概括，则离事实不远。我们已说过，鲁迅由"修身"——以张个性为主的"立人"而使中国"雄厉无前"，与孔学由"修身"而"治国平天下"是一致的。虽然"修身"的内容不同，但首先重视人格修养、主体的自觉、思想的作用，则是一致的。在"齐家"一方面，鲁迅虽然猛烈抨击孔子的

---

① 在这一点上鲁迅受章太炎影响很大。
② 鲁迅：《坟·杂忆》，《鲁迅全集》第1卷，人民文学出版社2005年版。
③ 鲁迅：《故事新编·出关》，《鲁迅全集》第2卷，人民文学出版社2005年版。
④ 鲁迅：《华盖集续编·马上支日记》，《鲁迅全集》第3卷，人民文学出版社2005年版。
⑤ 鲁迅：《华盖集·十四年的"读经"》，《鲁迅全集》第3卷，人民文学出版社2005年版。
⑥ 鲁迅：《坟·写在〈坟〉后面》，《鲁迅全集》第1卷，人民文学出版社2005年版。

"家教"——批判节烈、伦常,但是鲁迅在自己的"家"里,却又是传统的。鲁迅对母亲和兄弟,流露的都是传统的伦理感情。在兄弟反目之前,鲁迅与周作人真是兄弟怡怡。而反目后给鲁迅造成的巨大痛苦与精神创伤,也表明了这种伦理情感对鲁迅是多么重要。从反传统的角度看,喜爱才子佳人小说的母亲应该是鲁迅最近便的反对对象;然而鲁迅不但不反,反为其"锐意穷搜求"。①鲁迅虽然对于朱安冷淡,然而,从传统的角度看,鲁迅的再娶许广平并无违背传统,而海婴的出生却是延续了传统。在鲁迅反对孔子的"家教"与安于这种"家教"之间,必然会造成一种紧张。而且这种反"家教"正是由于传统的家庭依然如故,如果传统的家庭真的不存在了,就会念旧而生怀恋——正如今之美籍华人赞美中国传统文化一般。而鲁迅理智上的反传统与情感上的对传统的伦理情感的需要,会使人发生这样的疑问:假如人人都在理论上反传统,而回家后就安于传统的家庭,传统的家庭怎么会被破坏呢?这也许就是日本引进西方文化一百多年,至今孔教的家庭及其伦理情感也未除去的原因吧。这一点,鲁迅甚至在理智上也是认识到的,所以他让人从自我做起,解放孩子。他怕"被虐待的儿媳做了婆婆,仍然虐待儿媳",在对女师大学生的讲演中就让人"买一本 note-book 来,将自己现在的思想举动都记上,作为将来年龄和地位都改变了之后的参考"②。

孔教既然以家教为本,"家乡""故土"就成了中国人崇敬、怀念的对象,为"家乡"所不容是中国人的大耻。这与西方的先知传统正好相反,先知们是以在"家乡"遭受迫害为荣的,耶稣就说:"没有先知在自己家乡被人悦纳的。"③这一文化传统被拜伦、尼采等反传统者又承担下来。而受拜伦、尼采的影响,鲁迅对"家乡"也攻击起来。特别是五四时期,鲁迅是以攻击家乡人的恶习而受家乡的迫害为荣的——因为四万万国民大多数不识字,"否则,几条杂感,就可以送命的。民众的罚恶之心,并不下于学者和军阀。"④而对于家乡绍兴鲁迅也是厌恶的。孙伏园要回绍兴看故乡,鲁迅加以讽刺,因为对鲁迅来说,S

---

① 荆有麟:《鲁迅回忆·母亲的影响》,上海杂志公司 1947 年版。
② 鲁迅:《坟·娜拉走后怎样》,《鲁迅全集》第 1 卷,人民文学出版社 2005 年版。
③ 《新约全书·路加福音》,第 4 章 24 节。
④ 鲁迅:《而已集·答有恒先生》,《鲁迅全集》第 3 卷,人民文学出版社 2005 年版。

城人的脸早已看熟，连心肝也有些了然，所以在《呐喊·自序》等文中，鲁迅就为自己画了一幅为"家乡"所驱逐的画像。然而，家乡不仅给鲁迅以创作上的灵感，家乡的乡土文化对鲁迅造成了终生的影响——从《五猖会》《无常》到晚年的《女吊》。这种怀旧不但是情感上的，也是理智上的[①]——在《破恶声论》中鲁迅赞颂了"不轻旧乡"怀故土的品德。即使在整体性反传统的五四时期，鲁迅也表现了一往情深的怀旧情绪，这特别表现在《故乡》《社戏》《在酒楼上》及《朝花夕拾》中。鲁迅有段话不无象征意味：

  我有一时，曾经屡次忆起儿时在故乡所吃的蔬果：菱角，罗汉豆，茭白，香瓜。凡这些，都是极其鲜美可口的；都曾是使我思乡的蛊惑。后来，我在久别之后尝到了，也不过如此；惟独在记忆上，还有旧来的意味留存。他们也许要哄骗我一生，使我时时反顾。[②]

因此，鲁迅在反叛家乡与怀恋家乡之间，在反孔与对孔教伦理情感上的认同之间，确实存在着一种紧张。鲁迅后期，虽然坚持了对家乡的攻击，但攻击的火力减速弱多了。当我们读到鲁迅批判托派的用语——"你们的所为有背于中国人现在为人的道德"，不受大众欢迎等，不就感到鲁迅在很大程度上走出尼采而返归家乡了吗？——当然，鲁迅至死也未真正返归家乡。鲁迅为什么没有像耶稣、拜伦、尼采那样毫不留情地攻击家乡而为家乡所驱逐、所迫害呢？这主要还是孔教的以天心为己心，以天下为己任的"治国平天下"使然。鲁迅是传统士大夫的真正具有创造性的继承者。我们已说过，无论拜伦、尼采主义还是托尔斯泰主义，都不如民族主义对他来说更为根本——就是那种拯救民族，使中国摆脱苦难的使命感和忧患意识。鲁迅在彻底否定中国民族的文化与献身于民族复兴之间必然会造成一种紧张，而这种紧张的消除又必须会以削弱

---

 ① 勒文森认为现代反传统的中国人是理智上的反传统，情感上留恋传统，林毓生认为在理智层面上也有不反传统的一面，从为造成了真正的心灵紧张，我认为此二说都有合理性。
 ② 鲁迅：《朝花夕拾·小引》，《鲁迅全集》第2卷，人民文学出版社2005年版。

前者而非削弱后者为代价。所以，即使在五四时期，鲁迅对家乡的攻击也不像尼采那样彻底、激烈，因为鲁迅攻击家乡的目的正是为家乡的振兴，张个性的目的正是为了"治国平天下"；而不像尼采，攻击家乡而张大个性以使人进向超人的本身就是目的。

鲁迅是反传统主义者，从逻辑上说与儒家的"继绝学"一定毫无关系。其实不然。孔子涉及的伦理秩序对一般小民来说是上敬祖宗孝父母，下生育子女以传宗接代；但对士大夫来说还必须以天下为己任，从而为"往圣继绝学，为万世开太平"（张载语）。也就是说，作为儒者，必须为发现、保存古代文献以传之后世而努力。我们已论述了在不朽观上鲁迅是在儒家所设计的承上启下、继往开来的生命之流中得以超越个体生命之短暂的，我们再看看鲁迅在"继绝学"上做出的贡献。鲁迅是攻击家乡的，然而他辑录的古代逸书集《会稽郡故书杂集》又是为家乡"继绝学"的，所录逸文大都辑自唐宋类书以及其他古籍，并经相互校勘补充而成，需要很大的耐心和精力。鲁迅是反传统的，他让人"少——或者竟不——看中国书"，然而，他辑录的《古小说钩沉》，是从大量古书中抄出来的古小说佚文集，是一般人没有精力和耐心去做的"继绝学"之举。此外他辑录整理或校注的《后汉书》《小说旧闻钞》《唐宋传奇集》等等，特别是《嵇康集》，使我们看到鲁迅为"继绝学"倾注了多少心血！鲁迅还搜集、研究中国古代的造像、墓志等金石拓本——"钞古碑"，后来辑成《六朝造像目录》和《六朝墓名目录》（后未完），这更是少有人做的"继绝学"之举。在先秦的"儒墨显学"中，汉唐以降，独尊儒术而墨学失传，在《史记》中只录墨子之名而不记墨子之事，可以说是"绝学"了。鲁迅对此很不满，他说："虽是等于为帝王将相作家谱的所谓'正史'，也往往掩不住他们的光耀"，并作《非攻》与《理水》以弘扬墨子及其推崇的大禹那已经失传了的文化精神。可以说，鲁迅整理古籍与抄古碑花去的精力，也不在文学创作或翻译之下。在鲁迅的彻底反传统——不读中国书与勤奋整理古籍之间，存在着难以解释的矛盾。鲁迅自己解释说："自己却正苦于背了这些古老的鬼魂，摆脱不开"。[①] 然而这种解

---

① 鲁迅：《坟·写在〈坟〉后面》，《鲁迅全集》第1卷，人民文学出版社2005年版。

释是无力的——假定这种解释是正确的，就不可能花那么大的精力去主动地整理那么多的古籍——鲁迅有自己的职业，即使他没有为自己的所信去殉道的精神，也至于为谋生而去干这么多他不愿干的事。这种矛盾只能解释为鲁迅攻击家乡却又爱恋家乡，反传统却又私好传统的另一表现，或者说，鲁迅在这一方面是反传统的，但是另一方面却又遵循了传统。

鲁迅审视现实时那种冷静的、直观的善于从自己和人类的历史经验中看取成败得失之教训的清醒态度，固然与管、孙、老、申、韩有关，但孔子是在春秋乱世、东周衰落而列国争雄的时代，以拯救家国——治国平天下为己任，到处颠沛流离；而鲁迅是在清末乱世，列强虎视衰落中的中华的时代，将毕生精力献给了救国救民的大业。鲁迅一生的思想都在变化，前后矛盾之处甚多，但在"感时忧国"一点上又统一起来。孔子虽有复古的意向，但根本上是一个执着于现世的思想家，这种对现世的执着甚至使他为现存的一切辩护；与孔子不同，鲁迅从西方学来了批判现实、攻击现存事物的文化，但从根本上说，鲁迅也是一个执着于现世的人。鲁迅说尼采式的超人太渺茫，反对把黄金时代预约给子孙而不给生活在现世中的人。鲁迅说："现在的地上，应该是执着现在，执着地上的人们居住的。"① 就鲁迅看重现世、执着现实一点而论，这种文化精神正是孔子的现实品格与实践性的结果，与反对基督教的"超大地"而主张"忠实于大地"的尼采精神也吻合，唯独与"生在地上想上天"的基督精神相背。② 而对大地的忠诚，对现世的看重，从某种意义上又决定了孔子与鲁迅的冷静的、清醒的、现实的态度，而不走向神秘性与狂热性。

殉道精神往往伴随着宗教的狂热，其基本的假设是，人为道而死会得到神赐给的福乐。然而，孔学没有走向宗教的狂热性。孔子那种冷静的清醒的以人生经验处理现实问题的态度，必然会使孔子在殉道精神上表现出一种灵活性。所以，为了使"道"实现而族类得福的长远利益计，孔子赞美杀身成仁的"志

---

① 鲁迅：《华盖集·杂感》，《鲁迅全集》第3卷，人民文学出版社2005年版。
② 详见笔者等著：《孔子精神与基督精神》，河北人民出版社1989年版。

士仁人",并说"朝闻道,夕死可矣"。① 然而,既然不大相信鬼神和来世,那么生命的现世存活也是非常重要的,所以孔子又推崇"邦无道则愚"的宁武子,② 并说"天下有道则见,无道则隐"。③ 相比之下,相信"鬼神"的墨者宗教团体,倒有一种殉道精神:"墨子服役者百八十人,皆可使赴火蹈刃,死不旋踵。"④ 不仅如此,殉道精神还与尚武有关,一般来说,尚武比尚文的民族更推崇殉道精神。这一点在斯巴达与雅典的比较中可以看出——勇而不惧死,是殉道精神的前提之一。所以,推崇殉道精神的墨子比孔子更尚武。孔子文、武并重,而他弟子则有尚文与尚武的偏重。比较而言,尚武的子路更具有殉道精神,他不但对孔夫子屡次表现出的灵活性感到不理解,而且在被敌人"断缨"的情况下,还说"君子死,冠不免",于是"结缨而死。"⑤ 从表面上看,鲁迅批判孔子而推崇墨子、表同情于子路——"子路先生确是勇士",但他为了一顶帽子而死,"实在是上了仲尼先生的当了。仲尼先生自己'厄于陈蔡',却并不饿死,真是滑得可观。"⑥ 但事实上,由于冷静的清醒的现实态度,使鲁迅在人格的整体上更近孔子。孔子碰壁之余,对学生说:"道不行,乘桴浮于海";⑦ 鲁迅"碰头"之余,也对学生数:"我们还是隐姓埋名,到什么村里去,一声也不响,大家玩玩吧。"⑧ 从这里,就会顺理成章地走向道家。孔子说:"暴虎冯河,死而无悔者,吾不与也。必也临事而惧,好谋而成者也。"⑨ 这也就是鲁迅推崇的"壕

---

① 《论语·里仁》。
② 《论语·公冶长》。
③ 《论语·泰伯》。
④ 《论语·泰族训》。
⑤ 《左传》哀公十五年。
⑥ 鲁迅:《两地书·四》,《鲁迅全集》第11卷,人民文学出版社2005年版。后世儒者对孔子的"文"发挥得淋漓尽致,而对于"武"则发挥不够,故导致文弱、"卑懦俭吝,退让畏葸"之国民性。鲁迅向国人介绍斯巴达精神与拜伦、尼采主义,原因之一是针对此。
⑦ 《论语·公冶长》。
⑧ 鲁迅:《两地书·一三五》,《鲁迅全集》第11卷,人民文学出版社2005年版。
⑨ 《论语·述而》。

堑战"①、灵活性和韧性精神——先保存自己,再施化于别人。而正是这种精神,使鲁迅在教育部工作时,面对着袁世凯的祭孔、复辟,张勋拥戴皇帝坐龙廷,也能够默默生活下去,而没有挺身而出,为自己的执信而殉道。从这个角度看,鲁迅与"可以死,可以无死"的儒家精神相近,而与勇于赴死的墨者精神反而相去甚远。

孔子讲"杀身以成仁","知其不可而为之",但却不是那种以自己钉十字架而感化人的人;也可以说,孔子不是耶稣、尼采式的光彩夺目的神人或超人,而是具有务实精神的平凡的文化圣人。孔子自己也不否认这一点:"十室之邑,必有忠信如丘者,不如丘之好学也。"②鲁迅虽然推崇耶稣、尼采,但鲁迅也不是那种先知先觉的神人和超人,而具有平凡的、务实的、"于细微处见精神"的人格特征。所以鲁迅说耶稣终于不是"神之子"而是"人之子",说尼采终于不是太阳而发了疯,说尼采式的"超人""太渺茫"……孔子能够在日常琐事、读书、与朋友交往中寻到生命的乐趣;鲁迅则说做皇帝是无聊的,不如同朋友谈天。因此,鲁迅非常重视友情,以自己有一个终生的好友许寿裳而自豪。而许寿裳正是一位儒家式的谦谦君子,而不是鲁迅厌恶的眉宇间有"创造气"的个性较强的人。不仅如此,鲁迅对母亲是孝子,对于章太炎、藤野先生又是好学生,而这正是孔子教诲的一部分。不但鲁迅的母亲从思想到人格都是传统的,鲁迅的中国老师章太炎"粹然成为儒宗",③而且鲁迅的日本老师藤野先生从思想到人格也是传统的。他之所以对鲁迅好,就因为鲁迅是中国人,而他少年时期跟野坂老师学过汉文,"总觉得应当尊敬中国的先贤,同时要重视那个国家的人。"④

---

① 鲁迅:《两地书·四》,《鲁迅全集》第11卷,人民文学出版社2005年版。"壕堑战"虽是鲁迅从欧战中得到的启发,但根柢却在传统之中。
② 《论语·公冶长》。
③ 鲁迅:《且介亭杂文末编·关于太炎先生二三事》,《鲁迅全集》第6卷,人民文学出版社2005年版。
④ 〔日〕藤野严九郎:《谨忆周树人先生》,《鲁迅生平史料汇编》第二辑,天津人民出版社1982年版。

值得注意的是，鲁迅对于孔子除了整体上否定之外，也有肯定的言辞。鲁迅说："孔丘先生确是伟大，生在巫鬼势力如此旺盛的时代，偏不肯随俗谈鬼神。"①又说："孔墨都不满于现状，要加以改革"。②较之"徒作大言的空谈家"老子，"孔子为'知其不可而为之'的事无大小，均不放松的实行者"。③不仅如此，在《现代中国的孔夫子》一文中，鲁迅描绘出他心目中的孔子形象。与一般人心目中孔子的"温、良、恭、俭、让"的形象不同，鲁迅从古代画像上得来的孔子形象，"是一位很瘦的老头子，身穿大袖口的长袍子，腰带上插着一把剑，或者腋下夹着一枝杖，然而从来不笑，非常威风凛凛的"。鲁迅说："孔夫子的做定了'摩登圣人'是死了以后的事，活着的时候却是颇吃苦头的。跑来跑去，虽然曾经贵为鲁国的警视总监，而又立刻下野，失业了；并且为权臣所轻蔑，为野人所嘲弄，甚至于为暴民所包围，饿扁了肚子。弟子虽然收了三千名，中用的却只有七十二，然而真可以相信的又只有一个人"——子路，但"连这唯一可信的弟子"也"被人砍成肉酱了"，"孔子自然是非常悲痛的"……鲁迅在这里将孔子描绘成耶稣一般不为家乡和时代所容的受难者和孤独者，而且推孔子最得意的弟子为子路，而非颜渊，确是与一般人心目中的孔子不同。鲁迅还论述了孔子在现代被批判的原因。他说："孔夫子到死了以后，我以为可以说是运气比较的好一点。因为他不会噜苏了，种种的权势者便用种种的白粉给他来化妆，一直抬到吓人的高度。"于是在传统时代，孔子就变成了进向权势者的"敲门砖"，而门一开"这砖也就被抛掉了"。到了现代，想恢复帝制的袁世凯，"在路上随便砍杀百姓的孙传芳"，"连自己也数不清金钱和兵丁和姨太太的数目了的张宗昌"，都拿着这"敲门砖"——尊孔，来敲门。这些人"都是连字也不大认识的人物，然而偏要大谈什么《十三经》之类，所以使人们觉得滑稽；言行也太不一致了，就更加令人讨厌。即使是孔夫子，缺点总也有的，在平时谁也不理会，因为圣人也是人，本是可以原谅的。"然而，

---

① 鲁迅：《坟·再论雷峰塔的倒掉》，《鲁迅全集》第1卷，人民文学出版社2005年版。
② 鲁迅：《三闲集·流氓的变迁》，《鲁迅全集》第4卷，人民文学出版社2005年版。
③ 鲁迅：《且介亭杂文末编·〈出关〉的"关"》，《鲁迅全集》第6卷，人民文学出版社2005年版。

"既已厌恶和尚，恨及袈裟，而孔夫子之被利用为或一目的的器具，也从新看得格外清楚起来，于是要打倒他的欲望，也就越加旺盛"。① 这是鲁迅对新文化运动之所以爆发的一种另类说明。

在西方，尼采是反叛基督教文化传统最激烈的哲人，但是 T.S. 艾略特（Thomas Stearns Eliot）说："只有基督文化，才能造就伏尔泰和尼采。"② 而在中国，鲁迅是对儒学文化传统批判反省最彻底的文豪，然而，我们通过对鲁迅西化的儒学文化土壤、反传统的儒学内在动因、鲁迅在不朽观上对儒学的承继以及孔子对鲁迅的影响等四个方面的全面系统的反思，发现了与 T.S. 艾略特相似的结论：只有儒学文化，才能造就鲁迅。鲁迅逝世后，身上覆盖着"民族魂"的旗帜，表明他作为儒学传统的现代转型者，虽然具有显著的现代性的文化特征，但另一方面又是中国民族文化的真正苗裔。可以说，孔子是传统中国的一张文化名片，鲁迅则是现代中国的一张文化名片。

---

① 鲁迅：《且介亭杂文二集·在现代中国的孔夫子》，《鲁迅全集》第 6 卷，人民文学出版社 2005 年版。
② 〔英〕T.S. 艾略特：《基督教与文化》，四川人民出版社 1989 年版，第 205 页。

鲁迅对于古典文学的观点浅论

——以《魏晋风度及文章与药及酒之关系》为中心

〔韩〕金河林　韩国朝鲜大学中文系

一　对于古典的矛盾的读法？

1925年1月4日,《京报副刊》在通栏上征求"青年爱读书十部"和"青年必读书十部"。对于"青年爱读书十部"的征求,有306人投票。2月1日发表的结果是如下:[①]

书　名	得票数	书　名	得票数
红楼梦	183	三国志	62
水　浒	100	儒林外史	57
西厢记	75	诗　经	57
呐　喊	69	左　传	56
史　记	68	胡适文存	51

在上面的表里,可以看到当时年轻人们喜欢读《红楼梦》《西厢记》《三国志》《儒林外史》等爱情小说和历史小说的现象。现代作家的作品中的第一名是鲁迅的《呐喊》,《胡适文存》是第十名。

对于"青年必读书"人的回答,其中有意思的如下:

---

① 王得后:《鲁迅心解》,浙江文艺出版社1996年版,第411—424页。

青年必读书（以收到先后为序）二	
梁任公先生选	
青年必读书 十部	附注
孟子 荀子 左传 汉书 后汉书 资治通鉴（或通鉴纪事本末） 通志二十略 王阳明传习录 唐宋诗醇 词综	三项标准：一，修养资助；二，历史及掌故常识；三，文学兴味。近人著作外国著作不在此数。

青年必读书（以收到先后为序）六	
潘家洵先生选	
青年必读书 十部	附注
The New Testament *Sesame and Lilies,* by Ruskin. *Culture and Anarchy,* by M.Arnold. *How We Think,* by J. Dewey. *Principles of Social Reconstruction,* by B. Russell. *The Prospects of Industrial Civilization,* by B. Russell *Married Love,* by Marie Stopes. *Crime and Punishment,* by F.M. Dostoyevsky. *Abraham Lincoln,* by J. Drinkwater. *The Story of Mankind,* by h. Van Loon.	

青年必读书（以收到先后为序）一	
胡适之先生选	
青年必读书 十部	附注
老子（王弼注） 墨子（孙诒让墨子闲诂） 论语 王充的论衡 崔述的崔东壁遗书 Plato：*Apology,Phaedo,Crito.* *The New Testament* John Stuart Mill：*On Liverty.* John Morley：*On Compromise.* John Dewey：*How We Think.*	

青年必读书（以收到先后为序）十	
鲁迅先生选	
青年必读书十部	附注
从来没有留心过，所以现在说不出。	但我要趁这机会，略说自己的经验，以供若干读者的参考—— 我看中国书时，总觉得就沉静下去，与实人生离开；读外国——但除了印度——书时，往往就与人生接触，想做点事。中国书中虽有劝人入世的话，也多是僵尸的乐观；外国书即使颓唐和厌世的，但却是活人的颓唐和厌世。 我以为要——或者竟不——看中国书，多看外国书。 少看中国书，其结果不过不能作文而已。但现在的青年最要紧的是"行"，不是"言"。只要是活人，不能作文算什么大不了的事呢。（二月十日）

鲁迅的"青年必读书"的回答，立刻引起了巨大的反响。而且对于鲁迅的意见反驳的文章也出现得多。其中具有代表性的文章是如下："每天都要先看'青年必读书'才看'时事新闻'，不料二月二十一日看到鲁迅先生选的，吓得我大跳。……我知道鲁迅先生是看了达尔文罗素等外国书，即忘了梁启超胡适之等的中国书了。不然，为什么要说中国书是僵死的？……喂！鲁迅先生！你的经验……你自己的经验，我真的百思不得其解，无以名之，名之曰：'偏见的经验'。"[1]

鲁迅在"青年必读书"里否定中国古典书，但是鲁迅自己认真研究古典文学，而且收集、校勘、纂辑、编辑关于古典文献。1932年，鲁迅出版《三闲集》

---

[1] 鲁迅：《集外集拾遗·聊答"……"》，《鲁迅全集》第7卷，人民文学出版社1981年版，第249—251页。

的时候，自己写《鲁迅译著书目》，其中关于中国古代文学的书目如下：

书　名	年　度	出版社
中国小说史略（上）	1923	新潮社
中国小说史略（下）	1924	新潮社
小说旧闻钞	1926	北新书局
唐宋传奇集（10卷）	1927	北新书局
校勘，纂辑，编辑书		
（唐）刘恂《岭表录异》	未出版	
（魏）中散大夫《嵇康集》（10卷）		
《古小说钩沉》（36卷）		
谢承《后汉书》辑本五卷		

那么怎样理解鲁迅对于古典文学的这样的矛盾的观点和态度？解释《魏晋风度及文章与药及酒的关系》的内在逻辑的话，可以理解鲁迅的这样的矛盾的言述。

二　《魏晋风度及文章与药及酒的关系》的内在逻辑

1927年7月23日，鲁迅在广州市立师范学校作了一次演讲，题目为《魏晋风度及文章与药及酒的关系》。① 鲁迅在演讲的开头说，"中国文学史，研究起来，可真不容易，研究古的，恨材料太少，研究今的，材料又太多，所以到现在，中国较完全的文学史尚未出现。"② 这意味着鲁迅强调了叙述和研究文学史的时候，基本的必须的条件是"一次（原）材料"的问题。鲁迅的观点不是

---

① 关于《魏晋风度及文章与药及酒之关系》的版本问题，请参考鲍国华：《关于〈魏晋风度及文章与药及酒之关系〉的几则笔记》；还可参考张海英、张松辉：《〈魏晋风度及文章与药及酒之关系〉的知识性错误》，《中国文学研究》。

② 鲁迅：《而已集·魏晋风度及文章与药及酒之关系》，《鲁迅全集》第3卷，人民文学出版社1981年版，第501—529页（以下凡引《魏晋风度及文章与药及酒之关系》之处，注释均略）。

强调学问研究的当为性侧面,而是自己通过长期间的收集、抄录、整理古代文献和典籍的经验之谈。鲁迅还主张"因为我们想研究某一时代的文学,至少要知道作者的环境,经历和著作",鲁迅反对只对作品本身或对作家的研究,认为这样的研究局限性较大,应该注重作家、作品以及作品创作的时代性、思想性、历史性的背景因素。当然,当时的文学理论和研究方法还没达到如今的水平,可是鲁迅的观点已然超越了当时的文学研究水平,具有明确的见解甚至先见之明。

对鲁迅把握的魏晋时代的文学作家、作品和社会的风度与思想的关系进行图式化,其体系如下:

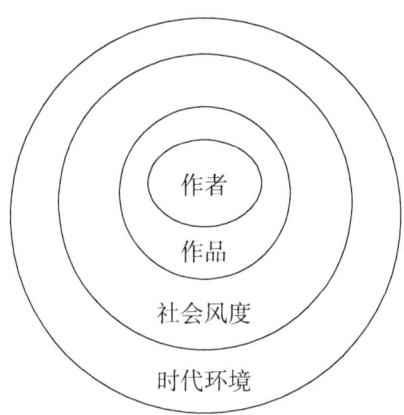

鲁迅认为,作家个人和作家所处的社会风度,时代环境,这三个因素互相密切联系,相互影响至深,构成同心圆体系。从这一点上鲁迅主张,发生"黄巾起义",董卓大乱和党锢的纠纷的"汉末与魏初"是中国文学史上的重要时期。因为鲁迅关注的是,兼政治家与文学家于一身的曹操的出现,他的创作行为,社会风度的变化,政治社会的激变等等具体条件。

首先分析一下鲁迅对曹操的评价:ⓐ推翻以往的评价——鲁迅主张"不过我们讲到曹操,很容易就联想起《三国志演义》,更而想起戏台上那一位花面的奸臣,但这不是观察曹操的真正方法。"其理由是"因为年代长了,做史的是本朝人,当然恭维本朝的人物了,年代短了,做史的是别朝的人,便很自由地贬斥其异朝的人物"等的"在历史上的记载和论断有时也是极靠不住的,不能相信的地方很多。"ⓑ对曹操政治业绩的评价——"第一个特色便是尚刑名，严立法"，第二个特点，就是尚通脱。更因思想通脱之后，废除固执，遂能充分容纳异端和外来思想，故孔教以外的思想源源引入。ⓒ作为文学家的曹操——是一个文笔改革的师祖。以大胆的文笔，不拘一格的作风，尽情抒发情感的文人。ⓓ曹操的人格——才华出众的一代枭雄，不拘泥于忠孝等儒家伦理，选拔人才始终以才能为评价标准。这些都是鲁迅对曹操的新的解释和评价，是作家——ⓐ与ⓑ，作品——ⓒ，社会风度与时代环境——ⓑ一样的同心圆构造。据此，鲁迅主张"ⓐ"，而且主张曹操带给文坛的影响很大，使汉末魏初的文风变得清峻简约而通脱。

鲁迅说，曹丕的时代是"文学的自觉时代"，或如近代所说是为艺术而艺术（Art for Art's Sake）的时代。①曹丕主张"气"为主，故诗和赋要华丽。这就是意味着作家的个性和才能决定文学的成就，文学的穷极的目标是表现人。所以鲁迅阐述汉末魏初的文章，可说是："清峻，通脱，华丽，壮大"。

接着鲁迅评价，"建安七子"孔融、陈琳、王粲、徐干、阮瑀、应玚、刘桢的文章也是大体上属于"慷慨"和"华丽"的，他指出"华丽即曹丕所主张，慷慨就因当天下大乱之际，亲戚朋友死伤者特多，于是为文就不免带着悲凉，激昂和'慷慨'了。"所以鲁迅说，"在此我们知道，汉文慢慢壮大起来，是时代使然，非专靠曹操父子之功劳。但华丽好看，应归功于曹丕的提倡。"

此后鲁迅主张，正始名士吃药，"竹林七贤"喝酒的风度惹起反尊重礼教的风潮，在文学上"师心以遣论，使气以命诗"。这"师心"和"使气"，便是魏末晋初的文章的特色。正始名士和竹林名士的精神灭后，敢于师心使气的作家也没有了。

在《魏晋风度及文章与药及酒之关系》后半部，鲁迅主张"到东晋，风气变了。社会思想平静得多，各处都夹入了佛教的思想。再至晋末，乱也看惯了，篡也看惯了，文章便更和平。"可是鲁迅试图对陶渊明的另外解释：ⓐ时代环

---

① 请参考吴宏聪：《人的觉醒与文的自觉》，《中山大学学报》2001年第6期。

境——"陶渊明是晋末,孔融是汉末,嵇康是魏末"的王朝交替期的类似性;ⓑ社会风度——饮酒的风气相沿下来,见了也不觉得奇怪;ⓒ对陶渊明的一般的评价——田园诗人,山林诗人,ⓓ鲁迅的见解——"据我的意思,即使是从前的人,诗文完全超于政治的所谓'田园诗人','山林诗人'是没有的。完全超出于人间世的,也是没有的。……由此可知陶潜总不能超于尘世,而且,于朝政还是留心,也不能忘掉'死',这是他诗文中时时提起的。用另一种看法研究起来,恐怕也会成一个和旧说不同的人物罢。"

特别是鲁迅评价陶潜时,用两种读解的方法来分析。例如,首先用批评的读解来分析,"他的态度是随便饮酒,乞食,高兴的时候就谈论和作文章,无尤无怨。所以现在有人称他为'田园诗人',是个非常和平的田园诗人。……还是'采菊东篱下,悠然见南山'。这样的自然状态,实在不易模仿。"然后鲁迅用历史的读解来分析,"由此可知陶潜总不能超于尘世,而且,于朝政还是留心,也不能忘掉'死',这是他诗文中时时提起的。用别一种看法研究起来,恐怕也会成一个和旧说不同的人物罢。"

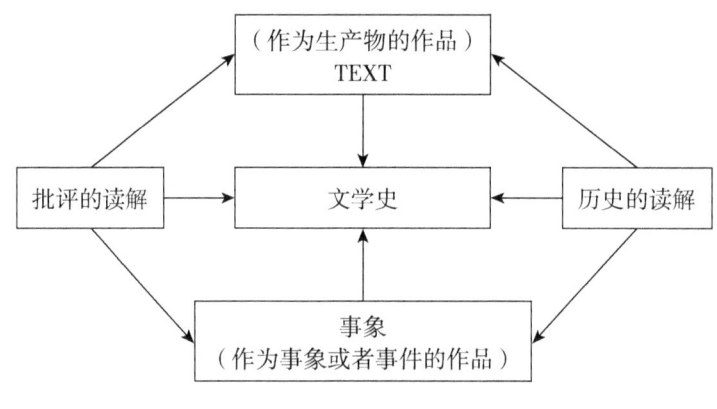

图 –1

鲁迅评价陶潜是用图 –1 的"批评的读解 / 历史的读解"的方法,之后在整个文学史的观点上,作家、作品、社会风度、时代环境结合起来。

在《魏晋风度及文章与药及酒之关系》之中,有另外有趣的部分是鲁迅对文学(作家)与政治(政治家,权力者)的关系的见解。鲁迅强调"曹操杀了孔融，司马氏杀了夏侯玄和何晏"，而且主张他们的罪状大概都是不孝。这就是意味着鲁迅冷静地把握了带有一定的政治目的的权力者与具有自由批判意识的文学家之间的力学关系。即，鲁迅感知和认识到用"合理/合法"的名分来掌握现实政治的逻辑与直视现实的矛盾并揭发现实不合理的文学逻辑之间得冲突与紧张。这样的认识与1927年4月8日鲁迅在黄埔军官学校演讲《革命时代的文学》的看法是一样的。

三 两个层次

《魏晋风度及文章与药及酒之关系》包含多个层次。① 第一是，鲁迅对国民党发动的"四·一二政变"的反应。鲁迅要抗议政变，表示辞职以后，国民党对鲁迅的监视很紧。所以这次演讲带有试验性的侧面。因为这次演讲的主办单位是国民党广州市教育局，而当时广州市长和教育局长在演讲上发表了批判和反对共产党的言论。鲁迅也充分意识到讲演会的性质。鲁迅在后来致陈睿的书信（1928年12月30日）中也说过："在广州之谈魏晋事，盖实有慨而言。"这句话可以证明了鲁迅心里的状况。

林语堂这样说过："还有一种策略哩。他的态度是定要测度出来的，理所当然。由那些有气势的当局作后台老板的一个大学便请他讲演。这恰似从前那法利赛人将一个有西撒像的钱币交给耶稣时所询问的那个问题（见马可福音第12章），那情形是相同的。如果鲁迅拒绝了，那便会视为是表明不尊重那些当局们的一种'态度'。鲁迅却不那样，他更聪明些。他答应了；他洋洋洒洒地演了一大篇有趣的话，谈的是纪元前三世纪的文学情况。在那一篇演说里，他解释当时有些学者为了避免政治上的纠缠之故不得不'一醉就是两个月'的故事。那些听众都觉得有趣，赞叹他的创见与通篇中精彩的解说，而且，当然地，并没有看出那要点。但是鲁迅总算达到了他的目的。他表示了他不过是一

---

① 高萍：《解读〈魏晋风度及文章与药及酒之关系〉》，《上海鲁迅研究》2009年第1期。

个将心思用于古代的一些玩意的问题上的学者罢了。这使得当时那班权势者满意了。他们放松了,而鲁迅乘机来到了上海……但是一个光荣地胜利的'武夫作家(Soldier-writer)——他现在还是如此。"①

根据林语堂的陈述,鲁迅的这次演讲采用了回避风险的策略。但是,考察鲁迅后来致陈睿的书信的内容,在演讲的时候言及"魏晋"时代的权力(权力者)与文学(文学家)的纠纷——这与鲁迅在黄埔军官学校的讲演《革命时代的文学》里的"权力者的任意性与文学的无用性"的内容一脉相通。所以能够看出鲁迅运用古为今用的手法。把当今的情况比喻为"魏晋"进行了批评和讽刺。林语堂的陈述只停留在浅表上的解释。所以这样的现实批判与讽刺是《魏晋风度》的内面的层次。

四 作为文学史家的鲁迅

但是《魏晋风度及文章与药及酒之关系》里只有这样的两个层次的看法,显然是忽视了另外的层次。鲁迅在中山大学讲课"文艺论""中国小说史""中国文学史"等,1926年在厦门大学讲义"中国文学史"的教材《中国小说史略》收录从第一篇"自文字至文章"到第十篇"司马相如与司马迁"。那么可以说,《魏晋风度及文章与药及酒之关系》是继承《中国小说史略》的第十篇的后续篇。

王瑶先生在《中古文学史论·初版自序》中说道:第二部分是"文人生活",这主要是继承鲁迅先生《魏晋风度及文章与药及酒之关系》一文加以研究阐发的,着重文人生活和文学作品的关系。在《中古文学史论·重版题记》中又说道:作为中国文学史研究工作的方法论来看,他的《中国小说史略》《汉文学史纲要》《中国新文学大系小说二集导言》等著作以及计划要写的中国文学史的章节拟目等,都具有堪称典范的意义,因为它比较完满地体现了文学史既是

---

① 林语堂:《鲁迅》,李何林主编:《鲁迅论》,北新书局1934年版,第157—158页。

文艺科学又是历史科学的性质和特点。……他能从丰富复杂的文学史中找出普遍性的、可以反映时代特征和本质意义的典型现象,然后从这些现象的具体分析和阐述中体现文学的发展规律,这是对文学史研究工作者具有方法论的启发意义的。①

再考察《魏晋风度及文章与药及酒之关系》的内的体系和伦理。

时代	人 物	文 风	社会风道	思想的潮流
汉末魏初	曹操 曹丕 建安七子	清峻,通脱 (清峻,通脱)+华丽,壮大 讽刺,慷慨,华丽(以气为主)	反对清流	儒教+其他
魏末晋初	何晏 正始名士 竹林名士	空谈 隐而不显/师心,使气	吃药文化 吃药+饮酒文化 饮酒文化	老庄 否定礼教 否定礼教,老庄
东晋末	陶渊明	温和,和平	饮酒文化	佛教

鲁迅把握人物(文学家)、文风(作品)、社会风度、思想的潮流的互相联系性与特征,然后理解文学的变化和流变。鲁迅主张在作家与创作之间,这些因素的互相渗透。

而且鲁迅对这些因素的集合体的整体文学史,具有如下的系统的看法。②

鲁迅在《魏晋风度及文章与药及酒之关系》里强调,一个作家的出现与他的独特的文体和文风跟当时的时代状况与社会风度有密切关系。换句说话,鲁迅主张把握"社会系统→文化(社会风度)→具体的文学创作行为"(参考图-2)就是研究文学史的工作。鲁迅这样的认识,或者研究工作是相比当时的其他文学史,非常卓越。1918年出版的谢无量的《中国大文学史》,在第4卷11章叙述"建安体与三国文学"、12章叙述"魏晋老庄学派及名理之影响",但是完全没有鲁迅那样的解释。③还有对于"当一九二六年时,陈源

---

① 王瑶:《王瑶文集》第1卷,北岳文艺出版社1995年版,第6—10页。
② 请参考 Clément Moisan:《文学史再考》,广田昌义译,〔日本〕白水社1996年版。
③ 请参考谢无量:《中国大文学史》,中州古籍出版社1992年版。

即西滢教授,曾在北京公开对于我的人身攻击,说我的这一部著作,是窃取盐谷温教授的《支那文学概论讲话》①里面的'小说'一部分的"的批判,鲁迅答应"现在盐谷温教授的书早有中译,我的也有日译,两国的读者有目共见,有谁指出我的'剽窃'来呢?"鲁迅的回复表现出自豪感,而且可以看出鲁迅作品的独特性。

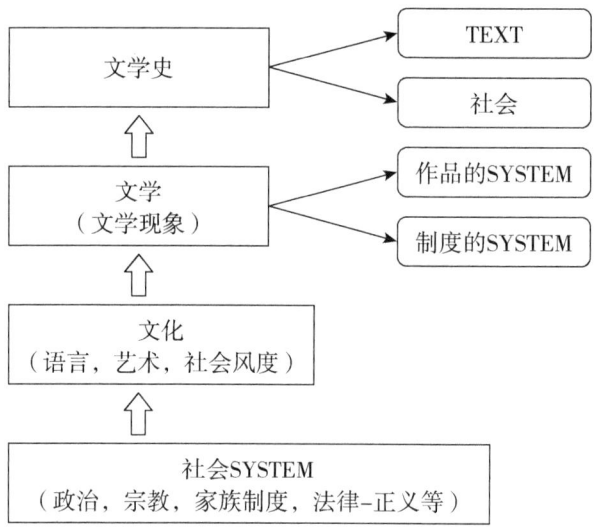

图 –2

---

① 请参考〔日〕盐谷温:《中国文学概论》,〔日本〕讲谈社1983年版。

国学、科学与精神现状：
鲁迅遗产与当代中国的三个视点

汪卫东　苏州大学文学院

摘　要：身处"三千年未有之大变局"的中国现代转型，鲁迅的思考，始终聚焦于精神转型之层面。在他看来，文明的本质是"精神"，中国近代危机的本质是"精神"危机，固有精神传统已经丧失，民众沉溺于一己之生存，知识者亦价值沦丧，失去精神主导作用。精神资源的求索无法回到过去，亦非以域外为模板，而是要还原到文明本原处，找到人类共通的精神因素，因而提出"立人"主张，并诉诸"诗力"，试图以自由原发的"文学"召唤和激活"精神"。当下，现代转型的物质层面已取得重大成就，精神层面越来越显露其重要性。但是，20世纪90年代以来形成的一些精神现状，对精神的现代转型产生不利影响，体现在国学热、科学现状与国人精神现状上，需要借鉴鲁迅的精神遗产加以应对。

关键词：现代转型；鲁迅；精神转型；国学；科学；当下精神现状

一　现代转型的精神难题

在当代中国，鲁迅的精神遗产无疑仍具有重要的现实意义。本文重申这一问题，分为两个步骤：首先，我们有必要再一次梳理与提炼鲁迅思想与精神的要义，我认为，这要从其思想的起源处着手。鲁迅最早的系统发言——五篇文言论文是他首次面对中国危机的发言，也是其少有的系统论述，其中含有贯穿其一生的基本思想因素。其次，针对我们当下面对的问题，本文撷取国学、科学与精神现状三个方面，讨论鲁迅思想与精神遗产的当代意义。

鲁迅:在传统与世界之间

19世纪中期,古老中国被迫进入现代转型,李鸿章敏锐地称之为"三千年未有之大变局",现代转型的背后,是三千年从未有过的文明的较量。可以说,20世纪以来中国问题的核心,就是如何面对这一空前转型。面对现代转型,鲁迅做出了怎样的思考?他对近代危机的洞察是怎样的?又提出了怎样的转型思路?

1907—1908年,弃医从文后的青年周树人发表系列文言论文,对中国危机及其出路提出一系列看法。对于一个二十多岁的留学青年的发言,我们当然不必高估其深刻性,但我们又不能不看到,青年鲁迅的思考,形成了一个独具深度的视点,呈现了自成系统的思路,并成为其思想形成与发展的起点,后来思想固然经历了反思和转变,但是,起点处的一些基本因素没有也不可能完全改变。可以说,鲁迅的思想转变始终是建立在一些不变的基本因素之上的。

五篇论文在全球性的中、西文化的比较语境中展开,其中交织着对西方文明的梳理、"偏至论"的历史发展观、对洋务派、维新派等近代救亡方案的批判、对种种言新话语背后动机的揭示、对中国文化弊端的洞察等,多重思路交织,颇难把握,需要理清复杂的线索,深入其内在脉络。

梳理总结五篇论文的思路,我们可以归纳出如下基本思路:

第一,从写作动机看,五篇文言论文的写作,首先是出于对近代以来诸种言新主张和"兴国"理路的不满。

青年鲁迅面对的,是共同的时代问题——近代危机及如何摆脱危机。当其发言时,国门已经打开,取法异域已经成为有识之士的共识,从洋务派、维新派,再到革命派,几代有识之士先后走上"救亡"之途。所以鲁迅面对的,不是闭关锁国的保守局面,而是"言非同西方之理弗道,事非合西方之术弗行"的晚清言论环境,鲁迅称之为"扰攘"之世:

> 中国迩日,进化之语,几成常言,喜新者凭以丽其辞,而笃故者则病侪人类于猕猴,辄沮遏以全力。[①]

[①] 鲁迅:《坟·人之历史》,《鲁迅全集》第1卷,人民文学出版社2005年版,第8页。

> 近世人士，稍稍耳新学之语，则亦引以为愧，翻然思变，言非同西方之理弗道，事非合西方之术弗行，挞击旧物，惟恐不力，曰将以革前缪而图富强也。①
>
> 狂蛊中于人心，妄行者日昌炽，进毒操刀，若惟恐宗邦之不蚤崩裂，而举天下无违言……②
>
> 至所持为坚盾以自卫者，则有科学，有适用之事，有进化，有文明，其言尚矣，若不可以易。特于科学何物，适用何事，进化之状奈何，文明之谊何解，乃独函胡而不与之明言，甚或操利矛以自陷。③
>
> 若如是，则今之中国，其正一扰攘世哉！④

写于最后的《破恶声论》，可以视为一个提纲性的论文，所欲"破"之"恶声"，皆为言新之语：

> 聚今人之所张主，理而察之，假名之曰类，则其为类之大较二：一曰汝其为国民，一曰汝其为世界人。前者慑以不如是则亡中国，后者慑以不如是则畔文明。……总计言议而举其大端，则甲之说曰，破迷信也，崇侵略也，尽义务也；乙之说曰，同文字也，弃祖国也，尚齐一也，非然者将不足生存于二十世纪。⑤

可以看到，在"汝其为国民"的话语类别中，批判所指在"破迷信也，崇侵略也，尽义务"，在"汝其为世界人"的话语类别中，批判所指在"同文字也，

---

① 鲁迅：《坟·文化偏至论》，《鲁迅全集》第1卷，人民文学出版社2005年版，第44页。
② 鲁迅：《集外集拾遗补编·破恶声论》，《鲁迅全集》第8卷，人民文学出版社2005年版，第23页。
③ 同上，第26页。
④ 同上，第25页。
⑤ 同上，第26页。

弃祖国也，尚齐一也"。《破恶声论》是未完稿，第一类话语涉及了当时的流行话语如"科学""进化""适用""文明"等，第一类的"尽义务"和第二类则未及论述。

如果以"破恶声"为五篇论文的框架，那么，五篇文言论文就是针对当时盛行的"进化""科学""文明"等流行语展开的批判性梳理和质疑辨析。《人之历史》对西方"进化"学说进行了全面梳理；《科学史教篇》中"第相科学历来发达之绳迹"，揭示"科学"发展背后的"精神"背景，批判"重有形应用科学而又其方术者"、"眩至显之实利，摹至肤之方术"、"仅眩于当前之物"的"适用"倾向；《文化偏至论》鉴于时人"引文明之语，用以自文"，甚至"借新文明之名，以大遂其私欲"的种种现象，梳理西方19世纪文明的发展史，在"偏至论"的史观中揭示19世纪"物质""众数"文明的由来，并指出20世纪文明"新神思宗"的新方向；作为五篇论文的核心篇章，《文化偏至论》明确表达了对"兴业振兵""黄金黑铁""制造商估"的洋务派思路以及"国会立宪"的维新派思路的批判。

作为一个整体，五篇论文都是建立在对已有变革思路的批评上的，指出当下种种言新与变革主张只看到取法对象的物质层面。

第二，既然言新之士所拿来的只是取法对象的皮毛，那么，论者肯定有对于我们需要取法的究竟应该是什么的指向，换言之，即他有对西方19世纪文明的源头和本质究竟是什么的看法在背后。因而面对扰攘纷纭的言新言论，势必要追问西方文明的本质。正是通过这一追问，鲁迅表露出自己的文明观：文明的本质是精神。

系列论文展开了层层深入的西学背后的"精神"追问——对西方文明背后的精神之源的探讨：从《人之历史》对人的进化的"内的努力"与"人类之能"的叩问，到《科学史教篇》对西方科学成就背后的"神思""圣觉""热力"等的寻找，再到《文化偏至论》中对19世纪"物质"与"众数"文明背后的精神谱系的历史梳理，对文明背后"精神"与"意力"的强调，以及对19世纪末"新神思宗"的发现，都将文明的本质指向精神的存在。

鲁迅的梳理和追问显示出这样的文明观：文明的本质不是物质而是精神，

西方文明的本质在于从古希腊哲思到"十九世纪末叶思潮"的精神传统,"新神思宗"的出现就是这一精神潜流的再现。

第三,基于此,他对中国当前危机的判断是:固有的精神传统已经丧失,而当下的精神危机则是人心沦于私欲。

鲁迅对中国固有文明有着相当理性的判断,《文化偏至论》指出:中国自古"文明先进,四邻莫之与伦,蹇视高步,因益为特别之发达"①,因"蠢蠢于四方者,夐蔑尔小蛮夷耳,厥种之所创成,无一足为中国法","是故化成发达,咸出于己而无取乎人","诚足以相上下者,盖未之有也"。进而,"屹然出中央而无校雠,则其益自尊大,宝自有而傲睨万物"②。

然而,"惟无校雠故,则宴安日久,苓落以胎,迫拶不来,上征亦辍,使人茶,使人屯,其极为见善而不思式。"导致固有精神传统无法应对目前的文明挑战,于是"有新国林起于西,以其殊异之方术来向,一施吹拂,块然踣僵,人心始自危"③。

由此,鲁迅认为,传统精神已经衰落,这是危机的根源之一,更迫切的问题是,传统精神也不能应对近代危机。五篇论文不断表达传统衰落的萧条之感:"本根剥丧,神气旁皇"④,"先王之泽,日以殄绝"⑤,"肮肮华土,凄如荒原,黄神啸吟,种性放失"⑥,"诗人绝迹,事若甚微,而萧条之感,辄以来袭。"⑦

而对于当下国人的精神状况,鲁迅大致有两个判断:

---

① 鲁迅:《坟·摩罗诗力说》,《鲁迅全集》第1卷,人民文学出版社2005年版,第99页。
② 同上,第44页。
③ 同上。
④ 鲁迅:《集外集拾遗补编·破恶声论》,《鲁迅全集》第8卷,人民文学出版社2005年版,第23页。
⑤ 鲁迅:《坟·文化偏至论》,《鲁迅全集》第1卷,人民文学出版社2005年版,第57页。
⑥ 鲁迅:《集外集拾遗补编·破恶声论》,《鲁迅全集》第8卷,人民文学出版社2005年版,第26页。
⑦ 鲁迅:《坟·摩罗诗力说》,《鲁迅全集》第1卷,人民文学出版社2005年版,第65页。

一是被奴役的民众沉溺于一己之生存的精神状态:"人人之心,无不沦二大字曰实利,不获则劳,既获便睡。纵有激响,何能撄之?夫心不受撄,非槁死则缩朒耳,而况实利之念,复黏黏热于中,且其为利,又至陋劣不足道,则驯至卑懦俭啬,退让畏葸,无古民之朴野,有末世之浇漓","创痛少去,即复营营于治生,活身是图,不恤污下"①,"劳劳独躯壳之事是图,而精神日就于荒落"②。

二是知识阶层价值沦丧,失去精神主导作用。或者是"诗人绝迹""众语俱沦"③,不见"独具我见"的"精神界战士"④发出"心声";或者是"恶声""扰攘","伪士"横行,发声者不能"白心","狂蛊中于人心,妄行者日昌炽"⑤,"心声内曜,两不可期"⑥,形成"扰攘"而"寂寞"的精神局面。

值得注意的是,青年鲁迅在批评种种革新言论时,一方面指出其错误在于不识西方文明的本质,"考索未用⑦,思虑粗疏,茫未识其所以然"⑧;另一方面,又不断揭示这些倡言革新者的私利动机:

> 至尤下而居多数者,乃无过假是空名,遂其私欲,不顾见诸实事,将事权言议,悉归奔走干进之徒,或至愚屯之富人,否亦善垄断之市侩,特以自长营撙,当列其班,况复掩自利之恶名,以福群之令誉,捷径在目,斯不惮竭蹶以求之耳。呜呼,古之临民者,一独夫也;由今之道,则顿变

---

① 鲁迅:《坟·摩罗诗力说》,《鲁迅全集》第1卷,人民文学出版社2005年版,第69页。
② 同上,第100页。
③ 同上,第65页。
④ 同上,第99—100页。
⑤ 鲁迅:《集外集拾遗补编·破恶声论》,《鲁迅全集》第8卷,人民文学出版社2005年版,第23页。
⑥ 同上,第26页。
⑦ "用",疑为"周"之笔误——笔者注。
⑧ 鲁迅:《坟·文化偏至论》,《鲁迅全集》第1卷,人民文学出版社2005年版,第45页。

而为千万无赖之尤，民不堪命矣，于兴国究何与焉。①

夫势利之念昌狂于中，则是非之辨为之昧，措置张主，辄失其宜，况乎志行污下，将借新文明之名，以大遂其私欲者乎？②

况乎凡造言任事者，又复有假改革公名，而阴以遂其私欲者哉？③

时势既迁，活身之术随变，人虑冻馁，则竞趋于异途，掣维新之衣，用蔽其自私之体……④

这种面对现实的直指其心的批判，成为五篇论文的重要组成部分和更深视点。这一视点，源于早年的创伤体验，进一步形成于独到的文化洞察，在《文化偏至论》结尾之处，鲁迅突然写道："夫中国在昔，本尚物质而疾天才矣"⑤，这一判断无疑将中华文明与物质追求更紧的联系在一起，这与当时和其后对中华文明的自我判断——中华文明是精神的，西方文明是物质的，大异其趣。

文化比较基于对现实的洞察，而现实洞察则直指人心——这大概就是鲁迅终其一生的国民性批判的最初表现吧。

第四，由此，对于中国摆脱近代危机的出路，鲁迅聚焦于现代转型的"精神"层面，鲜明提出"立人"主张，并将其实施诉诸"诗力"。

基于文明史考察和现实洞察，《文化偏至论》提出"立人"主张："是故将生存两间，角逐列国是务，其首在立人，人立而后凡事举；若其道术，乃必尊个性而张精神。"⑥并在《摩罗诗力说》中将其诉诸"诗"——文学——之"力"，

---

① 鲁迅：《坟·文化偏至论》，《鲁迅全集》第1卷，人民文学出版社2005年版，第45—46页。
② 同上，第46页。
③ 同上，第56页。
④ 鲁迅：《集外集拾遗补编·破恶声论》，《鲁迅全集》第8卷，人民文学出版社2005年版，25页。
⑤ 鲁迅：《坟·文化偏至论》，《鲁迅全集》第1卷，人民文学出版社2005年版，第57页。
⑥ 同上。

明确提出,"吾人所待,则有介绍新文化之士人"①,称之为"第二维新之声"②。"立人"指向的,是中国现代转型的精神基础。诉诸"诗力",是借助于文学的精神鼓动力,激活禁锢于一己"私欲"的人心,使精神超越,个性发扬,形成刚健动劲的精神主体。鲁迅文学,终极意义上就是召唤主体的文学。

暂且不论这一主张自身的可能限度,在中国近代以来的救亡理路中,鲁迅的主张无疑是处在合理的历史逻辑中。彼时,正当革命派与维新派激烈交战的历史节点,青年鲁迅抓住的"精神"与"诗力"这两个变革契机,具有一定的前瞻性,虽在当时遭遇时代的漠视,导致此后长达十年的隐默,但在十年后的(1917年为标志)的五四新文化运动中,重新成为新一代知识分子的主流选择,"思想革命"与"文学革命",是"精神"与"诗力"十年后的再现。周树人汇入"五四"而成"鲁迅",势在必然。

以上四个方面,是20世纪初鲁迅对中国现代转型的思考和判断。鲁迅后来的思想是生长在这一基座之上的,后来思想的发展,有两个转变:一是经过十年的隐默,"五四"复出后,鲁迅改变了早期对中国传统的较为平和的态度,开始转向激进的对传统文化的批判。二是经过20世纪20年代中期的又一次精神危机后,鲁迅自20年代末开始逐渐接触马克思主义理论和中国左翼文艺人士,阶级意识开始形成,并在中国革命实践中发现了新的现实主体。但是,对于中国现代转型之精神基础的关注,始终是鲁迅思想的核心,也是其思想在20世纪中国的深度和独特性所在。

近代危机的本质,是精神危机,中国现代转型的关键,是精神的现代转型——如何寻找和确立适应现代生存的精神,鲁迅一生的思考和寻求都聚焦于此。在鲁迅这里,现代转型的危机已经表明,中国的传统精神难以应对现代生存,因而,现代转型的精神资源不能回到过去,取法域外文明资源是必然的选择,但取法域外并非以对方为模板,而是要还原到文明本原处的精神,找到人

---

① 鲁迅:《坟·摩罗诗力说》,《鲁迅全集》第1卷,人民文学出版社2005年版,第100页。
② 同上。

类共通的精神因素，在与异域文明的交流中取长补短。因而，鲁迅的"精神"求索，从来没有以中国传统或西方为既定目标，他将"精神"视作"文明"的本源，由"文明"溯源至"精神"层面，又将"精神"还原成"生命"，在具有生命力的"精神"中寻求"文明"重新振兴的基础。鲁迅对中国现代转型之精神资源的求索，如其说是寻找，不如说是还原。

鲁迅关注的"精神"究竟是什么固然难以确定，但是我们可以发现其欲彰显的"精神"具有哪些特征。

1. 非固定的，既不是中国传统，也不是所谓西方"现代"。

2. 与生命力相联系。这一点受到德国近代思想尤其是尼采的影响。

3. 普遍性。鲁迅的"精神"之旅穿越东方传统和西方现代，直抵最基本的与生命力相关的"精神"层面，已经脱去文明的文化色彩，还原到最普遍的人类精神层面。

4. 超越性。鲁迅对中国精神现状的洞察，始终不离对"私欲"的批判，在某种程度上，他眼中的中国精神危机就在于精神沦丧于"私欲"，所以，精神的超越性——超越于个体的物质性私欲，成为存在于其深刻批判反面的一个潜隐而强烈的指向。

鲁迅的"精神"之旅，最终通向了看似"无用"的"诗"——"文学"，试图以自由原发的"文学"召唤和激活"精神"。在他看来：（1）无论是东方还是西方，既有的"精神"传统业已僵化，正处于衰微之中；（2）在更普遍的意义上说，在人类现有的"精神"话语中，无论是宗教、道德、哲学、政治、法律、还是科学，都是一种规范性和确定性的表述方式，而"文学"的独特性在于，它是以不确定的、非规范的然而是最切己的方式来"揭示"存在的精神与意义，在"精神沦亡"而传统衰微的现代，也许只有"文学"，能够唤起每个人身上的痛感，记住并表达出自己的痛感，沟通痛感，发为"心声"。通过"心声"的表达和传递，还原感性的"通感"，唤起个体生命的自觉，迎来精神重新生发的可能，现代转型的精神基础也就有可能由兹确立，这就是由"立人"到"兴国"之路。

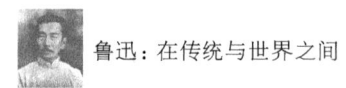

二 国学、科学、与国人精神现状：当代精神现象

当下，中国仍然处在现代转型之中。现代转型已经取得重大成就，近三十年实现了经济腾飞，处在近代危机以来国力最强盛的时候，同时，我们也处在现代转型的关键时刻，正在攻坚克难，向更深处迈进。在此一阶段，现代转型的精神层面越来越显露其重要性。但是，不容忽视的是，20世纪90年代以来形成的一些精神现状，对我们的现代转型产生不利影响，本文试图提出三点，对鲁迅的思想遗产，来做一些评价。

（一）国学热

20世纪90年代以来，文化本位思潮悄然兴起，国学热成为最鲜明的标志，影响甚巨。

1992年，北京大学成立中国传统文化研究中心，媒体如《人民日报》、《光明日报》、中央电视台与中央人民广播电台等给予了充分的关注。1993年8月16日和17日，《人民日报》先后发表两篇关于国学热的文章，前一篇是用整版篇幅发表的《国学，在燕园又悄悄兴起——北京大学中国传统文化研究散记》称："国学的再次兴起，是新时期文化繁荣的一个标志，它将成为我国文化主旋律的重要基础。同时，学术文化的兴盛、发达，还须有一个显著标志，那就是不断有大师级学者的出现。"并得到"编者按"确认："国学的再次兴起，是新时期文化繁荣的一个标志，并呼唤着新一代国学大师的产生。"[①]后一篇题为《久违了，"国学"》，将"优秀传统文化"融入"爱国主义"意识形态。

随后，北大的季羡林作为被发掘出来的国学象征，身不由己地被冠以"国学大师"的称号；暗中或公开以国学大师自许的学者也开始渐有其人。2000年，北大将中国传统文化研究中心更名为国学研究院，2002年起开始招收博士生；

---

① 毕全忠：《国学，在燕园又悄然兴起——北京大学中国传统文化研究散记》，《人民日报》1993年8月16日第3版。

2004年,蒋庆推出《中华文化经典基础教育诵本》,推广"读经"运动;2004年9月,许嘉璐、季羡林、任继愈、杨振林、王蒙等领衔联名发表《甲申文化宣言》;2005年中国社科院儒教研究中心成立,中国人民大学成立国学院,此后各地高校国学院也纷纷成立;2005年9月,首次全球联合祭孔仪式举行,央视全程直播。

20世纪20年代中期,有人主张读经,鲁迅写《十四年的"读经"》,开头说:

> 自从章士钊主张读经以来,论坛上又很出现了一些论议,如谓经不必尊,读经乃开倒车之类。我以为这都是多事的,因为民国十四年的"读经",也如民国前四年,四年,或将来的二十四年一样,主张者的意思,大抵并不如反对者所想像的那么一回事。①

笔者发现,这段话正好概括了20世纪的几次国学热,有意思的是,鲁迅不仅指出他曾经历的"民国前四年"(1905年左右以国粹派为代表的国学热,"国学"一词在这里开始出现)、"四年"(1915年的袁世凯复辟尊孔,提倡读经)、写此文时的"十四年"(1925年教育总长章士钊提倡读经),而且还非常巧合地预言到"二十四年"——20世纪第四次文化本位思潮的出现(1935年1月,王新命等十教授发表《中国本位的文化建设宣言》)。如果算上2005年达到高潮的本轮国学热,可以说,似乎逢"5"就会出现一次。

当代国学热兴起的背后,无疑有这样的语境和背景,如对五四至20世纪80年代激烈反传统倾向的反思、社会转型过程中出现的"现代病"勾起怀旧意识、经济崛起后文化软实力与全球化时代自我认同的需要等,但是,我们也要看到,当代国学热不是一种单纯的文化思潮,有多重意识形态参与其间,交织着复杂的利益诉求,如同鲁迅在谈论"国粹"时说:"他们在这题目的背后,

---

① 鲁迅:《华盖集·十四年的"读经"》,《鲁迅全集》第3卷,人民文学出版社2005年版,第127页。

各各藏着别的意思"①。有学者将90年代以来的国学热描述为学者积极倡导、媒体推波助澜、高校设院办班、民间跟风呼应、官方倾向支持五个方面的综合结果,②较为客观地描述了90年代以来国学热的实际状况。

当代国学热是90年代以来文化本位思潮的一个核心表现。随着经济崛起,文化本位意识也开始兴起,中国文化的固有惯性,使人们在危机平复之后,极易消除应该具有的反思意识,回到固有文化意识。经济的成功,本来是现代转型的成果,但它带来的,却是文化保守意识的兴起,曾经的文化开放心态,在普遍的文化保守意识中悄然关闭,似乎已经抵达现代转型的终点,应该保持清醒意识与反思立场的当代人文意识,人们不仅没有成为文化主流的反思者,而且成为怂恿者与追随者。

在20世纪中国,国学热不时出现。无论读经热和国学热有何特定的时代背景以及复杂动机,鲁迅都对其进行反击,其看待"国粹"的态度是:"只要问他有无保存我们的力量,不管他是否国粹。"③"国学"与"国粹"的价值,在于它是否有利于我们的现代转型和现代生存,有价值的资源需要呵护和发扬,但对于那些成为现代转型障碍的传统弊端,还是要进行反思和革新。鲁迅坚持的,始终是中国精神转型的现代取向。

作为源远流长的世界古老文明之一,中华文明应该有足够的信心成为未来世界文明的重要组成部分,但中华文明走向世界,不是在对抗状态中强调独特性,而应是在与异域优秀文化充分交融中取长补短,并将自身的优秀文化和价值推向世界。在文化问题上,现代中国人不能躺在传统的功劳簿上唯我独尊,而应面对新的世界局面不断创造自己的新文化,只要我们具有精神追求,就必然能创造属于自己的文化,这也是鲁迅所曾强调的"立人"与立足于"现在"

---

① 鲁迅:《热风·随感录三十五》,《鲁迅全集》第1卷,人民文学出版社2005年版,第305页。

② 王彦坤:《国学热的持续升温与值得思考的几个问题》,《暨南学报》(哲社版)2009年第1期。

③ 鲁迅:《热风·随感录三十五》,《鲁迅全集》第1卷,人民文学出版社2005年版,第306页。

的重要所在。

(二) 科学问题

20世纪90年代以来，国家大力发展自然科学，1986年出台了发展高新科学技术的863计划，1997年又出台支持重大基础科学研究的973计划，随后又发布《国家中长期科学和技术发展规划纲要（2006—2020年）》，国家财政投入大量资金支持科学发展，2009年以来，中国的科研经费增长迅猛，经费投入实现了每年20%左右的增长，2012年已达到10298亿元，其中财政支出5600亿元。2013年中国在科技研发方面的费用已超过日本，仅次于美国，成为世界第二大科研投资国。[1]

国家的大量资金投入，取得了初步成效，高新技术研究和基础科学研究均有较大发展，但是，与巨大投入相比，我们的科研成效还不算高，尤其是在原创性研究和重大基础科学问题的研究上与国际先进水平还有很大差距，创新性研究面临发展的瓶颈，很多研究还是在步人后尘或者拾人牙慧，至今，自然科学领域获得诺贝尔奖还只有屠呦呦一人，而且获得成果的时间段还早在以前。著名的钱学森之问，不仅指向教育，也指向科研本身。

巨大的资金投入不能带来科学研究的突飞猛进，当然情有可原，如科学研究有一定的周期，需要时间积累，不会一蹴而就。但不容忽视的一个原因是，资金投入在分配与管理上存在一定漏洞，一是资金分配上的问题，如有学者著文揭示的经费分配中"人际关系"的影响[2]，重大项目中标者学术官员占很大比例已经成为见怪不怪的现象，因而，申报课题中选题无实际学术价值、低级重复甚至蒙混过关者并不鲜见。二是申请课题后经费去向不明，近年，一些高校和科研院所中的项目获得者接连传出因滥用、骗取科研经费被调查的新闻，科技部部长万钢曾对科研经费的"恶性问题"表示"愤怒"、"痛

---

[1] 引自张薇：《专家谈科研经费乱象：通过经费使用来做贼是傻贼》，光明网2012年12月13日。

[2] Yigong Shi, Yi Rao："China's Research Culture"，*Science*，Vol.329，No.5996，2010，p.1128.

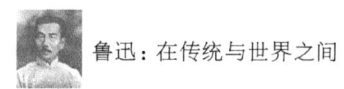

心"和"错愕"①。

以上问题当然首先可从科研体制上寻找原因,如科研组织和管理中政府的主导作用过强,经费分配、使用与监管过程中存在许多漏洞等,相应的,在体制层面我们自然可以找到改进的对策。

但是,这些问题的出现存在更为隐深的原因,涉及中国的"科学文化"问题。2010年,两位归国科学家施一公、饶毅在《科学》杂志上发表《中国的科研文化》,揭示中国科研体制中的不正常现象。将中国科学弊端上升到"文化"层面,对两位自然科学家来说可谓难得,也说明中国科学中的"文化"因素已经开始被关注。但两位科学家讨论的主要是体制文化,本文认为,"科学文化"还有一个更深层面:从事科学的动机和面对"科学"的态度。

在科学历史上,真正原创和重大的科学成果,大多不是在物质刺激下完成的,科学的本质,是对未知世界的好奇和探究真理的执著,科学者首先要相信真理,并且有探究真理的热情。科学研究的动机来自于科学本身,而不是科学之外的任何东西,物质财富从来不可能是科学研究的主要动机,如果仅仅冲着物质奖励去从事科学研究和发明创造,顶多也只能获得急功近利的成果,甚至不惜抄袭和伪造所谓"成果"。如果我们的科学组织者和管理者只想到物质刺激,如果我们的研究者的研究动力只来自物质刺激,真正的科学是很难出现的。

20世纪初鲁迅在《科学史教篇》中的思考,对我们依然有振聋发聩之效。鲁迅当时面对的,是晚清崇尚实学的学界思潮和革新派对科学的功利主义理解,因而"第相科学历来发达之绳迹"、"索其真源",通过追溯西方科学发展史,以昭示科学背后的"真谛"所在。其对"科学"的追溯一直延伸到古希腊柏拉图的宇宙生成论、政治哲学及其他自然科学成就,说明其理解中的"科学",并非局限于近代自然科学的范畴,而是带有科学(Science)一词本有的"知识"

---

① 引自张薇:《专家谈科研经费乱象:通过经费使用来做贼是傻贼》,光明网2012年12月13日。

涵义。他盛赞古希腊探索未知的"精神",并将其与"神话"、"宗教"直接沟通,作出"神思"与"学"的划分,"学"与近代意义上的科学相近,而"神思"指向人类在知识起源处的神话、宗教和哲学所共享的想象力,"学"之"思"与"神思"相通。对中世纪阿拉伯世界科学成就的评述,亦强调其四分科中"理论科学居其三",与"重有形应用科学而又其方术"的"震旦谋新之士"不同,指出"热中之性"作为"道德力"是科学发现不可缺少的原因,并进而说明:

> 盖科学发见,常受超科学之力,易语以释之,亦可曰非科学的理想之感动,古今知名之士,概如是矣。阑喀曰,孰辅相人,而使得至真之知识乎?不为真者,不为可知者,盖理想耳。此足据为铁证也。英之赫胥黎,则谓发见本于圣觉,不与人之能力相关;如是圣觉,即名曰真理发见者。
>
> 故科学者,必常恬淡,常逊让,有理想,有圣觉,一切无有,而能贻业绩于后世者,未之有闻。

鲁迅强调,16、17两个世纪西方科学的发展并没有马上带来社会实利,到18世纪中叶以后才开始造福社会,至19世纪,终于带来物质文明的繁荣,科学对于实利,是"酝酿既久,实益乃昭","顾治科学之桀士,则不以是婴心也,如前所言,盖仅以知真理为唯一之仪的,扩脑海之波澜,扫学区之荒秽,因举其身心时力,日探自然之大法而已。……试察所仪,岂在实利哉?"①

针对中国倡言"科学"的实利追逐之徒,鲁迅批评道:

> 故震他国之强大,栗然自危,兴业振兵之说,日腾于口者,外状固若成然觉矣,按其实则仅眩于当前之物,而未得其真谛。夫欧人之来,最眩人者,固莫前举二事若,然此亦非本柢而特菡叶耳。寻其根源,深无底极,

---

① 鲁迅:《坟·科学史教篇》,《鲁迅全集》第1卷,人民文学出版社2005年版,第32—33页。

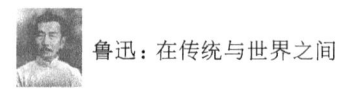

一隅之学,夫何力焉。①

科学者的"精神",才是"科学"的支配性因素,鲁迅将科学视为"人性之光","人性"——"精神"成为科学的终极依据:"今试总观前例,本根之要,洞然可知。盖末虽亦能灿烂于一时,而所宅不坚,顷刻可以蕉萃,储能于初,始长久耳。"

值得注意的是,论文最后又加了一段逸出科学史内容的议论:"顾犹有不可忽者,为当防社会入于偏,日趋而一极,精神渐失,则破灭亦随之。盖使举世惟知识是崇,人生必大归于枯寂,如是既久,则美善之感情漓,明敏之思想失,所谓科学,亦同趣于无有矣。……凡此者,皆所以致人性于全,不使之偏,因以见今日之文明者也。"作为科学基础的"精神",不仅来自科学本身,还需要科学之外的精神与知识的涵养,仅从实利出发推崇科学,不仅不能获得作为科学"本根"的精神,而且也丧失了文明的精神本质。

鲁迅发言背后,有对晚清言新者对科学的功利性态度的批判,更有对中国文化弊端的洞察,《文化偏至论》的结尾,就突兀地写道:"夫中国在昔,本尚物质而疾天才矣"②,将"尚物质"视为中国传统的一个特色。

功利性地去理解知识活动,确乎已经构成了我们的一种科学文化。几千年的科举制度,以功名利禄作为读书上进的动力,"学而优则仕"的传统文化心理深入人心,形成根深蒂固的面对知识的功利心态,知识只不过是知识者谋生的饭碗,急功近利的心态普遍存在于教育管理者、家长甚至孩子身上。面对科学,我们也许不缺"智商",但缺的是超越物质功利的"精神"。

要真正发展中国的科学,首先要培养科学所必需的"精神"——对超越性知识与真理本身的热爱与追求!

---

① 同上,第33页。
② 以上参见鲁迅:《坟·文化偏至论》,《鲁迅全集》第1卷,人民文学出版社2005年版,第57页。

（三）当下精神现状

近三十多年来，中国人的精神状况大致经历了这样两个阶段：一是经过"文革"，20世纪80年代转而将激情投射到"文化"上，文化的现代化成为新的精神追求，形成了十多年的文化热；二是随着80年代文化热的突然降温，90年代初中央开始实行社会主义市场经济，90年代的国人开始将热情投入到经济事务——个人致富上，"奔小康"和"先富起来"成为整个社会的共同追求。

新世纪和新千年并没有将时代一分为二，目前，我们正处在第二个阶段——20世纪90年代的精神范式的延续之中。90年代以来的物质性追求创造了经济奇迹，但是，一些国人的精神空间被物质性追求挤压，形成精神虚空和价值迷失状态。国家层面也注意到精神建设的重要性，强调精神文明建设，加强正统意识形态的建设，弘扬传统文化，提出并宣扬社会主义核心价值观；与经济崛起相伴随的社会主导精神意向，不过是文化本位意识与国家意识的兴起，这些精神意向当然具有现实合理性和时代意义。

落实到生存的个体，90年代以来的精神危机得到最具体的体现。一些人缺少真正的精神依托，知识只是有助于成为"精致的利己主义者"，部分官员以权力为谋私的工具，形成权力腐败。孟子说"上下交征利而国危"[①]，趋利避害固然是人的天性，但是如果人们只剩下利的驱动，而缺少必要的超越性精神的引导，纯粹逐利行为的结果就是极端利己主义的流行，为一己私欲不择手段，导致以利己主义为原则的潜规则的盛行，社会公正与良心渐失，最终导致整个社会的精神迷失。

90年代以来的精神难题固然可以通过制度改进来尝试加以克服，但是，精神难题的症结还在于精神本身，制度背后是文化，精神难题的解决，还需要文化思路的进入。比如权力腐败问题，它既是制度的问题，可以在制度层面进行改进，但是权力腐败还有更深刻的原因——文化，在中国政治历史上，腐败现象屡禁不止，就是因为有腐败文化的存在。趋利的本性缺少制度的制衡，更

---

① 《孟子·梁惠王上》。

缺少超越性精神的提升，这是中国腐败文化的精神症结所在。

经济崛起后精神难题的呈现，让鲁迅的精神遗产显示出尤为重要的现实价值。我们已经确认，鲁迅的思想价值，就是在于对中国现代转型之精神基础的关注，《文化偏至论》揭示洋务派与维新派转型思路的局限，指出他们只看到物质（"黄金黑铁"）与制度（"国会立宪"）层面，没有发现文明振兴的核心在于精神，而且，青年周树人的指摘是建立在对国民精神现状和文化弊端的洞察之上的，所以，他不断揭露国人精神沦丧的现实，指摘倡言革新常常是"假是空名，遂其私欲"，并且做出"夫中国在昔，本尚物质而疾天才矣"这样惊世骇俗的洞察。

基于文化洞察，鲁迅在早期鲜明提出自己的转型思路："首在立人"，"若其道术，乃必尊个性而张精神。"①鲁迅试图为沦于私欲的国人注入超越性的"精神"和"意力"，为摆脱危机和文化振兴提供精神基础，虽然他还无法给这样的"精神"以确定性内涵，仅仅将其还原到"生命"层面，但还原和提出本身已经指出了新的生路的可能性。

弃医从文计划的一系列挫折和革命之后每况愈下的现状，使鲁迅陷入十年的隐默。经过十年中对文化危机的进一步洞察，从《狂人日记》开始，鲁迅由早期正面的"立人"呼吁，转向对负面文化及其人格表现——国民劣根性——的批判。《狂人日记》深刻揭示了由私欲中心的国民精神状态必然导致的社会"吃人"生态："自己想吃人，又怕被别人吃了，都用着疑心极深的眼，面面相觑。"②小说揭示的普遍存在的"吃人"，已经超越具体的社会性内涵，成为隐深而普遍的文化生态："吃人"极为普遍，以致被视为平常；"吃人"秩序一旦形成，就极难改变；"吃人"处在一个稳定的等级秩序中，每个人难免被吃，但也可以吃比他更弱的人；不仅吃人者不自觉自己吃人，甚至被吃者也不知道自己被吃；越是最底层的人，越是自觉不到自己被吃；被吃者往往找不到凶手；

---

① 鲁迅：《文化偏至论·坟》，《鲁迅全集》第1卷，人民文学出版社2005年版，第58页。

② 鲁迅：《呐喊·狂人日记》，《鲁迅全集》第1卷，人民文学出版社2005年版，第429页。

"吃人"可以做,但不能说,"你说便是你错"①。《狂人日记》,可以说是鲁迅文化批判的总纲领。

小说的最后三则日记,推出一个全新的发现:我也吃过人!"吃人"生态中也许不缺少牢骚者与批判者,但缺少的是对自己也在"吃人"的自觉。"狂人"最后的大发现,将刚刚确立的"启蒙文学",一下子上升到"悔罪文学"。

《狂人日记》标志着鲁迅文化批判的真正开始,并且从一开始就揭示了现代中国思想的最深点:中国的精神振兴,要从文化反思开始,中国的文化反思,要从每一个个体的罪的自觉和人格觉醒开始,中国精神的现代转型,如果达不到"我也吃过人"的个体的以及罪的文化自觉,最后都还是空话!

---

① 同上,第428页。

LUXUN
Zai Chuantong yu Shijie Zhijian

二

鲁迅的文学世界

本色的鲁迅，真实的传记

——我如何写《搏击暗夜——鲁迅传》

陈漱渝　鲁迅博物馆

研究一位作家，当然首先要研究他创作的文本，但同时也要了解他的生平和他的生活的时代，这样才能做到"知人论世"，更准确地解读其文本。研究鲁迅的路径同样如此。

为鲁迅立传，就应该写出鲁迅的本色，为读者塑造一个确曾存在过的真实的鲁迅。那么，何谓"本色"，究竟能不能再现一个"真实"的鲁迅？

我认为，本色就是指本来面目。这是一个客观的存在，独立的存在，具有自身不变的性质。

鲁迅自幼喜爱美术，所以对色彩很敏感，对色彩的描写很准确。比如鲁迅谈司徒乔的画："深红和绀碧的栋宇，白石的栏杆，金的佛像……紫糖色脸……"他使用"粉面朱唇"四个字描写绍兴戏里的女吊（女吊死鬼），石灰色的脸，红彤彤的嘴唇，女吊的外貌特征顿时就刻印在读者的心版上了。

那么，用什么颜色形容鲁迅的本色较为妥帖呢？我认为是红色与黑色。"红"象征鲁迅那种火焰般的创作激情，相当于冰谷中那团珊瑚色的死火，相当于地壳深层里的地火，"熔岩一旦喷出，将烧尽一切野草，以及乔木……"[①]"黑"象征鲁迅冷峻的性格，坚毅的精神，复仇的意志。鲁迅的新编历史小说《铸剑》，写楚王杀死了铸造干将莫邪剑的工匠，工匠之子眉间尺为父报仇，势

---

① 鲁迅：《野草·题辞》，《鲁迅全集》第2卷，人民文学出版社2005年版。

单力薄。有一位行侠仗义的黑色人,长得黑瘦,须眉头发都黑,穿一身青衣,背一个青包裹,他砍下自己的头,帮助眉间尺的头将大王的头咬得眼歪鼻塌,满脸鳞伤,直至断气。黑色人自称"宴之敖者",这正是鲁迅的笔名,也是鲁迅自身形象的艺术写照。我认为这种理解大抵不错。鲁迅挚友许寿裳指出,鲁迅在"冷静与热烈双方都彻底。冷静则气宇深稳,明察万物;热烈则心中博爱,自任以天下为重。其实这二者是交相为用的。经过热烈的冷静,才是真冷静,也就是智;经过冷静的热烈,才是真热烈,也就是仁"。许寿裳建议将鲁迅的《阿Q正传》和《祝福》比照对看,就能发现鲁迅冷热相融的特质。

再谈谈我对"真实"的理解。真是伪的对立面,所以古训提倡真善美,反对假恶丑。正因为真反映的是人的本色,所以古代又把人物肖像称之为"写真"。"实",也就是实际、实在、诚实,指真实存在的事物或情况。

但是东西方都有一种相对主义观念,表现在否定事物的客观性、稳定性,片面强调其变动性、不稳定性。在中国,老子和庄子的辩证思想中也包含了相对主义的因素。庄子认为诸子百家的学说,"彼亦一是非,此亦一是非"。意思是:由于时间、空间和所受教育环境的限制,人都具有其主观片面性。我们无法跟夏天的虫子谈冰雪,因为夏虫受到时间季节的限制;无法跟井底的青蛙谈大海的辽阔,因为青蛙受到所处空间的限制;无法跟那些思想偏颇的知识分子谈真理,因为他们受到教育环境的束缚,他们自以为是,把自己的看法当成正确,把别人的看法当成谬误。在庄子看来,要辩论出一个是非,那是对真理的全面性的歪曲。西方哲学史上也有以赫胥黎、休谟、康德等人为代表的"不可知论",到了20世纪60年代,更出现了相对主义哲学和相对主义史学。

我认为,世界上只有尚未认识的事物,不存在不可认识的事物。同一事物有相对和绝对这两种既有联系又有区别的属性。相对是有条件的、暂时的、有限的;绝对是无条件的、永恒的、无限的。任何事物既是绝对的,又是相对的,这两方面不可分割,是辩证的统一。绝对存在于相对之中,并通过无数相对体现出来;在相对中有绝对。人们对客观事物的认识,也是绝对和相对的统一。具体到鲁迅这个历史人物而言,他肯定是可以认识的,但又不是任何人能够一次性的穷尽他的本质。但可以通过对其本质不完全的、近似的、有条件的、相对正确的反映，逐步逼近他的本质。

从鲁迅本人的作品来看，他是反对相对主义的。1935年秋，魏金枝先生在《芒种》第8期发表了一篇《分明的是非和热烈的好恶》，认为是非难定，爱憎也就为难。有似是而非，也有非中之是。据物理学说，地球上的无论如何的黑暗中，总有X分之一的光。但在鲁迅看来，似是而非总体上就是"非"，而非中的是其实就是"是"。尽管黑暗中总有X分之一的光，但白天就是白天，黑夜就是黑夜。

鲁迅《故事新编》中有一个独幕剧，叫《起死》，就是借庄子的形象来批判相对主义和无是非观。剧中的庄子经过一片荒地，捡到一个五百年前的骷髅，便请主管人生死寿命的司命大神让它还魂。结果骷髅变成了一个三十岁左右的乡下汉子，一丝不挂。汉子说他姓杨，小名杨大，学名必荣。他向庄子要衣服、包裹和伞，因为他出门时原来带了这些东西。庄子是主张相对主义的，便说："鸟有羽，兽有毛，然而王瓜茄子赤条条，此所谓彼亦一是非，此亦一是非。既不能说没有衣服对，也不能说有衣服对。"汉子认为庄子说的是屁话，揪住庄子剥他的道袍，急得庄子赶紧报警。可见有衣服还是比没有衣服好，人还是应该穿衣服的。所以，凡事物都有其本色，真实也是可以逐步揭示的。否则，我们为历史人物立传，就成了信口开河，随意着墨，因而也就失去了传记的价值和意义。

鲁迅生前写过两篇自传：一篇叫《俄文译本〈阿Q正传〉序及著者自序传略》，涉传部分不足千字。从题目可知，这是应《阿Q正传》俄文译本的译者王希礼（B.A.Vassiliev）之约而写的。这篇自叙传略写于1925年，所以对鲁迅生平的简介也就止于20世纪20年代中期。另一篇自传写于1934年，不足900字，对生平的介绍止于1927年。当时美国人伊罗生编译一本中国现代短篇小说集，选收了鲁迅作品，书名为《草鞋脚》，需要入选作家的小传，鲁迅就写了这一篇。这两份自传在史料上当然极具权威性，但毕竟文字太短，满足不了读者全面了解鲁迅生平的需求。

在中国出版的第一部鲁迅传记，应该是日本人小田岳夫的《鲁迅传》，原由日本筑摩书房社出版，20世纪40年代翻译为中文，在长春、上海、北平等地出售。这本书写于日本侵华时期，有一些日本军国主义的偏见，所以鲁迅夫人许广平很不满意。直到1948年，王士菁的《鲁迅传》才由上海新知书店出版，后多次重印或修订再版。许广平认为这是中国人自己写的鲁迅传，比较客观，值得一看；缺点是征引鲁迅著作的原文过多，而这些引文又极容易看到。后来王士菁接受了许广平先生的意见，对引文作了大量删削。自王士菁的《鲁迅传》问世之后，有关鲁迅的传记大约有五十种，其中包括合传、评传、图传，乃至小说体或戏剧体传的鲁迅传记。

在已出的这些传记中，哪一本奇峰突起、最值得推荐，又有谁是撰写鲁迅传的不二人选呢？这个问题我真还回答不了。老实讲，其他人写的鲁迅传我没有一本从头到尾认真读过，大部分连手都没碰过。这跟文人相轻、妄自尊大没有关系。鸡不觅食就无法下蛋，蜂不采花就不能酿蜜。我不是一条光会吐丝而不吃桑叶的蚕。只因一直有写鲁迅传的野心，所以其他同行写的鲁迅传我有意不看，目的是避免有意无意的重复。相关的史料我当然是一定要看的。

要写好鲁迅传，首先要对鲁迅有一个比较准确的总体把握，也就是要正确回答"鲁迅是谁"的问题。在我的学生时代，这完全不成其问题。因为毛泽东在《新民主主义论》中对鲁迅有十分明确的定位："鲁迅是中国文化革命的主将，他不但是伟大的文学家，而且是伟大的思想家和伟大的革命家。"但近三十多年以来，对于上述定位的质疑之声时起时伏。我坦率承认，我研究鲁迅从刚开始直至今日，一直还是从这三个方面把握鲁迅的本质，从来没有动摇过。我认为，对鲁迅的质疑，只要是出于纯正的学术动机，都是一件好事，反映了当今言路的扩展，政治环境的日趋宽裕。至于对不对则是另一回事。

其实，对于鲁迅是谁这个问题，在毛泽东发表《新民主主义论》之前就有人作出了种种回答。我手头有一部《鲁迅先生纪念集》，是1937年鲁迅先生纪念会编辑出版社的，收集了鲁迅去世之后中外报刊发表的悼文、函电和挽联，基调是对鲁迅的缅怀和颂扬。

这本纪念集的众多作者首先众口一词地肯定了鲁迅作为伟大的文学家的存在，认为他的创作既吸收了西方文明，又保留了东方特质。蔡元培在《记鲁迅先生轶事》中指出："鲁迅先生去世，是现代文学界大损失，不但外国人这样说，就是日本与苏俄的文人也这样说，可说是异口同声了。"周作人将鲁迅的文学贡献分为研究和创作两个部分：研究部分包括了辑校古籍，收集汉画石刻，撰写《中国小说史》等学术专著；创作部分包括了鲁迅的小说和散文。周作人认为鲁迅创作成就有大小，但无不有其独特之处。极具原创性，这是周作人对鲁迅创作成就的最高评价。1936年10月2日，茅盾带了一位美国记者格兰尼奇到鲁迅家摄影。离开鲁迅寓所，格兰尼奇十分动情地对茅盾说："中国只有一个鲁迅，世界文化界也只有几个鲁迅。鲁迅是太可宝贵了！"日本评论家新居格指出，"《阿Q正传》不仅是普罗文学，而是更深广透彻人性根底的文学。"新居格还指出，鲁迅不仅是中国作家群峰中的高峰，而且是国际的大文学家。

鲁迅不仅是文学家，而且是思想家。这本纪念集收录了王瑶的《悼鲁迅先生》一文。他认为把鲁迅仅仅视为一位文人是歪曲了鲁迅，至少也是不了解鲁迅。日本评论界也认为，鲁迅之所以在中国文坛占有最高位置正是因为他具有的思想，他对于政治情势的远见卓识，不是其他作家可以企及的。

鲁迅思想是一种资源性质的思想。2016年2月12日，著名艺术家闫肃以86岁高龄去世。从20世纪50年代至今，闫肃创作了千余件作品，《西游记》主题歌《敢问路在何方》即是代表作之一。闫肃生前说，《西游记》的音乐编辑王文华找他写这首歌的歌词，说此前找了好几个人写，导演杨洁都不满意。开头几句写得很顺："你挑着担，我牵着马，迎来日出，送走晚霞"，下面就卡壳了。他在屋里踱步，走来走去，准备高考的儿子烦了，说："来回走什么呀？你看地面上都走出一条道来了。"这句话如醍醐灌顶，让闫肃想起了鲁迅《故乡》的结尾那句名言："其实地上本没有路，走的人多了也就成了路。"他说对呀，路在哪里？路在脚下。敢问路在何方，路在脚下！闫肃说，他站在巨人肩上看世界，一下子就看得远了。所以鲁迅就是这种精神资源性的作家。

1998年，我为开明出版社编了一套《鲁迅锦言集》，共6册，分别收录了鲁迅谈人生、谈人物、谈文化、谈中国人、谈中国社会，以及辩证谈问题的"锦言"。所为"锦言"，是指鲁迅作品中那些充满睿智、寓于哲理的语言，是精品中的精粹，宝藏中的瑰宝。仅此一套书，就能反映出鲁迅思想的深刻和广泛。现已出版的鲁迅研究著作中，有《鲁迅的教育思想》《鲁迅的哲学思想》《鲁迅的文学思想》《鲁迅的美学思想》《鲁迅的法律思想》《鲁迅的历史观》，等等，可见称鲁迅为思想家并非溢美之词。

当然，鲁迅有些想法乍听起来让人感到奇怪，但实际上另有内涵值得品味。比如，人们常说上有天堂，下有苏杭：苏州有园林，杭州有西湖，但鲁迅偏不喜欢西湖，甚至说"西湖是应该填掉的"①。那原因并不是否定西湖的自然美，而是每年春夏之交，总有一些穿长衫摇摺扇的"名士"们在湖边摇来摆去，故作风雅状，让鲁迅感到难受。西湖边有十个著名景点，号称"西湖十景"，其中之一是"雷峰夕照"。雷峰塔是一座古建筑，但鲁迅却公开撰文希望它彻底倒掉。这也不是鲁迅主张破坏文物，而是因为传说中白娘子被压在塔底下，成为了中国妇女被压在社会底层的象征，所以鲁迅期盼着雷峰塔早日倒塌。

除了文学家和思想家的身份，鲁迅是不是还可以称之为革命家呢？在这本纪念集中，邹韬奋、胡愈之等人就是侧重从民族、民主、革命的角度评价鲁迅，指出他是民族革命的伟大斗士，因而才成就了他在文学创作方面的伟大业绩；他是伟大的革命家，才能够在作品中充分表达中华民族解放运动的动向。鲁迅的生命史就是一部"有不平而不悲观，常抗战而亦自卫"的战斗史。他的斗争对象，对内是封建余孽，对外是帝国主义。革命有不同战线，鲁迅是在思想文化战线战斗。他有对革命的独特理解，也有其独特的战斗方式。

作为一位革命家，鲁迅对中国的政治革命持有什么看法呢？1933年至1936年，美国记者埃德加·斯诺多次访问鲁迅，准备跟姚克合作，把《阿Q正传》翻译成英文。因为《阿Q正传》以辛亥革命为历史背景，他们就谈到了革命这个敏感的问题。斯诺问："你认为俄国政府形式更加适合中国吗？"鲁迅的回答是：

> 我不了解苏联的情况，但我读过很多关于革命前俄国情况的东西，它同中国的情况有某些类似之点。没有疑问，我们可以向苏联学习。此外，我们也可以向美国学习。但是，对中国说来，只能够有一种革命——中国

---

① 萧军：《十月十五日》，《鲁迅先生纪念集》，上海书店1979年版，第76页。

的革命。我们也要向我们的历史学习。①

这回答得多好啊！在七十多年前，鲁迅就指出中国革命具有中国特色，必须选择具有中国特色的道路，这正体现了一位革命家的政治远见！

在《鲁迅先生纪念集》中，从"三家"的角度全面评价鲁迅的是萧三。在《反对对于鲁迅的侮辱》一文中，萧三一开头就写道："鲁迅先生不仅是中国伟大的文学者，而且是有权威的思想者和英勇的民族革命斗士——这是无论他的友和敌都不能否认的。"萧三是中国左翼作家联盟驻国际革命作家联盟的代表，也是毛泽东青年时代的同学和友人。他的文章发表于1936年巴黎出版的中文报纸《救国时报》，而毛泽东的《新民主主义论》发表在1940年1月。也就是说，萧三对鲁迅"三家"的评价虽然没有毛泽东论述得全面深刻，但却比毛泽东要早三年多。判断历史人物的功绩，不是根据他有没有提供现代社会所要求的某些东西，而主要是根据他比他的前辈提供了哪些新的东西。比如评价鲁迅，我们不能抱怨他为什么没有预言苏联的解体，为什么没有预言社会主义阵营的解体，为什么没有直接回答今天中国社会面临的一些棘手问题。因为鲁迅生前苏联还是一个成立不到二十年的年轻共和国，而社会主义阵营直到他去世九年之后才开始形成。至于中国的改革开放，那更是鲁迅去世四十多年之后才出现的新生事物。我们不能因此否定鲁迅作为革命家的存在。

在20世纪90年代中期，西方提出了一个概念，叫"破坏性创新"，或者叫"颠覆性创新"。比如数码相机颠覆了胶卷相机，激光光盘取代了录音带，液晶电视机取代了显像管电视机。但是，要在社会科学领域内搞创新，情况就比较复杂。我们既不能邯郸学步、墨守成规，又不能因人废言，简单化地否定前人。1932年4月29日，鲁迅整理完自己的著译书目，写了一篇附记。他说：

对于为了远大的目的，并非因为个人之力而攻击我者，无论用怎样的方法，我全都没齿无怨言。但对于只想以笔墨问世的青年，我现在却敢据

---

① 〔美〕埃德加·斯诺：《鲁迅印象记》，《我在旧中国十三年》，三联书店1973年版。

几年的经验,以诚恳的心,进一个苦口的忠告,那就是:不断的(!)努力一些,切勿想以一年半载,几篇文字和几本期刊,便立了空前绝后的大勋业。还有一点,是:不要只用力于抹杀别个,使他和自己一样空无,而必须跨过那站着的前人,比前人更加高大。

对于鲁迅,我们不能光去做那种抹杀、颠覆的工作,也应该潜下心来做认真的研究,做出科学的评价。

不同人撰写鲁迅传,都应该体现自己的特色,这样才可能产生互补性。我是一个有自知之明的人,从来没有幻想单靠写一部传就能立下"空前绝后的大勋业"。我把我写的这部鲁迅传定位为普及性读物,以真实可靠和通俗可读为特色,可以推荐为文学青年和高校文科学生学习鲁迅的入门书。我不认为普及可以等同于肤浅,可以等同于没有学术性。相反,我断言,学术肤浅之人,绝不可能写出成功的普及性读物。

为了写好这部鲁迅传,我对如何处理好以下五方面的关系进行了一番思考:一,第一手资料和第二手资料的关系;二,鲁迅跟他同时代人的关系;三,历次论争中鲁迅与其论敌的关系;四,历史性与当代性的关系;五,真实性与文学性的关系。

我理解的"第一手资料"就是自己发现的新资料,具有独家首发的性质,"第二手资料"是利用和援引他人发现和整理的资料。史料一经公开披露,就成为了社会公器。在鲁迅研究园圃中,鲁迅研究资料的挖掘和整理是一个成果至为丰硕且获得公认的领域。早就有学者说过,鉴于鲁迅研究资料业已大体齐备,今后不可能再有什么新的发现足以导致研究界对鲁迅做出颠覆性的评价,至多不过能够丰富鲁迅研究的内容而已。所以,一本成功的传记,既要吸纳前人优秀的学术成果,又要有原创性的观点和新挖掘的史料。我多次讲过,无法要求一本书字字出彩、章章见新,从头到尾讲述的都是前所未闻的事情。任何一本书,如果能有三分新意,就说明在学术研究的过程中有进展,因而就应该在学术之林有立足之地。

我这本书虽然不足三十万字,是前两年断断续续写成的,但也有我近半个世纪以来学习鲁迅的知识积累。比如这本传记第六章《寂寞新文苑，平安旧战场》，记述1912年5月至1926年8月鲁迅在北京的生活。对于这一段历史我就长期进行过独立研究。早在38年前，即1978年，我就在人民出版社出版了《鲁迅与女师大学生运动》，在天津人民出版社出版了《鲁迅在北京》。早在35年前，我又在天津人民出版社出版了《许广平的一生》——这是关于许广平的第一部完整传记，写序的就是周海婴先生。33年前，人民文学出版社陆续出版了四卷本《鲁迅年谱》，我就是年谱中北京时期的主要执笔者和定稿人。鲁迅在北京生活的14年中，有两件事对他的一生影响至深，一件是1923年7月跟二弟周作人失和，另一件是1925年10月跟学生许广平恋爱。对于"失和"一事，周氏三兄弟都讳莫如深，但在社会上却有不少传闻。直到前些年，海外还发表了周作人儿子周丰一的信件，说他的舅舅羽太重九目睹了鲁迅跟他姐姐羽太信子在榻榻米上"滚床单"的一幕。我随即写了一篇《流言应止于智者》，发表在《中华读书报》，用史料证明1923年羽太重九远在日本，根本无法了解在北京八道湾发生的家庭纠纷。我在这本传记中列举了关于周氏兄弟失和的不同说法，结论是问题出在周作人的日本太太身上。证据之一，就是香港的赵聪写过一本《五四文坛点滴》，认为周氏兄弟失和，"坏在周作人那位日本太太身上"。1964年10月17日，周作人在致香港鲍耀明的信中承认赵聪的说法"公平翔实，甚是难得"，"去事实不远"。有了周作人本人的肯定，其他局外人就很难置喙了。周作人用《伤逝》为篇名翻译罗马诗人的作品，鲁迅用《伤逝》为篇名撰写小说，篇名中隐含了对兄弟情谊断绝的伤感，也是我的一个发现。

　　关于鲁迅跟许广平的婚恋过程，我也认真进行过长时间的考证，因为他们年龄毕竟相差18岁。我开始不理解，许广平为什么会一开始就爱上一个成熟型、师长型的"大叔"。她的青春是在激情飞扬的五四时代中度过的，她在青春萌发难道就没有浪漫情怀和情感经历吗？大约是上世纪70年代末，我读到许广平的一篇散文，题为《新年》，发表于1940年1月10日《上海妇女》杂志4卷2期，文章中有一段文字引起了我的好奇。许广平写道：

　　"到了第十八年纪念的今天，也许辉的家里都早已忘了他罢，然而每到此时此际，霞的怆痛，就像患骨节酸痛者的遇到节气一样，自然会敏感到记忆到的，因为它曾经摧毁了一个处女纯净的心，永远没有苏转。""霞"是许广平的小名，家里人也叫都她"霞姑"，那么文章中提到的"辉"应该是许广平生活中一个刻骨铭心的人。许广平写这篇怀念文章的时候，这位"辉"已经去世18年了；也就是说，"辉"去世那年应该是1922年；那一年，许广平刚考进北京女子高等师范学校，即后来的女师大。这18年以来，每逢"辉"的祭日，许广平都会深情地在心中悼念他，就像一个风湿关节炎的患者每遇到气候不好的时候都会感到锥心的酸痛一样。

为了解开许广平与这位"辉"的关系之谜，我走访了许广平在女高师的闺密常瑞麟——《两地书》提到过她，鲁迅还给她的丈夫谢敦南写过信。常阿姨告诉我，这位辉全名叫李小辉，是许广平的表弟，也是许广平的初恋情人，当时是北京大学的旁听生。1922年寒假，许广平住在常瑞麟家，不慎染上了猩红热。幸亏请到同仁医院耳鼻喉科的大夫来家诊治，方能起死回生。不幸的是，李小辉并没有许广平这样走运。他在探视许广平的过程中被染上了猩红热，三天后即病故。待许广平从昏迷中清醒过来，才发现李小辉因为给她送藏青果治嗓子，结果却丢掉了自己的性命。从此，感激、悔恨和无法解脱的痛苦一直缠绕在许广平心头，每年新年之际她更为悲伤。

对于其他研究者近些年来发现的有关鲁迅研究新史料，凡涉猎到而又确有价值的，我也尽量予以采用。比如鲁迅从日本留学归国之后，首先到杭州两级师范学堂任职，为该校的日本教师担任翻译，并开设生理学课程。据当年同事夏丏尊1936年回忆，鲁迅教生理卫生，"曾有一次，答应了学生的要求，加讲生殖系统。这事在今日学校里似乎也成问题，何况在三十年以前的前清时代。全校师生们都为惊讶，他却坦然地去教了。他只对学生提出一个条件，就是在他讲的时候，不许笑。他曾向我们说：'在这些时候，不许笑是个重要条件。因为讲的人的态度是严肃的，如果有人笑，严肃的空气就破坏了。'大家都佩服他的卓见。据说那回教授的情形，果然很好。"① 2014年，人民文学出版社让我编校一本《鲁迅科学论著集》，我在前言中强调鲁迅生理学讲义的原创性。

---

① 夏丏尊：《鲁迅翁杂忆》，《文学》1936年第7卷第5期。

但前些年有学者从鲁迅藏书中发现，这部教材主要是鲁迅根据日本教材《解剖生理及卫生》编译的，并没有什么原创性。不过在闭塞落后的中国开设生理学课程，在当时的社会环境中还是新潮的。

从这件事我受到一个启发。在 20 世纪五六十年代，鲁研界一度对鲁迅的早期思想评价过低，而且扣上了一顶大唯心主义帽子，以偏概全。近几十年又有另一种倾向，即抬高鲁迅早期思想，贬低鲁迅后期思想。这是不符合事物发展规律的。鲁迅并不像他的老师章太炎，"原是拉车前进的好身手，腿肚大，臂膊也粗"，到了晚年跟时代隔绝，拉着车屁股向后转了。① 他的晚年正是他的成熟期，思想和作品怎么会反不如早年有价值呢？试想，鲁迅留学日本期间正值 22 岁到 29 岁，他在中国只学了几年西学，对于科学知识可以说只掌握了一点 ABC，日文尚在初学阶段，英文、德文、俄文大概只懂得一点皮毛。他对西方的了解大多是通过日文转译，而日本明治、大正时代对外国著作的翻译又很不严谨，这从鲁迅翻译的《月界旅行》《地底旅行》《造人术》就可以了解，不但日译本内容不完整，而且连原作者的姓名国籍都搞错了。鲁迅在《集外集·序言》中曾谈到他自编文集时曾故意删掉介绍镭元素的那篇文章和另一篇《斯巴达之魂》，就是因为他记得自己那时的化学和历史程度并没有那样高，"所以大概总是从什么地方偷来的，不过后来无论怎么记，也再也记不起它们的老家。"所以鲁迅自己把这类文字说成"抄译"，承认这些文章的内容可疑得很。鲁迅的这些表白是坦诚的，是实事求是的。不过从鲁迅的翻译取向，可以看出他青年时代的政治抱负和学术追求，但无论如何，鲁迅早期毕竟只能成为一个伟大人物的伟大起点。

在处理跟同时代人的关系上，我改变了以鲁迅的是非为是非的狭隘观念，采取了比较平实客观的表述方式。这一点在描写鲁迅厦门时期生活的章节中表现得最为明显。鲁迅原计划在厦门生活两年，共 730 天，到 1928 年再离开。但由于有度日如年之感，由两年改为一年，再由一年改为半年，实际只待了

---

① 鲁迅：《花边文学·趋时和复古》，《鲁迅全集》第 5 卷，人民文学出版社 2005 年版。

135 天。过去的解释，说厦门大学是一个金钱世界，校长尊孔，理科排挤文科，削减国学院经费；同时国学院的顾颉刚拉帮结伙，现代派势力侵入厦大，让鲁迅忍无可忍。这时，南方革命勃兴，成为了革命策源地，于是鲁迅南下广州，投奔革命。

　　实际情况并非如此简单，我们不能单凭鲁迅在给许广平情书中的诉说来判断是非。比如鲁迅说厦大校长林文庆是英国籍的中国人，鼓吹"尊孔读经"。林文庆是新加坡人，新加坡当时是英国殖民地，所以他加入了英国籍。为了凝聚殖民地华裔同胞的人心，他运用了弘扬中华传统文化的方式。所以尽管林文庆的观点在鲁迅看来显得有些迂腐，但是他的尊孔跟袁世凯、张勋等封建复辟势力的"尊孔"有着本质的不同。厦门大学是爱国华侨陈嘉庚创办的一所民办大学，经费完全靠陈嘉庚做橡胶生意的利润支撑，以橡胶的售价折合成学校经费。20 世纪 20 年代，全球正值第一次世界大战结束后的经济萧条时期。橡胶降价，学校经费自然就得削减。尽管如此，厦门大学仍按时支付教职员比较丰厚的薪酬，而校长林文庆却捐出了他 1927 年在厦大全年的工资 6000 元，又将他在新加坡的三十多英亩土地捐赠厦大。大学理科的经费超过文科，跟文理科的不同性质有关，至今教育界的状况仍然如此。至于顾颉刚，他是胡适的崇拜者，也散播过鲁迅的《中国小说史略》剽窃日本盐谷温著作的流言，但他毕竟不是鲁迅所说的"现代派"人物。"现代派"这个提法就不准确。顾颉刚跟西方现代派全不搭界，是中国史学界"疑古学派"的代表人物；他也不是"现代评论派"的正式成员。所谓"现代评论派"成员本来就流品不齐。如果一定要分派，在现代文学界中的鲁迅和顾颉刚反倒都是"语丝派"成员。鲁迅说顾颉刚"日日夜夜布置安插私人"，多达七人，情况有所夸大。顾所荐之人其实只有潘家洵和陈乃乾两位：潘家洵是翻译家，厦门大学外语系急需的教师；而陈乃乾后来并没有来厦大任职。如果一定要说鲁迅跟顾颉刚之间有什么派别之分，那只能说在北京教育界"英美派"和"法日派"的矛盾纠葛中，顾颉刚倾向"英美派"，而鲁迅倾向"法日派"。那么鲁迅在厦门大学为什么郁郁寡欢？这固然跟对南方的教学环境和生活习惯不适应有关，同时跟异地恋带来的情绪波动也不无关联。鲁迅当时在致友人信中就说过，厦大的教员中，凡太太在身边的，脾气都会好些。这句话看似说笑，实际上符合心理学原理。所以，我认为自己的传记再现了当年厦门大学职场的原生态，没有将鲁迅认为面目可憎、语言无味的同事们一个个漫画化，这是存真求实的做法。

  鲁迅的同时代人中有一个重要方面，就是文学青年。深谙中国国情的鲁迅懂得，旧中国的根柢盘根错节，要摧毁这间铁屋子，掀掉屋子里摆设的人肉筵席，单枪匹马是不行的，必须结成一条战线，而这条战线上的主力军就是青年。鲁迅虽然看到同是青年流品不齐，仍寄希望于青年；虽然曾经上当，但不因为有一个人做了小偷就怀疑一切人。不过，青年人大多涉世未深，文学青年又有神经过敏、狂妄自大的通病，加之鲁迅也有多疑善怒的性格缺陷，所以跟他周边的青年既有磨合也有摩擦，在我的《鲁迅传》中，对此也有比较客观、公正的描写。比如这本传第九章第八节叫《奴隶之爱》，写鲁迅跟奴隶社作家萧军、萧红和叶紫的关系。叶紫是湖南籍左翼作家，革命经历丰富，但创作经验不足，又贫病交加，妻儿经常挣扎在饥饿线上。鲁迅不仅多次用铅笔认真为他改稿（用铅笔是因为叶紫如有不同意见，可以随时迅速擦掉），还曾怀揣刚出炉的烧饼来到他住的亭子间，将烫手的烧饼分给他两个急切索食的孩子。但叶紫性格中有湖南人的蛮性，又不通人情世故，表现在他不仅自己登门让体弱多病的鲁迅替他改稿，还写信要求鲁迅替他做买卖的朋友写商店招牌。叶紫有位研究政治问题的朋友，写了一本《殖民地问题》，居然也要鲁迅为之作序，让鲁迅十分为难，感到就像要他批评诸葛亮的八卦阵那样无从下笔。"两个口号"论争期间，叶紫受同乡周扬委托，居然以谈"公事"为由要求病中的鲁迅出门谈话，官气十足，被鲁迅断然拒绝。此后叶紫生病，鲁迅仍然送给他50块治疗费，让叶紫的妻子到内山书店去取，实可谓仁至义尽。

  不过鲁迅对青年人也未必没有误解的时候，这一点在他跟高长虹的冲突中有所表现。《鲁迅日记》中，关于高长虹的记载有85处；鲁迅杂文中，涉及高长虹的有10余篇、30余处。鲁迅书信特别是《两地书》中更是多次提到高长虹。鲁迅批评高长虹文风晦涩且有尼采气息，这是对的。高长虹借《民报》广告称鲁迅为"思想界之权威者"兴风作浪，这是不对的。但导致鲁迅跟高长虹彻底决裂的却是题为《给——》的组诗，俗称"月亮诗"，其中有这样一段：

我在天涯行走，/月儿向我点首，/我是白日的儿子，/月亮呵，请你住口。//我在天涯行走，/夜做了我的门徒，/月儿我交给他了/，我交给夜去消受。//夜是阴冷黑暗，/月儿逃出在白天，/只剩着今日的形骸，/失却了当年的风光。//我在天涯行走，/太阳是我的朋友，/月儿我交给他了，/带她向夜归去。//夜是阴冷黑暗，/他嫉妒那太阳，/太阳丢开他走了，/从此再未相见。//我在天涯行走，/月儿又向我点首，/我是白日的儿子，/月儿啊，请你住口。

上述诗句中的主要意象是"太阳"、"夜"、"月亮"。鲁迅听别人说，高长虹在诗中自比为"太阳"，"月亮"是许广平，"夜"是鲁迅，于是勃然大怒，决定对高长虹拳来拳对，刀来刀挡，绝不退让。鲁迅说："我是夜，则当然要有月亮的……"于是对许广平改变了态度，由觉得"不配爱"变为"我可以爱"。

像《给——》这样的朦胧诗，将其中的意象跟现实生活中的人物直接对号是十分牵强的，至少缺少确证。更何况诗中的"我"并没有自比为"太阳"，而说自己是"白日的儿子"，"太阳是我的朋友"。高长虹否认他对许广平单相思，据高长虹研究专家说，他暗恋的对象其实是女作家石评梅。在介绍鲁迅跟瞿秋白的亲密战友关系时，我当然首先肯定了二者之间的"知己"关系，详细描写了瞿秋白在鲁迅家四次避难的动人情景，但也指出瞿秋白一度低估鲁迅小说的价值（瞿认为《狂人日记》幼稚），指出了他们在翻译问题上存在某些分歧（鲁强调"信"，瞿强调"达"）。传中还指出了瞿秋白执笔、用鲁迅笔名发表的《王道诗话》一文中存在失实之处：胡适是应友人朱经农之邀到湖南讲学的，教学内容并没有"卖廉耻"，更没有收受湖南军阀何键的五千大洋讲课费，仅仅收取了四百元旅费。对鲁迅跟同时代人的关系秉笔直书，我认为更加符合史传的要求。

如何处理历次论争中鲁迅和他的论敌的关系，更是撰写鲁迅传过程中的一大难点。文化人有不同的文化性格，有的人性格峻急，是非分明，眼里容不得半点沙子，遇到错误观点就予以批驳，行文不留情面，直到对方偃旗息鼓方肯罢休。另外一种类型的文化人性格平和，温文尔雅，习惯于正面陈述自己的看法，而回避跟他人的观点交锋。105 岁的文化老人杨绛女士曾借翻译英国诗人兰德的诗作写下了自己的心语："我和谁都不争，和谁争我都不屑。"我认为对于不同的文化个性都应该尊重，不能以此判定他们人生境界的高下。

有人认为在传记中插入文坛论争，容易使行文枯燥，不如用其他故事性强的情节取代。我没有接受这种建议。鲁迅说："文学的修养，绝不能使人变为木石，所以文人还是人，既然还是人，他心里就仍然有是非，有爱憎；但又因为是文人，他的是非就愈分明，爱憎也愈热烈"①。在我看来，鲁迅的文章，都是是非分明、爱憎分明的血性文章，他的这种文化个性在论争文章中表现得最为突出。如果抽掉了论争文章，鲁迅文化宝库中就会流失很多璀璨的明珠，就会从根本上失去一个作为文坛斗士的本色鲁迅。

1998 年，我编过一本《鲁迅论争集》，分上、下两册，共 210 万字，由中国社会科学出版社出版，收录了鲁迅一生亲历的 17 次大大小小的论争，其中 1927 年以前的共 6 次，如批判甲寅派、学衡派、现代评论派；1927 年以后的十余次，如革命文学论争，跟梁实秋围绕人性论、翻译观的论争，批判自由人、第三种人，以及"两个口号"论争。还有个人之间展开的论争，论争对象有顾颉刚、高长虹、林语堂、朱光潜等。这些论争中，最为复杂、影响面最广的是发生在 1935 年至 1936 年的"两个口号"论争。

"两个口号"指周扬率先提出的"国防文学"口号和鲁迅、冯雪峰、胡风等为纠正"国防文学"口号的偏颇而提出的"民族革命战争的大众文学"口号。"国防文学"口号是 1935 年秋提出的，原以为最先写文章的是周立波，1967 年在编辑《鲁迅研究资料》的过程中我才发现最早写文章的是周扬，他当时使用的笔名叫"企"，因为周扬名"起应"，"起"跟"企"同音同调。因为文章短，周扬本人也搞忘了，我发现后复印了一份请他验证，才唤起了他的记忆。

"国防文学"口号提出的背景，是共产国际第七次大会提出要在资本主义国家建立工人阶级反法西斯的统一战线，在殖民地、半殖民地国家建立反帝国主义侵略的民族统一战线。中国共产党驻共产国际代表团负责人王明起草了一

---

① 鲁迅：《再论"文人相轻"》，《鲁迅全集》第 6 卷，人民文学出版社 2005 年版。

份宣言,简称"八一宣言",以中共中央名义提出停止内战,共同抗日,组织国防政府和抗日联军等政治主张,标志着中共的国内政策由反蒋抗日逐步转变为逼蒋抗日、联蒋抗日,直到1937年以后的"拥蒋抗日"。以周扬为首的上海文化界地下党组织看到相关文件,就自发地提出了"国防文学"主张,作为文化界建立抗日民族统一战线的口号。政治形势的急剧变化,中共政策的大调整,自然激活了人们的思想,产生了不同意见,引起了激烈争论。正如同毛泽东1938年在延安对徐懋庸讲的那样:

> 这个论争,是在路线政策转变关头发生的。从内战到抗日民族统一战线,是一个重大的转变。在这样的转变过程中,由于革命阵营内部理论水平、政策水平的不平衡,认识有分歧,就要发生争论,这是不可避免的。其实何尝只有你们在争论呢?我们在延安,也争论得激烈。不过你们是动笔的,一争争到报纸上去,就弄得通国皆知。我们是躲在山沟里面争论,所以外面不知道罢了。

毛泽东当年这番话是实事求是的,不过后来把"两个口号"之争视为路线之争,翻云覆雨,实在是太残酷了。比如1957年据此把冯雪峰这个长征干部打成右派分子,"文化大革命"期间,又把周扬等"四条汉子"及其追随者都扣上了执行王明右倾投降主义路线的帽子,田汉被迫害致死,夏衍被打断了腿。

其实当时王明还没有主张"一切经过统一战线,一切服从统一战线"。他起草的"八一宣言"是正确的。毛泽东在1935年初的遵义会议上被重新取用,成为了周恩来的主要军事助手;毛在组织上被正式确认为中国共产党的领袖应该是1942年延安整风之后的事情,在1935年秋和1936年根本不存在什么毛泽东的革命路线,也不存在王明右倾投降主义路线。

今天看来,周扬等人提出"国防文学"口号在大方向上是正确的,所以在文学界获得了广泛赞同,虽然他们把写国防题材的作品作为参加抗日统一战线的入场券是片面的,容易导致关门主义;虽然某些国防文学的代表作也有倾向性的问题,比如夏衍的剧本《赛金花》,把一个"夜事夷寝"的妓女写成了救北京居民于水火的"九天护国娘娘",说她"替中国尽了很大的责任",受到了鲁迅的冷嘲,但无论如何都不是路线问题。周扬当年28岁,夏衍当年36岁,都很年轻。年轻人犯错误,上帝也会原谅。

鲁迅当年被夏衍戏称为"老头子",但也只有56岁,比现在的我小20岁,在今天还可能被视为中年人。鲁迅1927年在广州见过国民党在清党过程中如何杀人,"血的游戏"曾经吓得他目瞪口呆。他担心有些左联成员会忘记仇恨,想借统一战线之名到新政权里去混个一官半职,从此由地下转入地上,思想上一时转不过弯。周扬等人一贯以党的领导自居,跟左联的党外人士缺少沟通,做出重大决策事前也不跟鲁迅商量。夏衍直到晚年仍然说鲁迅毕竟不是党员,言外之意,就是凡党员都要比党外人士高明。鲁迅名义上被捧为左翼文坛盟主,实际上得不到应有尊重,所以心情感到愤懑:愤就是愤怒,懑就是烦闷、压抑。这种心情跟他的病体形成了一种恶性循环。身体不好容易心情不好,心情不好更加剧了鲁迅的病情。我在鲁迅传中客观介绍了两个口号论争过程中双方的不同观点,以及不同人对同一件事的不同回忆,供本书的读者进一步深入研究。在介绍"两个口号"论证的过程中我有一个感触,就是当时中共中央总书记张闻天说的,"宗派主义是一种罪恶",实在是至理名言。试想,当年左翼文坛内部如果没有宗派主义,不存在所谓"鲁迅派"和"周扬派"的对立,怎么会使一场正常的论争发展成为一场恶斗?

中国文坛的宗派主义绝迹没有?我对当代文学的状况十分隔膜,没有发言权,但直到粉碎"四人帮"之后,文艺界在拨乱反正过程中,这种宗派情绪仍然存在。当时中国社科院文学所设有一个鲁迅研究室,所长是陈荒煤;鲁迅博物馆也有一个鲁迅研究室,馆长是李何林。这两个单位被称之为"西鲁"和"东鲁":西鲁维护鲁迅、冯雪峰,东鲁维护周扬,在重新评价"两个口号"论争时仍然搞得剑拔弩张。今天回想起来,深感自己当时肤浅幼稚。

在介绍鲁迅经历的其他论争时,我行文也是力求客观持平。如介绍以章士钊为代表的《甲寅派》时,我否定了1925年之后主张"尊孔读经"的《甲寅》,同时肯定了在反对袁世凯复辟时期虎虎有生气的《甲寅》。在介绍鲁迅与"现代评论派"的论争时,我也肯定了陈西滢的两重性。在介绍鲁迅跟"自由人"和"第三种人"的论争时,我肯定了"自由人"胡秋原当年的进步倾向和晚年推动两岸和平统一的历史贡献。这些都是历史事实,作为一部史传理应如实再现。

作为一本史传自然应该让读者读起来有一种历史感,但历史是往昔的存在,而对历史的书写则是在当下,因此又必然带有当下的"在场感"。我在撰写这部鲁迅传时,不仅没有回避当下现实提出的问题,而且积极予以回应。近些年来,围绕鲁迅有一些极不靠谱的说法,比如说鲁迅缺失母爱,主要论据就是鲁迅笔下的长妈妈、衍太太等都形象鲜明,而却很少回忆自己的母亲。这位论者忘记了回忆文章的对象多为逝者,而鲁迅的母亲是在鲁迅去世之后七年才离开人世。又说鲁迅《琐记》中那位唆使他偷家里东西的衍太太兼具了母亲兼情人的角色,因为16岁的鲁迅常去找她聊天,而忘记了这个人物的原型是鲁迅的一位叔祖母,而鲁迅同时还去找她的男人聊天。在鲁迅笔下,衍太太是一位流言家。18岁的鲁迅之所以决定走异路,逃异地,去寻求别样的人们,是因为看透了衍太太之流的嘴脸和心肝。

近些年来对鲁迅攻击最全面、最恶毒的人叫孙乃修。此人曾在中国社会科学院文学研究所任职,目前居住在加拿大多伦多,靠教中国文学及鲁迅专题课为生。2014年他在香港出版了一部鲁迅传,书名叫《思想的毁灭》。全书基本上没有学术气息,充斥的全是恶毒的咒骂,诬蔑鲁迅有钱、有闲、纵酒、召妓……扬言要把鲁迅这尊"用谎言垒砌的巨像"推倒,把鲁迅"阴暗褊狭的灵魂"撕开。然而支撑他全部著作的几乎都是谎言,所以在攻击鲁迅的过程中反倒暴露了攻击者自己阴暗褊狭的灵魂。

孙乃修的书中有一章,题为《对日军罪行保持缄默与亲日立场》,说鲁迅与日本人内山完造有着难见阳光的关系,即超乎友谊和商业性质之上的秘密政治关系;说白了,就是认为内山完造是日本政府的间谍,而鲁迅是这个间谍卵翼庇护下的臣民。孙乃修还曲解鲁迅致日本友人的书信,以证明鲁迅不仅不抗日,反而媚日。孙乃修的这种说法在某些人群中有一定影响而且颇具代表性。比如有人就在网上发帖子,说什么《鲁迅承认内山完造是日本间谍》,不仅责问鲁迅为什么不宣传抗日,而且责问鲁迅为什么不指名道姓地骂蒋介石。

针对这些歪理邪说，我特意在鲁迅传中增补了两节：一节题为《一位被视为"间谍"的日本朋友》，全面介绍了内山完造的生平及其与鲁迅的真实关系。事实上，内山完造不仅被国民政府迫害遭返，而且因客观介绍中国情况和掩护中国进步人士两次被日本特务课和警视厅拘押审讯。新中国成立后，我国政府驻日机构曾对内山完造的情况进行过调查，并没有发现他在政治上有什么疑点。相反，内山完造是日中友好协会的主要发起人和负责人之一，1959年应中国人民对外友协之邀参加新中国成立十周年庆祝活动，不幸因脑出血病逝于北京，他跟夫人美喜子的骨灰合葬于上海万国公墓，即今宋庆龄陵园，真正做到了生为中华友、死葬中华土。

另一节题为《一个天方夜谭的话题》，援引鲁迅近30篇杂文，证明鲁迅既宣传团结御侮，反对国民党当局"攘外必先安内"的政策，又宣传切实抗日，反对在国难的时期营私利己，将神圣的抗日战争游戏化。至于责备鲁迅没有直接批判蒋介石，更是一种哗众取宠的说法，既跟事实有出入，又完全不顾鲁迅身处的险恶环境。1931年，上海《中学生》杂志社曾采访鲁迅，问题是："假如先生面前站着一个中学生，处此内忧外患交迫的非常时代，将对他讲怎样的话，做努力的方针？"鲁迅的回答是："请先生也许我回答你一句，就是：我们现在有言论的自由？假如先生说'不'，那么我知道一定也不会怪我不作声的。"

我写上述为鲁迅辩诬的文字，有些好心的朋友觉得没有必要。他们认为这些贬损鲁迅的观点过于肤浅，认真反驳反而扩大了他们的影响，我也会由此自掉身价。我其实毫不在乎自己的"身价"。只记得《韩非子》一书中有一个故事。有人对魏王说，邯郸城里出现了一只老虎，魏王不信。又有第二个人说城里有虎，魏王仍表示不信。然而第三个人也说城里有虎，魏王就信了。其实当时邯郸城内确实没有老虎，只是传谣的人多了，就增强了谣言的蛊惑力。中国人有传谣信谣的毛病。鲁迅写过一篇《太平歌诀》，讽刺南京市民信谣传谣；还写过一篇《谣言世家》，说谣言可以杀人，也可因谣言被杀，可见写点辟谣文章也许多少能正一些视听。

在撰写鲁迅传的过程中我还碰到了一个最为棘手的问题，即如何处理好真实性与文学性的关系？真实性是传记写作的基本追求，离开了真实性，史传即丧失了生命；而文学创作的特点是虚构，即源于生活，又高于生活。这两者之间其实存在着深刻的矛盾。"假中见真"是文学作品的特色。比如脍炙人口的《西游记》，只有唐僧这个人物有历史原型。像孙悟空、猪八戒、沙和尚、白骨精、太上老君、王母娘娘则是虚构的，但假得有趣，没有一个读者或观众会去较真，质问吴承恩，石头里面怎么会蹦出一个神通广大的猴子啊？更何况这部作品充满了信仰追求、宗教哲理、人生智慧和精神魅力，更加为读者和观众喜爱。所以文学创作"假中见真"不足为奇。然而，号称真实的史传中如果出现了失实之处，那就叫"真中见假"，会因此失去读者对这部作品的基本信任，所以这种错误叫做硬伤。一个人伤痕累累会危及生命，一本传记硬伤随处可见必然被时光淘汰。

在《中国历史文化名人传》大型图书的"出版说明"中，丛书编委会是这样要求作者的："必须在尊重史实基础上进行文学艺术创作，力求生动传神，追求本质的真实，塑造出饱满的人物形象，具有引人入胜的故事性和可读性。"我估计，有些为古代人物立传的作者是按照这种精神写作的，因为他们可以依据的史料相对较少。而我的写作原则与此不同。我这本传可以说是无一字无来历，丝毫没有刻意创作的成分，不仅追求本质的真实，而且注重细节的真实。简单地讲，就是完全排斥想象和虚构。如果缺乏史料依据，我宁可让文字枯燥一下，也决不添油加醋，去追求什么故事性和可读性。

不过，为了这本传记能吸引读者眼球，我采用了三个补救措施：一，尽可能从现存史料中撷取那些生动的细节；二，竭尽绵力锤炼语言，使文字明白、晓畅、生动、传神；三，讲究叙述方式，避免平铺直叙。

比如，关于鲁迅临终的状况，我是这样描写的。鲁迅临终前，在病榻旁照顾的是许广平和须藤医院的一名护士。鲁迅对许广平说："时间不早了，你也可以睡了。"许广平说："我不困。"两人深情对视，默默无语。当时鲁迅两腿冰凉，但上身不时出汗。许广平替鲁迅擦手，鲁迅紧紧握住了许广平的手。许广平怕鲁迅动情，装作不知道，轻轻把鲁迅的手放开，给他盖好被子。这时我用倒叙的手法回放了1925年10月鲁迅与许广平定情的那个夜晚，是许广平首先握住了鲁迅的手，鲁迅回报许广平以轻柔的回握，从此开始了他们相濡以沫的新生活，不知不觉有了十一个年头。鲁迅去世之后，许广平责怪自己没有紧握住鲁迅临终前的手，没有紧紧地拥抱住鲁迅，成为了难以治愈的伤痛。鲁迅和许广平这两次握手的细节是生动感人的，又是确凿可信的，因为这不是出于我的虚构，而是根据许广平的两篇回忆录：一篇叫《风子是我的爱》，另一篇叫《最后的一天》。

介绍鲁迅与中国新兴木刻运动的关系，原本容易写得学术化，让人读后感到枯涩，但我充分利用了很多真实的细节，就顿时将读者引入了历史现场。《新兴木刻园圃的拓荒者》一节是这样开头的：

> 一九三一年八月十七日一早，有十三位美术青年来到了上海北四川路底长春路北的日语学校。他们并不是来补习日语，而是学习一门崭新的课程：木刻创作法。这十三名学员中有十人来自一八艺社，两名来自中华艺大，一名来自白鹅绘画研究所。当年热爱木刻艺术的青年大多左倾，为避开当局的耳目，参加的人数不宜太多。九时整，身着白色夏布长衫的鲁迅走进一间教室——这件长衫的料子是美国记者史沫特莱馈赠的，鲁迅一般在庄重场合才穿。鲁迅身后紧随着一位身着白色西服的日本讲师。他拎着一个小包，里面装着三套木刻刀和一只马棕（印制版画的圆形刷子），还有一些拓印木刻的日本纸。这位讲师叫内山嘉吉，鲁迅日本友人内山完造的弟弟，当年三十一岁，是日本东京成城学园小学部的美术老师，暑假因探亲到上海，正巧被临时抓差。

这一段描写，有准确的时间、地点、人物，连鲁迅的长衫、内山嘉吉的西服都写得具体逼真，这就让读者有一种穿越时空、如临其境的感觉。这一节还援引了木刻青年曹白的《坐牢略记》，读者更从中感受到了木刻提倡者的艰辛及当时社会的空前黑暗。

在文学作品形式诸要素中，第一要素是文学语言。因为完全排斥了虚构，哪怕是合理虚构，我只能主要靠锤炼语言来增强这部传记的文学性。比如描写

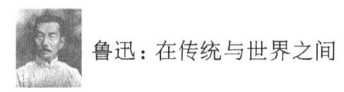 鲁迅:在传统与世界之间

鲁迅去世的一段文字:

> 鲁迅安详地躺在卧室的床上。他额头上的皱纹,是历史的大波留下的印痕;浓黑的双眉,好像勇士破敌的利剑。爱和恨的线条,交织在他刚毅的眼角。他面孔清癯,颧骨高耸,两颊下陷,黑发中夹着缕缕银丝,显示着他坚忍倔强的个性和鞠躬尽瘁的品德。床边,是鲁迅打腹稿时常坐的破旧藤躺椅。靠门的旧式红漆木桌上,整齐地堆放着参考书,以及未完成的文稿;两支"金不换"毛笔挺立站在笔插里。鲁迅正是用这种价廉物美的土产毛笔,绵绵不断地写下了近千万字的译文和著作,好像春蚕在悄然无声地吐丝作茧,直到耗尽最后一次精力;好像耕牛紧拽着犁杖,在莽原上不知疲惫地耕耘……那衣橱中,依然挂着鲁迅最后出门时所穿的那件青紫色哔叽长袍,鲁迅生前囚首垢面而读诗书,从不注意自己的衣着。直至最后一年,因身体瘦弱,不堪重压,才特意地做了一件丝绵的棕色湖绉长袍,不料这竟成了他临终穿在身上的寿衣……

这一段文字,有描写,有比喻,有排比,从鲁迅面容写到他的躺椅、毛笔、长袍,使人回想鲁迅辛勤笔耕的一生,从而走出悲哀的氛围,进而缅怀他光辉的业绩。

叙事策略是增强文学性的一个重要手段,因而在西方文论中形成了各式各样的叙事学:有结构主义叙事学,后经典叙事学,社会叙事学,女性主义叙事学,等等。据我理解,叙事就是用语言——尤其是书面语言来表现一系列事件,有真实的,有虚构的。中国传统小说更讲究叙事的起承结合,以达到引人入胜的目的。宋元话本中的开头部分叫做"入话",讲一点跟正文相似或相反的故事,作为引子,吸引人读下去或听下去。我这部鲁迅传没有虚构叙事,一般采用第三人称客观叙事模式,但又尽可能避免平铺直叙。比如介绍鲁迅与瞿秋白的友谊,就没有直接从他们的第一次见面写起,而是先写陈云到鲁迅家接瞿秋白夫妇转移的情景:

一九三二年十二月二十三日晚约十一时,当时全国总工会党团书记的陈云化名"史平",乘坐了一辆黄包车,穿过弯弯曲曲的小路,奔向北四川路的拉摩斯公寓,去接送在鲁迅家避难的瞿秋白夫妇转移。这是一幢坐南朝北的四层平顶大楼。黄包车先在一路电车的掉头处停下。陈云把头上的礼帽帽檐压低到眉毛以下,悄悄地巡视四周,发现没有可疑的人盯梢,才去轻轻地敲鲁迅的家门。开门的是许广平,她热情地把陈云迎进来。这时,早已做好准备的瞿秋白夫妇走下楼来。秋白夫人杨之华挽着一个小包袱,里面只有几件换洗衣服,以及几篇文稿和几本书。陈云纳闷地问:"就这些行李吗?怎么连提箱也没有一只?"秋白爽朗地笑出声来,说:"我一生的财产尽在于此。"

陈云是党中央的负责同志,又是鲁迅与瞿秋白友谊的历史见证人。上述描写根据陈云以"史平"为笔名发表的一篇回忆文章,表现了秋白一生的清贫洁白,也表现了鲁迅对秋白的关怀备至。读完这段开头,读者就容易有兴趣了解鲁迅和瞿秋白友谊的始末。

以上讲了写作这本鲁迅传时我的一些学术追求,但追求并不等于现实。我清醒看到,这本书必然还有很多缺点。有人把电影称之为遗憾的艺术,因为拍摄剪辑完毕,就没法在胶卷上修改了。文学创作和学术研究何尝不也是遗憾的艺术?只不过这本传刚印出来,还没广泛征求读者的意见,所以对这本书的缺点认识还不够深刻,只能先谈几点我的初步认识。一,动笔前,缺乏对全书的总体把握。记得鲁迅写作的特点是静观默察,烂熟于心,凝神结想,一挥而就。也就是说,鲁迅行文习惯于先打好腹稿,而后一气呵成,写成后少有改动。但我写的是长篇文字,不是千字杂文。关于这本书的书名,申报时我填的是《叛逆的猛士》,这个词组出自《野草·淡淡的血痕中》,突出了鲁迅对旧社会、旧传统的决裂态度。这是鲁迅的性格核心,最后改成了《搏击暗夜》。原因之一,是这套丛书多取四字书名,在现已出版的50本传中,书名用四个字的有43本。原因之二,我认为"搏击暗夜"的含义要比"叛逆的猛士"丰富。我所说的"暗夜"不仅指社会的黑暗面、传统的黑暗面,而且也包括了传主心灵的黑暗面。

这些都是传主抗争的对象。不过，如果执笔之初就有这种立意，那在行文时就要尽可能突出"暗夜"与传主之间的紧张关系，既要充分写出"暗夜"的浓黑，又要让读者充分感受到传主的反抗性和搏击力。由于这本书动笔前构思不够成熟，写作又时断时续，所以缺乏一种黄河奔流一泻千里的气势。另一个不足，表现在对鲁迅作品进行文学层面的分析非常不够，比如周作人说，《阿Q正传》受到显克微支、夏目漱石的影响，鲁迅也承认这一点。但我在传中却未能涉及。这说明我研究外国文学的功力不够，生怕分析得牵强附会。第三个不足是对鲁迅精神世界的揭示不够深刻。现代传记必须以人为中心，而写人又要厘清其精神脉络。鲁迅的精神世界是多重思想元素交融渗透而形成的复合体。其中有个人主义与人道主义的消长起伏，也有绝望和希望、消极和积极、阴暗和光明、求索和彷徨、苦闷和乐观、退避和抗争的撕扭。正是这些对立而又统一的因素有机地联系在一起，构成了这样一个伟大的启蒙者的光华四射的生命体。倘加取舍，即非全人；再加抑扬，更加真实。然而在有些鲁迅传记中，过度地渲染鲁迅的孤独、绝望和虚无，有意凸显他的精神危机与内心苦痛，而背离了鲁迅作为一个"绝望而反抗者"的主导方面。但是我没有准确把握和再现鲁迅精神世界的能力，生怕曲解了鲁迅，故回避了一些容易引起争议的描写。

不过，写鲁迅的精神世界，特别是揭示鲁迅"深层心理"动因，又确实太不容易把握分寸。比如，鲁迅在厦门大学任教时，有一天看到有一头猪在啃相思树的叶子，就冲上前来赶走这头猪。这件事被章衣萍写进他的一本随笔中。有人解释说，鲁迅之所以跟猪决斗，是因为他正在思念许广平，所以容不得有什么动物来祸害相思树。这样剖析鲁迅的心理动因虽然生动有趣，但你不是鲁迅，怎么知道鲁迅跟猪决斗时心里在想着的是许广平呢？心理分析的方法固然深刻，但首先要有可靠的心理分析依据。我缺少这方面的科学依据，这是我为自己辩解的一个理由。

最近英国皇家莎士比亚剧团在中国国家大剧院演出《亨利四世》和《亨利五世》这两部历史剧，有一篇剧评题为《欲戴王冠，必承其重》，让我产生了联想。一个研究者出书，给他带来了一定的荣誉，但同时也要有足够的心理承受能力，正确面对随之而来的各种批评。更何况古语说得好："画鬼容易画人难。"鲁迅在中国是一位家喻户晓的人物,人人心中都有一个专属他自己而且具有排他性的鲁迅,因此为鲁迅立传不可能受到众口一词的赞誉。我希望一部更好的鲁迅传记会出自中青年研究者的笔下,正如鲁迅所言:"诚望杰构于来哲也"[1]。

(本文根据作者2016年2月28日在中国现代文学馆的同名讲演整理)

---

[1] 鲁迅:《中国小说史略·题记》,《鲁迅全集》第9卷,人民文学出版社2005年版。

鲁迅诗歌的现代艺术和古典神韵

郭 枫 台湾《新地文学》社

摘 要：鲁迅（1881—1936）是中华民族近数百年杰出的贤哲，在文学、文化、思想等领域，坚持革新进步路向，与方方面面的封建余孽及媚外势力搏斗，夙夜忧勤，鞠躬尽瘁。本文分四节，从诗歌角隅管窥先生的文学功业。第一节，研讨诗歌的范围：包括古典诗、散文诗、新诗，形式体制虽有今古，同是闪耀时代光芒的作品。第二节，研讨诗歌的艺术：从作品的形式，探索先生诗歌创作手法，汇集众水，而以古典文学江河为主流；既展示现代主义先锋意象，复表现古典文学蕴藉旨趣，独创出时代诗歌的崭新形式。第三节，研讨诗歌的意境：从作品的内涵情思，领会先生诗歌意境：弘扬爱，求真，建构善美。而以诗人悲悯情怀，作战士奋勇献身，彰显儒家舍我其谁的神韵。第四节是结语：鲁迅的诗歌艺术，鲁迅的雄伟生命。

关键词：古诗；新诗；散文诗；现代主义；神韵；意象

一 研讨鲁迅诗歌的范围

在中文作品中，诗歌是最精美的艺术珍宝。

《礼记·乐记》："诗，言其志也。"《诗·大序》："诗，志之所之也。"诗者所谓的"志"，都是指诗人内心的情感思想。也就是志，诗歌是作者心志的流露，是语言艺术造诣的具体呈现。"心情"流露的思想情感，构成诗歌内容；"语言"展现的艺术手法，构成诗歌形式；内容和形式有机结合，美好的诗歌，于焉创造出来。

创造美好的诗歌，需要诗人语言艺术的天才，更需要诗人情感思想的高格。诗人天赋品格有别，对事物所持的态度有时相去霄壤。大凡品性浑厚的诗人，关怀社会人群，总以爱的眼睛看世界；而胸襟狭隘的诗人，关怀个己升腾，着眼于名利的追逐。如实地说，诗人有德而无才，写不出艺术高妙的诗歌；诗人有才而无德，终究是戏耍文字的末流；唯有德美而才高的诗人，心怀万有，笔驰大化，始能在诗歌天地开拓出自己的领土。

鲁迅是才华横溢的作家。从性格来看：他的热情、他的敏感、他的真挚、他的执着，正是一位德美才高的诗人。但那时白话文学初起，白话诗正在"尝试阶段"①。因此，鲁迅创作活动的 18 年（1918—1936）间，主要精神在使用白话文写作小说和杂文。他的小说《狂人日记》，开创了中国现代白话小说的新纪元。他首创的小品形式"杂文"，成为批判邪恶的天雷。鲁迅的小说和杂文，产生了振聋发聩扭转社会风气的影响。

虽然如此，鲁迅钟爱诗歌的热情，犹若地下熔岩，不时喷发。从 1900 年到 1934 年之间，他运用古典诗、散文诗、新诗等三种诗歌形式，写出不少永留史册的诗歌。

（一）鲁迅的古典诗

鲁迅的古典诗计有：四言诗 1 首，辞 1 首，五律 6 首，五绝 11 首，七律 13 首，七绝 30 首，总共 62 首②。鲁迅的古典诗，内容反封建思想、反丑陋习俗、反帝国主义，语言雅俗并出，意象活泼新鲜，本质上是使用古典诗形式的现代诗。研究鲁迅的古典诗，我们深刻地认识到，诗歌没有古今形式新旧的问题，只有内容良窳和表现高低的问题。

鲁迅的古典诗，是中国新文学"古典诗词现代化"的先河。当下研习古典诗词者宜符合时代进展，从形式到内容作现代化变革，奔向古典诗词无限辽阔的新天地。

---

① 如：胡适 1920 年出版的诗歌《尝试集》，语言形式，犹若儿时习作。
② 参见洪桥、叶由编著：《鲁迅诗歌浅释》，江苏人民出版社 1978 年版。

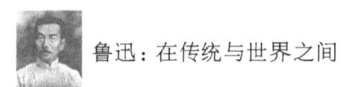
鲁迅:在传统与世界之间

(二) 鲁迅的散文诗

鲁迅的散文诗集《野草》,奉献给中国文学史一件稀有的珍品。

1924年11月17日,北京出现一份重要的文学刊物《语丝》。鲁迅从《语丝》创刊号起经常发表杂文。其间,他又在《野草》总标题之下,发表23篇纯文学的散文诗。前后一年五个月,献给中国文学一册独创的散文诗《野草》。鲁迅谈到创作情景时说:

> 《新青年》团体散掉了,有的高升,有的退隐,有的前进,我又经历了一回同一战线中的伙伴还是会这么变化,并且落得一个"作家"的头衔,依然在沙漠中走来走去,不过已经逃不出在散漫的刊物上做文字,叫做随便谈谈。有了小感触,就写些短文,夸大点说,就是散文诗,以后即印成一本,谓之《野草》。①

鲁迅这段对《野草》的平淡叙说,包含着《野草》散文诗的创新特质,对历史、社会和人生的哲思,含蓄深刻,意在言外,我们应细加体会,认识《野草》。

首先要认识《野草》产生的险恶形势:在《野草》写作的1924—1926年间,皖系军阀段祺瑞担任"北京政府的临时执政"。他对外投靠日本,出卖国家利益;对内镇压民主运动,残害进步知识分子。1926年3月18日,他镇压学生爱国运动造成"三一八惨案"。

此际,曾在"五四"初期颇为激进的胡适转变了,政治上支持段祺瑞的荒谬举措,思想上发表《多研究些问题,少谈些主义》②引导青年脱离现实"整理国故"。唯鲁迅更加奋勇直接投身反抗北洋军阀的政治运动,并以文章抨击段祺瑞卖国政权和陈西滢等"正人君子"。因而被"通缉",历经危险。鲁迅自述:

---

① 鲁迅:《自选集·自序》,《南腔北调集》,《鲁迅全集》第4卷,人民文学出版社1981年版,第456页。
② 胡适:《多研究些问题,少谈些主义》,《每周评论》1919年7月20日第31卷。

"将血一滴一滴地滴过去,以饲别人;虽自觉渐渐瘦弱,也以为快活"①。《野草》是诗人高尚人格的象征。

其次要认识《野草》高明的哲理:鲁迅自称《野草》是"随便谈谈"的"小感触",原是一种谦抑之辞。两岸有些论者,于是便轻忽了《野草》深层的意涵。例如台湾著名现代派诗人痖弦在赞扬同伙商禽的散文诗之时,竟说:"比起鲁迅来,他显得更有创发的锐气,更具革命性……从鲁迅的'小感触',深化为社会的批判"②。认为《野草》真的是"小感触",未免太轻忽了。鲁迅《野草》的意涵,包罗广泛,隐喻深刻,对封建思想,对媚外势力,对丑恶习俗,对传统劣根性,等等;其视野之辽阔,其史观之悠远,其哲思之高明,现代派诗人难以望其项背。

(三)鲁迅的新诗

鲁迅的新诗,从《梦》到《"言词争执"歌》共12首。这些白话新诗,或采取象征笔法(如《桃花》),或进行哲理思辨(如《他》),或拟古诗体打油诗(如《我的失恋》),或运用民歌形式(如《好东西歌》)。从诗歌的艺术层面考察,鲁迅这些新诗,语言、意味和风格,尚难免于白话诗初期的生涩,尚缺乏诗歌含蓄蕴藉意象创新的要求。

但若把这些新诗,放在20世纪20年代的时空考察,我们发现那些新诗"名家",不是模仿东洋日本的调子,就是模仿西洋法国的调子,大多作品泯尽中国文学的味儿。

鲁迅的新诗,关注时代,挚爱国家,却是表达民族思想情感的新诗。

---

① 鲁迅:《两地书》,《鲁迅全集》第11卷,人民文学出版社1981年版,第249页。
② 痖弦:《他的诗,他的人,他的时代·台湾文学经典研讨会论文集》,台湾联经出版公司1999年版,第245页。

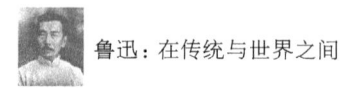
鲁迅：在传统与世界之间

二　研究鲁迅诗歌的艺术

（一）鲁迅散文诗集《野草》艺术的考察

鲁迅的散文诗集《野草》，喜爱文学的人差不多都读过。读通的和读不通的，大多认为《野草》"难懂"，仿佛是一本奥妙玄虚的书。我以为，若能探明《野草》产生的时代背景，若能体会作者高尚的人品作风和深厚的思想情感，若能读通诸如古诗"金蟾啮锁烧香入，玉虎牵丝汲井回"之类的象征诗句①，若能懂得中国诗法"比兴就是运用艺术联想，把两个或两个以上的意象，连接在一起的一种诗歌技巧"②，那么，或许就会认为《野草》"易懂"。

《野草》，不是什么奥妙哲学，而是真实的散文诗。鲁迅直面动乱时代和黑暗社会，他的杂文，势如迅雷疾风直接抨击；他的散文诗，则以影响深远的隐喻象征间接批判。《野草》是鲁迅抗拒暴乱抗拒黑暗的文学，是献给民族、献给国家的艺术。

鲁迅《野草》的艺术形式虽然奇异新颖，并非承受某一方面的单纯影响。正如中国文学史上一些大诗人那样，博学广闻，转益多师，汲取诸家诗歌精华退而藏于秘，一旦灵感激发，遂融合众长独创出特殊风格的作品。大诗人不可能直接袭用他人的作品，《野草》不可能照样仿作"接受法国波特莱尔的影响"③。试从文本的表现考察，可见《野草》乃是本诸古典"诗之三法"兼采现代"象征技巧"的创新艺术。《野草》的创新艺术，主要表现出两项特点：一是现代象征和古典隐喻的有机融合；一是针对不同题材运用不同手法的多样形式。

关于《野草》"现代象征和古典隐喻的有机融合"的特点，试以集子的首篇文章《秋夜》为例，从三个方面概略考案。

---

① 李商隐：《无题》（飒飒东风细雨来）诗句。
② 袁行霈：《中国古典诗歌的意象》，载《中国诗歌艺术研究》，北京大学出版社1996年版，第75页。
③ 孙玉石：《〈野草〉研究》，北京大学出版社2010年版，第196—206页。

1. 从《秋夜》的故事考察：《秋夜》运用现代象征主义技巧，借由描绘景观酝酿出文章朦胧的氛围，展开了内容发展的脉络，建构成曲折迷离的象征故事。故事布局的层次：（1）《秋夜》开首。"在我的后园，可以看见墙外有两株树，一株是枣树，还有一株也是枣树。"这是用"兴"的诗法，作抒情的写实。但"枣树"是本文的核心意象，因而开门见山首先提出。至于"一株是"和"还有一株也是"的句子，并非标新弄巧，而是内摄意涵外烁的现代性陌生感语法。（2）描绘室外景观：从描绘天空、到描绘小花、到描绘枣树，布置了在阴森森的天空下，小花温顺和枣树倔强的两类形象对照，突显枣树刚强坚毅的战斗精神。（3）转折："哇的一声，夜游的恶鸟飞过了。"这句主要作用是，给叙事找一个转折点：无须作过度的象征揣测。（4）描绘室内景观：借用"飞蛾赴火"的故事，描绘小青虫投灯可爱又可怜的形态。（5）结语：向卑微的小青虫那般奋斗牺牲的无名英雄们致敬。

2. 从《秋夜》的隐喻考察：隐喻是"比"的诗法，中国历代诗人多有为之。隐喻的使用，有时为隐讳个人情愫，有时为逃避邪恶势力，有时为增添想象趣味，藉隐喻创造的意象，展现出暗示、歧义、陌生，等等的语言效果。《秋夜》运用隐喻的诗法，创造了四个意象。（1）天空意象："天"在中国诗文中是最高权威的象征。《秋夜》的天空，"奇怪而高"、"非常之蓝"、"映着鬼眼"，显露着诡异、阴沉、险恶的势态。征诸鲁迅创作《野草》正值北洋军阀野蛮当政，同时南方霸权残酷肆虐的时势，此文的天空意象，无疑是当时高层邪恶政权的隐喻。（2）小花意象：小花"在冷的夜气中，瑟缩地做梦，梦见春的到来，梦见秋的到来"，小花无力抗暴，唯有做梦等待美好的春，然而接着到来的仍是冷肃的秋。正是平民百姓生存无奈的隐喻。（3）枣树意象：枣树"一无所有的杆子，即仍然默默地铁似的直刺着奇怪而高的天空，一意要制他的死命"。这种舍弃一切对邪恶政权的拼搏，当然就是鲁迅形貌的隐喻。（4）青虫意象：青虫扑火，焚身以赴，是基层群众舍生取义的隐喻。

3. 从《秋夜》的总体考察：四种意象通过隐喻的渲染，在故事中各自发挥特殊的象征作用，作者又不时加入幻想的旁白，引发无限的遐思玄想，使得文章的境界，既贴近、又遥远，既现实、又缥缈，让人醺醺然沉醉其中。于是，《秋夜》成为诗歌创新艺术的范本。《野草》集子的23首散文诗,不少采用了《秋夜》的写作模式。

关于《野草》"针对不同题材运用不同手法的多样形式"的特点,试举出以下截然不同的两篇文章为例,概略考案。

1. 以深刻隐晦的《墓碣文》为例

在《野草》散文诗集中,《墓碣文》被认为深刻隐晦比较难懂。解者众多,说法纷纭,大家展开哲学的、现实的、心理的……种种探索,呈现出差异极大的诠释。专业"评点鲁迅作品"的吴中杰以为:"主要的理解障碍在于:墓碣上的文字无论是阳面的和阴面的,都显得很虚无和灰暗"[①]。这或许是目迷于文字炫奇色调,作出直观的"评点"。

《墓碣文》,虽是艺术作品而非哲学论文,却可视为鲁迅哲学思维的展示。按照鲁迅平生的言语行为来看,他的哲学思维迥异于形而上学的玄虚,是关怀人生贴近社会的逻辑实证主义。那么,从诗歌艺术角度出发,解析《墓碣文》的故事结构,可以发现:墓碣两面的文字和死尸的自语,乃是作者本人的语录,是构成文章的主体。故事中人物、动作、情景,乃是陪衬主体的边际配料。剥离所有配料,留下语录,便明白鲁迅像先秦诸子那样运用"语录"形式,在《墓碣文》中所作人生哲学的告白。

请看《墓碣文》的语录——

于浩歌狂热之际中寒;于天上看见深渊。于一切眼中看见无所有;于无所希望中得救。/有一游魂,化为长蛇,口有毒牙。不以啮人,自啮其身,终以殒颠。/抉心自食,欲知本味。创痛酷烈,本味何能知?痛定之后,徐徐食之,然其心已陈旧,本味又何由知?/待我成尘时,你将见我的微笑!

[①] 吴中杰:《墓碣文·评点》,《吴中杰评点鲁迅诗歌散文》,复旦大学出版社2006年版,第238页。

以上四节语录，完整地表达出《墓碣文》的内容旨趣。首节：第1句，在歌颂光明热情澎湃之际，遭到打击；第2句，在满怀希望的情景中，看到灾祸险境；第3句，在每个人的眼中，唯存一片茫然；第4句，在艰辛无望中，坚信奋斗必然得救。第二节：灵魂如蛇，辗转不安，仍然关怀人群，宁愿自苦殒身。第三节：啮心之痛，唯自我孤独体会，谁能知其本味？第四节：昭告世人，当我告辞人间，此生无悔无憾，将微笑而去。

四节语录，首尾相顾，构成《墓碣文》的主体。至于那些边际配料，起着烘云托月的作用，尽力欣赏其技，毋庸深究其意，心领神会，也就够完足了。

2. 以浅显平直的《立论》为例

请看《立论》的原文——

> 我梦见自己正在小学校的讲堂上预备作文，向老师请教立论的方法。
>
> "难！"老师从眼镜圈外斜射出眼光来，看着我，说。"我告诉你一件事——
>
> "一家人家生了个男孩，全家高兴透顶了。满月的时候，抱出来给客人看——大概自然是想得一点好兆头。
>
> "一个说：'这孩子将来要发财的。'他于是得到一番感谢。
>
> "一个说：'这孩子将来要做官的。'他于是收回几句恭维。
>
> "一个说：'这孩子将来是要死的。'他于是得到一顿大家合力的痛打。
>
> "说要死的必然，说富贵的许谎。但说谎的得好报，说必然的遭打。你……"
>
> "我愿意既不谎人，也不遭打。那么，老师，我得怎么说呢？"
>
> "那么，你得说：'啊呀！这孩子啊！你瞧！多么……。阿唷！哈哈！Hehe！He，hehehehe！'"

这个童话般的小故事，鲁迅在讽刺社会不愿听真话的恶习，于是，许多人遇到该说话的时候，总是打哈哈！当然，他也贬责造成打哈哈的当时的虚伪社会。如此直露的文章，在《野草》中，也是一格。

《野草》中的作品，题材不同，风格各异。这正是鲁迅针对不同题材，运用不同手法的多样形式的特点。

假如某位诗人，孜孜不息，琢磨一种诗歌形式，锻炼一种诗歌语言，创造出属于个己独有的特殊风格，其成就局促不过尔尔。即如唐代李贺"直欲呕出心血"①，也只落了一个"鬼才"的雅号。唯天才诗家创造力丰沛，横空突起，不拘一格，乃能针对不同题材，运用不同手法，作出多样形式的诗歌佳构。鲁迅是天才优异的诗家，他的视野开阔，关注多面，《野草》作品的内容包含广泛，于是，他便以不同手法，作出多样的形式。

（二）鲁迅古典诗歌艺术的考察

鲁迅的古典诗歌，共约62首，其中四言古诗1首，辞1首，其余60首都是近体诗的律诗和绝句。鲁迅古典诗歌的艺术，亦即律诗和绝句的艺术，约有以下三法。

1. 活用中外典故，深化诗歌意涵

鲁迅于古典文学造诣的深厚，于民族情感关爱的热烈，在他的古典诗歌中，显示地最为清楚。早在留学日本东京时，年甫21岁的鲁迅，赠送挚友许寿裳②一帧照片，作一首七绝《自题小像》：

灵台无计逃神矢，风雨如磐闇故园。

寄意寒星荃不察，我以我血荐轩辕。

此诗，首句借用希腊神话，申明自己身在海外，被爱神丘比特的金箭射中，心灵涌起对祖国的无限关爱。二句指出祖国遭受列强侵陵军阀横行，处于风狂雨暴天昏地暗中。三句表达自己借助寒星，寄托爱国之情，而人民蒙昧，浑然

---

① 李商隐：《李贺小传》，《李商隐全集》第8卷，上海古籍出版社1995年版，第209页。

② 许寿裳（1882—1948），鲁迅留日同学，意气相投，终生挚友。1947年任教台湾大学，1948年2月18日，被国民党暗杀。

不能了解，强化了内心爱国的忧思。末句鲁迅慷慨浩歌，发出将以鲜血献给国家民族的誓言。此后的三十余年，鲁迅一直在流汗滴血的困苦危险境遇中，践行青年时期壮烈的爱国誓言。

这首诗，在艺术手法上，表现出鲁迅古典诗歌活用中西神话的天才，把丘比特的金箭神话转化成激发自己爱国情操，把屈原的香草隐喻转化为祖国人民。一句的热烈胸怀与二句的哀伤心绪，产生鲜明的对照。三句氛围渐入低沉，末句突然爆发最强音，作出震天惊雷的爱国高呼，雄伟壮烈，隆隆无穷。唯鲁迅其后作品极少用典①，此诗几为绝响。

2. 俚语俗话入诗，开拓古诗新境

唐，武后时代，沈铨期、宋之问诗风"回忌声病，约句准篇"②，完成了"律诗"声韵字句的规则。自此唐代各大诗家，创作出许多瑰丽奇伟意境高超的传世之作。但规则沿袭既久，便产生一些拘泥形式的劣品，例如杜甫晚年也写出"黄鹂并坐交愁湿，白鹭群飞太剧干"③的生硬对仗句子。是以后世诗人若不另辟蹊径，很难超越唐人的窠臼。

鲁迅抛弃了俗滥的旧字熟词，开拓律诗绝句语言的新天地。1933年日本侵略者进攻华北，逼近北平古城，蒋政权下令迁移北平博物院的古物，包括一座玉佛运到南京，引起学生和市民的反抗，官方却指学生妄自惊扰。鲁迅支持学生的反抗的行动，使用俚语俗话作《学生和玉佛》：

寂寞空城在，仓皇古董迁；头儿夸大口，面子靠中坚。

惊扰讵云妄？逃奔只自怜；所嗟非玉佛，不值一文钱。

---

① 鲁迅此后的古体诗，除1933年《闻郁达夫移家杭州》外，所作皆避免引用典故。
② 欧阳修、宋祁编著：《宋之问传》，《新唐书》第220卷，中华书局1975年版，第5751页。
③ 杜甫：《解闷戏呈路十九曹长》："江浦雷声喧昨夜，春城雨色动微寒。黄鹂并坐交愁湿，白鹭群飞太剧干。晚节渐于诗律细，谁家数去酒杯宽。唯君最爱清狂客，百遍相看意未阑。"

语意明白,指证确实,让古典诗平添新活力。最后一句"不值一文钱",鄙视蒋政权之轻蔑口吻,辛辣至极!

此外,《吊大学生》七律,《三十二年元旦》七绝,《教授杂咏四首》五绝等等,皆采用俚语俗话入诗,无伤大雅,增益意境。我以为鲁诗的修辞格,俗语见雅,常语见奇,平语见力,素语见功,具有变化万端的能力。正合乎《周易》所示:"变动不居,周流六虚,上下无常,刚柔相易"①的道理。

3. 怒向刀头觅诗,高唱热血战歌

鲁迅的诗歌,是亲历社会丑恶,义愤填膺,以热血书写者。

1931年白色恐怖在上海横行肆虐,查报刊、关书店、滥捕狂杀自由分子。2月7日,左联的五位青年优秀作家,李伟森(1903—1931),柔石(1902—1931),胡也频(1903—1931),冯铿(1903—1931,女),殷夫(1909—1931),遭到恶魔暗杀。鲁迅强忍无限悲恸,作一首七律《无题》哀悼,中有"忍看朋辈成新鬼,怒向刀丛觅小诗"之句,向邪恶势力发出了拼命抗争的战歌。

此际,鲁迅已被搜捕中,随时有刀斧加身的危险。他奋身迎接危险形势,用热血书写的许多诗,其情也悲,其言也壮,其义感人肺腑,浩然流荡天地间。例如,鲁迅在20世纪30年代,外有特务追捕,内受叛徒出卖,加上各类无耻文人的侮蔑攻击,他置身于四面夹击的孤军战斗中,展示自己爱护青年勇于应战的决然心志,写作《自嘲》一首:

> 运交华盖欲何求,未敢翻身已碰头。
> 破帽遮颜过闹市,漏船载酒泛中流。
> 横眉冷对千夫指,俯首甘为孺子牛。
> 躲进小楼成一统,管他冬夏与春秋。

就诗论诗,不以人废言。郭沫若在《鲁迅诗稿·序》指出:

---

① 《周易·系辞下传》第八章,台湾三民书局1996年初版,第553页。

"横眉冷对千夫指,俯首甘为孺子牛。"虽寥寥十四字,对方生未死之力量,爱憎分明;将团结斗争的精神,表现具足。此真可谓前无古人,后无来者。

此番对鲁迅诗歌评说,可谓合情合理中规中矩之至论。

鲁迅以热血书写的诗歌,为量不多;足以流传千古名句,其数不少。如"心事浩茫连广宇,于无声处听惊雷"(《无题》);"度尽劫波兄弟在,相逢一笑泯恩仇"(《题三义塔》);"弄文罹文网,抗世违世情"(《题〈呐喊〉》),等等。

唯有博大爱心,始能抗拒艰险;唯有抗拒艰险,始能深刻体验;唯有深刻体验,始能创造金言。鲁迅诗歌艺术,不仅仅是修辞学的高超造诣问题,其禀性之浑厚,其坚此百忍之奋斗,较诸当世左右逢源之文学名流①,犹若"麒麟之于走兽,凤凰之于飞鸟"②。品格本质不同,不可以与之相提并论!

三 研讨鲁迅诗歌的意境

常听到一些诗家高论:"诗歌是语言的艺术"。初闻之下觉得有些道理,寻思之后发现是语意含混的偏颇论述。这种对诗歌的扭曲阐释,颠覆诗歌本有的旨趣,扩散唯形式主义的图谋,应予严肃指正:"诗歌是运用语言艺术表达情思意境的文学作品"。

诗歌较之其他文学作品,更能让人着迷。诗歌迷人的魅力来自两个层面:其一是形式层面的语言艺术,另一是内容层面的情思意境。雕琢诗歌的语言不难,作为诗人大概都有不错的才能。但语言艺术只是诗歌造诣的初阶,诗歌情思意境是人品的展示,真情存于中而发乎外,自然流露的优美情思分外动人。故诗歌的情思意境是第一义,语言艺术是诗歌意境的附丽。

鲁迅处于白话诗歌演变的初期,他不做白话诗歌形式的试验者,应是极其

---

① 如胡适、梁实秋、林语堂、周作人、郭沫若等。
② 《孟子·公孙丑(上)》第二章。

明智的抉择。我们研讨鲁迅诗歌，于欣赏其语言形式之外，更宜揣摩作品内涵情思的意境。

（一）鲁迅诗歌的情感意境

谁都知道，鲁迅与邪恶势力搏斗，经常陷于进退维谷穷困危险中；你曾否发现？他虽生活得艰难至极，从来也不发一声哀怨。试看文学史上某些大诗人，处于患难之际，往往以诗遣闷自怜自叹。鲁迅超越了传统文人关注个己的哀怨模式，遵循古圣"持其志无暴其气"的义理①，始终坚守理念，拼搏奋斗，满怀关注国家人民苦难的大爱。

鲁迅诗歌的大爱，早在青年时代就作出"我以我血荐轩辕"的宣示。三十多年以来，鲁迅把一切作品献给人民，而以诗歌的表现最为深切。1934年在中国最黑暗的时代，鲁迅写作一首《无题》：

万家墨面没蒿莱，敢有歌吟动地哀。
心事浩茫连广宇，于无声处听惊雷。

这首诗，诗人把旧社会的悲苦情景生动记录下来：当时的社会势态黑暗至极，人民流离呼号宛如遍野哀鸿；诗人心怀忧思仰视苍茫天宇，无边沉闷中仿佛听到雷霆隐隐滚动，深信一个石破天惊的新时代即将到来。纵然环境恶劣到难以为生，坚强的文学勇士鲁迅，永远满怀大爱为人民战斗！

鲁迅在散文诗《淡淡的血痕中》，写道："目前的造物主，还是一个怯弱者。……暗暗地使人类受苦，却不敢使人类永远记得。"在历数"目前的造物主"的怯弱，指摘"良民"的苟且偷生之后，诗人赞扬："叛逆的猛士出于人间：他屹立着，洞见一切已改和现有的废墟和荒坟……他看透了造化的把戏，他将要起来，使人类苏生。"这是诗人讽刺统治者之无能，叹息黎民百姓的蒙昧，赞扬勇猛战士的奋身搏斗。总体表现出对新社会的向往和投入改进工作的热情。

---

① 《孟子·公孙丑（上）》第二章。

在几首白话诗中：《好东西歌》(1931)，《公民科歌》(1931)，《南京民谣》(1931)，《"言词争执"歌》(1932)，等等，鲁迅针对当时南京蒋政权，不管人民生活，但谋集权统治，他为了达到广为宣传的效果，以白话诗如实揭破丑恶作法，英勇进行猛烈的攻击。

如此等等作品，都展示出诗人不顾自身危险，关注国家人民的大爱情怀。

（二）鲁迅诗歌的思想意境

考察鲁迅诗歌的思想意境，可称之为思想家。

鲁迅是什么样的思想家？他是中国先秦诸子那样的人生哲学思想家，而非西方那样形而上学的系统理论者。中国人生哲学是扎根于现实的思维，是对某种问题，广泛研究，深入思索，产生的系统性事理认知；问题关系重大涉及深远者，便凝定成追寻理想的主义。中国近代革命先行者孙中山指出："主义是一种思想，一种信仰，一种力量"[①]。鲁迅诗歌的思想意境，是他对历史、社会、生命认知的人生哲学，归纳起来可以分为三大主义。

1. 鲁迅诗歌的民族主义

鲁迅诗歌，民族思想强烈，他的古典诗、散文诗、新诗，无不充沛展现出民族主义的思想。鲁迅的民族主义思想，对内政治附庸"民族主义派"[②]，对外媚外崇洋"新月派"，他认为："民族生存的关键，仍然在于使广大奴隶获得做人的基本权利"[③]。例如：有人说：《野草》的形式，受法国诗人波特莱尔的影响。鲁迅指出："法国的戈蒂叶和波特莱尔的作品，并非与无产阶级一气"[④]。有人说：《野草》的语言，受德国尼采的影响，鲁迅的平民思想与尼采的超人哲学相悖，岂会受其影响？其实，《野草》的语言、旨趣，皆源于中国《诗经》《楚辞》的

---

① 孙中山：《民族主义·第一讲》，台湾"中央"文物供应社1965年版，第2页。
② 贾植芳：《中国现代文学社团流派》下卷，江苏教育出版社1989年初版，第567—583页。
③ 林贤治：《横站的士兵》，《人间鲁迅》第3部，花城出版社1990年版，第182页。
④ 鲁迅：《二心集·关于小说题材的通信》，《鲁迅全集》第4卷，人民文学出版社1981年版，第368页。

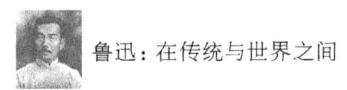

古典文学，是扎根在民间的民族主义文学作品。

2. 鲁迅诗歌的社会主义

鲁迅的热爱人民大众的胸怀，让他成为天生的社会主义者。鲁迅的诗歌，既为整个无产阶级呐喊，也关怀社会特殊受难者的悲惨命运。1932 年蒋军发动第四次"围剿"，在战火中家破人亡的少女，流落上海色情场合。鲁迅闻之心伤！作《所闻》一首：

> 华灯照宴敞豪门，娇女严装侍玉樽。
> 忽忆情亲焦土下，佯看罗袜掩啼痕。

这首诗所写的不幸少女，是被压在都市阴暗下层诸多少女的共同图像。相对于那些在战火连天中，品着"苦茶"，谈着"生活艺术"的文人，益发彰显了鲁迅诗歌社会主义思想的意境。

3. 鲁迅诗歌的革命主义

鲁迅一生对国家、对民族、对社会、对文学，总以除旧布新的心意，与方方面面腐败的、保守的、媚外的、欺内的邪恶势力搏斗。鲁迅在邪恶势力层层包围中，凭其无比坚强的意志和猛烈尖锐攻击力，经常打得敌人无法招架，他们便造出鲁迅"性格好斗"和"骂人尖刻"的谣言。没经历过那个苦难时代的人，没遭受过那种狼群围攻的后来者，读了鲁迅的文章，便会以谣言为真。其实，鲁迅文章猛烈尖锐的力度，是孤身一人对众敌战斗必须具有的力度。鲁迅所向无敌的胜利，是公义力量对邪恶权势革命的胜利。

鲁迅骂人，因对方恶性大小而有所轻重。他以《"丧家的""资本家的乏走狗"》骂梁实秋，竟成为梁实秋的终身符号，许多人认为骂得过火了。实际上，撇开梁实秋过去的行径不谈，仅以他 1949 年台湾之后的行径来论，他始终"追随蒋公左右"，在台湾文化界成为最权威的"学阀"；进而与美国国院合作，在台美之间作出不少反共文学工作[①]，的确一生是军阀、资本家、帝国主义的帮闲

---

① 郭枫：《天地闭，贤人隐，狼之独步》，《文学评论》2014 年第 5 期，第 20—30 页。

清客。我们不能不佩服鲁迅有"知人"之明的眼光,更佩服鲁迅革命主义以打击媚外势力为第一目标的战略。

鲁迅诗歌的非凡意境,正合他的高超人品。清代著名文学家叶燮论诗:"诗以人见,人又以诗见"①,人格和诗品相互映照。鲁迅丰沛的民族情感,深厚的社会思想,形成他革命主义的动力。由思想产生信仰,由信仰产生力量,鲁迅无限强大的抗敌力量,全由他高超的思想中来。

四 鲁迅:诗的千秋和人的不朽

鲁迅一生的作品浩繁,诗歌所占分量极少,但诗歌的艺术造诣高、情思意境美,成为文学功业中突出的辉煌成就。鲁迅在世时间不长,犹在壮盛之年,便以过度工作积劳成疾辞世。但他工作三十年在文学、文化、思想等领域的建树,让人高山仰止,成为现当代中国学术难以逾越的鲁迅奇迹。

本文从研究鲁迅诗歌,到领会鲁迅人格,不揣愚陋,作出如下结语。

(一)褒善贬恶笔,千秋万岁诗

唐代杜甫《梦李白》诗,有"冠盖满京华,斯人独憔悴。千秋万岁名,寂寞身后事"之句,读之令人怅望千秋,怜惜无限。鲁迅一生遭遇之困顿凶险世所罕有,而其矢志抗拒邪恶奋厉无前的英勇行为人所难及。我以为,鲁迅诗歌,效法孔子春秋之笔,针对当世人事,寓褒贬,别善恶,所谓"一字之贬,严于斧钺!"遂令魑魅魍魉不敢恣意横行,给予混浊社会立下一些是非准则。而先生诗歌的风骨文采,熠熠生辉,创造了杰出的艺术新境,足以流传千秋万岁。

(二)独力挽狂澜,天地一醇儒

鲁迅《题"彷徨"》诗:"寂寞新文苑,平安旧战场。两间余一卒,荷戟独彷徨。"此诗作于1933年,是时五四运动的高潮已过,《新青年》《新潮》的伙

---

① 叶燮:《原诗》,《清诗话·下编》,台湾艺文印书馆1954年版,第27页。

伴风流云散，有的升官（胡适、罗家伦），有的退隐（刘半农、钱玄同），北京新文化革命沉寂下来。唯有鲁迅领导青年朋友创办《莽原》周刊，组织"未名社"，挽既倒之狂澜，独力向腐败势力、保守分子宣战。虽然情绪伤感，仍然荷戟奋斗，誓死歼敌，绝不妥协。

鲁迅这种奋斗作为，正是儒家"知其不可为而为"的精神的传承，而其诗歌忧国恤民的旨趣，正是源自《诗经》"降此蟊贼，稼穑卒痒。哀恫中国，具赘卒荒"①的传统。鲁迅对保守旧势力多所抨击，因为那些顽固分子是以儒家为名的投机派，考察鲁迅"富贵不能淫，贫贱不能移，威武不能屈"的人生修为，实是一位履行忠恕之道的醇儒。

（2016年8月17日草于台北山居）

---

① 《诗经·大雅·桑柔》。

鲁迅怎样描写暴力

郜元宝　复旦大学中文系

当代中国文学无论好坏，种类毕竟十分齐全，莺歌燕舞，愤世嫉俗，贴近当下，遥想往古，宇宙之大，苍蝇之微，远若"三体"，近如脐下，温柔富贵，凄凉绝望，平淡写实，"穿越"搞怪，凡此种种，无不有人拼命挥写，产量之高，冠绝全球，而读者苦矣，只能分流，各取所需，其中除床笫风光、宫帷秘辛，暴力描写或许最具看点，笔不涉暴力者，琼瑶之外，尚存几希？

而文学中暴力描写之研究也已颇为可观，理论话语更是五花八门，这里都暂且不表，只讲鲁迅如何描写暴力，尤其是身体暴力，看看能否作为一种参照或借鉴。

鲁迅作品（小说、散文诗、杂文）充斥暴力描写，这当然并非因为他喜欢暴力，或者立志将暴力描写当作吸引眼球的策略，只是因为他深知、痛感活在一个连抓可怜虫阿Q也要架起机关枪、"再给添上一混成旅和八尊过山炮，也不至于'言过其实'"的时代①，每天发生的暴力谁都无法回避。他甚至怀疑"所住的并非人间"②。

----

① 《华盖集·忽然想到九》，《鲁迅全集》第3卷，人民文学出版社2005年版。本文以下所引鲁迅作品只注文章名，不再说明版别，皆出自这一版。

② 《华盖集续编·"死地"》。《"死地"》写于1926年3月25日，写于4月1日的《记念刘和珍君》把"觉得所住的并非人间"又重说了一遍，并径直称这世界为"非人间"。1934年12月17日完成的《病后杂谈之余》也说，"自有历史以来，中国人是一向被同族和异族屠戮，奴隶，敲掠，刑辱，压迫下来的，非人类所能忍受的楚毒，也都身受过，每一考查，真教人觉得不像活在人间。""所住的并非人间""非人间""不像活在人间"，是鲁迅对中国式暴力切实而沉重的感受，弥漫在他的写作中。

对一切暴力场景,都采取"将自己也烧在里面"而绝不"隔岸观火"的介入态度[①],是鲁迅描写暴力的特点。他很少将暴力场景与暴力施受双方、暴力观看者和作者本人的主观感受剥离开来进行纯客观描写。无论是点到为止,还是淋漓尽致加以透彻乃至夸张的刻画,都不仅为了展览暴力行为以刺激读者感官,更要让心知其意或仿佛身临其境的读者比直面暴力还要真切地体认暴力施受双方、观看者和作者对暴力的感受、思考与回应,由此逼迫读者也一起陷入感情漩涡,所以不是为了展览暴力,欣赏暴力,炫耀敢于和善于描写暴力的才干,而是要写出暴力情境中人的精神状态。尽管鲁迅的笔墨一贯以冷峻著称,自认有些地方"分明的留着安特莱夫(L.Andreev)式的阴冷"[②],但他的暴力描写并不刻意追求"情感零度"的叙事效果,而始终洋溢着人物和作者的心理感受:麻木,兴奋,沉静,悲悯,绝望,"出离愤怒"。

"Leonardo da Vinci 非常敏感,但为要研究人的临死时的恐怖苦闷的表情,却去看杀头"[③],这大概是鲁迅对暴力描写的基本定位吧。描写暴力并非因为有暴力倾向或精神特别镇定,而是像达·芬奇那样,即使"非常敏感",但为了研究人类在极端暴力之下的"表情",也不得不去"看杀头"。这就是所谓"真的猛士,敢于直面惨淡的人生,敢于正视淋漓的鲜血"[④]。

但《呐喊》《彷徨》的描写暴力相当含蓄。《孔乙己》让一个在咸亨酒店喝酒的闲汉揭发孔乙己偷书被打的丑事,"我前天亲眼见你偷了何家的书,吊着打"。咸亨酒店的闲汉都是唯恐天下不乱的好事之徒,标准中国式"戏剧的看客"[⑤],何况所议论的又是那种刺激性场面,怎能不加以绘声绘色的描写?但作者只让这闲汉概乎言之。第二个揭发孔乙己这件丑闻的人(不知是否同一个闲汉)采用的方式如出一辙:

---

① 《集外集·文艺与政治的歧途》。
② 《〈中国新文学大系〉小说二集序》。
③ 《华盖集·忽然想到十一》。
④ 《华盖集续编·记念刘和珍君》。
⑤ 《坟·娜拉走后怎样》。

"他怎么会来?……他打折了腿了。"掌柜说,"哦!""他总仍旧是偷,这一回,是自己发昏,竟偷到丁举人家里去了。他家的东西,偷得的么?""后来怎么样?""怎么样?先写服辩,后来是打,打了大半夜,再打折了腿。""后来呢?""后来打折了腿了。""打折了怎样呢?""怎样?……谁晓得?许是死了。"

在酒店老板一再追问下,横竖不过一句"打了大半夜,再打折了腿"。不是这位闲汉缺乏语言能力,而是鲁迅不让他在"打了大半夜,再打折了腿"这类残暴之事上发挥下去。鲁迅借人物之口描写暴力,却不让人物各逞其语言才能而给读者提供强烈的感官刺激,乃是点到为止,让读者对孔乙己经受的暴力心知其意即可,目的不是添油加醋写出那两家人如何施暴以及孔乙己如何遭遇和承受暴力的细节,而是告诉读者暴力发生之后,闲汉们如何谈论暴力,孔乙己又是如何作出回应。

鲁迅成功地让读者看到,原来闲汉们是那么欣赏和敬佩"何家"和"丁举人家"对孔乙己实施的暴力。他们首先是无条件地肯定"何家"和"丁举人家"权势与财富的合法性,"他家的东西,偷得的么?"其次才是赞同两家对无视这种合法性的孔乙己的惩戒。被施暴者孔乙己的主观感受不是闲汉们关心的;咸亨酒店老板知道"打折了腿"之后也心满意足,不再追问。即便如此,孔乙己本人的回应方式还是客观地呈现在读者眼前:他面对别人的奚落和幸灾乐祸无可奈何,只"涨红了脸,额上的青筋条条绽出,争辩道"。除了竭力保护可怜的面子,他一点没有反抗奚落者的意思,对施暴(擅用私刑)的两户权豪势要之家更不敢存丝毫怨恨或愤怒。

鲁迅要读者看的不是暴力发生时细节的放大,而是暴力发生后不同人物(闲汉、酒店老板、学徒、孔乙己本人)的思想和情感反应,此外并无特别渲染。他的暴力描写因此显得平淡,但平淡之下是"哀悲所以哀其不幸,疾视所以怒其不争"[①]。

---

① 《坟·摩罗诗力说》。

别的作家会怎样？他们（比如张炜、莫言、苏童、余华、陈忠实、贾平凹、阎连科等当代作家）会放过"打了大半夜，再打折了腿"这样极端暴力的场面而不进行穷形尽相的描写吗？

类似情况很多。《狂人日记》写狂人听到吃人的故事；《祝福》写祥林嫂婆家船上打劫，后来几乎闹出人命的逼婚，阿毛被狼叼进山坳；《弟兄》写哥哥梦中虐待弟弟的孩子；《药》写夏瑜饱受红眼睛阿义一顿"好拳脚"，被杀头，刽子手康大叔在刑场制造人血馒头；《阿Q正传》写阿Q小D"龙虎斗"，阿Q被枪毙；《风波》写七斤嫂毒打女儿六斤，"用筷子在伊的双丫角中间，直扎下去"，七斤还趁势补上一巴掌；《离婚》写爱姑五个哥哥跑到她婆家"拆灶"，这些和孔乙己被吊打一样，都是点到为止。

阿Q被一班闲人"揪住黄辫子，在壁上碰了四五个响头"，"闲人也并不放，仍旧在就近什么地方给他碰了五六个响头"。这对阿Q固然是家常便饭，简直不算什么，但其实不仅是莫大的羞辱，也是极残酷也极具危险性的暴行。人脑是身体的神经中枢，岂能随便撞击，阿Q没当场毙命或弄出脑震荡之类的后遗症，乃是作者有意安排，实际上一个人不可能那样经常被随便碰四五个或五六个"响头"而若无其事。我们无法想象，但学医出身的鲁迅肯定清楚，七斤嫂果真将筷子从六斤"双丫角中间，直扎下去"，结果会怎样。

用筷子或其他硬物扎进人脑，读者在余华《兄弟》等作品中领教过。至于阿Q的头颅被强烈撞击，类似的施暴方式，《水浒传》第三回"鲁提辖拳打镇关西"已有经典描写。那是中国读者熟悉的分四步加以详细描写的场面，先是"扑的只一拳，正打在鼻子上，打得鲜血迸流，鼻子歪在半边，却便似开了个油铺：咸的、酸的、辣的一发都滚出来"。其次是"提起拳头来就眼眶际眉梢只一拳，打得眼棱缝裂，乌珠迸出，也似开了个彩帛铺的：红的、黑的、紫的都绽将出来"。然后"又只一拳，太阳上正着，却似做了一全堂水陆的道场：磬儿、钹儿、铙儿，一齐响"。最后"只见郑屠挺在地上，口里只有出的气，没了入的气"。想想《铸剑》写三头在大鼎沸水中互相撕咬的场面，我们应该相信鲁迅完全有能力像《水浒》作者写镇关西被打那样详细描写阿Q被人连碰五六个响头的效果。但他不那样写，只告诉读者，闲人们"心满意足的得胜的走了",而"精神胜利法"每次都让阿Q神奇地"反败为胜"。这是沉溺于专门刺激读者神经的暴力描写不可能收到的功效。

鲁迅也有极端酷烈的暴力描写,如《野草·复仇(其二)》写耶稣被钉十字架:

> 丁丁地响,钉尖从掌心穿透,他们要钉杀他们的神之子了,可悯的人们呵,使他痛得柔和。丁丁地响,钉尖从脚背穿透,钉碎了一块骨,痛楚也透到心髓中,然而他们钉杀着他们的神之子了,可咒诅的人们呵,这使他痛得舒服。
>
> …………
>
> 他在手足的痛楚中,玩味着可悯的人们的钉杀神之子的悲哀和可咒诅的人们要钉杀神之子,而神之子就要被钉杀了的欢喜。突然间,碎骨的大痛楚透到心髓了,他即沉酣于大欢喜和大悲悯中。

再看《铸剑》写眉间尺、黑色人与王的三头混战:

> 黑色人也仿佛有些惊慌,但是面不改色。他从从容容地伸开那捏着看不见的青剑的臂膊,如一段枯枝;伸长颈子,如在细看鼎底。臂膊忽然一弯,青剑便蓦地从他后面劈下,剑到头落,坠入鼎中,伻的一声,雪白的水花向着空中同时四射。
>
> 他的头一入水,即刻直奔王头,一口咬住了王的鼻子,几乎要咬下来。王忍不住叫一声"阿唷",将嘴一张,眉间尺的头就乘机挣脱了,一转脸倒将王的下巴下死劲咬住。他们不但都不放,还用全力上下一撕,撕得王头再也合不上嘴。于是他们就如饿鸡啄米一般,一顿乱咬,咬得王头眼歪鼻塌,满脸鳞伤。先前还会在鼎里面四处乱滚,后来只能躺着呻吟,到底是一声不响,只有出气,没有进气了。

"只有出气,没有进气"或许是套用《水浒传》语言,但《铸剑》和《野草》

的这两段描写不仅仅以直观图画来揭露施暴者的残酷,更在讴歌复仇者的决绝与快意,揣摩"神之子"受难的心态:"不肯喝那用没药调和的酒,要分明地玩味以色列人怎样对付他们的神之子,而且较永久地悲悯他们的前途,然而仇恨他们的现在。"

杂文不像小说或散文诗,既不能尽量含蓄地写出暴力场面,也不能尽情渲染,因此杂文提到暴力,多半采取直白的讲述,相当于报道事实,作为控诉的凭据。比如读者熟悉的《记念刘和珍君》描写刘和珍、杨德群、张静淑的被杀:

> 从背部入,斜穿心肺,已是致命的创伤,只是没有便死。同去的张静淑君想扶起她,中了四弹,其一是手枪,立仆;同去的杨德群君又想去扶起她,也被击,弹从左肩入,穿胸偏右出,也立仆。但她还能坐起来,一个兵在她头部及胸部猛击两棍,于是死掉了。始终微笑的和蔼的刘和珍君确是死掉了,这是真的,有她自己的尸骸为证;沉勇而友爱的杨德群君也死掉了,有她自己的尸骸为证;只有一样沉勇而友爱的张静淑君还在医院里呻吟。

上述描写之前,鲁迅特意声明"我没有亲见",乃是在"出离愤怒"的心情下根据事后听闻一挥而就的悼念文章不得不有的对暴力场面的勾勒,其中混合着对被害者的痛苦、亲友的悲恸的同情,和对施暴者的愤怒。

也有高度凝练而抽象的概括:

> 革命,反革命,不革命。
> 革命的被杀于反革命的。反革命的被杀于革命的。不革命的或当作革命的而被杀于反革命的,或当作反革命的而被杀于革命的,或并不当作什么而被杀于革命的或反革命的。
> 革命,革革命,革革革命,革革……

或者像《铲共大观》那样在无法直写的情况下抄存报刊文字,最后"熬不

住"要"发一点议论":

> 你看这不过一百五六十字的文章,就多么有力。我一读,便仿佛看见司门口挂着一颗头,教育会前列着三具不连头的女尸。而且至少是赤膊的,——但这也许我猜得不对,是我自己太黑暗之故。而许多"民众",一批是由北往南,一批是由南往北,挤着,嚷着……。再添一点蛇足,是脸上都表现着或者正在神往,或者已经满足的神情。在我所见的"革命文学"或"写实文学"中,还没有遇到过这么强有力的文学。

实在无法如此抗击,也不妨在标题上大书"中国无产阶级革命文学和前驱的血",或尽量交待被杀者的惨状,如《柔石小传》强调"被秘密枪决,身中十弹"。或者如《写于深夜里》引用受难者来信,指出"刑场就是狱里的五亩大的菜园,囚犯的尸体,就靠泥埋在菜园里,上面栽起菜来,当作肥料用",以及历数各种具体的刑罚:

> 一,抽藤条,二,老虎凳,都还是轻的;三,踏杠,是叫犯人跪下,把铁杠放在他的腿弯上,两头站上彪形大汉去,起先两个,逐渐加到八人;四,跪火链,是把烧红的铁链盘在地上,使犯人跪上去;五,还有一种叫"吃"的,是从鼻孔里灌辣椒水,火油,醋,烧酒……;六,还有反绑着犯人的手,另用细麻绳缚住他的两个大拇指,高悬起来,吊着打,我叫不出这刑罚的名目。
>
> ……最惨的还是在拘留所里和我同枷的一个年青的农民。老爷硬说他是红军军长,但他死不承认。呵,来了,他们用缝衣针插在他的指甲缝里,用榔头敲进去。敲进去了一只,不承认,敲第二只,仍不承认,又敲第三只……第四只……终于十只指头都敲满了。

这样引用来信,除了抗议,还想说明时代的倒退和施暴者的怯懦,以及死者悲哀的加深,"暗暗的死,在一个人是极其惨苦的事"——

> 我所由此悟到的，乃是给死囚在临刑前可以当众说话，倒是"成功的帝王"的恩惠，也是他自信还有力量的证据，所以他有胆放死囚开口，给他在临死之前，得到一个自夸的陶醉，大家也明白他的收场。……我每当朋友或学生的死，倘不知时日，不知地点，不知死法，总比知道的更悲哀和不安；由此推想那一边，在暗室中毕命于几个屠夫的手里，也一定比当众而死的更寂寞。

实在文网太密，就只好从历史记载中抄录各种酷刑，曲折地表达对历史和现实中残暴者的愤怒，如《病后杂谈》《病后杂谈之余》。

总之目的都并非可以渲染暴力场面的血腥恐怖，而在于激活国人"'知道死尸的沉重'的心"，并照出"别有不觉得死尸的沉重的人们"的嘴脸，因为"会觉得死尸的沉重，不愿抱持的民族里，先烈的'死'是后人的'生'的唯一的灵药，但倘在不再觉得沉重的民族里，却不过是压得一同沦灭的东西"[①]。

直接讲述、报道和控诉暴力，是鲁迅杂文自觉承担的一项重要使命。围绕1926年"三一八惨案"、1927年4月15日广州事变和1931年2月7日左联五烈士被杀所展开的书写，可算是鲁迅暴力控诉的三次高潮。

对待暴力，鲁迅在宜于直剖明示的杂文中就直剖明示，在宜于含蓄暗示的小说和散文诗中就用含蓄暗示的方法从容写出，不像许多作家，在杂文或别的文章中吞吐曲折甚至完全不见暴力的踪影，在本该以含蓄暗示之法收到触及灵魂深处的更大效果的小说中反倒竞赛似地大加渲染，而有些学者竟以为这就是勇敢，就是艺术，其实大谬不然也。

---

① 《华盖集续编·"死地"》。

LUXUN
Zai Chuantong yu Shijie Zhijian

三

鲁迅的世界传播

解开鲁迅小说遗传基因跨族群与语言"生命之谜"

——从绍兴到东南亚

黄郁兰　台湾元智大学国际语言文化中心
〔新加坡〕王润华　马来西亚南方大学学院

摘　要：现代遗传工程，发现遗传密码，解开DNA（脱氧核糖核酸）的双螺旋结构之谜。DNA双螺旋结构的发现，开创了分子生物学的新时代，它使生物大分子的研究跨入了一个崭新的研究阶段，并使遗传学的研究深入到了分子层次，从而迈出了解开"生命之谜"的重要一步。文学传播、影响、社会、文化与政治学的研究也像生物研究，进入分子层次，帮助我们深入解开鲁迅对世界各地的文学写作，包括非华语语系的作家小说人物。

本文以东南亚代表性小说家的典型人物为例，解开他们小说人物的鲁迅遗传密码，双螺旋结构之谜，从而揭开鲁迅与东南亚小说中受贫病、愚昧、恶势各种压迫欺诈的小人物的生命共同体。新加坡新马土地上华文作家譬如黄孟文、曾也鲁（吐虹）；在印尼群岛上，印尼文作家普拉姆迪亚·阿南达·杜尔（Pramoedya Ananta Toer）与印尼华文作家黄东平，越南人南高（原名Trần Hữu Tri）等人的小说中，都有很多与鲁迅绍兴乡镇里悲惨人物相似的。南高《好嫂》（Di Hao），《志飘》里的志飘，黄孟文的《再见惠兰的时候》的惠兰，都有生命双螺旋结构大数据，提供证明与鲁迅的某个小说人的遗传血缘关系，他们生命双螺旋结构都可清楚具体的勾画出来。

关键词：遗传密码；鲁迅；华文作家；黄孟文；印尼文作家；印尼文作家普拉姆迪亚·阿南达·杜尔（Pramoedya Ananta Toer）；越南文作家南高；鲁迅小说生命共同体

一　从绍兴到东南亚、从华语作家到其他语言小说的鲁迅遗传基因

中国现代文学作家鲁迅（1881—1936），深受中国古典文学、西方与日本的文学影响，然后自己再发展出其艺术与主题书写特色，包括文体简洁、笔调抒情、语言写实、手法象征、文字白话、取自于市井小民的生活题材、关怀弱势、揭露社会黑暗面等，同时文学作品具有人文启蒙精神，知识分子感时忧国的情怀与历史使命感。这些艺术手法及参与社会的使命感，在东南亚其他国家作家与文学里，我发现有共同的鲁迅的 DNA 遗传。百年来的小说，尽管随文学潮流、美学经验变化无穷，从中国大陆、香港、台湾到东南亚及欧美各地区，不论作者住在第一世界还是第三世界，独立自主还是殖民地的国家地区，学者还是肯定鲁迅展现了从清末谴责小说模式逐渐形成下，鲁迅所发挥的现代文学作品的人文启蒙精神，知识分子感时忧国的情怀与历史使命感，写实有超越写实的手法，成为东南亚文学不同语言与国家民族现代文学共同传统。[①]

如何分析与求证鲁迅的文学遗传基因影响了东南亚现代文学共同传统？

现代遗传工程，发现遗传密码，解开 DNA（脱氧核糖核酸）的双螺旋结构之谜。DNA 双螺旋结构的发现，开创了分子生物学的新时代，它使生物大分子的研究跨入了一个崭新的研究阶段，并使遗传学的研究深入到了分子层次，从而迈出了解开"生命之谜"的重要一步。文学传播、影响、社会、文化与政治学的研究也像生物研究，进入分子层次，帮助我们深入解开鲁迅对东南亚各地的文学作家，包括非华语语系的作家的影响深层结构，在思想主题、语言文字、艺术技巧，特别在人物的遗传基因。[②]

---

① 王润华、黄郁兰：《亚洲中文文学共同传统、多元性独特性：鲁迅神话与真实》，《南方大学人文讲座》，《南方大学学院与亚洲共同体基金讲座系列论文集》，〔新沙〕南方大学 2016 年版，第 51—93 页。

② 参见〔英〕麦特·瑞德里（Matt Ridle）：《克里克：发现遗传密码那个人》（*Francis Crick: Discoverer of the Genetic Code*），史琳译，左岸文化 2011 年版。〔美〕詹姆斯·D. 华生（James D. Watson）：《双螺旋——DNA 结构发现者的青春告白》（*The Double Helix*），陈正萱、张项译，台北时报出版 1998 年版。

本文以东南亚代表性小说家的鲁迅基因遗传小说个案，以典型人物、故事情节与主题意义为例，解开他们小说人物的鲁迅遗传密码，双螺旋结构之谜，从而揭开鲁迅与东南亚小说中受贫病、愚昧、恶势各种压迫欺诈的小人物的生命共同体。新马华文作家黄孟文《再见惠兰的时候》的惠兰在新马土地上，在印尼群岛上，印尼文作家普拉姆迪亚·阿南达·杜尔（Pramoedya Ananta Toer，1925—2006）的《布鲁岛四部曲》小说中的爪哇人明克（Minke），越南作家南高（原名 Trần Hữu Tri 陈友之，1915—1951）的小说《志飘》里的志飘，这些小说人物的血液里都流着鲁迅绍兴乡镇里悲惨人物共同的遗传基因。我们可以解读出他们生命双螺旋结构大数据，提供证明与鲁迅的小说人与他们远在东南亚华语与非华语小说的人物遗传血缘关系，他们生命双螺旋结构都可清楚具体的勾画出来。

研究鲁迅在华文或华人世界，我们会发现鲁迅具有超越"中国鲁迅"或"东亚鲁迅"的意义。他不但是小说艺术、学术的鲁迅，还有社会政治性，鲁迅被诠释出来的实用功能，就是今天最典型的所谓文化软权力。这是社会政治资料的解读。[①] 这次我们尝试解读超越国家民族的鲁迅遗传基因，是东南亚鲁迅最特别的文学遗传工程的研究成果。

二　鲁迅在东南亚：从华人到各民族，从文学到社会与政治革命

从新加坡、马来西亚、泰国、菲律宾、印度尼西亚、到越南，鲁迅分别通过左派社会政治家与文化人的推崇、作家的肯定，学者的研究，显示了鲁迅越界跨国与多元种族与多元文化的域外社会对话的现象，在撞击与交流下，形成"东南亚世界的鲁迅"，有异于中国的鲁迅。因当地本土文学文化、政治社会的不同也有差异，东南亚的鲁迅被发展，比中国的鲁迅更具有多元性，在文学、思想、政治社会上的影响力与意义更多元。

---

① 参见周令飞主编：《鲁迅社会影响调查报告》，人民日报出版社2011年版，第243—256页。

鲁迅对东南亚华人世界的影响，最为典型的特色之一是反抗精神。早期的新马华人，因为要反殖民主义，反帝国主义侵略，力图以民族主义及其文化结合亚洲文化，来抵抗西方或日本殖民文化，促成了鲁迅在东南亚的软实力象征的形成，他跨越文学，进入社会、政治、文化的复杂结构层面，成为反抗殖民主义的道德精神力量，当然也成为华人建构经典文学、与民族新文化的典范。由于新马是当时海外华人人口与政治文化影响力的中心，同时又由于新马的华人移民历史最早发展，文化、文学、史料文献也多，所以我主要以新马为范例来说明"东南亚华文世界的鲁迅"的建构、形成与力量，在当地所建构的文学、文化、社会政治性的各个层面所具有的软实力。鲁迅在东南亚其他地区的传播、接受，传承与创新，都比新马迟到很多，加上政治的压制，如越南虽然地理位置离中国最近，由于法国殖民主义当局，对越南实行中国文化封锁政策，1940年代前中国所有进步的书刊都不能进入越南，这些中国作品包括鲁迅的作品就成为了禁书。而泰国的传播、接受情况，自1950年代才开始。菲律宾的华人文化社群，在1930年以前还很单薄，因此鲁迅的流传与生根也来得迟。

鲁迅在东南亚非华裔的族群的文学、文化、社会与政治的影响，也值得注意。王润华在周令飞主编的《鲁迅社会影响调查报告》已经报告过鲁迅在东南亚华人世界的影响，与中国，甚至西方的影响有很大不同。[①] 本文将进一步分析鲁迅在东南亚，跨越族群与语言，对东南亚的泰国、印度尼西亚、越南语文作家，社会与政治革命，都曾经产生广泛的影响。鲁迅作为文学作家，由于很早就获得西方世界文学文化界的肯定，所以他在西方统治下的殖民地，如英国的新马，荷兰的印尼，法国的越南，都没有鲁迅著作的翻译，尤其西方语文的翻译，列为禁书，反而竞相翻译成泰文、印尼文、越南文。结果通过文学的翻译，逐渐扩大到非华人社会文化与政治思想，引发鲁迅对东南亚当地的非华语

---

① 周令飞主编:《鲁迅社会影响调查报告》,人民日报出版社2011年版,第243—256页。参见王润华:《从反殖民到殖民者：鲁迅与新马后殖民文学》,《鲁迅越界跨国新解读》,《鲁迅在海外华文世界》,台北文史哲出版社2004年版,第75—98页。

语系文学、左派思想、反抗殖民主义的影响,最后甚至导致共产主义革命,印尼就是最经典的例子。

三 鲁迅作品在东南亚:从学习模仿到文学遗传基因的改造

一旦坚固的建立鲁迅为经典作家及作品,他就成为文学品味与价值的试金石,支配着大部分华文文学与文化生产。往往极端的时候,只有符合鲁迅中心的评价标准的作家与作品,才能被承认其重要性,要不然就不被接受。这种文学控制式的霸权,绝不是鲁迅所要的文学生产方式,刚好相反:他一定反对,尤其在文学思想、形式、题材与风格上的设定。新马战后的著名作家兼评论家赵戎(1920—1998),虽然在新加坡出生,他的文学观完全受中国新文学的经典所支配,他也不是最前线的鲁迅神话的发扬与捍卫者,但他在经典化鲁迅的影响下,也一样的处处以鲁迅为导师,无时无刻不忘记引用鲁迅为典范,引用他的话来加强自己的论据或作为引证。他的《论马华作家与作品》①就很清楚地看到鲁迅及中国新文学前期的经典如何支配着他。方修及其《避席集》②,虽是向鲁迅学习的心得之作,这本书使方修成为五、六十年代鲁迅精神的发扬与推崇的首要发言人。在他大量的论述新华文学的著作中,鲁迅是非论及不可的,在《中国文学对马华文学的影响》(1970)一文中,鲁迅及其他作家是"学习或模仿的对象"。③鲁迅的现实主义创作及其象征主义手法、鲁迅的人格精神、鲁迅的作品,为海外华文文学最高的典范与模式,反而造成很多作家受困于模仿与学习"鲁迅风",培养了"个个是鲁迅",因此也引起当时在新马担任编辑

---

① 〔新加坡〕赵戎:《论马华作家与作品》,新加坡青年书局1967年版,第3、9页及第17页。

② 〔新加坡〕方修《避席集》,新加坡文艺出版社1960年版。

③ 〔新加坡〕赵戎:《论马华作家与作品》,新加坡青年书局1967年版,第3、9页及第17页。

的郁达夫不满,①他主张新马华文作家发掘本土多元的生活,创新华文书写。当五四新文学为中心的文学观,成为"殖民文化"的主导思潮,只有被来自中国中心的文学观所认同的生活经验或文学技巧形式,才能被人接受,因此不少新马写作人,从战前到战后,一直到今天,受困于模仿与学习某些五四新文学的经典作品。来自中心的真确性(authenticity)拒绝本土作家去寻找新题材、新形式,因此不少人被迫去写远离新马殖民地的生活经验。譬如当鲁迅的杂文被推崇,成为一种主导性写作潮流,写抒情感伤的散文,被看成一种堕落,即使在新马,也要骂林语堂的幽默与汪精卫,下面这一段有关鲁迅杂文的影响力便告诉我们中国中心文学观控制了文学生产:

> 杂文,这种鲁迅所一手创造的文艺匕首,已被我们的一般作者所普遍掌握;早期的杂文作者……他们的作品都或多或少地接受了鲁迅杂文的影响;而稍后出现的丘康、陈南、流冰……等人的杂文,更是深入地继承了鲁迅杂文底精神,而获得了高度成就的。不但是纯粹的杂文,即一般较有现实内容,较有思想骨力而又生动活泼的政论散文,也是多少采取了鲁迅杂文底批判精神和评判方式的。在《马华新文学大系》的《理论批评二集》和《剧运特辑》中,有许多短小精悍的理论批评文章基本上都可以说是鲁迅式底杂文,因为鲁迅杂文底内容本来就是无限广阔,而在形式上又是多样化的。在《马华新文学大系》的《散文集》中,则更有不少杂文的基本内容是和鲁迅杂文一脉相承的。那些被鲁迅所批判过,否定过的"阿Q性"学者、文人、帮闲艺术家等等,往往在一般杂文作者的笔下得到了广泛反映。例如:古月的《关于徐志摩的死》一文,是批判新月派文人的;丘康的《关于批判幽默作风的说明》,是驳斥林语堂之流的堕落文艺观的;丘康的《说话和做人》及陈南的《党派关系》,是对汪精卫辈的开火;田坚

---

① 参见〔新加坡〕王润华:《林文庆余鲁迅/马华作家与郁达夫冲突的多元解读:谁是中心谁是边缘?》,《鲁迅越界跨国新解读》,台北文史哲出版社2004年版,第99—109页。

的《用不着太息》,是揭发"阿Q性"在新时代中的遗毒的;而丘康的《论中国倾向作家的领导》,则是批判田汉等行帮份子的。诸如此类,都可以和鲁迅作品互相印证。至于专论鲁迅,或引用鲁迅的话的文章,则以丘康、陈南、吴达、饶楚瑜、辜斧夫等人的作品为多。①

其实从1950年到今天,鲁迅的作品所建立的典范仍具有生命力,新马的作家,多多少少都曾经向他学习过。古远清在《鲁迅精神在五十年代的马华文坛》,说他读了《云里风文集》中十篇散文,他发现几乎每一篇,"都能感受到鲁迅精神的闪光"。他还说:"不能说没有模仿着鲁迅散文诗《野草》的痕迹,但他不愿用因袭代替创作,总是用自己的生活实践去获取新的感悟。"云里风的《狂奔》情节与人物设置使人联想起鲁迅的《过客》《文明人与疯子》的文明人应借鉴过鲁迅《聪明人和傻子和奴才》中的聪明人,《未央草》灵感来自鲁迅的《影的告别》《梦与现实》以"我梦见我在"开始,很像鲁迅《死火》以"我梦见自己"开始,不过根据古远清的分析,虽然梦境、韧性的战斗精神,对黑暗社会的意、诗情和哲理相似,他还是可以感到一些作者改造与移置的痕迹:"云里风注意改造,移植鲁迅的作品,这一艺术经验值得我们重视。"当然,作为一位中国学者,古远清很高兴看见中国文化的霸权在五十年代还继续发现着:"可看出鲁迅精神在五十年代马华文坛如何发扬光大。"②

四 鲁迅基因改造:显性到隐性的反殖民基因

到了1950年代以后,很明显的,尤其土生的一代新马作家,开始把激进派的鲁迅文学基因,如显性的反抗殖民基因,进行调整与修正,变成隐性

---

① 高潮:《忆农庐杂文·鲁迅与马华新文学》,香港中流出版社1973年版,第67—69页。
② 古远清:《鲁迅精神在五十年代的马华文坛》,新加坡《新华文学》1999年6月第46期,第98—102页。

的，使它能表达和承载新的新马殖民地的生活经验。譬如黄孟文、曾也鲁（吐虹）的作品所显示，继承五四文学传统与本土转型同时进行。他们开始创造所谓海外华语文学，而不是继续写中国五四文学，也不是要完成"个个是鲁迅"的模仿。新加坡的吐虹的《"美是大"阿Q正传》，作于1957年[1]，模仿《阿Q正传》，讽刺曾担任南洋大学校长的林语堂（小说中叫凌雨唐）。孟毅（黄孟文）的《再见惠兰的时候》作于1968年，它跟鲁迅的《故乡》有许多艺术构思相似的地方。[2] 林万菁在1985年写的《阿Q后传》，又是一篇读了《阿Q正传》的再创作。[3]

在上述作家之中，孟毅是一位继承鲁迅而又能创新与本土化的书写华文文学的小说家。因为鲁迅的小说承载住中国的文化本土经验，必须经过调整与修正，破除其规范性与正确性，才能表达与承载新马殖民地新的生活经验与思想感情。《再见惠兰的时候》在瓦解中国的经典（或鲁迅经典）与重建新马经典，成为新马后殖民文学演变的典范模式。这篇以马来西亚经验所尝试创造的一种新文本，根据丽鹿（王岳山）的论文《〈再见惠兰的时候〉与鲁迅〈故乡〉》[4]，具有主题共通性（悲伤儿时乡下玩伴的贫困遭遇）、情节的模式（回到离别很久的故乡，小时候朋友落魄，故乡落后贫穷）、故事人物的基因相似（我、母亲、乡土与我、母亲、惠兰对比）及四种表现手法（第一人称叙述法、倒叙手法、对比手法与反讽技巧）。孟毅虽然受到鲁迅的《故乡》的启示与影响，作者把旧中国荒芜落后的鲁迅式的农村全部瓦解，放弃他的中国情节，重建英国殖民地的马来西亚一个橡胶园农村及其移民，从题材、语言到感情都是马来西亚橡胶园、矿场地区的特殊经验。小说中所呈现的因为英军与马共争夺马来西亚统治权所引发的游击战而引发当地居民复杂的生活与思想情况，特别对当年英军宣布的紧急状态下集中营（新村）的无奈，都通过新马殖民地的产品表现出来。那些锌板屋、移殖区、甲巴拉、邦达布、水客、田鸡、香蕉、读红毛书

---

[1] 吐虹：《第一次飞》，新加坡海燕文化社1958年版，第29—48页。
[2] 孟毅（黄孟文）：《再见惠兰的时候》，新加坡新社文艺1969年版，第1—12页。
[3] 林万菁：《阿Q后传》，《香港文学》1985年6月第6期，第38—39页。
[4] 参见《南洋商报》副刊《学林》1981年1月15日及16日版。

本身就承载着新马人的新文化与感情。这边缘性产生的后殖民文本，终于把本土性的新马华文文学传建构起来。①

鲁迅的显性遗传基因在1940与1950年代南洋的反殖民反压迫的社会运动风潮过后，逐渐转为隐性，在黄孟文的小说《再见惠兰的时候》，最有代表性。他以相当自传性的故事，冷静的叙述他从马来西亚的乡下新利谷（隐射彭亨洲的瓜拉立碑与文冬等地区），那是锡矿，橡胶，英军与马共战争，也是日军侵略留下最难忘殖民记忆的地方。"我"到南洋大学深造后（鲁迅到日本留学），在回去童年时代，遇到小时的同学惠兰（母亲提起才想起），以乡下旧同学的回忆叙述殖民社会的困苦贫穷的生活。这种第一人称，乡下的倒叙的回忆，加上马来西亚的现实性人物景物，从而解开小人物，小地方的"生命之谜"。我与惠兰生命双螺旋结构大数据，提供证明与鲁迅的小说的遗传血缘与黄孟文的小说的关系。解开他们小说人物的鲁迅遗传密码，双螺旋结构之谜，从而揭开鲁迅与东南亚小说中受贫病、愚昧、恶势各种压迫欺诈的小人物的生命共同体。

五　鲁迅文学遗传基因在东南亚非华裔的社会、文化、政治与文学：印尼的普拉姆迪亚·阿南达·杜尔

鲁迅的文学遗传基因，无论在东南亚文学的历史发展中还是作家的成长历程中都是其生命血缘的延续。甚至超越华人族群的华文文学，在其他族群的不同语言的文学中，也有其遗传基因。印尼华文文学著名的作家黄东平在《一名与会者的心声》中说，他坦承从事文学事业是受到中国新文学的影响，尤其是当年的左翼文学特别是鲁迅的影响。②他原来喜爱绘画、木刻，但因酷爱鲁迅而弃画从文。自20世纪50年代以来，写作不断。着有《侨歌三部曲》、《七洲

---

① 王润华曾以诗记载英殖民政府的新村计划，见王润华《热带雨林与殖民地》（新加坡作家协会1999年版），与 Wong Yoon Wah, *The New Village*（Singapore: Ethos, 2012）。
② 〔印度尼西亚〕黄东平：《短稿二集》，新加坡岛屿出版社1997年版。

外》（1973）、《赤道线上》（1979）、《远离故乡的人们》（1990）。①他曾经深情地怀念十大本的《鲁迅全集》。他说"不知借阅了多少遍！一部崭新少有人借过的全集，竟给我看得有些破损了。"②但印尼在好几个时期，从荷兰殖民到独立后的印度尼西亚政府，禁止华文文化的进口。鲁迅的影响很有限。

近几十年来，非华裔的印尼人，也通过翻译，广泛深刻地影响了印度尼西亚文的文学创作，也跨领域进入社会改革运动。最典型的就是作为印度尼西亚最具影响力的作家普拉姆迪亚·阿南达·杜尔（Pramoedya Ananta Toer, 1925-2006）曾多次获诺贝尔文学奖提名，他推动鲁迅在印度尼西亚文学，甚至文化政治界的传播与影响。他对鲁迅的理解显然再次点燃了他自己对印度尼西亚知识分子的希望：③

> 每个作家都有责任，正是由于这个责任而产生了选择。鲁迅选择了遭受苦难的人民的一边……但是鲁迅不仅仅是选择，他还进行了斗争，使得他选择的对象不停留在文学作品上，使它成为现实。他是一位思想的现实主义者，行动的现实主义者。

这一思想与行动结合的理想为普拉姆迪亚找寻解决印度尼西亚社会文化问题的有效方法提供了最佳范例。普拉姆迪亚将鲁迅塑造为不仅是一个伟大的知识分子，也是作为战士的"中国社会主义的现实主义之父。"

---

① 〔印度尼西亚〕黄东平：《侨歌三部曲》，包含《七洲外》（香港海洋出版社1973年版），《赤道线上》（新加坡赤道出版社1979年版），与《烈日底下》（新加坡岛屿文化社1998年版）。

② 陈贤茂：《海外华文文学文学史》第3卷，鹭江出版社1999年版，第241—242页。关于黄东平的小说与其他创作，参见吴丹凤《华侨文学的坚持：黄东品评的创作与思想》，2006年暨南大学硕士论文。

③ 刘宏：《论中国对当代印度尼西亚文学的影响：以普拉姆迪亚·阿南达·杜尔为例》《中国—东南亚学：理论建构·互动模式·个案分析》，中国社会科学出版社2000年版，第55—80页。关于印度尼西亚文的轮训翻译，参见林万里：《谈鲁迅短篇小说的印度尼西亚语译本——为纪念鲁迅先生诞生一百一十一周年而作》，《鲁迅研究月刊》1998年第2期，第46—49页。

鲁迅在东南亚各国，对当地的非华裔人民的接受、传播与社会、文学、文化、政治的影响，最具典型效应的是印尼作家普拉姆迪亚·阿南达·杜尔（Pramoedya Ananta Toer，1925—2006）。他最足于说明鲁迅如何传奇性的能够跨越海外华裔，进入东南亚国家之内层，以特有的"东南亚鲁迅的文化遗产"，通过普拉姆迪亚·阿南达·杜尔的诠释，重新建构印尼的文学、文化、社会模式、甚至政治理想。①

普拉姆迪亚·阿南达·杜尔是现代印度尼西亚最具影响力的作家，他的文学创作成就曾多次获诺贝尔文学奖提名，因为"左"倾而未得奖，生前就被安德生（Benedict Anderson）誉为"东南亚在世的最伟大作家"。鲁迅对他的文学创作与理论、建构印尼左派文化与政治有震撼性的影响，而且非常传奇。②

作为作家，普拉姆迪亚著作丰富，在长篇短篇小说、散文、杂文、政论与历史方面，都有重要著作。其中《布鲁岛四部曲》长篇小说，四部曲《人世间》《万国之子》《足迹》与《玻璃屋》(*This Earth of Mankind*, *Child of All Nations*, *Footsteps*, and *House of Glass*) 最著名。小说内容连贯又各成一体，以鲜明的人物形象、壮阔的场景，再现了印度尼西亚民族在1898—1918年受荷兰殖民主义者的欺压与掠夺、人民如何与之抗争的历史。③四部曲的第一部《人世间》，集中书写主角明克（Minke），他是根据一位真实人物而塑造的小说人物，原是印尼民族独立运动的年轻报人，敢于对抗欧洲人的霸权、优越感与偏见，也反对当地人守旧的文化。他就读荷兰在当地设立的著名的外侨学校（Hogere Burger School），由于明克是本土印尼人，多数欧洲的同学很排挤他。他的岳母 Nyai Ontosoroh 是印尼人，嫁给荷兰人殖民者当妾，又被人瞧不起，没有社

---

① http://en.wikipedia.org/wiki/Pramoedya_Ananta_Toer. 刘宏：《论中国对当代印度尼西亚文学的影响：以普拉姆迪亚·阿南达·杜尔为例》，《中国—东南亚学：理论建构·互动模式·个案分析》，中国社会科学出版社2000年版，第55—80页。关于印度尼西亚文的轮训翻译，参见林万里：《谈鲁迅短篇小说的印度尼西亚语译本——为纪念鲁迅先生诞生一百一十一周年而作》，《鲁迅研究月刊》1998年第2期，第46—49页。

② Benedict Anderson, *Language and Power: Exploring Political Cultures in Indonesia*, Ithaca: Cornell University Press, 1990, p.10.

③ 1982、1983、1989年，北京大学出版社出版了《布鲁岛四部曲》前三部的中译本。

会地位。明克与这位妾的女儿结婚，婚礼遵照当地的回教仪式，也不被荷兰的法律所承认。他与岳母、妻子三人始终受到西方殖民社会的排斥与放逐。四部曲小说中的妇女，包括本土爪哇与华人妇女，她们在反殖民与后殖民时期受到歧视与压迫，都是社会底层人物。

普拉姆迪亚的著作一如鲁迅的小说，人物事件与作者个人经验和土地有关，具有自传性，很注重爪哇本土人的故事，普拉姆迪亚的爪哇就是鲁迅的绍兴。他的小说人物继承了外来势力与旧文化，是压迫与杀人的刽子手。印尼的荷兰殖民者及其本土代表取代了绍兴地主。普拉姆迪亚的小说，多是以社会现实主义的手法，暴露社会黑暗面，写底层人物悲惨命运与遭遇。如《日军的少女慰安妇》（英文 *Young Virgins in the Military's Grip*，印尼文 *Perawan Remaja dalam Cengkraman Militer*）写二战日军侵略占领印尼时，苏岛外的普如岛（Buru）上日军铁蹄下的印尼慰安妇的悲惨遭遇。《来自海边的女子》（*The Girl From the Coast*）写她母亲的遭遇。他继承了鲁迅的文学基因，特别是在关注妇女的命运这一点上。①

普拉姆迪亚永远敢于批判当权者，为正义而对抗、不满现实。这点也很像鲁迅。荷兰殖民时期，他因反殖民而被统治者压迫，甚至 1947—1949 年被囚禁三年。苏哈多（Suharto，1908—2001）推翻苏卡诺（Sukarno，1901—1970），军人集团控制政局，大规模镇压共产党，清洗异己政治势力，普拉姆迪亚也被捕入狱，定罪为共产党员。1965—1979 年，被囚禁在布鲁岛拘留营（Molukken island of Buru），长达 14 年之久。

这种文人的正义基因，来自鲁迅。普拉姆迪亚与大陆文艺界关系密切而长远，不止于文学的联系。1956 年 10 月 14 日，鲁迅遗体迁葬仪式在上海隆重举行。从万国公墓移葬虹口公园参加迁葬仪式的有党和政府部门的负责人、作家、工人、学生和各国驻上海的外交人员近 2000 人。鲁迅的儿子周海婴、儿媳、孙子也参加了迁葬仪式。②10 月 19 日，北京各界人民和来自 18 个国家的国际

---

① https://en.wikipedia.org/wiki/Pramoedya_Ananta_Toer 对他的著作都有专业的论述。
② 据《人民日报》1956 年 10 月 15 日报道。

友人一起，隆重集会纪念鲁迅逝世20周年。纪念大会在政协礼堂举行，还邀请了18个国家的30多位作家参加，其中便有印度尼西亚作家普拉姆迪亚·阿南达·杜尔，[①]他是应全国文联主席郭沫若、作协主席茅盾和对外友协负责人楚图南的邀请，到中国进行了为期一月的访问。他于1956年10月中旬抵达北京。

普拉姆迪亚在鲁迅逝世20周年的纪念大会发言后来刊登在《文艺报》上。[②]他赞扬鲁迅是伟大的作家，他的贡献不仅在于对社会的敏锐观察，更重要的，在于他积极为改善群众命运而斗争。"鲁迅是他的民族的喉舌，是他的人民的声音。鲁迅体现了对全人类有良好愿望的人们的道德觉悟。他并非仅仅停留在希望上，而是采用了他认为最好的和最恰当的方式——文学，而积极斗争，来实现这些希望。"他又说鲁迅是一个对社会有着伟大认识能力的作家，但他不是一位仅仅停留在一般对社会认识而后写成文学作品的作家，普拉姆迪亚对鲁迅的理解显然再次点燃了他自己对印尼知识分子的希望。

1956年10月19日，中国著名作家鲁迅逝世20周年纪念大会在中国北京全国政协礼堂举行。印度尼西亚作家普拉姆迪亚·阿南达·杜尔在大会上讲话。根据刘宏的研究，普拉姆迪亚在20世纪50年代的前半段期间，已经从英文与荷兰文中广泛阅读了中国文学，开始关注中国的文化实践，介绍与翻译中国现代文学理论与作品。在1955年万隆会议期间，普拉姆迪亚与中国代表团和中国大使馆有所接触，这或许表明他对中国的兴趣不断增加。1956年年中，普拉姆迪亚也已经完成了鲁迅小说《狂人日记》的翻译工作。1958年10月底，普拉姆迪亚进行了他的第二次中国之旅。这次已经是一个全新的普拉姆迪亚了，主要是因为他的文化政治思想在上次中国之行之后发生了根本性的转变。因此，普拉姆迪亚是用新的政治和文化观点来看新的中国。中国依旧是普拉姆迪亚灵感的来源，这次旅行也加速了他向文化激进主义者转变的进程。他进行了历时约一个月的访问，期间去了北京、武汉、成都和昆明。这次，中国当局不再将他看做是一个"茫然失意的作家"，而是一个开始脱离"幻想阵营"、加

[①] 《文汇报》1956年10月20日版，或见 http：//www.eywedu.org/zoujinlx/064.html。
[②] 《文艺报》1956年第20期，第15—16页。

入左翼"民族主义和民主阵线"的代表人物①。

刘宏指出,普拉姆迪亚在1956年11月从中国回国后,他的文化观和政治态度发生了关键性的转变。在重新建构对印尼的政治和文化设想时,他明显地采用从中国获得的灵感及其对中国文化路线的理解。1956年年底之后,普拉姆迪亚由一个孤独的作家变成了积极的战士;他的普遍人道主义也被虔诚的社会主义现实主义所取代。作为热情的文化激进分子,他直接卷入政治变化进程之中。这是他正式站到左翼文化运动一边的政治声明。从那时起直到1965年被苏卡诺军人集团夺取政权后,以共产党罪名入狱,普拉姆迪亚与"印尼人民文化协会"一直保持着密切联系。由以往的普遍人道主义和对政治疏离的态度转为激进主义者。他明确赞成文学艺术应该被用来改善人民生活。

鲁迅对印尼作家普拉姆迪亚在文学创作与理论、社会思想与政治理想,其影响的深度与广泛,说明鲁迅在东南亚被殖民的国家,产生了东南亚特殊的鲁迅遗产。这与中国大陆、台湾、香港,甚至西方的鲁迅遗产不同。值得我们研究鲁迅的更伟大的一面。首先普拉姆迪亚参加1950年成立的印尼的人民文化联盟②是一个左派作家联盟,与当时印尼共产党有密切联系,推动社会现实主义运动。

为了批判社会与制度,普拉姆迪亚学鲁迅,经常写的匕首式的杂文、报纸副刊的方块、专栏短文,成为批判荷兰殖民者与后殖民社会印尼政府者的武器,这也是他受尽政治暴力、苦难的原因。但鲁迅超越民族、超越语言的作家文学与思想的遗产基因,在普拉姆迪亚的作品中,可找到最大、最广泛的、最完整

---

① Hong Liu, *Pramoedya, the China Metaphor and Cultural Radicalism*, *China and the Shaping of Indonesia, 1949—1965*, Singapore: NUS Press, 2011, pp.234-260. 又见刘宏《论中国对当代印尼文学的影响:以普拉姆迪亚·阿南达·杜尔为例》,本文初稿曾在厦门大学举行的"东南亚华文文学回顾与展望"国际研讨会(1999年12月3—6日)上宣读。修改稿载刘宏:《中国—东南亚学:理论建构·互动模式·个案分析》,中国社会科学出版社2000年版,第55—80页。

② 原名 The Lembaga Kebudajaan Rakjat(EYD Lembaga Kebudayaan Rakyat,简称 Lekra,推动文学与社会运动并与印尼共产党有密切关系,推动写实社会主义运动。参考 https://id.wikipedia.org/wiki/Lembaga_Kebudayaan_Rakyat。

的都有生命双螺旋结构的大数据，证明着与鲁迅的遗传血缘关系，他们生命双螺旋结构都可清楚具体地勾画出来。

六　越南文作家的鲁迅的文学遗传基因：阿Q与南高的志飘

由于法国殖民主义当局对越南实行文化封锁政策，国外所有左派有关的书刊都不能进入越南，其中包括中国新文学。所以20世纪40年代鲁迅的作品才开始传入越南，越南一般读者大众，比较晚才接触到鲁迅及其作品。鲁迅的《呐喊》与《彷徨》自1944年才开始被翻译到越南后，产生了多个译本。鲁迅之所以被越南人接受并产生较为广泛、持续的影响，一方面是因为两国的社会环境及道德、伦理等方面有着相似之处；另一方面，鲁迅作为深刻的思想家，他对现实的解剖和对历史的洞察比较易于引起越南人的共鸣。越南的中学课本，都有越文翻译的鲁迅作品，所以越南受过中学以上教育的人，都认识鲁迅。现代作家南高（原名陈有知，Trần Hữu Tri，1915—1951）受了鲁迅的《阿Q正传》影响，著有《志飘》（1941），书写越南农村与穷困农民的生活，小说结构与《阿Q正传》非常相似。另有短篇《好阿姨》（Di Hao），刻画一位如鲁迅《祝福》中的祥林嫂式的命运悲惨的越南乡村妇女。①

鲁迅与南高

---

①　参见《〈呐喊〉〈彷徨〉的越南语译本》，本篇论文来自http://lunwen.5151doc.com/Article/HTML/180208_3.html，"论文资源库"收集与整理。广西师范大学硕士毕业论文《越南的鲁迅教学状况研究》。http://en.wikipedia.org/wiki/Nam_Cao; http://en.wikipedia.org/wiki/Chi_Pheo。

鲁迅：在传统与世界之间

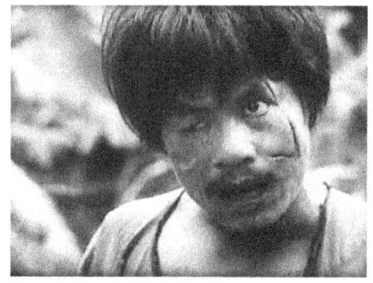

鲁迅《阿Q正传》小说人物阿Q与南高小说《志飘》的志飘

《阿Q正传》写于1922年，是鲁迅经过五四运动之后的文学创作，它一诞生马上就被视为鲁迅的现实社会之宣言，政治问题和革命战斗在这篇小说中得到充分的反映。而他笔下的主人公"阿Q"不仅是当时中国农民的典型形象，而且成为了整个中国人民的代表，是一个跨越时空的文学人物。众所周知，鲁迅是一个吸收国外文学风格的代表作家，他十分热爱西洋文学，他的第一部短篇白话小说《狂人日记》深受影响果戈理（N.Gogol，1809—1852）、尼采（F.W.Nietzsche，1844—1900）或迦尔洵（V.Garshin，1855—1888）等作家的作品。此后的《阿Q正传》，鲁迅的创作仍然体现一种兼有传统和现代、中国和海外的风格。①

南高于1941年写下《志飘》，描写8月革命前期的农村生活，这部小说在当时的文坛上被当成一个精神上的武器以猛烈地攻击腐败的封建社会。主人公志飘至今仍然是一个当代文学史的经典人物，代表所有生活在没落社会中的越南农民，也代表了一代追求自由、善良和真爱的年轻人。几十年来，许多越南作家对中国鲁迅的《阿Q正传》和越南南高的《志飘》讨论他们之间的创作影响。具体是将两者及其作品的创作背景、创作对象、目的，特别是人物形象塑造之艺术进行讨论。大部分的意见认为南高的作品深刻受到鲁迅的影响，特别

---

① C. T. Hsia，*A History of Modern Chinese Fiction*，1917—1957（New Haven：Yale University press1961，pp.28-54）；王润华、黄郁兰：《亚洲中文文学共同传统、多元性与独特性：鲁迅神话与真实》，《南方大学人文讲座》，南方大学学院与亚洲共同体基金讲座系列论文集，第56—57页。

体现在主人公的描写包括身份、性格、精神世界和心理状态等方面。与此同时也有相反的意见，指出南高的人物具有特殊的地方，证明这不过是两个不同国家及不同时代但具有相同的社会背景因此具有偶然类似的作品而已。然而，南高本人在一次受到访问的时候已经揭露自己常常阅读一些国外著名作家的作品并深受其影响，如Racine, Corneille, Guy De Maupassant, Dostoievski, Tchekov, 特别是鲁迅先生及其《狂人日记》《阿Q正传》《孔乙己》等重要创作。由此可见，尽管没有相关具体的材料记载南高在怎样的情况下受到鲁迅的影响，但从这个线索也能够说明南高所创作的《志飘》或多或少继承并发挥了鲁迅的创作风格。[1]

阿Q和志飘的形象具有许多相同之处，主要表现为几点，我的学生黎氏宝珠《从中国鲁迅的〈阿Q正传〉到越南南高的〈志飘〉》指出：[2]

第一，都是农民形象的代表，即都生活在一个最穷苦、贫贱的阶级；具有天真、善良、纯朴的本性而存有落后、保守、自卑又自尊的性格及麻木、愚昧的精神状态；

第二，他们的身份包括家庭、职业甚至姓名都甚为渺茫不定，总之生出来就无故无亲，无处可靠，无人可依；

第三，他们都因为自己的特殊身份而受人们的嘲笑、利用、欺负，甚至屈辱，变成众人之中的古怪者。因此他们的性格无形中就形成一种自我安慰的精神，即自贱、自欺。鲁迅给阿Q建立一个特有的精神胜利法，南高并没有建立什么法，什么主义，然而志飘本身也表现出很多同样的特点；

第四，他们都渴望女人，都拥有"人性"中的一个重要因素；

第五，社会制度的黑暗、人情的冷落使得他们的精神更显得麻木，对生活中的各种问题毫无正确的认知，结果都为此而死命。

---

[1] 黎氏宝珠：《从中国鲁迅的〈阿Q正传〉到越南南高的〈志飘〉：人物形象之比较》，元智大学中国语文学系研究所，硕一班论文。我另有指导硕士论文，段氏雅芳《越南作家南高小说里的现实精神》，元智大学中国语文学系研究所，硕士论文，2015.

[2] 黎氏宝珠：《从中国鲁迅的〈阿Q正传〉到越南南高的〈志飘〉：人物形象之比较》，元智大学，中国语文学系硕一班论文。

此外还有一些情节表现出这两个人物的相同，尤其是他们生命中都有一个大转折，阿Q进城回来与志飘坐牢回来的人生变化。总的来说，在鲁迅和南高的塑造下，阿Q和志飘的形象，特别是心理状态、内心独白都呈现地十分生动、真实。使得他们都成为一种典型的社会现象。

总之，从塑造人物形象的艺术表现上来讲，鲁迅的阿Q和南高的志飘具有许多异同，这也反映了两个作家本身各有的创作风格。换句话说，如果从南高的角度来讲，这已反映了他在受鲁迅之影响的同时也寻找并发挥了自己独有的东西，以便符合当时越南的文学潮流。当然，所谓的"独有"不能说是比鲁迅写得更好或者更有创新，而是涉及每个文学家的创作之不同。

除了阿Q和志飘，黎氏宝珠还指出在这两部小说中也可以找出其他人物的相似点。如都代表封建地主阶级的赵老爷与霸老爷，农民妇女代表的吴妈与氏女等，这些重要人物都跟主人公有着密切的关系，都给主人公生命带来巨大的影响。此外，从人物的形象之刻画，两个作家都以一种讽刺的态度来揭露当时社会的腐败及黑暗之真相。其中，人与人之间的冷漠无情是两个作家共同反映的一个大问题。不同阶级的人或共同阶级的人，他们对彼此的看待都同样的残忍。阿Q和志飘的死亡仿佛没有得到别人的丝毫伤心和同情。在这一点已经表达了两个作家在客观、幽默甚至有点"冷漠"的笔调之中都深深地带有一种又疼痛、又愤怒之态度，他们的确是现实主义的小说家，是为农民、为人民而起笔的文学家。[①]

七　现代遗传学的遗传密码，确认跨种族语言的鲁迅文学家族遗传血统

中国自1917年开始新文学运动以来，没有任何作家具有如此可探讨的宽广与复杂面，鲁迅的文学艺术与思想遗传基因超越种族与语言，可以让各领

---

① 黎氏宝珠：《从中国鲁迅的〈阿Q正传〉到越南南高的〈志飘〉：人物形象之比较》，元智大学，中国语文学系硕一班论文。

域的学者找到思考的天空与世界。20世纪末以来，大家高喊要去除鲁迅神话，但鲁迅即使在亚洲与西方，即使没有政治的意识形态，始终是唯一维持着强烈神话性的现代作家。鲁迅对世界文学创作的启蒙与影响，几乎是超现实的现象，他铺天盖地，超越时空。本文只是以东南亚华文与非华文作家的一角来叙述鲁迅魔幻现实地引发创作的魅力。

我们在《亚洲共同体的中文文学共同传统、多元性与独特性：以亚洲世界的鲁迅为例》[1]论文得出结论，鲁迅深受西方与日本的文学影响，但他后来发挥极大的跨国影响力。其艺术特色包括文体简洁、笔调抒情、语言写实、手法象征、文字白话、取自普通老百姓的生活题材、关怀穷人、揭露社会黑暗面等，同时文学作品具有人文启蒙精神知识分子感时忧国的情怀与历史使命感。这些艺术手法及参与社会的使命感，与亚洲其他国家文学具有共同的特色与传统，究其原因，是鲁迅的影响。鲁迅在文学、思想、政治社会上具有多元的影响力与意义。从中国大陆到中国台湾、日本、韩国，还有东南亚各国如新加坡、马来西亚、泰国、菲律宾、印尼、越南，鲁迅分别通过左派社会政治家与文化人的推崇、文学写作的影响、学术的研究，显示了其文学作品与思想具有多元文化意义。他的文学作品与理论与域外社会对话，在撞击与交流下，形成"亚洲世界的鲁迅"，有异于中国的鲁迅。因应当地本土文学文化、政治社会的不同也有差异，世界性的鲁迅被发展成比国内的鲁迅更具有多元的，在文学、思想、政治社会上的影响力与意义，其中包括：（一）反殖民主义政治与社会性的鲁迅，（二）左派政治倾向的鲁迅，（三）批评精神的鲁迅，（四）文学创作的典范，（五）亚洲文化的核心价值的鲁迅，（六）现代社会的改革精神与文化的鲁迅，（七）青年人的导师，等等。[2]

日本从竹内好（1910—1977）开始，以"亚洲世界的鲁迅"为例，"镜子论"

---

[1] 王润华、黄郁兰：《亚洲中文文学共同传统、多元性独特性：鲁迅神话与真实》，《南方大学人文讲座》，南方大学学院与亚洲共同体基金讲座系列论文集，新沙：南方大学2016年版，第51—93页。

[2] 王润华、黄郁兰：《亚洲中文文学共同传统、多元性独特性：鲁迅神话与真实》，《南方大学人文讲座》，南方大学学院与亚洲共同体基金讲座系列论文集，第56—57页。

作为学习鲁迅的批判、改革、革命精神。东南亚以鲁迅作为殖民主义斗争的旗帜。在印尼，鲁迅超越种族与语言，影响了印尼小说家与社会运动知识分子领袖普拉姆迪亚·阿南达·杜尔（Pramoedya Ananta Toer，1925—2006）以鲁迅为文学、社会革命的导师，导致印尼的左派革命运动的兴起。在越南，鲁迅也影响了非华语作家，越南小说家南高（1917—1951）学习鲁迅作品中的现实批判精神，影响了越南的现代文学。鲁迅学习日本及其他国家的文学最后成为典型的亚洲共同体的作家，他的文学思想的多元性，是亚洲共同体的产物。

借用现代遗传工程，发现遗传密码，解开DNA（脱氧核糖核酸）的双螺旋结构之谜，解开鲁迅与东南亚不同民族，不同语系作家的文学人物的生命之谜。黄孟文小说中的在英国殖民地新加坡与马来西亚橡胶园与锡矿场长大的惠兰，荷兰殖民地印尼爪哇人明克，越南农村的志飘及其他妇女，原来与阿Q即鲁迅的其他人物，都有密切的遗传血统关系。

佐藤春夫与鲁迅

——两位作家的相互翻译和交往

〔日〕藤井省三　日本东京大学文学部
林敏洁　译　南京师范大学日语系

一　佐藤春夫对同时代的中国之关注

佐藤春夫（1892—1964）的家族世代喜好中国诗文，其祖父号镜野隐逸，曾著有汉诗集《镜村诗集》，其父亦号镜水。关于这些，佐藤曾述："恰巧作为医学世家，为研习医学学习汉文是必不可少的，再者每代人中均有喜爱诗文的，因此自然而然地受到了明清文化的影响……"① 或许是因家学渊源的熏陶，其本人也翻译出版了《车尘集》（1929）、《玉笛谱》（1948）等中国古典诗集。佐藤不仅在中国古典文学方面造诣颇深，对同时代的中国也十分关注。

佐藤在1920年借访台之机所写小说《女诫扇奇谈》和旅行日记《殖民地之旅》等中开始表达对日本殖民统治的批判及对台湾民族主义的共鸣，对此，拙作《台湾文学百年》（东方书店1998年版）中所收录的论文《大正文学和殖民地台湾》② 中已做了详细的介绍。台湾之行一年后，佐藤邀请当时的

---

① 〔日〕佐藤春夫：《唐物因缘——作为中国杂记之序》，《佐藤春夫全集》第22卷，京都：临川书店1999年版，第183页。
② 详见〔日〕藤井省三：《关于台湾的日本文化界之意识形态——佐藤春夫〈女诫扇绮谭〉中的殖民主义和民族主义》，《外国文学评论》1992年第4期。

中国留学生、后成为著名文学家的田汉（1898—1968）、郁达夫等人来家中小聚，交往甚密。日本与中国大陆及台湾地区的近代文学，自诞生以来，已镌刻下极深的交流史。在这历史历程中，佐藤从大正时期到昭和初期，始终将友爱的目光投向中国大陆及台湾地区的文学家，他与鲁迅的深厚友谊亦是在如此充满友爱的情结之中结下的。

二　鲁迅编译《现代日本小说集》

青年留学生郁达夫在东京师从佐藤春夫门下时，鲁迅正与其弟周作人（1885—1967）在北京准备着《现代日本小说集》的出版。该书收录了同时代15位日本作家的30篇短篇小说，是中国第一部关于近代日本文学的文集，于1923年6月由中国最大的出版社——上海商务印书馆发行，给中国文坛带来了极大的影响。①鲁迅翻译了夏目漱石、森鸥外、有岛武郎、江口涣、菊池宽及芥川龙之介等人的共计11篇作品，其余由周作人翻译。周作人翻译的文章中，有佐藤春夫的随笔、小说四篇。鲁迅的建议对于是否选择佐藤的作品产生了相当大的影响。1921年8月29日，鲁迅给当时在北京郊外养病的周作人写了一封信，其中，有如下内容：

> 《日本小说集》目如此已甚好，但似尚可推出数人数篇，如加能；又佐藤春夫似尚应添一篇别的也。②

"加能"即加能作次郎（1886—1941），自然主义作家，当时出版了《支那人的女儿》《诱惑》等短篇集。由于鲁迅的建议，加能作次郎的作品未能入选，而佐藤春夫则有四篇作品被收录其中。

---

① 关于《现代日本小说集》对中国文坛的影响，参照秋吉收"近代中国对大正文学的接纳——以《现代日本小说集》以及芥川龙之介为线索"（《语言文化研究》2014年10月，第33号、第19—37页，九州大学大学院语言文化研究院）。
② 鲁迅：《鲁迅全集》第11卷"书信"，人民文学出版社2005年版，第413页。

《现代日本小说集》中以"附录"形式作了简单的作家介绍,其中关于佐藤的介绍如下:

> 佐藤春夫(Sato Haruo)生于一八九二年,是现代的一个诗的小说家。芥川龙之介说:
> "佐藤春夫是诗人……所以他的作品的特色也在于诗的这一点上。
> 佐藤的作品里并非没有讽道德的,也不是没有寓哲学的东西,但是装点他的思想的常是一脉的诗情。
> 佐藤的诗情似乎与世间所谓世纪末的诗情最相近,纤婉而兼幽渺之趣。"
> 他的作品又充满丰富的空想,可以说是一种特色。谷崎润一郎替他的病的蔷薇做序。①

由此可推断,是译者周作人引用了芥川的人物传记《佐藤春夫之事》(《新潮》1919年6月号)和谷崎评述而写成了佐藤简介,然考量选择作品的原委,想必也是反映了鲁迅的意见的。关于《现代日本小说集》,芥川不仅列举了包含佐藤名字的同书收录作者,而且予以高度评价"毫无疑问在现代日本,该书是毫不逊色于西洋文艺的翻译书籍"②。笔者认为鲁迅兄弟翻译介绍这件事应该也被佐藤知晓。

这篇介绍明确表示收录的四篇作品是从《幻灯》《美的城市》《阿绢与其兄弟》(1919—1921年发行)这三本短篇集中选出的。

《我的父亲与父亲的鹤的故事》是一部和鲁迅自传小说《朝花夕拾》(包含《藤野先生》《范爱农》等广为人知的作品)有相似题材及风格的作品。该作品描述了叙述者父亲饲养的丹顶鹤,不慎误食了雇佣的人力车夫为消灭偷吃的猫而设的毒饼后死去的故事。鲁迅的《朝花夕拾》中也收录了短篇小说

---

① 周作人编译:《现代日本小说集》,商务印书馆1923年版,第381页。
② 〔日〕芥川龙之介:《日本小说的中国翻译》,《芥川龙之介全集》第7卷,岩波书店1996年版,第253页。

《狗·猫·鼠》，讲述主人公孩提时代其宠物小鼠被女佣踩死时的愤怒。可推断，或许是受佐藤作品的启发，鲁迅才执笔创作了《朝花夕拾》。《大阪朝日新闻》晚报从1919年7月23日到8月2日连载了回顾少年时代系列的回忆文《我的成长历程》，当时的一篇作品被收录在佐藤由新潮社1921年10月出版的短篇集《幻灯》中。

《黄昏的人》是一部短篇小说，以第一人称"我"为叙述者，全文介绍了一位22岁"少年作家"寄给"我"的信。身为高等游民，却过着颓废的生活，这让人联想到郁达夫的短篇小说《茫茫夜》(1922)。《黄昏的人》的日文原名加有「」，在1921年10月发行的《文章俱乐部》刊载之后，收录在《幻灯》之中。

《形影问答》是叙述者"我"与"我"的影子之间的对话记录，而"我"的影子是"从月球来到这个悲哀的星球，为了研究孤独和无趣"的。恰巧有异曲同工之妙的是鲁迅的散文诗集《野草》当中也有同样形式的作品《影的告别》(1924年9月)。《形影问答》刊登于1919年4月发行的《中央公论》之后，被收录于《美的城市》(天佑社，1920年1月)之中。①

《雉鸡的烧烤》是取材于《论语》"乡党"篇中孔子及其弟子子路围绕雉鸡争辩的一部短篇小说。对《论语》这一节的解释经常为"不甚理解。谜一般的章节"②，佐藤解释为年轻的子路将老年孔子淡泊的心境误解为食欲。这种取材于古典作品的小说，让人联想到鲁迅描述的关于伯夷叔齐兄弟为忠孝伦理而饿死的故事《采薇》(《故事新编》1936年发行)以及取材于老子西出函谷关传说的《出关》。《雉鸡的烧烤》刊登于1916年11月12日的《读卖新闻》后，被收录于佐藤的短篇集《阿绢与其兄弟》(新潮社，1919年2月)。

笔者曾指出夏目漱石《少爷》、森鸥外《舞姬》、芥川龙之介《毛利先生》等对鲁迅的影响，鲁迅对佐藤春夫作品的传播与接受亦不可忽视。

---

① 关于佐藤春夫《形影问答》和鲁迅《影的告白》之间的影响关系，秋吉收的《鲁迅和佐藤春夫——围绕散文诗集〈野草〉》(《东方学》第126辑、2013年7月)有详细论述。

② 〔日〕吉川幸次郎著:《论语(上)》，日本朝日新闻社1996年版，第353页。

三 佐藤译岩波文库版《鲁迅选集》

自《现代日本小说集》介绍佐藤十年后的20世纪30年代，佐藤在日本展开了对鲁迅的介绍。30年代当时中日文坛交流的使者是中国文学者增田涉。在东京帝国大学文学部中国文学系学习期间，增田师从佐藤门下。1931年3月增田带着佐藤写给上海内山书店的经营者内山完造的介绍信来到了上海。鲁迅每天都去内山书店，视书店如客厅一般，据增田所言，之后的情况如下：

> 将佐藤老师的介绍信交给内山先生后，他向我引见了鲁迅。但那之后，一直到12月底因即将发生上海事变形势险恶，不得已撤离上海之前，我每天都去鲁迅家，在中国文学方面，鲁迅成了我的个人教授。①

被鲁迅"强大的人格所震撼"的增田，请求"希望向日本传达如今中国有这样的一位人物，并且汇报出现了这样一位人物的中国的现实情况"，将执笔写完的大约有100张稿纸的《鲁迅传》寄给佐藤，佐藤为之深受感动，如下回信："即刻通读了一遍《鲁迅传》，余以为甚是有趣，但也并非是有趣，若是说感受到了鲁迅先生的伟大可能更为贴切"，恰逢松浦圭三译《阿Q正传》刊行，"小生立刻一读，致以最大的敬佩之情，幸之共处同一时代，感叹不幸乃身处异地无能拜访，只能羡慕您的幸福之处，……无论如何，请向先生转达小生万份敬仰之意"。不仅如此，当知晓无名新人增田的原稿不会被当时的《改造》《中央公论》这两大综合杂志录用之际，佐藤做了"前所未有的努力"，与《改造》的负责人山本实彦直接谈判说道："职员是不会明白的，请您亲自阅读"，佐藤为《鲁迅传》在1932年4月号《改造》的登载竭尽全力。同年《中央公论》一月号刊载了佐藤亲自翻译的鲁迅短篇《故乡》。

这般尽心竭力介绍鲁迅的佐藤在得知岩波文库要出版《鲁迅选集》之后，

---

① 〔日〕增田涉：《佐藤春夫与鲁迅》，《鲁迅的印象》，日本角川书店1970年版，第270页。

决定与增田共同翻译。佐藤虽亲自翻译的仅有《故乡》和《孤独者》两篇,但是日本的代表作家编译的文库无疑对鲁迅在日广泛传播发挥了重大作用。据增田所述《鲁迅选集》畅销"约十万部"。这一时期,佐藤四处奔走,希望能够邀请健康状况不佳的鲁迅来日本疗养,而鲁迅对于佐藤的深厚情谊的感谢在致内山完造的日语书信中,如下表述:

> 早先我虽很想去日本小住,但现在感到不妥,决定还是作罢为好。第一,现在离开中国,什么情况都无从了解,结果也就不能写作了。第二,既是为了生活而写作,就必定会变成"新闻记者"那样,无论从那一方面看都没有好处。何况佐藤先生和增田兄大概也要为我的稿子多方奔走。这样一个累赘到东京去,确实不好。依我看,日本还不是可以讲真话的地方,一不小心,说不定还会连累你们。再说,倘若为了生活而去写些迎合读者的东西,那最后就要变成真正的"新闻记者"了。
>
> 你们的好意,深为感谢。由于不知道增田兄的地址,请代致意,特别是对佐藤先生,真不知用什么语言才能表达自己的谢意。(1932年4月13日)①

四 赠《北平笺谱》一册于佐藤春夫君

在位于和歌山县新宫市的佐藤春夫纪念馆里雅致地陈列着鲁迅晚年所赠《北平笺谱》。《北平笺谱》由鲁迅及其好友郑振铎共同编集,于1933年出版并附有序文"纵非中国木刻史之丰碑,庶几小品艺术之旧苑"②,这是明清时期传入北京的木板水印的大型便笺的复刻版。收集300余幅用淡色调描绘出的美丽的人物、山水、花鸟画,并且附有诗句,限量发行100册。

鲁迅将《北平笺谱》赠与增田涉乃是1934年2月之事,翌月便收到增田寄来的感谢信。大概在此感谢信之中增田将佐藤希望得到这本精装书一事告知

---

① 鲁迅:《鲁迅全集》第14卷,人民文学出版社2005年版,第197—199页。
② 鲁迅:《鲁迅全集》第7卷,人民文学出版社2005年版,第428页。

了鲁迅,在鲁迅的 3 月 27 日的日记中记录着"将一本《北平笺谱》赠与佐藤春夫君"。然而好像由于某些原因导致配送延迟,4 月 11 日鲁迅在寄给增田的信中写道:"四月六日来信拜读。送佐藤先生的《北平笺谱》一函,已于三月二十七日用小包寄出,到四月五日尚未收到,实在太慢。现在谅已到达,可否顺便问一声,如终未到达,当再寄奉"。并且在同月 28 日的日记中写到的"佐藤春夫寄来的信",就是焦急地等待精装版书籍到来的佐藤所写的感谢信吧。[①]

1936 年 10 月 19 日鲁迅于上海逝世,佐藤得知这一噩耗之后,向 10 月 21 日的《中外商业新报》寄去随笔《月光与少年》以此追悼鲁迅,内容如下:

> 阅读鲁迅作品时若稍加留意……一定会在某个地方出现有关月光和少年生活的描写,感到十分地不可思议。想来,月光是东方文学世界中传统的光。而少年是鲁迅的祖国未来唯一的希望。即使中华民国让自己几乎绝望到底,但尚未彻底绝望。无法忘记从鲁迅的文中读出的这样意味——这个国家有无数的孩子。如果说月光是鲁迅对传统的爱,那少年则是未来的希望与爱。

1937 年日本侵华战争爆发后,佐藤舍弃了过去的自由主义,作为文人海军班的一员随军作战武汉,发表了颂扬战争的战争诗集等,支持日本的侵华行为。在此期间,发表了以郁达夫为原型的中国文人对日协助的剧本《亚洲之子》(《日本评论》1938 年 3 月号),为此勃然大怒的郁达夫发表了《日本的娼妇与文士》痛骂日本的文人还不如下等的娼妇,引发了断绝师徒关系事件。关注佐藤与鲁迅的密切交流的人甚少,这可能也是因为佐藤协助战争的问题吧。即便如此,位于佐藤故乡新宫市的佐藤春夫纪念馆的一隅,还陈列着的精装书《北平笺谱》可谓是两大文豪过往交际的精美见证。扉页记叙着献词"佐藤春夫先生雅鉴 鲁迅 1934 年 3 月 27 日 上海",版权页中写着全 100 部中的第 84 部。

---

① 鲁迅:《鲁迅全集》第 14 卷,人民文学出版社 2015 年版,第 293—295 页;鲁迅:《鲁迅全集》第 16 卷,人民文学出版社 2015 年版,第 440—446 页。

李泳禧的鲁迅研究：叙述的扩展及其对东亚的启示

〔韩〕朴宰雨　韩国外国语大学中文学院

一

鲁迅为什么那么伟大？

韩国相当一部分知识分子认为，韩国的李泳禧先生真了不起，是真正的老师，真伟大，所以李泳禧最尊敬的老师鲁迅就伟大。这就说明，韩国相当多的知识分子与学生在20世纪七八十年代韩国民主变革运动过程当中首先受到"思想导师"李泳禧的影响，然后通过李泳禧开始接触鲁迅、阅读鲁迅，也开始崇拜鲁迅。后来，因为李泳禧本人很喜欢鲁迅，在韩国民主变革运动历史上的角色跟鲁迅在中国20世纪二三十年代的角色很相似，所以被称为"韩国的鲁迅"，这是众所周知的。

当然有些中文学生跟专业有关，首先接触到鲁迅，然后关注韩国现实而参与学生运动过程中就接触李泳禧，后来鲁迅与李泳禧在这些中文学生里连在一起，打成一片。鲁迅专家金河林经历过学生运动，中文系出身，他曾经说过："80年代李教授告白了对他影响最大的人就是鲁迅。……鲁迅和李泳禧就是我了解中国的两个指南。鲁迅是了解近现代中国的捷径，李泳禧是了解当代中国的捷径。通过李泳禧的著作，我才认识到韩国社会构造的矛盾，以后参加学生运动，也坐过牢。出狱以后，我投考了中文研究所，开始研究鲁迅和他的文学。……研究鲁迅的过程中，我觉得我走过的路离不开鲁迅的人生和思想。所以我还尊敬李泳禧和鲁迅这两位是我的精神上的师傅。"①可谓是其典型的一例。

从严格的学术意义上讲,李泳禧不是中国现代文学研究专家,也不是鲁迅学术研究专家。但从阅读鲁迅开始,接受鲁迅的核心精神,在七八十年代韩国社会现实里加以实践,让韩国不知其数的年轻心灵觉醒过来,推动韩国真正的民主变革。20世纪末韩国社会对李泳禧的评价,进步与保守两个阵营里曾经有相反的看法。不过,1999年12月《延世大学研究生院新闻》以教授与研究生为对象进行过对施予韩国学界全面影响的学者与著作的调查活动,得了第一名的学者就是李泳禧的数据。这个问卷调查中,对李泳禧有一致的见解:"他七八十年代为韩国变革运动的中心,面对暴力性的时代状况而斗争,给1970年代的冷战的社会气氛里带来新的视角。"②

现在的韩国社会还有各种矛盾,也有些人严重指出民主化的退步现象,但是大概认为李泳禧集中批判的矛盾极大而黑暗最严重的时代早就过去了。李泳禧2010年12月5日因病逝世,因此李泳禧的影响力也估计远不如七八十年代军部独裁的黑暗时代能深入肺腑的那么强而有力。但是,进步知识界还是以李泳禧为思想恩师。而且韩国著名传记文学家金三雄在《李泳禧评传》中说:"从军部独裁时代起,韩国人可以分为两类的人:一类是'李泳禧人',一类是'与李泳禧无缘的人'。"③

那么,我们国际鲁迅专家们能不能说世界人可以分为两类的人:一类是"鲁迅人",一类是"与鲁迅无缘的人"?

李泳禧生前已经出版了《李泳禧著作集》12部④,里面包括:(1)《转换时代的论理》,(2)《偶像与理性》,(3)《80年代的国际情势与韩半岛》,(4)《超越分断》,(5)《逆说的辩证》,(6)《历程》,(7)《自由人,自由人》,(8)《鸟

---

① 〔韩〕金河林:《鲁迅,李泳禧和我的人生》,朴宰雨主编《从韩中鲁迅研究对话走向东亚鲁迅学》,早晨出版社2008年版,第181页。
② 〔韩〕金三雄:《李泳禧评传》,韩国Chakbose(책을 통해 보는 세상,意译:通过书本看世界)2010年版,第44页。
③ 同上,第20页。
④ 〔韩〕李泳禧:《李泳禧著作集》,大路社2006年版。

儿靠左右的翅膀飞》，(9)《斯芬克斯的鼻子》，(10)《半世纪的神话》，(11)《对话》、(12)《21世纪早晨的思索》。

李泳禧的著作，除了12部著作集之外，还有任轩永在李泳禧去世后就编选了《希望：李泳禧散文选》1部①。估计还有一些零碎的文章没有收罗进来吧。除了这些之外，李泳禧有关中国的编译书里面，还有《和八亿人的对话》(1977)、《中国白书》(美国国务省，1982)、《10亿人的国家》(1983)，全面介绍海外进步知识分子或者国家机关对当代中国的有证据的客观论述，给冷战时期的韩国人提供有关新中国的新鲜知识。

笔者早在2001年初发表过《七八十年代韩国的变革运动与鲁迅——以李泳禧、任轩永两位运动家为中心》一文②，主要探讨李泳禧先生如何接受鲁迅精神，在韩国现实上如何运用鲁迅精神来实践，为民众斗争。这件事已过15年，其间发生了不少事情。2005年3月任轩永将和李泳禧先生的对话以《对话》的名义编辑成书③，主要谈李泳禧的人生与思想，包括不少李泳禧关于鲁迅的轶事。同年7月与11月李泳禧分别在沈阳与首尔应邀参加了韩中鲁迅专家合办的韩中鲁迅研究对话会两次，做了演讲或者报告，前者以《我的著述活动与鲁迅》为名，后者整理成为《试论一个问题——对鲁迅著作中没有提及朝鲜（韩国）之意义的考察》，各自登载于中国的期刊里。④2006年12月中国著名周报《南方周末》请笔者采访李泳禧先生，采访稿不久就登报，内容更进一步拓展和丰富。⑤2011年1月发行的《希望：李泳禧散文选》，包括李泳禧有关鲁迅的主要散文好几篇。

2010年12月5日李泳禧先生去世，也已过近六年。在此，笔者想趁着机会

---

① 〔韩〕李泳禧：《希望：李泳禧散文选》，大路社2011年版，第1页。
② 见《鲁迅研究月刊》2001年第1期。
③ 见《对话：一个知识分子的人生与思想》，大路社2005年版。
④ 前者论文登载于《鲁迅研究月刊》2005年第8期，后者论文韩文本《鲁迅作品里为什么不存在朝鲜》2005年11月19号写成，登载于《李泳禧著作集》第12部《21世纪早晨的思索》里，中文本登载于《当代韩国》2006年春季号（社会科学文献出版社）。
⑤ 登载于《南方周末》2006年12月14日。

对三点加以梳理或者分析，又或探索其启发性。第一，按照李泳禧的鲁迅叙述的主要内容，分四个阶段来整理。第二，对李泳禧为什么那么认同鲁迅的问题，就是对李泳禧和鲁迅之"同"，加以分析。第三，李泳禧2006年发表的一篇论文和一篇采访稿里的鲁迅论述，其中四点的启发性意义大，在此进一步探讨。

二

我们全面收集资料，探讨李泳禧的鲁迅论述的演变过程，可以分为四个阶段。

第一阶段为从1959年到1977年8月。李泳禧20世纪50年代末、60年代初在日本买来了竹内好的鲁迅作品日译本，多读之后，非常认同。不过，在当时严重的反共风气之下，没有写成文章表示自己对鲁迅的感受。

第二阶段为从1977年7月到1991年12月。李泳禧在1977年7月号月刊杂志《新东亚》"感动名士的119卷书"专辑里推荐了《鲁迅全集》，也说明推荐的理由。同年9月出版第二评论集《偶像与理性》时，在序言里又提到鲁迅铁屋之话。以后站在应付韩国现实的立场，一面继续强调鲁迅精神，一面运用鲁迅的《来了》《论"费厄泼赖"应该缓行》等作品，运用文笔来和韩国的黑暗现实进行战斗。

第三阶段为从1991年1月到2005年2月。1989年东欧社会主义崩溃，李泳禧估计受到很大的冲击，接而苏联社会主义体制也崩溃。他反思之余，从1991年1月开始公开表明反思的结果，宣布东欧和苏联的社会主义失败。在韩国1993年2月底金永三文民政府出帆，李泳禧初期对文民政府有点期待，但是后来大大失望。他在这个时期中，虽然偶尔提出鲁迅精神与文章在韩国的现实意义，但是好像没有用鲁迅文章来进行斗争，更多是坦率回顾过去自己的实践生涯与鲁迅精神的关系。

第四阶段为从2005年3月到2010年12月。2005年3月著名进步文学评论家任轩永以对话形式出版李泳禧回顾谈《对话》，李泳禧在这里到处表示对鲁迅精神的认同与对鲁迅的怀念之情。不过，也提出鲁迅的"国民性改造论"

与韩国李光洙的《民族改造论》的根本上的不同问题。其后李泳禧在中国发表一篇新的论文,讨论了"鲁迅作品里为什么不存在朝鲜"的问题。还有他在笔者替《南方周末》所做的采访稿里也提出了"鲁迅的第三立场"论与作为"东亚'智'的桥梁"的鲁迅论。这些可以说是李泳禧鲁迅叙述的新的拓宽与发展。

首先对李泳禧在每个阶段里所发表的鲁迅叙述,可以整理如下。对鲁迅的专论叙述当然收录,涉及一部分鲁迅叙述的也包括进去。

【第一阶段】(1959年末—1977年8月):无

【第二阶段】(1977年9月—1990年12月):

1.《感动名师的119卷书:鲁迅全集》(《新东亚》,1977.7);

2.《〈偶像与理性〉序言》(《偶像与理性》,1977.9)[涉及一部分];

3.《来了!》(1982)(《超越分断》,1984.9);

4.《知识分子与时代精神》(1984)(《超越分断》,1984.9)[涉及一部分];

5.《仰望鲁迅》项目,《〈偶像与理性〉——代记》(《逆说的辩证》,1987);

6.《知识分子与机会主义》(《东亚日报》1987.7.6,《自由人,自由人》,1990);

7.《法西斯不是费厄泼赖的对象》(月刊《中央》1988年12月号,《自由人,自由人》,1990);

8.《鲁迅与我》(《历史春秋》1988年7月号,《自由人,自由人》,1990);

9.《30年执笔生活的回顾》(《Hangil文学(한길문학,意译:一路文学)》1988年7月号,《自由人,自由人》,1990))[涉及一部分];

【第三阶段】(1991年1月—2005年2月):

1.《从鲁迅看今天的我们》(李旭渊编《鲁迅散文集朝花夕拾》,1991.3);

2.《永远的老师,鲁迅》(1992.6)(《鸟儿靠左右的翅膀飞》,1994);

3.《往事该向历史过问:观看奉承权力的知识分子的迅速的变身》(1993.9);(《鸟儿靠左右的翅膀飞》,1994)[涉及一部分];

4.《吾师鲁迅》(《冠岳》,1995,《斯芬克斯的鼻子》,1998.11)。

【第四阶段】(2005年3月—2010年12月):

1.《对话》(任轩永为身体欠佳的李泳禧用对话的方式,叙写人生回顾

录)[其中不少地方牵涉李泳禧对鲁迅的怀念之情与认同及其独特的鲁迅观](2005.3);

2.《我的著述活动与鲁迅》(中文,《鲁迅研究月刊》2005年8月号);

3.《试论一个问题——对鲁迅著作中没有提及朝鲜(韩国)之意义的考察》(中文,《当代韩国》2006年春季号);

[内容略同]《鲁迅作品里为什么不存在朝鲜》(2005.11),《21世纪早晨的思索》(2006.8);

4.《韩国鲁迅的鲁迅》(《南方周末》2006.12.14)。

三

那么,下面对李泳禧为什么那么认同鲁迅的问题,探讨一下。主要对李泳禧和鲁迅之"同",加以论述。

李泳禧有关鲁迅的叙述中,认同鲁迅的地方很多。我们可以从四个方面指出来。

第一,李泳禧首先感到鲁迅所处的中国20世纪10—30年代的时代环境和自己所处的韩国20世纪60—80年代时代环境非常相似。他更感觉到在中国那样的时代环境里鲁迅所扮演的角色,自己应该在韩国时代环境中担负、实践,就是要跟鲁迅学习人生态度与核心精神,由此,他所扮演的角色和鲁迅也非常相似。

李泳禧认为中国的20世纪10—30年代的现实、尤其是30年代的现实,和韩国解放后经过历代独裁政权到1992年的现实、尤其是20世纪60—80年代的现实太相似。在正义和真理被横暴、无知和奸狡蹂躏这一点上非常类似。他在《鲁迅与我》(1988)中曾表述过当他读到《〈呐喊〉自序》的"铁屋"时所受到的震撼:"当我在这个从各方面来说都和蒋介石统治下的中国有共同之处的朴正熙政权统治下烦闷苦恼之际,我读到了鲁迅的这句话。我仿佛听到坟墓里的鲁迅对我说。"① 李泳禧一辈子刻在心里的鲁迅文章相当多,但是印象最

---

① [韩]李泳禧:《自由人,自由人》,韩国凡友社1990年版,第38页。

深刻的、影响也最深入的,就是《〈呐喊〉自序》里有关铁屋的对话。他认为如果中国20世纪10—30年代社会是"铁屋",韩国20世纪60—80年代社会也是"铁屋"。因此,他在自己的文章中多次引用了这个有关铁屋的话,如《偶像与理性·序文》(1977)、《〈偶像与理性〉——代记》(1987)、《鲁迅与我》(1988)、《吾师鲁迅》(1995)、《在法庭上真切地感受的我的思想上的影响》(《对话》,2005)等。他又说:"我在批评社会的文章中,介绍鲁迅思想的理由,就在于和中国30年代的现实和韩国20世纪60—80年代的现实,用对位法式论法作譬喻并加以批判。"①

那么,他在这样的时代环境里感觉到的使命如何?上面的文章接着说:"我恍然大悟,精神为之鼓舞。我顿时领悟到我应该干什么,并立刻下定了决心。我人生的方向和目的便在一瞬间被决定了。我感悟到我人生的一切就是为了让那些被盲目的、狂热信从的、非理性的反共主义所麻痹的人们尽早觉醒,就是为了纠正他们的错误意识。"②李泳禧对鲁迅思想的核心有真切的共鸣:"在阅读鲁迅众多的著作时,我为将思想付之于实践的知识分子的生活所感动。我否定了那些安居于'买卖知识商品'的教授、技术人员、文艺作家的生活,开眼于与受苦民众同甘苦共患难的'知识分子的社会义务',这些苦难,当然是由于不正的社会条件所造成的,这样的义务感则出自于'对人类之爱'。"③他对自己所扮演的角色这样回顾:"如果说我对这个社会的知识分子和学生产生了某种影响的话,那只不过是间接地传达了鲁迅的精神和文章而已。我亲自担当了这一角色,并以此为满足。"④

由此知道,李泳禧对鲁迅的根本认同是从对中国与韩国的时代环境的认识与在那样的时代环境里所扮演的角色的认同而来的。

第二,李泳禧的文笔也是跟鲁迅学习的,相似之处多。他曾经说过:"在

---

① 〔韩〕李泳禧:《永远的老师,鲁迅》,1992年6月;《鸟儿靠左右的翅膀飞》,1994年。
② 〔韩〕李泳禧:《自由人,自由人》,韩国凡友社1990年版,第38页。
③ 同上,第354页
④ 〔韩〕李泳禧:《吾师鲁迅》,《斯芬克斯的鼻子》1998年版,第80、82页。

过去近四十年的岁月中，我以抵制韩国现实社会的态度写了相当分量的文章，这些文章在思想上与鲁迅相通，当然也在文笔上与鲁迅相通。"① 那么，他"在文笔上与鲁迅相通"指着什么呢？他在《仰望鲁迅》一文中的有关部分，可以当做一个注解。他说："这就是鲁迅。他写文章的时代状况和 70 年代今天的我们状况很相似。因为是不能正面写作的'反知性'的时代，他很多用逆说、谐谑、婉曲、譬喻……的方式传达意思。那样的技法，我要跟他学习。我撰写评论类文章之前，我随便翻一番《鲁迅全集》里的一些文章，也随便读读。写完之后，站在鲁迅的心情品尝。培养这样的习惯，已近三十年了。从这个意义上，我给他欠债。"② 后来在《对话》中又说过："写文章的技法、美学，压着内心里燃烧的愤怒，有时用正攻法，有时用比喻、隐喻、讽刺、幽默、谐谑、滑稽的方法攻击对方的精炼的文章，很多都是跟鲁迅学习的。"

他后来在笔者替《南方周末》采访的时候，对有关这方面的提问，就进一步解释说："由于我不是鲁迅那样的文学家，在文学方面说不出什么来，但在文学以外，我想学习鲁迅的地方，主要是称为杂文的类似于批判文明、批判社会、批判文学、批判时代的文章，文章写作的方法多种多样，在注意避免受到当权势力直接迫害的同时，又能揭露黑暗势力的丑恶与恶行。鲁迅特有的方式，成为我在韩国社会发表文章的楷模，这对我有很大意义。"③

李泳禧特别喜欢鲁迅的杂文，不但灵活地使用鲁迅杂文的笔法，而且往往直接引用鲁迅的杂文来批判韩国的某种黑暗现实，如《论"费厄泼赖"应该缓行》《来了》等文章。他在上面所提到的一样，对"中国 30 年代的现实和韩国 20 世纪 60—80 年代的现实，用对位法式论法作譬喻并加以批判。"④ 他从这样的角度，1982 年就活用鲁迅的《来了》来对当时韩国新军部独裁的疯狂的以"过激主义""来了"的方式对民主变革运动进行镇压的情况，加以批判。又分别在 1987 年和 1988 年活用《论"费厄泼赖"应该缓行》一篇来对争取直接选举之后

---

① 〔韩〕李泳禧：《吾师鲁迅》，《斯芬克斯的鼻子》1998 年，第 80、82 页。
② 〔韩〕李泳禧：《〈偶像与理性〉——代记》，《逆说的辩证》1987 年。
③ 〔韩〕李泳禧：《"韩国鲁迅"谈鲁迅》，《南方周末》2006 年 12 月 14 日。
④ 〔韩〕李泳禧：《永远的老师，鲁迅》1992 年 6 月；《鸟儿靠左右的翅膀飞》1994 年。

和谐局面上知识分子的机会主义蔓延的现象,加以严厉批判,反响很广泛深刻。

由此看来,我们可以确认李泳禧多么喜欢鲁迅的杂文,对鲁迅杂文的精神与笔法学习得多么彻底,多么地道。

第三,李泳禧也对鲁迅的心性和气质有相当的认同。2006年12月笔者替《南方周末》的记者向李泳禧提问过这方面的问题,"您个人为什么会跟鲁迅产生那么深的精神联结?是心性和气质的类同吗?"他的回答如下:"确实有这方面的因素。我认为,鲁迅的不屈不挠的精神、热爱人民和始终反抗权势之虚伪的精神气质起到了一定的作用。鲁迅对统治阶级靠虚假统治社会以及由此带来的愚民化、精神奴隶化,所表现出来的反抗精神和唤起民众的启蒙思想,在60年代以后的三四十年间一直激励我为变革韩国社会而努力,而且鲁迅精神与韩国的实际非常吻合,所以我感到很亲切。"不过,在李泳禧访问鲁迅故乡之后的感受中,我们可以具体体会到他对鲁迅心性与气质的认同。在《对话》一书中,任轩永说:"看您的社会科学性质的文章,也感觉到鲁迅的影响。在文章中发挥一次机智的部分中,能感觉到和鲁迅的文章非常相似。"对此,李泳禧回应说:"我写文章的精神与态度,就是鲁迅的。……我病情好转的2003年,终于实现了访问鲁迅故乡的夙愿。……鲁迅作品里出现的充满深情的地方,寄寓哀愁的地方,我都一一踏过。好像来我自己的故乡一样,感觉温暖和多情。想再一次去。通过作品,我早就了解到鲁迅的脚步和感情,所以好像在那里见过鲁迅似的。又发现和他一起哭的我自己。"[①] 由此,又可以发现李泳禧对鲁迅的感情,多么深入,他的心性与气质也多么认同鲁迅这一事实。

第四,李泳禧对鲁迅的学校经历等人生的曲折经过很有认同感。李泳禧从乡下求学首尔读中学时就选择工业技术学校,升大学的时候也为了免学费选择海洋大学,这和鲁迅求学南京选择江南水师学堂与矿务铁路学堂很相似。他们虽然后来都成为文学家,但是年轻的时候不谋而合地选择了理工科。李泳禧对这一点在《对话》中如下解释:"我和鲁迅有那样类似的学校经历,更觉亲近感。他在混乱与变革时期作为摸索前途的青年人经过了多样的经验与迂回曲

---

① 见《对话:一个知识分子的人生与思想》,大路社2005年版,第730页。

折。……鲁迅在中国开化期遍历理工科学校，为了治愈中国人的迷信与身体疾病，留学仙台医学专门学校，是吧。不过，在中日战争和俄日战争中目睹中国民族的寒心情况，就确信'体格如何健全，精神腐败的民族没有前途'。醒悟救济民族的真正的路不外是改造精神的手段与方法的文学，就抛弃医学，这是很有名的事吧。我切实地共鸣他的人生。不知是否是合适的比喻，如果我也在日帝时期的工业中学与海洋大学的延线上生活，估计……不过，我抛弃那样的路，选择表现我的思想，做改造意识的社会服务工作，我想，其结果对过去韩国社会的变化与发展起一定的作用吧。"① 任轩永也同意这一点说："您估计和鲁迅同一个命运吧。我在您的文章中也感觉到鲁迅呢。"② 确实他们两位的学校经历与人生命运多么相同，我们不得不承认"李泳禧人"与"鲁迅人"多么相近。"与李泳禧无缘的人"和"与鲁迅无缘的人"估计不会知道。

四

那么，下面我们可以进入"李泳禧叙述鲁迅"的历程中的第四期里所论述的几个主要的观点以及其启示性问题进行梳理并探讨吧。

第一，中国鲁迅和韩国李光洙有关"国民性改造论"或者"民族改造论"的对比论述。

跟上面所提的一样，2005 年 3 月出版的《对话》中，李泳禧提出了和鲁迅有关的一个新的论点，就是鲁迅的"国民性改造论"与韩国李光洙的"民族改造论"的根本上的不同问题。他在这里激烈批判了李光洙。2005 年 7 月与 11 月北京鲁迅博物馆与韩国鲁迅学界分别在沈阳与首尔合作举办韩中鲁迅研究对话会两次，李泳禧两次也都应邀参加，在沈阳做口头演讲，在首尔发表论文。这两次学术交流估计对李泳禧的鲁迅观的影响很大。他以此为契机，不但对"鲁迅作品中没有提及朝鲜（韩国）"的问题加以关注，而且与

---

① 见《对话：一个知识分子的人生与思想》，大路出版社 2005 年版，第 86—87 页。
② 同上。

它有关对上面所提的对鲁迅与李光洙民族性改造论观点的对比思考，也进行了更深入的研究，在《鲁迅作品中为什么不存在朝鲜》（2005年11月19日）（2006年3月在中国期刊《当代韩国》上发表时的题目，改为《试论一个问题——对鲁迅著作中没有提及朝鲜（韩国）之意义的考察》）中进一步详尽地发挥其论点。

《对话》里陈述的论点较为简单。首先指出李光洙的《民族改造论》（1922）与鲁迅的《狂人日记》（1919）、《阿Q正传》（1922）发表于类似的时期，但是写作的目的不同。鲁迅这些作品的精神和李光洙《民族改造论》的意图完全相反，绝对不想把中国民族看做比日本民族劣等，或者把中国民族日本化。如果李光洙为了出卖自己民族而写，鲁迅就是为了在西方与日本的侵夺危机中让中国人直视中国人的内面缺点而克服它，才写了这些作品。当时猛烈批判鲁迅为民族虚无主义或者民族败北主义的思想与论点都被历史否定，而鲁迅被推崇为觉醒中华民族的伟大的先觉者。

如果说《对话》里的论点系统性与逻辑性不够，那么《试论一个问题——对鲁迅著作中没有提及朝鲜（韩国）之意义的考察》里的论点较为均衡，相当系统。他指出："这两个人的世界观里有一个最明显的共同点，那就是为了提高自己民族政治主动性的所谓'民族改造论'思想。"不过，李光洙呢，"像鲁迅那样在朝鲜的现代文学中反对封建儒教束缚并提倡自由思想，还以此为基础创作过现代启蒙小说。从这一点来看，可以说李光洙曾经一时是'朝鲜的鲁迅'"。但是"没过几年他就改变态度认为自己的民族是不可救药的劣等民族，并以《民族改造论》企图使朝鲜民族隶属日本统治成为正当化"。李泳禧眼光很锐利，他指出李光洙受到鲁迅影响的可能性，但没有体会到鲁迅"彻底暴露了当时中国人民大众的无知、懒惰、愚昧、贪欲、狡猾、不知羞耻……等，并对此进行了无情的批判"的真正意图，说："李光洙在亡命中国的短时期里，有可能会受到鲁迅要改造《狂人日记》《阿Q正传》《呐喊》中的中华民族之正当性的影响。""鲁迅是为了使中华民族成为'历史的真正主人'，确保'政治主动性'，为了提倡政治主体的反帝反封建意识而投入到文笔活动中的。比起鲁迅，站在民族虚无主义（nihilism）立场的李光洙似乎并未完全领会鲁迅的《文化偏至论》。"①

这是李泳禧有关鲁迅与李光洙"民族性改造论"的对比考察的主要论点。可以知道他的独到的洞察力。在我们看来,这个问题有相当重要的历史意义。牵涉到的各种问题也不是很简单。不过,李泳禧是言论家出身的,因此主要写短文,所以需要从学术研究的观点对这个问题进一步严密对比考察。

第二,"鲁迅作品中为什么不存在朝鲜"的问题。

这个论点首先在2005年11月19日在韩中鲁迅研究对话会首尔会议上提出来,让大家敏感关注,后来在《当代韩国》(2006年春季号)里以《试论一个问题——对鲁迅著作中没有提及朝鲜(韩国)之意义的考察》的题目登载,就给中国学界公开,付之于纸上讨论。

李泳禧在"鲁迅著作中没有提及朝鲜(韩国)"的前提下,先提及韩国1919年"三一运动"对陈独秀、傅斯年、周恩来等中国知识分子的影响,然后说:"然而,在鲁迅的文章里找不到有关朝鲜民族'三一运动'那样的抗日独立斗争及其对中国知识分子思想影响的内容。"②他分析这样的背景与原因,提出两点。第一点是鲁迅对世界的各民族的道德性与素质的评价标准问题。他指出鲁迅采取了倾向于尼采的超人思想、达尔文的进化论以及威廉的革命英雄主义的态度,这对朝鲜民族的评价自然也不会例外。他因此提出"假定鲁迅对朝鲜民族观确实如此的话,他的这种观点形成的背景是否与日本留学时期受到日本政治文学思想的影响有关"③的疑问。当时鲁迅这样根据进化论承认日本民族的优越性,"而对通过明治维新实现现代化且以西洋思想实现文明化的日本却加以肯定,并以日本的优越点作为典范。"④他由此推理:"日本人对朝鲜民族的顽固偏见使鲁迅认为自己的中华民族是无能的、反进化的存在,进而以同样

---

① 〔韩〕李泳禧:《试论一个问题——对鲁迅著作中没有提及朝鲜(韩国)之意义的考察》,《当代韩国》,社会科学文献出版社2006年春季号。
② 同上。
③ 同上,第214页。
④ 〔韩〕李泳禧:《试论一个问题——对鲁迅著作中没有提及朝鲜(韩国)之意义的考察》,《当代韩国》,社会科学文献出版社2006年春季号。

认识来看待朝鲜,这也是很自然的事情。"① 第二点是站在虚无主义立场的李光洙似乎完全不领会鲁迅的《文化偏至论》,就陷入否定自己民族的思想,李泳禧认为这"导致了朝鲜民族整体丧失自尊能力的结果,甚至可以推测其原因是对现实的错误认识。"②

四川大学张放后来想跟李先生讨论,提出几个鲁迅文章中涉及朝鲜的资料③,想要修正"丝毫没有提及"的论断,估计这是可以的,但是这些资料就是太零碎,根本动摇不了李先生的立论点。不过,我们看,李泳禧的这些论点还站在假定的立论上,而且提出来的证据还不太详尽,需要更具体一点的补充,才能更有说服力吧。这个论点继续等待韩中日以及国际鲁迅学者的进一步讨论吧。

第三,"鲁迅的第三立场"论。

李泳禧在《南方周末》2006年12月14日回应记者提问的过程当中,提出了"鲁迅的第三立场"论,很值得注目。记者首先说明中国知识分子对现实采取的三种立场:"对中国的现实,知识分子一直有截然不同的立场和态度。其一,为中国走向文明开化,走向现代奔走呐喊,这种立场被称为是肤浅的启蒙主义;其二是趋向甘地式的反现代主义,这也可能称为反启蒙主义。鲁迅是站在一个既非肤浅轻狂的启蒙主义,也非反启蒙主义的第三立场。"④然后对鲁迅的立场加以说明:"他肯定走向现代的指向性,也不断去批判现代性。他趋向于阶级思想,但一刻也没有放弃对它的局限性的批判。"李泳禧对这个提问就回答如下:"我认为这个提问所指出的鲁迅独特的第三立场,确实是一种非常适当的表达方式。"然后举几个例子。首先举出鲁迅不仅不赞同洋务论者的国粹主义富国强兵方式,也批判梁启超和康有为为中心的所谓制度改革也脱离了中国社会发展的阶段这一例子。又举出当他看到大部分留学日本的中国留学生都想选择法学、政治学、

---

① 〔韩〕李泳禧:《试论一个问题——对鲁迅著作中没有提及朝鲜(韩国)之意义的考察》,《当代韩国》,社会科学文献出版社2006年春季号。
② 同上。
③ 张放:《对鲁迅"无视"朝鲜"问题"的"关心"和讨论——与韩国学者李泳禧先生商榷》,《西方文论与中外文论比较研究》,四川大学文新学院基金项目。
④ 夏榆:《"韩国鲁迅"谈鲁迅》,《南方周末》2006年12月14日。

工学或实务经济政策等方面的专业时,他却批判那些只致力于表面启蒙主义的性质,唯独选择了别人不肯选择的医学这一事实。还有举出当觉悟到中国人或中国人民的致命缺点是精神而不是肉体上的疾病以后,鲁迅从医学专业改为文学之路这个例子。最后又举出鲁迅在抗日战争时期与"国防文学"展开的论争中,采取"民族解放战争中大众文学"的立场,也是一种区别于从表面上解决中华民族问题的对应于启蒙主义的第三立场这一事实。他的最后结论是:"因此我认为,在当时多种思想潮流中,鲁迅始终探求根本问题,批判表面上的启蒙主义,始终固守第三立场的态度,不愧为超群的能力。"

从这样的对话中,我们可以确认李泳禧对鲁迅的看法的穿透力。不过,也跟上面提出的问题一样,需要从学术研究的观点切入,使理论更加深入,论证更加充分吧。笔者对这个问题考察的时候,越来越感兴趣,打算今后进一步探研。这个论点也还继续等待韩中日以及国际鲁迅学者的进一步探讨吧。

第四,作为"东亚'智'的桥梁"的鲁迅论。

李泳禧又在《南方周末》2006年12月14日回应记者提问的过程当中,提出了"作为东亚'智'的桥梁的鲁迅论",到了21世纪也继续动荡不安的东亚局势里这个问题也很值得注目。这个问题也由记者提问,李泳禧回答。

李泳禧对这个提问回答说:"如果让我冷静地说的话,对于鲁迅在东亚的地位和今后潜力或者对目前的效用,很难做出那么积极的评价。"[①] 不过他又说:"但从目前情况来看,东亚各国的经济、社会、政治、文化等发展的阶段或生活方式和水平都不一样。东亚各国的国家民族的利益也有所不同。鲁迅作为东亚人应该做的事情是,为了反霸权主义的、和平主义的大众,尽可能地适应于善邻生存的目标。看东亚各国当今的趋势,国家之间的关心和方向有所不同,甚至会向分裂或对立的方向发展。所以,我看现在有一项重要的任务,那就是让东亚几个国家的知识分子在自己的国家内部,追随鲁迅的精神或者通过变形明确自己的使命。这些知识分子,如果能对自己国家的各种制度或政治社会进行修正或改正的话,由此为东亚各国统一到一个大的共同的方向,为东亚的共

---

① 夏榆:《"韩国鲁迅"谈鲁迅》,《南方周末》2006年12月14日。

同生存起到桥梁作用,那么,可以说鲁迅精神有一定的作用余地。"①他进而说:"对于那些有利于(化解)各个国家和民族的内部矛盾,以及东亚区域相互和平共存繁荣的做法,如果能用鲁迅的精神自觉地加以修正,我认为即使在鲁迅逝世70年以后,为了东亚15亿民众的将来命运,也会做出肯定的贡献。"②

最后记者问:"对鲁迅的回望是重温死火,21世纪的世界,全球化的资本主义的各种矛盾将更为复杂,更为深刻、尖锐,有人说鲁迅属于过去式,也有人说鲁迅属于将来式,您的看法呢?"李泳禧的回答明确得不得了:"在21世纪里重温和活用鲁迅的精神和思想,将此比喻为重温死火的努力,是一种错觉。鲁迅的思想,即使现在也是毫无变化而继续燃烧的火。"③

对话中的李泳禧的论述,好像很冷静,但是看最后一句,他还是对鲁迅抱着很大的期望的"鲁迅人"。我们看,李泳禧的说明虽然偏重于东亚国际秩序下的宏观视角里,但是值得充分参考。不过,现在韩中日的东亚共同体论,已经讨论的很多。我们尽量吸收既往的东亚共同体论的优点的前提下,将"作为东亚'智'的桥梁的鲁迅论"引进来,展开讨论的必要。这是重要的启示点吧。

其实,鲁迅在东亚,很有地位。

在中国的鲁迅地位的演变,现在也是不可替代的重要的现代文学家兼思想家,大家都很清楚。了解日本接受鲁迅的历史,在日本的土壤那么深厚,也看韩国接受鲁迅的历史,对鲁迅的认同多么深厚。日本辈出了竹内好与丸山昇等实践意识浓厚的思想界战士以及埋头苦干的学者,不可胜数,翻译与研究的出版成绩也非常丰富。韩国也辈出了李泳禧等实践意识尖锐的精神界的导师与战士以及满怀热情拥抱鲁迅的实践性知识分子,也不知其数,翻译与研究的出版成绩也越来越多。目前韩国几乎把《鲁迅全集》翻译好,只剩下几本而已。如果韩国学界完成这个大事业,那么,全世界里翻译出版《鲁迅全集》的只有日本和韩国了。这样的"东亚鲁迅"的基础谈何容易?韩国准备今年和明年上半

---

① 夏榆:《"韩国鲁迅"谈鲁迅》,《南方周末》2006年12月14日。
② 同上。
③ 同上。

年把"中国学者鲁迅名家精选集"翻译成韩文出版,这也算是东亚鲁迅学界的一大盛事吧。

虽然往往出现"鲁迅是过去的人物"式的论断,但是不可否认已经形成了东亚知识分子对鲁迅的共识。这是"作为东亚'智'的桥梁的鲁迅论"的良好的基础了。

这一点,我认为需要继续探研,并继续讨论吧。

五

我们在上面探讨"李泳禧的鲁迅研究:叙述的扩展及其对东亚的启示"。

在以前的李泳禧鲁迅论的基础上,把李泳禧的全部鲁迅论述汇集起来,加以阶段性地梳理,而且李泳禧对鲁迅的认同问题,从四个角度加以分析,最后对李泳禧2005年以后鲁迅论述的扩展,分四个新的论题的启发性,加以梳理并探讨。

我对李泳禧的一句话印象很深刻,就是"鲁迅的思想,即使现在也是毫无变化而继续燃烧的火"。

希望各位参加这样的探讨队伍。我的报告由于时间的限制,发挥得不够,请多多批评指教,以期成全。

鲁迅在冷战前期的马来亚与新加坡

〔马来西亚〕庄华兴 马来西亚博特拉大学外文系

摘　要：20世纪50至60年代是新加坡与马来亚（下称"新马"）冷战的高峰期。1955年4月18—24日，在印尼万隆召开的亚非会议，除了促进亚非国家之间的经济与文化交流，也为了共同抵制美国与苏联的新殖民主义活动。这场会议为马新两地的左翼组织与政团注入动力，但同时也引起内部左右派的对立。1955年，越南爆发战争，以美国等资本主义阵营的国家支持南越（越南共和国）对抗受苏联等社会主义阵营国家支持的北越（越南民主共和国）和"越南南方民族解放阵线"（又称"越共"），直到1975年战争方告结束。殖民政府担心越战使东南亚国家陆续落入共产党政权的手里。于是，马来亚执政者于1960年祭出内部安全法令；1963年，当新加坡加入马来亚时，该法令也成为新加坡法律的组成部分，两国领导者以它来镇压反对的声音。"文革"期间，殖民者与新兴执政权贵对华侨华人更为敌视。在这左右阵营对立的冷战年代，马新华人社会在面对各种恐吓与极度的精神压力下，鲁迅成为他们的精神资源。华人社会通过文艺组织举行读书会，报纸副刊和杂志社也定期编辑"鲁迅周年纪念专辑"。这些活动，除了纪念鲁迅，以左翼鲁迅抵抗英美冷战下的反共策略，同时借鲁迅寻求民族意识的寄托。本文将援用文献，进一步了解当时的"鲁迅纪念现象"与冷战的关系。

关键词：冷战；左翼鲁迅；民族意识

在市舶与南海贸易时代，南洋只是中国商贾收购珍禽异兽与土产的异域，当西北季候风刮起，便扬帆北返，了无牵挂。16世纪以后，西方海上竞争势力扩展到南洋，开启了西方殖民与经济掠夺时代，本时期大量苦力南来谋生，他们虽然不一定有明确的国家观念，但乡梓观念仍有所托，落叶归根是他们的精神归向。简言之，无论是寓居异地的生活如何不堪，这些流寓者始终有一个具体的精神投寄，那是他们的出生地，他们的故乡乃至祖国。

二战后情况有所改观，从1946—1960年十余年间，可谓是东南亚华人面对群体历史中最为煎熬与艰困的时期。这种现象不仅仅是因为政治身份归属的转变，更是因新国家诞生而涉及文化身份的重新定位而引起的内心两难，也有部分南来文人因大陆政治变化而与故乡亲人暌隔，如带发孤僧终老南洋。

华人有苦往肚里吞多少受旧文化的影响，以及因寄人篱下而养成逆来顺受的性格。因此，内在情感并不轻易流露或渲之于外。及至二战后，面对严峻的冷战形势，华人更懂得如何安身自保。犹有进者，他们还必须面对当地高涨的民族主义热潮以及因之而生的排外情绪。翻开新马二战后50年代华文报章，不难理解何以看到的十之八九是冷冷的反共新闻。这时候华人民族主义情绪被压制下来，其他非意识形态的更无从感知，譬如因祖国局势剧变而割断了返乡、归根之路的种种反应。我们后来只能从侧面，如文化界和民间知识阶层的行为与活动去了解。其中之一便是鲁迅纪念活动，如纪念会、群众集会、文艺晚会与周年纪念专号或特刊的出版。写作界也不乏继承鲁迅精神的作者，为马华文艺注入一些思想元素。

冷战时期的左翼鲁迅

20世纪30年代以来，新马华人始终把鲁迅视为左翼的旗手，华人民族主义寄寓其中，却往往被忽略。这样的思想结构是二战前后华人民族主义形式的最大分野。约言之，二战后华人选择以左翼或共产主义斗争因应英美冷战战略，同时借民族情感争取华人的支持与拥护。鲁迅精神这时候成为新马文化界青睐的有力武器，一方面以之因应冷战，另一方面以之维系华人民族情感。

1948年，英殖民政权担忧马来亚落入左翼势力手里，把权力分阶段交给右翼的各民族联盟政治阵线，简称"联盟"。同时当局加紧对付左翼政团与人士,厉行逮捕、扣押与拘禁,或驱逐出境。马来亚共产党也在这时候被查封。这时候,英殖民政府配合美国推行冷战策略,加紧在英属马来亚和婆罗洲对付左翼分子。冷战进程在1949年以后,不仅改变了整个东亚局势,东南亚华人也开始受到重视,1950年代初美国派耶素浦代表团(Jessup Mission)到新马说明了这个事实。处在冷战白色恐怖氛围下,华人如何借助或运用鲁迅作为一种精神资源,进行反制与反抗,尤其值得关注。

美国对东南亚华人的冷宣传战战略分两个阶段。首阶段从1949至1956年,第二阶段从1956至1964年。最早可以追溯到1949年底,美国在其亚洲政策中,制定了《美国对东南亚华侨政策的指导方针》的专门政策文件,主要是鼓吹中国"威胁"论,向东南亚华侨灌输反共意识,隔离华侨与中国大陆的关系。此后,反共成为美国冷战政策中文化战略的主轴。1956年,美国国务院发布了《海外华人与美国政策》,文件分析各国华人情况,并制定了对东南亚华人的政策和应对的措施。这是美国对东南亚华人实施政策的转向。翌年11月,国务院行动委员会专门制定《对东南亚华人宣传的指导方针》,鼓励华侨融入东南亚社会,支持东南亚国家对华侨的同化政策。[①] 简单说,第一阶段对华人的宣传着重在反共、争取华人心向"自由世界"以及鼓励华人支持台湾国民党政权。第二阶段才配合东南亚各国当地政府,鼓励华人认同与融入当地社会,企图以此淡化华人民族意识,并削弱华人对共产党的支持。

实际上,美国很早就对东南亚华人与中国之间的文化纽带关系有所警惕。1952年出台《美国新闻处对东南亚华人宣传计划》,在"反共"宣传宗旨下的第三项宣传重点即:抨击中国和苏联关系的实质,称"北京代表的民族主义是一种虚假的民族主义。"[②] 这和1956年发布的《海外华人与美国政策》的工作重点是一致的。

美国对东南亚华人的冷战战略的转变,从NSC5723解密文件透露一些端

[①] 张学军:《美国解密档案DDRS与战后东南亚华侨华人研究》,《山西档案》2014年2月号,第100页。

[②] 张焕萍:《再论冷战初期美国对东南亚华人的宣传战(1949—1964)》,《南洋问题研究》2006年第1期,第77页。

倪:"鼓励华侨完全融入居住国的国民生活,转变为居住国的公民。同时要保留中国身份的华侨认同台湾,在政治上把台湾作为中国文化和利益的唯一代表。"①1950年以后,马来亚英殖民政府逐步放弃对待华侨的强硬手段。先前大规模逮捕与驱逐华侨造成华侨的反弹与反抗,有者遁入地下与英军展开武装斗争。美国中央情报局在解密1965年12月20日的情报备忘录文件OCI No. 2957/65中透露:英殖民政府在这时期转而采用心理战术,把华人搬迁至集中营、赋予华人更大的自由如允许成立各种非共组织与政党,目的是为了培养华人的在地认同、自治参与与国家意识,以疏远华人与左翼和共产势力的关系。这为美国于冷战第二阶段,即1956年以后对东南亚华人的冷战战略转向埋下了伏笔。

反共、鼓励华侨同化或放弃民族意识、支持蒋政权这三大因素,显然直接冲击当时新马华侨左翼势力从二战前抗日战争承续下来的左翼民族救亡精神。抗日与反蒋是二战前中国南来文人的主要任务,涉及者包括郁达夫、胡愈之、王任叔、汪金丁、杨嘉、洪丝丝等,部分为中国民主同盟(民盟)海外支部成员。他们成为二战后最初几年在新马传播鲁迅的主要力量,一直到1950年陆续北归为止,但却对新马华侨左翼文化界在冷战前期的对应方式发生影响。

1947年10月19日,新加坡举行鲁迅逝世十一周年纪念大会,民盟代表胡愈之在发言中把鲁迅提升到亚洲的地位,这应该是第一次。他说:"鲁迅不仅是中国翻身的导师,而在整个亚洲亦然,对民族问题(的主张)是一切平等,教人不要做奴隶。"②面对甫被冷战笼罩的殖民地社会,胡愈之这番话不仅点出鲁迅的反殖反帝精神的普遍意义,特别是顽强的战斗与坚持原则的精神,更透露出国共剧烈争持的40年代的左翼中国民族主义心态。新马的纪念(左翼)鲁迅一方面是对冷战的回应,同时也加强了新马华侨的中国民族主义意识,特别是在冷战第一个阶段。前者以文化方式回应英美同盟推行的文化冷战策略。

---

① 张学军:《美国解密档案DDRS与战后东南亚华侨华人研究》,《山西档案》2014年2月号,第100页。

② 章翰:《鲁迅与马华新文艺》,新加坡风华出版社1977年版,第15页。

冷战切断了华人移民与祖源国的联系与想象，在地左翼与共产势力自1948年以后亦面对殖民政府的打击，因此不得不寻求可行的办法延续斗争。这时候鲁迅纪念活动不仅成为一种斗争形式，亦发挥着唤起逐渐被边缘化或消弭的华人民族意识。

1954年10月19日，《南洋商报·文风》刊登了"鲁迅先生逝世十八周年纪念专刊"，其中有范婴羊的《鲁迅思想片断》。该文主要从人格与精神角度谈鲁迅，鲁迅在五四时期的启蒙思想鲜有提出探讨。从这里可以看出殖民地华侨社会接受鲁迅的片面性与务实态度。易言之，为了对抗殖民霸权，新马华人仅偏好五四以后的鲁迅，并把鲁迅与当地左翼势力结合，形成左翼鲁迅与民族意识结合。

1955年3月25日，新加坡一份叫《生活文丛》的文艺杂志创刊，第一篇文章就是《向鲁迅先生学习》，作者为江佐。该篇短文叙述了鲁迅思想对新中国建设的作用后，笔锋一转提到，"而在此时此地阴霾密布下的马华文坛，更迫切需要这种战斗风度。"至于具体的战斗手段，作者认为是学习与使用鲁迅的战斗武器杂文。作者把鲁迅生活的时代和他当下面对的殖民统治下的冷战时代相提并论："在鲁迅生活的年代里，何尝不是一个恐怖的白色统治，可是鲁迅先生却是毫不退缩地在敌人的阴谋迫害之下竖起一面凛然不可侵犯的正义大旗，独当一面地进行着艰苦卓绝不屈不挠的长期喋血奋斗。"

作者由此得出结论：问题并不在于环境的恶劣，而在于我们要怎样去学习、仿效和掌握鲁迅先生的打击敌人的巧妙战术和方法。更重要的是要我们学习鲁迅先生的代表苦难者，并为之鞠躬尽瘁的思想；学习他对敌人无限的憎恨态度和对受难者不断地给予鼓励和热爱。作者对学习鲁迅提出两个具体思想——代表苦难者、对敌人无限的憎恨以及对受难者的鼓励和热爱。而学习鲁迅的杂文，除了揭穿吃人的旧礼教等人们所熟知的打击对象，作者另提出对"高等华人"的批判。这类近乎文化战斗的宣言，在当时恶劣的殖民地环境下，对华人社会（特别是文化阶层）起到了激励与引路的作用。环境不构成阻碍的因素，而是个人的思想。这个前提是因应当时新马作为殖民地的事实而存在的。是故，鲁迅的反殖反帝与反封建斗争思想被挪借到新马，随之而来的是民族主义思想。

只不过在二战前，后者的地位更为突显，到了二战后，因东亚局势的变化，它不得不隐遁在华人左翼斗争之下。

鲁迅思想与新马华人的取舍

简单说，鲁迅的思想历程分三个阶段：辛亥革命前后到留学日本时期的民族主义与保守主义、五四时期的世界主义与启蒙主义，五四后的革命民族主义的回归。有论者以为鲁迅一生的思想转变，最终没有脱离民族主义是中国现代化历史发展使然，"这是五四一代启蒙知识分子的共同的思想历程，它反映了中国现代化进程中现代性与现代民族国家的冲突。"[①]论者也看到，"即使在五四时期，鲁迅与多数启蒙知识分子的世界主义也是表面化的，深层心理中仍然存在着强固的民族主义情结。因为归根结底，启蒙是为了救国，西化是为了中国的现代化。……世界主义不过是达到民族主义的手段，而民族主义是最终的归宿"。[②]鲁迅的民族主义情结早在留学日本时期已经非常显著。他选择到日本学医，以此立志救国而表露无遗。当留日学生发起抗俄运动时，他写了《斯巴达之魂》，慷慨激昂鼓吹民族主义思想。其他写于本时期并带有民族精神意识的作品还有《文化偏至论》《摩罗诗力说》《破恶声论》等。他弃医从文、翻译弱小民族的文学，到回国后对国民性弊病的解剖与批判，皆出于深笃的民族情感。

20世纪30年代文学革命以后，鲁迅的政治立场向左转，并开始撰写政治性杂文，批判帝国主义和西化的中国知识分子。这时候的鲁迅对海外华侨开始产生巨大的影响。以新马为例，英帝国主义的殖民政策对华工的剥削与压榨，"高级华人"的挟洋以自重与狐假虎威，说明新马华侨面对的问题恰恰是30年代以来鲁迅笔下批判的对象，因而深得华侨社会的共鸣。在抗战时期，鲁迅的革命民族主义思想得以在华侨间散播开来并不令人意外。然而，战后冷战时期

---

① 杨春时：《鲁迅的民族主义情结及其思想历程——兼答朱献贞先生的批评》，《粤海风》2005年第4期，第53页。

② 同上。

启动的意识形态对立被华侨华人巧妙借助各种鲁迅活动延续与传承民族精神，却是被忽略的现象背后的实质。在1952年以后东南亚的冷战势头越来越高涨时，华侨华人的鲁迅情结虽然越来越隐晦，但丝毫没有消退或稍减的迹象。易言之，两者一表一里，这样的情况是研究鲁迅在新马的学者不曾注意到的。譬如章翰仅仅注意到鲁迅革命精神的反帝反殖面向、方修从社会主义角度谈鲁迅的后期思想、王润华谈鲁迅在南洋的后殖民霸权文化。这样的研究取径只见树木不见树林，往往忽略了现象背后的本质。

一般海外华人史学者都认同，二战后1950年大约是新马华人认同转变的分水岭。之前为历史认同与中国民族主义认同。前者受宗族籍贯的原生情愫影响，后者则受中国国内的政治变化主导，特别是辛亥革命与抗日战争。1950年之后，华侨中的民族主义开始发生变化，历史认同超越政治的民族主义认同，渐次以文化民族主义的姿态出现，譬如1950年代开启的华教抗争运动。华侨对族群文化热爱固然无可厚非，但这也是他们用以抗衡居留地政府的敌意政策的唯一武器。这股被颜清湟称为"现代中国的民族主义支流"恰好体现在二战后十余年间的左翼鲁迅的纪念之上，这也是新马华人所了解的鲁迅——左翼和民族主义鲁迅。

出版鲁迅纪念专辑或特刊是冷战期间的一大特色，而且显得格外热络。除了文化中心新加坡，北马著名学府钟灵中学《沙漠风》第7期（1954年10月）便筹备了"鲁迅逝世十八周年纪念特刊"，由7人执笔，谈鲁迅的文学作品与精神人格。至于华文报的鲁迅纪念文章更不少，更待有心人的全面整理。

在20世纪50年代马华创作上也有类似的反映，是最佳的新马社会史材料。这些作品的题旨一方面反殖，一方面带着当时华人浓厚的民族意识与感情。譬如云里风写于1956年的小说《火炬运动》以马来亚独立建国前夕的华校发展的不确定性为主题，表达了华人坚持母语教育与华人身份认同的决心。小说描写马来亚自治政府规定4岁至7岁（即1949—1952年出生）的孩子必须在入学前先到学校登记，以保留学额。这项全马大规模登记入学措施被当局称为"火炬运动"。家长为孩童登记时必须选择学校源流（如英校、马来文学校或华校）。很显然，这项不明朗的政令与误导性的施行手法首先将使一般文化程度不高的家长做出错误选择,进一步影响华校的学生来源,其次,政府的第二个目的是为了禁止超龄孩童入学,可谓一石二鸟,用心良苦。在日据时期无数华裔孩童失学,殖民政府在二战后冷战意识形态的对立下,以防止共产思想渗透华校为由禁止超龄生入学,华校的生存在战后初期即面对严峻的挑战①。这是否对新马华人族群意识以及对本文化认同构成冲击?华社又如何排除这些忧虑?从这篇作品表达的主旨与行文笔调来看,作者的立场与利益已不言而喻。主人公阿贵的出身和其他许多华人新村村民一样,都是个工人,他的族群意识虽稍单纯却非常鲜明。"读英文的难道就一定会发大财?我只知道我是唐人②,让孩子念书,不过想给他们认识些字,学学做人的道理。"③犹有进者,作者也透过小说人物吴英强批评洋化的校董和老师。"我们培强学校的教师,他们的女儿有九十巴仙④是进英校的,还有我们的董事长、董事,更全是洋化了的,由一些洋化了的董事来管理华校,由这些不信任自己文化的教师来教导学生,后果如何,我实在不敢想象下去。"⑤作者透过小说人物表达了他的想法,这想法反映了广大下层华人的心理。面对母语华文被殖民霸权文化歧视以及因之而生的文化矮化心理,促发华侨社会生起对母语与民族教育的坚持,这跟鲁迅的民族情结无疑是一致的。

云里风的散文也有鲁迅精神的闪光,他的第一本散文集《梦呓集》的作品大部分写于1954、1955年,亦即东南亚冷战前期。作为二十出头的热血青年,云里风对现实不免抱着热情与理想,但二战后不久掀开的冷战却给他(包括当时不少华侨青年)不少的挫折。云里风早期的散文喜欢以梦戳梦,从而悟出现实生活的虚幻性与平凡与实在,《梦与现实》《西升的太阳》《呓

---

① 林连玉先生于1950年代初通过马来亚华校教师总会(简称"教总")领导华教运动与殖民政府斡旋,反对不利于华校的法令条文,正是基于这个事实。小说《火炬运动》也叙述了教总透过家庭访问,向华人家长解释儿童登记入学事宜。

② 新马华人习惯自称"唐人",有学者以为这是华侨先民移居南洋时,以"盛唐子民"自居而得此称谓。

③ 云里风:《火炬运动》,《黑色的牢笼》,文汇出版社1957年版,第91页。

④ 意指百分之九十,"巴仙"为南洋华语借词,原文是英文的 percent。

⑤ 云里风:《火炬运动》,《黑色的牢笼》,文汇出版社1957年版,第94页。

语》《无题》《昨夜的梦》等都属于这类作品。最值得注意的是,他善于攫取问题,并把它提升至某种艺术层面,才开始叙事抒情与说理。因此,破题、笔调、氛围乃至修辞(如鬼、鬼眼、残星),都有几分鲁迅的神韵,如《狂奔》和鲁迅的《过客》是一个例子。有论者指他青年时代的散文有鲁迅散文诗《野草》的痕迹,并非毫无根据。[①] 他的其余散文有对殖民地现实的侧面思考与批判性,深得鲁迅的神髓,如《梦与现实》中的"毒蚊",《未央草》中的"黑而高的天空"皆有迹可循。

小 结

鲁迅的被诠释与被建构,被二战后新马华人拿来面对严峻的冷战形势,的确令人始料未及。当左翼政党政治在二战后新马面对殖民者的强烈打压,阅读、纪念与学习鲁迅俨然成为当时华侨华人的民族意识与心灵的慰藉。此外,鲁迅更被塑造成文化思想的源头。二战前新马以儒家传统为文化源头,二战后的左翼鲁迅若非取而代之,则有并驾齐驱之势。学者把这种现象视为后殖民霸权文化现象。譬如新加坡学者王润华就提出鲁迅曾先后在东南亚"成为反殖民英雄与殖民霸权文化",却不知文化冷战才是结构性问题所在,以及左翼鲁迅如何促成新马华人民族意识与文化的保存。论者也许未必察觉,其后殖民鲁迅的论证逻辑,实际上是在冷战结构中被殖民主义默许登陆马华文坛的陌生诗学——台湾转口的西方现代主义文学添加了多一个注脚,而它在60年代中期以后逐渐成为马华文坛的主流。冷战掀开序幕后的二十年,马华文坛的现实主义与现代主义思想之争,或隐或显都带有左翼鲁迅与以西方文化为基柢的马华现代主义文学文化之争。可以说,马华文学在英殖民时期文化冷战的加持下,让二战后二十余年马华现代主义文学的发展逐渐占据主流,并成功置换马华文学价值

---

① 古远清:《鲁迅精神在五十年代马华文坛——读〈云里风文集〉中的散文》,收云里风编《云里飘来的清风——云里风及其作品评介》,〔吉隆坡〕嘉阳出版有限公司2002年版,第300—304页。

与审美趣味。《学生周报》和《蕉风》在50年代中期产生，是配合新马逐渐高涨的冷战时期适时而生，而后才有接续中国五四文学革命与30年代中国新文学传统（特别是现代诗传统）的说法，而不宜作倒果为因的诠释。这些都是欲了解冷战期间的马华文学文化的整体知识配套。

近代韩国对鲁迅的文学批评和思想谱系的建设
——丁来东和金台俊

〔韩〕洪昔杓　韩国梨花女子大学中文系

一　1930年代中国现代文学在韩国的传播

到1930年代，韩国的报纸和杂志上登载了许多对中国文坛的介绍、中国现代文学及鲁迅文学的评论、翻译的作品等。究其原因，首先一点就是，批评和介绍中国现代文学的研究者们正式开始出现。除翻译了大量中国小说和戏曲的梁白华以外，在京城帝国大学学习中国文学的金台俊、曾留学中国北京的丁来东、留学上海的金光洲和李庆孙等人，到了1930年代，也开始正式研究中国现代文学。其次是，1930年前后时期，韩国开始热烈展开无产阶级文学运动，而这时，中国也发生了与韩国类似的情况——经历了中国革命文学论争，无产阶级文学起到了引导作用，中国左翼作家联盟成立等。韩国的知识分子看着以无产阶级文学为中心形成的新中国文坛，对其寄予了希望，关注着其变化，从而也开始大力展开了解中国现代文学及鲁迅文学的行动。

1946年，金光洲翻译出版了《鲁迅短篇小说集》（第1、2辑），他评价丁来东是"首次把鲁迅介绍到朝鲜的，可以说是鲁迅研究方面的权威"。[①] 如他所说，近代时期，把鲁迅文学和思想介绍给韩国的人中，做出最大贡献的人

---

① 〔韩〕金光洲著:《出版第2辑》，《鲁迅短篇小说集》第2辑，金光洲、李容珪译，〔韩国〕首尔出版社1946年版。

近代韩国对鲁迅的文学批评和思想谱系的建设——丁来东和金台俊

当数丁来东。1925年9月,丁来东进入北京的民国大学预科二年级①,从1926年起,他在民国大学本科英文专业学习了英文。奉天军阀张作霖进入北京后,于1927年废除了北京大学,合并了北京的9个大学,创办了"京师大学"并开始招生,丁来东又编入了所谓的京师大学校,在"北京大学"听课。但是,1929年张作霖撤退,北京大学恢复后,要求京师大学校时期入学的学生重新进行考试,丁来东就以旁听生的身份留在了北京大学。1930年,他以毕业论文《济慈研究》毕业于民国大学英文专业,但仍留在北京大学继续听课,学习中国文学及中国现代文学。

丁来东开始学习和研究中国现代文学,有很多原因是因为他当时正就读于中国现代文学的发源地——北京大学。而他所听的两次鲁迅的演讲应该说是一个重要的契机。鲁迅在上海居住时期,曾两次访问北京,来看望当时居住在北京的母亲。第一次访问是1929年5月15日至20日,第二次访问是1932年11月13日至15日期间。鲁迅在这两次的到访北京的时期,皆先后在北京大学进行过演讲:1929年5月29日在北京大学三院进行了为时一小时的演讲;1932年11月22日在第二院进行过为时40分钟的演讲。丁来东曾如此描述过鲁迅第一次演讲时的样子:"当时是夏天,他(鲁迅)身穿麻质长袍,讲坛上放着一顶巴拿马帽,头发很久没剪,像是大病初愈或者刚出狱的人。但他紧闭着的双唇、刻着皱纹的额头和双侧的颧骨却表明了他坚决的心志,使他看起来像是雪中孤清的梅花树桩一样。"②丁来东从鲁迅的第一印象中感觉到了他的志士风貌和高贵人品。因此,听完他的演讲之后,就开始正式研究中国现代文学及鲁迅文学。由此可见,鲁迅的演讲应该是一个重要契机。丁来东评价鲁迅的演讲内容时说:"他(鲁迅)的讽刺并不是口中吐出的低俗物,都是从他的体验、

---

① 在《北京民国大学十周年纪念册》的《十四年度招收各科新生名册》中,大学文预科二年级名单里,记录着丁来东的名字。
② 〔韩〕丁来东:《中国文人印象记(三):孤独与讽刺的象征——如今左倾的鲁迅氏》,《东亚日报》1935年5月3日。

经历及痛感中产生的",①他对鲁迅的真实想法有着深刻的共鸣。

在《外国文学专攻之辩（九）》中，丁来东曾表示"现代作家中，鲁迅或周作人、林语堂、郭沫若、郁达夫等作家的个性和写作风格非常明显。我觉得这就是他们的优点。"正如他所说，在现代作家的作品中，他"读过很多周作人、鲁迅的作品"。②在中国文学中，他的确更热衷于学习中国现代文学。他在韩国发表的第一篇介绍中国现代文学的文章是1929年8月在《朝鲜日报》连载的题为《中国现文坛概观》的长篇论文。这篇文章在当时可以说是最为系统地评论中国现代文学的文章。丁来东结合了在中国收集的第一手资料，全面批评介绍了中国文坛的情况，这篇文章在当时备受瞩目。尤其是，这篇论文是他在听过1929年5月末鲁迅的演讲后发表的，所以更是意味深长。该论文目录由"1.序言；2.现文坛的各流派；3.从'文学革命'到'革命文学'；4.革命文学的诸问题；5.无政府主义文学派的主张；6.语丝派的主张；7.新月派的主张；8.结论"八个部分组成。在这里需要关注的是，在第六部分"语丝派的主张"中，他详细考察了鲁迅的立场。丁来东根据鲁迅在黄埔军校演讲时的演讲稿《革命时代的文学》及《而已集》中题为《革命文学》的文章，详细说明了鲁迅的文学观。例如，他用"革命以后到来的文学被称为平民文学。自然也有人以为文学于革命是有伟力的，但我个人（鲁迅）总觉得怀疑，文学总是一种余裕的产物，可以表示一民族的文化，倒是真的。"③这一句准确介绍了鲁迅对于革命与文学关系的立场。丁来东大篇幅地叙述了鲁迅主张文学对革命（政治）无影响力的"文学无力说"观点，其实也是在隐约强调文学须脱离政治影响的文学态度。

1930年1月，梁白华在《朝鲜日报》翻译连载了《阿Q正传》。丁来东也在同一版面连载了题为《中国新诗概观》的长篇论文，论文中，在概括了中国新诗坛后，重点介绍了富有特色的诗人和作品，同时也说明了并简单评论了鲁

---

① 〔韩〕丁来东：《中国文人印象记（三）：孤独与讽刺的象征——如今左倾的鲁迅氏》，《东亚日报》1935年5月3日。
② 〔韩〕丁来东：《外国文学专供之辩（九）》，《东亚日报》1939年11月16日。
③ 〔韩〕丁来东：《中国现文坛概观》，《丁来东全集Ⅱ》（评论篇），〔韩国〕锦江出版社1971年版，第74页。

近代韩国对鲁迅的文学批评和思想谱系的建设——丁来东和金台俊

迅散文诗集《野草》。"此《野草》与郭沫若先生的《女神》一起,被评为在中国新诗坛的最大收获。"①1930年3月,他翻译了鲁迅短篇小说《伤逝》,以《爱人之死》的题目刊登在《中外日报》上;同年4月,在《朝鲜日报》连载了指责梁白华的《阿Q正传》有很多误译的《读〈阿Q正传〉有感》;1931年1月,在《朝鲜日报》连载了全面批评介绍鲁迅文学和思想的《鲁迅与他的作品》;1932年9月,在《三千里》(4册9号)刊登了鲁迅《野草》中作品——《过客》的译文;1935年5月,在《东亚日报》连载的《中国文人印象记》,以"孤独与讽刺的象征,如今已左倾的鲁迅"的语句,说明了"一直以来积极反对革命文学、左倾文学的鲁迅已转为左倾"②的事实。

此外,1931年2月,丁来东在《朝鲜日报》上,刊登了《中国电影的新倾向(上、下)》;4月在《东亚日报》上连载了《现代中国戏剧》;而且,还翻译了胡适的《介绍我自己的思想》,于1931年6月至7月,以《介绍胡适自己的思想》的题目在《朝鲜日报》上连载;同年11月,在《朝鲜日报》连载《变化的中国文坛的最近状况》,以批评的观点详细介绍了中国国民党政府的民族主义文艺和中国左翼阵营的马克思主义文艺等;1932年4月,翻译了熊佛西的话剧《模特儿》,在《朝鲜日报》上连载;1933年2月,在《朝鲜日报》上刊登了《中国文坛的新作家:巴金的创作态度》;1934年11月,在《东亚日报》连载了《关于中国"国故"整理的诸说》。从这些情况分析,丁来东是1930年代最系统、全面批评介绍中国现代文学及鲁迅文学和思想的人。也可以说,在这个时期,韩国读者通过丁来东的文章才得以准确了解真正的中国现代文学及鲁迅文学。

二 丁来东的《鲁迅和他的作品》

丁来东对鲁迅文学的批评中,最值得关注的是1931年1月发表的题为《鲁

---

① 〔韩〕丁来东:《中国现文坛概观》,《朝鲜日报》1930年1月24日。
② 〔韩〕丁来东:《中国文人印象记(三):孤独与讽刺的象征——如今左倾的鲁迅氏》,《东亚日报》1935年5月3日。

迅和他的作品》的长篇论文。此论文分为"1.序言；2.鲁迅自叙传略；3.《呐喊》；4.《彷徨》；5.《呐喊》与《彷徨》；6.《野草》；7.鲁迅的用语；8.结论"等内容。不管是从其分量，还是系统性上来看，这篇论文皆可称为1930年代韩国最具代表性的鲁迅论。丁来东细致地读过鲁迅作品，在详细叙述作品梗概的同时，他也对个别作品进行了缜密分析，对其意义加以了评论。也可以说，这个作品代表着这个时期韩国对鲁迅研究的水平。他具体分析批评了鲁迅小说集《呐喊》和《彷徨》中的个别作品，对两部作品集的特征进行了相互比较和考察，综合讨论了散文诗集《野草》的创作意义、在鲁迅文学中的地位以及鲁迅文学文体特征。以《呐喊》举例，他对作品的主题或题材进行了分类——《狂人日记》与《阿Q正传》，《药》与《明天》，《头发的故事》与《风波》，《孔乙己》与《白光》《端午节》，《兔和猫》与《鸭的喜剧》，《故乡》与《社戏》，具体梳理分析了每一组作品的梗概和创作意义。

通过一个例子，来考察一下丁来东是如何分析鲁迅代表作《狂人日记》与《阿Q正传》的：

> 《狂人日记》暴露的是自古以来被恶习传染的人群的本色，描述了一个被一般人称为"狂人"的人物形象。其他人根本不理会这个人的意见，对他置之度外，甚至要抹杀他。《阿Q正传》描绘了当时中国所谓的精神文明余孽导致的、以自我满足的思维来曲解事实的时代面貌，或者也可以说对由于中国农民的愚昧和势利的知识分子的虚伪及欺骗而导致的无知农民的牺牲等进行了描写。这两部作品共同描述了清末、民国初期中国的普遍思想倾向及农村实情，因此，作为鲁迅的作品具有重要的意义，同时可看到两者的共同点。①

《狂人日记》是1927年8月经柳树人翻译，才得以被韩国国内所知悉的。而《阿Q正传》是在1930年1月，由梁白华翻译后，韩国国内人士才有幸接

---

① 〔韩〕丁来东：《读〈阿Q正传〉有感（一）》，《朝鲜日报》1930年4月9日。

触到。因此,这篇评论足以给韩国的读者带来共鸣。此外,丁来东就短篇小说《一件小事》发表评论说:"与深受感动的《阿Q正传》《狂人日记》等一样,这部作品很好地表达了鲁迅的某些性格",①"鲁迅喜欢讽刺别人,看似是冷漠地暴露了社会黑暗面,但在这些方面,他总是充满温情的。这篇文章正是描述鲁迅心中温情的作品,同时也是可以了解到鲁迅性格的重要作品。"②丁来东通过对鲁迅文学个别作品的具体分析,概括了以冷静的笔墨暴露中国人的性格和中国农村实情的鲁迅文学的现实主义特征,同时又表明了他准确把握了鲁迅文学的人道主义特征。

尤其是丁来东详细叙述了小说集《呐喊》中的《阿Q正传》和《故乡》的作品梗概。因为他认为这两部小说是"可以窥见《呐喊》精神的作品",是充分发挥了"鲁迅之特长——对乡村农民思想状态及生活面貌的描述、对乡村风景的描述以及鲁迅独有的讽刺,他唯一的回忆和他的优点——暴露社会的黑暗面等"③特征的作品。在《读〈阿Q正传〉有感》中,丁来东评论过梁白华的《阿Q正传》的翻译有很多误译,为了让读者们更加准确掌握《阿Q正传》的内容,他详细介绍了《阿Q正传》的梗概,也顺便翻译了《阿Q正传》中的一部分内容,并使这些内容连贯成文作为《阿Q正传》的故事梗概。读丁氏的故事梗概时,有种在读《阿Q正传》的错觉。梁白华翻译连载《阿Q正传》时曾说"《阿Q正传》描绘了中国的社会状况",对此,丁东来表示"一般说来,《阿Q正传》描绘的与其说是中国的社会状况,倒不如说是重点说明了中国传统思想的'精神自慰'的损失等,从而描述了中国人普遍性格",④更加强调了《阿Q正传》的主题其实是刻画中国人的普遍性格。为了表现《阿Q正传》的多重意义,他又补充道:"当然,作者是想通过阿Q来描述辛亥革命当时模糊的农民形象,但另一方面,作者想要表达的是当时中国农村的现状、革命的实

---

① 〔韩〕丁来东:《鲁迅和他的作品》,《丁来东全集Ⅰ》,〔韩国〕锦江出版社1971年版,第314页。
② 同上,第314页。
③ 同上,第351页。
④ 同上,第314页。

际影响小之又小，以及像阿Q一样的精神胜利正是中国自古以来的精神文明的弊端等。对于作者来说，并不能选择轻视哪个、重视哪个。"①

丁来东通过对《阿Q正传》的细致分析，非常准确地概括了鲁迅文学特征。这一点可以说是其特殊之处。丁来东指出，鲁迅并没有进行直接的训教，也没有将自己的理想进行作品化，他只是如实地表达了中国当时的现状而已。他亦未描绘革命理论和理想，而是描写了革命时期普通农民的思想状态和社会变迁。同时，鲁迅以科学态度观察、解剖并指出了中国辛亥革命当时的社会，充分表达了中国国民性的一面。在日本留学时，鲁迅受到了日本文坛盛行的自然主义影响，因此并没有描写当时的伟人，而是描述了农村的平凡人，即，像阿Q这样的人。而且，他亦未描述自己理想中的社会或事实，而是中国随处可见的农村，即，以"未庄"这样的地方作为背景描述了人与人之间的一些琐事等。从丁来东对鲁迅文学的如此概括中，我们可以看出，他细读过鲁迅的作品，以缜密的分析为基础，更加接近于鲁迅文学的本质。尤其是，丁来东指出了鲁迅作品内容的大部分是清末、民国初期的中国农民思想、生活的缩写，称鲁迅的"呐喊"之声，成了对自古以来流传下来的传统思想和风俗习惯已麻木的所有中国人的警钟和良药。他简单明了地说道："用一句话概括鲁迅过去的功绩，那就是'挑战并战胜了传统及封建思想'，让新兴中国开始自省和自我认识。"②换句话说，丁来东认为"社会黑暗面的暴露人"③——鲁迅的创作意义，在于给中国人提供了自省和自我认识的机会。因此，可以说他比任何人都准确理解鲁迅文学的核心。

除此之外，丁来东比较考察了《呐喊》和《彷徨》，试图突出《彷徨》的特征。"如果说极度混乱的新旧思想、新旧制度、新旧风俗和习惯的冲突、混淆是《呐喊》时代性，那么到了《彷徨》，这种社会环境已然消失。《彷徨》中，已无法再看到这种混乱，普遍社会倾向是稳定的，新思想家们被旧思想、旧习

---

① 〔韩〕丁来东：《鲁迅和他的作品》，《丁来东全集Ⅰ》，〔韩国〕锦江出版社1971年版，第327—328页。

② 同上，第300页。

③ 同上，第330页。

惯、旧道德所影响，出现了缓和，甚至屈服的现象。（略）这些都是在稳定的外部环境中产生的新改革家们惨败的记录。"①按丁来东的理解，《呐喊》《彷徨》两部小说集在表达"反抗思想"的一面上是带有共同性的。但《彷徨》与《呐喊》不同，主要描述的是"新改革家的惨败"，这是鲁迅文学的又一个倾向性。他进一步分析两部作品集的表达方法，认为，"《呐喊》表达的是不可言喻的深刻，《彷徨》却少了那种深刻，表达得较为普通"。②因此，丁来东总结：鲁迅的文学性成果，《呐喊》中表达得更为突出。到了《彷徨》，题材和表达方法都有所改变，而这也是他另一面的表现。

丁来东具体分析了《呐喊》和《彷徨》中的各作品后，用五点简单概括了鲁迅的特点或特色，形成了"鲁迅文学论"的结论。首先，他指出鲁迅最大的特点是以农村、农民为创作的主题。"虽然鲁迅没有掌握农村、农民的全体性特征，也没有明确指出农民将来的光明，没能发动农民的团结反抗力量。但是，他让文坛中的人、社会上的人认识到了农村、农民，对一般人起到了为农民的将来而努力的启蒙作用。这是鲁迅的一大功绩，也是作为农业大国的中国应该了解的一点。"③第二个特点是反抗精神。"他为了向中国注入现代文明，首先，反抗旧道德、旧习惯、旧思想和其他所有陈腐的古董。一般来说，非积极进取的作家很容易仅限于自我耽美、自我隐遁和回顾、咏叹，但鲁迅却随时发挥着百折不屈的反抗精神。"④鲁迅的第三个特色是没有写太多关于女性的作品。第四个特色是以回忆和经验来创作。第五个特色是"讽刺"。他说："鲁迅的讽刺并不是像过去一样，为讽刺而讽刺，也不是有闲阶级为消磨时光而进行的讽刺，更不是以读者的喝彩为目的的讽刺，那只是从他的同情和热情出发的讽刺。"⑤从以上可以看到，丁来东对鲁迅文学的题材、主题、创作方法等多方面进行了

---

① 〔韩〕丁来东：《鲁迅和他的作品》，《丁来东全集Ⅰ》，〔韩国〕锦江出版社1971年版，第342页。
② 同上，第344页。
③ 同上，第356页。
④ 同上，第356—357页。
⑤ 同上，第357页。

综合分析。进一步,他还细致考察了鲁迅文章的文体特征。他认为,鲁迅的白话文比一些易懂的文言文更难理解。他认为,"但如果看其文体对读者的印象,鲁迅的白话当属第一。他选择了最切实的语言,使用了简洁明了的文章,只要能看懂小说的语言,就能让读者如嚼鸡肋般津津有味并回味无穷。"①

我们不得不说丁来东的《鲁迅和他的作品》是1930年代初是韩国国内最为系统、最为全面地研究鲁迅文学的研究成果。丁来东当时在北京留学时,拜读过鲁迅的作品,并且充分参考了中国的一手资料,做到了对鲁迅文学最深入的分析和概括。只是,丁来东在《鲁迅和他的作品》的结尾说,他的研究只是关于"鲁迅半生的作品介绍",又提到"待鲁迅后半生有了创作上的努力,再为诸君介绍"。②但之后,他并没有对鲁迅"后半生"的创作发表过研究成果。究其原因,可能是因为他认为鲁迅"后半生"的创作不够优秀,不足以作评,但也有可能是因丁氏当时偏向无政府主义思想的理念,对此产生了影响。他认为鲁迅已转向左翼文学阵营,其后半生的创作根本没有必要去做积极的研究。

三 丁来东对《野草》的批评

丁来东在《鲁迅和他的作品》中,对鲁迅的散文诗集《野草》,作了与小说集《呐喊》《彷徨》相同比重的评论。这是因为他非常明白《野草》在鲁迅文学中的重要性。1927年7月,《野草》经上海北新书局以单行本出版。同年9月16日发行的周刊《北新》(第47、48期合刊)中刊登了如下的广告:"《野草》可以说是鲁迅的散文诗集,用优美的文字写出深奥的哲理,在鲁迅的许多作品中是一部风格最特异的作品。"③但是《野草》在出版后不久后,只有其中《这样的战士》一部作品,在1927年10月发表的茅盾(方壁)的《鲁迅论》中被

---

① 〔韩〕丁来东:《鲁迅和他的作品》,《丁来东全集Ⅰ》,〔韩国〕锦江出版社1971年版,第236页。
② 同上,第356页。
③ 《〈野草〉(书刊介绍)》,《鲁迅研究学术资料汇编》,中国文联出版公司1985年版,第279页。

引用过一次，之后再无人对其进行过其他分析。当时茅盾曾说，"我去买了他（鲁迅）的已出版的全部著作来看"，①但只有将《呐喊》《彷徨》《坟》《华盖集》《华盖集续编》等作为了分析材料，并没有把《野草》列为他的分析对象。

1927年10月，鲁迅离开了广州到上海定居后，其文学遭到当时提倡革命文学的创造社和太阳社左翼批评家们一致否定，说他是时代落伍者，更重要的是，严厉批评了《野草》的作品世界。例如，太阳社的钱杏邨在1928年2月发表了评论《死去了的阿Q时代》。他通过分析小说集《呐喊》《彷徨》以及散文诗集《野草》，批评鲁迅文学是丧失了时代价值。其中，他尤其对《野草》的作品世界进行了严厉的批判。《死去了的阿Q时代》以三段构成，其中，第二段全部都是对《野草》意义的苛评。"展开《野草》一书便觉冷气逼人，阴森森如入古道，不是苦闷的人生，就是灰暗的命运；不是残忍的杀戮，就是社会的敌意；不是希望的死亡，就是人生的毁灭；不是精神的杀戮，就是梦的崇拜；不是咒诅人类应该同归于尽，就是说明人类的恶鬼与野兽化……一切一切，都是引着青年走向死灭的道上，为跟着他走的青年们掘了无数无数的坟墓。"②钱杏邨对《野草》苛评是因为根据当时马克思主义革命文学论，《野草》传染给青年们虚无主义，而且也未提示出路和希望。"人类不是没有改善的希望的，人类更不是没有出路；苦闷有来源总归是有出路，光明的大道呈现在自己的眼前；他（鲁迅）偏偏的不走上去，只是沿着三面夹道的墙去专显碰壁的精神，这究竟有什么意义呢？……所以鲁迅对于人生的观察也不过是说明他是一个怀疑现实而没有革命的勇气的人生咒诅者而已。"③《死去了的阿Q时代》一经发表，在中国批评界引起了极大的反响，带来了巨大影响。钱杏邨对《野草》的苛评最终让人们失去了冷静评价或批评《野草》文学价值的态度。换句话说，他从源头上截断了对"用优美的文字写出深奥的哲理"的《野草》深入阐释其

---

① 方璧（茅盾）：《鲁迅论》，《鲁迅研究学术资料汇编1》，中国文联出版公司1985年版，第289页。

② 钱杏邨：《死去了的阿Q时代》，《鲁迅研究学术资料汇编1》，中国文联出版公司1985年版，第329页。

③ 同上，第329页。

文学价值的道路。当然，到了1930年，钱杏邨从全面批判鲁迅的观点中后退了一步，试图正面评价鲁迅。他说道："鲁迅是始终不曾陷于颓废消沉。（略）他很坚决的体验得封建势力必然而不可避免地要崩溃，同时，也'朦胧'地认识了新时代的必然到来。"①但是他又表示"他（鲁迅）的虚无哲学是源自他内心潜伏的虚无思想，在这个时期正式成长而显示出来的"，②仍坚持认为《野草》是鲁迅悲观主义形象化的作品。总之，到了1930年，钱杏邨对在《死去了的阿Q时代》中全面否定鲁迅文学的态度做了一些修改，但始终没有改变认为《野草》是鲁迅虚无、悲观主义巅峰的观点。

考虑到这些情况，我们不得不关注同时期高度评价过《野草》的丁来东的批评。丁来东脱离了当时影响较广的钱杏邨对《野草》的批评观点，高度评价了《野草》的文学价值，认为其在鲁迅文学中所占据的地位是最高的。此前，被介绍到韩国的鲁迅文学以《阿Q正传》和《狂人日记》等小说作品为主，对鲁迅文学的批评也大部分是以小说作品为中心的，但丁来东在当时可说是难得地对实际作品进行了深入分析，因此具有重要的意义。

丁来东第一次提及《野草》，是在1930年1月24日出版的《朝鲜日报》上刊登的《中国新诗概观（十五）》。他在此文中提到"最近诗坛的诸相"的同时，介绍了鲁迅的《野草》是"在短篇小说中，他（鲁迅）的特点是讥笑和怀旧。在诗集中他的诙谐表现得更加尖锐，表达了无法用语言表达的内心述怀。（略）他总表现出是一种沉闷和静观的态度。"③同时，他强调《野草》与郭沫若的《女神》同为中国新诗坛的最大收获之一。丁来东对《野草》的批评是从《鲁迅和他的作品》中正式展开的。丁来东首先说明《野草》中收录的作品的内容和形式，与此前鲁迅的作品完全不同，指出《野草》中的作品既具有诗的特性，又有着小说和散文特性。他表示有必要研究《野草》在鲁迅创作上具有何种地位、《野草》发表后鲁迅思想倾向、鲁迅对待人生的态度等。最后，他综合评论《野

---

① 钱杏邨：《鲁迅——〈现代中国文学论〉第二章》，《鲁迅研究学术资料汇编1》，中国文联出版公司1985年版，第530—531页。
② 同上，第530页。
③ 〔韩〕丁来东：《中国新诗概观（十五）》，《朝鲜日报》1930年1月24日。

草》说:"《野草》是鲁迅全部艺术的结晶,可以看作这部作品是他的思想的总结。在这里他以最真挚的态度观察了人生,最准确地批判了人们生活的社会,是最明显地表现出鲁迅隐隐的温情,最清楚地阐明了鲁迅的希望和对待艺术的态度。简而言之,在这里,鲁迅将其独特的、娴熟的表现之美发挥得淋漓尽致。可以说这部是他将自己的一切思想阐述的最透彻的作品。"①丁来东为什么认为《野草》是鲁迅的"一切思想阐述得最透彻"的,是"鲁迅全部艺术的结晶"?是因为他觉得鲁迅的创作原动力——"苦恼"情绪在这部《野草》作品中表现得淋漓尽致。

> 始终贯穿这一卷的是他的苦恼。即,他艺术冲动的重要原动力——苦恼。这一情绪渗透在这一卷中的字里行间里。事实上,即使是拥有太阳般希望的作家,使其作品变得伟大的正是苦恼;即使是认为人生一切都是黑暗和绝望的作家,令他的观察变得深刻、引领他的绝望至无限绝望的也正是这苦恼。鲁迅并不是彻头彻尾的绝望家。如果非要说他的缺点,那应该是他没有明确和远大的希望,而不是对人类、社会绝对悲观。但是我们还是可以看出,他不喜欢"在明与暗之间彷徨",他的脑海中始终没有放弃思考如何去彻底拯救某些人。我认为,鲁迅的这些苦恼使鲁迅有了今日的贡献,让我对以后的鲁迅抱以更多希望和期待的,也可以说是因为这苦恼。②

丁来东认为一部作品的伟大程度,取决于作品中作家的"苦恼"反映了多少。也就是说,他是以作家的"苦恼"的表现这一侧面来理解文学的本质的。丁来东认为《野草》的虚无主义色彩只是源自于鲁迅想彻底拯救什么的"苦恼",并不是因为鲁迅是彻头彻尾的绝望家或对人类、社会的绝对悲观。在这一点上看,可以说这是对苛评《野草》的钱杏邨的直接反驳。作家的"苦恼"

---

① 丁来东:《鲁迅和他的作品》,《丁来东全集Ⅰ》,〔韩国〕锦江出版社1971年版,第348页。

② 同上,第348—349页。

有可能是私人的,也有可能是社会的,《野草》中最为深刻和透彻地反映出了鲁迅的"苦恼",因此,他认为这部作品是"鲁迅全部艺术的结晶"。

紧接着,丁来东引用了《野草》中《题辞》的开头,即,"当我沉默着的时候,我觉得充实;我将开口,同时感到空虚。(略)生命的泥委弃在地面上,不生乔木,只生野草,这是我的罪过。"然后对其进行了如下的分析:

> 这句话难道不是在表明自己过去的生命已朽腐,其生命之根再次长出这株"野草"的意思吗?鲁迅对自己的艺术保持着谦逊的态度。从不认为自己的作品有多伟大,也从不自满,只是认为这些只不过是没有成为乔木的野草而已。同时,他也写出"野草"也会火速成为过去而朽腐,暗示希望长出新的某种的句子。(略)可以看出,他希望总是在完成每一刻的任务后死去,然后又诞生出新的事物。他并没有对没有任何生存痕迹的没有生气的生命或作品充满期待。虽然在这里没有时间研究其作品中的每一篇,但《野草》在他的作品中格外引人注意,是因为有很多是包含了可以说是哲理的鲁迅的人生观。①

丁来东通过《题辞》准确捕捉到了鲁迅自我牺牲性的生命哲学——生命的泥委弃在地面上,不生乔木,只生野草,但希望这野草也火速朽腐成为其他新生命的肥料。丁来东想要用"鲁迅的哲理"或"人生观"这些词强调这一点。他还具体举例分析了"从多方面地表现出鲁迅作品特征"的②《过客》,提到"我只得走。回到那里去,就没一处没有名目,没一处没有地主,没一处没有驱逐和牢笼,没一处没有皮面的笑容,没一处没有眶外的眼泪。我憎恶他们,我不回去!"③展示了拥有勇往直前和坚韧不拔精神的"过客"形象,丁来东借助充

---

① 丁来东:《鲁迅和他的作品》,《丁来东全集Ⅰ》,〔韩国〕锦江出版社1971年版,第349页。
② 同上,第350页。
③ 同上,第352页。

分表现出鲁迅自己的立场、态度、人生观、艺术观的"过客"①形象,举例证明了《野草》把鲁迅的"苦恼"反映得最为深刻和透彻的作品。

四 韩、中、日同时期对《野草》的批评

丁来东批评了《野草》,但较同时期的中国学界或日本学界,他高度评价了《野草》的文学价值和鲁迅文学中的地位,突出了其学术性成果。但在中国,也有以"反映作家的苦恼"的观点来批评《野草》的。例如,1928年5月,刘大杰在《〈呐喊〉与〈彷徨〉与〈野草〉》一文中说自己不是鲁迅的仇敌或朋友,对鲁迅不是无产阶级的作家的事实,并不失望,他厌恶以无产阶级来装饰自己的资产阶级者们。他还评论说:"鲁迅是一个写实主义者,以忠实的人生观察者的态度,去观察潜在现实诸现象之内部的人生的活动。"又说:"他有最丰富的人生经验,他有最锐利而讽刺的笔锋"。②但刘大杰又表示,鲁迅虽然赤裸裸地暴露了社会的丑恶和伪善,"到了《野草》,作者一切都变了",③认为鲁迅的创作时代步入了老年。尽管如此,他还是认为《野草》的作品中反映出了鲁迅对人生的"苦恼",因而想对其进行正面评价。"我在前面说过,鲁迅是一个人生经验丰富的作家,所以在他笔尖中表现的人生苦恼,比旁人表现的要深一层。郁达夫所表现的东西,是未成熟的青年的烦恼,鲁迅所表现的,是人世共感的苦恼。(中略)在《野草》里,我喜欢读《求乞者》《希望》《过客》这三篇。读完这三篇,我们就会觉得人类的伪善与人生的虚空。什么人生,不过在这虚空的路上跑。"④刘大杰又考虑到《死去了的阿Q时代》中的钱杏邨对鲁迅的批判,认为鲁迅无法成为理想的无产阶级作家,但对于鲁迅文学,尤其是

---

① 丁来东:《鲁迅和他的作品》,《丁来东全集Ⅰ》,〔韩国〕锦江出版社1971年版,第353页。
② 刘大杰:《〈呐喊〉与〈彷徨〉与〈野草〉》,《鲁迅研究学术资料汇编1》,《长夜》1928年5月15日,第379页。
③ 同上。
④ 同上,第380—381页。

对于《野草》如实表达了人类社会的"苦恼"和人生的"虚空"的一点上,试图努力肯定其文学价值。但他却表示《野草》是鲁迅到了"老年"的象征。然后以这样的语句结束了文章:"不要管旁人的明枪暗箭,也不要迎合今日的新招牌,趁着还有点精力,努力着写出基本伟大的东西来。我们在期待着,期待着……"①

那么,日本人是如何评价《野草》的呢?我们可以从几乎与丁来东同时发表的《鲁迅和他的作品》的大内隆雄(原名山口慎一)所写的《鲁迅和他的时代》(《满蒙》第12卷第1号)一文中找到答案。大内隆雄引用了钱杏邨《死去了的阿Q时代》中一部分内容,指出鲁迅作品中"大多数并不具有现代意义","之所以说他(鲁迅)的作品集《呐喊》《彷徨》以及《野草》的思想停留在清末时代,正是因为这个原因。除了为数不多的代表五四运动时代精神的几篇以外,他的作品只局限于庚子暴动到清末时间。"②他还全盘接受了钱杏邨的观点,陈述道:"读了他的两部作品集和《野草》的人无法找到任何的出路,只会发现重复呐喊和彷徨的作者。最终,野草依旧无法成为乔木。他述说的总是过去的。那是截止到目前的。那里没有将来。《野草》以鲜明的形象提出将来就是坟墓"。③另外,他还引用了《野草》中的作品《希望》的一部分内容,批评说:"鲁迅看待的人生是如此'灰色',感觉他的人生毫无意义。"④如此,大内隆雄也是参考钱杏邨的观点,采取了全面否定《野草》文学价值的态度。

其实中国到了1936年1月,才首次出版了批评鲁迅的专业书籍即李长之的《鲁迅批判》单行本。从此之后,《野草》才开始得到正确评价。李长之编辑的《益世报》副刊上连载了《鲁迅批判》的原稿,1935年9月所有文稿完成后将稿件交给了北新书局。在出版前,鲁迅阅读了文稿以表支持,并对文中弄错的具体日期作了修改。在同一时期,1935年10月日本诗人野口米次郎与鲁

---

① 刘大杰:《〈呐喊〉与〈彷徨〉与〈野草〉》,《鲁迅研究学术资料汇编1》,《长夜》1928年5月15日,第381页。
② 〔日〕大内隆雄:《鲁迅和他的时代》,《满蒙》1931年1月12卷第1号,第191页。
③ 同上,第192页。
④ 同上。

迅见面交谈后回到日本，在东京《朝日新闻》1935年11月12日报刊上发表了与鲁迅谈话这一篇文章，两人对话中有以下内容，野口米次郎问鲁迅"从前我觉得先生是一位虚无主义的思想家，但你还是一位爱国者呢？"鲁迅答道："（中略）到了近来，了解我的人一年比一年增加起来，我感到不少的喜悦"。①野口米次郎将鲁迅看做是虚无主义的思想家，从鲁迅对其答话中可知到1935年人们逐渐对鲁迅虚无主义色彩的深刻意义有所觉悟。李长之在《鲁迅批判》中对《野草》予以了高度的评价，鲁迅的回答或许就是针对这一文章而言。

李长之在《鲁迅批判》第四章"鲁迅之杂感文"第四节中集中分析了《野草》。他首先说"在鲁迅的作品里，形式略为奇怪，含义较为深邃，使一般人多少认为难懂的，是《野草》"，后继续评价说，在《野草》中的23篇短文中，有7篇东西特别出色，这是：《影的告别》《复仇其二》《希望》《立论》《死后》《这样的战士》和《淡淡的血痕中》。②其中他认为《复仇其二》《死后》和《淡淡的血痕中》，尤其占有艺术上最高的地位。他还具体举例说，在《影的告别》里，带有一层浓厚的悲哀色彩，弥漫着孤寂和愁苦的气息；《希望》写的是寂寞和空虚，其中"绝望之为虚妄，正与希望相同"是最为感伤的文章；《立论》是在为言论争自由，它将幽默与讽刺，合而为一；《这样的战士》描绘了一个理想的奋斗人物，技巧像内容一样，是一首无可指责的非常扎实的战歌；在那《复仇其二》里，是借耶稣的故事，说人们对于改革者的迫害，因为悲悯和诅咒，那改革者对于自己的痛苦，却有一点快意；《死后》写出一个精神界的战士在受伤的心上所不能拂拭去的暗影；《淡淡的血痕中》一反他向来就有的虚无色彩，而礼赞一个强悍的叛逆的猛士。李长之对这些个别作品进行分析后，总结说："就中国一般的作家论，是大抵没有甚深的哲学思索的，即以鲁迅论，也多是切近的表面的攻击，所以求一种略为深刻的意味长些的作品就很少，根源不深，这实在是中国一般的作品令人感到单薄的根由。鲁迅这篇文字（《野草》）

---

① 〔日〕野口米次郎著：《一个日本诗人与鲁迅的会谈记》，流星抄译，《鲁迅研究学术论著资料汇编1》，中国文联出版公司1985年版，第1198页。
② 李长之：《鲁迅批判》，北京出版社2004年版，第108页。

之有一种特殊意义者，却就在它多少有一点哲学的思索的端绪故，事实上，这篇东西也确乎因此看着深厚得多了。"①李长之从《野草》这部作品给读者们带来深刻的哲学思考这一侧面出发，高度评价了《野草》的意义。

在日本，1944年12月，竹内好出版了《鲁迅》。在这里，《野草》得到了极大的重视。竹内好用多页的篇幅分析了《野草》，说："在鲁迅的作品中，我很看重《野草》，以为作为解释鲁迅的参考资料，再没有比《野草》更恰当的了。它可以将鲁迅诠释出来，成为连接作品和杂文的桥梁。"②并且他指出"奇妙地纠缠在一起"的复杂性是《野草》的特征，之后直接引用和罗列了作品《影的告别》《乞求者》《复仇、复仇其二》《过客》《希望》《雪》《风筝》《狗的驳诘》《这样的战士》中的一些文章，最终归纳说："像磁石被集中地指向某一点。但无法用语言表达，如果非要勉强地说，也只好说是'无'。（略）我们不能否认这种本源的东西的存在。而且我认为《野草》明显地显示出了其地位。"③竹内好高度评价《野草》的世界因为其明示着鲁迅文学的根源——"无"的地位。但是他又说《野草》"像是压缩重组了《呐喊》和《彷徨》，也像是对其解析"④，但他并没有单独分析《野草》的文学价值，仅仅是将其当做解读《呐喊》与《彷徨》所需的某种手段。

综合对比1930、1940年代韩、中、日对《野草》的批评，1931年1月早期，高度评价《野草》文学价值和其在鲁迅文学中地位的丁来东对《野草》的批评具有非常重要的意义。丁来东并没有被当时影响广泛的钱杏邨对《野草》的批评所左右，通过仔细通读《野草》这部作品，相比旁人他对《野草》的文学性价值的理解更深了一层。那时期在上海停留的李庆孙，曾拜读过丁来东的《鲁迅和他的作品》后，发出了赞扬的声音："我感叹他在鲁迅的介绍上，毫无死角地掌握到了他作为作家的思想及工作。这一定是投入了非一般

---

① 李长之：《鲁迅批判》，北京出版社2004年版，第111页。
② 〔日〕竹内好著：《鲁迅》，徐光德译，〔日本〕文知社2011年版，第115页。
③ 同上，第122—123页。
④ 同上，第115页。

的精力去研究。为中国和朝鲜的文坛,我不禁祝福他的将来。"① 可见,他正确认识到了丁来东对鲁迅研究的学术成果。只是,可惜的是,在韩国,并无人继丁来东之后关注《野草》或对它进行更加深入的探讨。无论在辛彦俊的《鲁迅访问记》(《新东亚》1934 年 4 月)中,还是在李陆史的《鲁迅追悼文》(《朝鲜日报》1936 年 10 月)中,都没有提及过《野草》。1935 年 3 月,梁白华刊登到《每日申报》的《周树人》也是相同情况。梁白华在这篇文章中,将鲁迅的作品分为了杂感集、小说、翻译等三个种类。杂感集中说明的是《热风》《华盖集》《华盖集续编》《而已集》《三闲集》;小说中介绍的是《呐喊》《彷徨》;翻译中介绍的是武者小路实笃的剧作《一个青年的梦》、厨川白村的《苦闷的象征》《出了象牙塔》、列夫·托尔斯泰的《艺术论》《文艺与批评》等;最后介绍了鲁迅编纂过的文学研究书籍《中国小说史略》《唐宋传奇集》《小说旧闻钞》。②

五 无政府主义思想和对鲁迅文学的批评

丁来东不只是就钱杏邨对《野草》的批评提出了异议,也批判性地谈论了钱杏邨的"鲁迅的作品,尤其《阿Q正传》没有了时代性"这个观点。③ "鲁迅并没有持有什么远大的思想,他只不过是描绘了辛亥革命当时的社会状况。大体上说,这样的观察可以算是正确。事实上,任何作家、作品都无法脱离时代性。他们的区别只是那个时代性反映到艺术作品的程度有深浅之差而已。"④ 丁来东认为,所有作品大大小小都与时代有一定关联,但也表示不能仅用"时

---

① 李庆孙:《以后的鲁迅:读丁君的〈鲁迅论〉有感(上)》,《朝鲜日报》1931 年 2 月 27 日。
② 梁白华:《周树人》,《每日申报》1935 年 3 月 9—12 日。参见《梁白华文集 3》,知良社 1988 年版,第 347—348 页。
③ 〔韩〕丁来东:《鲁迅和他的作品》,《丁来东全集 I》,〔韩国〕锦江出版社 1971 年版,第 330 页。
④ 同上,第 331 页。

代性"来束缚《阿Q正传》的立场。由此可见,他持一种要脱离钱杏邨的观点的态度。

丁来东评价鲁迅的《彷徨》时,转引了鲁迅出版《彷徨》时引用在内页中的屈原《离骚》中的一句话,即,"路漫漫其修远兮,吾将上下而求索",表示"此部分,意味着鲁迅在思想上确实感觉到了停滞,彷徨着寻求出路。(略)如果冷静观察彷徨的内容,可以将其看作是《呐喊》的续篇,也可以看出在思想上是没有特别的进展的",①从而刻画了无法找到出路而彷徨的鲁迅形象。丁来东又指出:"近来,阶级文化学者认为鲁迅的创作无法代表时代性,他对希望,即前途并无任何目的,因此评价说,他只知道呐喊,只知道在歧路上彷徨。"②然后他直接引用了钱杏邨在《死去了的阿Q时代》中的句子:"鲁迅始终没有找到一条出路,始终的在彷徨,始终的如一束丛生的野草不能变成一棵乔木!实在的,我们从鲁迅的创作里所能够找到的,只有过去,充其量亦不过说到现在为止,是没有将来的。"但是丁来东又说"鲁迅并不是所有创作都是如此的,但鲁迅的创作中确实有这样的一面",③他表示无法完全同意钱杏邨的观点。之后,丁来东又提及了参加中国左翼作家联盟后,创作不多的鲁迅的状况,以怀疑的视角描述了鲁迅转向左翼文学阵营的事实。"去年春季听说鲁迅参加了'中国左翼作家联盟',很惊讶如此的虚无思想怎么会最终向阶级文学派投降。但之后除了翻译作品以外也没有任何创作,无法知道他是变成了什么样子的。"④丁来东用"投降"来描述了鲁迅转向左翼文学阵营的事情,可以隐约看出他所持的否定态度。对于丁来东来说,很难理解一直主张"彻头彻尾的文艺与革命的因缘是最远的,文人再怎么喊着'革命,革命',最终也不过是第三线的战士"⑤的鲁迅接受了阶级文学,加入了中国左翼作家联盟一事。例如,丁来东参

---

① 〔韩〕丁来东:《鲁迅和他的作品》,《丁来东全集I》,〔韩国〕锦江出版社1971年版,第337页。
② 同上,第338页。
③ 同上,第338页。
④ 同上,第338—339页。
⑤ 同上,第357—358页。

考了钱杏邨对鲁迅文学的批评，但也对其提出了异议，用怀疑的目光看待鲁迅转向左翼文学阵营一事，这反映了丁来东对阶级文学（无产阶级文学）的批判态度。

这时，李庆孙看出了丁来东的态度，试图补充说明丁来东简单提及过的、鲁迅转向左翼文学阵营后1929年以后的文学活动。他于1931年2月，在《朝鲜日报》中发表了《之后的鲁迅：读丁君的〈鲁迅论〉有感》，赞许了丁来东对鲁迅文学的研究的同时，表示可惜："并没有说明鲁迅生涯的最高潮部分（1929年以来最近的鲁迅）就结束了介绍文。为君和读者们感到遗憾。"[①] 接着，他具体介绍了丁来东未提及的转向左翼文学阵营后鲁迅的实践活动。他解释说，这个时期鲁迅之所以创作少，是因为"实际行动"而没有提笔的时间。而后又补充道"资平、达夫、沫若、鲁迅等是以前的人，其中只有沫若与鲁迅重生，但更重要的是，想提醒中国文学研究人，现在更多的新人在控制文坛。"[②] 他以"重生"的观点来看待转向左翼文学阵营的鲁迅，可看出他是想为其进行辩护。

为与李庆孙的这篇文章的相呼应，[③] 1931年11月，丁来东又在《朝鲜日报》上发表了《变化中的中国文坛的最近样态》一文，详细介绍了历经变化的中国文坛的状况。丁来东定义目前的中国是国民党统治的国家，指出马克思主义文学的没落和民族主义文学的兴起构成了中国文坛的新局面。他称"民族主义文学"是国民党统治下的中国的"御用文学"，"马克思主义文学"是俄罗斯的"御

---

① 〔韩〕李庆孙：《之后的鲁迅：读丁君的〈鲁迅论〉有感（上）》，《朝鲜日报》1931年2月27日。

② 〔韩〕李庆孙：《之后的鲁迅：读丁君的〈鲁迅论〉有感（下）》，《朝鲜日报》1931年2月28日。

③ 〔韩〕丁来东：《变化的中国文坛的最近样态·笔者的话》，《朝鲜日报》1931年11月8日—12月1日。《丁来东全集Ⅱ》（评论篇），第26页："笔者在今年年初在《朝鲜日报》上发表了《鲁迅和他的作品》后，便无余暇关注中国文坛近况。后来读了上海文友李庆孙君在《朝鲜日报》上发表的《之后的鲁迅》，为答谢他的好意，想着关于中国现文坛写写东西，不觉又刮起了冷风，已到了冬日，今年也要很快要收尾了。"

用文学",①想重点叙述马克思主义文学是被清理的对象。"中国马克思主义的没落或者说是中断的此时,有必要清理其理论、作品或评论等。马克思主义理论并没有给中国开辟什么新天地,只不过是卢那察尔斯基、日本的藏原惟人理论的翻译和复制,感觉没有任何重复的必要性。在马克思主义文学全盛时期,以评论家的名义来活动,照搬这些理论的人中,钱杏邨就是个例子。钱杏邨虽确实是复制主义,但从《现代中国文学作家》(1、2集)中,可以得知到他其实也是个拥有着敏锐头脑的人。"②1930年,以左翼文学阵营和进步文人为中心结成了中国左翼作家联盟,令国民党感到了危机,于是对其进行了镇压。同时国民党决定将"三民主义"作为文艺政策方向,积极推进"民族主义文艺运动",并于1930年10月10日创刊了《前锋月刊》,宣布开展"民族主义文艺运动"。1931年,国民党政府加强了镇压,马克思主义文艺运动大大减弱,御用的民族主义文艺运动代替了其位置。在中国文坛的此种客观形势下,提出了同时否定和批评马克思主义文学和民族主义文学的观点。他甚至还苛评马克思主义文学作品只不过是"不能称为作品的作品,是不成熟的作品,外国作品的翻版"。③当然,他也肯定了马克思主义文学的一些功劳,认为三四年来,中国的马克思主义文学"确实是如洪水般留下了荒废的痕迹后走上了没落之路","虽然没有理论、评论、创作方面的特殊成绩,但有一点值得肯定,即是可称为余痕的方面,总之,在让一般作家注意到劳动层方面上是起到了很大效果的。"④

丁来东认为马克思主义文学是被清理的对象,首先因为它的创作成果微乎其微,但根本性原因在于马克思主义文学将文学归属到了政治与权力上面。他批判中国马克思主义文学和国民党政府的民族主义文学正是因为这个原因。最终,他更重视并主要研究了"不依靠权力,用自己的文学技术与时代的思潮使

---

① 同上,第36页。
② 〔韩〕丁来东:《变化的中国文坛的最近样态·笔者的话》,《朝鲜日报》1931年11月8日—12月1日,《丁来东全集Ⅱ》(评论篇),〔韩国〕锦江出版社1971年版,第40页。
③ 同上,第41页。
④ 同上,第41—42页。

沪宁①纸价上涨的广受大众欢迎的两位作家"，②即巴金和沈从文。这里我们可以明确看出，丁来东摆脱政治（革命）和权力，想拥护纯文学的批评态度。

丁来东对中国马克思主义文学的批评，也可以看作是对1931年8月金光洲发表于《朝鲜日报》的《中国无产阶级文艺：运动的过去与现在》一文的补充说明。当时在上海留学时，与韩国无政府主义独立运动团体有来往的金光洲，在《中国无产阶级文艺》上说明了1930年3月中国左翼作家联盟成立以后的无产阶级文艺运动，详细介绍了具体作家与作品内容。他对1931年前期中国文坛无产阶级文艺运动完全停滞的原因作了如下判断："虽然也会有一些作家在各处持续着一些微弱的工作，但有着三年历史的中国无产阶级文艺运动却完全停滞。究其原因，用一两个章节是无法言说的。首先是因为客观环境的高度压力。然后是'无产阶级文学是阶级武器'这个茫然的概念，（这点除了中国文坛以外，也是需要所有人深思的问题）加上并无彻底的理论根据，亦无独特的作品内容形式的创造。这可以说是最重大的原因。"③金光洲把中国无产阶级文艺停滞的原因归结为两点，首先是提倡民族主义文艺运动的国民党政府的政治镇压；第二个是主张"阶级武器"的无产阶级文学的理论根据过于茫然，从而导致具体创作的失败。金光洲在这篇文章的最后又保持了保留态度，提出民族主义文艺运动开展热烈，与过去无产阶级文学全盛期相对立。因此，也有人说目前是无产阶级文艺运动的最终没落期，但谁都不知中国无产阶级文艺运动是否会带来新的进展。④但，如他在引用文内的括号中所说，这是"需要所有人深思的问题"，对于将文艺当作是"阶级武器"的无产阶级文学的理论根据，他持怀疑的态度。

那么，丁来东又是因何把马克思主义文学和民族主义文学全部看作"御

---

① 指上海与南京——编者注。
② 〔韩〕丁来东：《变化的中国文坛的最近样态·笔者的话》，《朝鲜日报》1931年11月8日—12月1日，《丁来东全集Ⅱ》（评论篇），〔韩国〕锦江出版社1971年版，第43页。
③ 〔韩〕金光洲：《中国无产阶级文艺（4）：运动的过去和现在》，《朝鲜日报》1931年8月7日。
④ 同上。

鲁迅：在传统与世界之间

用文学"，采取了全面否定的态度的？这和他认同无政府主义思想的理念有着直接的关联。1926年，丁来东进入北京中国大学本科英文专业，那年9月，他曾在中国大学与沈龙海（即沈如秋）、柳基石（即柳树人）、吴南基等一起成立了俄罗斯无政府主义理论家克鲁泡特金研究小组，①与1924年10月在北京中国大学韩中两国联合成立的无政府组织黑旗联盟活动中的向培良保持着联系。丁来东从来未对外公开过自己是个无政府主义者，但从他制作的《著者年谱》中，可以得知他与无政府主义者们的确保持了频繁的联系。例如，丁东来写道，在1927年"晚上我向培良学习白话文学作品，我教向氏日语"；1930年"暑假期，经沈如秋同学介绍，每年从香山自由学院的教师郭同轩先生处学习了中国古典，尤其是《史记》《文选》等。这为我的中国文学研究上提供了莫大的帮助。这时期，我也曾与白贞基义士等同学一起赴小汤山（温泉）玩过。"②丁来东与中国籍无政府主义者向培良、在华的韩国籍无政府主义者沈如秋、白贞基等保持着联系，由此可看出，他支持并受到了无政府主义思想影响。在丁来东批评介绍中国现代文学的最初评论《中国现文坛概观》中，他提出"中国文学并非是完全的大众文学，因为到目前为止，中国革命并非是一般大众的革命，只是中产阶级和知识阶级的革命"。他判断中国文坛的方向将会从"中产阶级文学"发展为"大众的文学"，③其理念基础也来自于无政府主义思想。1932年丁来东在《朝鲜日报》发表的《清理过去》一文中写道："民族意识，对内最终还是无法提出代表全民众利益的运动，只会拥护该派的指导群和经济榨取群，而对外会培养和诱发民族间利益相互排斥的思想和行动"，④他明确指出了拥护资产阶级或沦落为国粹主义的民族主

---

① 参见〔韩〕具胜会等著：《韩国无政府主义100年》，〔韩国〕理学社2004年版，第213页。

② 〔韩〕丁来东：《著者年谱》，《丁来东全集Ⅰ》，〔韩国〕锦江出版社1971年版，第424—425页。

③ 〔韩〕丁来东：《中国现文坛概观》，《丁来东全集Ⅱ》（评论篇），〔韩国〕锦江出版社1971年版，第57—58页。

④ 〔韩〕丁来东：《清算过去：文艺评论的续稿（4）》，《朝鲜日报》1932年2月18日，《丁来东全集Ⅱ》（评论篇），〔韩国〕锦江出版社1971年版，第325页。

义的缺陷。他更进一步说道:"我们能断言的是,世界的民族主义思想大多都与国家主义相一致",①并提醒民族主义与国家主义相结合时所存在的危险性。这是因为他在中国留学时,亲身体会到了中国国民党政府依据国家权力大肆宣传民族主义文艺运动的弊端。丁来东提出作为文化运动的民族主义,最终还是会归结为国家主义,以此严厉批判了民族主义。这也是他否定国家权力,同意无政府思想的一个较好的实例。

众所周知,无政府主义者否定集中化的权力(无论是国家权力还是无产阶级独裁),信奉个人(民众)自由,强调文艺的自律性。他们认为马克思主义文艺理论或无产阶级文学论隶属于政治(无产阶级斗争)和权力(无产阶级独裁)的,因而树立了与其相对抗的文艺理论。在中国以无政府主义文艺批评家活动的柳树人,也曾在中国的革命文学论争中发表了《检讨马克思主义的阶级艺术论》和《艺术的理论斗争》,严厉批判了以"阶级斗争"为名义抹杀文艺自律性的马克思主义阶级文学论。②与此相对应,丁来东在《中国现文坛概观》中,将当时的中国文坛分为无政府主义文学派、革命文学派、资产阶级文学派、纯文学派等四个派系加以介绍,再对无政府主义文学派的主张与革命文学派理论进行对比,并做了非常详细的说明。他首先提出"无政府主义文学派,反对革命文学派以无产阶级独裁为前提提出的阶级斗争论。(略)无政府主义否认一切的权利;但马克思主义为了实现共产社会需要最大的权力",③继续又说:"无政府主义派认为艺术的最高理想在于自由。但马克思派认为艺术只不过是宣传工具,艺术本身没有任何特性,问题在于如何利用艺术"。④从而表明了批判革命文学派主张,拥护无政府主义文学派的立场。丁来东之所以持这种的批判性立场,很显然是由于他倾向无政府主义思想的理念。

---

① 〔韩〕丁来东:《清算过去:文艺评论的续稿(4)》,《朝鲜日报》1932年2月18日,《丁来东全集Ⅱ》(评论篇),〔韩国〕锦江出版社1971年版,第326页。
② 参见李何林编:《中国现文艺论战》,东亚书局1932年1月第4版,第479—492页。
③ 〔韩〕丁来东:《中国现文坛概观》,《丁来东全集Ⅱ》(评论篇),〔韩国〕锦江出版社1971年版,第67页。
④ 同上,第69页。

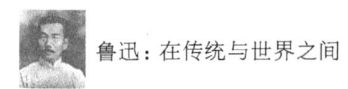

六　金台俊对鲁迅文学的理解

以著述《朝鲜小说史》和《朝鲜汉文学史》而闻名的金台俊,在1930年夏就读京城帝国大学中国文学专业时,为求毕业论文所需资料访问了北京。这时在中国,左翼联盟刚成立后不久。当时他目睹了中国翻天覆地的变化,受到了巨大的冲击。他认识到"新兴的中国!(略)正在处于改革一切的奋斗中,她已然不是过去的中国了",① 他还认识到"新兴中国的真相"是"从尖端至尖端!从极端至极端,所有一切都要改革,这成为引导全社会取得政治上成功的直接诱因"。② 金台俊目睹了通过改革,走向尖端、走向极端,引导全社会政治上成功的中国现状,认为"多灾多难的社会背景下成长的文艺和其作家的生活总是表达着、证实着这些",③ 因此,以传播新兴中国的真相为目的,试图向人们介绍中国现代文艺。而金台俊是通过北京访问,认识到中国左翼作家联盟成立以后,在中国急剧的社会变化中一跃而起的新中国新兴文学的社会力量和发展可能性。

以此时的经验为基础,金台俊于1930年11月12日至12月8日,分18次在《东亚日报》连载了介绍中国现代文学的《文学革命后的中国文艺观》。他在《序言》中描述了在北京西城停留时遇到的人力车夫"王甲七",说:"反抗性非常激昂,阿Q时代已完全死去"。他还直面"军人、工人和工农阶级暗中成为坚固的结合"的中国时局的变化,说:"明白了那确实是文艺运动的力量。"然后强烈表示:"请听黄海那头他们的呐喊,他们在喊:'艺术是反抗的产物'——'文学是宣传'!如果文学或文艺运动除了真实描述人类生活给大

---

① 〔韩〕天台山人(金台俊):《文学革命后的中国文艺观》,《东亚日报》1930年11月12日。

② 〔韩〕天台山人(金台俊):《活跃在新兴中国文坛上的重要作家(一)》,《每日申报》1931年1月。

③ 同上。

众看以外，还有其他的什么现代性目的，我认为这个题目也不是徒然之事。"①金台俊亲眼目睹了文艺运动导致了中国时局变化这个事实，亲自确认了文艺的"现代性目的"已超越了对人类社会的真实描述，达到了反抗和宣传的程度。他在1934年5月发表的《〈朝鲜汉文学史〉方法论》中，叙述了中国文学发展而来的历史过程，提出在最后阶段，"到最近，以文学革命为契机使用了白话文，竟到了提倡文学即宣传的程度"，提出该观点也是基于上述经验。②

那么，金台俊介绍中国现代文学时，是如何去理解鲁迅文学的呢？金台俊虽未发表过专门批评鲁迅文学的文章，但在《文学革命后的中国文艺观》一文中，一瞥中国"创作界"，首次以《阿Q正传》为中心介绍了鲁迅的创作。他首先指出，钱杏邨的论文《死去了的阿Q时代》在1927年发表在《太阳》杂志后，以"阿Q时代"的争论为起点，至1928年春季，在革命文学、无产阶级文学派与其反对派——反革命、反无产阶级派之间展开了热烈的争论。之后以《阿Q正传》为中心，如此评价了鲁迅文学："阿Q是什么？——系指民国7年，鲁迅（周树人的笔名）编写的小说《阿Q正传》的主人公阿Q。（梁白华先生曾做过韩语译介）该小说是当时最受大众喜爱的小说，被翻译为世界各国语言。就连罗曼·罗兰也高度赞扬说：'东方只有它'。但辛亥革命后的10年来，中国民众的思想得到了惊人的觉醒，已不再是无条件屈服于豪绅阶级的阿Q，也不是依靠命运，想利用革命军的力量报私仇的阿Q。钱杏邨评论说，阿Q阴险刻毒的性格应该反映的是辛亥革命当时的大众思想。之后，鲁迅又发表了《呐喊》《野草》《彷徨》等诸多作品。但事实上，那些也只不过是在无产阶级文艺全盛期，没落到连旧日的得意气色都没有的'小资（小资产阶级）'的最后呐喊和在野草的歧路上彷徨而已。（参考李何林著

---

① 〔韩〕天台山人（金台俊）：《文学革命后的中国文艺观：过去十四年间（一）》，《东亚日报》1930年11月12日。
② 〔韩〕金台俊：《〈朝鲜汉文学史〉方法论》，《学灯》1934年5月6号，金台俊著：《金台俊文学史论选集》，丁海廉编译，现代实学社1997年版，第247页。

《中国文艺论战》和钱杏邨著《现代中国文学作家》卷1)"①金台俊明确表示此处参考的是李何林的《中国文艺论战》和钱杏邨的《现代中国文学作家》(第一册),可以看出,金台俊对鲁迅文学的批评是依据李何林和钱杏邨的两本书来理解的。他认同钱杏邨评价鲁迅已步入"没落期"的观点,也断言说"鲁迅的作品没有现代意义"。换句话说,金台俊认为,鲁迅文学到了无产阶级文学时代已过了时效。

金台俊重视文艺在社会上的角色,确信其反抗性和宣传性。为了克服在日帝统治下的韩国社会的痛苦和矛盾,他想要把充分体现反抗性和宣传性的中国新兴文学当作他山之石。在1931年1月,他在《每日申报》上连载的《在新兴中国文坛中活跃的重要作家》中表示,"现代的中国已不是过去的中国","文艺运动尤其热烈",如下表明纵览中国现代主要作家的意图:"以我们的常识,中国人看似是全世界上最为保守的。但观察其国家情况、考察其文艺,相信大家会得到完全意外的结果。这一点会促使古板的汉文学者们反省自身。自认为是君子的汉文学者们——诸君是如何看待这个惨淡的现实的?你们又做了什么?如果有'三省吾身'的聪明,是否应该'有蹈东海而死'?我认为这会成为彼我对照的资料,借此欲一瞥中国现代的几位主要作家的生平历程。"②金台俊督促无法直视韩国"惨淡的现实"、仍陷入在迷梦的传统知识分子,以使他们深刻自省。他认为中国现代作家可作为"彼我对照"的镜子,于是迫切需要介绍中国现代的主要作家。他想展示文学与革命的紧密关系中变化发展的"现代的中国""今日的中国"的真相,让大家看清日帝统治下的"惨淡现实",明白改革的必要性。因此,金台俊具体介绍了在"新兴中国文坛中活跃的重要作家"——胡适之、周氏兄弟、郁达夫、郭沫若、蒋光慈、张资平、叶绍钧、茅盾,一些女作家,以及剧作家——丁西林、欧阳予倩、田汉。

---

① 天台山人(金台俊):《文学革命的中国文艺观(十四):创作界的一瞥,小说为主》,《东亚日报》1930年12月4日。
② 天台山人(金台俊):《活跃在新兴中国文坛的重要作家(二)》,《每日申报》1931年1月3日。

近代韩国对鲁迅的文学批评和思想谱系的建设——丁来东和金台俊

如金台俊自己表示,写这篇文章"前半部几乎是编译了钱杏邨的《现代中国文学作家》"。① 钱杏邨的《现代中国文学作家》第一册于1928年出版,第二册于1930年出版。第一册由《自序》《死去了的阿Q时代》《郭沫若及其创作》《〈达夫代表作〉后序》《蒋光慈与革命文学》等文构成;第二册由《叶绍钧的创作的考察》《张资平的恋爱小说》《徐志摩先生的自画像》《矛盾与现实》《写在后面》等文构成。② 如前面所说,丁来东的《鲁迅和他的作品》也参考了钱杏邨此书,而大内隆雄的《鲁迅和他的时代》也完全是以钱杏邨该书内容为依据的。由此可见,钱杏邨的这部著作在当时韩国和日本的中国现代文学研究者之间,具有广泛的影响力。但是有意思的是,金台俊省略了钱杏邨在《现代中国文学作家》(第二册)中对诗人徐志摩的批评,对其没有提到只言片语。钱杏邨在《徐志摩先生的自画像》一文中,先介绍徐志摩是"代表中国资产阶级的作家",认为是"对现实没有任何的不满,只知道追逐过去与未来的幻象,梦想着如何'飞'上天。这就是我们的徐志摩先生!"③ 金台俊接受了钱杏邨如此评价徐志摩为中国资产阶级的代表作家的见解,认为没有必要在无产阶级文学的立场上来介绍徐志摩。这一点明显地表明了金台俊自己的接受马克思主义阶级史观、提倡无产阶级文学的理念倾向。

因为此理念倾向,金台俊觉得没有必要单独介绍鲁迅,只是以"绍兴周氏兄弟"的小题目,对他与周作人一并作了介绍。钱杏邨在《死去了的阿Q时代》中评价说"鲁迅最终不是这个时代的表现者。他的著作所含有的思想都不足以代表十年来的中国文艺思潮"。④ 因此,金台俊并没有对"无现代意义"的鲁迅

---

① 天台山人(金台俊):《活跃在新兴中国文坛的重要作家(二)》,《每日申报》1931年1月3日。在中国的女作家中,金台俊以冰心和白薇为主作了介绍,而简单介绍了卢隐、冯沅君等。可以看出参考了钱杏邨的另一著作《现代中国女作家》,上海北新书局1930年版。
② 阿英(钱杏邨):《阿英全集(二)》,安徽教育出版社2003年版,第1—201页。
③ 阿英(钱杏邨):《徐志摩先生的自画像》,《现代中国文学家》(第二卷),《阿英全集(二)》,安徽教育出版社2003年版,第141—142页。
④ 阿英(钱杏邨):《死去了的阿Q时代》,《现代中国文学作家》(第一卷),《阿英全集(二)》,安徽教育出版社2003年版,第5页。

鲁迅：在传统与世界之间

文学予以重视。以"周氏兄弟"为题，金台俊把焦点放在了声名颇高的五四文学革命时期的鲁迅文学。从而可以看出他把鲁迅的创作成果局限在五四文学革命时期，仅做到强调其历史意义而已。也就是说，他只是想把鲁迅介绍成"中国文艺运动史上不得不最先讨论的"，"周氏兄弟的功绩"①中的一部分。金台俊最后以鲁迅被"其他色彩的文人恶评为'醉眼朦胧的鲁迅'一事"，②即革命文学论争时遭到创造社一派攻击的事实，以及鲁迅的简单履历、《阿Q正传》的梗概和作品意义结束了文章。可看出他完全不把注意力放在中国左翼作家联盟成立后转向左翼文学阵营的鲁迅的同一时期的近况和创作上。

金台俊反而热衷于中国左翼作家蒋光慈的小说。他拜读了1933年1月发表的蒋光慈的短篇小说《碎了的心》后，在《朝鲜日报》刊登了评论，如此陈述了具体意图："说到他（蒋光慈）1927年以前的作品，仍然尚未克服'浪漫主义'和'感情主义'的时候，虽然使用了如猛虎般强烈声讨军阀和××（共产）主义激烈的××（革命）性文辞，却没有为××（革命）提出任何指导思想。当然，这也是由于受周围情势支配所致。在这种时代的作品《碎了的心》（1926年），虽然看似是落后于时势的反宗教的作品，但现实中仍需要这样的作品。在朝鲜早已被清理整顿的宗教问题再次成为话题的时候，这部作品虽然没有扣动我的心弦，但我仍然觉得在某一生活层面仍需要这样的作品。"③接着，金台俊详细介绍了《碎了的心》的作品梗概后，与同年发表的李箕永的短篇小说《外交员与传道夫人》进行了比较分析。他先提到在记忆中，《外交员与传道夫人》与《碎了的心》相比，"前者的机智与幽默是后者的几倍"，之后介绍

---

① 天台山人（金台俊）:《活跃在新兴中国文坛的重要作家（四）》,《每日申报》1931年1月7日。

② 同上。

③ 天台山人（金台俊）:《读蒋光慈著〈碎了的心〉有感（上）》,《朝鲜日报》1933年1月20日。在文章的一开头，金台俊就介绍说这篇《碎了的心》是与《鸭绿江上》合编的小说集中的其中一篇。据推测，金台俊耽读的蒋光慈的小说集，是1930年5月15日上海爱丽书店出版的《鸭绿江上》。这部小说集由8部短篇小说构成，其中包括《碎了的心》《寻爱》《鸭绿江上》等。1930年，金台俊为了搜集本科毕业论文材料，访问了北京，去了那里的琉璃厂的书店街，可以推断在那时购买了这部小说集。

了《外交员与传道夫人》的梗概，同时又批评说："当然，蒋氏和李氏的作品都是初期作品，或许是忠实表达了否定神、天堂的一面。但并没有更深一步地对革命行动的予以任何暗示"。① 金台俊阅读了蒋光慈中文原版小说，然后将其与李箕永的作品进行了比较分析。可见，那个时期比起鲁迅的作品，他更喜爱和认真阅读左翼作家的作品。

七　金台俊对左翼文学批评的主体接纳

金台俊曾编写《文学革命后的中国文艺观》和《在新兴中国文坛中活跃的重要作家》时，除钱杏邨的著作以外，还参考了李何林的《中国文艺论战》。其实，实际上我们还可以知道他也参考了日本左翼批评家濑沼三郎的著作《中国的现代文艺》（1930年8月）。尤其在"介绍周氏兄弟"的一段中，金台俊陈述的《阿Q正传》的梗概是对濑沼三郎《中国的现代文艺》中所写的《阿Q正传》加以了缩写整理。② 金台俊在介绍了《阿Q正传》的梗概后，在结尾评价说："《阿Q正传》是以在村落中经常可见的男性人物为题材编写的潜藏众多'幽默'的写实主义作品。这一篇是中国近代文艺史上的划时代的名作，而钱杏邨早前曾宣言'阿Q时代已死去'，这不禁令读者们大吃一惊。冰禅等人辩护说'阿Q时代尚未死去'，这也是发生在1929年3月。（参考《中国文艺论战》60页）"。③ 其第一句话简述了濑沼三郎书中写的《阿Q正传》相关评价中的一部分；第二句话参考了李何林的《中国文艺论战》，介绍了钱杏邨和冰

---

① 天台山人（金台俊）：《读蒋光慈著〈碎了的心〉有感（下）》，《朝鲜日报》1933年1月21日。
② 参见〔日〕濑沼三郎：《支那的现代文艺》，《大支那大系第十二卷：文学·演剧篇（下卷）》，〔日本〕万里阁书房1930年（昭和5年）版，第264—266页。
③ 天台山人（金台俊）：《活跃在新兴中国文坛的重要作家（五）》，《每日申报》1931年1月10日。

禅的观点的。①金台俊参考了濑沼三郎的解析，对主张"阿Q时代已经死去"的钱杏邨的观点和与其相反的、主张"阿Q时代尚未死去"的冰禅的观点一并做了介绍。而且还介绍了《阿Q正传》的文学价值和中国文坛的状况。由此可见，金台俊并没有通过直接阅读作品来了解鲁迅文学，而是积极考察无产阶级文学一跃而起成为主流的当时中国文坛状况，参考了左翼批评家对鲁迅文学的批评，以此为基础来了解鲁迅文学。他曾说过他读完过郭沫若和郁达夫的作品，②也主要阅读了像蒋光慈等左翼作家的作品，但并没有特意去研究阅读过鲁迅的作品。

事实上，钱杏邨在《现代中国文学作家》（第二册）的《后记》中写道"鲁迅君是改变了他对于新兴文学的态度"，③对鲁迅转向左翼文学阵营一事寄予了期待，但金台俊却并没有具体表明这样的期待。在"阿Q时代"迎来鼎盛期的鲁迅，到了1930年代失去了现实中的力量，因此，对于金台俊来说，鲁迅的作品并没有成为积极研究的对象。他介绍《阿Q正传》梗概时，只是简述了濑沼三郎编写的内容，也是出于这一原因。当然，我们还要考虑当时金台俊的个人情况。金台俊连载《文学革命后的中国文艺观》和《在新兴中国文坛中活跃的重要作家》时，他还要写本科的毕业论文，同时也在撰写韩国最早的近代文学史著作《朝鲜汉文学史》和《朝鲜小说史》。因此，根本无暇去深入地研究中国现代文学。他对中国现代文学的介绍以及对鲁迅文学的理解，并不是为了客观的学问研究，而是为了纵览在文学与革命的紧密关系中发生巨变的新兴中国文坛，想要给在日帝统治下的韩国社会和当时文坛带来强烈的刺激和提示。对于他这

---

① 冰禅：《革命文学问题——对于革命问题的一点商榷》，李何林编，《中国文艺论战》，东亚书局1930年版，第60页。金台俊参考的李何林《中国文艺论战》中载录的冰禅的文字内容如下："近来有人说〈死去了的阿Q的时代〉以为中国的农民都进步了，都不复〈再是阿Q〉了，果然如是，自然是一件很可庆幸的事，不过这恐怕是要面子的话，阿Q的时代不独还没有'过去'，就是最近的将来还不会'过去'，除非我们四万万人都能一旦发大愿心，把自己'阿Q相'的灵魂，一齐凿死！"

② 金台俊：《外国文学专业之辩论（6）》，《东亚日报》1939年11月10日。

③ 阿英（钱杏邨）：《写在后面》，《现代中国文学作家》（第2卷），《阿英全集》，安徽教育出版社2003年版，第200页。

个学习中国文学专业的新生来说，这有可能是近乎于某种使命之事。

即使金台俊积极接纳了钱杏邨等左翼批评家们对鲁迅文学的批评，但是，我们不得不承认他完全按照他的思想而经历过彻底的自我化的过程。这样的事实，我们可以通过他于1931年夏季第二次访问北京时，与周作人的面对面谈话中得到确认。金台俊在次年1月发表的《北平纪行》中详细叙述了当时的经历。金台俊首先叙述了离开首尔，途经满洲时的心境，说："我们的帝国为了东亚的和平，为了正义，征伐俄罗斯，获取了满蒙的权利。这份威力震动着东亚"，然后说："傻瓜（指金台俊自己——编者按）的胸襟也变得越来越宽广，原来会因为不自由的现实而心急如焚，如今却变成了一只鸟儿自由地在北国翩翩（翱翔）"。[①] 金台俊用反语讽刺了日本帝国主义的虚伪和欺瞒，表达了在不自由的现实中渴望自由的热忱。到达北京的金台俊拜访了当时北京大学教授兼中国代表文人周作人，如此介绍了拜访"北平（即北京）西城"周作人的家，就"中国文坛的现状"问题与周作人进行的对话。

> 昨今两年来，文艺运动中心搬到上海以后，各位作家都搬到了四方，我现在都无法听闻伯氏（即鲁迅）的消息了。现文坛的作家们都是要么在翻译，要么在保持沉默，而新进文人什么都不懂，只知道主张"无产阶级文艺"。现在的文坛真是越来越沉滞和寥寥了。
>
> 他（傻瓜，即金台俊）故意为了引出他的答案，说道：
>
> "现在外部评价说中国在无产阶级文艺运动初期展开了猛烈的行动，先生应该也助了一臂之力了吧。"
>
> 先生听完，像是惊讶了一下，然后转变了语势说：
>
> "无产阶级文艺在无产阶级自己写作前是永远都无法看作是真正的运动。文艺于我，只是余兴，是我当作趣味的娱乐。我的本职工作是军人，孙子兵法则是我最喜欢读的书。"
>
> 我感到了非常之失望。编写了《世界小说译丛》，创作了很多小品的

---

① 〔韩〕短舌（金台俊）：《北平纪事：傻瓜游燕草》，《新兴》6号（1932年1月）。

人，虽然只是谦逊，但还是称自己喜欢"萨贝尔"（源于荷兰语 Sabel，意指剑），断言说自己对文艺是门外汉。我不禁想这是我期待的中国一流文人吗？咄！死马骨！所谓过渡期的名士，不管是中国还是朝鲜都是这个样子的。我明白真正的文坛名士——还有我所要求的文人应该是在那些到处被驱逐的无名斗士之中的。他又问了朝鲜文学、歌谣、文坛现状，我简单回答后回到了家中。我虽然见过很多中国的名流，但最终得到的还是这样的失望。留在记忆中的只有和那汉字废止论的急先锋——旧师魏建功讨论的三点。①

当时金台俊拜访周作人的家，据推测，应该是因为有当时在北京大学在职中的魏建功的帮助。金台俊称作"旧师"的魏建功，曾受聘于首尔京城帝国大学担任中文"讲师"，1927年4月至1928年8月，讲授过三个学期的中文。这时在京城帝国大学就读预科（1926—1927）及本科中国文学专业（1928—1930）的金台俊，是从魏建功那里学习中文。魏建功回国后就职于北京大学，金台俊一访问北京，与周作人保持亲密关系的他在中间介绍金台俊和周作人两人相见。

拜访了鲁迅的弟弟周作人的金台俊，严厉地讽刺了与无产阶级文艺保持一定距离的周作人为"死马骨"，而对周作人的失望可以从他的理念倾向足以预见到的。金台俊说"真正的文坛名士"，"自己所要求的文人"反而是能在"被驱逐的无名斗士"中才能找到。可见这一点明示着他所崇尚的文艺是"革命文学"，即"无产阶级文艺"。金台俊想要在无产阶级文艺的立场上批评介绍现代中国的作家，是源自于接受马克思主义阶级史观的他彻底的理念倾向的。也就是说，他根据钱杏邨和李何林等左翼批评家对鲁迅文学的批评来理解鲁迅文学，是由于他与他们之间有思想共鸣。

---

① 〔韩〕短舌（金台俊）：《北平纪事：傻瓜游燕草》，《新兴》6号（1932年1月），第59—60页。

八 思想谱系与批评立场的差异

1920年代中期开始,韩国也开始展开无产阶级文学运动。为了摆脱日帝的统治,比任何时候都迫切需要民族抵抗运动的这一时期,运动在进步文人之间得以迅速扩展。金基镇的如下言论也表明无产阶级文学运动带着民族解放运动的特色。"文学要成为今日的民族抵抗运动的武器。作为这种运动的武器的文学,仅限于今日,既是有用的,又是获得存在意义的。欺压我们民族的是资本主义和帝国主义。因此,民族运动是反资本、反帝国主义斗争的第一个阶段。为这样的斗争而展开的文学被命名为无产阶级文学。"① 韩国无产阶级文学运动从一开始就作为民族解放运动的一环而展开,到了1930年前后时期更加活跃了起来。曾连载梁白华翻译的《阿Q正传》,丁来东的《中国新诗概观》的《朝鲜日报》,于1930年1月和2月刊登了朴英熙的《作为1929年艺术论证的总结:论新的一年中我们的进路》和金八峰的《关于艺术的大众化:要求解决这个问题》,以及朴浣植的《关于无产阶级诗歌所面临的任务:我们诗歌的大众化问题》一文和宋虎的《大众艺术论》。曾连载丁来东的《读〈阿Q正传〉有感》的《朝鲜日报》,于1930年4月刊登了宋驼麟的《朝鲜"无产阶级"艺盟和"无产阶级"艺术运动:是第一线还是第三线》,同时还连载了金亨俊翻译的《"黑格尔"和辩证唯物论》。此外,这个时期,大家对海外无产阶级文学运动也更为关注。1931年1月正连载丁来东的《鲁迅和他的作品》的《朝鲜日报》"海外消息"栏目中刊登了《中国的红色读书界:书肆陈列的70%》一文。这篇文章以法国杂志的内容为基础,传达的是当时流行共产主义思想的苏联作品风靡中国读书界的消息。② 刊登金光洲《中国无产阶级文艺》的1931年8月5日的《朝鲜日报》上,以"海外文艺消息"传达了世界著名文士们为了拥护"苏联",组织成立了委员会的消息。③ 1931年10月28日刊行的《东亚日报》的"文艺

---

① 〔韩〕金基镇:《今日的文学·明日的文学》,《开辟》1924年2月。
② 《中国的红色读书界:书肆陈列的70%》,《朝鲜日报》1931年1月19日。
③ 《由各国文士组织的赤露护卫国际委员会》,《朝鲜日报》1931年8月5日。

消息"中，传达了"在上海研究多年中国新兴文学后回国的金光洲先生、柳山房先生，以及在上海的李庆孙先生、诗人黄锡禹先生等的努力下，将刊行'无产阶级'文艺杂志《新兴文坛》的消息。临时办公室暂定在积善洞 16 号金键先生的房间。"① 虽然《新兴文坛》这本杂志实际上最终并没有发行，但是我们可以从金光洲、柳山房、李庆孙等人有计划发行一本专门讨论无产阶级文学的文艺杂志这一事情本身，看出当时韩国国内对中国无产阶级文学是有多么的关注。就这样，1930 年代初，韩国文坛上积极议论着无产阶级文学和文艺大众化问题，对世界共产主义运动或中国的无产阶级文学运动的关注度也越来越高。在这样的时代潮流下，韩国国内新闻杂志中刊登的对中国现代文学以及鲁迅文学的介绍批评的文章数量也达到了空前的程度。由此可见，韩国当时的中国现代文学研究者们积极参考和接受钱杏邨的观点也是理所当然的事情了。

但是我们不得不注意，对于鲁迅文学的评价根据批评家的理念倾向的不同，差别是很大的。丁来东对于鲁迅转向左翼文学阵营反应过度敏感，以转向前鲁迅文学为主进行批评介绍，这和他无政府主义思想的理念倾向有着很大的关联。丁来东追求脱离政治和权力的文学的独立价值，细致阅读过鲁迅的《呐喊》和《彷徨》和《野草》后对其进行了分析。因此，可以说他比任何人都更加深入地了解这些作品的意义和价值。尤其，他把鲁迅的"苦恼"反映得最为深刻和透彻的《野草》作品评价为"鲁迅全部艺术的结晶"，可见他比起同时期中国和日本的对鲁迅文学的研究更加接近于鲁迅文学的精髓。

与此相反，对于优先接受马克思主义阶级史观、拥护无产阶级文学的金台俊，不得不否定鲁迅文学的现实价值。他高度评价五四文学革命时期鲁迅文学所具有的历史意义，但认为，到了无产阶级文学成为主流的 1930 年，鲁迅文学不可能再发挥现实中的力量。他之所以积极接纳左翼批评家钱杏邨的观点来理解鲁迅文学也是因为这个原因。当然，金台俊也说过"1927 年以后，他（鲁迅）作为文坛老将，成为了创造社一派攻击的焦点。他在《语丝》布阵与其展开了对战，但最终还是被那一派所降服"，"总之，他是文学革命以后，在中国文坛

---

① 《〈新兴文坛〉发行》，《东亚日报》1931 年 10 月 28 日。

上最伟大的巨人",从而也表现出欲从正面的角度来描述鲁迅的态度。① 所以,对于金台俊来说,鲁迅文学具有双重意义。《狂人日记》和《阿Q正传》等鲁迅的代表作具有引导反封建思想革命的划时代的意义,但在 1930 年前后全新形成的无产阶级文学时代,这些作品已不再是可以开拓未来的、具有生命力的作品。金台俊在鲁迅转向左翼文学阵营后并未对鲁迅作出评判,只是以转向前鲁迅文学的代表作《狂人日记》和《阿Q正传》为中心,评论了其历史意义而已。

简单来说,1930 年前后时期,在韩国也高度评价了鲁迅文学反封建思想革命的历史意义,但根据如何看待无产阶级这一概念,对鲁迅文学现实价值以及鲁迅向左翼文学阵营的思想转变,则得出不同的评价。也就是说,根据批评家的思想谱系,对于鲁迅文学的价值评价就会有所不同,这是理所当然的。当时倾向无政府主义的丁来东,比任何人都深知鲁迅文学的价值,由此高度评价了其历史意义和现实价值。正因如此,他用怀疑的眼光看待鲁迅转向左翼文学阵营一事。但是,倾向于马克思主义阶级史观的金台俊,虽充分肯定了五四文学革命时期鲁迅文学在反封建思想革命上的历史意义,但还是认为在无产阶级文学时代,鲁迅文学已不再具有任何现实价值,无法借此展望未来。他本人没有亲自阅读鲁迅作品的理由也在于此。根据思想谱系的差异,批评的立场也会存有不同,尽管如此,对于迫切需要为民族解放而奋斗的日帝统治下的韩国来说,鲁迅文学作为唤醒"反抗精神"、促发"自省"的启蒙主义抵抗文学的典范,积极地被予以接受,这是谁都无法否认的事实。

---

① 〔韩〕天台山人(金台俊):《活跃在新兴中国文坛的重要作家(四)》,《每日申报》1931 年 1 月 7 日。

越南中学语文课本里的鲁迅作品

〔越〕杜文晓　越南河内国家师范大学语言与文学系

摘　要： 从越南正式有第一部中学语文课本至今，虽历经多次中学教育改革和课本改革，鲁迅的作品始终被选入越南的中学语文课本。本论文介绍在越南中学教育课程建构的历史过程中，鲁迅作品被选入中学语文课本的情况，并分析其原因。同时，介绍越南中学如何讲述被选入的几部鲁迅作品，借此分析中国现代最重要的作家鲁迅先生在越南中学语文教育中的地位及其对越南的影响。

关键词： 鲁迅；《故乡》；《药》；中学语文；越南

中学语文[①]在为国家培养人才中有重要地位，所以越南政府很早便已注重包括语文课在内的中学教育课程建构工作。除了选国内文学作品，中学教育课程策划者也注意到国外古今文学作品。从越南正式有第一部课本起，鲁迅的文学作品已被选入其中，并且五十多年，经过四次教育改革、多次中学课本改革，虽然被选入的具体作品有些变化，鲁迅的文学作品都一直显现在语文课本之中。这说明鲁迅及其作品对越南教育和一代代越南学生必然有着重要的地位及影响，也反映出越南中学文学教学观念的历史性改变和对鲁迅文学作品的教学观念及教学方法的变化。

---

① "语文"中学一门课的现行名称，而过去中学教育课程建构中，有其他名称，如："文学"，"文学与越南语"。

一　鲁迅的文学作品与越南历史中的中学语文项目

　　1945年8月革命取得胜利，成立越南民主共和国，虽然当时国家各个方面都十分困难，但越南政府已经非常重视教育工作。遗憾的是随后一年，全国要进入抗法运动导致越南教育工作难加上难，所以要等到1950年7月第一次教育改革方案才正式被通过，同时虽然已经号召全国优秀教师集中编撰中学课本，最后却只能完善小学课本体系。1954年抗法胜利，越南北方开始建设社会主义制度事业，南方又被美国侵略，所以，到1956年越南教育部才主张进行第二次教育改革。高中语文教学课程和新高中课本，则直到1963年才正式颁布。在较长的时期中，越南教育部两次对中学教育课程和中学课本进行调整，第一次于1965—1966年，第二次于1978—1979年。根据我掌握的资料，1965年高中二年级文学课本外国文学部分中，除了法国作家维克多·雨果的《悲惨世界》和奥诺雷·德·巴尔扎克《欧也妮·葛朗台》的一部分以外，还有鲁迅的《阿Q正传》。从当时的教育目标角度可以理解为那时编撰高中语文课本者选《阿Q正传》而不是鲁迅的其他文学作品。当时越南教育部提出中学教育的目标是给学生培养共产主义人生观和世界观及辩证唯物方法。因为越南人民要连续抗法抗美，所以"激发人民心中的爱国心和革命英雄主义在当时比任何时候迫切"。"学校和教学工作也不例外，甚至在鼓励战斗和战胜精神活动中还占重要的地位"。当时教育目标有很多具体的要求，如："要给学生培养爱国心，对侵略者和统治者充满记恨，爱劳动，爱社会主义，革命英雄主义，为理想愿牺牲自己的生命，会有意义活着和有意义地死去……但最重要的是实施时代的伟大政治任务，那是培养出为建设北方社会主义任务和在南方与美方和吴庭艳政权战斗，愿意为国家统一的任务牺牲自己的所有"①。

---

　　① 〔越〕杜玉统:《越南中学语文培养课程》,〔越南〕教育出版社2011年版，第43—44页。

《阿Q正传》是鲁迅被翻译成越南语最早的文学作品之一（1943）[①]，该作品的思想内容尤其是作家爱国之心在当时和抗法抗美时期一直得到越南读者的共鸣。但是因为残酷的战争环境，所以包括语文课本在内的中学课本编撰计划到了20世纪60年代才完善及正式进入教学活动中。也是在这个时期，在对《阿Q正传》多年认可基础上，这部作品被中学语文课本编撰者选中。《阿Q正传》成为越南中学语文课本的一部分，无疑是因为这部作品的思想内容符合越南当时的教育目标。当时越南全国全力投入民族解放战争，越南北方正在建设社会主义制度，废除旧制度的残余，需要鲁迅《阿Q正传》中的彻底反对封建礼教、教条主义，批判农民阶级的愚昧心病的精神和革命不彻底的思想。因而，这个时期对《阿Q正传》教学还偏于思想内容，偏于社会学方面，忽略其创作艺术本身，主要从经济、社会、文化背景等文学外在方面理解作品；作品的正确政治思想和现实性成为评价作品的最重要方面。这种教学上对《阿Q正传》的评价方法，同时也是适用于语文课本中其他文学作品的教学观念和教学方法[②]。

1975年越南国家统一，但直到1980年才开始实行第三次教育改革计划，其目标是统一包括中学教育课程在内的许多问题。1980年到1985年，小学越南语课本得以编撰及实施。1986年越南教育部指导编撰初中文学课本的时候，鲁迅的《故乡》作品被选入初中三年级文学课本中。1989年高中文学课本得以编撰，《阿Q正传》仍被选入高中二年级文学课本中。1993年越南教育部试点在高中自然科学班与社会科学班分别编撰文学课本。这个时候，高中文学课本编撰者根据当时教育思想和文学教学观念选鲁迅《药》代替《阿Q正传》（《药》属于正式教学部分而《阿Q正传》被添加到附加阅读部分，即教师可教和可不教，学生可读可不读的部分）。之所以1975年越南教育部指导教育改革和中学培养课程及中学课本改革，乃因为从1975年越南国家统一，全国脱离战争环境，在战争环境中编撰的、政治内容较重的中学培养计划及中学课本

---

① 载《青毅杂志》1943年第28期。
② 〔越〕杜玉统:《越南中学语文培养课程》,〔越南〕教育出版社2011年版，第180页。

不再适用于新环境。与旧社会思想斗争的需要不像以前那么迫切，在提高文本解读能力的要求之下，《药》这篇作品比《阿Q正传》更有优势，并且《药》的容量比较短，能选全部文本，而《阿Q正传》只能选一部分，在文学文本解读教学中就缺乏整体性。

从2000年高中学校使用合一课本①，基本上其培养内容还依旧。2000年越南教育部启动第四次中学教育改革，与以前的三次中学教育改革不同，这次只集中改革中学培养课程和中学课本，其改革方向是注意"一体化"模式，由自然科学班与社会科学班的两班分别培养课程转向基本和高级的两班培养课程。经过几年试点，直到2002年，这个课程才在全国范围实施于小学和初中一年级，到了2007—2008年高中新课程和新课本才基本完善展开。在这次教育改革，鲁迅的《药》和《阿Q正传》仍然被选入中学语文课本，与以前唯一不同的是上次教育改革《药》《故乡》被选入初中三年级的语文课本，而这次教育改革被选入初中四年级课本；《药》从高中二年级语文课本转到高中三年级语文课本②。这次对语文教育课程和语文课本改革的目标是从特别注重提供知识内容，转向注重给学生培养文学感受能力，形成能主动独立地解读任何文学文本的技能和方法。因此，这次改革注意课堂内容设计的学院性，扩大文本概念内涵，注重文本解读教学活动。在这次教育改革中，鲁迅的《药》已经彻底代替《阿Q正传》，连附加阅读部分也没有选入《阿Q正传》。这对鲁迅作品挑选的情况也算是一个较大的变化，语文课本编撰者正式宣布以《药》来代替《阿Q正传》的理由："鲁迅的有代表性作品是《阿Q正传》中篇小说，其中作者塑造出一个不朽的典型主人公是精神胜利病的阿Q。只不过《阿Q正传》太长，只能学其一部分。这次选《药》是因为这部作品也体现作家'医疗精神病'的主张，而简短，含蓄，所以学生有条件对该作品进行整体性地接受（据我们的

---

① 在此之前在越南同时存在两部高中课本，其一部由河内师范大学编撰，在北方使用，另一部由胡志明市文学教学会编撰，在南方使用；2000年这两部课本合一。
② 越南教育部于2015年启动第五次中学教育改革，其教育课程及课本预计于2018年实施，但教育课程和语文课本的具体内容至今还没确定。

调查，大部分教师支持将《药》代替《阿Q正传》的决定）"①。

如上所述，越南有第一部中学语文课本的时候，鲁迅的作品就被选入其中。从20世纪60年代以来，越南经过四次教育改革，其中多次对语文课程和语文课本进行调整，但鲁迅的作品一直被挑选，具体是在《阿Q正传》《故乡》《药》三部作品之间的摇动。其中从被选入中学课本以来，《故乡》作品的位置相当稳定，而《阿Q正传》虽然最早被挑选，但在教育改革过程中慢慢失去原来的地位，尤其是迈进新世纪的那次教育改革中，它没有被挑选，只在作者文学事业介绍的部分被提起。

二　中学语文课本中鲁迅作品的译本

最早对鲁迅作品关注的越南研究者是邓台梅。1943年他已翻译《阿Q正传》并发表在《青议》杂志上。另外还有三个不同译本，译者为潘魁（1955）②，张政（1961）③，简芝（1966）④。而《故乡》和《药》据我所掌握的资料，每部作品有两个译本，一个由潘魁⑤译，另一个由张政⑥译。在翻译鲁迅作品的译者之中，张政是翻译最多、最全面的一位译者。

翻译鲁迅作品一点也不容易，曾经翻译鲁迅文学作品的译者简芝说："鲁迅之文难译。他用的词语不险不怪和很少方言，但是词语意义很深，不太明显。我们翻译的时候既努力保持原文的意图又顺畅，但有地方不能两全其美，

---

① 潘重论主编:《语文》高中三年级下册，教师用版，〔越南〕教育出版社2009年版，第84页。
② 鲁迅:《鲁迅小说选集》，潘魁译，〔越南〕河内文艺出版社1955年版。
③ 鲁迅:《呐喊》，张政译，〔越南〕河内文化出版社1961年版。
④ 鲁迅:《鲁迅选集》，简芝译，〔越南〕芳稿出版社1966年版。
⑤ 潘魁（1887—1959），1920年开始从事新闻和文学活动，将法文和中文翻译成越南语。他的《老年爱情》（1932）被评价为启动越南20世纪初新诗歌运动的一首诗。
⑥ 张政实名是裴张政（1916—2004），中国文学和越南古代文学的专家，翻译鲁迅的《呐喊》《彷徨》《故事新编》《鲁迅杂文》（三册），2000年获越南国家政府人文社会科学项目奖。

那时我们选择牺牲顺畅方面来保持翻译准确方面,这符合于鲁迅'直译'的翻译观念"①。简芝和潘魁的翻译观念有些相同。他们都不允许随便增减或者改变原文的陈述顺序,这样做希望能真实地传达作者的态度、情感和思想。但"直译"做法也容易陷入使用过多汉越词语②的尴尬,给读者的接受带来不少困难,尤其是离鲁迅时代较长的当今读者。张政的翻译观点和翻译风格跟简芝和潘魁的完全不同。张政有着一种讲究"流畅"委婉的译法。他"努力保持鲁迅心灵的音调",在"把原作者的原意领会到位"的同时,"精选言语来译得流畅"③。张政主张不太依赖于原文,虽然尊重作者的原意,但他也非常注重自己的表达风格。他以"通俗大众"语言表达出原文的灵魂。这种翻译风格虽然难免差错,但译本越化度较高,使它很受读者的欢迎,尤其讨好中学生们。

  现在中学语文课本中鲁迅作品译本都是张政翻译的。选哪个译本的理由较多,其中除了译本的质量,还要看译者的政治思想和他对国家文化建设事业的贡献及对被选入的作家作品的翻译数量等。从这些角度来看,张政的译本是最符合的。当然进入中学课本之前,任何译本都要经过课本编撰者的再一次审核。一位中学语文课本总主编——陈庭史教授曾经跟我说:"张政《故乡》和《药》的译本跟其他译本当然是最好的,但也有些地方翻译不太正确,不过那种情况不多也不严重,只是个人的翻译风格而已,当然必要的地方我也改一改。"可说,一个译本被选入中学课本之前要经过多方面的慎重考察,因为,一旦进入中学课本中,它就成为典范并对全国学生即国家的未来建设者产生影响。而且,就中学教师和学生而言,在文学教学和学习过程中,将译本与原文进行校对是少见的事情,所以越南教师和学生认识鲁迅、理解他的文学作品,主要通过译本,并且大多时候甚至忘记该作品还有另一个中文本。

---

① 鲁迅:《鲁迅选集》,简芝译,〔越南〕芳稿出版社1966年版,译者言。
② 汉越词语是源于汉语的越南语词语。
③ 〔越〕张政:《译鲁迅的若干意见》,《外国文学》1996年第4期,第219—224页。

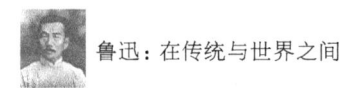

三 目前越南初中对鲁迅《故乡》的教学

在越南,语文课本有学生用版和教师用版,学生用版指导学生学习,而教师用版指导教师开展教学工作。除此还有分配教学时量和教学进度的培养计划。虽然在图书市场上围绕每部语文课本都有多种参考教材,但为了确定中学课程中每部文学作品的标准知识量和教学方式还要根据上述的三部教材,尤其是语文课本教师用版[①]。下面的陈述和评论都根据上述的三部教材。根据语文课本及培养计划,鲁迅的《故乡》被编入初中四年级上册,即在上学期进行教学,其时量是三节课(学年课时总数是175节课,其中外国文学教学包括2堂复习课的课时总数是14节课)。编撰初中语文课本者调整《故乡》从初中三年级到四年级的事情说明他们意识到这个文学文本对初中学生具有较高难度。初中四年级学生的期待视野当然比三年级学生的高,对这部文学作品的接受会更顺利一些。

如上述,2000年起,越南第四次教育改革主张"一体化"模式之教学方法,注重文本解读,在文学教学中,除了理解文学文本的思想内容,需要加重对文学艺术手段的分析。在这种教育改革指导之下,编撰课本者提出《故乡》的教学目标是:让学生"了解鲁迅对旧社会的深刻批判精神和对新社会、新生活会出现的纯洁信心","理解《故乡》浓厚抒情色彩及其比较对照多种艺术手段、结合于多种表达方式的成功"[②]。在这次教育改革,对《故乡》的教学需要调整解读方向,比如过去教学主要集中于闰土这个人物,忽略"我"这个人物,这次倒是把教学重心转到"我"身上,从而使学生更加理解该作品的艺术特色及深刻的意义。同时编撰者也要教师们使学生意识到"我"这个人物不同于鲁迅本人。因此,学生用版课本的注释部分写道:"实际上不是20年中鲁迅没有回故乡。在大约20年之中,鲁迅几次回故乡。尤其是从1909年至1911年,鲁迅在老家中学学校和师范学校教学……虽然作品中有不少事情是鲁迅生活中曾

---

① 〔越〕阮克飞主编:《语文》初中四年级(上册)教师用版,〔越南〕教育出版社2005年版。

② 同上,第229页。

经出现的，但不该将文中的'我'等同于作家。《故乡》是有回忆性的短篇小说而不是回忆作品"①。编撰课本者这样写是想让学生注意到文学作品的虚构方面和理解作品对封建礼教、等级制度毁坏人的体力及精神的控诉。也为了遵守"一体化"模式之教学方法的主张，教学生解读《故乡》的时候也注意到该文学文本的叙事、描述、议论、抒情等多种表达方式，也可以用作文教学部分的对话、内心独白的知识来解读这个文本。

课本教师用版根据课本学生用版的解读，指导提问环节，指导组织各种教学活动。第一教学活动是概括介绍作家及作品。介绍鲁迅的部分，课本学生用版强调鲁迅"在中落当官家庭长大，他母亲出身农民，所以从小他有很多机会接触农村生活"，同时强调鲁迅放弃学医梦想从事文学活动，希望能医疗民众的愚昧和懦夫之病②。另外教师也要大概介绍鲁迅创作的事业及指出《故乡》是《呐喊》中有代表性的一部短篇小说。在教学实践中鲁迅放弃学医从事写作的事情是一直被强调的，教师们想以这个行为来说明鲁迅对国家与人民的命运的关心和深情。

接着的教学活动是文本解读活动。这种活动先注意发现及分析作品的结构，指出《故乡》的三部分结构：第一部分是"我"在回故乡的路上，第二部分是"我"在故乡的几天，第三部分是"我"离故乡的路上。找到该作品的结构是找到解读的基础。编撰课本者也注意到《故乡》的首尾相应的结构，其开头是一个人在回故乡船上一直思考，结尾则是他在离乡的船上一直思考。首尾相应的结构虽然有些重复的地方但也有差别的地方，那是回故乡的路上"我"一直对故乡的实状进行判断，而在离乡的路上又希望故乡的革新。学生解读该文本的时候也要注意到通过分析"我"的回忆部分、内心独白部分及风景描写部分领会到作品的抒情色彩。如果给优秀学生教学，教师可以指导他们对艺术空间和实践进行分析，解释为什么作家让"我"在夜里（空间）回故乡而在黄昏（空间）中离乡。"我"在离乡的路上对现在和未来进行思考，也使读者联

---

① 〔越〕阮克飞主编：《语文》初中四年级（上册）学生用版，〔越南〕教育出版社2005年版，第217页。

② 同上，第216—217页。

想到未来民族道路的含义。在对《故乡》文本进行解读，教师们也要指导学生理解该文本的表达方式，让他们意识到《故乡》的表达方式主要是叙事，但其插入不少回忆文段。这说明《故乡》是回忆性的短篇小说而不是回忆作品。在这次教学改革，教学课程策划者也根据文学文体进行编撰，所以，在教学过程中师生们同时也关注作品文体特征。

教学过程接着的部分是分析理解闰土和"我"。鲁迅通过塑造闰土这一人物刻画故乡的变化，同时从闰土和"我"之间的特殊关系，理解为何故乡的变化对"我"产生如此深刻的影响。但是学生也要注意的是《故乡》中心的人物不是闰土而是"我"。因为作品中的所有事情都涉及"我"，同时作者想通过一个穿透整个作品的人物表达主导思想内容。除了闰土和"我"这两个人物形象，学生也要分析"路"这一形象的含义。

在教学过程中，师生不能忽略作品中塑造人物和描写故乡风景的比较和对照的两种艺术手法。在表达故乡的人和风景的变化，虽然作者提到故乡的贫穷和家道的中落，但作者更想强调并一直纠结的还是人精神面貌的衰退。作品中的人物一直被放在过去和现在比较对照之中，现在的水生和过去的闰土对照强调 20 世纪初中国社会各方面的衰退情况，同时对制造那种可悲情况者发出控诉的声音。不仅如此，作家还指出消极方面还存在劳动者本身之中。闰土的悲惨情况不仅是因为孩子多、灾荒、税重等外在原因，而且还是因为闰土本身不能从等级陈旧观念和迷信自拔。

对《故乡》教学的最后活动是分析故乡形象。课本教师用版强调："不该只将作品中的故乡形象解释为出生和长大的地方。在该作品中，故乡是中国社会缩小的画图。鲁迅对故乡变化的描写，反映的是近代中国典型性的特点。因此，通过对农村变化的描写，鲁迅以沉静而深刻的写作方式提出了一个极为迫切的问题，那就是：要建设我们还没体验过的新生活"。①

上述的标准教学指导说明目前越南初中对鲁迅《故乡》的教学已经关注分

---

① 〔越〕阮克飞主编：《语文》初中四年级（上册）教师用版，〔越南〕教育出版社 2005 年版，第 233 页。

析文学文本的结构、塑造人物方式、艺术空间、艺术实践、表征形象及各种艺术表达方式。与1975年中学文学教学情况相比,目前的教学方式有了较大的改变。在高中语文课程中《阿Q正传》有些变动,而在初中语文课程中《故乡》的地位相当稳定。也许,因为越南文学中也有不少关于故乡的作品,尤其是一个出生于农村,离乡后事业成功,回故乡的时候发现故乡已经变化极大,心中非常感慨的母题。而且在每个人心中一直有相当亲切的故乡,所以很容易找到《故乡》的共鸣。虽然编撰课本者强调《故乡》对社会批判的含义,但在教学实践和个人接受中,《故乡》令人喜欢的不是在于社会批判含义而是在于人对故乡和人与人之间的感情。因为对越南当今初中四年级的学生而言,了解中国近代社会情况和体会鲁迅对国家对人民的思想极不容易。而且只接触《故乡》的译本,学生们只能从与他们熟悉的方面进行解读。尤其是《故乡》中有几个小孩的人物,如小时候的闰土和"我",水生和宏儿虽然生长环境不同但相处很好。这些小孩心理也容易打动初中四年级的学生。也许就这些理由使鲁迅的《故乡》成为越南初中的固定教材。

四 目前越南高中对鲁迅《药》的教学

如上所说,在第三次中学教育课程和课本改革中《阿Q正传》被《药》代替,但还出现在附加解读部分,而在第四次教育改革,在越南语文课本中就没有《阿Q正传》的影子了。《药》被编入高中三年级语文课本下册,教学时量是2节课(高级班的学年课时总数是140节课,其中外国文学课时总数是10节课)

语文课本教师用版提出对《药》教学的目标是"理解《药》是对19世纪末叶至20世纪初叶中国人的愚昧和懦弱发出提醒的声音,急于要给国民治疗的药,使国民觉悟革命和促进革命与人民建立密切的关系"[①]。过去的文学教学

---

① 〔越〕潘重论主编:《语文》高中三年级(下册)教师用版,〔越南〕教育出版社2009年版,第84页。

偏于讲授方法，而目前的文学教学强调培养学生的解读能力，提高学生的能动创造性，因此，编撰课本者指导教师要把讲授教学方法和发问教学方法结合，这也算是中学教学中的新动态。

跟初中对《故乡》教学的情况不同，因为《药》是给高中三年级学生进行教学，学生的期待和视野比初中四年级学生的高得多，所以教学要求也随着提高。关于作者的创作事业介绍也更加详细。编撰课本者要求教师使学生了解20世纪初中国社会环境及作家的主要思想，同时让学生了解鲁迅在中国文学史上的地位。在教学过程中教师还要向学生这样提问："问为什么年轻的时候胡志明主席很喜欢阅读鲁迅的作品？"①.

关于《药》文本的教学要强调寻找作品的创作意图。教师该指导学生理解鲁迅对国民的愚昧和懦夫精神感到痛苦之心，他想把国民所有的疾病公布以让大家共同寻找医疗的方法，尤其是国民的劣根性如阿Q的精神胜利法，或者《祝福》《故乡》中人物向命运低头的态度，或者《药》中人物对一些人为自己牺牲的冷落无情。教师们也要指导学生们通过作品的题目指出其三层含义。第一层含义是"药"是治疗痨病的传统药方。通过这种含义作家想反对国民的一种迷信。第二层含义是"药"是一种毒药，所以国民要觉悟，要觉醒，不要再在没有窗户的铁盒中沉睡。第三层的含义是要让国民对革命有所觉悟和让革命与国民的关系更加密切。按编撰课本者所说，理解作品题目的三层含义就能接近作品的主题思想，虽然鲁迅只对寻找国民治病药方作出提问，而还没有找到答案。

对《药》教学的第二部分是分析人物夏瑜，指出这个人物是辛亥革命的象征。通过这个人物鲁迅指出辛亥革命远离群众，群众不被唤醒、觉悟，尤其是对封建制度还没彻底的改观等的一些限制。作者对辛亥革命的先锋战士们敬佩而伤感。该作品体现出鲁迅对中国人民和民族解放道路的思考。在对《药》进行教学的过程中也注意到该作品的艺术创作方面，尤其是叙事方式，作品结构，中国传统叙事和西方表现主义及象征主义结合的特色。

---

① 潘重论主编:《语文》高中三年级（下册）教师用版，教育出版社2009年版，第84页。

上述的教学指导说明高中文学"一体化"模式之教学方法还没有初中的彻底，对《药》的教学还偏于作品思想内容。虽然《药》取替了《阿Q正传》，但对《药》的教学指导还与对《阿Q正传》的一样，导致政治思想印象相当沉重。但是，教学过程中向学生提出跟该作品的历史背景联系的要求较高，因而接受难度也增加。也许因为这样的要求所以编撰课本者才把《药》放在高中最高年级下册。

结　论

从越南正式有第一部中学语文课本起，鲁迅作品就被编入其中了。虽然每个学年外国文学的课时总数不多，但课本编撰者还给鲁迅作品一定的时量。鲁迅作品的意义深刻含蓄，对学生的接受带来不小的困难，所以在教育改革过程中，教学对象有些调整，《故乡》和《药》都被调整到初中和高中的最高年级。但是经过四次教育改革及多次教育课程和课本调整，不论鲁迅作品在中国中学课本中发生什么情况，在越南，鲁迅作品还一直被选入中学课本之中。鲁迅之所以在越南中学教育中有如此的稳定地位，不仅仅因为越南教育规划者很欣赏他作品的人文价值，革命思想和艺术创作才能，在给国家未来的主人培养世界观，人生观和人品的工作上，鲁迅的作品起极为重要的作用。鲁迅的《故乡》能打动越南读者心中对自己故乡的感情、引发读者对人与人之间的关系积极思考，而《药》能给快要跟未成年告别的学生们培养革命觉悟和革命道德。这样的文学作品对越南的教育事业很有价值，这大概是它们至今还没有排除在越南中学课本之外的理由。

虽然语文课本编撰者有意指导教师们在文学教学活动中更加关注文学作品的艺术创作特色，给学生培养文本解读能力和独立思考技能，但教学实践还是有些偏于强调思想内容，尤其是对《药》的教学。要说明的是，虽然课本编撰者一直给鲁迅作品一定的时量，但包括鲁迅作品在内的外国文学作品经常被排除在期末考试和高考之外，这种情况也影响到学生对外国文学的关注。但不管如何，曾经在中学阶段读过书的每个越南人，提起中国文学的时候都能记得自己曾经学过李白、杜甫和鲁迅的作品。

如何重建自我:"伤逝"里的记忆与忘却

〔韩〕李旭渊　韩国西江大学中文系

一　两个涓生与悔恨的含义

在《伤逝》的篇首,涓生说:"如果我能够,我要写下我的悔恨和悲哀,为子君,为自己"[①]。小说开篇处的这一陈述使读者自然而然地产生了一种期待,他们期待着文中的叙事人在接下来的文章中坦言自己的悔恨与悲哀。小说中有关涓生悔恨与悲哀的内容也因此不可避免地成为读者优先关注的焦点。许多将研究重点放在涓生的悔恨与悲哀上,并以涓生是否真的在悔恨真的在悲哀为中心而展开的关于《伤逝》的研究也与此息息相关。

但是,过去有关《伤逝》的研究认为,涓生在悔恨着什么无可考证,即使涓生在悔恨那也不是具有真实性与可靠性的一种反省。也就是说,以往的研究并没有认可涓生悔恨与悲哀的真实性。来自女性主义的分析更是如此。从对子君的死亡负有责任的角度来看,涓生并没有在真正地忏悔。例如郜元宝的分析即是如此。根据郜元宝的分析,小说中的涓生在内心深处,并不认为自己有什么根本性错误,因此也无需真正的忏悔。郜元宝认为涓生只不过是在以悔恨为外衣做自我辩解,其结果也只能是错上加错,罪上加罪[②]。

---

① 鲁迅:《鲁迅全集》第2卷,人民文学出版社1981年版,第110页。本文中关于《伤逝》内容的引用皆出自此版本,以下只在正文括号中标示页码。
② 郜元宝:《鲁迅六讲(增订本)》,北京大学出版社2007年版,第278页。

不仅如此，刘禾从根本上将《伤逝》看作是这样的一个文本：它"包含着对现代爱情观的反思，而这一爱情观的男性中心话语却富于反讽意味地再生产着它力求推翻的父权制度"。因此刘禾认为"叙事的自我"与"体验的自我"之间存在重要的关联，这两个自我以"逃避的主题"连接。刘禾认为，涓生的悔恨是为了把子君从自己的记忆中唤醒并放逐，在"他试图将过去的'伤'投射到令人同情的状态，从而可以捍卫自己，反对不负责任的指控"这一动机中，涓生捏造了叙事。这样看来，涓生的两个自我，即记忆的自我以及作为记忆的对象的自我，用刘禾的表达来说就是"叙事的自我"与"体验的自我"确实是连接在一起的①。从女性主义的分析角度来看，涓生的悔恨、自责与反省的真实可靠性是不被认可的。女性主义认为小说中记忆是涓生为了将自己合理化、为了逃避与为了给自己辩解的记忆，因此，记忆的自我与记忆中的自我之间并不存在反省的距离。

但是，如刘禾的解析一样，女性主义的解析虽然否认了两个涓生之间存在反省的距离，却承认小说的叙事人涓生与隐藏的叙事人鲁迅之间存在着反省的距离。比如说，李今认为，作者鲁迅与兼具"悲剧的制造者"和"负心人"的涓生保持着距离，两者之间存在反讽式的距离。②总结来说就是，女性主义的分析认为，虽然过去的涓生与现在的涓生之间不存在反省的距离，但是叙事人涓生与作者鲁迅之间存在着批判的距离。从这样一个角度来看，《伤逝》是一篇毫无保留地展示了涓生的男性主义并由此表达了鲁迅的女性主义思想的小说。

女性主义从涓生的男性主义的角度批判地解释了涓生悔恨与悲哀的内容，以及这悔恨与悲哀的真实性，这是女性主义分析的优点，但同时也成了其缺点。这个缺点大体可以从两个角度进行分析。第一，女性主义的分析将涓生和子君之间的关系作为作品的中心轴，讨论了涓生对子君的想法与态度。但同时我们认为将作品的中心轴转移到过去的涓生（作为记忆对象的涓生）和现在的涓生（记忆的涓生）之间的关系上进行讨论也是必要的。其理由是，这个作品一方

---

① 刘禾著：《跨语际实践》，宋伟杰等译，三联书店2002年版，第237—239页。
② 李今：《析〈伤逝〉的反讽性质》，《文学评论》2010年第2期，第139页。

面是为子君而作的手记,另一方面也是为了涓生,即此手记的作者而作的手记,这一点有重新确认的必要。而女性主义的研究,将涓生对于子君的死负有责任为前提,将涓生所表达的悔恨与悲哀有多少真实性、涓生是否在真心地反省与忏悔为中心来解读文本。①

女性主义解析的最大特点是以涓生与子君两人的关系为中心来分析作品。也就是将作品的中心轴放在了涓生和子君的关系上,对涓生对于子君的死负有责任作为前提来分析了作品。以此为基础,认为涓生的悔恨是不具真实性与可靠性的。

但是对于女性主义解析的前提本身我们有必要批判地看。理由有两点:首先,作者明确表示了此手记不仅是为了已故的子君而作,同时也是为了活着的自己而作的。也就是说我们有必要重新确认这篇手记并不是一般意义上的悼念亡者的文章这一点。如果将分析的角度仅仅局限于手记是为了已故子君而作的伤逝的话,涓生的悔恨有无可靠性就不可避免地成为主要讨论的对象。但是,如果将这篇手记视为"全部丧失的涓生,仍然要确认自己存在的意义",并试图"恢复自己的自信"②的手记的话,过去的涓生(作为记忆对象的涓生)和现在的涓生(记忆的涓生)之间的关系就成了文章的中心轴。正如吴晓东所说的,这是将副标题"涓生的手记"所暗示的距离从两个层面来解读的一种做法。也就是不仅要解读手记中的叙述人涓生与隐藏的叙述人鲁迅之间的距离,也要解读手记中"使'手记'中的记述成为一个已经尘埋了的过去时"的过去的"我"与将手记展示给读者的现在的"我"之间的距离③。站在这个立场上,涓生悔恨的对象不仅在于与子君的关系层面,也可以扩展到对过去自己的生活,以及对过去以自我为中心的生活的原理的省察,涓生的悔恨与忏悔所具有的意义也可

---

① 对于女性主义的此种分析,全炯俊指出应该将涓生的手记置于反讽的层次进行解读。参见全炯俊:《关于鲁迅小说女性主义解读的再探讨》,《东亚文化》〔韩国〕2013年第51辑,第84—85页。

② 〔日〕永井英美:《论鲁迅〈伤逝〉》(下),王建华译,《上海鲁迅研究》,上海辞书出版社2004年版,第351页。

③ 吴晓东:《鲁迅第一人称小说的复调问题》,《文学评论》2004年第4期,第137页。

以从这个角度进行新的探讨。

第二点是因为涓生在回想过去的记忆叙事中运用空虚与绝望、真实与虚伪等词汇梳理了自己的过去,这一点也有必要重视起来。小说中涓生从极其抽象的人生的普遍问题与存在主义的层面回想了过去。女性主义的解析将这视为出于涓生不直视问题所在试图逃避责任的动机的产物。不可否认,涓生使用这种抽象的词汇可以认为他有想要隐藏、掩盖自己犯罪的意图,除此之外别无他意。但是在《伤逝》中"寂静"这一词汇出现了9次,"寂寞"这个词汇出现了3次,"空虚"出现了28次,"真实"与"虚伪"(包括"说谎")各出现了10次和9次①。考虑到这些的话,我们就不能单纯地把这视为涓生为了掩盖错误、为自己辩解而采用的一种智的策略。不仅如此,考虑到在子君死后涓生不仅仅放下了之前的爱情、与子君的关系,更是因着子君的死而放下了启蒙与理想、追求等过去的一切,只剩下无尽的空虚与绝望这一点时,我们不可以仅从爱的丧失或子君的死的层面分析此小说中蕴含的空虚与绝望,也可以从存在的层面来进行分析。尤其是"空虚"与"绝望",在鲁迅所谓的"彷徨"期固然如此,从鲁迅在创作初期开始即喜欢使用这类词语这一点来看更是如此。说到底,两者的差异在于我们是要从讲述了一个叫子君与一个叫涓生的两个男女的爱情、同居和诀别的爱情小说的角度来分析小说,还是将其解读为爱情小说的同时,也将其解读为包含了一个精神上受伤、深陷幸存者内疚感(survivor guilt)、直面生活残局的人重建自我,以及重塑生活中的现实苦闷的小说。

结果就是将《伤逝》中的中心轴由子君与涓生之间的关系上转移到过去的涓生(作为记忆的对象的涓生)与现在的涓生(记忆的涓生)之间的关系上来解读作品。这才是从为了涓生的手记的角度来读小说,比起为了慰藉子君的死、悼念子君而写的手记,更是受伤的涓生为了独自凝视自己、反思自己进而重建自己而写成的手记这一角度来读作品。

① "虚伪"出现了6次,"说谎"出现了3次。

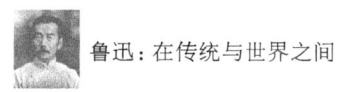

二 "新的生路"与记忆、忘却

子君死后独自一人重新回到了自己曾经生活过的会馆的涓生为什么写了这篇手记？小说中精神受伤的涓生为什么写下了这样的记忆的文章？最重要的原因在于涓生在自责过程中选择了一条非死路的"新的生路"。也就是说他是为了新的出发而回到会馆回想过去的。最初当涓生得知子君已经死了他首先想到的是死。但是他立刻想到"这却更虚空于新的生路"，而最终选择了"新的生路"。思量了自己的处境，"初春的夜，竟还是那么长"。但是涓生大叫着"我还活着"，"新的生路还很多，我必须跨进去"，于是"跨出那第一步"为子君与自己写下了这篇手记（129）。即使说生活是空虚的，对死与空虚的认识，以及最重要的是自己还活着这个存在感都成了继续活下去的动因。

不可否认，与此同时阿随的归来也是一个重要的动因。涓生说自己离开吉兆胡同大半是因为阿随（129）。虽然子君没有再回来，但是子君宠爱的、被自己扔掉的阿随重新回来了。涓生在阿随归来之前迷失了去路，扪心自问着"那里去呢？"，陷入了"广大的空虚"与"死的寂静"中（128）。但是阿随归来后涓生便下定决心离开吉兆胡同。恰似子君化身一样活着回来的阿随也被用作了一个重要的动因，它安慰了涓生，使涓生的"心就一停，接着便直接跳起来"，涓生离开了吉兆胡同奔赴会馆开启了"新的生路"。

就这样涓生放弃了死，选择了"新的生路"，他重新回到了会馆，写下了回忆过去的手记。继续活下去，"新的生路还很多，我必须跨进去"的"那第一步"就是记忆形式的手记。事实上，精神上受伤、深陷幸存者内疚感的涓生通过记忆回想过去这件事本身使涓生下定不放弃生命要继续活下去的决心。涓生的记忆的叙事在他受到精神伤害之后成为了他医治精神伤害、重建自我、进行自我再塑造的一个机制。

如果我们这样定义涓生的记忆的叙事的话，讨论涓生的记忆真实与否，区分他的忏悔是否具有真实可靠性就不再那么重要，更重要的是要讨论涓生怎么样记忆着什么。在精神患者治疗过程当中考虑记忆是如何运转即是如此。依据认知心理学，记忆依照勾起记忆的现在瞬间的脉络被重新构成。记忆总是被润色装饰成与现实状况相符,从这种意义上讲,记忆常带有作话(虚构化)的特征。① 也就是说,受到精神伤害的人,尤其像涓生这样一个深陷幸存者情节中的人,想要继续活下去,抑或为了重建自我重塑自我而通过记忆来唤醒过去的时候,他不会将客观事实如实地和盘托出,而总是存在虚构的倾向。加之,这种层面上的"记忆能力甚至存在为了生活连真理都可以牺牲的倾向"。② 涓生的记忆不可避免地带有虚构的倾向,从这个角度来看,我们有必要充分理解涓生的记忆。涓生的记忆的叙事是涓生通过虚构为重建自我、继续活下去并重新出发而动用的机制,是一种记忆的虚构手段。如果说为了新生活涓生的记忆不可避免地带有虚构的倾向的话,比起讨论涓生记忆的真实性,讨论涓生通过记忆如何省察与重建自我,在这个过程中他悔恨着什么、悲哀着什么就更加有意义。

那么,涓生悔恨着什么又反省着什么呢?我们把研究的重点放在过去的涓生和现在的涓生的关系上,而不是像以往的研究将重点放在子君和涓生的关系上来看时,涓生所悔恨与反省的内容是什么?两个涓生之间又存在怎样的反省的距离?为了回答这些问题,我们需要注意的是在涓生为了展开新生活并重建自我而试图使用的记忆的作话术这一手段中,涓生将过去的自己记忆与再现为一个十分负面的形象这一点。就是说即使不从女性主义的视角分析,小说中的涓生的形象也是负面的。对于手记中涓生的形象,许多研究者不是认为他是"孤僻而又有些神经质的青年"③,就是认为他"空想、盲目"④,再就是认为他集"冷漠的无情者"与"怯懦的自私者"⑤于一身。研究者们的研究无疑证明了记

---

① 陈恩英:《记忆与忘却的Agonism》,《时代与哲学》〔韩国〕2010年第21卷第1号,第163页。

② 同上,第165页。

③ 李希凡:《幻想·破灭·求生——论〈伤逝〉的时代意义和子君的悲剧形象》,《1913—1983鲁迅研究学术论著资料汇编》第5卷,中国文联出版公司1989年版,第938页。

④ 巴淑:《恋爱与结婚——再读〈伤逝〉》,《1913—1983鲁迅研究学术论著资料汇编》第4卷,中国文联出版公司1987年版,第599页。

⑤ 刘俊:《对启蒙者的反思与除魅——鲁迅〈伤逝〉新论》,《文艺争鸣》2007年第3期,第112页。

忆中涓生的形象是负面的。通读小说后我们甚至怀疑涓生是否真的爱子君,当初炽热的爱在同居后迅速冷却。不仅如此,当考虑失业后涓生的处理态度、涓生看待日渐厌倦了生活的子君的视线,以及自己无论何时都能奔向自由却被子君拖了后腿的思维方式时,涓生对子君的爱就更加令人怀疑了。

在涓生的记忆中,涓生没有将过去的自己刻画成自私、无情、爱空想并回避现实的人物,他将自己刻画成爱逃避、过于理想浪漫地面对生活的人物。我们无需用女性主义视角的标准来衡量涓生,单从作为一个人的角度,涓生就存在着诸多问题。小说中涓生被负面地描写,以至于《伤逝》的读者对涓生都是负面评价。

这里值得我们注意的不是去确认涓生被描画成一个负面形象这件事本身,更重要的是,这些负面形象都产自于涓生一个人的记忆中。也就是说将涓生负面地再现并展示给读者的人正是写手记回想过去的涓生本人。这意味着涓生站在现在的视点将现在的自己与过去的自己分离开,反省并反思着过去的自己。这具体体现在,涓生通过记忆将过去的自己负面地再现,是以过去的涓生与现在的涓生之间所存在的省察距离为前提的这一点。基于这一点可以看出,即使说涓生没有后悔或反省自己过去的男性主义,涓生自己也在其他的方面独自反省或反思着,借用小说中涓生的原话来说就是他在后悔着。也就是说过去的涓生(记忆中的涓生)与现在的涓生(记忆的涓生)之间已经形成了反省式的省察关系。

涓生的两个自我之间所进行的反省式省察的对象,首先是涓生自己的人格、观念性、浪漫的气质、自私倾向等,但绝对不止于此,涓生所思考的生活的根本原理也囊括其中。这是动用了空虚与寂静、真实与虚伪等概念的省察,涓生就是通过这些抽象的概念回想并省察了过去自己的价值观与生活的。虽然此前关于涓生使用空虚与寂静、真实与虚伪等抽象概念来回想过去、掩盖事实的批判持续涌现,但是比这些道德上的批判更重要的是,涓生反复使用这些概念回忆自己与子君从相识到别离的整个过程这个事实本身。

那么,涓生回想过去、省察过去时反复说着的空虚与寂静、真实与虚伪、记忆与忘却又代表着什么呢?涓生用这些概念到底后悔着什么、又省察着什么呢？小说中，涓生的记忆的叙事开始于会馆的破屋，结束于重新回到会馆的破屋。简单来说就是涓生重新回到了原来住着的地方。而且是重新独自一个人。涓生重新回到了原点，重新站在了原点处。所谓的重新回到原点的过程就是从与子君相识开始到子君去世、爱情破碎为止。

涓生将自己重新回到会馆、重新站在原点处，解析为从空虚与寂静中重新回到空虚与寂静中。当然，这两种寂静与空虚之间是存在着差异的。一年前涓生被空虚与寂静所裹胁，备受折磨。但是自从认识子君以后，那寂静与空虚中就开始满含着一种期待，期待子君的到来。可是如今子君死了，涓生再次被打入毫无期待的寂静与空虚中。就像重新回到了又破又偏僻的会馆一样，涓生也重新回到了寂静与空虚的原点。被空虚与寂静所困的涓生能够逃出空虚与寂静的契机就是与子君的相遇。按照他的表达就是"我爱子君，仗着她逃出这寂静和空虚"（110）。那个时候对于涓生来说，子君，更具体来说是与子君的爱情，首先拯救了自己于寂静与空虚的水火之中。小说的开篇处，子君将自己曾经居住过的会馆描画成废墟及生命力枯竭的地方。涓生用"偏僻""破屋""破窗""半枯的槐树""老紫藤"等形象描述了自己曾经住过的会馆的房间。这样一个被荒废并毫无生命力的空间，是涓生现实中居住的场所，同时也象征了当时涓生的处境及精神状态。根据涓生的回忆，子君来到涓生的房间，"带了窗外的半枯的槐树的新叶来"给涓生看，"还有挂在铁似的老干上的一房一房的紫白的藤花。"（110）当涓生处于"老紫藤""半枯的槐树""破窗""破屋"等所象征的充满寂静与空虚的处境中时，给他带来了花与新叶，为他带来了生机（"使我骤然生动起来"）的存在正是子君。托子君的福，他摆脱了寂静与空虚，拥有了希望与期待。他说一年前的寂静与空虚不像现在这般，是常常含着期待的也正是出于这个原因。

问题出现在涓生与子君同居之后。同居之后，涓生的爱情迅速冷却。涓生变心的原因有很多，但其中重要的原因之一就是维系二人关系的启蒙格局的破裂。两个人最初是以启蒙格局中的师生关系开始恋爱的，但这样的关系在两人同居以后并没有发展成其他的关系。子君不停地复习着二人过去的师生关系格局，努力维系抑或复原当初的启蒙格局，而涓生不仅对这一格局失去了兴趣，还渐渐开始忘却这一格局。涓生脱离了在两人关系中作为启蒙老师的身份,同居后也没有积极努力重建男女关系中新的身份。不仅如此,对于子君执拗的"复习"请求,涓生并没有欣然响应,也不想复原或维系之前的格局。两人的爱情最初以启蒙格局为基础而得以开始,同居以后,由于这样的格局没能被新的格局所替代,虽然有子君为了能够复原之前的关系而做出的不懈的努力,两个人的关系还是渐行渐远了。在这样的情况下,子君渐渐被深深地淹没在'做饭'所象征的日常中,两个人的关系也迅速陷入了两人曾经想要打破的传统男女关系中。而且当经济上的压力来袭,两个人的关系更是危机四伏、摇摇欲坠。虽然涓生认为"爱情必须时时更新,生长,创造"(115),但当爱情冷却后,却开始认为自己是困在笼中的鸟。这个时候,涓生已不再爱子君了。

对于爱情已经冷却的涓生来说,他不再爱子君已成为事实。涓生认为隐藏自己不爱子君的事实是虚伪的。开始的时候,涓生没有勇气将事实告诉子君,于是只能"苟安于虚伪"(122)。最后他终于鼓足勇气说出了"我已经不爱你了!"(123)。那个已不爱子君,并不能继续忍受隐藏自己真心虚伪生活的涓生最终选择了说出真话。其结果却是一切变为空虚,子君死去了。那之后涓生这样说道。

> 我真不该将真实说给子君,我们相爱过,我应该永久奉献她我的说谎。如果真实可以宝贵,这在子君就不该是一个沉重的空虚。谎话当然也是一个空虚,然而临末,至多也不过这样地沉重。
>
> (中略)
>
> 我没有负着虚伪的重担的勇气,却将真实的重担卸给她了。(127)

这是涓生的悔恨。自己已不再爱子君是事实,但即便这是事实,也不该将这真实的重担卸给子君的悔恨。涓生的悔恨是来自"为什么偏不忍耐几天"(126)却要急急地将真相告诉子君的悔恨。涓生并没有因为自己不再爱子君的过程或者不再爱子君这一事实本身而自责或悔恨。按照涓生的说法,导致子君的死以及两人悲剧的根本原因是自己选择了真实而非虚伪。因为自己的错误选择子君牺牲了，子君的牺牲已无法挽回，可是连自己所拥有的一切也都变得空虚了，涓生因此而悔恨。以对于过去自己的行为与想法的悔恨为基础建立起来的涓生的自我反省是这样的一种反省，起码按照涓生自己的逻辑是这样的：它与人生的道理相关，而人生不只是追求真实，人生也应该包含着虚伪，如果不能意识到虚伪也是人生的根本原理之一，就只能执着于真实、不能拥抱虚伪。也就是说涓生从对生活原理的新觉醒的角度省察了子君的死以及一切变为空虚的悲剧。有了这样的省察为基础，涓生说他要以虚伪为向导，向着新的生路出发（130）。这个省察与其说是出于伤逝着子君的死，不如说是与涓生重建自我，抑或重新塑造自我相关的一种省察。是以子君的死为契机，涓生对子君的死直接带来的过去自己的生活姿态、人生态度等的省察。

这样看来，过去的涓生与现在的涓生之间存在的省察关系都是针对于自己的人生态度及应对人生的姿态等层面的。不仅如此，涓生的记忆的叙事就是一种记忆的作话术，它以自己对过去的人生态度、生活姿态的省察为基础，来达到治愈自己过去的伤痛，并重建自我、重塑自我的目的。这时的记忆不是为了回忆过去的自己、回到自己的同一性的记忆。用比喻来说就是这个记忆不是柏拉图（Plato）式的记忆。即它不是通过记忆跨过遗忘的河，到达理想世界意义上的记忆。从反省过去的自我，重建与重塑自我这一点来看，这个记忆是一边反省过去的自我，一边使过去的自我与现在的自我中产生一段距离的记忆，这个记忆同时也带有试图忘记过去的自我的忘却特征。

事实上，对于《伤逝》中想要跨进新的生路的涓生来说，记忆与忘却就像硬币的两面一样，是合二为一的。小说中为了向新的生路出发，不仅仅有记忆的虚构手段在做功，连忘却的机制同时在做功。记忆的叙事结束后，涓生站在新的生路前谈起虚伪与忘却。即用虚伪与忘却做前导，跨进新的生路。但有趣的是，说要为子君为自己写下悔恨与悲哀的涓生却说忘却是为了自己的这一点。

> 我仍然只有唱歌一般的哭声，给子君送葬，葬在遗忘中。
> 我要遗忘；（我为自己，）并且要不再想到这用了遗忘给子君送葬。
> （130）

从这里可以看出，忘却是出于自私的动机的。也就是说涓生为了自己而打算忘却子君。在这个前提下分析涓生想要将子君永远地从自己的记忆中消除的时候，忘却就成了涓生自私、伪善性格的象征。再加上比起记忆忘却往往为认定是消极的，对子君的死负有直接、间接责任的涓生提出忘却这件事本身就不可避免地要成为批判的对象。女性主义的分析主要都是从这个角度负面评价了涓生的忘却。

但是，正如我们前面讨论过的，当我们把涓生的手记定义为一个精神受伤并直面生活残局的自我为了克服精神伤害、重建自我、重塑自我而作之物的话，涓生所说的忘却的意义也就有重新探讨的必要。即无论是从重建自我的角度，还是从尼采（Friedrich Nietzsche）所说的通过积极性的忘却重塑自我的角度，我们都可以试探讨忘却的意义。

众所周知，在希腊语中"真理"一词是 aletheia，aletheia 所代表的意思是天上的真理被重新记起并表现出来。柏拉图所说的能够记起理念（idea）的能力是以记忆为前提的也是出于同样的道理。[1] 就这样，记忆常常与真理相关，忘却就与忘记真理相联。忘记的和被忘记的就不可避免地被认定为灾祸、恐怖，抑或是致命性的匮乏、损失等状态。

但是，尼采说"忘却并不是一种惰性，正不像人们通常所想象的那样"，"假如没有忘却，那么幸福、快乐、期望、骄傲、现实存在，所有这些在很大程度上也不复存在"。[2] 尼采认为记忆是一种消极的、被动的能力，而忘却是一种主动的、带有创造性的能力，他倒置了柏拉图以来的'记忆/忘却'之间的价值论两分法。[3] 尼采之所以如此肯定忘却的意义以及忘却所带有的积极、肯定的能力，不是因为他将忘却视为一个单纯否定刻入心里的某种精神状态抑或心理状态，是因为他将忘却视为一种能够创造出新的活动的东西，即忘却是一种正能量。这里的忘却不是出于通过删除或回避痛苦的记忆的方法使自己重新处于

---

[1] 〔韩〕全光植:《回乡的哲学意义》,〔韩国〕《大同哲学》1998 年第 2 辑, 第 361 页。
[2] 〔德〕尼采著:《善恶的彼岸》, 金焕译,〔韩国〕书世界 2002 年版, 第 396 页。
[3] 〔韩〕姜新珠:《忘却与自由》,〔韩国〕思想之树 2008 年版, 第 28—29 页。

相同的危险之中抑或犯错的角度。忘却是一种态度，一种意识到自己已然变化，并在新的环境之下保存自己创伤性记忆的外部性和他者性的态度。是"一种将痛苦的记忆内部化和专有为自己的一种带刺的宝物的方式"。阿伦卡·祖潘基奇说"尼采式的忘却与其说是对痛苦遭遇的删除，不如说是对痛苦遭遇的外部性特征，以及痛苦遭遇的外来性和他者性的一种保存"说明的就是这个含义①。从这个意义上来看，对尼采来说所谓的忘却就是一种以重建自我为目的的重塑之力量。

从涓生的角度看这个问题的话，涓生并没有在回避或无视自己与子君之间所发生的事，涓生通过自己对过去生活的省察，意识到自己精神能力已然发生改变，在这样的状态中重新塑造自我的力量便是忘却。在这里涓生与子君之间所发生的悲剧及苦痛等带有创伤的记忆从现在开始都将作为一种外在的特征被保存下来。这与单纯的删除式的忘却不同。这正如小时候有过溺水经历的小孩如今意识到自己已经长大，并摆脱了对水的恐惧一样。当然，这样说并不意味着溺水的事实被从记忆中删除。归根到底，从涓生重建自我、重塑自我的现实层面来看，记忆过去与忘却过去就像硬币的两面一样，是一体的，是一种在同一悲剧中不使自己暴露从而重建自我的一种机制。有了它，涓生开启新的人生旅程，对待生活有了比以前更成熟的思考，他的自我更新了。

但是，摆在重新塑造、重新建设的自我面前的新的生路为什么看起来如此卑劣呢。原因是自我的更新不仅仅是通过对浪漫的、抽象的过去的自我进行反省，从而变得成熟的更新，更新更是一种包含了一种觉悟的更新，即所谓的生活，不是仅靠真实去经营的，虚伪也可能是生活的基本条件之一，是维持生活的一种机制的觉悟。当与子君的爱所象征的爱情与理想、热情、启蒙、浪漫等所有的一切变得空虚与绝望之后，涓生通过记忆与忘却机制获得的自我重建与重塑，不仅为他解读现实和生活提供了基础，也为他重新认识自己打下了基石。重新站在新的生路的出发点，"用遗忘和说谎做我的前导"，向着新的生路出发

---

① 关于尼采式忘却的意义请参考陈恩英：《记忆与忘却的Agonism》，《时代与哲学》2010年第21卷第1号，第20—21页。

的涓生的前途，虽像"一条灰白的长蛇"慢慢靠近，"等着，等着，看看临近，但忽然便消失在黑暗里了。"这条路之所以比鲁迅小说里出现的任何一条路都更朦胧更模糊① 也正是出于这个原因。用真实、爱情与热情就可以走向新生活的浪漫幻想，自己就像鸟一样无论何时都能自由翱翔的幻想，都消失不见了，站在新的出发点，带着虚伪迈出步伐。从对现实和生活的认识更加深刻这一点上来看，涓生已经回归现实成为了一个现实主义者。这样看来，李欧梵认为该小说是对五四典型浪漫小说中主人公的批判也是不无道理的。②

三 涓生与狂人

小说《伤逝》中涓生历经了与子君的爱、离别，以及子君的悲剧式死亡后，从一个浪漫的、理想主义的、主观的人物重生为一个现实主义者。基于这一点，我们可以将涓生的重生与鲁迅其他小说中人物的类似经历作比较，探讨重生的意义。正如前面提到的，小说中涓生是一个理想主义者、启蒙者、空想主义者，是一个相信自己就是真理并带有英雄主义倾向的人物。但是这样的一个人物，在悲剧的现实的洗礼中意识到悲剧的现实与自己的关联以及自己有罪后，开始觉醒。涓生的自我重建抑或自我更新之路与鲁迅小说《狂人日记》中狂人所走的路有比较的价值。日本的鲁迅研究者伊藤虎丸认为狂人治愈疯狂的过程就是狂人通过一种所谓的"回心"从一个理想的、浪漫的启蒙家重生为一个觉醒的现实主义者的过程。当初自以为是独自觉醒的英雄的狂人意识到"我也吃过人"，并以此为基础重新回到了现实社会的日常生活中，通过一种重生为一个能够担负起世界责任的主体的"回心"，得以重生，回到现实。③ 如果将涓生通

---

① Leo Ou-fan Lee, *Voices from the Iron House —— A study of LU XUN*, Indiana Univ. Press, 1987, p.88.

② Leo Ou-fan Lee, *Voices from the Iron House —— A study of LU XUN*, Indiana Univ. Press, 1987, p.63.

③ 〔日〕伊藤虎丸:《鲁迅，创造社与日本文学》，北京大学出版社1995年版，第144—148页。

过记忆与忘却来重建自我更新自我看作是与狂人相似的回心的过程的话,涓生就可以视作是属于鲁迅小说中狂人的谱系的人物,他依靠对罪的自觉而回心,进而回归到现实中。当然,关于涓生与狂人之间的移动仍需要详细周全的分析,但是浪漫的、启蒙式的人物在黑暗的现实教训中演变成一个伊藤虎丸式的现实主义者,从这个角度来看的话,涓生与狂人之间还是存在着相似性的。同时,正如我们不能把狂人在意识到自己的罪,并在病痊愈后走上为官之路看作是狂人的堕落以及对现实的投降一样,我们认为涓生寻求的新出发也是通过罪的忘却并从男性主义或利己主义的角度来图谋生存之路的,而不能从伦理主义或是女性主义的角度轻易为他定罪的。这样看来,把涓生的重生与《狂人日记》中的狂人相比较,并从狂人的谱系中去考察,隐藏的叙述人鲁迅对于手记中的叙述人涓生不仅存在批判的距离,同时也存在怜悯的成分。

今日中国社会与鲁迅先生:我来说两句话

〔印度〕海孟德　印度尼赫鲁大学中文系

　　1984年,我第一次来中国访问的时候,发现中国人人都很熟悉"鲁迅"这个名字;我发现每个人都很熟悉鲁迅先生的作品;我发现鲁迅被大家认为是中国现代文学中最受尊敬的作家。我发现20世纪80年代鲁迅研究业已逐步形成了一个相对平衡、稳定的学术生态系统:首先是形成了衔接紧密、环环相扣的学术梯队;其次是多种阐释系统在相互竞争、相互促动中不断开辟着自己的生长空间[1]。我发现80年代中国鲁迅研究者开始以为,从思想史的角度观照作为现代重要思想家的鲁迅及其创作,一直是鲁迅研究史上的基本学术路向,也是新时期以来鲁学主要的分析体系。我发现80年代大家认为鲁迅文学的影响是会逐渐消失的,鲁迅思想的价值却可以是永恒的;我发现80年代是"人间鲁迅"时期。我还发现80年代鲁迅研究者轰轰烈烈纪念鲁迅一百周年诞辰以来,第一次把鲁迅的文学成就转入其思想价值[2]。我发现鲁迅原本就是一个活在人间的人,一个在特殊时代和特殊境遇中熔炼而成的天分很高的文学家和思想家;但后来被政治浪潮推上了"神坛",变成了"神";随着1980年代以后思想解放运动的开展,他又逐步还原为人[3]。

---

[1]　参见王家平:《20世纪八九十年代鲁迅研究的生态系统》,《20世纪中国文学遗产的考量》,武汉出版社2011年版,第111—137页。
[2]　参见方子舟:《超人的鲁迅》,《民族之魂　鲁迅》,刘洋、陈浩编著,远方出版社2005年版,第250—255页。
[3]　参见张梦阳:《王元化对鲁迅和鲁迅研究的反思——〈中国鲁迅学百年史〉断片》,《书屋》2010年第9期。

不过，今年（按：指2016年）的10月19日，将是鲁迅逝世80周年。但今天我们去纪念这位文豪时，却会有些尴尬。这种尴尬不仅是因为，有些80后"文章领袖"公然宣称不喜欢鲁迅，也因为许多地区将鲁迅的文章移出课本，使得人们不得不怀疑鲁迅作品的真正价值①。对我这个外国人来说，我很难了解和理解今日中国为何对鲁迅有这么大争议。我以为鲁迅比任何其他现代作家都更处于中国现代思想讨论的中心。这有几点原因，其中之一就是，自他咽气的那一刻起，鲁迅就成了中国共产党民族复兴的代言人，被放置于革命口号与民族主义的交错神话之上。②鲁迅的一生跨越了中国一个极其重要的时期，从辛亥革命到新文化运动，再到共产主义在种种阻碍下演变为一个现代化民主国家的崛起，他的一生也成了解释中国20世纪前半段的历史演变的典型。起码在学术界以外，中国直到今天对五四运动的理解依然来自于中共1945年的《关于若干历史问题的决议》和1981年的《关于建国以来若干历史问题的决议》所建立的国家叙事中。鲁迅如今仍然重要的另外一个、更为实质性的原因则是他发现了许多中国今天仍然面对的问题。鲁迅关于这些以及其他问题的沉思与反省在今天仍然具有现实战斗性，因为它们从不是单纯的意识形态，而总是在寻觅不同的理论与方法之间的冲突与紧张关系。③若将鲁迅在世时关于他作品的争议放在一边，自他1936年去世以来的四分之三的世纪里，鲁迅走过了三个主要的阶段，它们在今天都仍处于角力之中。第一个阶段主要包括我们一般称为"官方解读"的视角。尽管鲁迅不再是"中国文化革命的主将"，他仍然在中国被看作为一位革命斗士与爱国先锋，而非只是具有复杂性的小说与诗歌作家。第二个阶段：1949年后，鲁迅在大陆成为了偶像，在台湾却被视为共产主义作家。在此背景下，1950年来到香港的曹聚仁等同代人的注

---

① 参见严杰夫：《80年过去了，我们敢说懂鲁迅了吗？》，http://www.jianshu.com/p/b2a2a353156d，2016年3月26日。

② 参见魏简：《鲁迅新解：现代性的批判者，异端的再造者》，《东方历史评论·第8辑·不应该被遗忘的鲁迅》，东方出版社2015年版，第2—4页。

③ 同上。

解与传记所促进的对鲁迅的首个另类解读,开始于60年代在西方学术界初露头角。夏氏兄弟在发掘鲁迅如《野草》等作品中的唯美主义方面扮演了相当重要的角色,尤其是夏济安1968年发表的极具有开创性的《黑暗的闸门》一书,同样重要的还有比利时汉学家李克曼(Peirre Ryckmans,笔名Simon Leys)。李欧梵编辑的《鲁迅和他的遗产》(1985)以及《铁屋中的呐喊:鲁迅研究》(1987),代表了这类视角的学术研究累积的一个高峰。在这里,比起反帝国主义和歌颂左派烈士,更加令人关注的是心理的分析、性别角色的探讨、全球化的关联,以及对于消失的地方文化的怀恋。西奥多·胡特斯和玛尔森·安德森不同却相关的研究工作差不多同时强调了鲁迅审美中道德困境的特殊重要性。第三个阶段就是近年来,从思想史的角度对鲁迅的新理解开始在中国显现。20世纪80年代,如北京师范大学教授王富仁和北京大学教授孙玉石等先驱者复兴了人文主义的鲁迅,但他们的解读仍然维持在了不过分触及政治敏感性的批判现实主义的轨道内。1989年以后,这类解读明显地开始寻找另一个不同的鲁迅并回归到他的早期著作中去。如北京大学教授钱理群及清华大学教授汪晖等学者借鉴在中国国内"持续热潮"的竹内好等日本马克思主义评论家,试图为鲁迅寻找其在当代的新的意义与定位。如木山英雄等更为年轻的学者也为突出章炳麟等鲁迅研究界的异端思想家作出了重要的贡献,并因此将鲁迅的批评意义不仅植于唯美主义当中,也体现在了鲁迅所处时代的种种复杂的思想争论之中。对于鲁迅非正统的马克思主义解读的发展也反映出一个极度商品化的社会对于客观认知的需求。在这个背景下,过去的三年我们就见证了许多关于鲁迅的英文书籍出版,以下我们会探讨其中五本。每本书都基于一种独特的研究视角,它们一起代表了西方学术界鲁迅研究的多样化。尽管要辨认出一个新的趋势很难,本文将尝试将它们放置于中国学术界的一些辩论中。

与20世纪80年代中国不一样,在今日中国,我发现——引用陈丹青的话来说——"这几代中国人,有很多绕不过的坎,鲁迅先生即为其一。早先几十年被无限神话,这些年却又遭遇到不少刻意诋毁,而如今青年一代中,想要去真正了解鲁迅先生的又有多少呢？"①在我看来，20世纪80年代初以来鲁迅被读者不断"扭曲"，不过，也有学者开始把鲁迅"妖魔化"。一方面有学者说鲁迅离开政治神化"走入人间"了，另一方面还有学者"骂"鲁迅。"鲁迅很早就说过，你要灭一个人，一是骂杀，一是捧杀。大家现在看见了，过去半世纪，胡适被骂杀，鲁迅被捧杀。近年情况反了一反，是鲁迅开始被骂，胡适开始被捧，然而还是中国人的老办法：要么骂，要么捧，总不能平实地面对一个人，了解一种学说，看待一段历史。"②

21世纪初以来，学鲁迅越来越变成了一个"热点"。最近中国文艺界出现了论"鲁迅是谁"这个题目。目前，中国文艺界又出现新的一个议题，就是说"有多少个鲁迅"？为何真正的鲁迅，和我们心目、印象中的鲁迅，好像有点不一样？③

在我看来，鲁迅异常重要的另一个原因是他的作品永久地改变了中国的政治话语；鲁迅为中国政治话语介绍过新的术语，如"阿Quism"。他的中篇小说反英雄的命名倾向也体现出"精神胜利法"的深刻性。④

不过，在国外，鲁迅的无知使我们很难以进行一些对中国政治的辩论。毫无疑问，鲁迅应该得到更好的国外知名度。因此尽管有许多著名的评论家和当代中国的学者，时间越长，我越坚信对中国分析最深刻的是鲁迅——即使他于1936年去世，从未生活在1949年后的中国。⑤

多年来，鲁迅被比作很多其他西方作家，从果戈里（Gogol）到尼采

---

① 参见陈丹青：《今日的文艺中青年，多半不愿了解鲁迅》，cul.sohu com/20151021/n423796437.shtml. com/content/16/0524/20/22167246_561984694.shtml，2016年5月24日。

② 陈丹青：《民国的文人——长沙谈鲁迅》，《荒废集》，广西师范大学出版社2009年版，第95页。

③ 参见钱理群：《鲁迅是谁——和中学生谈鲁迅》，《中学语文教学参考》2006年第10期。

④ Jeffrey N. Wasserstrom, *China in the 21st Century : What Everyone Needs to Know*, Oxford University Press, 2013, p.45.

⑤ Nicolas .D. Kristof, China's Greatest Dissident Writer : Dead but Still Dangerous, *New York Times*, August 19, 1990.

(Nietzcshe)。但在印度，鲁迅最接近普列姆昌德（Premchand，1880—1936）。正如那些不熟悉普列姆昌德的人会漫不经心地提到"大哥"、"修女"等，若不知道谁是阿 Q、或鲁迅描述为"吃人"的传统价值观的含义是什么，那就不会知道中国政治的细微之处。

"我们今天要讲的题目是：'鲁迅是谁？'其实，同学们从知道'鲁迅'这个名字的时候开始，就会遇到这个问题。这是一个很不好回答的问题，就好像问'我是谁'一样。老师可能会告诉你，鲁迅是一个伟大的文学家、思想家，还有革命家，这都不错。不过，我们今天换一个角度来讨论这个问题：看看鲁迅是怎么称呼自己的。"[①]

最后，我以为鲁迅在中国现代文学现代政治话语里的地位是如李欧梵写过的那样："这是很难想象在世界其他任何作家由整个国家如此大的荣幸"。[②]

[①] 钱理群：《鲁迅是谁——和中学生谈鲁迅》，《中学语文教学参考》2006 年第 10 期，第 2 页。

[②] Leo Ou-fan Lee, *Voices from the Iron House：A Study of Lu Xun*, Bloomington：Indiana University Press, 1987.

日本报纸媒体对鲁迅的相关报道

——以《读卖新闻》(1986—)为例

林敏洁　南京师范大学文学院

摘　要：纵观日本主流媒体关于鲁迅的报道，覆盖面之广、延续时间之长，可见鲁迅在日本所具有的无可忽视的影响力。在全球发行量最大的报纸《读卖新闻》数据库"YOMIDASU 历史馆"中以"鲁迅"为关键词进行搜索，至 2015 年 9 月 13 日共显示 695 条。其中至 1986 年 8 月 30 日报道版面为图片形式，1986 年 9 月 26 日之后便以文本形式出现。本文聚焦于日本《读卖新闻》于 1986 年至今的新闻报道，采用分类形式对其进行梳理和分析，从而探寻出日本媒体对鲁迅报道的轨迹与特点。

关键词：《读卖新闻》；鲁迅；媒体报道

日本《读卖新闻》是世界发行量最大的报纸，在《读卖新闻》报道的数据库"YOMIDASU 历史馆"中以"鲁迅"为关键词进行搜索，从 1902 年 9 月 14 日至 2015 年 9 月 13 日共显示 695 条报道。其中 1902 年至 1986 年 8 月 30 日报道版面为图片形式，1986 年 9 月 26 日之后便以文本形式出现。本文聚焦于日本媒体于 1986 年至今的新闻报道，采用分类形式对其进行梳理和分析，从而探寻出日本媒体对鲁迅报道的轨迹。

一 第一阶段（1986年9月至1999年12月）

1986年至1999年的时间段内，作为日本极具影响力的主流媒体《读卖新闻》在报道中，提及鲁迅之名的共计有84篇，其中围绕鲁迅进行详细报道的共计26篇。时值日本泡沫经济前后，前期日元急速升值，日本国内经济呈现出一片欣欣向荣之景，然而繁荣背后潜藏危机，泡沫经济的发展，在日后对日本经济带来了极大的负面影响。在此情况下，鲁迅能够被如此频繁地报道，可见其不凡影响力。这一时期，围绕鲁迅的报道主要集中于日本鲁迅纪念馆、鲁迅纪念和展览活动、鲁迅著作、鲁迅在日本留学期间珍贵资料的披露以及鲁迅研究发现等诸多方面，由此可见鲁迅影响力之大，影响范围之广。

围绕纪念鲁迅活动这一方面，《读卖新闻》于1986年9月26日晨刊中报道，为纪念与日本渊源颇深的中国现代文学之父鲁迅逝世50周年，位于上海市虹口公园的鲁迅纪念馆经全面改造之后重新开放，并同时公开关于鲁迅的新资料，这将有助于更加客观对鲁迅进行解读。此外，值得一提的是日本泡沫经济带来的繁荣达至顶峰的1986年12月到1991年2月，经济过度繁荣之下所隐藏的隐患也一一显露，1991年3月至1993年10月期间日本经济呈现出大幅衰退之景。在此忧患重重的时期，《读卖新闻》不仅持续对鲁迅进行报道，且报道数量也并未减少。由此可见鲁迅的存在对面临日本经济空前发展而突然由盛转衰的巨大变化的日本人来说，亦是一剂精神良药。1991年3月6日晚报报道到，为纪念中国作家鲁迅诞生110周年，上海鲁迅纪念馆集中展出了150件鲁迅曾经在上海开展的版画演讲会时的学生作品"回乡版画展"。当时的作品约有500件由嘉吉先生带回日本，而后赠送给神奈川县立近代美术馆。此次的版画展展示的是该美术馆的收藏作品，包括鲁迅肖像及描绘当时的上海风景、历史事件等诸多珍贵作品。1994年4月30日晚报则对町田市原町田、町田市立国际版画美术馆举办的"1930年代上海鲁迅"展进行了介绍，展出品中除当时版画家的作品外，另有鲁迅收藏的外国版画、海报等。

在这一时期内，鲁迅研究方面也有所突破。1987年2月晚报报道了时任樱美林大学文学部副教授藤井省三先生被鲁迅文学的现代性所吸引，通过对比，提出崭新的鲁迅形象的论点。报道指出藤井先生认为鲁迅文学的核心是"寂寞之中的希望"，并进一步论述道"虽然宛如陷入绝望之中，但内心某处依然有微弱光亮。在整体呈现出阴沉印象的诸多作品中始终可以感受到这种心境"、"他的魅力之处在于其现代性"、"然而我所关心的并非只是鲁迅，而是通过其人解读当时的日本和时代。因此今后将运用社会史的解读方法进行探寻"。作为一直致力于鲁迅研究的代表人物，藤井教授的见解深刻揭示了鲁迅文学的内涵，为广大日本学者研究鲁迅提供了新方向。此外，1987年7月11日的晚报则对北京鲁迅博物馆研究员李允经发现了时隔约60年后鲁迅的一份原稿一事进行了详细报道。报道指出该原稿十分珍贵，迅速引起了中日鲁迅研究者的极大关注。文中提及鲁迅研究者藤井省三表示，该原稿是1981年为纪念鲁迅诞生100周年中国发行的《鲁迅全集》定版以来，包含书信在内，极为珍贵的译稿。

《读卖新闻》在1988年12月27日晚报中在"20世纪文学游记"栏目中介绍了鲁迅《故乡》一文，不仅介绍了《故乡》的主要内容，还对该作读后感想进行了阐述。1992年2月10日晨刊登载了片山智行译著《鲁迅〈野草〉全译》的简介与评议，并进一步评价道，鲁迅的散文诗集《野草》可说是体现鲁迅文学"精髓"的最重要作品，然而内容却并非通俗易懂，在日本至今仍未出版评解译本。该作详细解读了《野草》24篇，刻画出贯穿始终且如今更具强烈现实感的鲁迅文学特质。更难能可贵的是翻译及评议均通俗易懂。

1994年，对于鲁迅作品或鲁迅作品相关评价书籍的报道更为集中。1994年1月24日晨刊在介绍作家王德威名为《小说中国》一作时，特别对该作中独辟蹊径的鲁迅论进行了介绍，并提出了这一观点：该作卷首随笔《从"头"谈起》以应称为鲁迅文学原风景的"幻灯片事件"的斩首刑为线索，考察了个人、社会及国家的崩溃象征体系，该鲁迅论将其与在作品中比鲁迅更经常描述斩首场面的年轻一代作家沈从文进行对比，呈现给读者更为有趣的学术研究的发展。1994年8月31日晚报中报道了北京鲁迅博物馆的两位年轻文学研究者，浏览阿Q研究论文以及舞台剧表演评论等中国国内外发表的阿Q相关资料，阅览的资料达1万件以上后，总结成676页、字数达51万字的大型书册一事，进一步介绍了本书的构成共计5章，内容包括小说《阿Q正传》和鲁迅自身所作的阿Q论、作家茅盾及鲁迅之弟周作人等人关于阿Q研究及争论等，国内具有代表性的阿Q研究70年的成果，除台湾、香港外，还收集了日本、美国、法国等作家、学者的论文中的海外阿Q、舞台和电影中出现的阿Q等。在《阿Q70年》序文中，中国社科院研究员林非认为阿Q性格中最显著的特征是"精神胜利法"。报道评价《阿Q70年》通过对比，起到了理解今昔70年异同的桥梁作用。1994年9月12日晨刊中介绍了作家钱理群所著《丰富的痛苦》，提出了莎士比亚悲剧的主人公哈姆雷特王子和塞万提斯笔下的骑士堂吉诃德两大英雄类型在近代中国如何展开的具体论述。报道指出，该书认为鲁迅将堂吉诃德精神胜利法的消极面加以拓展，创造出阿Q这一人物。评论者同时围绕"演出者和观众"这一主题，论述鲁迅与爱罗先珂等俄国文学家的影响关系。1996年2月29日晚报登载了片山智行著《鲁迅——阿Q中国的革命》的书评。书评论述了中国现代文学的代表作家鲁迅被认为是与儒教封建社会进行战斗的人物。然而鲁迅真正憎恨的是革命后至今仍残存的中国统治者和民众共通的"欺瞒"和"适可而止"。该书作者进一步指出"用现实主义看待社会实际情况的鲁迅，一直对统治者和民众的'马马虎虎'进行抨击。不仅是反封建，更是超越时代的普遍性批判"。

此外，在1997年12月2日晨刊中刊登出小学生所写阅读鲁迅《故乡》一文后的感想和切身体验。不难发现，鲁迅及其作品的影响力并不局限于学者，更是面向大众，渗透于中小学生的日常生活之中。时间转入1998年，《读卖新闻》围绕时任中国国家主席的江泽民访日途中纪念鲁迅的活动进行了系列报道，突出了鲁迅自身与日本之渊源，在促进中日友好中所发挥的重要纽带作用。《读卖新闻》于1998年11月26日的晨刊中分两篇，介绍时任中国国家主席的江泽民在结束东京正式日程后，前往仙台追忆鲁迅的足迹。正如鲁迅在《藤野先生》中所记述的一般，中日两国虽经历过交流沟通上充满阻碍的艰难时代，然而千帆过尽，中日两国现在正处于同心协力构筑友好伙伴关系的重要历史阶段。同年11月29日的晨刊报道了江泽民主席于29日参观位于仙台的鲁迅曾就读之地——现东北大学的阶梯教室。此外，在同年11月30日的报道中，进一步介绍了时任中国国家主席的江泽民在仙台纪念鲁迅的具体日程安排。江主席不仅访问了由市民募集基金于 1960 年兴修的鲁迅纪念碑，还亲自种植了象征友好的梅树，此后更与当地小学生亲密交流。报道再次强调江主席前往参观了鲁迅曾就读的仙台医学专门学校（现东北大学），并在被视为鲁迅固定位置的座位上坐下，笑着表示"这是作为中国人绝对想要前往拜访之地"，体现出鲁迅在中日两国所具有的不可替代的超凡地位。1998 年 12 月 13 日，《读卖》晨刊在追悼曾留学中国上海，并曾前往仙台学习，积极促成修建鲁迅纪念碑一事，为中日友好倾尽心血的菅野俊先生时，再次提及时任中国国家主席的江泽民前往仙台寻访鲁迅足迹一事。1999 年 11 月 6 日的《读卖新闻》晨刊中报道，以 1998 年秋中国国家主席江泽民访问东北大学为契机，东北大学（前身仙台医学专门学校）资料室于当年决定举办文豪鲁迅的留学之地仙台医学专门学校的计划展览一事。此外，1999 年 5 月 3 日的晨刊对访问中国的民主党代表于 1 日访问了位于上海市内鲁迅之墓一事进行了报道，并提出这一行为是联系到时任中国国家主席的江泽民于去年访日之际访问与鲁迅存在种种关联的仙台市的有意之举。1999 年 11 月 6 日晨刊报道了东北大学纪念资料室举办名为"解剖　仙台医学专门学校　在公文书看到的明治医学学校"的计划，以 1998 年秋季中国国家主席江泽民访问东北大学为契机，资料室决定于当年举办文豪鲁迅的留学之地仙台医学专门学校的展览，展览持续到 19 日，地点在仙台市东北大学资料室二楼展示室。

与此同时，《读卖新闻》也持续关注鲁迅留学期间的珍贵资料，试图通过公开宝贵资料这一方式为社会大众还原一个真性情且满腔热血的完整的鲁迅形象。1988 年 7 月 20 日晚报中，报道了鲁迅留日期间在东京神田的照相馆拍摄的身着西装的照片，在亲戚家中保存约 80 年，并最终赠予上海鲁迅纪念馆一事。报道指出因鲁迅年轻时期的照片几乎都是身着学生装或和服，日本留学时期的西服照片"恐怕仅此一张"，上海鲁迅纪念馆也表示今后将找寻机会将其展出。

1986 年至 1999 年《读卖新闻》除系统地对鲁迅进行报道之外，实际另有 58 篇报道提及鲁迅之名。其中，介绍其他书籍著作，提及鲁迅或是与鲁迅著作进行对比的报道有20篇，介绍与鲁迅相关人物时提及鲁迅共计15篇，此外是相关活动进行过程中提及鲁迅的报道21篇。所余3篇则是围绕与鲁迅紧密相关的内山书店及其他方面的报道。这一时期的鲁迅报道特点主要以鲁迅纪念活动为主，涉及面广、报道次数频繁。

二 第二阶段：21世纪对鲁迅的报道（2000年1月至2015年12月）

鲁迅相关报道2000年至2015年12月迎来第二阶段。这一时期《读卖新闻》提及鲁迅之名的报道共计94篇，其中提及鲁迅之名而未及深入的报道共有21篇，所余73篇皆从不同角度、不同关注点对鲁迅进行了详细报道。纵观这一时期鲁迅报道情况，鲁迅相关纪念活动和展览活动依旧是关注热点，其次鲁迅著作及相关解读也占有较大比重。此外，还有涉及鲁迅生平的介绍。

时间进入20世纪，在鲁迅相关纪念活动和展览活动方面的第一篇是，2000年2月12日晨刊登载了西宫市为纪念友好城市合作15周年，招募人员参与加深与中国绍兴市交流之旅一事。活动日程暂定为23日出席在绍兴市举办的纪念仪式，参观鲁迅纪念馆和酿酒工厂等名地，届时将通过在鲁迅故乡开展这一系列活动，以纪念和缅怀鲁迅。

2001年11月22日《读卖新闻》晨刊报道了鲁迅诞生地绍兴市将鲁迅铜像赠予仙台市、陈列于仙台市博物馆一事。据报道，22日绍兴市副市长一行人将出席揭幕式。铜像捐赠是以去年10月上海交通大学和医疗企业相关人员访问仙台、参观博物馆、瞻仰鲁迅纪念碑为契机。因鲁迅与仙台渊源颇深，绍兴市决定赠送铜像。2002年5月14日，晨刊刊载了中国青年团体联合组织中华全国青年联合代表团于13日访问仙台市青叶区的东北大学片平校区，瞻仰鲁迅像并参观鲁迅曾经学习的教室这一则报道。2003年6月13日晨刊再次针对鲁迅纪念馆进行报道。因即将迎来鲁迅仙台留学100周年，呼吁建设纪念馆的呼声日益高涨。以仙台市民组织的"中日东北间交流促进研究会"（代表大内秀明教授）为中心，在近期组织了讨论会。鲁迅曾学习的地方——仙台医学专门学校的阶梯教室,现存于东北大学片平校区。对此呼吁,东北大学情报科也表示,虽然建设纪念馆存在诸多困难,但一定全力以赴。由此可见,即使逝世多年,鲁迅在日本的影响力和号召力却并未减少丝毫。2003年12月17日,《读卖新闻》晨刊报道,松冈町兼定岛的县立大学情报中心举行"鲁迅研究关联文献图书资料"展,将展出鲁迅相关图书、杂志、资料等约240件。展品是由该大学看护短期大学部名誉教授、因研究鲁迅而广为人知的泉彪之助先生赠送。其中包含有鲁迅从长妈妈那儿第一次拿到的绘本、鲁迅作品阿拉伯语译本等宝贵资料。

众所周知,鲁迅于1904年9月进入仙台医学专门学校就读,2004年是鲁迅留学仙台100周年的特殊历史时刻。恰逢具有特别意义的一年,以仙台为中心,日本各地的鲁迅纪念活动都如火如荼。2004年3月12日,据《读卖新闻》晨刊报道,为纪念鲁迅与其恩师藤野严九郎相遇百年,包括展示鲁迅生平的约140份鲁迅亲笔手稿和照片等的"鲁迅展"在福井市宝永县国际交流会馆举行。展出的藤野先生修改的鲁迅解剖学笔记及鲁迅小说《藤野先生》的原稿,传达出两人真挚的师徒情谊;相当于日本国宝的中国国家一级文物鲁迅的亲笔诗《我的失恋》、鲁迅留学时与友人的照片、所住房间照片、所用砚台、毛笔等也均在展示之列。2004年10月22日晨刊再次对东北大学及仙台市民为纪念鲁迅赴日留学100周年举行盛大纪念活动进行了介绍。同日晨刊更另辟版面对东北大学的鲁迅留学100周年纪念活动进行单独报道。实际上,2004年从中日关系发展来说,是不平静且波澜迭起的一年。在种种因素使得中日关系蒙上阴影的关键一年中,日本主流媒体《读卖新闻》频繁对鲁迅纪念活动进行报道,谋求中日关系改善这一目的不言而喻,另一方面也凸显出鲁迅在联系中日两国情感这一方面所发挥的不凡作用。鲁迅在中国人心目中所占的超凡地位自不必说,对日本也具有一定影响力。日媒关注鲁迅,可谓是谋求与中国人心灵上的共鸣,希望以此为两国关系注入活力的重要表现。2004年10月23日晚报对东北大学举行的鲁迅纪念活动进行了详细报道。据悉,以鲁迅之孙周令飞先生、鲁迅恩师藤野教授之孙藤野幸弥及中国六所知名大学的校长及副校长为首,中日双方100余人出席了23日在仙台市青叶区鲁迅纪念碑前举行的纪念仪式。

东北大学校长吉本高志致辞表示"学校将竭尽全力培养中日友好交流桥梁的人才"。中国驻日大使程永华表示"期待以这次仪式为契机,加深中日友好交流关系"。仪式上,宫城县知事浅野史郎等相继献花,对鲁迅表示怀念之情。纪念仪式上向 4 名中国留学生颁发了"鲁迅纪念奖"。仙台市长藤井黎在致辞中明确了由市政府购买并保存鲁迅曾经居住的"佐藤屋"的建筑及土地的方针。报道更提及同日,"谈鲁迅"研讨会也在仙台市青叶区的青年文化中心举行,约 200 人参加。不仅如此,时隔不久,2004 年 11 月 2 日的晨刊中再次对东北大学举办的鲁迅纪念活动进行了回顾。至此,《读卖新闻》对 2004 年 10 月 23 日东北大学举办鲁迅纪念活动的报道时间长达半年之久,从纪念活动计划之初至成功举办,乃至举办后均进行了详尽报道。由此我们不难发现,鲁迅不仅在中国人心中是无可取代的存在,在日本也是掷地有声的存在,这种"鲁迅情结"已经深植中日两国人民心中,成为了一种的无形牵引力。

2004 年迎来鲁迅纪念活动高潮后,日本国内的鲁迅纪念活动仍在持续。2006 年 2 月 19 日,晨刊报道了为纪念中国北京鲁迅博物馆赠送东北大学鲁迅在仙台医学专门学校留学时"解剖学笔记"电子复制版,"鲁迅和藤野先生"国际研讨会于 18 日在仙台市青叶区的仙台国际中心举行一事。研讨会上 6 位鲁迅研究者发表了鲁迅解剖学笔记的最新研究成果。研讨会后仅 3 天,2006 年 2 月 22 日晨刊报道了中国北京鲁迅博物馆馆长孙郁和馆长助理黄乔生于 21 日访问仙台市立五桥中学(仙台市青叶区),针对鲁迅功绩及其与日本关系进行讲演一事。两日后的 2 月 24 日,《读卖新闻》晨刊再次对北京鲁迅博物馆馆长一行人的访日最新进展进行报道。馆长孙郁一行人前往福井县,访问鲁迅恩师藤野严九郎纪念馆,对此孙馆长表示,希望能加深与福井县和芦原市的友好关系。2006 年 7 月 5 日,晨刊报道中国国家旅游局局长邵伟等一行人从 3 日开始在仙台市进行为期 2 天的访问,访问了东北大学片平校区,参观了鲁迅留学时所用的阶梯教室,并瞻仰了矗立于仙台市博物馆的鲁迅纪念碑。

这一时期,《读卖新闻》也持续关注鲁迅研究资料的公开。2000 年 6 月 8 日《读卖新闻》晨刊中转载了上海报纸《文汇报》7 日有关于鲁迅(本名周树人)和总理周恩来是远亲的文章,这一点通过在浙江省发现的史料得以确认。此前,因鲁迅和周恩来的祖籍皆为绍兴，有关二人是远亲的这一说法虽存在却一直未得证实。此次通过家谱等史料得以证实，这无疑也是鲁迅研究的一大新发现。2005年12月20日晨刊中针对北京鲁迅博物馆将鲁迅在仙台医学专门学校（现东北大学医学部）留学期间的解剖学等6册笔记的电子复制版赠与东北大学一事进行报道。文中谈及所赠笔记均被视为中国国宝，相当于国家一级文物。东北大学积极展开针对笔记内容的翻译与解读工作，以期借此探讨鲁迅弃医从文的理由，从而挖掘出崭新的鲁迅面貌。

这一时期有关鲁迅资料的发现，其数量虽不多，却对于推动鲁迅研究具有不可替代之作用。借助公开鲁迅亲笔所书课堂笔记和书法等资料，可以更加精准而深入解读鲁迅其人、其风骨，以及其年轻时代的活动轨迹。

此外，在此时期，《读卖新闻》对鲁迅的著作及与鲁迅相关的作家作品的最新进展等一直密切关注。2002年8月24日，晚报登载了增田涉翻译的鲁迅《故乡》的有关新闻。报道简要概括小说情节，并指出中国都市和农村之差与百年前一样。鲁迅期待农村可以发展壮大，然而他的希望仍未被实现。而后，2003年6月22日，晨刊刊登了鲁迅之子周海婴所作回忆录《我的父亲鲁迅》书评。因作者7岁时父亲鲁迅便去世，因而主要凭借回忆和传闻，然而文中关于鲁迅个人生活方面鲜为人知的事情有很多。2006年9月26日，晨刊介绍了山本正雄县议员总结关于鲁迅与恩师藤野严九郎之间交往的多年研究成果，自费出版的《藤野先生和鲁迅的思想和生涯》一书。《读卖新闻》晚报分别于2006年10月18日、25日在"世界名作游记"栏目中登载了松本侑子读鲁迅名作《故乡》所感，其中穿插鲁迅生平介绍。同年11月1日相同栏目中再次刊登松本侑子投稿的鲁迅经典《阿Q正传》的简介及阅读感想。2007年1月28日晨刊报道了《藤野先生与鲁迅——惜别百年》一书将于3月出版，该书介绍鲁迅与芦原市出身的藤野严九郎之间的深厚情谊。该书也记载了东北大学鲁迅研究项目对藤野先生修改的鲁迅"解剖学笔记"的研究成果，及以鲁迅和藤野先生之间的交往为契机，芦原市与中国持续20年多年的交流活动。2007年11月11日晨刊介绍蟹泽聪史所著《畅游文学的地质学》一书，提及鲁迅生平。报道指出鲁迅留学日本之前曾学习地质，作为公费留学生前往日本，不久便写作《中国地质略论》，分析欧美列强对中国的地质调查，解读外国人对中国的侵略野心，并对其野心展开批判。虽然清国政府指定鲁迅在东京帝国大学（现为东京大学）学习冶金，然而鲁迅却以医生为目标决定在仙台学医，最后走上了文学道路。2008年4月21日晨刊对于鲁迅编纂的木版画集《北平笺谱》进行了介绍，该书复刻了明清时代开始流传到北京的大型信笺，淡彩描绘着美丽的人物、山水、花鸟画，并附有诗文，是鲁迅赠予佐藤春夫的珍贵礼物。同年8月10日刊登了在"这个夏天阅读的打动自己的一本书"募集活动中一篇推荐鲁迅《故乡》的投稿。作者情真意切描绘自己阅读该作的所思所想，表达出"故乡"二字于自己而言是无法割舍的牵挂。2009年6月14日，《读卖新闻》晨刊介绍学者藤井省三新译的鲁迅16篇代表作的共通之处，为文中均强烈流露出鲁迅对"没能帮助"贫困好友和患病去世的父亲的悔恨之情。鲁迅对面临同胞之死而发出喝彩声的中国人感到愤怒，认为比起治疗身体病痛，治疗精神顽疾更为重要，该文也强调鲁迅没有放弃希望。2010年8月8日晨刊中介绍了读书委员选择的"暑期一册"——鲁迅的《故乡》《阿Q正传》。报道进一步介绍了鲁迅文学是体现不屈精神的极富力量的文学，反复描绘着遭遇不幸、身心受到重创的人物形象。

2011年3月29日，《读卖新闻》晨刊在鲁迅诞辰130周年之际，对文学研究家藤井省三先生出版的《鲁迅》一书进行了介绍，并表示对于1930年代中国都市发展的相关章节颇感兴趣。2011年7月31日，晨刊中刊登了东北大学教授对藤井省三所著《鲁迅——活在东亚的文学》一书的书评。书评指出该书在现有鲁迅论基础上增加了对"竹内鲁迅"的偶像破坏和"东亚共通的现代古典"的新鲁迅接受现状报告，并在此基础上对比了藤井译文和竹内译文的特点。

在这一时期，有关于鲁迅生平及鲁迅相关人物的报道也时常见诸报端。2001年4月26日，《读卖新闻》晚报"名作之旅"栏目上刊登了一则介绍鲁迅家乡绍兴及鲁迅名作《故乡》的报道。报道提及鲁迅家乡绍兴以绍兴酒产地而闻名，同时也因文豪鲁迅之名被人熟知。而鲁迅代表作之一《故乡》一文也是源于鲁迅变卖绍兴房产，举家北迁这一背景而写成的，因而漫步绍兴，即可感受鲁迅作品之氛围。2003年2月2日晨刊在"编集笔记"一栏中回顾了藤野先生与鲁迅相遇相知的师生情谊。2003年7月5日，晨刊回顾了鲁迅留学仙台时与恩师藤野严九郎的交往，同时也概括了鲁迅的生平经历与发表作品。2012年10月1日，《读卖新闻》晨刊又一次讲述了鲁迅与藤野严九郎的交往。鲁迅尊其为恩师，并声情并茂地为他写作《藤野先生》一文，铭记其恩情。报道表达出寄望鲁迅与藤野先生之情谊能感染更多中日两国年轻人为中日友好而努力的美好愿望。2013年8月31日《读卖新闻》晨刊介绍了多年来从事鲁迅研究的著名学者佐藤明久，其6月当选上海鲁迅纪念馆的首位日本人客座研究员。佐藤自父辈起便与鲁迅结下不解之缘。佐藤的父亲自20世纪30年代起，在上海日本人经营的书店工作，并与为学习海外文学而穿梭于书店的鲁迅深交。幼时就常听其逸闻的佐藤对鲁迅很感兴趣，29岁开始研究鲁迅。

此外，《读卖新闻》对于这一时期鲁迅研究方面的成果也进行了相关报道。2015年8月21日，《读卖新闻》晚报报道藤井省三教授对岩波文库出版的《阿Q正传·狂人日记》译文的思考，藤井教授认为以轻快短句代替鲁迅原文中长句，失去鲁迅原文长句中蕴涵的苦恼烦闷之感，因而与原著氛围不符，因此他尝试以长句重译鲁迅作品，藤井教授表示，"鲁迅并非圣人，也有后悔和迷惑"，长句更能表现鲁迅的心情。时隔不久，2015年9月13日晚报又介绍了藤井教授的鲁迅文学观点。鲁迅对夏目漱石《哥儿》、森鸥外《舞姬》等日本文学作品感受极深，继而确立了自己的文学。反之，鲁迅也对佐藤和太宰治等作家作品产生影响。藤井同时研究鲁迅对村上文学等东亚文学的影响、鲁迅的《阿Q正传》与村上的《1Q84》之间的关联。报道中还提到，在藤井新著《鲁迅和日本文学》中，藤井对《1Q84》描写的公社思想和某位中国研究者之间关系的论述也引人注目。

值得一提的是，2009年9月8日《读卖新闻》晨刊对于近年来中国高中语文课本中鲁迅文章被删减一事进行了报道。报道详细叙述了这一事件的经纬。据报道，鲁迅极富思想启发性的文章此前一直是高中语文课本中的重点文章，因而此度删减引起教育界和文艺界热议。因时代背景复杂、口语与文言体混杂、文章晦涩难懂而在学生和教师间未获好评是删减原因。与此同时，认为"鲁迅是中华民族精神的代表"，持反对意见的人也不在少数。据中国《竞报》报道，人民教育出版社5年前改编，被广泛使用的新版教科书中，鲁迅作品从原来8篇削减了5篇，只有《祝福》等3篇文章被保留。网络调查显示，约60%网友反对削减，24%赞成削减。某作家对削减提出质疑，认为"鲁迅作品中的血性，是我们必须继承的民族精神"。《读卖新闻》对中国国内围绕鲁迅文章产生的议论也及时给予关注，可以看出日媒对关于鲁迅的一举一动的关注不仅限于日本国内，更遍及世界各国，对作为鲁迅母国的中国也充分给予关心，足见鲁迅的存在感无可取代。自1986年以来报道中另有改编自鲁迅生平的戏剧相关报道12篇，详细情况在戏剧篇单独进行分析，此处不作赘述。

除以鲁迅为核心的报道外，这一时期在美术史家讲座等各项活动的报道中亦经常出现鲁迅之名，可见鲁迅在中日文化界所具的不可取代之地位。在介绍作家新作及著名学者之时，鲁迅之名亦多次出现。鲁迅已成为中国文学界的标志性人物，在作为研究热点的同时，亦成为众人对比衡量的标准，且鲁迅所言或借作品所言也时常被他人引用，出现在报道之中。甚至在绍兴市相关报道中鲁迅之名也必然会被作为当地的人才代表而被提及。此外，在关于其弟周作人的相关报道中也常提及着鲁迅之名。

三 总 结

纵观日本主流媒体关于鲁迅的报道，可见其覆盖面之广、延续时间之长，因而鲁迅在日本所具有的无可忽视的影响力可见一斑。鲁迅曾于年轻时期留学日本，在日本留学期间，遇到人生一大转折点，并以此为契机完成了人生的一大转变。从一心从医到经由"幻灯片事件"受到震动，义愤填膺之余亦受到启发，获得思想上的升华，从而坚定从精神上医治国人的这一志向。在日本的留学生活不仅让鲁迅开阔眼界，掌握外语能力，为以后的写作译作奠定基础，更让鲁迅与生命中的良师益友藤野教授相遇。临别之际一张纪念照片被鲁迅视若珍宝，更写作了让人读罢难以忘怀的经典之作《藤野先生》，讲述了自己的心路历程，也道尽对恩师的感激之情。

从某种意义上而言，若没有留学日本这一经历，或许鲁迅会走上完全不同之路。留学归来的鲁迅以笔为戎，写出了一篇又一篇的经典佳作，看似并不奢华的平实语言内含触动人心的强大力量，一言一语皆充满对混沌世事的尖锐批判，读罢发人深省。不仅如此，鲁迅文章并未止步于现实的批判，更难能可贵的是对于社会发展的预见性指摘。鲁迅的一身傲骨，坚实有力的文笔赢得了世界学者的关注和尊重。其中，因他曾在日本的留学经历，与日本结下的不解之缘而备受日本学者青睐。日本学者一直在研究鲁迅的道路上辛勤耕耘，普通日本民众也对鲁迅之名耳熟能详。鲁迅因病逝世虽已近八十年，然而纪念鲁迅、怀念鲁迅之情却未见衰减。日本主流媒体也充分发挥大众媒体的影响力和作用，持续对鲁迅及与鲁迅相关的新闻给予关注，及时向国内外传达有关鲁迅的讯息。笔者认为中日两国亦应以鲁迅为纽带，在加强两国交流与理解方面不断努力。这可谓是"鲁迅效应"所带来的巨大影响力。

LUXUN
Zai Chuantong yu Shijie Zhijian

四

鲁迅周边

草根语境里的鲁迅

孙　郁　中国人民大学文学院

　　鲁迅传播史中的草根性语境，从来没有间断过。这些年间，林贤治的《人间鲁迅》、陈丹青的《笑谈大先生》、刘春杰的《私想鲁迅》、李静的《大先生》等作品问世，民间对于鲁迅的讲述，与学界的话语所说在不同的轨道上。来自非学院派的声音构成了鲁迅研究的另一道奇观，乃至影响力一时超出学者们的文字。

　　这使我想起鲁迅思想的最初传播，也都是在社会的边缘角落。他的文字在读者间的反应，也以草根性为多。那是原生态的表达，是阅读的反射和内心直白的袒露。这些大量的资料是梳理鲁迅传播史中珍贵的遗存，对研究鲁迅何以吸引了无数青年，怎样成为反抗压迫的精神资源，其左翼性和自由的精神如何汇入民族自救的路程，都有不小的启示。

　　只有回到这个语境里，鲁迅之为鲁迅，才能够渐渐清楚，被修饰的话语才能够让位于民间的话语。而提供这样的经验的，常常不是学者、批评家，反倒是来自底层作家的文本。而在面对这个话题的时候，萧红提供的经验，倒仿佛有标本的价值。

　　以萧红的文本来看草根语境对于鲁迅的雕塑，倒是展示了鲁迅的民间性的价值。今天的互联网上的读书小组以及以鲁迅命名的一些私人讨论空间，与民国间青年间私人语境里的对话，十分接近。萧红当年与萧军、聂绀弩、端木蕻良等人围绕鲁迅的谈说，在今天被以另一种方式延伸着。

　　在宏大的意识形态理论没有进入鲁迅世界之前，萧红告诉给我们的是一个民间鲁迅的形象。

鲁迅：在传统与世界之间

1936年秋，在东京的萧红从报纸上看到鲁迅逝世的消息，完全惊呆了。几个月前，鲁迅与许广平还在上海的家中为她饯行，现在，竟然阴阳隔断，天各一方。她在给萧军的信里表露了自己的哀伤，内心的痛苦，直到回到国内依然没有消失。

在给萧军的信里，她一再提起鲁迅，牵挂的是许广平、周海婴，其间也有对文坛的担忧，信中还提及先生全集出版的可能，一时在焦虑里不能自拔。鲁迅逝世带走了她世间的一缕希望，她知道，在这个世间，再也见不到这样的精神引导者了。

刚刚走进文坛的萧红珍惜着鲁迅给他们带来的一切。几年前，当她与萧军流浪到上海的时候，倘不是鲁迅的辅助，他们可能不会很快被读者发现。晚年的鲁迅在寻找青年同志的时候，来自东北的萧军、萧红给了他不小的快慰。现在看他们与鲁迅的书信往来，流溢着人间的真意，彼此坦率无伪的交流，有一般文人世界所没有的元素。左翼文化的某些特质，也在他们的交往里得到某种注释。鲁迅的父爱感，美的精神，迷人的气息，就那么弥散出来。萧军、萧红得到的关爱，他们一生都没有忘记。乃至到死，他们都在鲁迅无形的光环里。

许多研究者关于他们间关系的描述都津津有味。现在想来，鲁迅欣赏这两个青年，原因简单，可能是其身上没有士大夫气和绅士气，天然的美质多多。在为两个青年的作品写序的时候，他赞美了其笔下生动的图卷，泥土里的真魂和"越轨的笔致"，都抵挡了文坛迂腐之风。这是中国青年殊为难得的存在，在多难的年代，保持一种清醒的激情和淳朴精神，在鲁迅看来，都是大不易的。

晚年的鲁迅与萧红、萧军的通信较频，话题涉及人生的方方面面。除了文学话题，言及处世之道，都是肺腑之言，世故的东西是没有的。鲁迅的真，不亚于青年人，他的欣赏野性的目光，率性的举止，颇解人意的心，都让两个青年感动。鲁迅的风趣让他们印象殊深，那些笑话中的人生哲理，似乎都可以作为文本的一种注解。通信里的家常话，其实也含有审美的理念在，鲁迅在处理日常生活时表现的情调，对于创作者而言，都有趣得很。在短短的接触里，他们已经意识到，自己遇见了可以终身依傍的灵魂。

萧红在鲁迅那里所得甚多，那个平凡者的不平凡的精神磁石般吸引着她。

艺术的熏陶之外，人格的力量是无形的。年轻的萧红不久遇到了婚姻上的麻烦，当她的生活出现危机的时候，只有跑到鲁迅家里，才能得到一种精神的抚慰。梅志回忆说，萧红有一段时间总去鲁迅那里，因为心情不佳，希望在鲁迅那里得到帮助[①]。梅志亲眼看到萧红在许广平面前的焦虑的样子，鲁迅与许广平给予她的，是难忘的友爱。对于萧红而言，鲁迅是精神的向导，如果不是这向导的出现，也许自己会毁灭在黑暗的路上。在后来的文字里，她一再流露出这样的情感，其情之深，成了后世研究者最爱驻足的地方。

1937年年初，回到上海的时候，她迫切去了鲁迅的墓地，在一首诗里，记载了她的心绪：

> 跟着别人的脚迹，
> 我走进了墓地，
> 又跟着别人的脚迹，
> 来到了你的墓边。
>
> 那天是个半阴的天气，
> 你死后我第一次来拜访你。
>
> 我就在你的墓边竖了一株小小的花草，
> 但，并不是用以招吊你的亡灵，
> 只是说一声：久违。
>
> 我们踏着墓畔的小草，
> 听着附近的石匠钻刻着墓石，

---

① 在《"爱"的悲剧——忆萧红》中，梅志写出许广平对于萧红的感受，许广平对梅志说："萧红又在前厅……她天天来一坐就是半天，我哪来时间陪她，只好叫海婴去陪她，我知道，她也苦恼得很……她痛苦，她寂寞，没地方去就跑这儿来，我能向她表示不高兴、不欢迎吗？唉，真没办法"。见《梅志文集》第4卷，宁夏人民出版社2007年版，第30页。

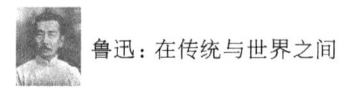

或是碑文的声音。

那一刻,
胸中的肺叶跳跃起来,
我哭着你,
不是哭你,
而是哭着正义。

你的死,
总觉得是带走了正义,
虽然正义并不能被带走。

我们走出墓门,
那送着我们的仍是铁钻击打着石头的声音,
我不敢去问那石匠,
将来他为着你将刻成怎样的碑文?①

鲁迅之死,给萧红的刺激,同她生活里得到的刺激同样巨大,这些在其文本里都可以找到一二。而鲁迅主题在其作品中形成的影子,带来了另一种美。我们现在讨论鲁迅的遗风,萧红提供的元素很多。一个新的传统的形成,恰恰是由这样纯真的作家去践行的。

我曾经想,鲁迅那么丰富、深远,而他的同代人描述他的时候显出表达出的有限。他一生的悲哀在于,无论是友人还是敌人,大多都没有还原出其动人的一隅。人们对于他的崇仰,多是从其文字中来的。那文字颠覆了我们的奴隶的思维,给人以解放的朗照。而面对先生的青年人,只有萧红、徐梵澄在日后的文字里才表达了其日常生活灵动的面影。萧红以感性的画面、传神的笔触,把鲁迅复活在

---

① 萧红:《拜墓》,《萧红全集》(下),哈尔滨出版社1991年版,第1191—1192页。

非鲁迅体的文字中，而徐梵澄则点染出鲁迅的智性，其文字背后是幽远的精神之光，尼采的、释迦牟尼的、马克思的幽灵都得以复原在一个立体的世界里。这两个学生对于鲁迅的忠诚与坚守，演绎出鲁迅传播史迷人的乐章。

每一次读萧红的《回忆鲁迅先生》，都会被那深海般的阔大的情思所感。在流动的词语里，远去的鲁迅重返眼前，那么鲜活、形象，好像面影里的温度乃至呼吸都能感到。萧红写出了鲁迅日常里的有趣与温情，在漫谈的话语中，鲁老夫子缓缓走向我们，好像慈祥的父亲：

> 鲁迅先生的笑声是明朗的，是从心里的欢喜。若有人说了什么可笑的话，鲁迅先生笑的连烟卷都拿不住了，常常是笑的咳嗽起来。

> 鲁迅先生走路很轻捷，尤其使人记得清楚的，是他刚抓起帽子来往头上一扣，同时左腿就伸出去了，仿佛不顾一切地走去。①

这样的文字极为感性，几乎没有理性的投射，看不到概念的因素，通常所云的意识形态色彩全无踪影。人们怀念鲁迅的时候，往往有许多概念的叠加，和一些流行的语气。但是在萧红笔下，先生是活生生的可爱的存在，这个满蕴智慧和爱心的老人，散出无量的光泽，以致寒冷在那个世界里消失了。在与先生对视的片刻，内心久久不散的阴影，也随之飘散而去。

她描绘自己心目中的导师，有孩童的眼光，一些画面像木刻作品般神透骨髓。在笑谈之间，指示着精神的深。鲁迅的文本里常有鬼气，几十年后日本学者丸尾常喜先生在自己的专著里讨论过这个话题，我猜想也含有萧红的回忆录里的启发吧。萧红说到鲁迅谈鬼的片段，极为有趣：

> 鬼到底是有的没有的？传说上有人见过，还跟鬼说过话，还有人被鬼在后边追赶过，吊死鬼一见了人就贴在墙上。但没有一个人捉住一个鬼给

---

① 萧红:《回忆鲁迅先生》，《萧红全集》(下)，哈尔滨出版社1991年版，第1125页。

大家看看。

鲁迅先生讲了他看见过鬼的故事给大家听：

"是在绍兴……"鲁迅先生说，"三十年前……"

那时鲁迅先生从日本读书回来，在一个师范学堂里也不知是什么学堂里教书，晚上没有事时，鲁迅先生总是到朋友家去谈天。这朋友住的离学堂几里路，几里路不算远，但必得经过一片坟地。谈天有的时候就谈得晚了，十一二点钟才回学堂的事也常有，有一天鲁迅先生就回去得很晚，天空有很大的月亮。

鲁迅先生向着归路走得很起劲时，往远处一看，远远有一个白影。

鲁迅先生不相信鬼的，在日本留学时是学的医，常常把死人抬来解剖的，鲁迅先生解剖过二十几个，不但不怕鬼，对死人也不怕所以对坟地也就根本不怕。仍旧是向前走的。

走了不几步，那远处的白影没有了，再看突然又有了，并且时小时大，时高时低，正和鬼一样。鬼不就是变幻无常的吗？

鲁迅先生有点踌躇了，到底向前走呢？还是回过头来走？本来回学堂不止这一条路，这不过是最近的一条就是了。

鲁迅先生仍是向前走，到底要看一看鬼是什么样，虽然那时候也怕了。

鲁迅先生那时从日本回来不久，所以还穿着硬底皮鞋。鲁迅先生决心要给那鬼一个致命的打击，等走到那白影旁边时，那白影缩小了，蹲下了，一声不响地靠住了一个坟堆。

鲁迅先生就用了他的硬皮鞋踢了出去。

那白影噢的一声叫起来，随着就站起来，鲁迅先生定眼看去，他却是个人。

鲁迅先生说在他踢的时候，他是很害怕的，好像若一下不把那东西踢死，自己反而会遭殃的，所以用了全力踢出去。

原来是个盗墓子的人在坟场上半夜作着工作。

鲁迅先生说到这里就笑了起来。

"鬼也是怕踢的，踢他一脚就立刻变成人了"。

> 我想，倘若是鬼常常让鲁迅先生踢踢倒是好的，因为给了他一个作人的机会。①

这个回忆的片断，有着诸多的画外之音。鲁迅的个性、胆识、情趣，都于此表露无遗。先生留给萧红的是刻骨而深切的影子，那里善意的笑和睿智的目光，辐射着佛一般的光泽。而那影子背后幽深的情思，以及覆盖文坛的热能，恰可以把那些受难者引领到灿烂的精神高地。

在萧红最初的文字里，我们看不到一般文人的影子，她的写作完全天籁般存在着，让人聆听到土地里的声音。鲁迅在阅读了《生死场》后，赞美了她的内觉中呈现的艺术景致。那些关于东北土地的生生死死的故事，在碎片的光泽中折射着众生之态。沉睡的土地里的人与事，以神异的方式被一次次复原出来。萧红在自己的作品里，打开了通天之门，人间世的不幸与苦难，被感性之笔一次次写出。乡民的存在被生命之流冲刷的时候，隐蔽在词语背后的无量的苦乐、悲欣，都在以绘画的方式得到一种再现。

鲁迅逝世后，萧红的创作开始发生显著的变化。那特点是一步步走进左翼的世界，自觉呼应着鲁迅作品的主题。《小城三月》《呼兰河传》对于乡俗的描摹，以及人性的打量，似乎从《呐喊》那里走来，鲁迅笔下死灭的影子和无望的目光，一遍遍被重复着。那些散文化的走笔，荡出情感的涟漪，给无声的东北吹出一曲哀歌。萧红野性的笔触终止于动情的柔情里，没有因为无望而走向死灭。这恰是她与鲁迅相通的地方。《呼兰河传》在处理人与命运、自然与信仰等方面，都有不俗之笔，那些天才的笔意下流动的风雷之声，回荡的恰是鲁迅《呐喊》的主旋。

在死意缠绕的乡下，萧红唤出地底的精灵，将那些爱意的暖流散在灰色的路上。即便寂寞与肃杀遍地蔓延，而作者的幽思也出没其间，我们看到了善良之思的涌动。这是鲁迅暗示的一种抒情的传统，萧红写作中呼应的常常是这个

---

① 萧红：《回忆鲁迅先生》，《萧红全集》（下），哈尔滨出版社1991年版，第1136—1138页。

传统。但是后来她发现，这个传统仅仅是鲁迅传统的一部分，另一种幽默、讽刺的写作，也是其生命力最为强大的一隅。她同时也发现了作为小说家的鲁迅和作为杂文家的鲁迅是不同的。聂绀弩这样记录了萧红的感受，萧红对他说：

> 鲁迅的小说的调子是很低沉的。那些人物，多是自在性的，甚至可说是动物性的，没有人的自觉，他们不自觉地在那里受罪，而鲁迅却自觉地和他们一齐受罪。如果鲁迅有过不想写小说的意思，里面恐怕就包括这一点理由。但如果不写小说，而写别的，主要的是杂文，他就立刻变了，从最初起，到最后止，他都是一个战士，勇者，独立于天地之间，腰佩翻天印，手持打神鞭，呼风唤雨，撒豆成兵，出入千军万马之中，取上将首级如探囊取物！即使在说中国是人肉的筵席时，调子也不低沉。因为他指出这些，正是为反对这些，改革这些，和这些东西战斗。①

在与聂绀弩的交流里，萧红展示了她惊人的悟性，看到存在的多面性与立体性，认知便不会偏颇。应当说她的目光十分敏锐，一下子就捕捉到了鲁迅的迷人之点，意识到了其文本多样的可能性。这些也可以解释她后来写作变化的缘由。作为参照，鲁迅是拥有多种可能性的存在，以一个固定的模式套用其思想，难得真意。她也试图追随其影，不断变换写作的思路。比如幽默与讽刺，当是一种智者的遗风，她决定沿着这样一条路走下去，希望给自己带来一次全新的体验。

《马伯乐》是试图模仿《阿Q正传》的一次尝试，这部没有写完的长篇留下了刻意追随鲁迅的痕迹。小说对于一个来自青岛基督教家庭的青年马伯乐的描写，对于抗战时期流浪内地的人的性格，做了有趣的勾勒。《马伯乐》一反过去抒情的笔致，幽默与讽刺的笔意控制着整个节奏。萧红在这里萌生了勾画国民性的冲动，不再沉浸在个体世界里，而是以冷静之眼打量尘世间可笑的存

---

① 《聂绀弩全集》编辑委员会编：《聂绀弩全集》第9卷（序跋·书信），武汉出版社2004年版，第73—74页。

在。在萧红笔下，马伯乐集中了抗日期间某类国民可笑、可恨的劣根性，嘴里满口正义词语，现实中则自私自利，没有责任的担当。无聊、虚伪、精神胜利法、阿Q式的自我逃逸，都在人物形象里得到某种展示。这个人的家庭有基督教的色彩，孩子的名字也很西化，似乎是现代文明的表征。但他最为显著的特点是没有信仰，少信而多庸，逃离现实，苟且偷生，则成为其人生的特点。马伯乐看不上社会风气，常常发出痛恨国民的感叹："真他妈的中国人"。但他自己不也恰属于其中的一员？一面是卑怯无聊，一面又堂而皇之地大言不惭。他是语言的巨人，看不惯社会的一切，却连自己都不能养活自己，靠着祖业和妻子带来的钱度日。只有空想而无实践之力，乃是抗日时期一部分人的形象的写真。

显然，讽刺的笔法不是萧红所长，但作品的诸多细节给读者带来不小的笑声。令我们惊奇的是作者对于错愕、怪诞的人与事的理解，在抗战的紧张的年月，不去正面写前线的战斗，而是刻画国人在国难中的拙劣之态，很让人想起《阿Q正传》及鲁迅杂文里的风格。在萧红的潜意识里，社会批评与文明批评，是自己最为薄弱的一环。《马伯乐》是对于自己的一次精神的补课，她在鲁迅的参照里，试图写出难以理喻的人的荒唐性。

《马伯乐》对于社会的失望和人间的批评，集中了五四那代人才有的思路，看得出作者思想的飞跃。她暂时抛弃了己身的困苦和不幸，把视线投入到紧张的社会中去。一个自己并不熟悉的世界吸引着自己，其实也是通过社会性的表达，克服自己孱弱的精神吧。

早在1935年1月，鲁迅在给萧红、萧军的信里，就谈到讽刺与批评的价值："留情面是中国文人最大的毛病。他以为自己笔下留情，将来失败了，敌人也会留情面。殊不知那时他是决不留情面的。做几句不痛不痒的文章，还是不做好。"[①] 鲁迅的话背后的隐藏，萧红一定是意识到了，她觉得直面人生才是写作的要义。《马伯乐》是一部不留情面的书，萧红以自己并不擅长的手法，继续着鲁迅杂文、小说里的主题。在作者看来，如果自己还沉浸在自己的小的世界，

---

① 鲁迅：《鲁迅全集》第13卷，人民文学出版社2005年版，第329—330页。

也许还将重复以往的调子。她渴望一次出离旧我的选择,在陌生之中叩问存在的隐秘,那真的也是一种自我的艰难的超越。

与《马伯乐》相反的一部作品《突击》,是战时所写的话剧。这里则表现了东北农民抗战的故事。组织起来的人用大刀抵抗日本人的侵略,杀死鬼子无数。这部话剧的另类声音,看出萧红作为左翼作家的另一种尝试。她试图写出民族脊梁的人物,在壮烈的场景里,血腥中映现的情思,可以发现她内心的某种期待。在这里,民俗中神秘的信仰和国家理念成为一体的存在,作者试图把传统的元素和时代的趣向结合起来,写作的深层诉求,完全没有先前朦胧表达感受的痕迹了。

这是萧红的一种变化。她在出离已身的感伤的路上,靠着一种信念,把自己一点点从绝望之途救出。这种由凝视已身经验向凝视他人经验的过渡,使他与鲁迅传统有了亲昵的联系,而一面也失去了自己的优势。她还正在处于对于鲁迅思想消化的时期,要达到艺术上的出神入化的阶段,在那个时候还不太可能。

萧红逝世前的两年,创作极为活跃。《呼兰河传》《马伯乐》都表现了其特有的才华。那时候在婚变的痛苦里,她靠着对于社会的关怀和对于人道的关怀,支撑着羸弱的躯体。而哑剧《民族魂》的写作,则成了她死前对于鲁迅的最后敬礼之作,其认知的深与格局的大,看出作者内心蕴含的非凡的智慧潜能。

全景地描绘鲁迅的精神形象,对于她来说是一种渴望。鲁迅去世后,她一直有一种描述鲁迅生平的冲动。对她来讲,《回忆鲁迅先生》还太碎片化了。无疑,哑剧《民族魂》是克服这种碎片化的努力。剧本集中体现了萧红对于鲁迅理解的全部能量,许多神妙之思在此回复往还。阅读这个剧本,你可以感受到她对与鲁迅文本和思想的熟知程度。她的灵魂穿越于鲁迅的篇什,构建了一个丰满的诗学世界。此剧是为纪念鲁迅诞辰60周年的纪念性作品,风格上一反过去的模式,天才的感悟力,传神的场景,形成对于鲁迅精神的特殊注解性文本。

许多人试图把鲁迅形象搬到舞台,然而连连失败。萧红知道自己的写作,面临着一种困难。以传统的方式无法进入鲁迅的内心,而用一般的社会学理论描述先生，亦是凡庸之举。萧红以梦一般的现代主义方式，找到了寻找进入鲁迅世界的入口，那个全景式的展示方式，对应的恰是一个开放的世界。以哑剧的形式，表达不能表达的表达，流动的是没有声音的声音。那时候的作家能够做到此点者，唯此一人。

在四幕剧情里，萧红运用了写意的笔法，把鲁迅与其小说里的人物都还原到舞台上来。第一幕是受难者与鲁迅的出场，单四嫂子、祥林嫂、孔乙己等纷纷登台，展示的是灰暗中国的情形。第二幕是鲁迅弃医从文，以及不怕鬼的故事。渲染的是鲁迅的个性元素。第三幕是鲁迅与形形色色的对手的关系，尤其是绅士阶级与极左派的青年的形象的设置，再现了鲁迅四面受敌而不屈的精神。第四幕是鲁迅的国际主义情怀以及其思想对于抗战的影响力，鲁迅精神的阔大被精彩地设计着。这四个点，成了立体化的鲁迅精神世界的支点，萧红以自己特有的方式，把鲁迅的意义定格在历史与现实的交汇线上。

我们很难想象写作此剧时的心情，文本里深层的寄托，衔接着作者的新梦。这部奇特的剧本常常有萧红式的智慧的表达，人物出场有幻灯般诡异，电影蒙太奇的手段也得以运用。剧本整体显得异常开放。作者是在世界主义层面展示鲁迅的精神价值的，与今天的民族主义者浅薄的理解不同，萧红看到了鲁迅的世界性的意义。比如他对于反法西斯主义的态度，他与青年殉道者的关系，他与极"左"青年的对视，都有深的隐含。你不妨说这是作者与鲁迅的一次全方位的对话，她把远去的灵魂与自己的焦虑之心放在一个对话的空间，作品的厚度是渐次展示出来的。

在生活最为困顿的时候，萧红的《民族魂》成了一种信仰式的写作。以一个人与一个民族的关系，看中国的未来，其实有着走出苦海的梦想。鲁迅的精神填补了自己的精神空白，她在那遗产里吸取了自己最需要的存在。在左翼作家里，她可能是最深味鲁迅文本的人。冯雪峰、胡风在批评的路上衔接着鲁迅传统，聂绀弩等人模仿着鲁迅的杂文投入文化的激流，而萧红则在小说与戏剧里，传递着《呐喊》《彷徨》《野草》的能量。有趣的是，这部哑剧抵达的是鲁迅精神哲学的微妙的部分，整个作品带有《野草》式的清寂与荒凉，一面也有地火喷吐式的灿烂之光。从一个受难者和寻梦者的角度打量那个远去的存在，萧红感到了罕有的快意，那在没有路的地方突围的选择，也与彼时的许多青年的信念颇为仿佛。

许多年过去，当2016年春天话剧《大先生》在北京的舞台上演的时候，批评家郭娟在自己的文字里提到了这两部作品的联系。《民族魂》与《大先生》在底色上都衔接着鲁迅《野草》的背景，而一个是左翼的文本，一个带有现代青年自由精神的表达。如今读这部哑剧，便感到鲁迅之于后来文学特有的逻辑链条。后来的剧作家描述鲁迅的时候，在精神的灵动的表现里，超出萧红的不多。而李静的《大先生》在韵律上的确与萧红的笔墨略有仿佛，虽然思考的路径恰恰相反。萧红的价值在于，她以多致的、碎片化的、诗意的形式，将鲁迅置于神秘的精神景深里。有虚有实，有远有近，明的有明的格言，暗的有暗的谶语。我们看到了非确切化的确切，反逻辑的逻辑。在跌宕起伏中，错落有致地再现出鲁迅的丰富性。

在这个意义上，萧红关于鲁迅的叙述，开启了一条神灵相遇而默默对话的新途。这个经验长期被漠视掉了。在对于鲁迅的各类言说里，她贡献的是一部草根青年挑战性的文本。那是汹涌的、奔腾不息的精神之川，萧红写出一个生生不息的鲁迅，那个被升华的存在不是被固定在概念里的，而恰恰在尼采式的激流中。我们在此读出两个灵魂的对白，还能看到无声的中国的微茫的烛光，穿透着无边的寒夜。这些都非刻意的雕琢，乃心灵自然流溢的存在。谁能说这是墨写就的呢，我们在此感受到热血的流动。

八十年间，对于鲁迅的言说，基本被学者、批评家垄断了，作家的声音微乎其微。而在作家中，草根者的调子被遮蔽甚多，乃至没有受到关注。鲁迅的存在缘自对于本质主义的消解，他的在无意义中看到意义的选择，在本质主义话语中未必得到有效的阐释。而那些流行话语之外的草根者的表达，常常在精神的直观里贴近了现象的本然。萧红是读解鲁迅最为用功的人之一，她撇开一切前定的语义，在生命的体味里呼应鲁迅文本里的价值，倒是呈现了某种开放性。虽然对于鲁迅更为幽远的精神景观尚难抵达，而她确乎成了民间知识分子延伸鲁迅话语的实践者。后来的民间思想者在面对鲁迅遗产的时候，多少都有一些萧红的心态。

这是鲁迅遗风流转的年月里动人的一幕。然而命运给萧红的时间太短了。1942年，也就是《民族魂》写就后的一年多，这位天才的作家病死于日寇的炮火包围的香港医院，年仅31岁。她的谜一样的存在，不断被后人以不同的方式叙述着。这个天赋非凡的作家，给我们留下了无数感伤的故事，也带来无尽的话题。但对我来说，萧红的感人之处不仅仅是书写了流浪的青年的困顿、不安乃至幻想，重要的在于，以生命的方式，续写了鲁迅传统的重要的章节。黯淡的月亮落下，思想的太阳升起。萧红生命最为亮丽的一隅，融化在那澄明的朗照中。

成仿吾与鲁迅《野草》

〔日〕秋吉收　日本九州大学中文系

摘　要：鲁迅曾在《俄文译本〈阿Q正传〉序及著者自叙传略》说："我的小说出版之后，首先受到的是一个青年批评家的谴责"，这里的"青年批评家"正是成仿吾。成仿吾作为创造社的主要成员之一，与鲁迅的关系也颇受学者关注。鲁迅的学生之一荆有麟有这样一段回忆："先生的第一集小说《呐喊》出版后，创造社的成仿吾，曾给了不大公正的批评。……成仿吾一次不很客气的批评，使先生耿耿于心者，达至十数年。无论谈话里，文章里，一提起创造社人，总有些严厉指摘或讽刺。虽然这指摘或讽刺，另有它的社会原因在，但仿吾那篇批评，却在先生脑筋中一直记忆着。"《〈呐喊〉的评论》引发的鲁迅与成仿吾的论争，以及1927—1928年鲁迅与后期创造社之间的激烈的革命文学争论，是历来研究中的一个焦点。然而本文所讨论的对象，是以往研究中所忽略的鲁迅的散文诗集《野草》和成仿吾的关系。

关键词：鲁迅；成仿吾；《野草》；创造社；《〈呐喊〉的评论》

一　鲁迅与《〈呐喊〉的评论》

1925年5月《语丝》31期上刊载了鲁迅的《俄文译本〈阿Q正传〉序及著者自叙传略》，其中有这样一段记述：

<u>我的小说出版之后</u>，<u>首先收到的是一个青年批评家的谴责</u>；后来，也

有以为是病的，也有以为滑稽的，也有以为讽刺的；或者还以为冷嘲，至于使我自己也要疑心自己的心里真藏着可怕的冰块。①（下划线均由笔者所加。下同）

这里的"一个青年批评家"正是指成仿吾，"我的小说"就是鲁迅的第一部小说集《呐喊》（1923年8月北京新潮社）。该小说集出版后，茅盾已率先发表了书评《读〈呐喊〉》[1923年10月8日《文学（周报）》91期]，这里鲁迅依旧用"首先"一词，可见他对成仿吾的评论的介怀。

前期的作品之中，《狂人日记》很平凡；《阿Q正传》的描写虽佳，而结构极坏；《孔乙己》《药》《明天》皆未免庸俗；《一件小事》是一篇拙劣的随笔；……我一直读完《阿Q正传》的时候，除了那篇《故乡》之外，我好象觉得我所读的是半世纪前或一世纪以前的一个作者的作品。（中略）《不周山》又是全集中极可注意的一篇作品。作者由这一篇可谓表示了他不甘拘守着写实的门户。他要进而入纯文艺的宫庭。这种有意识的转变，是我为作者最欣喜的一件事。这篇虽然也还有不能令人满足的地方，总是全集中第一篇杰作。②

自1918年《狂人日记》（《新青年》4卷5号）发表，五年间鲁迅不断地进行创作，集结成第一部小说集，其中不乏年少时自负的想法，但就对中国现代文学的诞生而言，这部作品集的影响不可小觑。本文开头引用的《〈呐喊〉的评论》，被鲁迅称之为"首先"的反应，却是《呐喊》刊行一年后的评论。此后，鲁迅对成仿吾的批判便不绝于耳。好似对《〈呐喊〉的评论》进行报复一样，自1930年1月《呐喊》的第13次印刷（鲁迅自身标记为"第二版"）

---

① 鲁迅：《俄文译本〈阿Q正传〉序及著者自叙传略》，原载于《语丝》第31期，1925年6月15日。
② 成仿吾：《〈呐喊〉的评论》，《创造》季刊第2卷第2号，1924年2月28日。

开始，鲁迅将《不周山》一文删除，1935年12月改题为《补天》，重新收录于其历史小说集《故事新编》中，将成仿吾唯一称赞过的《不周山》"彻底毁灭"了。个中缘由，鲁迅在《〈故事新编〉序》中有所言及。

> 我们的批评家成仿吾先生……以"庸俗"的罪名，几斧砍杀了《呐喊》，只推《不周山》为佳作，——自然也仍有不好的地方。坦白的说罢，这就是使我不但不能心服，而且还轻视了这位勇士的原因。我是不薄"庸俗"，也自甘"庸俗"的；(中略)《不周山》的后半是很草率的，绝不能称为佳作。倘使读者相信了这冒险家的话，一定自误，而我也成了误人，于是当《呐喊》印行第二版时，即将这一篇删除；向这位"魂灵"回敬了当头一棒——<u>我的集子里，只剩着"庸俗"在跋扈了</u>。①

直至鲁迅逝世的前一年，他的这种多少有些偏执的做法才告一段落。从整体上来说，鲁迅和成仿吾的关系始终是互相攻击的。作为这一连串事件发端的《〈呐喊〉的评论》到底是如何给鲁迅留下了如此深的伤疤？北京世界语专科学校的学生，同时也是1925年鲁迅组织的文学社——莽原社的中心成员、深得鲁迅信赖的荆有麟有这样一段回忆：

> 先生的第一集小说《呐喊》出版后，创造社的成仿吾，曾给了不大公正的批评。(中略)成仿吾那一次不很客气的批评，使先生耿耿于心者，达十数年。无论谈话里，文章里，一提起创造社人，总有些严厉指摘或讽刺。虽然这指摘或讽刺，另有它的社会原因在，但仿吾那篇批评，却在先生的脑筋中一直记忆着。②

---

① 鲁迅：《鲁迅全集》第2卷，人民文学出版社2005年版，第353—354页。
② 荆有麟：《鲁迅的对事与对人》，孙伏园、许钦文等：《鲁迅先生二三事——前期弟子忆鲁迅》，河北教育出版社2000年版，第195页。

以《〈呐喊〉的评论》为发端的鲁迅与成仿吾的争执,以及与后期创造社之间的激烈的革命文学争论,是历来的鲁迅与成仿吾关系研究的焦点,然而本文所讨论的对象,是以往研究中所忽略的鲁迅的散文诗集《野草》和成仿吾的关系。之所以着眼于《野草》,是因为其中的第一篇《秋夜》写于1924年9月,正是《〈呐喊〉的评论》刊载约半年后的时间。

接下来我们就从成仿吾的代表作之一的《诗之防御战》进行解读,进而讨论与《野草》的关系。

二 成仿吾《诗之防御战》

正如鲁迅曾几度以充满厌恶的口吻称其为"批评家"一样,成仿吾自身也因此而自负,实际创作的文章大多数就是批评(评论)文。出乎意料的是,成仿吾的文学活动却是以"诗"作为出发点的。据《成仿吾研究资料》(1988年湖南文艺出版社)中的"著译目录(1920—1985)"显示,自1920年2月25日《时事新报·学灯》刊载的第一篇作品《青年(新诗)》开始,直至1922年末,成仿吾的创作是以诗作为中心(共计23篇。其中讴歌浪漫的青春、人生、友情和孤独的作品占多数,姑且概括为"纯情"诗)。1910年13岁的成仿吾随兄长(成劭吾)远渡日本,1914年进入冈山第六高等学校与郭沫若相识,乐于阅读席勒、海涅等外国文学,同时也着手于翻译。1917年考入东京帝国大学(造兵科)后,同郁达夫、张资平等创办小杂志《GREEN(格林)》,开始了真正的创作活动[①]。虽然成仿吾作为"批评家"的成就明显高于实际创作,但是有必要确认一下他实际的创作历程。在鲁迅执笔《野草》的前一年,成仿吾在《创造周报》创刊号(1923年5月)上刊载了"诗之防御战"。

---

① 近现代文学的集大成之作——《中国新文学大系》(1935年上海良友图书印刷公司)诗集卷(朱自清编)中,将成仿吾的三首诗[《静夜》《诗人了恋歌》《序诗(一)》,均1923年作]收录其中,可见他作为诗人也得到一定的认可。

现在试把我们目下的诗的王宫一瞥，看它的近情如何了。

一座腐败了的宫殿，是我们把它推翻了，几年来正在重新建造。然而现在呀，王宫内外遍地都生了**野草**了，可悲的王宫啊！可痛的王宫！

空言不足信，我现在把这些**野草**，随便指出几个来说说。

一、胡适的《尝试集》……这简直不知道是什么东西。……

二、康白情的《草儿》……我把它抄下来，几乎把肠都笑断了。……

三、俞平伯的《冬夜》……这是什么东西？滚滚滚你的！……

四、周作人……这不说是诗，只能说是所见，……

五、徐玉诺的《将来之花园》……这样的文字在小说里面都要说是拙劣极了。

（中略）

我现在手写痛了，头也痛了！读者看了这许多名诗，也许已经觉得眼花头痛，我要在这里变更计划，不再把**野草**一个个拿来洗剥了。

至于前面的那些**野草**们，我们应当对于它们更为及时的防御战。它们大抵是一些浅薄无聊的文字，作者既没有丝毫的想像力，又不能利用音乐的效果，所以它们总不外是一些理论或观察的报告，怎么也免不了是一些鄙陋的嘈音。（中略）这样的文字可以称诗，我不知我们的诗坛终将堕落到什么样子。我们要起而守护诗的王宫，我愿与我们的青年诗人共起而为这诗之防御战！

成仿吾彻底地对创造社的仇敌——文学研究会的代表诗人以及胡适、周作人等文学泰斗进行了抨击。上述引用部分之外，文学研究会作家冰心、泰戈尔、周作人的新诗创作，及以日本的和歌、俳句为发端的"小诗"运动也遭到了他粉碎性地抨击。众所周知，中国最早的口语新诗集——胡适的《尝试集》（1920年）仍没有迈出习作的田地，但处于草创时期的创作，多少有些不成熟也是情有可原的。成仿吾完全没有看到他人为革新、开拓而做的努力，而只是嘲笑般地全然否定，不是"仇敌"也会感到厌恶（但是对文学研究会作家等文坛的泰斗进行痛快地嘲讽，很多青年是不敢为之的，因而《创作周报》一时间呈现了空前的盛况)。

但是，约一万字的饱含情绪的评论，可以想见成仿吾绝不是仅以打倒仇敌的意图进行创作的。"文学始终是以情感为生命的""文学只有美丑之分，原无新旧之别"等言语，可以看到"为艺术而艺术"的创造社的理念，也可以看到成仿吾自身对文学（诗）艺术的真正的探究态度。另外，公式似的解说、外来语的多用等足以见得他对西欧理论的热心研究①。尽管如此，他在自己主办的杂志上接连不断地发表文章［《创造周报》几乎每号都可见成仿吾（和郭沫若）的文章，加之同时期的《创造季刊》上的投稿数量也甚多］，在这样透支的情况下，每投的一篇都经过深思熟虑并付诸实践，这对初出茅庐的成仿吾来说亦是不易的。动辄就可看见他带着党同伐异、独善其身的政治性色彩，以及前后不一致的冗长赘述等。同时期的《少年中国》《晨报副刊》《小说月报》等杂志上也可看到郭沫若、康白情、周作人及闻一多等众多文人对中国新诗该如何构筑的热心讨论，《诗之防御战》则是与这些讨论脱离开来对既存文坛所做的全盘否定。

这里我们对成仿吾攻击的目标——文人（诗人）的反应做一确认。首先是胡适，意外的是他没有任何反驳的言语。实际上，大约在《诗之防御战》刊载的一年前，胡适与成仿吾（以及郁达夫等创造社成员）对误译问题进行了激烈的争论②，或许那时胡适已经了解了。值《诗之防御战》发表之际，1923年5

---

① 关于成仿吾的文学艺术探究的更多细节，请参考中井政喜《一九二〇年代中国文艺批评论》（2005年汲古书院）、阿部干雄《成仿吾的"文学观"的变迁》［2008年3月《言语社会（一桥大学）》第2号］，以及其他在中国发表的论文，如袁红涛《青春的激情与入世的冲动——论成仿吾的文学批评》［2004年8月《石油大学学报（社会科学版）》2004年04期］等。对成仿吾用的"野草"一词，中井先生曾给予了笔者宝贵意见，并促使本文的形成，在此表示感谢。

② 针对余家菊以英语为底本重译的《人生之意义与价值》（原著者是德国的哲学家、诺贝尔文学奖的获得者威铿）的误译问题，郁达夫在《创造季刊》1卷2号（1922.8）上批判的同时，胡适在《努力周报》（1922.9.17第20期）"编辑余谈"栏写了《骂人》并对郁达夫给予了批判。与此同时，成仿吾在《创造季刊》1卷3号（1922.12）上以《学者的态度——胡适之先生的"骂人"批评》为题，写作近一万字的文章进行了彻底地讽刺和反击。原本仅是误译问题，于胡适方面不利。详情请参考胡翠娥《"翻译的政治"——余家菊译〈人生之意义与价值〉笔战的背后》（《新文学史料》2011年4期）等。

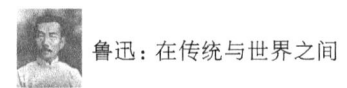

月 15 日胡适向郭沫若和郁达夫发送了关于误译问题的近乎谢罪的和解信①。

其次是康白情、俞平伯（1900—1990）、徐玉诺（1894—1958）等人的反应。据笔者调查所见，基本上可以说是一片沉默（原本像徐玉诺那样确立了自己的诗的世界、历来以真的"脱俗"的诗人自诩的人来说，这种充满了俗气的"批评"几乎不能影响什么吧）。然而文学研究会的中心成员茅盾（1896—1981）针对当时的情形，有这样一段发言：

> ……当时鲁迅读了这篇评论后，劝我们不要写文章与之辩论，因为如果辩论，也不过是聋子对话。……附带说一句，成仿吾是个直性子人，有什么想法，肚里搁不住，就直说出来。但他也是个正直的人，他与鲁迅打过不少笔墨官司。②

最后我们来探寻一下鲁迅的弟弟——周作人的反应。实际上，成仿吾对周作人的批判更为深刻和执拗。他对周作人的攻击不仅限于他创作的诗歌，甚至蔓延到了他介绍的日本的俳句短歌等。"总之这两件臭皮囊，即日本人——与俳谐一样浅薄无聊的日本人"等言辞可以窥见成仿吾对日本本身的厌恶，他对周作人的攻击持续到 1920 年代后半期的革命文学论争（同时伴随着对鲁迅的批判），足以见得渊源之深。

而周作人也在《诗之防御战》的次月立刻发表了明确的反驳的文章。但是刊登的场合是在北京出版的"面向日本人"的"日语"新闻《北京周报》（1923 年 6 月 17 日第 69 号）上。署名是"北斗生"，看似是与该事件无关联

---

① 胡适：《致郭沫若、郁达夫》（1923.5.15），《胡适全集》第 23 卷（书信集），安徽教育出版社 2003 年版，第 404 页。胡适在鲁迅和陈源争论时劝说二人和解而发出的信——《致鲁迅、周作人、陈源》（1926.5.24），前出《胡适全集》第 23 卷，第 485 页。"大人"的形象可谓栩栩如生。

② 茅盾：《复杂而紧张的生活、学习与斗争（下）——回忆录（五）》，《新文学史料》1979 年第 5 期，第 13—14 页。

的文人的消遣之作①。这篇《支那文坛无废话》（原文是日语）的一个段落写道：

> 上海的创造社同人都是日本留学生，他们自己称作是颓废派，但从我看来，他们称作普罗文士更适宜。从去年冬天起到现在在《创造》杂志上关于误译问题跟胡适博士进行论战（胡适君已经沉默了），猛烈地发挥普罗风格。5月又<u>出了《创造周报》其旗帜更鲜明起来了</u>。（中略）<u>应该看看第1期的叫做《诗之防御战》的论文。这个批评家在文中统统打败所谓专卖中国的诗坛的人们了</u>。他的武者那样的态度实在厉害。（中略）对于有人介绍日本的短歌，狠狠地批评说："把日本人自己也已经不要的东西捡起来叫中国青年模仿，到底是什么意思？"日本现在有没有短歌是另一个问题，但介绍不一定是提倡，一个批评家应当明白。我也喜欢骂人，看了那种文章心情似乎就畅快，但那个打架的姿态过于勇悍。（六、八）

周作人故意隐藏自己的身份，不是在针对中国而是在面向日本的媒介上进行了反驳。由于成仿吾攻击的是日本的俳句短歌，进而想到日本，这或许是其中的一个缘由，虽然这种排遣可以说并非直接坦率②，但却是符合"韬晦"性格的周作人的作风的。另一面，脱离中国文坛、并且匿名发表这样的自由空间，也许更能吐露真实的想法。把创造社称作普罗人士进行揶揄也是值得注意的。

事实上，周作人也曾用中文谈及此事，即1923年11月3日的《晨报副镌》

---

① 《支那文坛闲话》开头"记者栏"中有这样的注明："北斗生是支那文学界殊有名的人，对日本文学也深有研究。支那文坛闲话是其自身书写的日文。是了解最近支那文学界的必读书目，绝不是闲话。"这位记者便是当时与鲁迅和周作人有过直接交流的丸山昏迷。

② 伊藤德也《〈新文学的二大潮流〉是如何写成如何刊行的》（2014年12月《周作人研究通信》第2号）中写道："《支那文坛闲话》是对特定的文学者批判或讽刺的文章，如若以中文写就发表在《晨报副刊》等杂志上，以当时周作人的影响来看，势必会成为文坛一个大事件吧。用日语写并发表在对众多中国读者来说不容易获取的日本杂志，因此才公开了具体批判的人名了吧。"同时请参考该氏《周作人的日语佚文〈中国文坛闲话〉》（《鲁迅研究月刊》2013年第2期）。

上刊载的《"文艺界剿匪运动"》和后来1936年写的《论骂人文章》①。但是,这些仅仅是对成仿吾的行为作为"官骂事业"委婉嘲讽,而非正面地对战。

很早就开始新诗创作的鲁迅,1918年5—7月在《新青年》上发表了5首新诗,加之弟弟周作人被攻击等,从这一连串的事件上看,鲁迅对这篇《诗之防御战》无疑是投以关注的目光的。不单是内容,对"诗之王宫"等矫揉造作之语,欧文罗列、西洋理论的炫耀等统统像似惹怒了鲁迅,在这篇文章刊载一年后,鲁迅将自己最初的新诗作冠以"野草"之名,回应了成仿吾的以"野草"嘲笑拙劣诗作。

三 围绕《创造周报》

受到成仿吾批判的这些文人表面上冷静地对待,实际上《诗之防御战》所带来的影响甚大。郭沫若在回忆录《创造十年》中说道:

> 仿吾异常的勇猛,在《周报》第一期上便投出了《诗之防御战》的那个爆击弹,把当时筑在闸北的中国的所谓文坛,爆击得比今年的闸北怕还要厉害。那篇文章除掉仿吾之外谁也不会做的,因为凡是多少要顾虑一下饭碗问题的人,谁个敢于做出那样的文章?至少我就不敢。(中略)仿吾因为那篇文章便得罪了胡适大博士,周作人大导师,以及文学研究会里的一些大贤小贤。然而仿吾的报应也觌面了。他在用爆击弹,而在敌对者方面却用的是毒瓦斯。②

然而,刊载《诗之防御战》的杂志《创造周报》到底是什么样的杂志呢?1922年5月创造社首先刊行了《创造季刊》,以创作及翻译为中心,刊载了成

---

① 周作人(署名:知堂):《论骂人文章》,原载于1936年12月16日《论语》第102期,收于《周作人散文全集》7,广西师范大学出版社2009年版,第474页。

② 郭沫若:《创造十年》(十二),原载于1932年上海现代书局,收于《郭沫若全集》文学编(第12卷),人民文学出版社1992年版,第169页。

仿吾的《〈呐喊〉的评论》等文章,活跃一时。随着它的范围却越来越窄,以开拓新领域为理念的《创造周报》诞生了。《创造季刊》2卷2期(1923年8月1日)的卷末,以《预告 创造周报》为题介绍了其主旨:"我们这个周报的性质,和我们的季刊是姐妹,但他们却微有畸轻畸重之点,季刊素来偏重于创作,而以评论介绍为副。这回的周报想偏重于评论介绍而以创作副之。(后略)创造社启事 四月三十日。"与这一主旨相辅相成,创刊号的卷头文章[①]就是成仿吾的《诗之防御战》。随后,郭沫若的《我们的文学新运动》(3号)、郁达夫的《文艺上的阶级斗争》(3号)、《The Yellow Book 以及其他》(20、21号)等都是值得关注的文章,因此杂志上也呈现出一片繁荣的景象。这一状况在郑伯奇(1895—1979)的回想中可窥见一斑。

> 当时,创造社胜利地回击了胡适一派的猖狂进攻,博得了广大读者的同情和信任,但也招来了敌对方面的更多的谩骂和攻击。在这样情况下,光凭三个月出版一次的季刊来应战,的确显得太不及时了……大家主张另出一个机动刊物来应付斗争的需要。(中略)《创造周报》一经发刊出来,马上就轰动了。每逢星期六的下午,四马路泰东书局的门口,常常被一群一群的青年所挤满,从印刷所刚运来的油墨未干的周报,一堆一堆地为读者抢购净尽,定户和函购的读者也陡然增加,书局添人专管这些事。若说这一时期是前期创造社中最活跃的时代,怕也不是夸张吧。[②]

如郭沫若所说的那样,作为"仇敌"的文学研究会当然也关注着创造社的动向。1923年5月,即与《创造周报》创刊号同月发行的《小说月报》14卷5号《国内文坛消息》中有记载说:"关于文学杂志的出版,也有很可喜

---

① 虽然创刊号第1页刊载的郭沫若的诗处于《发刊词》的位置,然而真正意义上的卷头论文应该是成仿吾的《诗之防御战》。

② 郑伯奇:《二十年代的一面——郭沫若先生与前期创造社》,1942年3—6月、1943年4月重庆《文坛》半月刊第1—5期、第2卷第1期,《创造社资料·下》,福建人民出版社1985年版,第759页。

的消息。……创造社诸君,拟于创造季刊之外,再出一种创造周报内容侧重于批评方面。"但是文学研究会的主要成员、《小说月报》的主编茅盾在1922年6月11日《文学旬刊》39期上刊登的《〈创造〉给我的影响》中给予反驳:"创造社诸君的著作恐怕也不能竟说可与世界不朽的作品比肩吧。所以我觉得现在与其多批评别人,不如自己多努力……望把天才两字写出在纸上,不要挂在嘴上。"茅盾在1927年7月《文学(周报)》131号上针对成仿吾1923年5月的《诗之防御战》、1924年2月的《〈呐喊〉的评论》做了如下说明:

> 互相批评,在他们自己骂人的时候,骂人便是"防御战",是极正当的行为,然而别人若一回骂,可就成了"大逆不道"了。我们老老实实说罢,当我们想起这种现象时,每不禁联想到近二年来创造季刊与创造周报的言论。(中略)成仿吾屡次因辩论学理而大骂文学研究会排斥异己,广招党羽,我们都置而不辨,因为我们知道成君辩论是极没有意味的事。

成仿吾自身也感慨道:"最后的结果却是弄得几乎无处可以立足,不仅多年的朋友渐渐把我看得不值一钱"(1924年4月13日《创造周报》48号),可见他一时消极的言语。与文学研究会全国范围内征稿并壮大的形势相对,创造社则是局限于同仁的小范围,关于《创造周报》的终结,借用伊藤虎丸在《创造社小史》的一段话:

> 《周报》本身已经出版了十数号,似乎有些许"疲倦之意"("创造十年")。《创造日》发刊后负担又已加重,加之积累的疲劳感,终究无法逃脱把贫苦生活中人们的感情的龟裂表面化的趋势。就这样,1923年初郁达夫去了北京,次年4月郭沫若赴日后,《周报》有整整一年停刊。①

---

① 〔日〕伊藤虎丸:《创造社小史(解题)》,《创造社研究·创造社资料别卷》,亚洲出版社1979年版,第9页。

但成仿吾也没有就此认输。1924年5月19日刊行的《创造周报》52号（最终号）上成仿吾以《批评与批评家》为题写道："真的文艺批评家，他是在做文艺的活动。他把自己表现出来，就成为可以完全信用的文艺批评，这便是他的文艺作品。"由此可见他作为批评家的执念（虽然带着些许不甘）。

像接替《创造周报》似的，同年11月，《语丝》创刊，在其创刊号上开始连载鲁迅的新诗《野草》系列。"野草"之名仿佛正是回应了一年前《创造周报》（创刊号）上刊载的《诗之防御战》中成仿吾对新诗的侮蔑嘲讽。鲁迅执笔《野草》的1924年9月，也是成仿吾《〈呐喊〉的评论》发表的半年后。

四　有关《野草》的命名

鲁迅的全部著作中，直接谈及成仿吾约有50处，以《三闲集》（1932年上海北新书局，收录1927—1929年间所写的文章34篇）为代表。其中经常被引用的《"醉眼"中的朦胧》（1928.3《语丝》4卷11期）（成仿吾、李初梨等提倡的革命文学把对手的攻击作为反击）等，都在该集中，其《序言》的末尾，鲁迅这样说道：

> 成仿吾以无产阶级之名，指为"有闲"，而且"有闲"还至于有三个①，却是至今还不能完全忘却的。（中略）编成而名曰<u>《三闲集》，尚以射仿吾也</u>。②

----

① 成仿吾：《完成我们的文学革命》中有"以趣味为中心的生活基调，它所暗示着的是一种小天地中自己骗自己的自足，它所矜持着的是闲暇，闲暇，第三个闲暇。"（原载于1927年1月《洪水》3卷25期，后收于《成仿吾文集》，山东大学出版社1985年版，第211页）

② 《〈三闲集〉序言》1932年4月24日笔。引用部分是鲁迅搬到上海后与论敌斗争的最后一文，可见对成仿吾成见之深。前出《鲁迅全集》第4卷，第6页。围绕《三闲集》的出版，鲁迅和创造社、太阳社之间的细节，请参考〔日〕竹内实：《鲁迅与柔石（一）》（1969年11月河出书房新社《文艺》第8卷第11号）等。

为了反击对手而将所谓"骂名"作为自己作品集名字的不只《三闲集》,《南腔北调集》(1934)亦是将论敌嘲笑自己的"腔调"而命名的;再者《二心集》(1932)的"二心"也是回应了论敌的批判。众所周知,鲁迅当时潜在的斗争和反抗意识在他的《而已集》(1928)、《华盖集》(1926)、《且介亭杂文》(1937)、《伪自由书》(1933)等作品集的命名上都或多或少体现出来了。

那么,散文诗集《野草》的命名又蕴含怎样的寓意呢?遗憾的是我们没有找到鲁迅对此的说明。王吉鹏《"野草"具名的长久心理蕴含》①一文可以看到目前研究界的"解答"。

> 鲁迅童年在百草园中度过的日子。……感受到了野草一如他们一样旺盛的生命力……诗人的气质使他把"野草"作为了自己中年沧桑的自况,分外珍爱,特别看重。厦门时期,……在这寂寞之中他思考着,只有这些野花草陪伴着他……他所选择的疗伤砥砺之所,却又是"野草"。野草给鲁迅的是安全,是一个永远的精神家园,……成了他的思想堡垒。(中略)总之,<u>"野草"的命名,绝不是鲁迅偶一为之的突发奇想,它包含深刻的含义。</u>……散文诗集《野草》则更是一部不朽的伟大作品。

据鲁迅自身的经历、言说等等,可以看出他对植物的一贯热爱②,因此,将诗集命名为《野草》也不是毫无道理的。然而《〈野草〉题辞》(1927年)中的一段介绍了当时的执笔状况,"生命的泥委弃在地面上,不生乔木,只生野草……野草,根本不深,花叶不美,然而吸取水,吸取陈死人的血和肉,各各夺取它的生存。当生存时,还是将遭践踏,将遭删刈,直至于死亡而朽腐。……去罢,野草,连着我的题辞!"从"野"中长出来的强劲的草本身就被赋予了顽强斗志的意识了吧。

---

① 王吉鹏、林雪飞:《"野草"具名的长久心理蕴含》,《沈阳大学学报》1999年3期。
② 请参考拙稿《鲁迅和与谢野晶子——以"草"为媒介》(1996年3月《高知女子大学纪要 人文·社会科学编》第45卷)等。

成仿吾的《诗之防御战》中说"新诗的王宫内外遍地都生了'野草'（也算不上诗的恶劣的诗）了，……诗坛是会堕落的"，以这种极端的口吻来侮辱"野草"，进而促使鲁迅强烈的反应也是可能的。将自己的诗集冠以"野草"之名，进而对成仿吾宣告，他所谓的最低劣的"野草"正是自己唯一的"诗草"！在本文开头引用的《〈故事新编〉序》的末尾，鲁迅嘲笑道："当《呐喊》印行第二版时，即将这一篇（成仿吾所谓的佳作——《不周山》）删除……<u>我的集子里，只剩着'庸俗'在跋扈了。</u>"把被贬低的作品全部展现在自己的世界里，这一做法同《野草》的命名完全一致。

《野草》的命名，同《三闲集》等其他作品集的命名一样，是鲁迅自身的斗争宣言，同时也富于讽刺和机智，正是鲁迅式的命名。诗集《野草》仍然没有任何特殊的意义。与对其他作品集的命名不同的是，鲁迅对《野草》的命名闭口不言，可见他对"野草"的深邃想法。[①] 历来，《俄文译本〈阿Q正传〉序及著者自叙传略》（1925年5月）被认为是鲁迅针对成仿吾《〈呐喊〉的评论》（1924年2月）做出的回应，根据以上的调查分析，这一时间大概可以提前到1924年9月开始执笔的《野草》吧。

---

① 事实上，成仿吾和鲁迅同样对"草"有着特殊的感情，比如在他的题为《海上吟》（1922年3月《创造季刊》1卷1期）的诗中，有这样一节："汝神秘之象征，／汝无穷之创造，／汝宇宙之一毛，／吾又汝千山之一草，／草！可怜的草！"成仿吾的诗作中不乏孤独哀愁的色彩，把那样的自己比作"草"也是颇有意味的。而在《当我复归到了自我的时候》这首诗中，光明与黑暗的对比，着实与鲁迅以影自比彷徨于无处的意境相似。"当我复归到了自我的时候，／我只觉得我生太幸福了，／世界是这般阔大而光明，／全不是往时那般暗，那般小。／／当我复归到了自我的时候，／然而我又未免油然惨伤，／想起了我生如一个孤影，／悽切地在荒原之上徬徨。／ march 17，1924"。成仿吾这首诗写在1924年3月17日，也就是鲁迅《影的告别》执笔前6个月。在上海的成仿吾因《创造周报》停刊（5月19日），即作为批评家的自我意识处在消沉低迷的状态。此时的鲁迅，处在军阀混战的北京，在看不到曙光的政治暗黑中。在文学上反目的二人，与绝望拼死斗争抵抗的生存方式却有着一致性。

国学复兴时代的"鲁迅语文"

李 怡 北京师范大学文学院

基础教育中的"鲁迅语文"在最近十来年争议很多。围绕中学语文教科书中鲁迅选文的种种变化,关于鲁迅作品所谓种种不适合于基础语文教育的观点也层出不穷:不规范、晦涩、不切合时代要求等。大约在 1990 年代后期,在语文教学杂志上,对鲁迅作品进行"语言纠偏"的论文不时出现,所谓"鲁迅先生作为一代文学巨匠,其可师法之处确实甚多。但是,先生离我们而去已经六十多年了,若以当代之语法标准——现代汉语语法标准——来衡量其作品,则其作品有些不够完美了。"[①]有人还具体作出了概括归纳,得出诸如字词使用不规范、句子搭配欠佳、复杂句太生硬、人物语言夹带书面语、古语、残留"日本味"、翻译腔之类。[②]如果说囿于意识形态方面的某些安全考虑,纸质期刊上刊发的这类言论还数量有限,措辞节制,那么出现在互联网与自媒体上的批评言论则数量巨大,且无所顾忌。"鲁迅在造句方面是个大笨蛋"这样的标题已属常态。[③]

有意思的是,今天我们对"鲁迅语文"价值的质疑和挑剔又往往与另外一

---

① 白祯才、李淑春:《鲁迅作品之语法不足为训》,《语文教学与研究》1997 年第 10 期。
② 例如韩守烨:《语文教材中鲁迅作品的用字也应该规范》(《文字改革》1983 年第 4 期),徐开质:《关于教材中鲁迅作品用字(词)问题》)(《运城师专学报》1987 年第 3 期),赵巨源:《鲁迅作品的语言问题刍议》(《胜利油田职工大学学报》2002 年第 3 期),朱迅垚:《读鲁迅,不必从娃娃抓起》(《南方日报》2013 年 9 月 5 日)等。
③ 悠哉:《鲁迅在造句方面是个大笨蛋——从〈藤野先生〉的开头说开去》,http://blog.sina.com.cn/s/blog_4e276d2c0102e8ge.html。

种文化动向联系在一起,这就是在"传统文化"复兴、"国学热"升温的氛围之中,我们将鲁迅当作背弃传统、损伤所谓母语教育的典型。例如有"国学院长"与"儒家文化研究会副会长"尖锐地提出:"鲁迅的文字佶屈聱牙,是失败的文学尝试,学生不爱读,教师不爱讲,却偏偏是教师、学生绕不过去的大山,岂非咄咄怪事?""母语教育必须回到几千年来教育的正轨上来,即通过念诵的方法学习古代经典,用对对子、作文等方式训练其母语运用能力,让学生不仅能亲近母语,更能亲近中国传统文化。""说实在的,白话文还用得着学吗?"①

将"鲁迅语文"当作破坏传统文化的典型也就是视鲁迅的语言为白话文的典型,这样的逻辑虽然未必代表了鲁迅质疑者的共同逻辑。但是,我们却能够进一步发现,对"鲁迅语文"的批评却绝对不是最近十多年的新鲜事。回看近一个世纪的鲁迅研究史,我们既能够在沈雁冰、瞿秋白、毛泽东等处读到对鲁迅思想的大力肯定,在李长之等处读到对鲁迅文体、语言的赞扬,但也能够在梁实秋、创造社同仁那里发现种种的语言文体批评。一句话,对"鲁迅语文"之于现代中国的意义,其实一直都存在明显的分歧。而且,无论肯定还是否定,人们对鲁迅语文的分析都离不开文言/白话、传统文化/现代文化这样的话题。

今天我们的认识,也就宿命般地跳脱不开国学/西学或者国文/语文、传统语文/现代白话、传统教育/现代教育等纠缠不休的主题。

重要的是,一个世纪以前的鲁迅也早就亲身参与了新世纪之交的这场语文论争:他不仅积极地回应了一次又一次的语文论争,公开声张自己的立场和追求,不断阐述自己的语文思想,其中,甚至也包含与基础教育的对话。1923年的《时事新报·学灯》上,就有人提出将《呐喊》编入中小学课本:"我觉得,如《呐喊》集这类作品,虽不能当作地理与历史课本看,至少也可以用作一部作文法语修辞学读,比较什么国文作法,实在高出十倍。"②而孙伏园则告诉我们鲁迅的另一番态度:

---

① 徐晋如:《语文需要恢复为国文》,http://www.pkucn.com/thread-353865-1-1.html.
② Y生:《读呐喊》,《时事新报·学灯》1923年10月16日。同年由胡适、王云五、朱经农校订的商务印书馆出版新学制《国语教科书》,第1册收入鲁迅翻译俄国作家爱罗先珂的《鱼的悲哀》,第4册收入《孔乙己》。

鲁迅：在传统与世界之间

> 听说有几个中学堂的教师竟在那里用《呐喊》做课本，甚至有给高小学生读的，这是他所极不愿意的，最不愿意的是有人给小孩子选读《狂人日记》。[①]

这些事实说明：关于"鲁迅语文"的争议不仅由来已久，深深地嵌入了中国现代文化发展的内部，鲁迅本人早已经主动介入了这样的问题，以自己的智慧思考着这样的难题，也以自己的实践展示着现实的可能。离开对鲁迅本人语文思想与语文实践内在逻辑的剖析，单凭我们今日一己的愿望或想象，根本无法触及这一宏富追求的内核。

纵观鲁迅的语文思想与语文实践，与我们曾经习惯于在一种非此即彼的二元对立中"征用"鲁迅——或者是彻底的不妥协的反封建斗士、现代语文革命的先锋，或者是割裂中华文化传统、偏激的语言进化论者——其实，鲁迅是同时把握和征用了多种的艺术资源、文化资源与语文资源，在传统与现代、白话与文言、西方与中国之间做出了多种复杂的认同、继承、参证和修葺、创造，鲁迅的现代语文创作实施着一种"有难度的跨越"，在传统语文通向现代语文的道路上，几乎就是现代语文创作史上绝无仅有的"跨越"。这样的跨越并不一定完美无瑕，但却足以抛下大数量的人们，也成为许多人（包括作为后人的我们）难以效仿甚至难以理解的复杂事实。

一方面，鲁迅始终坚守着白话文写作的大方向，认定："我们要说现代的，自己的话。用活着的白话，将自己的思想感情直白地说出来"。[②]一再提醒我们在文言与白话之间明确的态度："我总以为现在的青年，大可以不必舍白话不写，却另去熟读了《庄子》，学了它那样的文法来写文章。"[③]但是，正如人们发现的那样，鲁迅对白话文现代发展方向的坚定维护与他在语言实践层面上对旧

[①] 曾秋生（孙伏园）：《关于鲁迅先生》，《晨报副刊》1924年1月12日。
[②] 鲁迅：《三闲集·无声的中国》，《鲁迅全集》第4卷，人民文学出版社1981年版，第12页。
[③] 鲁迅：《准风月谈·答"兼示"》，《鲁迅全集》第5卷，人民文学出版社1981年版，第358页。

有语言资源的审慎留用同样引人注目。前文引述 Y 生建议将鲁迅作品引入中小学课文，Y 生所看重的恰恰就是鲁迅文学中呈现的那种留存文言余韵的简明流利，认为就是这样的文字与"近今语体文"颇有不同，"使人得到无限深刻的印象。"今天的学者，也不难从鲁迅的文字中读出所谓的古雅与简洁的传统精神，甚至发现其中对古典文化的某种沉湎，例如周楠本先生就考察过鲁迅对"古字"的特别兴味。①

但是，鲁迅维护白话文现代发展的态度又是十分明确的，明确到令当今一些"国学"崇拜者很不舒服，以致再也不提鲁迅语文如何"古雅"的基本事实。那么，鲁迅究竟是怎样完成从传统到现代的这种目标明确却又韵味古雅的语言跨越的呢？我觉得关键就在于，鲁迅从一开始就不是白话文革命的简单的理论倡导者，而是身体力行的语文实践家，他以写作人需要尝试着白话文学的可能，又以文学家的敏锐处理着新的语文表达的各种困难，以自己的艰难探索的历程铺砌着新的语文的发展之路。鲁迅语文实践体验的深度，使得他与胡适简捷的白话文理想区别开来，与某些白话文提倡者的"口语崇拜"或"语音中心主义"的思维区别开来。准确地说，鲁迅并不是在文言／白话的二元对立中径直奔向白话文的康庄大道，而是努力探索着一种能够最大程度地传达现代中国人思想感情的语言方式。这种方式需要以对白话文的充分肯定和全面提升来改变文言文占压倒优势的语文格局，但并不是以白话口语至上，它同时包含了对各种语言资源加以征用的可能，在本质上说，鲁迅所要建构的并不是胡适那样逻辑单纯、表达清晰的白话文，而是能够承载更丰富更复杂的现代情感的语言方式，我们可以称作是一种"现代语文"。在五四语言革命的宣传中，文言与白话诗是尖锐对立的，今天的国学崇拜也继续沿着这样一种对立思维，只不过颠倒了价值取向。然而在鲁迅的"现代语文"实践中，文言／白话的关系却远为复杂，现代的语文实践，其根本目标自然是如何更为准确地承载现代人的思想与情感，它不会也不可能以消灭传统语文方式为目的，这就如同中国现代文学创立的意义是如何传达现代中国人的人生体验，而不是为了对抗中国古典

---

① 周楠本：《门外说文·简化字、古今字辨析举例》，《鲁迅研究月刊》2008 年第 10 期。

文学一样。

当然，一旦进入实践领域，鲁迅所要建构的现代语文就也远较作为理论宣传的白话文论述更为艰难。值得注意的是，鲁迅本人对这样的艰难性早有相当自觉的意识，可以说他一进入文坛就开始了这样的探索，并不断摸索总结，品味建设的艰辛，提炼成功的心得，同时还得随时回应同行的质疑和批评。

鲁迅尝试白话的时间远在五四白话文运动之前。1903年，他试图用白话来翻译《月界旅行》和《地底旅行》，然而却因为感觉不佳而放弃了，他那时的体会是："然纯用俗语，复嫌冗繁"。①这样的文言实践一直持续了到1918年的《狂人日记》，而同一年翻译的《察罗堵斯德罗绪言》，依然使用了文言。所以说，文言与白话的选择，在鲁迅那里不仅是一个文化观念革新的问题，同时更是一种现代语文的复杂实践的问题。

以白话文为表征的现代语文，根本的改变就是能够传达复杂多变的现代人的思想与情感，这样的白话自然有别于传统白话而容纳了若干欧化的成分，成为"一种特别的白话"，②于是，西方语言元素的进入成为了可能："欧化文法的侵入中国白话中的大原因，并非因为好奇，乃是为了必要。""要说得精密，固有的白话不够用，便只得采些外国的句法。比较的难懂，不像茶泡饭似的可以一口吞下去是真的，但补这缺点的是精密。"③"必要"而非"好奇"，这就道出了欧化白话的出现深层原由：绝非一时的冲动或意气，而是建立新的语文表现的准确："竭力将白话做得浅豁，使能懂的人增多，但精密的所谓'欧化'语文，仍应支持，因为讲话倘要精密，中国原有的语法是不够的，而中国的大众语文，也决不会永久含胡下去。"④1935年，李长之考察了鲁迅在语言文字层面的独特

---

① 鲁迅：《朝花夕拾·二十四孝图》，《鲁迅全集》第2卷，人民文学出版社1981年版，第251页。

② 鲁迅：《二心集·关于翻译的通信》，《鲁迅全集》第4卷，人民文学出版社1981年版，第384页。

③ 鲁迅：《花边文学·玩笑只当它玩笑（上）》，《鲁迅全集》第5卷，人民文学出版社1981年版，第520页。

④ 鲁迅：《且介亭杂文·答曹聚仁先生信》，《鲁迅全集》第6卷，人民文学出版社1981年版，第77页。

性，他特别指出鲁迅作品尤其是杂文对"转折字"的出神入化般的使用：

> "虽然"，"自然"，"然而"，"但是"，"倘若"，"如果"，"却"，"究竟"，"竟"，"不过"，"譬如"……他惯于用这些转折字，这些转折字用一个，就引人到一个处所，多用几个，就不啻多绕了许多弯儿，这便是风筝的松线。这便是流水的放闸。可是在一度扩张之后，他收缩了。那时他所用的，就是："总之"。①

李长之从鲁迅作品中发现的"转折字"也就是加强现代汉语精密表述的虚词，这些虚词恰恰是古代汉语表达所要避免和删减的，正如鲁迅所说："中国的文或话，法子实在太不精密了，作文的秘诀，是在避去熟字，删掉虚字，就是好文章，讲话的时候，也时时要辞不达意……这语法的不精密，就在证明思路的不精密，换一句话，就是脑筋有些胡涂。"②李长之所发现了的虚词之于鲁迅语文的力量，这是立足于现代语言新质的立场上观察鲁迅，其结论也就与1923年Y生的赞赏大相径庭了。

进入白话文写作时代之后的鲁迅也清醒地意识到了写作中"大众语"与"口语"的局限性，他提出"博采口语"，但反对"成为大众的新帮闲"③，"至于对于现在人民的语言的穷乏欠缺，如何救济，使他丰富起来，那也是一个很大的问题，或者也须在旧文中取得若干资料，以供使役。"④作为"口语"的对应面，他提出的概念就是"语文"："语文和口语不能完全相同；讲话的时候可以夹许多'这个这个'、'那个那个'之类，其实并无意义，到写作时，为了时

---

① 李长之：《鲁迅批判》，北新书局1936年版，这里引自《鲁迅研究学术论著资料汇编》（1913—1983）第一册，中国文联出版公司1985年版，第1324页。
② 鲁迅：《二心集·关于翻译的通信》，《鲁迅全集》第4卷，人民文学出版社1981年版，第382页。
③ 鲁迅：《且介亭杂文·门外文谈》，《鲁迅全集》第6卷，人民文学出版社1981年版，第102页。
④ 鲁迅：《坟·写在坟后面》，《鲁迅全集》第1卷，人民文学出版社1981年版，第286页。

间，纸张的经济，意思的分明，就要分别删去的，所以文章一定应该比口语简洁，然而明了，有些不同，并非文章的坏处。"①

这种"比口语简洁"的语文理想，其实反过来也就为某些文言资源的调用留下了可能，虽然鲁迅一再警惕将自己对文言的保留当作现代写作的样本，但实际表达的需要却也让他意识到："没有相宜的话，宁可引古语。"②自然，并非所有的"古语"都可以理直气壮地进入鲁迅的语文，鲁迅对传统语文也加以鉴别区分，对其不同类型的语言资源的生命力做出鉴定："成语和死古典又不同，多是现世相的神髓，随于拈摄，自然使文学分外精神。"③

辗转于外来语言资源与古典传统之间，面向未来的开放、自我改造的勇气与历史韵味的回旋，鲁迅语文在各种语言资源中游走往返，"采说书而去其油滑，听闲谈而去其散漫，博取民众的口语而存其比较的大家能懂的字句，成为四不像的白话。"④"四不像"就是一种充满难度的语言跨越。

不过，典雅与精密未必都那么容易统一，欧化语法的繁复与文句的简古也各有魅力，努力耕耘的鲁迅并非总能将这样一种复杂关系处理得恰到好处、无懈可击，所以他的表述不时也透露出某些矛盾，而实践也不时被同代人所质疑。但是重要的是鲁迅已经执著地展开了自己的实践，而这实践的最终指向是建立一种全新的有力量表达，"原先的中国文是有缺点的"，"现在又来了'外国文'，许多句子，即也须新造，——说得坏点，就是硬造"。只有这样，才能"保存原来的精悍的语气"。⑤没有语言实践的挫折，也永远不会有现代的新语文建立，

---

① 鲁迅：《且介亭杂文·答曹聚仁先生信》，《鲁迅全集》第6卷，人民文学出版社1981年版，第77页。
② 鲁迅：《南腔北调集·我怎么做起小说来》，《鲁迅全集》第4卷，人民文学出版社1981年版，第512页。
③ 鲁迅：《集外集拾遗·何典题记》，《鲁迅全集》第7卷，人民文学出版社1981年版，第296页。
④ 鲁迅：《二心集·关于翻译的通信》，《鲁迅全集》第4卷，人民文学出版社1981年版，第384页。
⑤ 鲁迅：《二心集·"硬译"与"文学的阶级性"》，《鲁迅全集》第4卷，人民文学出版社1981年版，第200页。

所以他在翻译中也不避"硬译"之嫌,"宁信而不顺"。他相信,在越来越多的现代语文的创造实践中,"其中的一部分,将从'不顺'而成为'顺',有一部分,则因为到底'不顺'而被淘汰,被踢开。这最要紧的是我们自己的批判。"①

的确,鲁迅的语文实践并非现代语文建设的终点,"这最要紧的是我自己的批判",他本身就是在"自己的批判"中摸索前行,有意思的是,今天以传统语文立场攻击鲁迅和白话文运动的人们,不仅没有真正理解鲁迅语文的丰富遗产和现代语文运动的宝贵传统,通过鲁迅语文别出心裁的炼字造句进入一个极具的独创性的奇崛瑰丽的语文世界,更重要的则是完全丧失了自我反省与自我批判的能力。最终,也是逃避和推卸着现代语文建设这一历史的使命。

在这个意义上,重读鲁迅的语文,重拾鲁迅的现代语文之路,不能不说就有特殊的价值。

---

① 鲁迅:《二心集·关于翻译的通信》,《鲁迅全集》第4卷,人民文学出版社1981年版,第383页。

周氏兄弟与安德烈耶夫

〔日〕小川利康　早稻田大学商学院

摘　要：安特来夫（又译安特莱夫，现译作安德烈耶夫）是俄国小说家。他早期作品带有陀思妥耶夫斯基的风格，善于描写平凡的小人物心理。后期的《红笑》《七个被绞死的人》中，倾向于浓重的象征主义。周作人在《知堂回想录》里指出："豫才不知何故深好安特来夫，我所能懂而喜欢者只有短篇《齿痛》，《七个绞死的人》与《大时代的小人物的忏悔》二书耳。"在此周作人不只道出鲁迅对安氏之酷爱，还透露着自己对安氏也有某种感受。其实周作人也翻译过《齿痛》，从此可以看出他所独到的看法。本文企图探讨周氏兄弟接受安特来夫文学思想之差异。

关键词：鲁迅；周作人；安特来夫；象征主义；神秘主义

一　问题之所在

安德烈耶夫（1871年—1919年）是俄国小说家。他早期作品带有陀思妥耶夫斯基的风格，善于描写平凡的小人物心理。后期的《红笑》《七个被绞死的人》中，倾向于浓重的象征主义。周作人在鲁迅逝世后，发表《关于鲁迅之二》，回顾《域外小说集》，谈及安德烈耶夫说道：

其中有俄国的安特来夫（Leonid Andrejev）作二篇，伽尔洵（V.Garshin）作一篇，系豫才根据德文本所译。豫才不知何故深好安特来夫，我所能懂而喜欢者只有短篇《齿痛》(Ben Tobit),《七个绞死的人》与《大时代的小人物的忏悔》二书耳。①

根据周作人的回顾,鲁迅对安德烈耶夫的嗜好已经成为公认的事实了。不止于此,鲁迅自己在《中国新文学大系·小说二集》序(1935年3月)里说明"《药》的收束,也分明的留着安特莱夫(L.Andreev)式的阴冷"②。根据这些文章研究鲁迅的论著很多。那么回顾者自己——周作人自己又如何看待这位俄国作家呢?周作人指出鲁迅"不知何故深好安特来夫"的同时还道出他所喜欢的作品。我认为周作人在此要说的不只是鲁迅的嗜好,而别有用意。周作人自己也1919年12月翻译《齿痛》悼念安德烈耶夫,还写下了较长的译文附记,表示他对安德烈耶夫的看法。小文企图探讨周氏兄弟翻译安德烈耶夫的作品的经过以及他们对安德烈耶夫的理解。

二 留日时期的译作:域外小说集里的《谩》《默》

20世纪初,安德烈耶夫是在欧洲文艺界里非常流行的一位作家。据藤井省三、加藤百合等人的研究,日本则1907年开始翻译安德烈耶夫作品,呈现出空前的"安德烈耶夫热"。当中有不少名人,例如有森鸥外(作家)、上田敏(京都帝国大学教授)、二叶亭四迷(作家)、升曙梦(早稻田大学讲师)等人都翻译安德烈耶夫③。藤井省三基于上述情况指出:"鲁迅不如说在日本的安德烈耶夫热,宁可说与日本文学家争先恐后地参与翻译工作"(《俄罗斯之影——

---

① 周作人著、钟叔河编订:《关于鲁迅之二》,《周作人散文全集》第7卷,广西师范大学出版社2009年版,第450页。

② 鲁迅:《中国新文学大系·小说二集序》,《鲁迅全集》第6卷,人民文学出版社2005年版,第247页。

③〔日〕藤井省三:《ロシアの影——夏目漱石と魯迅》(平凡社1985年4月)在第二章"アンドレーエフ文学とロシアの状況"里详述日本文学界接受安德烈耶夫文学的概况。加藤百合:《明治期露西亚文学翻訳論攷》(東洋書店2012年12月)在第七章详述安德烈耶夫文学的流行。

夏目漱石与鲁迅》）①。据加藤、冢原等人的研究，日本的安德烈耶夫的翻译从1906年上田敏翻译《旅行》为开头，1907年1篇，1908年4篇，1909年10篇，1910年14篇，1911年10篇，1912年6篇②。从此可看出1910年为空前的"安德烈耶夫热"。1909年3月出版的《域外小说集》（第一册）可谓适逢高潮时期的。

《域外小说集》里收有鲁迅所译《谩》《默》。《谩》的日译本由山本迷羊1908年12月翻译，《默》则由上田敏1909年5月翻译。正符合藤井所说"争先恐后"的情况，周氏兄弟的翻译工作完全与当时世界文艺潮流接轨的。其实鲁迅当时还有计划翻译长篇小说《红笑》③，这篇也在日本1908年8月由二叶亭四迷翻译的。

我们现在据《鲁迅手迹和藏书目录》可推测当时鲁迅使用过哪种版本。除了《七个被绞死的人》之外，他拥有的7本德译本都在1905年以前出版的，大概当时在日本旧书店买的④。根据鲁迅回国的时期（1909年8月）来推算，鲁迅收藏的德译本《七个被绞死的人》系1909年第二版，可能不是在日本买的，因为同年出版的英译本也到了秋天才出现一篇专门介绍⑤。可知从欧美国家海运寄来比较费时间，到日本书店上市已经秋天了。因此在《域外小说集》（第一册）里的《杂识》上没有讲到此书。

　　安特来夫生于一千八百七十一年。初作《默》一篇，遂有名；为俄国

---

① 〔日〕藤井省三：《第五章鲁迅とアンドレーエフ》，《ロシアの影——夏目漱石と鲁迅》第144页。

② 〔日〕加藤百合：《明治期露西亜文学翻訳論攷》第318—319页、塚原孝（アンドレーエフ翻訳作品目録《上田敏集》、明治翻訳文学全集翻訳家編17卷、大空社2003年）。

③ 〔日〕藤井省三：《第五章鲁迅とアンドレーエフ》，（《ロシアの影——夏目漱石と鲁迅》）第144页。

④ 《鲁迅手迹和藏书目录》（鲁迅博物馆1956年）第3卷27、28《七个被绞死的人》德译本的初版日期应为1908年，鲁迅藏书似系第二版。

⑤ 日本文艺杂志《早稻田文学》1909年10月号。20世纪初的很多英德文书的发行日期只表示年份，没有月日的记载。因此这样的情况下往往又难以判断。

当世文人之著者。其文神秘幽深，自成一家。所作小品甚多，长篇有《赤笑》一卷，记俄日战争事，列国竞传译之①。

安德烈耶夫1897年开始写作，1900年所写《默》其实不是出道之作。而且只提到《赤笑》一篇长篇，没提到《七个被绞死的人》。可见由于种种条件，鲁迅当时对安德烈耶夫的了解还是有限的。据北冈正子的研究，鲁迅看过升曙梦《露西亚文学研究》（隆文馆1907年12月），此书最后一章《现代露文学之特征》讲到安德烈耶夫。但讲解很简单，只点出作家风格而已。升曙梦认为"安氏早已超越最近欧洲文学的主潮流之写实主义与象征主义，进入神秘主义，导向露国文学所向往的清新理想"②。鲁迅在杂识里讲的"神秘幽深"也沿用升曙梦的讲述"神秘主义"。至于所谓"小品甚多"，是因为鲁迅手里的德译本大都是初期的短篇小说，还来不及看到《七个被绞死的人》以后的中后期作品（在此依据升曙梦）③。《赤笑》（1905年）可以看作中期作品，恐怕是唯一例外。初期作品都带有果戈里式的写实主义风格。鲁迅所译《谩》《默》（均系1900年作），以及《现代小说译丛》里的《黯澹的烟霭里》（1900年作）《书籍》（1901年作）也都不是例外。从此可以看出鲁迅主要喜爱的作品偏于初期作品。

三 回国后初次阅读《七个被绞死的人》

兄弟1909年8月、1911年夏天之交相继回国之后，似乎很久没有机会阅读安德烈耶夫。至少我们能了解到的只有周作人日记上的如下记录。

---

① 鲁迅：《鲁迅全集》第10卷，人民文学出版社2005年版，第172页。
② 据日语版《鲁迅全集》（学习研究社1985年）第1卷161页（十五）有北冈正子的详细解释。她认为：鲁迅在《摩罗诗力说》第七部分采用升曙梦《露西亚文学研究》（隆文馆1907年）。据《鲁迅手迹和藏书目录》第三卷（鲁迅博物馆1956年）里没有此书，但《穷人小引》（1926年6月）（《鲁迅全集》第7卷108页）提到此书名。
③ 升曙梦在《露国现代思潮以及文学》（新潮社1915年）把安德烈耶夫的文学生涯分三个阶段。后述。

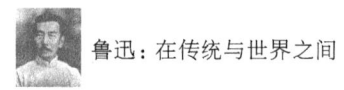

（一九一七年三月）十七日阴。阅フェルプ俄国小说家评传数章①。

这时周作人还在绍兴的中学里教英文，但从4月起就要到北京了。因为鲁迅特意推荐他在北京大学当教授，1917年9月开始在北京大学讲授《欧洲文学史》。此时他可能还不知道这些。"フェルプ"即以日语写的，是指 William Lyon Phelps（菲尔普斯），*Essays on Russian Novelists* (Macmillan Com. 1911. New York) 是一本讨论现代俄国作家，当中有安德烈耶夫的一章。这本书在3月的日记里只出现过一次，大概没看完。但他还带这本书到北京来，5月发麻疹，在家里养病时又看起这本书，总算看完了。上次对此书的兴趣不一定在安德烈耶夫上面，但此次较明确，他先读《七个被绞死的人》之后看 Phelps。

（一九一七年五月）廿六日晴。风。上午写日记，自十二日起未写，已越二星期矣。联日稍阅アンドレエフ《七刑人》，至今已了。/廿七日晴。日曜。阅フェルプス《俄国小说家论》了②。

アンドレエフ《七刑人》即指安德烈耶夫《七个被绞死的人》。他前两个星期没写下日记，但似乎在病中一直在看，那天总算看完了。此书要是英译本的话只有一个可能性，即是 Herman Bernstein（伯恩斯坦），*The seven that were hanged* (J.S.Ogilvie Pub. 1909, New York)，但此时已经有日译本，即是相马御风译《七死刑囚物语》（海外文艺社1913年5月）。但如下面所述，1919年4月鲁迅特意要周作人从日本买回来此书，这时他们还没弄到手。接着6月日记上出现升曙梦的书：

（一九一七年六月）三十日。下午得东京堂二十日寄《露国现代ノ思

---

① 参见《周作人日记》（影印本），大象出版社1996年版。
② 周作人：《周作人日记上》（影印本），大象出版社1996年版，第671页。排印本《周作人日记》，《新文学史料》1983年第3期，第217页。

想卜文学》一册。

（一九一七年七月）一日。阅チエホフ（契诃夫）作《可爱イ人（可爱的人）》一过。又阅《露国现代文学》。①

这本书在鲁迅的日记上也有记载：

（一九一七年六月）三十日。上午得东京堂所寄《露国现代之思潮及文学》一册。②

这应该是同一本书。书名稍有出入，应为升曙梦所著《露国现代思潮以及文学》③。这时期兄弟之间不分书架，1923年以前彼此共享的。但至少从日记看来似乎归周作人占有了。这可能由于周作人秋天就要开"欧洲文学史"课的关系。此时已经开始留心找材料。"欧洲文学史"是在北京大学一周讲6小时课，周作人从1917年起讲，至1918年6月结束。从古代到中世时代为"欧洲文学史"编成一本书，从商务印书馆1919年1月出版，近代部分则以"近代欧洲文学史"编成一本书，当年没有印行。2005年才由止庵发掘出来，2007年才整理出版。《近代欧洲文学史》里有讲解安德烈耶夫的部分。字数稍长，这里只能扼要地介绍有关内容。

文章开头介绍安德烈耶夫得到高尔基、梅列日科夫斯基的称许出道等的经历。这些事实都从菲尔普斯的论文摘引的。然后强调初期小说手法有自然主义风格，但到后期则以象征主义写中篇小说《赤笑》。关于这些作家风格方面，周作人依据升曙梦《露国现代思潮以及文学》里的有关安德烈耶夫的讲述，指出初期作品"颇似法国纯自然派，唯别有神秘之色"，但整体特征来说，"多属象征派，表示人生全体，不限于一隅"。这些观点在升曙梦的文章则有"安德

---

① 周作人：《周作人日记》（影印本）上，大象出版社1996年版，第679页。排印本《周作人日记》，《新文学史料》1983年第3期，第219页。
② 鲁迅：《鲁迅全集》第15卷，人民文学出版社2005年版，第289页。
③ 〔日〕升曙梦：《露国现代の思潮及文学》，新潮社1915年。

烈耶夫的创作里象征主义与印象主义很巧妙地编在写实主义里"这样的讲述①。

接下来周作人列举作品，特别注重介绍《瓦西里·费维伊斯基的一生》（1903年）、《赤笑》（1904年）、《七个被绞死的人》（1908年）这三篇小说。这些故事情节的都在升曙梦《露国现代思潮以及文学》里讲得很详细，部分描述为完全一致，基本依据升曙梦的叙述。升曙梦在书中表示安德烈耶夫的创作生涯可分为三个阶段，即第一期为1898年出道到1902年为止，是属于纯粹的写实主义作风时代，第二期为1903年到1905年为止，离开写实主义渐进象征主义的时期，第三期则1906年到现在（即1915年升曙梦撰稿时期）为止，抽象的作风时期。周作人在此介绍的小说都是中期以后的象征主义风格的作品。从此可以说周作人比较重视象征主义风格的作品。关于《瓦西里·费维伊斯基的一生》基本依据升曙梦讲述的梗概，没有讲到作品风格。关于《赤笑》，周则强调"Andrejev则多用象征，暗示之力，较明言尤大，故赤笑之恐怖，尤足令人震惕"。然后引用菲尔普斯的话，指出"世界非战之文学中，猛烈更无逾《赤笑》者"②。关于《七个被绞死的人》主要依据伯恩斯坦的英译本。英译本卷首有原著者自序，周作人摘译安德烈耶夫的话：

> Andrejev自序云，吾著书之旨，在指示死刑之恐怖，与其不法。正直勇敢之人，徒以过怀仁爱，主持正义，致罹荆戮，固已惨矣。然在蒙昧小人，以愚犯法，缳首以死，其可哀实为尤甚。故吾于Musja等之死，以视Yanson与Tsiganok伤痛之情，犹稍减杀。其言颇与Dostojevskij相似。又云，世之大患，在不相知。其著此书，盖将以文艺之力，拨除界限，表示人间

---

① 〔日〕升曙梦：《露国现代の思潮及文学》，新潮社1915年，第177页。
② 从升曙梦《露现代の思潮及文学》摘译从升曙梦《アンドレーエフの傑作と其人生観》（《早稻田文学》1908年2月号）摘译《瓦西里·费维伊斯基的一生》的概要并言作品略如《约百记》，但故事最后"以狂易死，信仰破灭"结束。从菲尔普斯的书摘译（pp.262—263的摘译与pp.264—267的概述），如"No more terrible protest against war has ever been written than Andreev's *Red Laugh*."（P.268）。

共通内心之生活，俾知物我无间，唯等为人类，而一切忧患，乃可解免①。（画线为著者所加，系周作人译自英译本）

在《域外小说集》杂识里的评价只有"其文神秘幽深，自成一家"，此处评价比较详细了。到这时周氏兄弟对安德烈耶夫的认识比较全面了。1918年夏天《欧洲文学史》完稿之后，周作人6月20号回绍兴探亲，9月初才回北京。其间鲁迅则在教育部有工作，仍留在北京。周作人对安德烈耶夫的兴趣似乎不断。

（一九一八年七月）廿二日晴。上午寄北京アンドレエフ一本，附译文及河平拓四纸。②

周作人从绍兴老家给鲁迅寄上安德烈耶夫的书，在鲁迅日记上也有记载，如下：

（一九一八年七月）二十六日晴。得二弟所寄书籍一本，译稿一篇，专拓四枚，廿二日付邮。③

具体寄上什么书就无从知道，但考虑到非得要从老家寄的书只有一个可能性，就是老藏书里有安德烈耶夫的。那么最有可能的就是在日本留学时期买的德译本或是日译本。这时候虽然没有确定出版《现代小说译丛》或《点滴》（周作人个人译文集），但这时期开始周作人定期的发表小说译作④。安德烈耶夫的

---

① 上述英译本p.11, p.14。但文章次序颠倒过来，本来"世之大患……"在先的。文中人名Yanson周作人误作Janson，此处根据原文纠错。
② 周作人：《周作人日记》（影印本）上，大象出版社1996年版，第763页。排印本《周作人日记》，《新文学史料》1983年第4期，第204页。
③ 鲁迅：《鲁迅全集》第15卷，人民文学出版社2005年版，第334页。
④ 日记里的"译文"是《新青年》第5卷第2号上发表的斯忒林培克（Aug Strindberg）的短篇小说。

书也大概作为材料先寄过去的。加之，1919年4月底周作人举家访问日本探亲时，鲁迅给他写信嘱咐"安特来夫之《七死刑囚物语》日译本如尚可得，望买一本来，勿忘为要"①。原来周作人看的是英译本，鲁迅不擅长于英文，还是希望看日译本。日译本《七死刑囚物语》是1911年4月相马御风在《早稻田文学》上发表之后，1913年印成单行本出版。鲁迅1909年早已回国，这是还没有机会看日译本，但周作人其实这时候还在日本，该能看到此书却似乎没看过。此次在日本逗留期间该能买到。

周作人1917年初次阅读《七个被绞死的人》，重又开始对安德烈耶夫感兴趣，不只在"欧洲文学史"课详细讲述，还打算翻译小说，但完成译作之前，他们接到作家的讣闻。

四 《齿痛》的翻译

据查正确的安德烈耶夫的逝世时期应是1919年9月2日，但周作人翻译《齿痛》时，有误传，周作人在《齿痛·译记》上写道"外国报说 Leonid N. Andrejev（1871—1919）于9月30日死在芬阑了。我因此译这一篇，为他作记念"。文中还提到"近来 Gorjkij（高尔基）有被杀消息——虽然疑是谣传"②，他们的死"难免藏着一场悲剧"。原来翻译《齿痛》是为了悼念安德烈耶夫的。这些消息都在日本文艺杂志《早稻田文学》的《汇报》里有报道，在安德烈耶夫逝世之际，特意刊登升曙梦《逝世的安德烈耶夫》③。周作人可能看到这些消息误以为是9月30号逝世的。

《齿痛》原著是1903年作的很短的一篇小说。据我查阅的翻译里，最有

---

① 鲁迅：《致周作人·鲁迅全集》第11卷，人民文学出版社2005年版，第373页。
② 周作人：《齿痛·译记》，《周作人散文全集》第9卷，广西师范大学出版社2009年版，第455页。《早稻田文学》1919年9月号、10月号揭载。昇曙夢「逝けるアンドレエフのこと」（《早稻田文学》1919年10月号）。
③ 《早稻田文学》1919年9月号、10月号揭载。昇曙夢「逝けるアンドレエフのこと」（《早稻田文学》1919年10月号）。

可能周作人使用的翻译是英译本 W. H. Lowe, *Judas Iscariot* (Francis Griffiths London 1910), 里面收有一篇 Ben Tobit①。其实其他的翻译（包括森鸥外的日译本）都把主人公的名字本来应该写作 Ben Tovit 而不是 Ben Tobit, 这本来不是周作人的笔误，而是只有这一本英译本的笔误。据此到可以确定周作人使用的翻译本。其实另一种英译本是伯恩斯坦所译，他又是《七个被绞死的人》的译者。其实作为翻译家伯恩斯坦的名声更高。但不知何故，周作人没买这个版本。另外还有学者认为周依据森鸥外的译作，但文本差异太大似不妥②。

这篇小说主要讲的是一个耶路撒冷的商人（Ben Tovit）的某天的故事。那天天亮开始他的牙齿疼起来，实在没法睡觉，家里人、外面人都为了几个罪人被送去处决闹得天翻地覆，他却没心思听，还要大家不要闹，因为声音会影响他牙齿。但勉强看着罪人被拖着走路，痛感似乎减了好多，回去就睡了。睡醒了发现，牙痛差不多消失了。他很高兴带家里人一起去看钉在十字架上的罪人。那天原来是耶稣纪念日的。小说的主旨很明白，即使在耶稣钉在十字架的一天也有人漠不关心地过日子，其实很多人对他人的不幸或痛苦并不那么关心体贴。周作人在《齿痛・译记》里引用《七个被绞死的人》里的著者自序：

> 我们的不幸，便是大家对于别人的心灵，生命，苦痛，习惯，意向，愿望，都很少理解，而且几于全无。我是治文学的，我之所以觉得文学可

---

① 这本英译本见于1919年5月的周作人日记里的书目。影印本《周作人日记》（中册）《（民国）八年书目》第86页。五月书目里有"猶大等（アンドレフ ロオ譯 英文）"即指《犹大等小说, Judas Iscariot》安德烈耶夫, W. H. Lowe 所译。

② 日本作家森鸥外1910年翻译《齿痛》发表在《趣味》（第5卷第3号）。这时周作人还在日本完全可以看到这本文艺杂志。所以 Mark Gamsa 在 The Chinese translation of Russian literature (Leiden Brill, 2008) 认为周作人根据森鸥外译文而翻译的。因为 Gamsa 认为周作人把小说原题的 "Ben Tovit" 改为 "齿痛" 是仿照森鸥外的日译本题目的 "齿痛" 来的（p.239）。但那日译本与周作人的译作进行文本比较，即可知两篇译文截然不同。森鸥外在原文晦涩的地方尽量做补充说明，而周作人则采用直译。甚至分段也不尽相同。虽然森鸥外所据的德译本，我没有能力做调查，但至少可以确定森鸥外译本不是周作人参考的。

尊者，便因其最高上的功业，是在拭去一切的界限与距离①。

这一段原来在《近代欧洲文学史》里引用过。虽然文白有别，但主旨没有很大的变化。但周作人作为补充，介绍《大时代的小人物的自白》(小说，1916年) 的情节。这篇小说以前在日记上没有出现过。周作人1919年4月携眷访问日本，巧遇五四运动爆发，先回去一次，7月再访问一次日本。在东京逗留期间，他去过几次书店。这些书也是日本旅行的收获②。这篇小说以日记方式有主人公讲述第一次世界大战的战火之下的彼得格勒（现名圣彼得堡）的情况以及面对战争而引起的思维。据周作人如下评论：

> 一九一四年欧战又起，Andrejev住在圣彼得堡，和一般的"智识阶级"饱受了战争中留守的恶趣，《大时代的一个小人物的自白》便是写这一种感想的书。书中的Ilya Dementev（主人公）是一个普通的中流社会人物，他的自白也便是一般人的心理，但著者广大的爱，仍旧处处流露。Dementev固然多为自己的安全着想，但愈看重自己，也便不能不想到别人的"自己"……③（括号内注释为著者所加）

此处说主人公首先在战火之下对敌人德国人只有感到仇恨，但后来想到德国人也是同样有喜怒哀乐的"人"。主人公虽然是自私的"小人物"，但从一个"小我"出发，考虑到别人的"小我"，以致能考虑"大我"的存在了。这个评语与上述著者自序相通的。周作人引用小说里的话做总结：

---

① 周作人：《齿痛·译记》，《周作人散文全集》第9卷，广西师范大学出版社2009年版，第457页。

② 影印本《周作人日记》（中册）《（民国）八年书目》第84、86页。四月书目有《人之一生》、五月书目有《小人物之自白》。

③ 周作人：《齿痛·译记》，《周作人散文全集》第9卷，广西师范大学出版社2009年版，第460页。

> 我的怒已去,我的悲回来了,眼泪又流下了。我能诅咒什么人,裁判什么人呢?因为我们都是一样的不幸,苦难是普遍;手都互相伸着,倘他们——母地和伊的儿子——接触着时,大解决便到了。但我已经不能亲见了。……我像一个细胞的活着,也应该像一个细胞的死了。我对于运命唯一的要求,便是我的苦难与死不要虚费了。①

这是引自小说尾声的部分,主人公临死之前的独白。他在此不管敌我之别,表示"我们都一样"。不止上面的著者自序,可以说鲁迅所译《一个青年的梦》(武者小路实笃原著)里提出的反战思想相通的。周作人对安德烈耶夫感到共鸣的理由也即在于此。

还有一个值得注意的是,文中提出自己"像一个细胞"这个想法。这是对整体"母地和伊的儿子"(英文原著 Mother Earth and Her Son 比较好理解)而言,自己认作一部分的。这是类似于神秘主义思想。周作人在《圣书与中国文学》,把安德烈耶夫的著者自序与托尔斯泰的《什么是艺术》并列起来主张文学的作用:

> 基督教思想的精义在于各人的神子的资格,与神人的合一及人们相互的合一,如《福音书》上所说。因此基督教艺术的内容便是使人与神合一及人们互相合一的感情。……但基督教的所谓人们的合一,并非只是几个人的部分的独占的合一,乃是包括一切.没有例外。一切的艺术都有这个特性,——使人们合一。各种的艺术都使感染着艺术家的感情的人,精神上与艺术家合一,又与感受着同一印象的人合一。(《什么是艺术》第十六章)②

---

① 周作人:《齿痛·译记》,《周作人散文全集》第9卷,广西师范大学出版社2009年版,第460页。英译本原著为 R. S. Townsend tr. *The confessions of a little man during great days*, Alfred A.Knopf 1917, pp.241-242。

② 《圣书与中国文学》(在清华大学的讲演,1920年11月),《周作人散文全集》第2卷,广西师范大学出版社2009年版,第300页。周作人参照托尔斯泰英译本,原著为 Leo Tolstoy, *What is art?* The Scott Library. 1899. London. p.163。

然后周作人指出"同样的话，在近代文学家里面也可以寻到不少"，而引用安德烈耶夫的著者自序。从此可以看出安德烈耶夫的文学主张属于周作人五四时期的文学主张的一部分。

五 结 语

1921年9月初，鲁迅翻译《黯澹的烟霭里》《书籍》。在《译者附记》（收于《现代小说译丛》）里介绍安德烈耶夫的简历，至于他的创作风格写道：

> 他有许多短篇和几种戏剧，将十九世纪末俄人的心里的烦闷与生活的暗淡，都描写在这里面。尤其有名的是反对战争的《红笑》和反对死刑的《七个绞刑的人们》。欧洲大战时，他又有一种有名的长篇《大时代中一个小人物的自白》。
>
> 安特来夫的创作里，又都含着严肃的现实性以及深刻和纤细，使象征印象主义与写实主义相调和。俄国作家中，（1）<u>没有一个人能够如他的创作一般，消融了内面世界与外面表现之差，而现出灵肉一致的境地。</u>（2）<u>他的著作是虽然很有象征印象气息，而仍然不失其现实性的。</u>（号码、画线为著者所加）①

提到的信息总比以前的《杂识》（《域外小说集》）好多了。但基本上的认识似乎没有改变。与周作人《欧洲文学史》上的观点基本相同，即依据升曙梦《露国现代之思潮及文学》里提出的"安德烈耶夫的创作里象征主义与印象主义很巧妙地编在写实主义里"这样的讲述②。升曙梦接着说道：

---

① 《黯澹的烟霭里·译者附记》，《鲁迅全集》第10卷，人民文学出版社2005年版，第201页。

② 升曙梦：《露国现代の思潮及文学》，第177页。

又誰の創作でもアンドレーエフの創作のやうに内界と外部表出との差を没するほど霊肉一致の境を示した作物もない。[相应中文译在上文单画线（1）部分]①

接着讲的部分则为鲁迅所概括翻译的。

斯様な風に印象を綜合する能力はアンドレーエフが創作力の一つの特徴であるが、それが動もすれば地上を離れて抽象世界に移り易い傾向を有しながら、能く何所までも現質性を保つて居る。[相应部分在上文双画线（2）部分，拙译如下：如此把印象综合起来的能力是安德烈耶夫创作力的特征，这特征动不动容易离开地上世界游移到抽象世界，而他竟能够一直保住现实性]②。

如此看来可以说，鲁迅关于安德烈耶夫的观点到1921年为止，仍然保持着依据升曙梦的观点，没有很大的变化。周作人相对来说接触《七个被绞死人》等中后期作品之后，与当时的人道主义文学观配合起来，对安德烈耶夫的评价也大有变化的。鲁迅在《现代小说译丛》里翻译的作品也基本上离不开写实主义色彩浓厚的作品。我认为《黯澹的烟霭里》主要是讲离开老家很久的一位革命家的故事。他反叛父亲，与其他家里人、佣人都和不好，最后又离开家乡的。这个孤独形象正符合鲁迅的《药》里的革命家的形象。《书籍》则描写患心脏病的作家。这个形象完全与安德烈耶夫一致的。小说里的作家为了不幸福的人们，牺牲自己的性命写出的作品竟然不为穷人所看懂。可以说鲁迅翻译这篇小说是为了表示哀悼之意。

我们现在回过头来再看周作人的话。

---

① 升曙梦:《露国现代の思潮及文学》，第177页。
② 同上。

其中有俄国的安特来夫（Leonid Andrejev）作二篇，伽尔洵（v.Garshin）作一篇，系豫才根据德文本所译。豫才不知何故深好安特来夫，我所能懂而喜欢者只有短篇《齿痛》（Ben Tobit），《七个绞死的人》与《大时代的小人物的忏悔》二书耳[①]。

我认为，周作人的本意在于兄弟之间对安德烈耶夫的嗜好有别的。鲁迅喜爱初期写实主义色彩浓厚的作品，而周作人喜爱中后期象征主义风格的作品。

（2016年8月15日初稿）

---

① 周作人：《关于鲁迅之二》，《周作人散文全集》第7卷，广西师范大学出版社2009年版，第450页。

摩罗气与东北风

——萧军、萧红与鲁迅精神的相遇

王学谦　吉林大学文学院

内容摘要：鲁迅与萧军、萧红的相识和友谊，包含着鲁迅对青年作家的关心、提携，也有社会现实的原因，但是，更主要的还在于鲁迅与他们之间在精神上的共鸣。鲁迅的个性精神与文学精神最突出的特征是摩罗精神。这种摩罗精神受尼采、拜伦等激进浪漫主义影响，他的中国传统则是道家文化尤其是魏晋士人的狂狷。萧军、萧红在文学上、在性格上携带着东北大地的狂气，这是他们之间友谊的最大基础。

关键词：鲁迅；萧军；萧红；摩罗；东北风

20 世纪 30 年代中期，东北作家萧军、萧红与鲁迅的一段文学交往是文学史上的一个重要事件。萧军、萧红由于鲁迅的倾力帮助、提携、推荐、褒奖而产生重要影响，并成为三四十年代的重要作家。这是五四文学革命以来新文学对边缘化的东北地域文学的一次空前的重大影响，是新文学活动空间和精神空间的拓展，是东北文学以自己的姿态汇入新文学主流的一次重大行动，也是东北文学对新文学的重要贡献。二萧的文学创作回响着五四文学的旋律，飞扬着特定历史时期的民族精神，同时又弥漫着东北大地的气息。在这个历史过程中，"九·一八"以后中国社会的民族危机无疑是重要的历史机缘，然而，历史的运行总要落实在具体的个人的文学实践上，总是某些大大小小的个人行为促成，总是伴随着个人性的思想、情绪，历史是心灵史，文学史更是心灵史。鲁迅对二萧的竭诚相助显然有鲁迅式的对青年作家的热忱、关爱，但是，这里面也有鲁迅式的情绪、思想和选择，有鲁迅对他们的个性和文学气质——那种来自东北大地的野性、率真的欣赏，他们对鲁迅也不仅仅是感激，更有敬仰，和对鲁迅精神的深切认同、追随。

一　一个老摩罗和两个小摩罗

鲁迅在精神气质上与二萧性格深处最相近、相交之处就是摩罗性格。鲁迅与二萧的相遇，是一个老摩罗与两个小摩罗的相遇。

青年鲁迅的文学梦，也是他的摩罗梦。在《摩罗诗力说》和《文化偏至论》中，青年鲁迅心仪拜伦、雪莱、普希金等摩罗诗人，沉迷于尼采的酒神精神。尼采实则与拜伦是一个文化谱系的同类，他的使命就是充当魔鬼的辩护律师，将魔鬼释放出来，并赋予夺人的光芒。摩罗诗人就是"精神界战士"。拜伦等激情浪漫主义者往往并不喜欢文人、诗人，却更渴望成为战士，拜伦被与拿破仑相提并论。浪漫主义音乐家贝多芬也心仪拿破仑，而且也被看做是和拿破仑比肩的精神斗士。尼采也同样，他反复声称要做"精神界战士"。摩罗"情结"是鲁迅内心深处最为重要的思想动力和情感轴心。《狂人日记》是鲁迅摩罗精神的显现。鲁迅喜欢凶兽猛禽，喜欢猫头鹰和崇高的事物，也不避讳自己内心的"暗"与"黑"，都是他对摩罗精神的自我确认。鲁迅犀利的文明批评与社会批评，也与其摩罗精神密不可分。《野草》和《铸剑》则是鲁迅摩罗精神的高峰体验。20世纪30年代，鲁迅作为"同路人"，参与左翼文学、文化活动，是摩罗精神的诗意化政治，和拜伦参加意大利烧炭党、投身希腊的民族解放斗争具有相近的心态。另一方面，摩罗的精神本性使他总是保持着个人的独立精神，保持着怀疑的眼光，不断前冲、搏斗，没有终点，就如同"过客"一样，是永远的漂泊者或流浪者。与此相关，鲁迅的趣味在于那些粗粝、豪放、宏大、叛逆、反抗的精神，而讨厌那种宁静、闲适、超脱、小巧、精致的事物和风格。鲁迅嘲讽梅兰芳的原因就在于其男人女性化的柔弱之气。鲁迅对朱光潜的"静穆"不以为然也在于其完全不合于自己的口味。如果从中国传统这个角度去看，鲁迅身上凝结着中国传统道家文化的狂狷之气。这种将个体自由、反抗作为最高追求的精神，在儒家文化称霸的古代社会中自然受到压抑和贬低，但是，在晚清、五四新文化运动以来，由于西方的现代性"人"的自由观念的影响，便获得了广阔的天地，表现出傲然的独立精神和坚决的反抗气质。

萧军、萧红是东北青年，他们带着一股猛烈的东北风进入了鲁迅的文学视野。他们都是东北大地野生的浪漫主义者，野性、豪气、勇敢、叛逆、坦荡和率真，流动着摩罗诗人的热血。萧军身上有着东北大地蓬勃、激越的野性气质。他没有一般青年作家的那种受教育的经历，六七个月的时候就失去了母亲，只上过几年私塾。他像东北原野里的野草一样，在雪雨风霜里成长。他不止一次说，从小的理想是当兵或当土匪，闯荡天下。他家族里的长辈的确有土匪。他进过讲武堂、学过武术、当过宪兵，侠肝义胆，颇有绿林豪杰之气。萧红说他有"强盗的灵魂"。《八月的乡村》中的铁鹰队长就曾经是土匪，这也和历史相符，义勇军就有很多曾出身土匪。萧军就是在当兵期间阅读了鲁迅的《野草》。《野草》那种浪漫主义的英雄精神，给萧军以极大的营养。萧军给鲁迅的第一封信就请教了《野草》的问题。有意思的是，在与鲁迅通信过程中，萧军为自己的东北身份尤其是"野气"而困惑，"我之被'中国'文坛上的某些作家们看不好，在我刚到上海不久就开始了。他们把我算为'外来者'、'东北佬'、有'土匪'气、有'流氓'气、有'野'气……总而言之是不顺眼……"[1]但是，鲁迅却说，"土匪气很好，何必克服它，但乱撞是不行的。跑跑也好，不过上海恐怕未必宜于练习跑；满洲人住江南二百年，便连马也不会骑了，整天坐茶馆。我不爱江南。秀气是秀气的，但小气。听到苏州话，就令人肉麻。此种语言，将来必须下令禁止。"[2]

萧红是一去不回头的娜拉。她给一般人的印象是，率真、单纯、开朗。在萧军眼里，她更多的是小女人气，体弱多病，感情细腻，多愁善感，孤芳自赏，也有很强的自尊。这是因为萧军太粗犷，忽略了她性格的另一面。在鲁迅面前，

---

[1] 萧军：《鲁迅给萧军萧红信简注释录》，金城出版社2011年版，第250页。
[2] 同上，第245页。

她是个孩子，更多是单纯、率真、爽朗。不过，她还有刚烈、强悍、果敢的一面，乃至有《雷雨》中繁漪的一面，这是一种近似于萧军的那种东北大地的野性。她20岁就离家出走，那种叛逆性绝不仅仅是一个小女人所能够做到的。她的胞弟张绣琢回忆说，姐姐萧红，"她刚满二十岁就离开了家，而且一去不复返。她不但倔强而且刚强，生活上遇到多大困难，她也不愿向任何人求助；思想上遇到多大压力，她也不肯向任何力量屈服，她的整个生平充满着战斗性。"[①]她的同学李洁吾说，"她的面部表情总是冷漠的，但又现出一点天真和稚气；她的眉宇间，时常流露出东北姑娘所特有的那种刚烈、豪爽的气概，给人一种凛然不可侵犯的庄严感。""她没有一点娇柔作态的女人气，总是以一个'大'的姿态和别人站在平等的地位上。"[②]萧红与萧军分手，与端木蕻良相爱，在西安的时候，萧军找端木蕻良决斗，萧红听到声音，急忙赶过来，厉声说："萧军！你要什么野蛮？这里是八路军办事处，不是其他地方，你这种宪兵作风还是收起来吧！我告诉你，我的脾气你是知道的！你要把他弄死，我也把你弄死！我是说话算话的！这点你应该知道！"[③]

二 生的坚强，死的挣扎

《八月的乡村》和《生死场》虽然不是完美的作品，却是体现出东北大地的生存状态和反抗精神。萧军的《八月的乡村》主要是写出了东北人民的反抗精神，带着东北大地的凄厉的雄风。这种反抗精神，当然是不为异族所奴役的抗战精神，但同时也是不为本国统治者的奴才的反抗精神。鲁迅所看重的就是这种双重性的反抗精神。在鲁迅眼中，《八月的乡村》暗示着两个中国和中国

---

① 张绣琢：《重读〈呼兰河传〉回忆姐姐萧红》，晓川、彭放主编《百年诞辰忆萧红》，北方文艺出版社2011年版，第14页。

② 李洁吾：《萧红在北京的时候》，晓川、彭放主编《百年诞辰忆萧红》，北方文艺出版社2011年版，第200页。

③ 钟耀群：《端木与萧红》，晓川、彭放主编《百年诞辰忆萧红》，北方文艺出版社2011年版，第269页。

社会的阴暗传统：一方面是外患袭来，民众水深火热，另一方面却是统治者对本国人民的淫威。宋朝如此，鸦片战争以来也是如此。"中国民族的心，有些是早给我们的圣君贤相武将帮闲之辈征服了的。"①但是，在萧军和《八月的乡村》这里，鲁迅却看到了一颗不驯服的心："不知道是人民进步了，还是时代太近，还未湮没的缘故，我却见过几种说述关于东三省被占的事情的小说。这《八月的乡村》，即是很好的一部，虽然有些近乎短篇的连续，结构和描写人物的手段，也不能比法捷耶夫的《毁灭》，然而严肃，紧张，作者的心血和失去的天空，土地，受难的人民，以至失去的茂草，高粱，蝈蝈，蚊子，搅成一团，鲜红的在读者眼前展开，显示着中国的一份和全部，现在和未来，死路与活路。凡有人心的读者，是看得完的，而且有所得的。"②

萧红的《生死场》也涉及东北民众的反抗侵略的精神觉醒，但更重要的却揭示出东北民众的苦难、悲惨、落后的生存现状。鲁迅曾经说过，中国人的生存线非常低，达到牛马那样程度的时候，中国人就会感到满足，坐稳了奴隶，在很多的时候，中国人在生存上连牛马都不如。《生死场》无疑揭示出中国人的这种悲惨的状况。直面惨淡的人生，正视淋漓的鲜血。萧红以本色而细致的笔触，勾勒出东北乡村的原生态，就像东北农民画一样的。人和动物之间界限模糊，人像动物一样生存着、挣扎着。就像胡风说的那样，"蚊子似地生活着，糊糊涂涂地生殖，乱七八糟地死亡，用自己的血汗自己的生命肥沃了大地，种出食粮，养出畜类，勤勤苦苦地蠕动在自然的暴君和两只脚的暴君的威力下面。"③而人们却不知不觉。在这方面，《生死场》似乎和鲁迅小说有着更为自然而深沉的精神联系。鲁迅小说中有一个突出的特点，就是把人和事放在自然中去写。人们往往是自在性的，传统、现实的存在并不直接以观念性的方式存在于人物和叙事之中，人物性格与日常生活、地方习俗、个人习惯完全是融为一

---

① 鲁迅：《田军作〈八月的乡村〉序》，《鲁迅全集》6卷，人民文学出版社1981年版，第287页。
② 同上。
③ 胡风：《〈生死场〉读后记》，《萧红全集》（上），哈尔滨出版社1991年版，第145页。

体。人性与习俗、文化的存在之间没有裂缝。人性生活化,生活变成人性本身。鲁迅那种"几乎无事的悲剧",那种"忧愤深广"以及"哀其不幸、怒其不争"的情绪往往和这种悲剧密切相关。萧红敏锐地感受到鲁迅小说的这个特点,"鲁迅的小说的调子是很低沉的。那些人物,多是自在性的,甚至可说是动物性的,没有人的自觉,他们不自觉地在那里受罪,而鲁迅却自觉地和他们一齐受罪。"[①]萧红《生死场》的这种东北乡土叙事,显然与鲁迅有更大的共鸣。"这本稿子的到了我的桌上,已是今年的春天,我早重回闸北,周围又复熙熙攘攘的时候了。但却看见了五年以前,以及更早的哈尔滨。这自然还不过是略图,叙事和写景,胜于人物的描写,然而北方人民的对于生的坚强,对于死的挣扎,却往往已经力透纸背;女性作者的细致的观察和越轨的笔致,又增加了不少明丽和新鲜。精神是健全的,就是深恶文艺和功利有关的人,如果看起来,他不幸得很,他也难免不能毫无所得。"[②]《八月的乡村》与《生死场》给上海文坛带来了不小的惊喜。鲁迅对萧红评价、期许很高,许广平回忆说,"作为东北人民向征服者抗议的作品,是如众所周知的《八月的乡村》和《生死场》。这两部作品的出现,无疑地给上海文坛一个不少的新奇与惊动,因为是那么雄厚和坚定,是血淋淋的现实缩影。而手法的生动,《生死场》似乎比《八月的乡村》更觉得成熟些。每逢和朋友谈起,总听到鲁迅先生的推荐,认为在写作前途上看起来,萧红先生是更有希望的。"[③]

三 独立、自由的立场

萧军、萧红都从鲁迅身上汲取了更多的思想、精神养分,这使他们原有的

---

① 聂绀弩:《回忆我和萧红的一次谈话》,晓川、彭放主编:《百年诞辰忆萧红》,北方文艺出版社 2011 年版,第 251 页。

② 鲁迅:《萧红作〈生死场〉序》,《鲁迅全集》第 6 卷,人民文学出版社 1981 年版,第 408 页。

③ 许广平:《追忆萧红》,晓川、彭放主编:《百年诞辰忆萧红》,北方文艺出版社 2011 年版,第 308 页。

东北文化气质无形中受到培植、鼓励和升华，从而使他们在文学活动、文学创作中，表现出更大的自信，更充分的个性精神。

在萧军那里，《八月的乡村》之后，还有更具雄心和气魄的创作，那就是《第三代》。这部鸿篇巨制和《八月的乡村》一样粗犷、豪放，却更为厚重、充实。萧军要把辛亥革命以来东北乡村的生活及其变异展现出来，既有鲜明的东北地域文化色彩，又有史诗性的开阔、深刻。小说将东北乡村的农民性格、其他各色人物及其命运置于大时代的背景加以刻画，农民和土匪的性格刻画尤为成功。对于农民性格，一方面写出他们的"沉默的灵魂"，揭示出他们的精神弱点——几千年来精神奴役的创伤，另一方面也写出他们的生命力量、挣扎、反抗，尤其是后者，海交、半截塔、刘元等土匪性格给读者留下了深刻的印象。这种土匪形象是萧军等东北作家给新文学增添的一份特异的光彩。

在萧军身上，我以为更具魅力、更为可贵的是现代知识分子的精神品格。如上文所述，萧军第一次接触的鲁迅作品是《野草》。《野草》对萧军的性格构成巨大的影响和支撑。他的那种来自东北大地的"匪气""野气"也包括那种"流浪汉"的气质，与其说是一种野蛮，不如说是现代知识分子精神品格的萧军式呈现，是《野草》那种浪漫主义英雄精神的扩散、延伸。在延安期间他提倡的"新英雄主义"，也明显带有《野草》式的浪漫主义气质。在延安整风运动中，他一面参与，一面却有所不为，有所保留，有所抗争，为王实味辩护，认为王实味只是思想认识问题，并无原则问题。他和毛泽东有过交往，却是一种平等的姿态，这在中国知识分子中应该是可贵的姿态。他的《延安日记》中对延安有很多批评。他是延安整风运动中少数几个没有完全服从改造的作家。有人以为萧军对延安的批评仅仅是抱怨、牢骚，过于狂傲，自不量力，有很多批评缺乏正确性。其实，对于现代知识分子而言，最可贵的精神不是历史正确，而是精神自由和思想独立，要紧的是真实地表达自己的观点和态度，而不是诉诸外部环境的所谓正确。因为在许多情况下，正确不过是软弱、教条的代名词，在另外的情况下，正确也不过是历史河流里的漂浮物，仅仅是随着历史潮流漂移、变化而已。

在抗战文艺的大潮中，萧红不盲从，她有着自己对文学的理解和坚守。她大致与鲁迅相同，在更本质的层面上，是一种启蒙的立场，同时带有萧红个人性的精神气质。在抗战文学的浪潮中，她以自己的方式与时代建立起联系，更多地保留着自我的天性。她不擅长于萧军那种直接突进时代的宏大叙事，却更长于边缘化的抒情性叙事。萧红选择端木蕻良并与其一起南下，而不去延安，有避开萧军的情感因素，也是她那种不屈不挠的自尊、自由精神的显现。她有着强烈的文学自信，雄心勃勃。在漂泊无定的战争中，她总是试图找到一个安静的所在，来实践她的文学梦想。在生命的最后时刻，她写道："我将与蓝天碧水永处，留得那半部《红楼》给别人写了。半生尽遭白眼冷遇……身先死，不甘，不甘。"① 她是不断后撤，让自己退回到五四文学精神中去，这种文学观念显然来自于鲁迅文学的启蒙精神，又不同于左翼时期的鲁迅观点。

1938年1月，在《七月》杂志社主持召开的"抗战以来文艺动态和展望座谈会"上，讨论创造新形式的问题，有人认为作家离开前线就脱离了生活，萧红却说："我看，我们并没有和生活隔离。比如跑警报，这也是战时生活，不过我们抓不住罢了，即使我们上前线去……如果抓不住，也就写不出来。"她还举例说："譬如我们房东的姨娘，听见警报响就骇得打抖，担心她的儿子。这不就是战时生活的现象吗？"② 这种观点近似于胡风的哪里有生活哪里就有文学。1938年4月29日，《七月》杂志第三次召开座谈会，讨论的题目是："现时文艺活动《七月》。"萧红再次表达了她的文学观念，"作家不是属于某个阶级的，作家是属于人类的，现在或者过去，作家的写作的出发点是向着人类的愚昧！那么，为什么在抗战之前写了很多文章的人而现在不写呢？我的理解是：一个题材必须要跟作者的情感熟悉起来，或者跟作者起着思恋的情绪。但这多少需要时间才能够把握的。"③ 这种观点显然是由左翼文学而回到了五四文学，和鲁迅的文学阶级性也有所不同了。

---

① 骆宾基：《萧红小传》，晓川、彭放主编：《百年诞辰忆萧红》，北方文艺出版社2011年版，第141页。
② 《七月》1938年1月号。转引自季红真：《萧红全传》，现代出版社2011年版，第389页。
③ 《七月》第15期。转引自季红真：《萧红全传》，现代出版社2011年版，第423页。

在萧红精神深处，有一种很强硬的自我。如果没有这种自我的过滤，任何素材、题材就很难进入到她的创作之中。这种自我不是能够轻易被外部环境所同化的。在实际的创作上，《马伯乐》是对改造"国民性"的五四启蒙主题的回应，同时，也加入了抗战时期新的历史内容，是在抗战的背景上批判民族的愚昧、顽劣。那种幽默与讽刺的夸张语言，是萧红小说另外的一种笔调。能够代表她晚期创作特色和成就的当然是《呼兰河传》《小城三月》这样的作品。这是她最坚实的自我的呈现，将自己的内心情感自由地表达出来。这正是她所说的那种在题材上和作者"起着思恋的情绪"的作品。《呼兰河传》有着《生死场》的意味，是"对着人类的愚昧"的写作，却又注入了萧红的思乡情感。愚昧的乡土与思想的情绪混杂而交融，形成一种独特的意味。它属于启蒙的，却又有着反启蒙的因素；有田园意味又反田园。它和鲁迅小说不无联系，却是将《祝福》与《社戏》混杂在一起的特殊情调。茅盾为萧红远离抗战时代而感到遗憾，然而萧红却为中国现代文学增加了一份特异的美感。

（2015年11月25日草稿，2016年7月22日定稿）

新发现的鲁迅的三则集外文字考释

葛 涛 鲁迅博物馆

一 鲁迅为"文艺连丛"撰写的两则广告考释

鲁迅为"文艺连丛"撰写了两份文字上略有不同的广告:《"文艺连丛"出版预告》《"文艺连丛"的过去与现在》,后者先后收入了许广平等编辑的1938年版《鲁迅全集》、人民文学出版社出版的1958年版《鲁迅全集》、1981年版《鲁迅全集》和2005年版《鲁迅全集》,以及王世家和止庵合编的《编年体鲁迅全集》。目前已知,《"文艺连丛"的过去与现在》一文先后刊登在"文艺连丛"丛书中的《不走正路的安德伦》(野草书屋1933年5月发行),《解放了的董·吉诃德》(联华书局1934年4月发行),《坏孩子和别的奇闻》(三闲书屋在1935年印造,联华书局在1936年发行)等书的卷末,但是查阅上述图书的初版本,可以发现各种版本的《鲁迅全集》在收入《"文艺连丛"的过去与现在》一文时均存在一些错误。

(一)各版《鲁迅全集》均注错了《〈文艺连丛〉——的过去与现在》一文的出处和发表时间

1938年版的《鲁迅全集》在收入《"文艺连丛"的过去与现在》(按:这是该版《鲁迅全集》中的文章名)一文时没有标明该文的出处,只在文章的最后标注:一九三四。1958年版的《鲁迅全集》在收入《"文艺连丛"——的过去与现在》(按:这是该版《鲁迅全集》中的文章名,下同)一文时,在第七卷卷末注明"本篇刊载于1933年5月野草书屋出版的《不走正路的安德伦》和1934年4月联华书局出版的《解放了的董·吉诃德》等书后。"（第844页）1981年版的《鲁迅全集》第七卷在收入《〈文艺连丛〉——的过去与现在》一文时，注明"本篇最初刊载于一九三三年五月野草书屋出版的《不走正路的安德伦》卷末。"（第461页）2005年版的《鲁迅全集》第七卷在收入《〈文艺连丛〉——的过去与现在》一文时，注明"本篇最初刊载于一九三三年五月野草书屋出版的《不走正路的安德伦》卷末。"（第485页）

其实"文艺连丛"收录的三本书所刊载的《"文艺连丛"的过去与现在》一文并不相同。《不走正路的安德伦》刊登的《"文艺连丛"的开头和现在》一文如下：

"文艺连丛"的开头和现在

投机的风气使出版界消失了有几分真为文艺尽力的人。即使偶然有，不久也就变相，或者失败了。我们只是几个能力未足的青年，可是要再来试一试。首先是印一种关于文学和美术的小丛书，就是"文艺连丛"。为什么"小"，这是能力的关系，现在没有法子想。但约定的编辑，是肯负责任的编辑；所收的稿子，也是可靠的稿子。总而言之：现在的意思是不坏的，就是想成为一种决不欺骗的小丛书。什么"突破五万部"的雄图，我们岂敢，只要有几千个读者肯给以支持，就顶好顶好了。现在正在校印的，还有：

············

2."山民牧唱"西班牙巴罗哈作，鲁迅译。西班牙的作家，中国大抵只知道伊本纳兹，但文学的本领，巴罗哈实远在其上。日本译有选集一册，所记的都是山地住民跋司珂族的风俗习惯，译者曾选译数篇登"奔流"上，颇为读者所赞许。这是选集的全译。不日出书。

3."Noa Noa"法国戈庚作，罗怃译。作者是法国画界的猛将，他厌恶了所谓文明社会，逃到野蛮岛泰息谛去，生活了好几年。这书就是那时的记录，里面写着所谓"文明人"的没落，和纯真的野蛮人被这没落的"文明人"所毒害的情形，并及岛上的人情风俗，神话等。译者是一个无名的人，但译笔却并不在有名的人物之下。有木刻插画十二幅。现已付印。

本丛书每种印有道林纸本子三百本，较为耐久，而且美观，以供爱书家及图书馆等收藏之用。本数有限，购者从速。

（按：此处还有《萧伯纳在上海》一书的广告，从略。）

上海　野草书屋　谨启

东华德路中兴里七号

《解放了的董·吉诃德》刊登的《"文艺连丛"的开头和现在》一文如下：

"文艺连丛"的开头和现在

投机的风气使出版界消失了有几分真为文艺尽力的人。即使偶然有，不久也就变相，或者失败了。我们只是几个能力未足的青年，可是要再来试一试。首先是印一种关于文学和美术的小丛书，就是"文艺连丛"。为什么"小"，这是能力的关系，现在没有法子想。但约定的编辑，是肯负责任的编辑；所收的稿子，也是可靠的稿子。总而言之：现在的意思是不坏的，就是想成为一种决不欺骗读者的小丛书。什么"突破五万部"的雄图，我们岂敢，只要有几千个读者肯给以支持，就顶好顶好了。

现在出版的，已有：

1. "不走正路的安得伦"苏联聂维洛夫作，曹靖华译。作者是一个最伟大的农民作家，可惜在十年前就死掉了。这一篇中篇小说，所叙的是革命开初，头脑单纯的革命者在乡村里怎样受农民的反对而失败，写得十分生动。译者深通俄国文字，又在列宁格拉的大学里教授中国文学有年，所以难解的土话，都可以随时询问，其译文的可靠，是早为读书界所深悉的。内有蔼支（Ez）的插画五幅。实价二角半（精印本三角半）。

正在校印的,还有:

2."山民牧唱"西班牙巴罗哈作,鲁迅译。西班牙的作家,中国大抵只知道伊本纳兹,但文学的本领,巴罗哈实远在其上。日本译有选集一册,所记的都是山地住民跋司珂族的风俗习惯,译者曾选译数篇登"奔流"上,颇为读者所赞许。这是选集的全译。不日出书。

本丛书每种印有道林纸本子三百本,较为耐久,而且美观,以供爱书家及图书馆等收藏之用。本数有限,购者从速。

(按:此处还有《萧伯纳在上海》一书的广告,从略。)

上海 联华书局 谨启

《坏孩子与别的奇闻》一书所刊载的《"文艺连丛"的过去与现在》一文如下:

"文艺连丛"的开头和现在

投机的风气使出版界消失了有几分真为文艺尽力的人。即使偶然有,不久也就变相,或者失败了。我们只是几个能力未足的青年,可是要再来试一试。首先是印一种关于文学和美术的小丛书,就是"文艺连丛"。为什么"小",这是能力的关系,现在没有法子想。但约定的编辑,是肯负责任的编辑;所收的稿子,也是可靠的稿子。总而言之:现在的意思是不坏的,就是想成为一种决不欺骗的小丛书。什么"突破五万部"的雄图,我们岂敢,只要有几千个读者肯给以支持,就顶好顶好了。现在已经出版的,是——

1."不走正路的安得伦"苏联聂维洛夫作,曹靖华译,鲁迅序。作者是一个最伟大的农民作家,描写动荡中的农民生活的好手,可惜在十年前就死掉了。这一个中篇小说,所叙的是革命开初,头脑单纯的革命者在乡村里怎样受农民的反对而失败,写得又生动,又诙谐。译者深通俄国文字,又在列宁格拉的大学里教授中国文学有年,所以难解的土话,都可以随时询问，其译文的可靠，是早为读书界所深悉的，内附蔼支的插画五幅，也是别开生面的作品。现已出版，每本实价大洋二角半（精印本三角半）。

2. "解放了的董·吉诃德"苏联卢那卡尔斯基作，易嘉译。这是一大篇十幕的戏剧，写着这胡涂固执的董吉诃德，怎样因游侠而大碰钉子，虽由革命得到解放，也还是无路可走。并且衬以奸雄和美人，写得又滑稽，又深刻。前年曾经鲁迅从德文重译一幕，登"北斗"杂志上，旋因知道德译颇有删节，便即停笔。续登的是易嘉直接译出的完全本，但杂志不久停办，仍未登完，同人今居然得到全稿，实为可喜，所以特地赶紧校刊，以公同好。每幕并有毕斯凯莱夫木刻装饰一帧，大小共十三帧，尤可赏心悦目，为德译本所不及。每本实价五角。

正在校印中的，还有——

3. "山民牧唱"西班牙巴罗哈作，鲁迅译。西班牙的作家，中国大抵只知道伊本纳兹，但文学的本领，巴罗哈实远在其上。日本译有选集一册，所记的都是山地住民跋司珂族的风俗习惯，译者曾选译数篇登"奔流"上，颇为读者所赞许。这是选集的全译。不日出书。

4. "Noa Noa"法国戈庚作，罗怃译。作者是法国画界的猛将，他厌恶了所谓文明社会，逃到野蛮岛泰息谛去，生活了好几年。这书就是那时的记录，里面写着所谓"文明人"的没落，和纯真的野蛮人被这没落的"文明人"所毒害的情形，并及岛上的人情风俗，神话等。译者是一个无名的人，但译笔却并不在有名的人物之下。有木刻插画十二幅。现已付印。

如果把《鲁迅全集》中收录的《〈文艺连丛〉——的过去与现在》一文（以下简称"全集本"）与上述三篇文章进行比较，可以确认"全集本"与《坏孩子与别的奇闻》一书所刊载的《"文艺连丛"的过去与现在》（以下简称"初刊本"）一文基本相同。因此，各版本《鲁迅全集》所注释的《〈文艺连丛〉——的过去与现在》一文的出版时间和出处都是错误的。这篇文章的最初出处应当是刊载于三闲书屋在1935年出版，联华书局在1936年发行的《坏孩子与别的奇闻》一书的卷末。

（二）各版《鲁迅全集》中的《〈文艺连丛〉——的过去与现在》一文均存在文字和标点符号的错误

如果把"全集本"和"初刊本"进行对校，就可以发现前者存在一些错误。在文字方面，"初刊本"中"每本实价大洋二角半（精印本三角半）"（按："初刊本"排印时在这句话后面脱了一个句号），"全集本"中的这一句中脱了如下的文字和标点符号：（精印本三角半）。在标点符号方面，"初刊本"中"所记的都是山地住民跋司珂族的风俗习惯"，"全集本"在这一句中的"山地住民"和"跋司珂族"之间衍逗号。另外，"初刊本"中"日本译有选集一册"和"这是选集的全译"，"全集本"对这两句中的"选集"都加了书名号。应当遵照鲁迅原文，不加书名号。

值得一提的是，从1958年版《鲁迅全集》开始，各版《鲁迅全集》均按照现代汉语的规范对鲁迅文章中的标点符号进行修改。例如在收录《〈文艺连丛〉——的过去与现在》一文时均把文章中出现的"文艺连丛"这四个字加上书名号，但是，"文艺连丛"是一个丛书的名字，不是一本书的书名，所以，不应当加上书名号，而应当加上引号。另外，这篇文章在"文艺连丛"收录的三本书中刊登时，"文艺连丛"这几个字用了比正文文字较大的字号，而"的过去与现在"这几个字则另起一行，用了比正文文字还小的字号。1958年以后出版的各版《鲁迅全集》的编者都在"文艺连丛"和"的过去与现在"之间加上破折号，形成了《〈文艺连丛〉——的过去与现在》这样的文章名，这样就与鲁迅原文的文章名不同。因此，不仅应当把这篇文章中出现的"文艺连丛"都加上引号，而且应当把文章名改为《"文艺连丛"的过去与现在》。

二　鲁迅售书给光华书局的账单考释

近日笔者在北京鲁迅博物馆的资料室中新发现了一张鲁迅的手迹，从内容上来看，应当是鲁迅出售《铁流》《毁灭》两书的存书以及《铁流》的纸版和插画版给光华书局的收支记录，也可以说是一个账单。

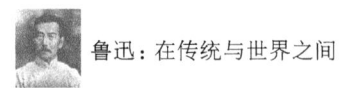 鲁迅：在传统与世界之间

这个账单中的内容如下：

四月廿七日　收洋一百十七元正
　　　　　　同日付　铁流一百八十四本　毁灭一百另二本　六折计算作洋
　　　　　　二百二十七元四角正
五月四日　　收洋拾壹元八角正
六月廿二日　收洋壹百元正　同日付铁流纸版及插画版等作洋
　　　　　　一百四十元正

共收洋贰百廿八元八角正　共付洋叁百六十七元四角正
除收还外，光华书局尚欠洋壹百叁拾染元六角也

查阅《鲁迅全集》"日记"部分，可以看出鲁迅在这三天的日记中有如下的记载：

1932年4月27日：……午后付光华书局《铁流》一八四本，《毁灭》一〇二本，五折计值，共二三〇元八角，先收支票百元。（人民文学出版社2005版《鲁迅全集》第16卷第307页。下文所引鲁迅文字均来自这一版本）

1932年5月4日：晴。下午寄母亲信。寄秉中信，谢其镌赠印章。往内山书店，得《世界美术全集》（别册十一及十四）二本，共泉六元四角，全书完成。买烟卷六包，共泉五元四角。夜大雨。（《鲁迅全集》第16卷第309页）

1932年6月22日：……以《铁流》版售与光华书局，议定折价作百四十元，先收百元，即付以纸版一包、画图版大小十四块。（《鲁迅全集》第16卷第315页）

如果把这个新发现的账单与鲁迅日记所记录的内容进行对照，就可以看出其中一些差异。首先，鲁迅在 1932 年 4 月 27 日的日记中所记载的售书款总额及折扣与账单所记载的售书款的总额及折扣不同，当天收到的售书款的数目也不同。参考鲁迅撰写的《〈毁灭〉和〈铁流〉的出版预告》，并查阅三闲书屋在 1931 年再版的《毁灭》一书及该书后版权页上的《铁流》和《士敏土之图》的出版广告，可以看出这两本书的定价分别是一元二角和一元四角。按照这个定价计算，《毁灭》的定价是一元二角，则 102 本的书款是 122.4 元，五折就是 61.2 元，六折是 73.44 元；《铁流》定价一元四角，则 184 本的书款是 257.6 元，五折就是 128.8 元，六折是 154.56 元。如果鲁迅是五折售书的话，那么这两种书的售书款共 190 元整；如果鲁迅是六折售书的话，那么这两种书的售书款共 228 元整。鲁迅在这个账单上记载的售书款共"二百二十七元四角正"，这一方面可能是鲁迅计算的售书款有误，另一方面也可能是鲁迅售书的数量有误。不过，从鲁迅收到的售书款的数目来说，这个账单的记录比鲁迅日记中的记录更可靠，更真实。其次，鲁迅在 1932 年 5 月 4 日的日记中没有收到光华书局所付的购书款"拾壹元八角正"的记录，这很有可能是鲁迅失记了。此外，笔者在鲁迅日记中也没有看到鲁迅收到光华书局支付售书欠款的记载。

　　笔者认为鲁迅的这个账单虽然与鲁迅日记所记载的相关内容有差异，暂时还无法判断哪个对（鲁迅在 1932 年 4 月 23 日致曹靖华的信中提到过五折售书，但这个账单显然是在不早于 6 月 22 日的日期记录的，而且是不同于日记分在 4 月 27 日和 6 月 22 日这两天记录的，应当是在同一天连续记录的，因此也不能排除这段时间内售书的折扣发生了变化），但仍然是一个值得重视的史料，可以作为鲁迅上述日记内容的补充。附带指出，阿累在《一面》中写到自己在内山书店想购买《毁灭》时遇到鲁迅先生，鲁迅先生把《毁灭》送给他，并且只收取一元钱就卖曹靖华翻译的《铁流》给他。据该文所写，《毁灭》的定价一元四角，《铁流》的定价一元八角，这显然是他记错了。

　　另外，从鲁迅致《铁流》一书的译者曹靖华的书信中，可以看出鲁迅把《铁流》《毁灭》的存书以及《铁流》的纸版和插画版出售给光华书局的原因：一是因为这两本书在当时战乱的环境下销售困难；二是为了抵制市场上出现的盗版《铁流》。

1932年"一·二八事变"爆发，鲁迅因住所靠近日本海军陆战队的司令部，受到炮火的影响，所以不得不在1月30日携带全家离家避难，到3月19日才搬回家。他在1932年4月23日致曹靖华的信中说：

> 这回的战事，我所损并不多，因为虽需逃费，而免了房租，可以相抵，但孩子染了疹子，颇窘，现在是好了。寓中被窃了一点东西去，小孩子的，所值无几。至于生活，则因书店销路日减，故版税亦随之而减，此后如何，殊不可知，倘照现状生活，尚足可支持半年，如节省起来，而每月仍有多少收入，则可支持更久，到本月止，北新是尚给我一点版税的，请勿念。自印之两部书（按：即鲁迅以"三闲书屋"的名义自费印行的《铁流》和《毁灭》），因战事亦大受影响，近方与一书店商量，将存书折半售去，倘成，则兄可得版税二百元，此款如何办理，寄至何处，希便中先示知。（《鲁迅全集》第12卷第299页）

此外，鲁迅从朋友处得知北平出现了《铁流》的盗版书，他在1932年6月18日致台静农的信中说：

> 北平预约（按：指盗版书商预约销售鲁迅的著作和《铁流》等鲁迅编辑出版的著作）之事，我一无所知，后有康君函告，始知书贾又在玩此伎俩，但亦无如之何。至于自印之二书（按：即《铁流》和《毁灭》。），则用钱千元，而至今收回者只二百，三闲书局[屋]亦只得从此关门。后来倘有余资，当印美术如《士敏土图》之类，使其无法翻印也。（《鲁迅全集》第12卷第310页）

鲁迅为了抵制这些盗版书，决定把《铁流》的纸版和插画版出售给光华书局，由光华书局印刷一些《铁流》的普及本来抵制这些盗版书。他在1932年6月24日致曹靖华的信中说：

> 《铁流》在北平有翻板［版］了，坏纸错字，弄得一榻［塌］胡［糊］涂。所以我已将纸版售给（板［版］权不售）这里的光华书局，因为外行人实在弄不过书贾，只好让商人和商人去对垒。作者抽版税，印花由我代贴。（《鲁迅全集》第12卷第314页）

鲁迅为抵制盗版所采取的策略使《铁流》的译者曹靖华得到了一些版税收入。从鲁迅日记中可以看到鲁迅收到光华书局支付的《铁流》版税的记载，如鲁迅在1932年6月25日的日记中记载："……夜收光华书局《铁流》版税五十。"鲁迅虽然借光华书局出版《铁流》的普及本来对付盗版书商，并取得了一些版税，但是仍然受到了光华书局的欺骗。鲁迅在1933年2月9日把四本光华书局再版的《铁流》寄给曹靖华，并在当日致曹靖华的书信中说到了光华书局在出版《铁流》之后支付版税的情况：

> 《铁流》系光华书局出版，他将我的版型及存书取去，书已售完，而欠我百余元至今不付。再版之版税，又只付五十元，以后即不付一文，现此书已被禁止，恐一切更有所藉口，不能与之说话矣。其实书是还是暗暗的出售的，不过他更可以推托，上海书坊，利用左翼作者之被压迫而赚钱者，常常有之。
>
> 兄之版税，存我处者共三百二十元（《铁流》初版二百元，再版五十元，《星花》七十元），上月得霁，静两兄来信，令寄尚佩芸五十元，又尚振声一百元，已于本月一日，由邮局汇出。所存尚有一百七十元，当于日内寄往河南尚宅也。（《鲁迅全集》第12卷第368页）

此外，鲁迅在自费用"三闲书屋"的名义出版《铁流》《毁灭》两书时，也受到了承担排版和印刷两书工作的书商的欺诈。他在1932年6月18日致台

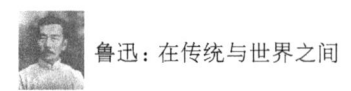

静农的信中诉说了在这两本书出版时所受到书商的欺诈情况：

> 小说两种（按：即《铁流》《毁灭》两书），各两本，已于下午托内山书店挂号寄奉，想不久可到。两书皆自校自印，但仍为商店所欺，绩不偿劳，我非不知商人伎俩，但以惮于与若辈斤斤计较，故归根结蒂，还是失败也。《铁流》时有页数错订者，但非缺页，寄时不及检查，希兄一检，如有错订，乞自改好，倘有缺页，则望见告，当另寄也。（《鲁迅全集》第12卷第310页）

可以说，出版《铁流》一书给鲁迅留下了惨痛的教训，他在1934年12月10日致萧军、萧红的信中，还以此为例提醒初到上海的萧军、萧红多加注意：

> 名人，阔人，商人……常常玩这一种把戏，开出一个大题目来，热闹热闹，以见他们之热心。未经世故的青年，不知底细，就常常上他们的当；碰钉子还是小事，有时简直连性命也会送掉，我就知道不少这种卖血的名人的姓名。我自己现在虽然说得好像深通世故，但近年就上了神州国光社的当，他们与我订立合同，托我找十二个人，各译苏联名作一种，出了几本，不要了，有合同也无用，我只好又磕头礼拜，各去回断，靖华住得远，不及回复，已经译成，只好我自己付版税，又设法付印，这就是《铁流》，但这书的印本一大半和纸版，后来又被别一书局骗去了。（《鲁迅全集》第13卷第286—287页）

总而言之，鲁迅为出版《铁流》《毁灭》这两本小说，不仅付出了时间和金钱，而且也饱受书商的欺诈，受到了不少的委屈。此外，《铁流》《毁灭》在出版及再版时还遭到当时政府的查禁，只能在内山书店出售。虽然如此，鲁迅还是觉得出版《铁流》《毁灭》是值得的，他在《〈铁流〉编校后记》中详细描述了《铁流》的出版过程以及该书的特色，并希望读者喜欢这本书：

> 我们这一本，因为我们的能力太小的缘故，当然不能称为"定本"，但完全实胜于德译，而序跋，注解，地图和插画的周到，也是日译本所不

及的。只是，待到攒凑成功的时候，上海出版界的情形早已大异从前了：没有一个书店敢于承印。在这样的岩石似的重压之下，我们就只得宛委曲折，但还是使她在读者眼前开出了鲜艳而铁一般的新花。

这自然不算什么"艰难"，不过是一些琐屑，然而现在偏说了些琐屑者，其实是愿意读者知道：在现状之下，很不容易出一本较好的书，这书虽然仅仅是一种翻译小说，但却是尽三人的微力而成，——译的译，补的补，校的校，（按：该书由曹靖华翻译，鲁迅校对，瞿秋白补译了涅拉陀夫为该书撰写的序言。）而又没有一个是存着借此来自己消闲，或乘机哄骗读者的意思的。倘读者不因为她没有《潘彼得》或《安徒生童话》那么"顺"，便掩卷叹气，去喝咖啡，终于肯将她读完，甚而至于再读，而且连那序言和附录，那么我们所得的报酬，就尽够了。(《鲁迅全集》第7卷第394页）

鲁迅先生在这里说读者能读完《铁流》，那么他们所得的报酬就尽够了，他这种乐意为读者牺牲的精神值得每一位读书人珍惜。其实，《铁流》在中华民族抗日战争中发挥了巨大的影响，激励着无数的进步青年和军人投身抗战之中[①]，我想鲁迅先生泉下有知也会感到欣慰的。

三 鲁迅手拟的《〈城与年〉的插画》一书的封面设计草图考释

鲁迅博物馆资料库中收藏着鲁迅手绘的《〈城与年〉的插画》一书的封面设计草图，在这幅草图上，封面位置有鲁迅手写的如下文字：

尼古拉·亚历克舍夫："城与年"的插画

木刻二十八幅

文艺连丛之一

---

① 参见杨建民：《曹靖华与〈铁流〉》，《中华读书报》2011年11月2日18版。

在版权页位置有如下的文字：

康士坦丁·丰丁作小说
曹靖华解说
三闲书屋印造
1936 年

"城与年"的插画　　嵌对开

二十八幅

此外，版权页还贴有从别的书上剪下来的出版说明文字，上面贴着的纸张上印着如下的文字（按：此处用墨笔涂掉"鲁迅"两字）译：

V·玛修丁木刻插画
三闲书屋印造
1935 年

鲁迅在这个贴着的纸张上用红笔竖着写下如下文字：照此式排
下面贴着纸张上印着如下的文字：

此书木刻（按："木刻"两字是鲁迅涂掉原文中"插画"两字后增加的。）用原版印本复制，精印三百部，内二十部皮脊，为赠本，不发卖，二百八十部布脊，每部实售大洋八角正

上海北四川路底施高塔路　内山书店　代售

笔者查阅了鲁迅在 1935 年到 1936 年编选出版的书籍和画册，确认这个版权页上面所贴的文字来源于鲁迅在 1935 年用三闲书屋的名义出版的《坏孩子和别的奇闻》一书的版权页，但是一时没有找到这个版权页的下面所贴的文字来源于哪本书。不过，从鲁迅亲笔所修改的"木刻"两字，可以确认这一则说明文字应当算是鲁迅认可的《〈城与年〉的插画》出版说明文字。

鲁迅在 1936 年 3 月 10 日抱病撰写的《〈城与年〉插图本小引》中说：

> 斐定（Konstantin Fedin）的《城与年》至今还不见有人翻译。恰巧，曹靖华君所作的概略却寄到了。我不想袖手来等待。便将原拓木刻全部，不加删削，和概略合印为一本，以供读者的赏鉴，以尽自己的责任，以作我们的尼古拉·亚历克舍夫君的纪念。
>
> 自然，和我们的文艺有一段因缘的人，我们是要纪念的！

鲁迅虽然编好了《〈城与年〉的插画》一书，但是因种种原因没有能够出版，鲁迅手写的这个封面设计草图也因此没有能够面世，因而也就鲜为人知。查阅《鲁迅全集》，可以看出鲁迅撰写的这一则出版说明文字还没有收入《鲁迅全集》之中，因此也可以说，这一则《〈城与年〉的插画》一书的出版说明文字是鲁迅的一个佚文，题目可以定为《〈城与年的插画〉出版说明》。

四　结　语

上述三则鲁迅的集外文字，有的是图书出版广告，有的是售书的账单，有的是图书封面设计上的出版说明，大约因为这些文字不能算作鲁迅的文学创作，所以不被研究者重视，也没有被收入《鲁迅全集》之中，至今仍沉睡在鲁迅博物馆的资料库房中。笔者认为，鲁迅的这些集外文字，虽然不能算作鲁迅的文学创作，但是对于了解鲁迅生平中的一些历史细节仍然具有参考价值，正

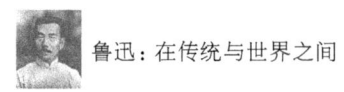

如鲁迅在《谢承〈会稽先贤传〉序》中所说:"吉光片羽,皆可宝也"。

(本文是国家社科基金2014年度一般项目"国内六家鲁迅纪念馆的历史和现状研究(1951—2016)"[编号:14BZW104]的阶段性成果)

鲁迅与1930年的国民党浙江省党部

王彬彬　南京大学文学院

内容摘要：1930年，鲁迅参加"中国自由运动大同盟"，国民党浙江省党部因此呈请国民党中央通缉鲁迅。国民党方面视鲁迅为自由运动大同盟的发起人，却是一种误会。鲁迅说，其时，国民党浙江省党部"颇有我的熟人"，而任省党部执行委员会常务委员的朱家骅则应该是与鲁迅最熟的人。鲁迅觉得，朱家骅等人如果事先向鲁迅了解一下情况，是能把真相弄清楚的。1930年前后，浙江省政府和省党部围绕减租问题，斗争异常激烈，朱家骅、许绍棣等人都在斗争的最前线，呈请中央通缉鲁迅，应该只是一个小小的插曲，不是什么大事，对许绍棣等人的政治前途应该没有产生影响。

关键词：鲁迅；朱家骅；许绍棣

一

1930年2月，中共中央决定在上海成立"中国自由运动大同盟"，并由冯雪峰出面邀请鲁迅参加。冯雪峰在《党给鲁迅以力量》中回忆说：

……"中国自由运动大同盟"成立于一九三〇年二月间，"中国左翼作家联盟"则成立在同年三月间；但两者都在一九二九年年底就开始酝酿的。在上海的党中央希望鲁迅先生也做"中国自由运动大同盟"的发起人，派人来告诉我，要我先征求鲁迅先生的意见；我去和鲁迅先生谈了，记得他当时的表示是不大同意这种方式，认为一成立就会马上被解散了，可是他又依然立刻答应参加并为发起人之一。以后是先由我介绍，党又派人（我记得是派潘汉年同志）和他直接谈过几次。"中国自由运动大同盟"的成立大会是秘密开的，鲁迅先生也出席了，我记得他没有正式发言，可是精神很愉快，好像对于这种会他倒很感兴趣，几天之后他还谈起那天开会时的情形。①

冯雪峰的《党给鲁迅以力量》写于1951年6月，后来，他在给鲁迅研究者包子衍的信中，以不同的语气回忆了这件事：

> 自由——同盟是立三路线开始抬头时搞的。实际负责人有哪几个我完全不清楚。我只记得当时来同我联系并要我去同鲁迅先生和柔石等人谈的是潘汉年（当时中央宣传部干事，李立三是中宣部长），潘大概是主要负责人。据我记忆，只发过一个宣言，似乎并未以它的名义做过什么事，并无地址，有无机构也不记得，似乎也无所谓存在多少时候。这是立三路线的一种做法。鲁迅先生实际上是不赞成这种做法的，他对我说过这种意思的话："发过宣言之外，是无法做什么事的。"②

鲁迅自己，在1930年3月21日致章廷谦信中，则说道：

> 自由运动大同盟，确有这个东西，也列有我的名字，原是在下面的，不知怎地，印成传单时，却升为第二名了（第一名是达夫）。近来且往学校的文艺团体演说几回，关于文学的。我本不知"运动"的人，所以凡所讲演，多与该同盟格格不入，然而有些人已以为大出风头，有些人则以为

---

① 冯雪峰：《党给鲁迅以力量》，见《鲁迅回忆录》散篇中册，北京出版社1999年版，第791—792页。
② 朱正：《一个人的呐喊》，北京十月文艺出版社2007年版，第241页。

十分可恶,谣诼谤骂,又复纷纭起来。半生以来,所负的全是挨骂的命运,一切听之而已,即使反将残剩的自由失去,也天下之常事也。①

鲁迅原以为自己的名字"是在下面的",但公布时,却成了第二名,这说明鲁迅事先并不知道自己被当作了"发起人"。

鲁迅1930年3月19日的日记记道:"往中国公学分院讲演。离寓。"②所谓"离寓",就是避居内山书店。这是因为讲演归来后,听说国民党浙江省党部呈请国民党中央通缉鲁迅并获批准。而浙江省党部之所以呈请中央通缉鲁迅,是因为鲁迅参与"自由运动大同盟"并任发起人。3月21日给章廷谦写信时,鲁迅已经是在内山书店的楼上了。3月27日,鲁迅收到章廷谦3月25日的回信。章廷谦信中,应该有鲁迅参与"自由运动大同盟"一类活动,是在给他人当梯子的议论。当天,鲁迅回信说:

> 廿五日来信,今天收到。梯子之论,是极确的,对于此一节,我也曾熟虑,倘使后起诸公,真能由此爬得较高,则我之被踏,又何足惜。中国之可作梯子者,其实除我之外,也无几了。所以我十年以来,帮未名社,帮狂飙社,帮朝花社,而无不或失败,或受欺,但愿有英俊出于中国之心,终于未死,所以此次又应青年之请,除自由同盟外,又加入左翼作家联盟,于会场中,一览了荟萃于上海的革命作家,然而以我看来,皆茄花色,于是不佞势又不得不有作梯子之险,但还怕他们尚未必能爬梯子也。哀哉!

这封信的末尾,鲁迅特意写了"三月二十七夜书于或一屋顶房中"。③

国民党浙江省党部是否真的呈请中央通缉鲁迅;即便浙江省党部真的有此

---

① 《鲁迅全集》第12卷,人民文学出版社1981年版,第6—7页。以下所引《鲁迅全集》皆为人民文学出版社1981年版,兹不赘述。
② 《鲁迅全集》第14卷,第815页。
③ 《鲁迅全集》第12卷,第6—7页,第9—10页。

举，国民党中央是否批准了这一呈请并真的发布了通缉令，都是有争议的。认为其实并无浙江省党部呈请通缉鲁迅以及国民党中央发布通缉令之事者，可以倪墨炎为代表。倪墨炎在《鲁迅三次被通缉的真相》一文中说："然而我们至今还没有发现浙江省党部呈请中央党部通缉鲁迅等人的公文，也还没有发现中央党部批准浙江呈文的公文。按照国民党的办事规程，像通缉鲁迅等人之事，一般是由中央党部发文要政府部门出面执行，但这样的公文至今也还没有发现。""鲁迅郁达夫可以相互作旁证证明：他俩都听到了通缉的传闻，就离家避难的；说明当时确有这样一种传闻，而不能证明当时确有通缉令。"① 倪墨炎认为，所谓"通缉"，只是传闻而已。

而认为鲁迅确乎因参加"中国自由运动大同盟"而被通缉了的，则可以王锡荣为代表。倪墨炎说没有发现原始材料证明通缉确有其事，而王锡荣在《鲁迅究竟有没有被通缉》一文中，披露了多份其时的党政公文，证明对鲁迅等人的通缉确实发生过。1930 年 9 月 30 日"中国国民党中央执行委员会秘书处公函 15889 号"，先是抄录了"常务委员会交下中央宣传部"的公文，该公文说，上海地方近有"中国社会科学家联盟""左翼作家联盟""自由运动大同盟"等组织，"同为共党在群众中公开活动之机关，应一律予以取缔，以遏乱萌"，并且请中宣部"密核"后"转函国民政府密令淞沪警备司令部及上海市政府会同该市党部宣传部严密侦察各该反动组织之机关，予以查封，并缉拿其主谋份子，归案究办，以惩反动，而杜乱源"。中央执行委员会的批复是："照办，并将原附简章等件送中央组织部"。这是中央执行委员会秘书处致国民政府文官处的公函，签署者是秘书长陈立夫。随函附有一份应予"缉拿"的名单，其中有"鲁迅"。国民政府文官处于 10 月 2 日向有关机构发出了"国民政府密令密函第 6039 号"，其中说："奉主席谕国民政府批：'密函淞沪警备司令部，上海市政府会同上海市党部宣传部严密查拿究办'"各"反动机关"的"主持份子"。王锡荣强调："从操作层面说，陈立夫签署的第 15889 号密函，就是通缉

---

① 倪墨炎：《鲁迅三次被通缉的真相》，见《现代文坛灾祸录》，上海书店出版社 1996 年 12 月版。

令。由于是秘密通缉,所以当然不会再有像现在人们所看到的那种公开张贴的通缉令。"①

王锡荣查到的公文,倪墨炎也查到并引用了,分歧源于二人对这些公文的理解不同。倪墨炎认为,中宣部、中央执行委员会秘书处、国民政府文官处等机构在往来公文中强调要"缉拿"各"反动组织"的首要分子,并不等于就真的对这些首要分子实施了通缉。而王锡荣则认为,这些往来公文,就等同于"通缉令"。

应该说,倪王二人都有一定道理,都能自圆其说。鲁迅是否真的因参加"中国自由运动大同盟"而被国民党通缉过,仍然是一个悬案。

二

但鲁迅自己是相信通缉令的存在的。鲁迅多次谈及此事,不同场合措词和语气略有差别,但总体上,是相信自己在1930年因为参加"中国自由运动大同盟"而被国民党官方正式通缉了的。国民党官方是否正式发布了通缉令是一回事,浙江省党部是否呈请中央通缉鲁迅又是另一回事。我们在这里,姑且认为浙江省党部确有此举。

在鲁迅历次关于被通缉一事的言说中,有两次特别令我印象深刻。

一次是许寿裳在《亡友鲁迅印象记》里叙说的。许寿裳说,1930春,鲁迅被浙江省党部呈请通缉,原因是参与了"中国自由运动大同盟"。许寿裳说,这事"说来自然滑稽,但也很可痛心"。许寿裳强调,"那时,浙江省党部有某氏主持其事,别有用意",所谓"罪名"、"理由",都是借口,真实目的,是要报"编辑刊物"之仇。鲁迅初到上海,主编《语丝》的时候,有署名"某某"的文章,投稿揭发他的大学的黑幕,鲁迅把文章刊出了,这惹恼了在浙江省党部供职的"某氏",因为这"某氏"是这大学的毕业生。这"某氏"从此对鲁

---

① 王锡荣:《鲁迅究竟有没有被通缉》,见《鲁迅生平疑案》,上海辞书出版社2002年版。

迅"挟嫌于心",鲁迅参与"中国自由运动大同盟"的消息出来了,而且还是发起人,这在浙江的"某氏"便找到了报复鲁迅的机会,于是呈请国民党中央党部通缉鲁迅,并且被批准。许寿裳说:

> 鲁迅曾把这事的经过,详细地对我说过:"自由大同盟并不是由我发起,当初只是请我去演说。按时前往,则来宾签名者已有一人(记得是郁达夫君),演说次序是我第一,郁第二,我待郁讲完,便先告归。后来闻当场有人提议要有甚么组织,凡今天到会者均作为发起人,迨次日报上发表,则变成我第一名了。"鲁迅又说:"浙江省党部颇有我的熟人,他们倘来问我一声,我可以告知原委。今竟突然出此手段,那么我用硬功对付,决不声明,就算是由我发起好了……"[①]

所谓"浙江省党部有某氏"的"某氏",便是许绍棣,其时任国民党浙江省党部执行委员和省党部宣传部长。所谓"编辑刊物"的公案,是指1928年在《语丝》上关于复旦大学的争议。鲁迅初到上海时,收到复旦大学学生徐诗荃化名"冯珧"的文章《谈谈复旦大学》,对复旦大学有所批评。社会批评是鲁迅一向所提倡的,这样的文章鲁迅当然会发表。冯珧文章发表后不久,收到复旦大学毕业生潘楚基题为《我也来谈谈复旦大学》的文章,对冯珧文进行反驳,为学校当局辩护。鲁迅也照样发表了,但在潘文后写了"记者附白":"为了一个学校,《语丝》原不想费许多篇幅的。但已经'谈'开了,就也不妨'谈'下去。这一篇既是近于对前一文的辩正,而且看那口吻,可知作者和复旦大学是很关切的,有作为的。所以毫不删略,登在这里,以便读者并看。"[②] 潘楚基的文章和鲁迅写的"记者附白"发表后,又收到署名章达生的来信,谴责冯珧文章、为复旦大学辩护,同时也表达了对《语丝》"记者"的不满:"目前杂志

[①] 许寿裳:《亡友鲁迅印象记》,见《鲁迅回忆录》专著上册,北京出版社1999年版,第273—274页。
[②] 见《鲁迅全集》第8卷,第247页。

的编辑者似乎太忙，对于名人的稿子一时又拉不到手。只要一见几句反抗话的稿子，便五体投地，赶忙登载。"鲁迅在《语丝》上全文发表了章达生的来信，并在后面附上复信，复信自然也对章达生的指责反唇相讥。①在登载章达生来信的同时，鲁迅又从来稿中选登了署名宏芬的《我也来谈谈复旦大学》，宏芬文章支持冯珧而也对复旦当局和复旦现状表示不满。②

在这几个回合中，鲁迅的倾向是很明显的。这一来，鲁迅便与"复旦大学"产生了"恩怨"。通常认为，之所以是浙江省党部呈请中央通缉鲁迅，便是因为鲁迅发表批评复旦大学的文章而得罪了复旦大学毕业生、其时任浙江省党部宣传部长的许绍棣。例如，王锡荣就说，鲁迅因为这些行为而"开罪于复旦大学毕业的许绍棣。许因而对《语丝》很是不满。这就成为后来呈请通缉的重要动因。"③

其实，其时在浙江省党部任职而属重要人物者，并不只有许绍棣这一个复旦大学毕业生。王合群的博士论文《浙江"二五减租"研究（1927—1949）》中说：

> 1929年前后的浙江，一方面浙江省党部基本上为C.C.系控制，在1929年3月4日国民党中常会圈定的浙江省党部执行委员会执行委员中，许绍棣、叶溯中、陈希豪、李超英、张强等五人都是浙江C.C.的重要人物。在1929年党政纠纷中，被逮捕的胡健中则C.C.系复旦派的领导人物，他与许绍棣二人长久地把持浙江省教育文化界，因而虽然其成员不如浙江C.C.系其他派别（如浙西系、浙东系和温州系），但在浙江党务中却有相当潜在势力，跟二陈（引按：即陈果夫、陈立夫兄弟）的关

---

① 见《鲁迅全集》第8卷，第256—258页。
② 载《语丝》周刊第4卷第38期，1928年9月17日出版。
③ 王锡荣：《鲁迅究竟有没有被通缉》，见《鲁迅生平疑案》，上海辞书出版社2002年10月版。

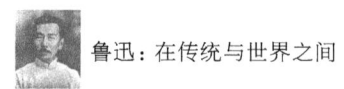
鲁迅：在传统与世界之间

系也更特别密切。①

如此说来，其时在浙江省党部，复旦大学的毕业生自成一"派"一"系"；如此说来，鲁迅在浙江省党部得罪的就并非一个许绍棣，而是得罪了在浙江党部居要津的整个"复旦派""复旦系"。

许绍棣、胡健中、叶溯中这些人下面还要说到，暂不论。先看看鲁迅说的"浙江省党部颇有我的熟人"是什么意思。

鲁迅在同是浙江人的许寿裳说这番话时，显然有抱怨之意。鲁迅本非"中国自由运动大同盟"发起人，对这个政治活动也并不热心，多少是出于应付，才与这"同盟"有了些牵扯。浙江省党部的许绍棣等"复旦派"以鲁迅是"中国自由运动大同盟"发起人而呈请中央予以通缉，是很大的误会。但是，其时的浙江省党部与鲁迅有瓜葛、关系者，并非只有许绍棣这些人，还有些与鲁迅相识的人，如果在呈请中央通缉前，这些老熟人能够向鲁迅了解一下情况，鲁迅就会把与"自由运动大同盟"的真实关系告诉他们，误会就可消除，通缉就不必要了。

既然这些老熟人能够代表省党部向鲁迅了解情况，就也非等闲之辈。他们是哪些人呢？王锡荣在《鲁迅究竟有没有被通缉》一文中的解释是：

> 这里他说的浙江方面的熟人，就是他在北京女师大时的女学生吕云章。吕是山东蓬莱人，是许广平在女师大的同班同学。在女师大风潮中，她与鲁迅、许广平较为密切。后来鲁迅、许广平南下，她也去了杭州，担任国民党浙江省党部委员。1929年又回到北平，担任北师大斋务课分课主任职务。看得出，她对鲁迅很是崇敬，直到后来鲁迅在上海定居，她每过沪，都去拜访鲁迅许广平。鲁迅出了书，也经常寄给她。1929年3月，鲁迅在给章廷谦的信中称戏（引按：应为"戏称"之误）她为"该前委员"，

---

① 见王合群《浙江"二五减租"研究（1927—1949）》，华东师范大学历史系2003年博士学位论文，第74页。

说明他们熟悉的程度。1932年鲁迅回到北平,也在给许广平的信中一再提起她,可见其关切。虽说1930年时她已离开该党部,但她与许绍棣等应该也是熟悉的。关于复旦大学的事,本来是可以说得清楚的。但对方既以势压人,公报私仇,鲁迅却偏不信邪,"用硬功"顶了回去。①

王锡荣认为鲁迅所说的"浙江省党部颇有我的熟人"的"熟人"就是这位吕云章。但细细想来,觉与实情颇难相符。所谓"颇有",一来说明"熟人"并不只有一人,二来说明这"熟人"具有相当的政治地位,在浙江省党部有较大的话语权。这位吕云章是从北方南下的外地人,一个普通的省党部委员,事涉通缉鲁迅,她应该插不上嘴。更重要的是,吕云章于1929年离浙北返,而"中国自由运动大同盟"事发1930年,浙江省党部呈请中央通缉鲁迅,也发生在1930年。事发时吕云章已经不在浙江,此事鲁迅非常清楚,所以,"浙江省党部颇有我的熟人",从事理上说,也不可能是指吕云章。

那么,1930年的时候,鲁迅在浙江省党部的熟人是谁呢?

三

温伟伟2012年5月30日在杭州师范大学通过答辩的硕士学位论文《国民党浙江省党部研究(1924—1947)》,对1924至1947年间国民党浙江省党部的人事变迁有比较详细的介绍。下面主要依据该论文对这方面情况进行论述。

1927年4月中旬,蒋介石在南京建立了国民党中央机构和国民政府。各省党部和省政府也开始建立。据温伟伟学位论文,此后数年间,浙江省党部频繁改组。1927年4月15日,国民党中央以萧铮、郑异、葛武棨、陈希豪为中央特派员,会同中央政治会议浙江分会委派的周祐、姜绍谟、邵元冲到杭州接收省党部,以萧铮、郑异、邵元冲为常务委员,组建国民党浙江省执行委员会。

---

① 王锡荣:《鲁迅究竟有没有被通缉》,见《鲁迅生平疑案》,上海辞书出版社2002年10月版。

5月30日,国民政府任命马叙伦、蒋梦麟、陈其采、周佩箴、程振钧、阮性存、朱家骅、蒋中正、邵元冲、徐鼎年、蒋伯诚、陈希豪、周凤歧等20人为浙江省政务委员会委员。①这份名单中,马叙伦、蒋梦麟、朱家骅都是鲁迅的"熟人"。这是政务委员会名单,但国民党统治时期,党政本就牵扯不清,何况这些"党政要人",是忽党忽政,亦党亦政的。

据温伟伟论文,1928年3月30日,国民党中央常委会通过各省市党务指导员名单,何应钦、周炳琳、王漱芳、许绍棣、叶溯中、吕云章、李超英、姜绍谟、蒋元新等9人为浙江省党务指导员。4月16日,王漱芳召集谈话会,推举何应钦、王漱芳、叶溯中为国民党浙江省党务指导委员会常务委员,许绍棣被推举为宣传部长,周炳琳、李超英分别被推举为组织部长和训练部长。②上面谈到的吕云章,在1928年3月当了浙江省党务指导员。而下面还要谈到的叶溯中,则在1928年3月的时候,便当上了浙江省党务指导委员会常务委员。至于许绍棣,则在此时便当上浙江省党务指导委员会宣传部长。

1929年2月14日,在杭州召开了国民党浙江省党务指导委员会第二次全省代表大会,通过选举产生了省执监委员及候补执监委员候选人。随后,国民党中央第二〇二次常会,决定李超英、许绍棣、叶溯中、郑炳庚、张强、项定荣、马文车、朱家骅、陈希豪9人为浙江省执行委员;方青儒、林恒、杨云、王惟英、李尹希5人为候补执行委员;张静江、陈果夫、周骏彦、蒋伯诚、郑异等5人为省监委;胡健中、杨谱笙为候补监委(其时张静江兼任浙江省主席,朱家骅为浙江省政府委员)。同时,国民党中央决定李超英、许绍棣、洪陆东、朱家骅、朱炳棣、萧铮、梅恩平、郑异、郑炳庚为出席国民党第三次全国代表大会代表。浙江省执委于4月5日召开第一次临时会议,选举产生常委3人,即朱家骅、叶溯中、陈希豪;张强为组织部长、许绍棣为宣传部长、李超英为训练部长;项定荣、郑炳庚为民训会委员。4月8日,上述诸人在省党部大礼堂宣

---

① 温伟伟:《国民党浙江省党部研究(1942—1947)》,杭州师范大学2012年硕士学位论文,第10页。

② 同上,第13页。

誓就职，正式成立国民党浙江省党部执行委员会。①

据温伟伟论文，1930年国民党浙江省党部改选，朱家骅欲利用改选掌控省党部，遂与本来把持全省党权的C.C.系发生尖锐冲突。1930年6月，第三次全省代表大会选举产生第三届执行委员会委员，他们是朱家骅、许绍棣、周骏彦、叶溯中、陈希豪、郑炳庚、张强、项定荣、方青儒，其中朱家骅、叶溯中、方青儒为执行委员会常务委员；叶凤虎、邓文车、胡健中、姜卿云为候补执行委员；郑文礼、李超英、周觉、陈诚为监察委员，竺鸣涛、戴福权为候补监察委员，陈布雷为常务监察委员。在这次代表大会上，决定张强为组织部长、许绍棣为宣传部长、项定荣为训练部长。②

在这些人物中，首先应该注意的是朱家骅。鲁迅与朱家骅，都是从广州的中山大学来到江浙的。鲁迅于1927年10月从广州到了上海，朱家骅则于1927年12月从广州到了杭州。而在广州时，二人是中山大学的同事。

朱家骅，字骝先，鲁迅有时写作"留仙"，浙江吴兴人。1926年到广州任职于广东大学。1926年7月，广东国民政府根据廖仲恺生前意见，将广东大学更名为中山大学，由戴季陶任校长。1926年10月，中山大学由校长制改为委员制，由戴季陶、顾孟馀、徐谦、丁惟汾、朱家骅五人组成国立中山大学委员会，戴季陶任委员长。1927年4月又恢复校长制，戴季陶任校长，朱家骅任副校长。

朱家骅就任五人委员会委员后，便积极"引进"人才，首批物色的对象中，就有刚到厦门大学任教的鲁迅。鲁迅1926年10月16日的日记有"得留仙电"的记载③，也就是收到了朱家骅打来的电报。在日记里以"留仙"称之，很可能此前便相识。朱家骅1917年从德国留学回国，曾在北京大学任教，1925年时参加北京学生声援"五卅"的活动而被通缉，所以，此前鲁迅与朱家骅见过面的可能性是有的。10月16日这一天，鲁迅在写给许广平的信中说："今天又得到

---

① 温伟伟：《国民党浙江省党部研究（1942—1947）》，杭州师范大学2012年硕士学位论文，第25页。
② 同上，第26页。
③ 《鲁迅全集》第14卷，第620页。

了朱家骅君的电报,是给兼士玉堂和我的,说中山大学已改职(当是'委'字之误)员制,叫我们去指示一切。大概是议定学制罢。兼士急于回京,玉堂是不见得去的。我本来大可以借此走一遭,然而上课不到一月,便请假两三星期,又未免难于启口,所以十之九总是不能去了,这实在可惜,倘在年底,就好了。"①朱家骅给厦门大学的鲁迅、沈兼士、林语堂打电报,请他们到中山大学"指导一切",也就是"专家咨询"的意思。这时候朱家骅还没有明说要"挖"他们来中山大学,但显然已有了"挖"他们的想法。鲁迅之所以很想去,因为许广平正在广州。这次鲁迅未能成行,但11月11日就收到了中山大学的聘书。聘书是以校方的名义发出的。收到聘书后,鲁迅犹豫不决。12月13日,鲁迅又收到朱家骅以个人名义写来的信,这天的鲁迅日记有"午后得骝先信,七日发"的记载。②在12月14日写给许广平信中,鲁迅说:"中大又有信来,催我速去,且云教员薪水,当设法增加,但我还是只能于二月初出发。"③这说的就是朱家骅的催促信。12月21日鲁迅日记有"午得中山大学信,十五日发"的记载。④12月23日鲁迅写给许广平信中说:"前日得郁达夫及逢吉信……次日又得中大委员会十五来信,言所定'正教授'只我一人,催我速往。"⑤中大15日发出的信,是告知鲁迅被聘为正教授,而且被聘为"正教授"的只有鲁迅一人。

总之,这期间中大数次请求鲁迅速来就职,有时是公函,有时是朱家骅以个人名义来信来电。鲁迅于1927年1月16日离开厦门,途经香港,于18日抵达广州黄埔,当晚住在旅馆,次日即移入中山大学大钟楼。1月24日的日记有"午后……骝先来"的记载⑥,26日的日记则有"晚往骝先寓夜餐,同坐六人"的记载。⑦24日下午朱家骅到鲁迅住处看望鲁迅,26日晚又设家宴欢迎

---

① 《鲁迅全集》第11卷,第157页。
② 《鲁迅全集》第14卷,第628页。
③ 《鲁迅全集》第11卷,第246页。
④ 《鲁迅全集》第14卷,第629页。
⑤ 《鲁迅全集》第11卷,第254页。
⑥ 《鲁迅全集》第14卷,第640页。
⑦ 《鲁迅全集》第14卷,第640页。

鲁迅，其他几人显然是请来作陪的。2月1日鲁迅日记又有"夜往骝先寓夜饭"记载。①2月1日这一天，是农历除夕，鲁迅刚到广州，朱家骅请他到家里吃年夜饭。

鲁迅到中大后，与朱家骅相处得不错，来往也算密切。后来决计离开中山大学，主要是对文科主任傅斯年不满。1927年4月29日的鲁迅日记有这样的记载："上午寄中山大学委员会信并还聘书，辞一切职务。寄骝先信……下午骝先来。得中山大学委员会信并聘书。"②这一天，鲁迅决定辞去中山大学一切职务，而这时朱家骅已经是副校长。鲁迅上午寄去了辞职信并送还聘书，下午朱家骅便上门了，应该是来挽留，中山大学也寄来了挽留信并将聘书又寄送鲁迅。鲁迅又将聘书还去，学校则还将聘书还来，如此往返了好几次。朱家骅本人也多次出面，请求鲁迅留在中大。但鲁迅去意已决。虽然没有给朱家骅面子，但二人也到底没有撕破面子。鲁迅6月30日的日记有"收中山大学五月分薪水泉五百"的记载。③鲁迅4月间便辞去一切职务，但中山大学还是送上了5月份的薪水500元。这使鲁迅一时间花钱很大方，7月2日、3日、4日连续三天的日记都有买书的记载。7月4日竟然"从广雅书局买来《太平御览》一部八十本，四十元。"④鲁迅虽然经常买书，但花40元买一部书的情形还是不多的。在7月7日至章廷谦信中，鲁迅对此有解释："中大送五月的薪水来，其中自然含有一点意思。但鲁迅已经'不好'，则收固然不好，不收亦岂能好，我于是不发脾气，松松爽爽收下了。此举盖颇出于他们意料之外；而我则忽而大阔，买四十元一部之书，吃三块钱一合之饼干，还吃糯米糍（荔支），龙牙蕉，此二种甚佳，上海无有，绍原未吃，颇可惜。"⑤

当鲁迅于春间要辞职时，朱家骅极力挽留。但朱自己，也于年底离开广州到了杭州，接替马叙伦任浙江省民政厅厅长。1930年的时候，朱家骅不但是

---

① 《鲁迅全集》第14卷，第642页。
② 《鲁迅全集》第14卷，第653页。
③ 《鲁迅全集》第14卷，第661页。
④ 《鲁迅全集》第14卷，第662页。
⑤ 《鲁迅全集》第11卷，第556页。

国民党浙江省党部执行委员会常务委员,还是国民党中央执行委员会委员和中央政治会议委员。

所以,鲁迅说的"浙江省党部颇有我的熟人",首先应指朱家骅。鲁迅认为,浙江省党部呈请中央通缉鲁迅,作为执行委员会常委的朱家骅不可能不知道。在"呈请"之前,朱家骅如果向鲁迅了解一下与"自由大同盟运动"的关系,鲁迅便会如实相告,而"误会"也就消除了。朱家骅、许绍棣们居然不了解一下就呈请中央通缉鲁迅,这显然激怒了鲁迅。

四

在鲁迅历次关于被通缉一事的言说中,另一次令我印象特别深刻的,是1936年专门写了这样一份文字:

关于许绍棣叶溯中黄萍荪

当我加入自由大同盟时,浙江台州人许绍棣,温州人叶溯中,首先献媚,呈请南京政府下令通缉。二人果渐腾达,许官至浙江教育厅长,叶为官办之正中书局大员。

有黄萍荪者,又伏许叶唤使,办一小报,约每月必诋我两次,则得薪金三十。黄竟以此起家,为教育厅小官,遂编《越风》,函约"名人"撰稿,谈忠烈遗闻,名流轶事,自忘其本来面目矣。"会稽乃报仇雪耻之乡",然一遇叭儿,亦复途穷道尽! ①

这份文字写于1936年的何月何日已难以考究。应该是在鲁迅感到生命已快到尽头,有些事情必须有个了结、交待,于是在1936年的某月某日写下了这份文字。鲁迅是主张"报仇雪耻"的,但是,却又实在没有办法现实地向这

---

① 《鲁迅全集》第8卷,第404页。

几个"叭儿""报仇雪耻",于是便以这种方式记录下他们的恶行。

鲁迅认为许绍棣、叶溯中是因为呈请南京政府通缉自己而"果渐腾达",这与实情也有些出入。其实,1930年前后,浙江政坛因为"二五减租"问题而斗争异常激烈。斗争主要在省政府和省党部之间展开。省政府一边反对减租运动;而省党部一边,则极力主张减租的必要并大力推行这一运动。围绕减租运动,数年间浙江政坛风狂雨骤、云谲波诡。作为省党部执行委员会委员和宣传部长的许绍棣、作为省党部执行委员会常务委员的叶溯中,都在漩涡的中心。他们1930年后官职的变动,都与减租运动有直接关系。

孙中山非常重视"平均地权"问题。"二五减租"的地政改革方案,最先是孙中山提出的。鲍罗廷曾经是孙中山极其信任的顾问。孙中山逝世后的1926年10月1日,鲍罗廷对国民党中央军事政治学校第四期毕业学员发表了题为"土地问题"的演讲,其中说:"二年前总理曾说自(己)签字一个命令,即减少农民现纳租税——从百分之五十中减少百分之二十五。使此命令能执行,农民即可减少十二石半谷了(以百石为标准)。此命令为在广州所亲见,现仍存在政府公文库中,使此命令早日实行,则农民将老早起来拥护国民党了,每家农民将以总理的像挂在他们家中,当神一样看待了。此命令我认为是总理遗嘱中最重的要的[最重要的]一项。"①

1926年10月,在广州召开的国民党中央和各省市代表联席会议上,正式形成了关于"二减租"的决议,该决议写入了联席会议制定的《关于本党最近政纲决议案》中,明确提出了"减轻佃农田租百分之二十五"的口号②。南京国民政府成立后,认可了1926年10月广州联席会议做出的"二五减租"决议并要求各省予以实施,但"实际上,除浙江省的部分地区有所施实外,其他各省均未实行"③。而之所以只在浙江部分地区有所实行,就因为此时的浙江省党部有一群极力拥护减租政策的干部,他们以高度的热情推行这一政策,并与反对

---

① 《鲍罗廷在中国的有关资料》,中国社会科学出版社1983年版,第103页。
② 成汉昌:《中国土地制度与土地改革——20世纪前半期》,中国档案出版社1994年版,第243页。
③ 同上,第249页。

减租的力量进行了悲壮的斗争。当然,最后以失败告终。

成汉昌在《中国土地制度与土地改革——20世纪前半期》一书中说,1927年11月,国民党浙江省党部便与省政府共同制定了《浙江省本年佃农缴租实施条例》和《浙江省本年佃业纠纷仲裁委员会暂行仲裁条例》,出台了"二五减租"以及一系列相关的减轻农民负担的政策。但因为此时已经入冬,本年度收租缴租之事大体完结,又加上基层党部大都有派别之争,基层党员干部忙于争权夺利,所以,这一年,除萧山等数县有所实行外,其他各县则没有声息。1928年7月,浙江省党务指导委员会与省政府委员联席会议上,又制定了几个新的减租政策,这几个新的政策,较之前的政策更进一步,即明确规定了"减租前最高租额量数的限度"。如果不管减租前租额如何,只在原来基础上减去百分之二十五,那"二五减租"仍然可能不能真正起到减轻佃农负担、缓和农村阶级矛盾的作用。因为如果原来租额很高,减去百分之二十五,佃农仍然要交很多的租子。

成汉昌指出,策划和推行减租的主要力量,是省县两级党部中的一些国民党党员。这些人拥护孙中山的关于土地问题的主张,有的在"大革命时期"参加过农民运动。由于他们多方面的努力,1928年减租政策在不少地方得到了较为切实的实行,因此,1928年被称为"浙江减租运动过程中之黄金时代"。[①]

当减租刚启动时,浙江省政府主席是何应钦,何是赞成减租政策的,因而刚开始党政还能意见一致。不久,张静江取代何应钦成为浙江省主席,而张是极力反对减租政策的,于是,浙江省的党政两个系统,围绕减租问题,就展开了尖锐的斗争。省党部一边,以萧铮为首,许绍棣是干将;省政府一边,则以张静江为首。张静江是国民党元老,萧铮、许绍棣等人要与张静江这一干人抗争,失败是难免的。

许绍棣是省党务指导委员会宣传部长,在减租运动中,负有"宣传"的使命,而许也的确在各种场合宣讲减租的意义与必要。例如,在1929年5月出版的《浙

---

① 成汉昌:《中国土地制度与土地改革——20世纪前半期》,中国档案出版社1994年版,第249—250页。

江党务》第 38 期上，许绍棣发表了《土地问题与二五减租》一文，其中强调："我们之所以实行二五减租，因为是尊奉总理的遗教，先使土地农有，然后土地国有"；"农村经济的衰落，固有别的原因，而土地分配不均，使农村经济组织不固，却为最大原因"；"总理的耕者有其田办法，第一是平均地权，使土地不为少数田主所垄断，使其得渐渐分散于多数自耕农之手。第二是增进农民的财富，减轻他们的不应负而负的经济压力。所以'二五减租'实是要实行耕者有其田的初步办法，其意义并不是可怜农民而给予一点小惠那样简单。"①

省党部在与省政府的斗争中，渐渐处于劣势。杨天石在《国民党在大陆"二五减租"的失败》一文中说，1929 年 4 月，张静江在省政府会议上提议废止"二五减租"政策，会议认可了张的提议，决定自本年起，不再实行统一的减租政策，此后租额仍由租佃双方自行商定。此举招致党务系统的强烈反对。省党部召开常务委员会讨论对策，会议认为，减租政策为省党政系统共同制定，政府一边无权单方面废止。常务委员朱家骅等人向浙江省政府提出《复议理由书》，要求省府开会复议。《复议理由书》强调：国民革命必须"首先解放农民"，"以农民运动为基础"，"党的政策，须着眼于农民本身之利益"。《复议理由书》又强调了减租运动是在尊奉孙中山遗教："土地问题为民生主义之基础，而农田问题又为土地问题之主要部分。农田问题设无适当之解决，则整个社会问题亦不能解决"；"总理遗教，实欲于最短期间内促进耕者有其田，而二五减租实为实现平均地权之捷径。二五减租这基本观念，诚为解放农民之最低限度之政策。"江浙省政府则对省党部做出了拒绝复议的表示。4 月 27 日，朱家骅、叶溯中、陈希豪三名常委联名向中央党部申诉。他们充分肯定了减租政策的积极意义："二年以来，因该项决议案之实行，浙省农村经济，率较他省安定，自耕农之逐年增加，农村小学学童之激进，工商业农民购买力增加而繁盛等，皆为不可掩之事实。"朱家骅等人指出，浙江省政府废止减租政策的做法的结果，是"各地贪污豪绅之益肆凶焰，贫苦农民之剥肤及髓"；"农村经济之破产失业

---

① 王合群：《浙江"二五减租"研究（1927—1949）》，华东师范大学历史系 2003 年博士学位论文，第 29—30 页。

者之繁多,社会各阶级之日趋尖锐化",而这为共产党的发展创造了"好机会"。针对省政府的做法,朱家骅等人强调:"以此而言民生,则日驱一千六百余万农民于绝境,以此而言建设,则徒增多一般贪污豪绅之发财机会,构血花于白骨之上,以为伤心惨目之点缀品。此种举措,在各国专以驱骗贫苦民众、延缓资产阶级之寿命为职责、主张社会政策者亦不屑为,况夫实行三民主义,以冀达到世界大同之本党!"朱家骅等人要求中央立即纠正省政府的错误做法,恢复减租政策的实行。他们在呈文中愤激地说:"若中央对于浙江省政府此种违反党义党纲,僭越职权,以驱浙江千余万农民于绝境之取消二五减租不迅予纠正,严厉取消,则本党之所谓主义,所谓民生,将毋如屠人念佛,为本党仇敌所讪笑鄙夷,本党同志所疾首痛心。党国之威信无存,总理之遗教安在!"各县党部也争相抗议省政府的做法。例如,萧山县农民协会公开表示,将"率全萧三十万农民誓死力争",并公推三名代表到南京请愿。①

五

就在这时,发生了《杭州民国日报》总编辑胡健中被捕事件。

《杭州民国日报》为国民党浙江省党部机关报,创刊于1927年4月,1934年6月更名为《东南日报》。在减租运动中,《杭州民国日报》充分发挥了党的喉舌作用,发表了大量为减租摇旗呐喊的文章;当省政府决定废止减租政策后,《杭州民国日报》更以十分激烈的姿态,批评省政府的决定,力言减租的合理、必要与迫切性。

1929年4月28日,浙江嘉兴发生了银行抢劫案。这天下午快下班时,一群劫匪抢劫了嘉兴中国银行的金库,并打死打伤银行员工和警员。此事震惊全国。《杭州民国日报》则及时把此案与减租的存废联系起来。据张汝良、何扬鸣《〈杭州民国日报〉与浙江的"二五减租"》与王合群的博士论文《浙江"二五减租"研究(1927—1949)》介绍,4月29日,《杭州民国日报》发表了《嘉

---

① 杨天石:《国民党在大陆"二五减租"的失败》,《炎黄春秋》2009年第5期。

兴中行被匪洗劫》的社论。社论强调劫案的发生是贫富严重不均、贫民铤而走险的结果。进而说："我们自然地联想到省政府最近取消二五减租的决议案了，我们敢说这种违背党纲，昧于时势的设施，实不啻为将来的不幸事件散布下多量的种子，嘉兴的劫案很可以拿来作相对研究的资料。"这样恶性的案件却是省府的决议导致，而省府取消减租的决议，还将导致多量的类似案件发生，这也就意味着，此后只要发生类似的案件，省政府都难辞其咎。这当然令省府怒不可遏。省政府认为该社论"牵强附会，抨击政府，蓄意鼓动风潮，有害地方治安"。在省政府的命令下，杭州市公安局于4月30日下午派人拘捕胡健中。胡健中其时在浙江省立高级商科学校许绍棣处。许绍棣从复旦大学商科毕业后，本在上海工作，曾任《上海民国日报》副刊编辑、上海大学附中教师。后结识了陈果夫，成了陈果夫宠信之人，遂于1928年被陈果夫安插到浙江。先是任浙江高级商科学校校长，后又兼任《杭州民国日报》社长。胡健中与许绍棣是复旦大学的同学。许绍棣先是请胡建中任商科学校训导主任，后又请胡任《杭州民国日报》总编辑。杭州公安局督察长俞济民带人到商科学校拘捕胡健中，许绍棣则陪同着胡健中一起到了公安局。当天下午，公安局还派警察查封了《杭州民国日报》社，取走所有稿件。省政府同时勒令报纸于5月1日停刊。许绍棣、胡健中们胆敢与以张静江为首的省政府对着干，当然因为有后台，后台便是其时掌管国民党党务的陈果夫。既如此，张静江虽然下令拘捕了胡健中，却也不敢擅作处置。5月1日，胡健中被杭州方面递解到南京，第二天就被释放了。《杭州民国日报》也于5月28日复刊。①

浙江减租问题上的斗争，某种意义上是省党部以陈果夫为后台的浙江C.C.系与张静江一派的较量。减租虽然终于被废止，但C.C.系人物的政治前途却并没有受影响。张汝良、何鸣扬在《〈杭州民国日报〉与浙江的"二五减租"》中说："1929年前后一段时间，陈果夫代理国民党中央组织部部长之职，

---

① 见张汝良、何扬鸣：《〈杭州民国日报〉与浙江"二五减租"》，《观察与思考》2002年第2期；王合群：《浙江"二五减租"研究（1927—1949）》，华东师范大学历史系2003年博士学位论文，第64页。

实权在握。他通过C.C.组织操纵党务,力图扩展其势力。《杭州民国日报》与浙江省政府之间在'二五减租'政策上的矛盾是国民党内部争权夺势的反映,是C.C.派向国民党元老派挑战的一幕和缩影。胡健中充其量不过是其中的马前卒和急先锋"。被拘捕时胡健中是省党部候补监察委员。1930年夏季则被选为执行委员,可见被拘捕了一天却为自己赢得了一份政治资本,而许绍棣也"把《杭州民国日报》社长一职委予胡健中,自己不久即出任省教育厅厅长"①。

1930年前后,浙江政坛围绕减租问题,斗争激烈,而作为浙江C.C.系核心人物的许绍棣,则一直处于斗争的中心。在这样激烈的政治斗争中,呈请中央通缉鲁迅一事,应该是一件小小的插曲。许绍棣在呈请通缉鲁迅时,就是省党部执行委员、宣传部长、省立高级商科学校校长、《杭州民国日报》社长,从这些职务到省教育厅厅长,并不能算怎样的"腾达",应该也与呈请通缉鲁迅没有关系。至于叶溯中,在呈请通缉鲁迅时,已是省党部执行委员会三人常委之一,后来成为正中书局"大员",也同样不能说是如何的"腾达",同样与呈请通缉鲁迅没有什么直接关系。

鲁迅参加"中国自由运动大同盟"而浙江省党部呈请通缉鲁迅,固然与以许绍棣为首的隶属于C.C.系的省党部中复旦系有关,此前鲁迅与复旦大学结怨,所以许绍棣这干人要借机报复。但也不能把鲁迅与复旦大学的结怨视作被通缉的全部原因。浙江省党部率先呈请通缉鲁迅,更根本的原因,恐怕还在于浙江是国民党势力特别强大、对反共防共特别重视的省份。正如王合群在博士论文《浙江"二五减租"研究(1927—1949)》中指出的,浙江是蒋介石、陈果夫、张静江等许多国民党元老和政要的家乡,是国民党极右力量的根据地、大本营,1927年国民党的"清党",是由浙江发其端的。②温伟伟在硕士学位论文《国民党浙江省党部研究(1924—1947)》中也强调了浙江省党务系统反共防共格外积极的一面。1929年4月,国民党浙江省党部召开了第二次全省

---

① 张汝良、何鸣扬:《〈杭州民国日报〉与浙江"二五减租"》,《观察与思考》2002年第2期。

② 王合群:《浙江"二五减租"研究(1927—1949)》,华东师范大学历史系2003年博士学位论文,第82—83页。

代表大会，朱家骅、李超英、许绍棣、叶溯中等人当选为省党部执行委员，朱家骅、叶溯中等并成为常委，许绍棣为宣传部长。这时，省党部通过了《侦查反动分子纲要》，发表《告全省青年书》，宣称"共产党、第三党、改组派、西山会议派，均为革命的敌人"；7月间，省党部呈请中央开除于潜县临时登记处（1928年4月起，浙江省党部搞了党员重新登记）代理组织干事赵渲党籍，理由是赵有"共产嫌疑"并已被捕。①1932年5、6月间，浙江省党部呈请中央，将瑞安县党员金铁、永嘉县党员谢强、宣平县党员李庚作为"共匪"对待，永远开除党籍、注销党证并执行枪决。②可见，向中央党部呈请惩处某人，对于此时的浙江省党部来说，并非偶尔、稀有之举。1932年9月，国民党浙江省党部，遵照中央组织部的指示，任命常务委员许绍棣为省党部"肃反专员"。③

由此可见，许绍棣这干人呈请中央通缉鲁迅，未必完全是在"公报私仇"。

（2016年7月10日）

---

① 温伟伟：《国民党浙江省党部研究（1942—1947）》，杭州师范大学2012年硕士学位论文，第25页。
② 同上，第27页。
③ 同上，第28页。